本书由西南民族大学资助出版

中唐至北宋文学转型研究

田耕宇 著

中国社会科学出版社

图书在版编目 (CIP) 数据

中唐至北宋文学转型研究／田耕宇著 . —北京：中国
社会科学出版社，2009. 7

ISBN 978-7-5004-7847-8

Ⅰ. 中… Ⅱ. 田… Ⅲ. ①文学研究—中国—唐代 ~
北宋 Ⅳ. I209. 4

中国版本图书馆 CIP 数据核字 (2009) 第 090279 号

责任编辑 周晓慧
责任校对 林福国
封面设计 毛国宣
技术编辑 李 建

出版发行	中国社会科学出版社		
社 址	北京鼓楼西大街甲 158 号	邮 编	100720
电 话	010—84029450 (邮购)		
网 址	http://www.csspw.cn		
经 销	新华书店		
印 刷	北京新魏印刷厂	装 订	丰华装订厂
版 次	2009 年 7 月第 1 版	印 次	2009 年 7 月第 1 次印刷
开 本	880×1230 1/32		
印 张	15	插 页	2
字 数	361 千字		
定 价	38. 00 元		

目　录

下编　文化转型中的文学创作

绪　　论

中唐至北宋，是中国封建社会由前期的贵族统治向后期的地主统治转变的关键时期。由从政治、经济、意识形态，到与之相联系的社会文化、社会心理、社会风俗习惯，在这一时期都发生着深刻的变化，作为得社会风气之先的文学创作，当然会最先也最敏感地反映出这一变化。但从思想文化史上认识到这一变化并加以研究，则是在近十年后才开始的。清人陈衍说："盖余谓诗莫盛于三元：上元开元，中元元和，下元元祐也。"[①] 三元说准确地概括了中国封建文化转型时期出现的三个文学创作高峰，但是，这三个高峰所代表的文化类型及其思想文化史乃至文学史意义，显然有不同的内涵。清人叶燮在《百家唐诗序》中指出："贞元、元和之际，后人称诗，谓为'中唐'。不知此'中'也者，乃古今百代之'中'，而非有唐之所独，后千百年无不从是以为断。"[②] 上述两位学者之论，引起了后人的注意，尤其是近百年来的文学研究，以盛唐开元为界，将此前的社会类型视为中国封建社会前期，此后视为中国封建社会后期，已经基本为学界所公认，本书之立论，正是基于这一基础之上。代表"盛唐之

---

① 陈衍：《石遗室诗话》卷1，商务印书馆1929年铅印版。
② 叶燮：《己畦集》卷八，叶氏二弃草堂21卷本。

音"的开元文学、代表由封建前期文化向封建后期文化过渡的元和文学与代表封建后期文化基本成型的元祐文学，被许多学者反复讨论，并取得不小的成就，然而将三个高峰联系起来分析其内在关系，尤其是元和至元祐这一阶段的内在关系，却还很少有人进行深入的研究。鉴于此，笔者抓住中唐至北宋这一文化转型期的特点，从"创新与建构"入手，对元和至元祐的文化背景及文学主流进行论述，以期得到这一阶段文学迁变转型的系统研究成果，填补研究不足的空缺。

一　士族文化向地主文化的转型

陈寅恪《金明馆丛稿初编》云："唐代之史可分前后两期，前期结束南北朝相承之旧局面，后期开启赵宋以降之新局面，关于政治社会者如此，关于文化学术者亦莫不如此。"① 陈先生这一宏通之论，并非凭空构架的突发奇想，而是对其父辈陈衍、沈曾植等人学术思想的继承，而陈、沈的见解显然受叶燮论诗力推中唐的影响，只不过陈寅恪先生以宏通精到之见解分析中唐政治、文风、士风，其研究已溢出诗史范畴，而涉入唐宋文化转型，乃至中国封建文化前后期转变的广阔学术领域，为现代学者提供了深入研究从中唐至北宋这一文化转型期的理论支撑，使后之不少学者在这一领域中多有建树。

1910 年，日本学者内藤湖南在《概括的唐宋时代观》一文中提出"唐代是中世的结束，而宋代则是近世的开始"的见解，并从政治体制的变化来分别"中世"与"近世"的概念，认为："中世和近世的文化状态，究竟有什么不同？从政治上来说，在

---

① 陈寅恪：《金明馆丛稿初编·论韩愈》，上海古籍出版社 1980 年版，第 296 页。

于贵族政治的式微和君主独裁的出现。"① 内藤的学生宫崎定市在《东洋的近世》一文中，则更细地从经济、政治、教育状况来论述宋代之所以为"近世"的，文中说："宋代实现了社会经济的跃进、都市的发达、知识的普及，与欧洲文艺复兴现象比较，应该理解为并行和等值的发展。"② 不管这些论点是否完全站得住脚，但有一个事实却是必须承认的，即从宋代的社会文化来看，其与盛唐以前的不同是十分明显的，而这一不同，则是从中唐开始，到北宋基本形成的。陈寅恪先生所云"关于政治社会者如此，关于文化学术者亦莫不如此"，正是准确地把握住了这一关键。

　　"安史之乱"前的唐代文化，从本质上讲是门阀士族占统治地位的文化，虽说由隋朝到盛唐开元、天宝历时一个半世纪还多的时间，士族统治地位遭到不断的冲击，但重阀阅的社会风尚依然浓厚，士族依然占据统治地位。虽然唐初承北魏推行均田制，使得旧贵族遭到沉重打击，而以李姓皇室为中心的关中新贵族，又加大了对以崔、卢等姓为代表的北朝门阀士族，即山东贵族的打击力度，使其受到重创。在史籍中明确地记载了唐高祖、唐太宗对山东旧族的不满与排斥，明确抬高新朝功臣，按照新建立的大一统中央集权国家政治的需要，去修订《氏族志》，确立新的门第观念。

　　唐太宗时，高士廉等撰写《氏族志》，收集全国士族家谱，依据史书，辨别真伪，考正世系，分清高低，分为九等。公元638年，《氏族志》修成，山东旧族崔姓列为第一等（上上），唐太宗对此极为不满，史载：

---

① 刘俊文主编《日本学者研究中国史论著选译》第1卷，中华书局1992年版。
② 同上。

贞观十二年正月十五日，修《氏族志》一百卷成，上
之。先是，山东士人好自矜夸，以婚姻相尚，太宗恶之，以
为甚伤教义，乃诏……普索天下谱牒，约诸史传，考其真
伪，以为《氏族志》，以崔幹为第一等。书成，太宗谓曰：
"我与山东崔、卢家岂有旧嫌也？为其世代衰微全无官宦、
人物，贩鬻婚姻，是无礼也，依托富贵，是无耻也。我不解
人间何为重之？……何因崔幹为第一等？列为第三等。"①

将山东旧士族降等后，唐太宗明令不以阀阅，而以功勋爵位
定等级，以皇族为第一等，外戚为第二等，由此形成以宗室为
首、功臣、外戚和关中士族为核心，山东和南方旧士族为辅助的
新统治集团。然而，当武则天掌权后，将《氏族志》改为《姓
氏录》，对以李姓皇室为代表的关中门阀士族进行了无情的打
击，同时大量擢用由科举进身的进士。由考试而做官，参与政
治，掌握政权，为庶族地主进入统治阶级，突破门阀士族的垄
断，开创了一条虽然坎坷但充满希望的大路。我们如果将唐代士
族的组成做一个分析，并对各士族集团的兴衰略作考察，就可以
清楚地知道，这条道路的确充满坎坷，但庶族之所以取代士族是
历史的必然，故曰充满希望。柳芳《氏族论》这样分析南北朝
到唐代的士族组成及其特征与弊端：

过江则为侨姓，王、谢、袁、萧为大；东南则为吴姓，
朱、张、顾、陆为大；山东则为郡姓，王、崔、卢、李、郑
为大；关中亦号郡姓，韦、裴、柳、薛、杨、杜首之；代北

---

① 王溥：《唐会要》卷36，上海古籍出版社1991年版。

则为虏姓；元、长孙、宇文、于、陆、源、窦首之……山东之人质，故尚婚娅，其信可与也；江左之人文，故尚人物，其智可与也；关中之人雄，故尚冠冕，其达可与也；代北之人武，故尚贵戚，其泰可与也。及其弊，则尚婚娅者先外族，后本宗，尚人物者进庶孽、退嫡长，尚冠冕者略伉俪、慕荣华，尚贵戚者徇势利、亡礼教。四者俱弊，则失其所尚矣。[①]

在这段资料中，笔者把东晋至唐代士族按地域分为侨姓士族、吴姓士族、山东郡姓士族、关中郡姓士族和代北虏姓士族。入唐之后，因出现全国统一的南北政治、经济、文化、学术的合流，故以上不同地域的士族集团也发生了很大的变化。侨姓与吴姓士族自隋唐以来迅速衰落，关中与代北士族经西魏、北周入隋唐而形成关陇集团，初唐以来与山东士族展开了争夺士族地位的斗争，并在唐高祖与唐太宗时代，沉重地打击了山东士族。武则天时一方面大杀李姓子弟，破坏关陇士族赖以起家强天下的府兵制，从根本上将关陇士族以勇武传家的传统消弭在尚文的风气中。同时，武则天大肆推行科举制，引用科举，尤其是进士词科人才进入仕途，从根本上削弱了关陇与山东旧士族的力量。

从此以后，唐代政治、思想、文化主流之争就逐渐转为士、庶之争而非士族内部之争（当然，由于自东晋过江以来所形成的以地域分布为主的士族之争并未完全消弭，但已经不是时代主流）。应该引起注意的是：士庶之争从历史发展的大趋势看，是庶族代表着进步势力，士族象征着没落保守势力。不过，问题需要从两个方面辩证地看，即当部分庶族地主一旦成为新贵且要想

---

① 欧阳修：《新唐书》卷199，中华书局1975年版。

将自己的特权保持下去之时，其行为就带有旧士族的性质，而部分衰落了的士族子弟通过科举考试，企图进入官僚层而遭遇成为新贵的"庶族"压抑时，这部分士子的反抗也就带有了庶族性质。这种复杂性在中晚唐的牛、李党争中就得以充分的体现，下文将对这一问题专门讨论，此处不复赘述。

上文论述了唐代从士族文化向世俗地主文化转型的一个重要原因，即士族与庶族之间的冲突。虽然冲突是不可避免的，但士庶之间逐渐泯灭的界限也是一种必然。这种界限的逐渐泯灭在唐代由士族文化向世俗地主文化转型过程中，最为直接的有两种方式：一是通过婚姻的方式达成的，另一则是通过科举的方式实现的。这一节笔者着重要谈的是科举取士与士庶文化转型的关系，故对士庶通婚只简要述之。

在庶族渐次成为新贵的过程中，希求在婚姻上与山东士族联姻，以抬高自己出身庶族这一"先天"不足的文化素养地位，有唐一代始终未因山东士族的逐渐衰落而稍减此风。以下材料常被人们引用来证明山东士族对其婚姻的重视以及新起的庶族对士族门第、族望的重视：

> 高宗朝，以太原王、范阳卢、荥阳郑、清河博陵二崔、陇西赵郡二李等为七姓，恃其族望，耻与他姓为婚，乃禁其自姻娶。于是不敢复行婚礼，密装饰其女以送夫家。①

朝廷在诏书中明令"七姓十家"不得自为婚。这样的限制对士族的打击可谓严酷，《新唐书·高俭传》说："诏后魏陇西李宝，太原王琼，荥阳郑温，范阳卢子迁、卢浑、卢辅，清河崔

---

① 刘餗：《隋唐嘉话》卷九，中华书局 1979 年版。

宗伯、崔元孙，前燕博陵崔懿，晋赵郡李楷，凡七姓十家，不得自为婚。"

　　一方面，士族因鄙视庶族的"暴发户"嘴脸而耻与之联姻而遭朝廷禁婚，同时为了巩固皇族的声望，不至于让山东旧族死灰复燃而被侵害，形成"王妃主婚，皆取当世勋贵名臣家，未尝尚山东旧族"的政治婚姻手段，使山东旧族在政治力量上再也无法形成与关陇集团相抗衡的势力。另一方面，朝廷大臣们却向往与山东旧族攀上姻亲，先是太宗时期名臣房玄龄、魏征、李勣等人与山东旧族"复与婚"，使其"故望不减"。武后时期宰相薛元超对亲近的人不无遗憾地说："吾不才，富贵过分，然平生有三恨：始不以进士擢第，不得娶五姓女，不得修国史。"①

　　到了玄宗朝，名相张说"好求山东婚姻，当时皆恶之。及后与张氏为亲者，乃为甲门"②。甚至到了"安史之乱"及中唐中兴已成过往，藩镇强大而天下将乱，士庶之争已经不是统治集团内部的主要矛盾时，重门阀、轻庶族乃至轻以军功取天下的皇族社会心理依然很重：

　　　　开成初，文宗欲以真源、临真二公主降士族，谓宰相曰："民间修婚姻，不计官品而上阀阅。我家二百年天子，顾不及崔、卢耶？"③

　　虽说社会心理依旧看重士族门第，但士族必然衰落却是历史潮流，要想从这股潮流中挣脱出来，顺时而为而非逆时而动，即

---

① 刘餗：《隋唐嘉话》卷九，中华书局1979年版。
② 李肇：《唐国史补》卷上，中华书局1984年版。
③ 欧阳修：《新唐书·杜兼传》。

所谓识时务者为俊杰，就必须淡化旧有的观念，与新起的庶族在政治舞台上"共舞"。上引与名相张说联姻者，成为"甲门"，摇身一变由没落的旧族而为新兴的权贵，就是一种"明智"之举。

人们常常说，唐代科举考试使庶族得以取代士族而进入统治阶级上层，其实只说对了一部分，试看《唐摭言》中的一段话就可以明白科举考试只是改变了士族一统天下的局面，而非使庶族能完全取代士族，这一过程应该在宋代才基本完成。在唐代"草泽望之起家，簪绂望之继世。孤寒失之，其族馁矣；世禄失之，其族绝矣"①。对科举入仕的看重，并非只有庶族地主文人，上述簪绂、世禄即指士族，士族要想保住自己的族望，唯一的一条路，就是适应"九品中正"制消失后的科举制度。事实证明，在庶族奔走于科举之途的同时，不少士族子弟也开始在科场中与庶族文人一争高低，竞争那不多的进士金榜题名机会。由于士族从六朝以来垄断着文化，尽管入唐以后开始衰落，然在文化教育上，士族子弟还是占有先机之利的。

李浩先生在《从士族郡望看牛李党争的分野》一文中说："关中士族（特别是原关陇集团核心人物）虽然丧失了既得的政治特权，不再拥有入仕的优先权，但它并未被消灭铲除，依然存在，只是需要与时俱变，承认现实的合理性，仍可以通过科举与军功再度进入官僚层……科举制度打破了阶级的封闭性（士庶）与地域上的封闭性（关陇集团与非关陇的山东士族、江南士族），并未也不可能将关陇士族全部消灭或赶出政权，而是让各地域、各阶层士人都站在同一起跑线上公平竞争。"② 其论士族

---

① 王定保：《唐摭言》卷九，上海古籍出版社 1978 年版。
② 李浩：《诗史之际——唐代文学发微》，商务印书馆 2000 年版，第 81 页。

与科举制度之说颇为中的，然云士庶是站在同一起跑线上公平竞
争，却不尽然。诚如上文所云，从东晋以来士族垄断着文化，而
庶族所受教育显然不及士族，事实也证明，终唐一代，庶族之所
以未能以科举考试取代士族，就是因为士族在文化教育上胜庶族
一筹。据台湾文史哲出版社《江西诗社宗派研究》引有关资料
称："通考安史乱后史传人物，由进士上达者，凡二六八人，其
中属名族及公卿子弟者，达二〇五人，占总数百分之七十。"可
以看出，由科举而使庶族地主在政权中占有绝对优势，并最终取
代士族是一个相当长的过程，而从中唐开始仅仅更鲜明地表现出
这个过程的转变特征而已。

在今天常见的介绍有关唐代科举方面的文章，给人们一种误
会，那就是唐代科举只有进士和明经两科，而唐代士人要进入国
家官僚机构也只有这两条道路，要么明经，要么进士。有才华的
人不惜拼一生去奔进士，才华一般而有某一方面之长的去取明
经，这种看法是极为偏颇的。陈寅恪先生说：

> 盖进士之科虽创于隋代，然当日人民致身通显之途并不
> 必由此。及武后柄权，大崇文章之选，破格用人，于是进士
> 之科为全国干进者竞趋之鹄的。当时山东、江左人民之中，
> 有虽工于为文，但以不预关中团体之故，致遭屏抑者，亦因
> 政治变革之际会，得以上升朝列，而西魏、北周、杨隋及唐
> 初将相旧家之政权尊位遂不得不为此新兴阶级所攘夺
> 替代。①

这种见解很有代表性，但是综合考察有唐一代 290 年间的科

---

① 陈寅恪：《唐代政治史述论稿》，上海古籍出版社 1980 年版。

举考试，共开科取士 268 榜，其中进士 6646 人，平均每榜 25
人，每年 23 人。①，而中举之人中多数仍是士族，大多数的文士
进身仕途，亦不依靠进士科。程蔷云："唐时文士进身之路一般
有几条。一条是承魏晋、北朝以来的门荫制度，士族高门子弟可
以'平流进取，坐致公卿'。一条是由杂色而入流，却无须经各
级科目考试的正途而为官吏，积久迁升便可入流，为九品以上
官。可以想见，这种人的官位不会很高。再一条是藩镇辟召，而
后请得朝命，也能名挂朝籍，但基本上仍是那藩镇的幕僚。"②

　　唐代科举制的一大特色是科目的繁多。根据《新唐书·选
举志》，并参《通典·选举典》等，可知唐时取士之科有秀才、
明经、进士、明法、明字、明算、史科、开元礼、道举、童
子等。③

　　话虽如此说，自中唐以后，从帝王到将相对进士科的重视日
甚一日，文人士子要"立登要路津"，实现"致君尧舜上，再使
风俗淳"的宏大抱负，走进士一途实为坦途：

　　　　进士科始于隋大业中，盛于贞观、永徽之际。缙绅虽位
　　极人臣，不由进士者，终不为美，以致岁贡常不减八九百
　　人。其推重谓之"白衣公卿"，又曰"一品白衫。"④

陈寅恪先生说："唐代科举之盛，肇于高宗之时，成于玄宗之

　　①　张希清：《论宋代科举取士之多与冗官问题》，《北京大学学报》1987 年第 5
期。
　　②　程蔷、董乃斌：《唐帝国的精神文明》，中国社会科学出版社 1996 年版。
　　③　同上书，第 350—351 页。
　　④　王定保：《唐摭言》卷一。

代，而极于德宗之世"①，认为进士科极盛于中唐德宗时代。其实，时入晚唐，进士之风愈演愈烈，以致于皇帝的言谈之中，也充满了对词科进士的欣羡和褒扬之情。试读以下材料：

> 自大中皇帝（唐宣宗）好儒术，特重科第，故进士自此尤盛，旷古无俦。仆马豪华，宴游崇侈。②

> 宣宗好儒，多与学士小殿从容议论。殿柱自题曰："乡贡进士李某。"或宰臣出镇，赋诗以赠之。凡对宰臣及上言者，必先整容貌，易衣盥手，然后召见。语及政事，即终日忘倦。③

> 宣宗爱羡进士，每对朝臣，问："登第否？"有以科名对者，必有喜，便问所赋诗赋题，并主司姓名。或有人物优而不中第者，必叹息久之，尝于禁中题："乡贡进士李道龙。"宦官知书，自文、宣二宗始。④

正因为有这样的好恶与推崇，进士一科成为国家官吏的选官主渠道，必然会成为现实。

钱穆在《中国近三百年学术史·引论》中说：

> 自唐以来之所谓学者，非进士场屋之业，则释道山林之趣，至是而始有意于为生民建政教之大本。

这段话是对北宋士人将进士科举作为人生的一项事业来看待，将

---

① 陈寅恪：《元白诗笺证稿》第 1 章，上海古籍出版社 1982 年版。
② 孙棨：《北里志》，中华书局上海编辑所 1959 年版。
③ 王谠：《唐语林》卷四，周勋初校证，中华书局 1987 年版。
④ 同上。

其视为参政的唯一道路的描述，而这种仅仅由个人或一小部分人企图借科举致仕的行为，经中唐以来统治者的大力鼓励逐渐形成国家选官、士人参政、儒家复兴的"国家工程"。中唐穆宗时将进士科第与享受经济、政治特权挂上钩："将欲化人，必先兴学，苟升名于俊造，宜甄异于乡闾。各委刺史县令，招延儒学，明加训诱。名登科第，即免征徭。"① 这一政策在晚唐诸帝手中都得到肯定和延续，只是因天下大乱，皇权旁落时，其名实很难相副。只有到了宋代一统国家机器正常运转时，才又重视并发扬光大起来，成为"为生民建政教之大本"的大事。

这个过程及人们思想观点的完全转变，是十分漫长的。由隋而唐三百年间，科举虽然朝着成为国家机构选拔人才的主要途径前行，甚至出现过"父教其子，兄教其弟，无所易业。大者登台阁，小者任郡县。资身奉家，各得其足。五尺童子耻不言文墨焉"② 这种社会尚文以求厕身上层的社会风气。但是，正如前述，终唐一世士族仍保持着相当强的政治势力，仅崔氏十房前后就有 23 人任相，占唐代全部宰相 369 人的 1/15。而宋代宰辅中，除了吕夷简、韩琦等少数家族多产相才者外，非名公巨卿子弟占了很大的比重，布衣出身者竟达 53.3%，像赵普、寇准、范仲淹、王安石等名相，均出于寒素或低级品官之家，并成为宋代文官政府的核心。

前面曾统计过唐代开科取士的情况，在统计者张希清的另一篇文章《北宋贡举登科人数考》③ 中指出，北宋一代开科 69 次，共取正奏名进士 19281 人，诸科 16331 人，合计 35612 人，如果

---

① 《南郊改元德音》，《全唐文》卷 66，中华书局 1983 年影印本。
② 沈既济：《词科论》，《全唐文》卷 476。
③ 北京大学《国学研究》第 2 卷。

包括特奏名及史料缺载者，取士总数大概有 61000 人，平均每年取士 360 人。宋代科举力求公平，宋太祖鉴于唐代取士中座主与门生关系等弊端，说："向者登科名级，多为势家所取，致塞孤寒之路，甚无谓也。今朕躬亲临试以可否进退，尽革畴昔之弊矣。"① 据陈义彦《从布衣入仕情形分析北宋布衣阶层的社会流动》② 统计，北宋 166 年间在《宋史》中立传的 1533 人中，以布衣入仕者占 55.11%；北宋一品至三品官员中，出身布衣的约占 53.67%，到北宋末年更达 66.44%。回过头来看看唐初乃至盛唐的科举取士，可以看出自中唐以来庶族地主之取代士族地主的历史足迹，并可以从这足音中听见士族文化向庶族地主文化转型的历史回音。

如果说从婚姻门第上压抑和打击士族，从科举考试上为庶族大开进身之门还只是意识形态上的反映，那么从盛唐均田制及与之相关的府兵制的瓦解和中唐杨炎实行的以货币地租为主要内容的"两税法"，则从经济基础上彻底击垮了士族赖以存在和企图东山再起的基础，更加速了士族文化向庶族地主文化转型的进程。范文澜先生说："均田法已废除，按一顷田纳税改为按亩纳税，应该说是合理的；征收实物改为折价收钱，也未必不可行，两税法代替租庸调法，实在是自然的趋势。"③ 韩国磐先生说："两税法可说是分界点，以前系属力役地租形态，此后为实物地租形态。等级的划分也由此而发生变化，由自耕农分化出来的庶族地主，由于九品中正制的废除和科举制度的建立和发展，跻身于封建统治的上层。"④

---

①　李焘：《续资治通鉴长编》卷 16，上海古籍出版社 1986 年影印本。

②　《思与言》第 9 卷，第 4 期。

③　范文澜：《中国通史简编》第 3 编，人民出版社 1965 年版，第 205 页。

④　韩国磐：《隋唐五代史论集》，人民出版社 1979 年版。

综上述，无论在政治，还是经济以及政体的变化上，中唐以前已经具备了由士族文化向庶族地主文化转型的条件，而"安史之乱"使这一条件得到催化，故从中唐开始，这种文化转型的步伐就加速前行。到了晚唐，由于天下大乱，这一进程表面看来是停滞了，但内在的条件却进一步成熟，及至北宋，在社会条件成熟下，这种文化转型就基本完成。下文将从其他层面继续探讨这一问题。

二　儒学复兴与古文运动及诗文革新之关系

"安史之乱"的爆发及平定的八年漫长过程，给唐人一个反思的机会。大唐帝国一个半世纪的辉煌，何以如此轻易地被一介武夫搞得失去光芒？强大的国家机器何以如此不堪一击？许多人都在思考这种"理乱"的社会原因。唐代宗时杨绾就认为进士科举追求浮华的文辞，疏于圣人之道，并指出："六经则未尝开卷，三史则皆同挂壁。况复征以孔门之道，责其君子之儒者哉！"① 在这里，人们已认识到儒学的衰落是社会伦理纲常堕落的主要原因，伦理纲常的淡漠是导致社会统治秩序失常的主要原因。因此，要求复兴儒学的呼声也就逐日高涨。贾至在《议杨绾条奏贡举疏》中说："今试学者以帖字为精通，而不穷旨义，岂能知迁怒贰过之道乎？考文者以声病为是非，而惟择浮艳，岂能知移风易俗化天下之事乎……夫先王之道消，则小人之道长；小人之道长，则乱臣贼子由是生焉。臣弑其君，子弑其父，非一朝一夕之故，其所由来者渐矣！渐者何？谓忠信之陵颓，耻尚之失所，末学之驰骋，儒道之不举。四者皆由取士之失也！"② 儒

---

① 《旧唐书·杨绾传》，中华书局 1975 年版。
② 《全唐文》卷 368，中华书局 1985 年版。

学在唐代中前期确是不及道、释那么显赫，但其中有自身原因而非科举取士所致。贾至所言，显然有为士族之衰落深致不满的意思，但认为儒学不兴是导致君臣、父子关系失衡的关键却是说中要害的。高观如先生在《唐代儒家与佛学》中认为，唐代儒学的衰微有三个原因：第一，"唐太宗以好学之君，于崇尚佛教外，尤益奖励儒学。置弘文馆，招天下名儒为学官，选文学之士为学士。鉴于南北朝来经义纷争，久而莫决，为欲学说之统一，使颜师古校正五经之脱误，令孔颖达撰定五经正义……自五经正义厘定后，南北学说之纷争乃绝，由是学者皆伏而遵正义，不复更有进究新说者。南北学派之争端虽泯，而儒学思想亦坐是而不进焉。"第二，"当时佛学思想之盛，亦为儒致衰之一因。佛教在当时发达之势，已如旭日丽天，百花竞放。思想界之豪哲，多去儒而归佛，故佛教之人才鼎盛，而儒门人物亦因是空虚也。"第三，"唐代重文学，以此为科举之要目，由是天下人士，多萃其才力诗文方面。于是文有韩柳、诗有李杜王白之伦，文学界之光辉灿烂，其质其量，均非后世之所能及。诗文之努力者多，儒术之研求者寡，此亦儒学衰微之一因也。"① 高先生这段话中所讲的儒学在唐代的衰微，的确将唐中期之前儒学不兴的现实描绘了出来，并找到其社会原因，但儒学不兴的深层次原因却未讲出，而且对唐代中前期儒学内部统一只看到了其不利的一面，而忽略了其有利的一面，此待下文分析。

中唐之前儒学不兴的主要原因应该在于儒学发展的自身方面。追溯原因，还得到西汉武帝时代，为了替大一统的西汉帝国中央集权国家找到理论依据，汉武帝采纳了儒生公孙弘、董仲舒"罢黜百家，独尊儒术"的建议，以儒家学说为国家学说，以儒

---

① 张曼涛主编《佛教与中国文化》，上海书店影印 1987 年版。

家思想为社会的统治思想。这时期的儒家思想已经与先秦原始儒学有了很大的差别，它继承了先秦儒家的宗法思想，同时对其加以改造，揉进了阴阳五行学说。其中影响后世最大的是"天人感应"思想。董仲舒在《举贤良对策》中说："道之大原出于天，天不变，道亦不变"，并在《春秋繁露·深察名号》中说："受命之君，天意之所予也"，将君权神圣化，并提出"三纲五常"以配合"天命"，使封建统治神秘化、合理化。

董仲舒的"天人感应"由于适应了汉武帝政治上的需要，所以深受汉武帝的重视，并以中央政府的空前提倡来利用儒家名教治国。儒家的名教在这里已经形成先秦时代所不曾具有的具体形式和内容，那就是包括一整套政治制度、伦理规范、礼乐教化以及一整套对人物品行的考察评议为依据的征举名士、选拔官吏的制度。由于董仲舒的"天人感应"思想中有明显的迷信色彩，故被后来讲谶语迷信者所利用，因此，无论是王莽篡汉，还是光武"中兴"都充分利用和制造了大量谶语。由此造成东汉谶纬之说的盛行。顾炎武在《日知录》卷13《两汉风俗》中说："汉自孝武表章六经之后，师德虽盛而大义未明。故新莽居摄，颂德献符者遍于天下。光武有鉴于此，故尊崇节义，敦厉名实，所举用者莫非经明行修之人，而风俗为之一变。"[1] 一方面是士人完全丧失了人的个性而淹没在纲常名教的泥淖里，另一方面是僵化、迂腐、荒诞的谶纬化经学的泛滥。不仅儒学走向繁琐虚妄，而且名教礼法也变得虚伪无实，士人卑鄙无耻、沽名钓誉。当时民谣云："举秀才，不知书。察孝廉，父别居。寒素清白浊如泥，高第良将怯如鸡。" "直如弦，死道边。曲如钩，反封侯。"纲常名教那一顶顶闪着神圣光芒的桂冠，渐渐失色，不仅

---

[1]　顾炎武：《日知录》卷13，上海古籍出版社1985年影印本。

不能维系世道人心，而且让人生出无穷的怀疑，清醒者如桓谭、王充等人，对谶纬神学表示出怀疑亦提出挑战，就连汉光武帝刘秀也曾立"古文经"，试图改变今文经学泛滥的现象。

到东汉末年，各种社会矛盾激化并大爆发，宦官与外戚、宦官与朝官和士人之争，党锢之祸、黄巾大起义、军阀混战、统一的中央政权分崩离析。在如此巨大的社会灾难面前，作为国家学说的儒家思想，显出极大的无力和苍白，人们不禁要问：天人感应怎么了？神授的君权怎么落在奸人手中而苍天怎不干预？

传统的价值观在与社会现实的巨大冲突中遭遇困惑并逐渐丧失其维系人心的作用，繁琐的经学迅速衰落，名教更是受到人们的怀疑和质疑，士人纷纷寻找新的价值观念和精神寄托以填补因现实灾难所造成的信仰危机。儒家学说浓厚的理想主义色彩和迂阔少变通的弊端显然无法疗治乱世社会和社会心理，更谈不上为抢夺天下的奸雄们提供良策，于是乱的乱、篡的篡的现实迫使乘机而起的乱世英雄们各自寻求良策。名、法、纵横、道家思想在被压抑了二百多年后迅速复活。分裂中而欲求一统天下的统治者变得十分现实，他们扔掉不切实际、不合时宜的儒学，将抱残守缺、僵化迂腐的儒生冷落在一旁，选用在乱世中有实际才能的人才。汉代州郡"察举"或"清议"的程序、机构被破坏，不可能再承担品评推荐人才的工作，以通经而获官禄的道路被断绝，儒学那种至高无上的地位也随之丧失。

汉献帝建安以后，儒学进一步衰落，庄老玄学、西来佛学思想以及道教进一步兴盛，儒家名教观念进一步崩溃。曹操用人颇杂刑名，嵇、阮的反名教，正始名士的侈谈庄老，东晋玄学、佛学的大昌无不冲击着儒学的正统地位。但是，儒学作为中国本土宗法血缘为纽带的社会思想意识，从维护王权的需要，几乎每一代统治者仍以儒学思想为正统。西晋统一后，司马氏大力提倡名教，尤其重视礼乐孝道，并以此打击反名教的叛逆者，在太康、元康年间，经学还出现一时之盛，但是汉末以来，老庄兴起，正始时期以《周易》、《庄子》、《老子》为基础的玄学在王弼、何晏、夏侯玄、郭象等人的谈论中，在"竹林七贤"的嵇康、阮籍等人的行为中形成一股强烈的社会思潮，"才性"、"有无"、"声无哀乐"等论辩内容，自然与名教的关系之争，都使儒学遭遇到前所未有的挑战。嵇康等人态度尤为激烈，如嵇氏名篇《难自然好学论》中著名的言论：

> 六经以抑引为主，人性以从欲为欢。抑引则违其愿，从欲则得其自然。然则自然之得，不由抑引之六经；全性之本，不须犯情之礼律。故仁义务于理伪，非养真之要术；廉让生于争夺，非自然之所出也。

以自然指人的本性，反对名教对人性的压抑，以人性对抗统治者杀人的名教，在嵇康"越名教而任自然"（《释弘论》）、"非汤武而薄周孔"（《与山巨源绝交书》）的呐喊中，儒学，尤其是在虚伪名教遮掩下的儒学，的确在世人心中褪尽了神圣的光环。

佛教的迅猛发展，更使已被玄学和混乱社会搞得左支右绌的儒学腹背受敌。佛教自西汉末年、东汉初年传入中国，起初发展艰难，值逢汉末天下大乱，人命如草、人伦失常，对现实无望的人们于是期冀来生，佛教得以迅速发展。东晋南朝时期，佛教在中国化的过程中一方面保持了自己特有的精细严密的逻辑思维方式，另一方面竭力吸收儒道思想，在坚持自己教义立身安命处不妥协的同时，寻求与儒道间的共同点。在一大批名僧和佛学家与文人名士交往的相互影响和交流中，形成了以建康和庐山为代表的两大佛学中心，出现了道安、慧远、僧肇等佛学家。谢灵运、颜延之等精通佛理且沉潜其中的文人，更有以梁武帝、东晋明帝、简文帝、孝武帝为代表的一大批深信佛教、扶助佛教的封建帝王。在此期间，佛籍经典的翻译传播得以长足发展，佛学派别论争热闹非凡，佛教人物传记的写作也与此期文人名士的言谈风度记载的"志人小说"——《世说新语》一样得以搜集传世，由慧皎撰写的《高僧传》使佛教在中国的发展得以理出脉络，渐次形成佛统。

佛教的这一切发展，表面看来都是在避免与儒家思想发生正面冲突的前提下进行的，但其发展的结果实际上造成了此后三教鼎立的局面，无疑削弱了儒学的地位。比如发生在东晋时期有关沙门拜俗与否之争，其间产生了一系列调和儒、释矛盾的言论，佛学在这一场争论中取得了凌驾于世俗政权之上的特权，僧不拜俗的佛家信条原则实际上击溃了儒家君臣父子的伦理纲常，更有甚者在统合三教的言论中，公然将孔子、老子收为佛家门徒，从以下所引当时的部分材料中，不难看出儒家一统天下地位的不复存在：

> 道法之与名教，如来之与尧、孔，发致虽殊，潜相影响；出处诚异，终期则同。……虽曰道殊，所归一也。①
>
> 佛遣三弟子，震旦教化。儒童菩萨，彼称孔丘；光净菩萨，彼称颜渊；摩诃迦叶，彼称老子。②

从产生于南朝慧皎的《高僧传》中所记载的高僧深研内外学的记载看，精于思辨的僧人们对佛学怎样在华夏立足之道已经成竹

---

① 慧远：《沙门不敬王者论·体极不兼应》，《全晋文》卷161，严可均校辑《全上古三代秦汉三国六朝文》，中华书局1987年版，第2392页。

② 道安：《二教论》引《清净法行经》，《全后周文》卷23，《全上古三代秦汉三国六朝文》，第3998页。

在胸。他们或者"博览六经"（如康僧会、法护、竺昙摩罗刹）；或"博综六经"、"通六经"（如慧远）；或"博晓《诗》、《书》"（如慧严）；有的"每至闲晨靖夜，辄讲谈道德"（如帛远）；有的"博览经籍，莫不精究"（如支谦）。其他如昙谛"晚入吴虎丘寺，讲《礼》、《易》、《春秋》各七遍"；法瑗"议论之际，常谈《孝经》、《丧服》"；僧盛"特精外典，为群儒所惮"。①

此外，由于原本以儒学立身的文人在汉末以来深浸佛学与玄学之中，使儒、释、道三教相互渗透，在互相排斥中相互吸纳，兼通三教者大有人在，最典型的如梁武帝，史载：他"洞达儒玄。……造《制旨孝经义》、《周易讲疏》，及六十四卦，二《系》、《文言》、《序卦》等义，《乐社义》、《毛诗答问》、《春秋答问》、《尚书大义》、《中庸讲疏》、《孔子正言》、《老子讲疏》，凡二百余卷，并正先儒之迷，开古圣之旨。王侯朝臣皆奉表质疑，高祖皆为解释。修饰国学，增广生员，立五馆，置五经博士。……兼笃信正法，尤长释典，制《涅盘》、《大品》、《净名》、《三慧》诸经义记，复数百卷。听览余闲，即于重云殿及同泰寺讲说。名僧硕学，四部听众，常万余人"②。

三教并重看来是文化发展的好事，但对那些固守儒学排斥释、道的"纯儒"而言，则是儒学衰微，大道沦丧的悲哀之事。在整个魏晋南北朝的思想发展史中，三教争斗是现象，融合则是必然的内在潮流。任继愈先生在论及东晋佛教发展状况时说："从中国的佛教历史上所表现的事实看来，佛教对于佛教以外的儒家孔子的伦理学说不但不互相排斥，反而可以互相补充，他们

---

① 以上所引皆见梁慧皎《高僧传》，汤用彤校注，中华书局1992年版。
② 《梁书·本纪》，中华书局1983年版。

认为有益于'教化'，有助于'治道'。当东晋时，正统的儒家封建伦理思想，是通过玄学的方式表现出来的。所以佛教思想与玄学思想的互相结合，正是说明佛教的宗教思想与儒家的封建伦理思想的结合。"①正是由于不排斥儒学，佛学才能在华夏立足，并与儒学争夺人心，才使中唐的儒家复兴提倡者感到已经到了非振兴儒学不可的时候，于是才有韩愈痛心疾首之辞："孔丘殁已远，仁义路久荒。纷纷百家起，诡怪相披猖。"②

综上所述，中唐以前儒学不兴，并非道释已取代或占据统治意识，而是由于自汉末天人感应的儒学框架坍塌之后，儒学在数百年间试图重新构建自己的思想体系。这一体系，即由汉学向宋学转变的体系，到中唐时期经儒、释、道三教的融合与吸收，已经基本形成。从中唐李翱到宋代周敦颐、二程、朱熹的线索十分清楚地显示了新儒学体系的形成过程。因此，与其说中唐提出的儒学复兴是欲拯救儒家的颓势，倒不如说是经过数百年的涵养与构建，儒学家们试图重塑儒家一统天下的思想，再现继汉代"罢黜百家，独尊儒术"的辉煌。诚如不少论者不同于前引高观如先生的见解所述：

　　孔颖达撰《五经正义》，经学统一于一尊（注家），所有东汉以来诸儒异说，全部作废，儒学内部互斗不决的各宗派，自然熄灭。面对宗派林立，说各不同的佛教在斗争中，统一的儒学处于有利地位。唐朝佛教徒力攻道教，却不敢非议儒经，因为儒经从文字到解释，都有标准本，违反它，就

----

① 任继愈：《汉唐佛教思想论集》，人民出版社1981年版。
② 韩愈：《此日足可惜一首赠张籍》，《全唐诗》第373卷，中华书局1979年版，第3771页。

是违反朝廷的功令。①

　　（唐朝）儒学方面，在墨守师说，拘泥训诂的束缚下，开创空言说经，缘词生训的新风气。限于训诂名物，不谈哲学思想的儒学，也谈起穷理尽性来了，汉学系统由此逐渐转入宋学系统。所以，唐朝儒学在发展的意义上说，是一个重要的转化阶段。②

　　儒、道、释三家是对中国古代文士影响最大最深的三个思想体系。……儒家（也不妨称作儒教）始终处于主流意识形态的地位。自汉武帝宣布"罢黜百家，独尊儒术"以来，儒学的地位虽屡遭冲击（如魏晋时受玄学冲击），但这种主流地位却从未动摇，唐朝也不例外。这当然不仅仅是封建帝王利用国家权力强制推行的结果，而与儒学比任何其他学说都更符合我们民族基本性格、适应社会发展需求的特质有关。儒学本身就是一个包容性很强，既有原则又善汲取，看似极柔实乃颇刚的思想体系。因此儒学在中国，特别是文化程度较高的知识界，历来拥有最多的信从者，而又并不妨碍这些人同时接受别家思想的影响。③

　　唐以前三家处于排斥——斗争——共存——互渗的态势之中。进入唐代，排斥与斗争依旧，但体现于具体的文化人，互渗共存乃至融合的现象却已非常突出。虽然在上者，尤其是初盛唐诸帝，出于政治需要，在宗儒以外有崇道与佞佛之别，但到中唐，儒、道、释三教终于坐到了一起，举行

---

　　① 范文澜：《中国通史简编·儒学由旧的汉字系统开始转向新的杂学系统》，第640页。
　　② 同上。
　　③ 程薔、董乃斌：《唐帝国的精神文明》，第397页。

起由国家主持的辩论驳难，即所谓"三教论衡"。①

虽说儒家思想从未丢失其在统治者心目中的地位，但"安史之乱"以及中唐时期礼佛之风的大盛，使一批立志于儒家之道的文士们起而倡导继承儒家道统，并以能为大多数人易于接受的两汉散文为"明道"之器来为唐王朝的中兴服务，由此将儒学复兴与古文运动推到了时代的舞台上，并在200年后由北宋欧阳修等人完成了这一运动，不仅确立了新型的唐宋散文，而且为宋代理学的最终形成铺平了道路。

三　世俗地主文化建构所面临的矛盾与解决

世俗地主要建构自己的文化，首先要使自己的思想成为统治阶级的思想；其次，世俗地主文人应该成为统治阶级思想的宣传主体；再次，世俗地主文人必须参与现实政治，并在其中发挥主体作用；最后，世俗地主文人必须对自己所宣传、鼓吹的统治阶级思想深信不疑。如果完全满足了以上的条件，世俗地主阶级在中唐以后建构自己的文化，将会一帆风顺。然而事实并非如此完满。当在与封建士族的激烈搏斗中逐渐占据统治地位的世俗地主文人们踌躇满志地想"兼济天下"时，当他们俨然以主人翁的姿态鼓吹着他们所要重建的文化道统时，他们遭遇到了前所未有的困惑。理想与现实的冲突，行动与心灵的冲突，出仕与退避的矛盾就摆在眼前，这分明向这些正在庆幸能够通过自己的努力，占据或正在占据要路的庶族文人兜头泼了一盆凉水。一时间，许多文人在现实的困惑前措手不及，怎样应付这一困惑，并走出去，就成了中唐以来文人思考的问题。从元和年间的白居易到宋

---

① 程蔷、董乃斌：《唐帝国的精神文明》，第397页。

元祐年间的苏东坡，作为地主阶级文人在这一特定时期的代表，以他们一生的行事遭遇，反思与调适，最终解决了困扰庶族地主文人出处进退的矛盾，并将这三百年间庶族地主文人所走过的现实历程和心路历程典型地再现出来，展示了中国封建后期文化大厦建构的过程。

"安史之乱"后的中唐，庶族地主文人们个个将眼光投注在重振纲纪，再现大唐威仪的现实改革中，两税法的推行，元和年间平藩的胜利等新气象，使他们看到了王朝中兴的气象。活跃于这一时期的地主文人们被时代所激发出来的政治热情与进取精神，较之盛唐文人更为自觉、更为强烈。像永贞革新政治图变的轰轰烈烈，韩愈以复兴儒家道统为己任，拼死以谏佛骨，白居易甘冒权贵之大不韪而讥刺批判现实，以裴垍为核心的稳健政治集团的形成，其周围如李绛、裴度、崔群、韦处厚、韦贯之、杨於陵、王涯等著名政界人物云集，这都使生于斯时的地主文人们激动不已。以韩愈为代表的古文家们，以白居易为代表的乐府诗人们，高唱着入世的进行曲，高举起直接上承汉代的儒家学说和宣传儒家学说的古文与乐府大旗，甘作除弊革新的前驱。试读韩愈《答崔立之书》："方今天下风俗尚有未及于古者，边境尚有被甲执兵者，主上不得怡而宰相以为忧。仆虽不贤，亦且潜究其得失，致之乎吾相，荐之乎吾君。上希卿大夫之位，下犹取一障而乘之，若都不可得，犹将耕于宽闲之野，钓于寂寞之滨，求国家之遗事，考贤人哲士之终始，作唐之一经，垂之于无穷，诛奸谀于既死，发潜德之幽光，二者将必有一可。"[1] 字里行间完全是抱定了除弊革新与"自强不息"[2]（《答侯继书》）的精神。

---

[1]　《韩昌黎文集校注》第 2 卷，马其昶校注，上海古籍出版社 1986 年版。
[2]　同上。

与之相同的是得到唐宪宗任用为左拾遗的白居易，一方面对皇帝的眷顾感恩不尽，以示忠诚："授官以来，仅将十日，食不知味，寝不遑安，惟思粉身，以答殊宠，但未获粉身之所耳。"①另一方面他勤于谏章，敢于谏诤，为了职责有时甚至连皇帝也不给面子。身在庙堂之上，则尽谏官之职分，厕身民间，则大写讽喻诗，同样把写诗作为尽谏官之职分，目的只在参与政治，除弊革新。在《与元九书》中说："身是谏官，手请谏纸，启奏之外，有可以救济人病，裨补时阙，而难于指言者，辄咏歌之，欲稍稍递进闻于上，上以广宸聪，副忧勤，次以酬恩奖，塞言责，下以复吾平生之志。"

其言之恳切，其心之真挚，其精神之可嘉，正体现了那一个时代地主文人置身现实，欲求中兴的普遍现象。然而即使是在力图革新除弊、重振雄风的君主执权柄时代，亦不免有令地主文人寒心，甚至失望的现实。"永贞革新"失败即是明证之一。参加永贞革新集团的人物，大多既是政治革新家，又是文学家。如刘禹锡、柳宗元为中唐著名文学家，吕温、李景俭、程谏等都有作品传世。他们抱着极大的政治热情投身于除弊革新的政治活动，而革新的失败则改变了他们一生的政治命运，其结局大多带有强烈的悲剧性，这对当时满怀热忱的地主文人无疑敲响了警钟。对中晚唐文人影响最大也最深刻的是"甘露之变"。这次发生在唐文宗大和九年（835）十一月的宫廷事变，是一次由地主文人官僚策划，由最高统治者唐文宗定夺的铲除宦官的行动，最后弄巧成拙，反遭宦官毒手，皇帝被软禁，大批文人官僚惨遭杀戮的政治悲剧。这一场悲剧使不少文人从对中兴的期待美梦中惊醒过来，并开始认真看待属于自己的这个阶级的政权，思考其政治体

---

① 《白居易集》卷58，顾学颉校点，中华书局1979年版。

系及其维系这个体系的思想意识。他们清醒地看到了这个政治体系所固有的弊端，诸如嫡长子继承制下皇权的争夺、宦官专权、藩镇割据、民生疾苦等，而靠帝王的英明与否的"人治"社会，其偶然因素太多，以致厕身其中的人很难把握住自己的命运。要出处进退都裕然自如，不仅要学会儒家老祖先们教会的那一套存身活命、待时而起的方法，即"天下有道则见，无道则隐。"①"邦有道则仕，邦无道则可卷而怀之。"②"用之则行，舍之则藏。"③而且还得学会"新形势"下的生存本领，更重要的是心态泰然。孟子曾经说："古人之得志，泽加于民；不得志，修身见于世。穷则独善其身，达则兼善天下。"④话虽说明白了，但在出处进退，兼济与独善关系的处理上，除去少数贤达之士外，绝大多数士人是很难调适得十分和谐的。在大多数情况下，要么出世，要么入世，二者之间始终是矛盾的两端。出世者满腹怨艾，入世者踌躇满志，兼济与独善不仅没有成为绝大多数士人心理调适的支点，反而成为判断"得意"与"失意"，"成功"与"失败"的依据，纵然洒脱如李白与王维，执著如杜甫与韩愈，都不免在出处进退上不自觉地采取了非此即彼的态度。

　　韩愈说："士之行道者，不得于朝，则山林而已矣。山林者，士之所独善自养而不忧天下者之所能安也，如有忧天下之心，则不能矣。"⑤可以看出，即使到了中唐，文人士大夫对兼济天下与独善自养的看法也还是难以两全的。在这里，白居易的出现就显得十分重要。

---

① 《论语·泰伯》，《十三经注疏》本上册，中华书局 1980 年影印本。
② 《论语·卫灵公》，《十三经注疏》本上册。
③ 《论语·述而》，《十三经注疏》本上册。
④ 《孟子·尽心上》，《十三经注疏》本上册。
⑤ 韩愈：《后廿九日复上宰相书》，《韩昌黎文集校注》第 3 卷。

　　一提到白居易，当今略知中国古代文学的人，都会想起"新乐府运动"，想起他的五十篇"新乐府"，十篇"秦中吟"。稍涉深一些者，必然会想起《新乐府序》的名言："凡九千二百五十二言，断为五十篇，篇无定句，句无定字，系于意不系于文。首句标其目，卒章显其志，《诗三百》之义也。其辞质而径，欲见之者易谕也；其言直而切，欲闻之者深诫也；其事核而实，使采之者传信；其体顺而肆，可以播于乐章歌曲也。总而言之，为君、为臣、为民、为物、为事而作，不为文而作也。"及至其写《序洛诗》时，态度发生了巨大的变化，前后判若二人，当初对李白、杜甫的苛责，如斥责李白诗"索其风雅比兴，十无一焉"[①] 的观点，此时已有了新的认识，其《序洛诗》云："予历览古今歌诗，自《风》、《骚》之后，苏、李以还，次及鲍、谢之徒，迄于李、杜辈，其间词人，闻知者累百，诗章流传者巨万。观其所自，多因逐冤谴逐，征戍行旅，冻馁病老，存殁别离，情发于中，文形于外，故愤忧怨伤之作，通计今古，什八九焉。"[②] 又云："（予）在洛凡五周岁，作诗四百三十二首。除丧朋哭子十数篇外，其他皆寄怀于酒，或取意于琴，闲适有余，酣乐不暇；苦词无一字，忧叹无一声，岂牵强所能致耶？盖亦发中而形外耳。斯乐也，实本之省分知足。"[③] 这是一篇代表白居易思想转变的序言，其上引文字，显然已经没了此前创作《新乐府》、《秦中吟》和上《策林》时的儒家进取兼济之锐气，而充满了"省分知足"、"乐天知命"的思想。此外，随着对自己仕途遭贬的亲身体验，对好友刘禹锡在"永贞革新"中所遭遇

---

①　白居易：《与元九书》，《白居易集》卷45。
②　《白居易集》卷70，第147页。
③　同上。

的灾难以及对"甘露之变"血的清洗的亲眼目睹，使白居易转近佛老而亲自然，尽管心中依然怀着兼济天下的志向，但却能将其与独善自身很好地协调起来，以致没了得意的张狂和失意的沮丧。白氏晚年与刘禹锡相互唱和"纸墨所存者，凡一百三十八首。其余乘兴扶醉，率然口号者，不在此数"。① 及至刘禹锡去世，白居易有《哭刘尚书梦得二首》悼之，其一云："四海齐名白与刘，百年交分两绸缪。同贫同病退闲日，一死一生临老头。杯酒英雄君与操，文章微婉我知丘。贤豪虽殁精灵在，应共微之地下游。"虽说刘、白二人为诗文之交，但"同贫同病"则是相交的基础。由于"贫"、"病"，即难以兼济天下，使白居易的思想日益驳杂，凡是能调适难以兼济天下而引起心中失衡的思想，他都统统拿来构建自己任运随缘、自由旷达的人生哲学。其《新昌新居书事四十韵因寄元郎中张博士》诗云："大抵宗庄叟，私心事竺乾。浮荣水划字，真谛火生莲。梵部经十二，玄书字五千。是非都付梦，语默不妨禅。"无论庄、禅、道教与佛教，只要能调适心理，都不必拘泥地分辨清楚。

　　这种实用主义的人生哲学与其早年功利主义的文学观念看似矛盾冲突，实际上却有内在的统一性，这种统一性就是白居易在面临现实与理想矛盾下自我调适的解决方法。这种解决方法仿佛只是白居易的个人行为和处世方法，但其背后所蕴涵的则是广阔而深厚的世俗地主文化建构所面临的矛盾与怎样解决这一矛盾的文化内容。李泽厚先生在谈及白居易时说：

　　　　"当君白首同归日，是我青山独往时"，这是白居易对"甘露之变"的沉痛的自慰：幸而没有遭到血的清洗。而他

---

　　① 《白居易集》卷69，第1452页。

们的地位毕竟不是封建前期的门阀士族，不必像阮籍嵇康那样不由自主地必须卷入政治漩涡，他们可以抽身逃避。所以，白居易在做了讽喻诗之后，便作起"穷通谅在天，忧喜亦由己，是故达道人，去彼而取此"，"素垣夹朱门，主人安在哉，……何如小园主，拄杖闲即来，……以此聊自足，不羡大楼台"的"闲适诗"了。这里不再是使权贵侧目的"为君为民而作"，而是"形神安且逸"，"知足常乐"了。①

又说：

（苏轼）他的典型意义正在于，他把上述中晚唐开其端的进取与退隐的矛盾双重心理发展到一个新的质变点。苏轼一方面是忠君爱国，学优而仕，抱负满怀，谨守儒家思想的人物，无论是他的上皇帝书、熙宁变法的温和保守立场，以及其他许多言行，都充分表现出这一点。这上与杜、白、韩，下与后代无数士大夫知识分子均无不同，甚至有时还带着似乎难以想象的正统迂腐气（例如责备李白参加永王出兵事等等）。但要注意的是，苏东坡留给后人的主要形象并不是这一面，而恰恰是他的另一面。这后一面才是苏之所以为苏的关键所在。苏一生并未退隐，也从未真正"归田"，但他通过诗文所表达出来的那种人生空漠之感，却比前人任何口头上或事实上的"退隐"、"归田"、"遁世"要更深刻更沉重。因为，苏轼诗文中所表达出来的这种"退隐"心绪，已不只是对政治的退避，而是一种对社会的退避；它不

① 李泽厚：《美的历程·内在矛盾》，安徽文艺出版社1999年版。

是对政治杀戮的恐惧哀伤，已不是"一为黄雀哀，涕下谁能禁"（阮籍），"荣华诚足贵，亦复可怜伤"（陶潜）那种具体的政治哀伤（尽管苏也有这种哀伤），而是对整个人生、世上的纷纷扰扰究竟有何目的和意义这个根本问题的怀疑、厌倦和企求解脱与舍弃。①

从白居易这个典型再到苏东坡这一典型，其间三百年的时光中，无数世俗地主文人都面临着这样的矛盾：

> 企望"天王圣明"，皇权巩固，同时自己也做官得志，"兼济天下"。但是事实上，现实总不是那么理想，生活经常是事与愿违。皇帝并不那么英明，仕途也并不那么顺利，天下也并不那么太平。他们所热心追求的理想和信念，他们所生活和奔走的前途，不过是官场、利禄、宦海浮沉、上下倾轧。所以，就在他们强调"文以载道"的同时，便自觉不自觉地形成和走向与此恰好相反的另一种倾向，即所谓"独善其身"，退出或躲避这种争夺倾轧。结果就成了既关心政治、热中仕途而又不感兴趣或不得不退出和躲避这样一种矛盾双重性。②

但其中不少人能比较好地处理这一矛盾，既能保持理想，又能很裕如地在自己的各种爱好中享受生活：或琴棋书画，或山林江河，或市井青楼，或田园，或台阁，或一门一户闭关天下喧嚣，或诗朋画友雅集，或与禅僧论禅，或与同道对床夜语。总之，当

---

① 李泽厚：《美的历程·苏轼的意义》，安徽文艺出版社 1999 年版。
② 李泽厚：《美的历程·内在矛盾》。

世俗地主文人从苦闷与困惑中醒过来后，他们（尤其以白居易、苏轼为代表的文人）找到了在出处进退之间处之泰然的生活方式，而这恰好是固执的理学家们所缺少的。因此，与其说是理学家们代表了世俗地主文人的思想，毋宁说是那些思想驳杂，行为通脱的诗人词客更能代表世俗地主文人的人生态度。

四　世俗文化层面中的市民文学及其影响

唐以后的文学批评对中唐元和以来的诸种文学现象和诸多作家的批评，都常带有一个"俗"字。在此之前的正统文学领域中，很少有以这个"俗"字品评文学的。与这"俗"字相近似的还有"卑下"、"格调低下"、"卑贱"等。这些"正统"文人和"道学家"不知道这是一股随着商业经济的繁荣而出现的不可遏制的新的思想潮流和文艺潮流。

西方汉学家们习惯把中国元、明、清三代文艺称为"都市文艺"或"市民文艺"，把它与传统的贵族士人文艺加以区别，因为这种文艺在观念形态上较之正统的封建贵族文艺和世俗地主文艺既有千丝万缕的联系，亦有极大差别。试看宋人话本《错斩崔宁》中的一段：

　　却说刘官人驮了钱，一步一步捱到家中敲门，已是点灯时分。小娘子二姐独自在家，没一些事做。守得天黑，闭了门，在灯下打瞌睡。刘官人打门，他那里便听见。敲了半晌，方才知觉，答应一声："来了。"起身开了门。刘官人进去，到了房中，二姐替刘官人接了钱，放在桌上，便问："官人何处挪移这项钱来？却是甚用？"那刘官人一来有了几分酒，二来怪他开得门迟了，且戏言吓他一吓，便道："说出来，又恐你见怪；不说时，又须通你得知。只是我一时无奈，无计可施，只得把你典与一个客人，又因舍不得你，只典得十五贯钱，若是我有些好处，加利赎你回来；若是照前这般不顺溜，只索罢了。"那小娘子听了，欲待不信，又见十五贯钱堆在前；欲待信来，他平白与我没半句言语，大娘子又过得好，怎么下得这等狠心辣手？疑狐不决，只得再问道："虽然如此，也须通知我爹娘一声。"刘官人道："若是通知你爹娘，此事断然不成。你明日且到了人家，我慢慢央求人与你爹娘说过，他也须怪我不得。"小娘子又问："官人在何处吃酒来？"刘官人道："便是把你典与人，写了文书，吃他的酒才来的。"小娘子又问："大姐姐如何不来？"刘官人道："他因不忍见你分离，待得你明日出了门才来。这也是我没计奈何，一言为定。"说罢，暗地忍不住笑，不脱衣裳，睡在床上，不觉睡去了。①

这是一桩人事公案描写的一部分，写刘官人某日与妻子去岳父家，岳父给他十五贯钱做生意，晚上他一人喝醉酒回家，他的妾二姐问他去哪里寻来的钱，他开玩笑说自己把二姐典给别人得的，然后醉倒在床上。哪知这几句戏言竟惹出大冤案。二姐听刘官人把她典了，就私自跑回家准备告诉父母。恰好那天晚上小偷来偷钱并杀了刘官人灭口。第二天族人知道此事去告诉二姐，正见二姐与一路人崔宁在山中同行，于是崔宁就以洗不清的罪名冤死官府。后来那小偷占了刘官人的妻子，无意间将事情泄露出来，冤案才得以澄清。

且不说这段公案对当时司法制度的批判，仅从形式上看，这样的大白话已经与正统文学泾渭分流。这里描写的只是市井小民

---

① 　冯梦龙原编《醒世明言》第33卷，岳麓书社1990年版，第564页。

的生活及其琐事，说不上深刻，谈不上韵味，更没有文雅的风格。其中语言虽然精练，但丝毫不合雅文学含蓄文风的要求；对话虽然准确反映出人物心理，但在士大夫文人看来实在是絮絮叨叨的废话。不过，正是这种来自都市小人物生活中的文艺新声最终将正统文艺挤到了文艺殿堂的一隅而独占了显赫的地位，以致封建后期伟大的作家都靠了这种文艺而攀上封建文艺的顶峰，如孔尚仁、汤显祖、曹雪芹等。

　　这一股世俗文艺的思潮应该起于中唐。白居易曾在《与元九书》中这样描述他的诗歌在当时的流传情况："自长安抵江西，三四千里，凡乡校、佛寺、逆旅、行舟之中往往有题仆诗者，士庶、僧徒、孀妇、处女之口每每有咏仆诗者。此诚雕虫之技，不足为多，然今时俗所重，正在此耳。"白居易丝毫没有夸张，"童子解吟《长恨曲》、胡儿能唱《琵琶》篇"，确是当时的事实。这两篇名作，一以"天长地久有时尽，此恨绵绵无绝期"的男女生死相思而脍炙人口，撼人心灵，一以"同是天涯沦落人，相逢何必曾相识"的"沦落知音"之感，令人为之嗟叹。世俗地主来自社会中下层，与下层人有着天然的联系，虽然他们在政治上已经开始进入统治阶层，但与世袭贵族相比，其骨子里仍脱不了中下层阶级的"俗气"。因此，缺少文化修养而需要表达其文化需求的中下层人，尤其是渐次脱离了贫困、能解决温饱的市民，其文艺就是借助于白居易这样的文人的"娘胎"而呱呱投生在地主文艺的产床上的。从小就尝到流离做客之苦，在"昼课赋，夜课书，间又课诗，不遑寝息矣，以至于口舌成疮，手肘成胝"[①] 的艰难中成功的白居易一类中下层地主文人，当然不会陌生市民的情感。因此，那个"千呼万唤始出来，犹抱琵琶半遮面"的琵琶女，在极度不

_____

① 白居易：《与元九书》。

情愿的情况下，所讲述的人老色衰的风尘女子嫁作商人妇的身世，在白氏笔下被写得十分真实。白居易活画出了逐渐在经济上形成气候的市井商贾的"重利轻别离"的嘴脸，而市民文艺恰好正是建立在商业经济逐利的基础上的，天生具有消遣与娱乐的特征。

大唐帝国的强大和繁荣造就了众多的大都市，以当时国际大都市长安为中心，以后来五代十国京城为网络，继之而起的宋代京城汴京的繁华，使大量商旅贩夫营集此中，并形成可观的市民群体，市民文艺顺应了市民生活情趣的需要，在中晚唐兴起。不过，中唐以来由文人所表现出来的"市民文艺"（主要以传奇和词为代表），还明显具有"士人"色彩。具体讲，其内容大多为狎狭文人与市井娟妓之间的情事；形式上大多借助文人熟悉的传奇、诗歌和新起的曲子词来表现；从情趣上看，大多染上地主文人的生活情趣，且在两性题材上表现出不太严肃的观赏和狎玩心态。

晚唐文人温庭筠与北宋文人柳永，是文人表现"市民"文学最有代表性的人物。

作为庶族地主文人的温庭筠，其诗歌表现出庶族地主在晚唐末世中的追求、失落、苦闷与探索的精神，其力图参与现实的欲望是十分强烈的。但当作为一个从俗的作家，即一个市民文化的代言人的时候，温庭筠的作品就反映出庶族地主阶级思想糟粕与市民思想中庸俗的部分相激荡的现象，以致不少作品反映出他"士行尘杂"[1] 的一面。其诗如《咏频》、《观舞妓》等，除去表现感官的满足，很难说有什么别的东西。像下面这首《光风亭夜宴妓有醉殴者》："吴国初成阵，王家欲解围。拂巾双雉叫，飘瓦两鸳飞。"以观赏的态度看妓女斗殴，并用文学的形式以调

---

① 　刘昫：《旧唐书·温庭筠传》，中华书局1975年版。

侃的态度再现这种庸俗的场面。在这里，作者的生活态度和创作态度，显然已经与传统的伦理道德和诗教大相径庭。在这样的作品中，我们不难发现市民的生活情趣对地主文人及其创作所产生的深刻影响。

与柳永相比，温庭筠只算是初涉市民文学者，在柳永的全部作品中，抽去那些表现庶族地主文人"羁旅行役"之悲的部分，我们不妨称其为"市民作家"。关于柳永的评价，最为突出的特征就是一个"俗"字，从现存柳词来看，"俗"实在是其特色。柳词内容大致为三类：一类是市井小人物形象的塑造；二、三类如陈振孙所云："柳词格固不高，而音律谐婉，语意妥帖。承平气象，形容曲尽；尤工于羁旅行役。"① 这里的"承平气象"主要指对宋真宗与宋仁宗朝城市繁华生活的描写，属于"都市文学"范畴。因此，描写市井细民和都市繁华的"俗文学"，就是柳永作品与许多作家的最大区别。

首先，从其塑造的市井人物形象来看，有英英、秀秀、安安、虫虫、冬冬、心娘、佳娘、酥娘、虫娘等，无疑是"被压迫与受侮辱"的社会底层的妇女形象。作者与这些女性之间是这样相交往的：

> 误入平康小巷，画檐深处，珠箔微褰。罗绮丛中，偶认旧识婵娟。翠眉开，娇横远岫；绿鬓嚲，浓染春烟。忆情牵，粉墙曾恁，窥宋三年。　　迁延。珊瑚筵上，亲持犀管，旋叠香笺。要索新词，䛌人含笑立尊前。按新声，珠喉渐稳；想旧意，波脸增妍。苦留连，凤衾鸳枕，忍负良天？

---

① 陈振孙：《直斋书录解题》，上海古籍出版社1987年版。

（《玉蝴蝶》）①

　　红茵翠被，当时事，一一堪垂泪。怎生得依前，似恁偎香倚暖，抱着日高犹睡。（《慢卷紬》）②

这里虽说杂混着轻薄文人的轻佻和狎玩女性的意味，但并非只是柳永一人才有的行为。在北宋词人中，仿佛对雅、俗二端自有看场合行事的权宜，有苏轼的故事云："东坡平生不耽女色，而亦与妓游。凡待过客，非其人，则盛女妓丝竹声，终日不辍，有数日不接一谈，而过客私谓待己之厚。有佳客至，则屏妓衔杯，坐谈累夕。"③

　　苏轼以丝竹妓乐以待常客，而以促膝谈论以待佳宾，是出于崇雅轻俗心理，但有时亦不得不"从俗"。以妓乐待客，有时逢场作戏，偶为小曲子，以应付光景，正是出于官场人事应酬的需要。比如居庙堂之高而堂堂正正的一代宗师欧阳修会写出这样的作品：

　　　　因倚兰台翠云鬟，睡未足，双眉尚锁。潜身走向伊行坐，孜孜地，告他梳裹。　　发妆酒令重温过。道要饮，除非伴我。丁香嚼烂偎人睡，犹记恨，夜来些个。（《惜芳时》）④

但是，应光景写艳词并不妨碍欧阳修在"雅文学"，即传统诗、文方面的革新。柳永的作品除去词外，只有几首诗歌。仅从留存

---

① 《全宋词》第 1 册，中华书局 1986 年版，第 41 页。
② 同上书，第 41 页。
③ 丁传靖：《宋人佚事汇编》卷 12，中华书局 1981 年版。
④ 《全宋词》第 1 册，第 151 页。

的作品来看，他是倾全力以作词手的，但其词学观点并不代表正统士大夫文人的普遍见解，而是典型从俗的。

"同是天涯沦落人，相逢何必曾相识"这样的沦落之感，使失意的地主文人与都市下层的凡夫俗女们一旦接触，世俗生活画卷就由这些文人涂抹出来了。

市民文学的一大题材是写市井男女之情。从中唐大量出现的写男女情事的传奇，如《莺莺传》、《长恨传》、《李娃传》、《霍小玉传》、《飞烟传》，就可以感受到这股风气来势不小。晚唐大量描写男女情事的诗歌，尤其是唐末五代的小诗、小词，如《香奁集》、《花间集》中那些表现赤裸裸男女性爱的作品，将一个文坛搅得令正统批评家们大呼"大道沦丧"。

市民文艺与士大夫正统文艺冲突最为激烈、最为敏感的就是两性题材。

封建文艺，尤其是正统儒家文艺，从来就是羞于谈性、耻于谈性的，造成这种现象的原因极为复杂，但最根本的原因还是以宗法血缘为主的社会，那种"男性中心"的夫权思想在作祟。尤其是当封建贵族制趋于完善的时候，这种思想就逐渐形成。《诗三百》在汉代被奉为《诗经》的同时，那些言及两性的民歌就完全被赋予宗法、伦理的意义。之后，处于正统文学之外的民间文学中，两性内容一直处在潜行状态。封建文人大多缄口不言性，仿佛世界全由男性组成。偶有作家谈及，势必引起非议。如陶渊明写《闲情赋》，就有不少人为之议论。[1]但是，女性与两性关系的存在是无法抹去的现实，因此，正统

---

① 萧统在《陶渊明集序》中说："白璧微瑕，惟在《闲情》一赋"，认为"无是可也"。清人刘光蒉则说陶渊明"身处乱世，甘于贫贱，宗国之覆既不忍见，而又无如之何，故托为闲情。其所赋之词，以为学人之求道也可，以为忠臣之恋王也可，既以自悲身世以思圣帝明王亦无不可"（《陶渊明闲情赋注》）。

文学领域中女性形象的出现，总是与统治阶级的思想意识合拍的，无论是讲妇德而文学中就有符合其道德标准的女性形象，还是荒淫的统治者眼中的女性展现为宫体诗一类文学中的"娼妓"。作为"人"，汉魏六朝以来的女性，在文学中与现实中一样，是没有独立人格的"物"，充其量只是"尤物"。女性形象沦落为男性观赏和泄欲的对象，人格被否定的同时，封建贵族思想的腐朽和走向没落也就不可避免了。因此，对女性人格的认同与否，对女性情感的态度如何，本质上是"人的觉醒"的程度深浅的反映，也是人的思想境界高下的反映。试看以下两首诗中所描写的女性形象，就足以证明以上所言：

> 北窗聊就枕，南檐日未斜。攀钩落绮障，插捩举琵琶。梦笑开娇靥，眠鬟压落花。簟文生玉腕，香汗浸红纱。夫婿恒相伴，莫误是倡家①。
>
> 夫何瓖逸之令姿，独旷世以秀群。表倾城之艳色，期有德于传闻。佩鸣玉以比洁，齐幽兰以争芬。淡柔情于俗内，负雅志于高云。悲晨曦之易夕，感人生之长勤；同一尽于百年，何欢寡而愁殷！襃朱帷而正坐，泛清瑟以自欣。送纤指·之余好，攘皓袖之缤纷。瞬美目以流眄，含言笑而不分。曲调将半，景落西轩。悲商叩林，白云依山。仰睇天路，俯促鸣弦。神仪妩媚，举止详妍。……激清音以感余，愿接膝以交言。欲自往以结誓，惧冒礼之为愆。待凤鸟以致辞，恐他

---

① 萧纲：《咏内人昼眠》，逯钦立辑校《先秦汉魏晋南北朝诗》，中华书局1984年版，第1940页。

人之我先。意惶惑而靡宁，魂须臾而九迁。①

　　前一首诗视妻子为娼妓，使女性的人格降到玩物的地位，作者人格的丧失也自不待言；后一篇赋则将女性放在与作者人格平等的位置上来描写，并表现出作者在精神上的仰慕与渴望，以及与之相知相交的愿望，但这类将女性视为具有独立人格魅力而追求的作品在唐前实在不多。

　　盛唐文学的理想主义色彩在两性题材的描写上也表现出来，并使之升华为诗美艺术。在盛唐诗中女性不仅具有相对的独立人格，而且他们的悲欢离合与男性一样，总与时代的脉息相连，此期与征戍、游宦相联系的思妇诗、闺怨诗的大量出现虽然不能说男女之间已经具有实际意义上的平等，但女性对男性的"奴婢"人格已经不复存在。

　　元稹在《莺莺传》中借张生之口说："余真好色者。""好色"二字，讲出了自中唐以来世俗文艺对市民意识的反映。受市民思想意识中鄙俗成分和封建成分的影响，中晚唐不少作家的作品中还存在着较强的封建男性中心意识。在《霍小玉传》、《莺莺传》、《李娃传》等传奇小说中，作者塑造出来的女性要么是遭始乱之、终弃之的受害者，要么是努力改变自我而适应封建道德规范、以放弃自身人格为代价的牺牲品。《香奁集》与《花间集》的相继出现，继南朝宫体诗后，在两性描写上引起一场轩然大波。在批判它们以鄙俗的肉欲给后代"猥亵小说"带来恶劣影响的同时，应该理性地认识这一思想史上的新现象。

　　从一个旧制度的母体中产生的一种带有叛逆性的思想，最初总是朦胧的、良莠混杂的、善恶美丑交织在一起的，在其发展过

---

① 陶潜：《闲情赋》，《陶渊明集》卷5，逯钦立校注，中华书局1979年版。

程中，逐渐扬弃，最后产生质的变化而确立起与旧思想脱胎换骨的新思想。中唐以来，朴素的"人性觉醒"在两性方面，仅仅是"小荷才露尖尖角"而已。因此，在两性题材中爱情与性欲、纯真与丑恶、高雅与鄙俗往往是难分泾渭的。在中晚唐乃至北宋时期，不少著名作家的作品中爱情精品与粗俗艳情、格调高雅与识趣浅陋，"人性觉醒"与腐朽意识常常同时出现，这种在两性问题上所表现出来的思想混乱，从思想史上是可以得到解释的。

　　晚唐五代时期民间词中出现的女性形象，其性格特征有着明显的市民气息，《菩萨蛮》云："枕前发尽千般愿，要休且待青山烂，水面上秤锤浮，直待黄河彻底枯。　　白日参辰现，北斗回南面。休即未能休，且待三更见日头。"① 这种大胆热烈、心直口快的女性，在维护自己的权益时，显然与封建妇德标准下欲说还休的弱女子不同。这是活脱脱的世俗女性，当其认识到自身人格尊严时，就公开地捍卫这种尊严。视夫权如无物，其中所具有的叛逆精神，不正是明代中后叶呼唤个性解放的呼声的前兆么？还有另一种带有浓厚市井气，以卖身为业的女性形象也跃然纸上："两眼如刀，浑身似玉，风流第一佳人。及时衣着，梳头京样，素质艳丽青春。善别宫商，能调丝竹，歌令尖新。"② 这种商女形象的出现，就使带有商品特征的花钱买笑的交易，在文学作品中毫无顾忌地写将出来。出现在宋人话本中的女性，完全不理睬封建妇道，其中虽然不乏真诚善良之人，但更多的是放浪无检束，蔑视礼法，偷情、私奔、纵欲，为了一己私利，不惜诬陷他人；为了达到自己的目的，或泼辣放肆，或忍辱复仇，或以权谋机诈算计，或以急中生智应变。正统文学中勤劳朴实，谦卑

---

① 　张璋、黄畬编：《全唐五代词》卷七，上海古籍出版社1986年版。
② 　同上。

忍让，柔弱善良任人宰割的女性，在都市文学中几乎荡然无存。试翻翻现存宋人话本，看看这些女性：《闹樊楼多情周胜仙》中的周胜仙，《碾玉观音》中的秀秀，《志诚张主管》中的小夫人，《错斩崔宁》中的刘大娘子，《菩萨蛮》中的新荷，《金明池吴清逢爱爱》中的爱爱，她们大多不顾及贞操观念，也不在乎羞耻之心。为了自己的欲望，私奔、再嫁、再离异等，少有讲从一而终的事，这在宋人话本的"烟粉"、"传奇"中屡见不鲜。

宋代市民文学画廊展示出来的市井细民凡夫俗女的世俗生活画卷中，活跃着各色人等，有富商、小贩、穷书生、工匠、强盗、无赖、店小二、娼妓、婢女、媒婆、贪官、奸相，在尘嚣喧天、滚滚人流中，各类人物都在为自己的生存算计和忙碌着。他们的思想观念、心态意欲、言谈歌哭、勾心斗角、报复暗算、称斤计两，全然不同于正统文学的风度和做派。在这人欲横流的都市中，流淌出一股异于正统文学的新潮流。

最能见出这股潮流动向的，当数宋代话本小说中的女性言行。由于处在社会底层，在商业经济活跃、社会生活日益世俗化的趋势中，市民大众最先透露出对封建秩序和伦理道德的不满。处在夫权制下的市民女性，因地位较之男性更加低下，所以对社会变化更加敏感，要求挣脱压迫的欲望也更加强烈。她们首先以极为现实的行为试图反抗现存婚姻中的不公平，其中大胆的，更对传统伦理节操表示蔑视。有的为着一见倾心之人而以生命为代价去追求爱的幸福；有的为了性欲的满足不惜毁灭自身而纵欲；有的为了生存安全而忍辱负重以待复仇时机；有的为了自己的利益宁负天下人而不让别人负自己。如此种种，可谓光怪陆离。这些在现实世界里真实生活着的下层平凡女性，除去平凡的生活愿望外，其浑身上下充满了可怕的"人欲"。这人欲中不乏庸俗、卑微，甚至糜烂的思想意识。但这一群血肉丰满而活生生的女性，却使当时世俗生活充满了生机，为都市文学平添了丰富多彩的色调。

两性问题最能反映市民生活中所出现的反封建情绪和潜意识，但这并不是市民生活的全部，因此也不是市民文学的全部。在庞大的都市凡夫俗女交响曲中，各色人等无不演奏着自己的声部。他们组成和弦中的一个个音符，或高或低，但都不可忽略。

敦煌曲子词中的三首《长相思》，已经不是文人眼中"重利轻离别"的逐利小人，而是在日常现实生活生存压力下离乡背井的平凡商人。他们行商在外，贫穷富贵、灾病祸福、悲欢哀乐，悬殊天壤，个中滋味冷暖自知。在日渐繁荣的城市商业经济竞争中，并非每一个逐利于其中的人都能成为暴发户，三首《长相思》中所描述的三个人物形象就代表了在竞争中输赢的三类人物，这些人物也有自己的情感世界需要表现。因此，几家欢乐几家愁，在俗文学中虽然没有富于想象的理想模式，但却有世俗生活的真实反映，市民文学也有自己的价值判断和批评：

> 浙右华亭，物价廉平。一道会，买个三升。打开瓶后，滑辣光馨。教君霎时饮、霎时醉、霎时醒。　　听得渊明，说与刘伶：这一瓶，约送三斤。君还不信，把秤来称，有一斤酒、一斤水、一斤瓶。①

商品经济带来繁荣，也滋生出奸商，为获得利润，他们以假乱真，以次充好，缺斤少两，毫无道德可言。这首《行香子》"买酒"词，以幽默、调侃的语气辛辣地讽刺了逐利忘义的奸商。题材琐屑细小，说来令那些儒雅风流的文士、囊中鼓鼓的达官嗤

---

① 　唐圭璋：《全宋词简编》，上海古籍出版社1985年版，第780页。

之以鼻。然而，就在这称斥悉两的卑琐中，在幽默调侃的笑声中，市民文学在默默地改变人们对文学的功能期望，即把文学的社会娱乐作用放到了首位。

世俗地主阶级在盛唐时代充满了自信和强烈的进取心，像李白"仰天大笑出门去，我辈岂是蓬蒿人"（《南陵别儿童入京》）、杜甫的"自谓颇挺出，立登要路津"（《奉赠韦左丞丈二十二韵》），都是世俗地主刚看到进入统治阶级的亮光时的自信心态表现。到中唐以后，文人们逐渐意识到前途并非坦平。入宋以后，随着科举取士成为文人进身的主要渠道，因此，较之于《唐才子传》中所描写的下层穷书生困顿科场的悲哀，下层文人在理想与现实中的失望就更加沉重，他们汲汲于科考的种种窘态，在市民文学中都得到反映，如下面一首《青玉案》词所描绘的一个穷书生，在茫茫人海中，怀着诚惶诚恐心态去赶考的情景：

> 钉鞋踏破祥符路，似白鹭，纷纷去。试盝袱头谁与度？八厢儿事，两员直殿怀挟无藏处。　　时辰报尽天将暮，把笔胡填备员句。试问闲愁知几许？两条脂烛，半盂馊饭，一阵黄昏雨。①

很显然，词中所描写的这个赴考的举子那种寒酸窘迫、惴惴不安，哪里还有盛唐世俗地主文人那种挥斥方遒、激扬文字、粪土王侯的傲气，但是，他的确是在科举制走向规范同时也趋于僵化的时代中，千千万万个应考举子在都市生活中的一个剪影。到了晚清如《儒林外史》、《二十年目睹之怪现状》等批判现实的小

---

① 洪迈：《夷坚三志》己卷，中华书局1981年版。

说中，像这首词中塑造的下层文人形象也就更加鲜明、典型，由此可以看出，自中唐以来所出现的俗文学对后世的深刻影响。

都市世俗生活的画卷在中晚唐以后逐渐展开，从世俗地主文人的染指，成为市民文学的代言人，到宋代民间说话艺人的话本小说创作，表明市民文艺已登上历史舞台，成为一种新兴的充满活力和发展潜力的社会文化思潮，影响着人们的精神生活、审美观念和对文学的认识。在宋代平话中：

> 说国贼怀奸从佞，遣愚夫等辈生嗔；说忠臣负屈衔冤，铁心肠也须下泪。讲鬼怪，令羽士心寒胆战；论闺怨，遣佳人缘惨红愁。说人头厮挺，令羽士快心，言两阵对圆，使雄夫壮志。[①]

这显然已经成为一种大众消遣性的文艺，其市场在繁华都市营营众生之中。它津津玩味着世俗人情，渴望着无常人生突然天降富贵，企求着满足欲望时的那种快感，想象着杀富济贫的侠客义士的出现……在这种市民文学中没有真正崇高的理想，只有微不足道而又十分"现实"的欲求，这种欲求有时甚至充满了庸俗、无聊、卑琐与下作。然而，正是这些富于现实人情味的俗文学，为人们展现出一幅前所未有的世俗生活画面，告诉人们在远离现实的帝王将相、才子佳人和文人墨客的理想外，这个世界还有更多的内容。它没有宫廷生活的神秘与富贵，只有平淡无奇的世俗生活；没有桃花源中与世无争的宁静和谐，只有人世间竞争中的喧嚣叫骂；没有脱离了自然生理基础上的理想爱情，只有基于性欲之上的两情相悦。正统文学思想视为核心的文学教化功能，被

---

① 罗烨：《醉翁谈录》卷一，古典文学出版社1957年版，第5页。

娱乐功能所替代。

　　两种文学思想在这里分道扬镳，正是从中唐开始的市民文学，经两宋而入元以后，开始将正统文学创作挤到了文学殿堂的一边，最终成为中国封建后期文学的主流。

五　中唐至北宋文学创新与建构的思想文化史价值

　　回到开篇的话题，无论是清初的叶燮，晚清的陈衍、沈曾植，现代的陈寅恪，还是日本学者内藤湖南及其学生宫崎定市，都比较一致地认识到了从中唐到北宋这一时期中国思想文化的巨大转折。其实，身在此山中，生当其时的大诗人白居易在《余思未尽加为六韵重寄微之》诗中，就已经直觉地感受到了这一转折的到来，并为人们提出了自己的感觉：

　　　　　制从长庆辞高古，诗到元和体变新。

　　前一句由文风的变化体味出政治体制变化的要求，后一句则感受到诗风从俗的必然。与元、白同时且友善的李肇说：

　　　　　元和以后，为文笔则学奇诡于韩愈，学苦涩于樊宗师，歌行则学流荡于张籍，诗章则学矫激于孟郊，学浅切于白居易，学淫靡于元稹，俱名为元和体。①

这一段话是李肇对"元和体"内涵的见解，他认为"元和体"不只限于诗歌，还应包括时文，即今人所云古文。通俗地讲，李肇所说的"元和体"，仅仅是一个时间概念，那就是元和那一段

---

① 李肇：《唐国史补》卷下《叙时文所尚》。

时间的文学状况，它应包括白居易所说的贞元、元和时期。因此，清人冯班及叶燮等人论及这一段时间时，都以贞元、元和联系在一起。冯班说："诗至贞元、元和，古今一大变。"① 叶燮则说："贞元、元和之际，后人称诗，谓之'中唐'。"②

不管是"古今一大变"，还是当时崇尚流行的奇诡、苦涩、流荡、矫激、浅切、淫靡，无不体现出一种趋势，那就是求变。这一股求变创新的文学思潮被许多批评家认识到，并指出是文学家们试图突破盛唐樊篱的尝试。我以为，如果以此作为中唐作家求变创新的驱动力，那仅仅看到了表面现象。因为中唐时期所出现的各种文学现象，都与当时政治、经济、思想意识和文化的求变创新有着内在的、深刻的关系。正如前文所提到的"永贞革新"的政治图变，新乐府运动、古文运动与汉末以来儒家与释、道融合而到此刻欲图"复兴"的思想要求，以及大一统君主专制要求强化的需要，在元和时代都凸显出来，因此，元和文学的革新就不能简单地看成是一群文学家们的文学创作问题，而应该认识到元和文学创新背后深厚的思想文化动因。

然而，元和文学革新的世俗地主政治文化层面的深入，在"甘露之变"之后受到挫折，一直到北宋欧阳修的时代再一次凸现，并由北宋一大批文人将其深入，并建构起一整套封建后期文学的范式，由此奠定了中国封建文化的后期基础并搭成框架，之后的世俗地主文学基本上就在这一建构中运行和发展着。

"甘露之变"看来只是一次偶然事件，但其背后却有着非常

---

① 冯班：《钝吟杂录》卷七，丁福宝辑《清诗话》，上海古籍出版社 1982 年版。

② 叶燮：《唐百家诗序》。

深远的历史文化背景。且不谈太远的事，"永贞革新"的失败，是由在王叔文集团夺取宦官兵权失败而造成的。"甘露之变"的发生不仅阻断了永贞革新和元和中兴以来士人政治图变求新的理想，也使士人心态发生激变，导致晚唐五代乃至宋初几十年来士人对革新热情的淡漠，致使由创新到建构世俗地主文化过程的延长。白居易在"甘露之变"后写了好多首诗，很能反映士大夫文人心态的转变，如《咏史·九年十一月作》云："秦磨利剑斩李斯，齐烧沸鼎烹郦其。可怜黄绮终商洛，闲卧白云歌紫芝。彼为俎醢机上尽，此作鸾凤天外飞。去者逍遥来者死，乃知祸福非天为。"[1] 又有《九年十一月二十一日感事而作》云："祸福茫茫不可期，大都早退似先知。当君白首同归日，是我青山独往时。顾索素琴应不暇，忆牵黄犬定难追。麒麟作脯龙为醢，何似泥中曳尾龟。"[2] 这两首诗所言，无非指人为的政治风云难以预料，近官场则是非常在身旁，不如远祸全身为上策。苏轼《书乐天香山寺诗》说："白乐天为王涯所谮，谪江州司马。甘露之祸，乐天在洛，适游香山寺，有诗云：'当君白首同归日，是我青山独往时。'不知者以乐天为幸之，乐天岂幸人之祸者哉！盖悲之也。"[3] 汪立名《白香山诗注》说："大和九年甘露事，李训、郑注、舒元舆、王涯、贾𫗧皆遇害。味诗中同归句，本就事而言，不专指王涯也。公自苏州召还，秩位渐崇，见机引退，宦官之祸，固早计及者，何致追憾王涯。况公之迁谪，本由宦官恶之，附宦者成之，岂反以中人诛夷士大夫为快？"上引两处材料，旨在辨明白居易"当君"二句诗非谓王涯遇难而幸灾乐祸，

① 《白居易集》卷30，第686页。
② 《白居易集》卷32，第734页。
③ 《苏轼文集》卷67，中华书局1986年版，第2110页。

实为"甘露之变"士大夫遇难而悲，也表现出诗人在事变惨案后心灵受到的巨大震动，以及从此以后见机引退、明哲保身以求避祸的想法。由此可以看出，世俗地主文人心态发生剧烈的变化，是封建专制走向完善的必然趋势，"甘露之变"只不过是一个重要的转捩点而已。

中唐时期数十年的时间中，有"永贞革新"、"牛李党争"、"元和削藩"、"甘露之变"等重大政治事件的发生，这些政治事件从不同的角度刺激着士大夫文人的心态，他们由积极参与转而归于全身远祸，心灵受到的创伤与打击十分巨大，这些创伤不是个人的，而是整个世俗地主阶级的。加之晚唐乱世，军阀称雄，文人更无前途可言，因此，元和文学革新精神从元、白、韩、柳等人以后，也就逐渐消歇。然而另一股潮流却并未因上述政治事件的发生而中断，相反却越来越汹涌地冲击着世俗地主文化层面。

这就是市民文学潮流。

当元和革新所引起的文学创新受到"甘露之变"等灰色影响而消歇时，当时的文人很自然地将文学创作的眼光投向一股正在兴起的创作潮流。前文已述白居易写《琵琶行》所表现的商业经济影响，而在此前，即元和元年，白居易35岁那年，他就写下了千古名篇《长恨歌》，后来陈鸿在自己的《长恨歌传》中说："白乐天，深于思者也。有出世之才，以为往事多情而感人也深；故为《长恨词》以歌之，使鸿传焉。世所隐者，鸿非史官，不知。所知者有《玄宗内传》，今在。予所据，王质夫说之尔。"白居易与友人陈鸿、王质夫同游仙游寺，有感玄宗与杨贵妃事而写的《长恨歌》，其体裁虽为诗歌，然与当时流行的传奇写法别无二致，其叙事性与虚构性都显然与传统诗歌写法有别，尤其是以两性题材来将帝王当作普通人写，这就是典型的俗文学影响。因此，陈鸿能在《长恨歌》的基础上写出小说《长恨歌传》，并生发出宋代《杨太真外传》、元代白朴《梧桐雨》和清代洪升的《长生殿》。从"世情小说"（字面上理解为写"世态人情"的作品，但一般指普通男女的生活琐事、饮食欲望、恋爱婚姻、家庭人伦、家族历史、众生世相等的描写）的发展来看，中唐以前基本上属于孕育时期，而《长恨歌传》、《东城老父传》、《莺莺传》、《霍小玉传》、《李娃传》、《柳氏传》，这些传奇小说的作者都是著名文人，可见文人对正统诗、文以外俗文学的关注。及至晚唐，文人不仅染指俗文学中的传奇、词，而且在正统诗歌领域中"从俗"的倾向也益发明显，并由此经五代而入宋。

收拾了五代十国的分裂局面并坐稳了江山后，宋代君臣开始了他们的政治、文化建构。无论是对儒学的改造、复兴、建构理学，还是政治改革中的庆历新政、熙宁变法，以及在通变救弊、淑世精神驱动下所出现的新旧党争，无不表现出世俗地主阶级建构自己思想文化、政治哲学体系的要求，借用张载的话来讲就是：

> 为天地立心，为生民立命，为往圣继绝学，为万世开太平。①

一句话，就是要创立一整套体系。在这样的文化背景中，北宋文学的发展就必然要体现出这一思想文化的要求与特点。所以，无论是宋初诗歌三体的迭代，欧阳修等人的诗文革新运

---

① 《近思录拾遗》，《张载集》，中华书局1970年版，第326页。文字依黄宗羲《宋元学案》卷18《横渠学案》，中华书局1986年版。

动对骈文的打击，一反唐音而创宋调特色的诗歌创作，以及对曾经不屑一顾的词体文学雅化的进行，无不体现出在文学领域中建构体系的努力。唐宋八大家散文地位的确立，江西诗派的诗歌理论的深远影响，苏轼、周邦彦在词坛上的深远影响，都足以显示出在世俗地主文学层面上体系建构的完成。

　　从元和到元祐，中国封建文学在两个层面上展开。世俗地主阶级在传统诗文领域通过创新，建构起一个与盛唐文学（代表封建前期文学最高成就）截然不同的，可以按模式操作的文学体系（在诗歌领域中形成唐音与宋调两种诗美风范，并造成此后数百年的唐宋诗之争；在散文领域中经明清两代散文家的进一步规范，形成了远远超过骈文"骈四俪六"模式要求的古文写作模式）。在市民文学层面上，由中唐尚浅俗、尚怪奇的文艺风尚中，逐渐透露出市民文学对正统文学的浸润，传奇与词在民间的流行，尤其是在京城与商业都市中活跃的说话，直接影响了宋代市民文学的发展。应该说，宋代的话本就是在中晚唐的俗讲、变文等说话形式上形成的。据罗烨《醉翁谈录》统计，宋人的话本有150种之多，而宋人话本对明清短篇白话小说和元明以来的长篇小说都有着深远的影响。

　　从思想文化史的角度看，从元和到元祐的文学创新与建构，一方面确立了中国封建后期世俗地主文学的主导地位和创作规范，同时也宣告了世俗地主文学思想的渐趋保守和僵化。另一方面，包含在文学创新思潮中的市民文学的崛起，不仅带来了中国文学观念的深刻变革，也影响到人们对文学的社会作用、审美价值和表现形式的认识。更为重要的是，市民文学所传达出来的市民的生活观念、思想感情和审美趣味，对封建阶级的思想意识、伦理观念、道德标准、社会价值观，无疑具有巨大的冲击。正因为市民处在社会底层，他们对封建统治阶级抱有天然的叛逆性。虽然在封建生产方式未发生质变的情况下，市民不可能成为一个新兴的阶级，但由于其地位使他们所处的封建生产关系发生了重大变化，他们的独立性较之其他阶级和阶层要强得多，一旦新的生产力和生产关系出现，他们必然最先成为封建阶级的反叛者。明代中后叶，封建阶级内部出现李贽等人的"异端"思想，与此期萌芽的资本主义因素相呼应，由此产生了市民文学的第一次高潮，即世情小说中《金瓶梅》的出现。《金瓶梅》为读者展现了一个完整的社会，书中涉及人物八百多人，上至朝中显贵，下到衙役爪牙；有富商，有小贩，有和尚尼姑、道士、士大夫文人、流氓地痞、乞丐娼妓，三教九流无所不包。所写生活大到政治事件，小到婚丧嫁娶，民风民俗尽得展现，故鲁迅先生说："作者之于世情，盖诚极洞达，凡所形容，或条畅，或曲折，或刻露而尽相，或幽伏而含讥，或一时并写两面，使之相形，变幻之情，随在显见。"① 皇皇百万言的巨著《金瓶梅》中，唐中期以来市民文学，尤其是词、世情小说的影响得到空前的发挥。在《金瓶梅》之后，世情小说向着才子佳人小说和艳情小说及封建世相小说发展，并形成明中后叶一直到清末的市民文学主流，其在中国封建后期的思想文化史上的意义及其价值不仅不低于正统世俗地主文学，甚至有过之而无不及。

　　鲁迅先生在对"旧红学"研究《红楼梦》写什么的争论进行概论时说："谁是作者和读者姑且勿论，单是命意，就因读者的眼光而有种种：经学家看见《易》，道学家看见淫，才子看见缠绵，革命家看见排满；流言家看见宫闱秘事……"② "新红学"

---

① 鲁迅：《中国小说史略》，人民文学出版社1975年版，第152页。
② 鲁迅：《集外集·〈绛花洞主〉小引》，《鲁迅全集》卷七。

对《红楼梦》的研究则有如下见解：自传说，色空观，阶级斗争说，封建衰亡史，宝黛爱情说，女性悲剧说，反封建说，等等。①

　　如此丰富的思想文化内涵和巨大的影响，从文学的角度讲，在中国文学史上堪称"空前"了，而滋养这伟大成就的艺术之泉，无疑与元和以来世俗地主文学的创新与建构的努力是分不开的。试想，如果没有中唐以来世俗地主文学的创新与市民文学的兴起，明中叶后会有如此辉煌的世情小说成就么？基于此，可以证明元和以来文学创新与建构的思想文化价值。

---

①　向楷：《世情小说史》，浙江古籍出版社1998年版，第278页。

上　　编

文学转型期的文化要素

"安史之乱"造成的社会动荡迫使中唐世俗地主阶级在反思致乱原因的基础上开始社会革新，但由于中唐以前基本上还是士族地主阶级占据统治优势，中唐开始，庶族地主阶级与士族地主阶级的冲突加剧，彼此间力量的消长正说明这一斗争的长期性与复杂性，因此，社会革新进程十分艰难。《唐摭言》卷七载称："元和十一年，岁在丙申，李凉公下三十三人皆取寒素。"而唐宣宗大中十四年"中第者皆衣冠士子。是岁，有郑义则，故户部尚书翰之孙；裴弘，故相休子；魏当，故相扶之子；令狐滈，故相绹之子；余不能遍举，皆以门阀取之，惟陈河一人孤平负艺，第于榜末"①。两相对照，可以见出士庶之争的剧烈。因为有这样的背景，所以自中唐"永贞革新"失败，到"牛李党争"的起始，虽然中间牵涉的人事关系极为复杂，但始终纠缠着士庶间的利益之争。但是不管怎样，士族在与庶族的斗争中渐渐落败，这是历史大势所趋。因此，在庶族地主进行政治革新的时候，士族一方面要极力阻碍革新的实施上，一方面又不得不努力改变自己去适应大势所趋的变化。

　　时入宋代，统治阶级通过改革科举，为孤寒之家大开门路，唐代婚姻重阀阅及科举制度中尚存的举荐遗存也消失了，学校教育及科举向世俗地主下层甚至工商杂类开放，使士族地主阶级完全衰落，庶族地主阶级迎来了本阶级统治的辉煌时期。整个北宋时期庶族地主阶级的文化背景充满了建构新的体系的气象，具体表现在寻求稳定的封建政体的一系列措施的实施，儒学复兴及理学框架的搭建，理性精神的大大增强，商业经济的繁荣对人们生活态度、关注视野、审美情趣的影响，都朝着新的方向发展，其结果是世俗地主阶级文学完成了由中唐以来的创新与建构的过程，典型的宋调与占封建后期文学主流的都市文学也具备了雏形，由此，中国封建文学由前期向后期的过渡也基本完成。

---

　　①　王钦若等：《册府元龟》卷651《贡举部·谬滥》，中华书局1960年影印本。

第一章　寻求稳定的封建政体

"安史之乱"造成盛唐社会的巨大动荡，促使中唐统治阶级进行反思，以寻求改革弊端重振大唐雄风，但由于在平定"安史之乱"的同时又种下了藩镇割据的种子，使其与安史乱前宦官专权的封建政体痼疾共同发作，造成大唐帝国的崩塌。如此强大的帝国和辉煌的帝业，在数十年之后进入五代十国的分裂局面，这样沉痛的历史教训迫使宋代开国君主不得不认真思考并作出相应的对策，以寻求封建政体的稳定。因此，从宋太祖由马上取天下之后，即以著名的"杯酒释兵权"而转向以文化成天下的国策。宋太宗、真宗或"锐意文史"①，或"道遵先志，肇振斯文"②，完全确立了宋代右文的国策。这一国策的确定，不仅从根本上解除了唐中叶以来藩镇割据威胁朝廷的忧患，而且导致了宋代文化的大发展，达到了封建政体稳定的政治目的，然而却又导致了宋朝"文弱"的弊病。

从寻求封建政体的稳定而言，宋朝较之于此前各代，的确是成功的，不管是武夫，还是宦者，抑或文人，鲜有起而反对皇权政治的。这一效果的达成，是吸取了唐代"安史之乱"以来教训的结果，那么怎样认识从中唐到北宋这一阶段封建统治阶级寻

---

① 江少虞：《宋朝事实类苑》卷二，上海古籍出版社1981年版。
② 王钦若等：《册府元龟·序》。

求封建政体稳定的努力，并将其与创新和建构世俗地主文学联系起来？以下分别论之。

第一节　永贞革新与庆历新政图变的启示

永贞革新与庆历新政是分别发生在唐代中期和北宋中期的政治变法，虽然都以失败而告终，但其中所涵养的政治图变，革故鼎新的精神却给时人和后人以积极的教益。永贞革新虽告失败，但其对中唐世俗地主阶级改革弊政的强烈愿望的刺激无疑是巨大的；庆历新政虽然夭折，但其更张法制、变法图强、革弊求治的政治意图则直接导发了王安石熙宁变法。因此，在探讨中唐到北宋这一历史阶段的封建政治及其与文学的关系时，不得不认真探讨永贞革新与庆历新政的影响，并从中寻求启示。

永贞革新是指以王伾、王叔文、韦执谊、柳宗元、刘禹锡等人为代表的庶族地主集团，在唐顺宗支持下发起的一次政治革新运动，前后 140 天即告失败。然而正如清人王夫之评价这次革新时所说的：“革德宗末年之乱政，以快人心，清国纪，亦云善矣。”① 这次改革的确有其不可低估的影响。

永贞革新的主要内容有以下几个方面：

一是打击专权的宦官和警告割据的藩镇。贞元二十一年（805）正月二十三日，唐德宗病死，次日太子李诵即位，是为唐顺宗。其时顺宗已患风疾，口不能言，王伾、王叔文在宫中决定事务，与执宰相权的韦执谊相呼应，控制了朝廷大权。② 顺宗

---

① 王夫之：《读通鉴论》卷 25，中华书局 1975 年版。
② 案：韦执谊被提为尚书左丞，同中书门下平章事是二月十日。二月二十二日，王伾自太子侍书为右常侍，仍充翰林待诏；王叔文为起居舍人充翰林学士。

一即位，就实施抑制宦官的举措。《册府元龟》卷 507 "邦计部·俸钱"记载："唐顺宗以贞元二十一年正月即位，制百官及在城诸使，息利本钱，征放多年，积成深弊，内外官料钱职田等，厚簿（薄）不均，两税及诸色榷税钱物重轻，须有损并，宜委中书门下与所司商量其利害条件以闻，不得擅有闭籴，禁钱务，令通济。又诏停内侍郭忠政等十九人正员官俸钱。"

永贞革新者之所以一开始就抑制、打击宦官，是因为宦官专权已到了极其严重的程度，不铲除这一祸害，江山社稷将毁于一旦。事实证明了这一点。岑仲勉先生说：

> 唐之亡，或云由方镇，或云由宦官，其实两者兼有之。然藩帅不恭，河北为烈，河北失于处置，（仆固）怀恩之携贰实致之；怀恩得副雍王适，则又因程元振、鱼朝恩之沮子仪，推原祸始，方镇之乱，亦宦官所造成者。①

宦官权重到控制朝廷命脉、皇帝的废立，除去宦官制度之弊的必然外，从唐太宗以宦官充外使始②，经武后、中宗，到唐玄宗时，宦官高力士已手握重权，以致"宇文融、李林甫、李适之、盖嘉运、韦坚、杨慎矜、王铁、杨国忠、安禄山、安思顺、高仙芝因之而取将相高位，其余职不可胜纪"③；"开元二十年后，并以中官为之，谓之监军使"④，监军由宦官充当，为后来宦官把持军权开了恶劣的先例。到唐肃宗时，以宦官为观军容使，更使此恶例大开。史载云："至德中，常令监军事。九节度讨安庆绪

---

① 岑仲勉：《隋唐史》，中华书局 1980 年出版，第 330 页。
② 吴兢：《贞观政要》，上海古籍出版社 1978 年版。
③ 《旧唐书》卷 184。
④ 杜佑：《通典》卷 29《职官》，中华书局 1988 年版。

于相州，不立统帅，以（鱼）朝恩为观军容宣慰处置使。观军容使名，自朝恩始也。"[1] 唐德宗时，宦官窦文场、霍仙鸣为左右神策中尉，控制了禁军中最精锐的部队。岑仲勉先生说："宠任宦官，汉唐之弊政相同，汉以宦官典中书，是政权归之；唐以宦官典禁兵，则兵权归之。前者易制而后者难图。"[2] 宦官不仅抓住了禁军兵权，而且渗透到对外节度使的任命中，监军使由宦官充任，当皇帝昏庸时，其任命节度使往往就听取监军使的汇报，由此宦官专权就与藩镇势力间有了种种关系。

唐顺宗为太子时，就深恶宦官恶行，故其即位后首先就采取对宦官的打击措施。然而宦官在内廷的根系极深且盘根错节，一部分宦官和朝中反对革新的官员共同推立李纯（后来的唐宪宗）为皇太子并监国，事实上宣告了永贞革新的必然失败。此后，永贞革新集团内部王叔文与韦执谊的矛盾明显化，而且在任用范希朝和韩泰接管宦官军权失败后，永贞革新失败的命运就已经注定。还在王叔文执政前，一些藩镇就暗地里想与他沟通。执政之后，盘踞蜀中的军阀韦皋派遣剑南度支副使刘辟带着大量金钱来长安行贿，求领剑南、三川，并威胁王叔文说："若与某三川，当以死相助。若不与，亦当有以相酬。"[3] 王叔文对刘辟严词拒绝，并要杀刘辟以警告天下割据者。王叔文对待藩镇的强硬态度表明了其抑藩的决心。只可惜永贞革新夭折，否则革新集团除藩必成事实。

二是打击贪官以抚人心。王叔文集团改革伊始，就将打击贪官安抚人心作为头等大事来抓，二月二十一日贬京兆尹李实为通

---

① 《旧唐书》卷 184。
② 岑仲勉：《隋唐史》，第 331 页。
③ 司马光：《资治通鉴》卷 236，中华书局 1986 年版。

州长史。李实在贞元十九年起为京兆尹、司农卿，又封嗣道王。据《旧唐书·李实传》载其恃宠强愎，不顾文法，人皆侧目而视。李实不顾百姓疾苦，大肆聚敛，是影响极恶劣的贪官。为此，成端辅曾作谣谚讽刺说，"秦地城池二百年，何期如此贱田园。一顷麦苗伍石米，三间堂屋二千钱。"李实听见这类谣谚之后大怒，向唐德宗告状，"言（成）端辅诽谤国政，德宗遽令决杀"①。李实这种诛杀异己之恶行，使所有正直之人无不切齿怨恨。王叔文集团贬李实为通州长史之举，令天下人心大快。

三是改革弊政。二月二十四日，唐顺宗御丹凤门，宣布诏书大赦天下，其内容涉及如下方面：第一，大赦天下；第二，举荐贤才；第三，禁断宫市；第四，禁止买卖乳母；第五，禁横暴；第六，罢例外进奉。次日，罢盐铁使进献。

四是减免赋税并出宫人。下令"天下诸道除正敕率税外，诸色榷税并宜禁断"②。降低食盐专卖价，前后共出宫女及教坊女900人，百姓为之欢呼鼓舞。

永贞革新改革弊政，推行改革的实际时间不过二三个月，在此期间，改革派大刀阔斧、雷厉风行地改革朝政，从打击专权害国的宦官、抑制妄图割据的藩镇，到举贤用能、惩治腐败清除积弊、减轻百姓负担，无不见出其锐意改革、敢于触忤旧势力的决心，其精神亦不因革新的失败而泯灭，相反却激励了广大庶族地主文人参与革新的政治热情。从永贞革新派与保守派的组成情况看，前者多为无背景的庶族文人组成，后者则多是由代表宦官、藩镇、旧官僚等既得利益者和士族组成，代表着士族的利益。正是有这样的政治背景，永贞革新就成为士庶斗争激烈化时代到来

---

① 《旧唐书》卷135。
② 《旧唐书》卷14。

的象征，士庶的决战已经开始。凡是庶族地主文人都不可避免地受到这次革新的影响。活跃在元和时代的庶族地主文人，虽然并非同一政治集团，但在追求庶族地主阶级的政治利益上却是一致的，要求改革的主张不尽相同，方向却是共同的。正因为如此，即使是反对王伾、王叔文的韩愈，在抨击士族，表达改革弊政的愿望，为寒士不遇大鸣不平上也显示出其庶族出身的政治改革欲望。

元稹和白居易虽然未能直接参与永贞革新，但却明确表示希望刚入相的韦执谊能举贤授能，并受永贞革新禁宫市、举贤才、禁横暴、出宫人等改革弊政措施的影响，写出了名垂千古的《新乐府》50篇。白居易《策林序》说："元和初，予罢校书郎，与元微之将应制举，退居上都华阳观，闭户累月，揣摩当代之事，构成策目七十五门。"《新乐府》作于元和四年（809），而《策林》则写于元和元年（806）。永贞元年（805），白居易为校书郎，永贞革新时身在长安，准备应制举，故《策林》应该是其对时事有感而写作的。

白居易《新乐府》中的名篇如《卖炭翁》、《上阳白发人》、《太行路》、《陵园妾》、《道州民》等篇，皆与永贞革新有关。《新乐府》的写作基础有两点：一是白居易亲身经历了永贞革新这一时代，对其所革之弊端有深刻的认识和耳闻目睹之亲历；二是在应制科而写《策林》的过程中，对永贞革新的改革有冷静的思考和分析。有这样的积累，当其受到李绅作新题乐府的启发时，泉思顿时喷发出来，将自己对永贞革新的认识以较为曲折的方式表现出来，其实质是对永贞革新精神的自觉继承，只是因唐宪宗深恶二王八司马，所以，用诗的形式来表现较易隐藏更深层的东西。

永贞革新虽然失败了，但其革新除弊的精神却激励了一代庶族地主士人，使之在相继而来的元和时代得以发扬，并迎来了中唐的中兴。韩愈《答崔立之书》云：

> 方今天下风俗尚有未及于古者，边境尚有被甲执兵者，主上不得怡而宰相以为忧。仆虽不贤，亦且潜究得失，致之乎吾相，荐之乎吾君。上希卿大夫之位，下犹取一障而乘之，若都不可得，犹将耕于宽闲之野，钓于寂寞之滨，求国家之遗事，考贤人哲士之始终，作唐之一经，垂之于无穷，诛奸谀于既死，发潜德之幽光，二者将必有一可。①

这段话可以看作是当时庶族地主文人积极入世的人生态度和政治信念的最好表白。正是在这样的思想基础上，元和以来的文学就充满了一种强烈的创新精神，并延续下去。

晚唐五代是一个动乱不堪的时代，除去晚唐前期部分诗人在正统诗歌领域继承永贞革新以来的创新精神，将唐诗由中唐过渡并传递到宋诗外，大部分诗人在受新起的市民文学的吸引下，或用诗歌、传奇，或用词体文学创作了大量与传统文学理论要求相悖的"世情文学"作品，从另一个层面上体现出庶族地主文学在寻找自己的范式时所进行的创新尝试，这种尝试延续到北宋的"庆历新政"时代，开始有了全新的突破。

公元 1043 年 8 月，即宋仁宗庆历三年八月，宋仁宗起用范仲淹实行通变革弊的新政，史称"庆历新政"。这次改革终于庆历五年（1045）正月，在保守派的激烈反对下，改革事业以失败而告终。南宋人陈亮说："方庆历、嘉祐，世之名士常患法之不变。"②

---

① 《韩昌黎文集校注》第 2 卷，第 165 页。
② 陈亮：《铨选资格》，《陈亮集》卷 11，中华书局 1987 年版，第 134 页。

可见，当时要求变法已成为一股强烈的时代要求，其原因如下述。宝元元年（1038），宋祁在《上三冗三费疏》中指出，当时朝政的弊端为"三冗"、"三费"，即"天下有定，官无限员，一冗也；天下厢军不任战而耗衣食，二冗也；僧尼道士日益多而无定数，三冗也"。三费则为"道场斋醮"之费、"京师寺观"之费和"使相节度"之费。① 北宋初年，宋太祖就说："吾家之事，唯养兵可为百代之利。盖凶年饥岁，有叛民而无叛兵，不幸乐岁变生，有叛兵而无叛民。"② 中央养兵以防不测，实行强禁军而弱地方军的"强本弱末"政策，虽然达到抑制藩镇的目的，即"诸镇皆知兵力精锐非京师之敌，莫敢有异心者"③，但大量招募禁军，使其占全国常备军数量一半以上，必然给财政带来极大的负担，故真宗时期的朱台符指出："方今患在农少而粟不多，兵多而战不胜。农少则田或未垦，兵多则用常不足，故储蓄空虚而聚敛烦急矣。民利尽归于国，国用尽入于军，所以民困而国贫也。"④ 庆历年间，军队已超过宋初三倍以上，而禁军更是超过宋初四倍以上，因此，范仲淹说："我祖宗以来，罢诸侯权，聚兵京师。衣粮赏赐，常须丰足，经八十年矣。虽已困生灵、虚府库，而难以改作者，所以重京师矣。"⑤ 冗兵为北宋朝政之弊端，但冗官之弊则更是其特有的弊病。北宋实行文官政治以抑制武夫造反，固然也达到了目的，使宋太祖的统治方略得以一以贯之，这显然是成功的，但其多种负面影响也显现出来，尤以"冗官"为最。宋太祖说："五代方镇残虐，民受其祸。朕今用儒臣干事

---

① 宋祁：《应诏言事》，《全宋文》卷145，巴蜀书社1990年版。
② 邵博：《邵氏闻见后录》卷一，中华书局1983年版。
③ 司马光：《涑水记闻》卷一，中华书局1983年版。
④ 《续资治通鉴长编》卷166，上海古籍出版社1986年影印本。
⑤ 《续资治通鉴长编》卷143。

者百余人，分治大藩，纵有贪浊，亦未及武臣十之一也。"① 经过几十年的科举与恩荫制度的发展，到庆历前后，其官员数较之宋真宗景德时期已翻了一番。曾巩《议经费札子》说："景德官一万余员，皇祐二万余员，治平并幕职、州县官三千三百余员，总二万四千员。"② 官员这一食禄阶层人数几乎占总人口数的百分之一。仅以冗兵与冗官两项的开支，就占了宋廷开支的十之六七，尤其是冗兵带来的冗费，几乎使朝廷不堪其负并困扰着君臣，以天下为己任的庶族地主文人士大夫那种革弊求变的责任感促使他们纷纷要求变革。

还在宋真宗刚继位的至道三年（997），王禹偁就上书言冗兵、冗员之弊。其云："冗兵耗于上，冗吏耗于下，此所以尽取山泽之利而不能足也。夫山泽之利与民共之，自汉以来，取为国用，不可弃也，然亦不可尽也。方今可谓尽矣。……今若不去冗兵，不并冗吏，不难选举，不禁僧尼，纵欲减人民之赋，宽山泽之利，其可得乎？"③ 冗兵、冗员之弊乃宋代统治者制定的强化中央集权政治的国策的附生物，除非在这一制度上加以改变，否则一切措施都只能治其表而不能治其根本。所以，真宗、仁宗两朝都有一些举措，但收效甚微，而冗兵、冗员之弊却越来越严重。庆历新政对三冗三弊实施改革招致失败后，皇祐元年（1049），包拯在《论冗官财用等》奏议中指出："冗兵耗于上，冗吏耗于下，欲求去其弊，当治其源。治其源，在乎减冗杂而节用度。冗杂不减，用度不节，虽善为计者，亦不能救也。方山泽之利竭矣，征赋之入尽矣。……若不

---

① 《宋史纪事本末》卷二，中华书局 1997 年排印本。
② 《续资治通鉴长编》卷 301。
③ 王禹偁：《东观集序》，《全宋文》卷 148。

锐意而改图，但务因循，必恐贻患将来，有不可救之过矣。"①
由此可见，三冗之弊已成北宋君臣心腹之患，士人并未因庆历
新政失败而放弃变法除弊的要求，由此而引起了中国历史上著
名的熙宁王安石变法。

庆历三年八月，宋仁宗任命范仲淹为参知政事，拟订更张
措施。在此前，范仲淹分别在天圣年间有《奏上时务书》、
《上执政书》、《上资政晏侍郎书》等著名奏章，对宋朝吏治、
军事、科举、教育、文学等领域存在的问题，有全面深刻的分
析，并认为革除弊端是朝廷刻不容缓的大事。任参知政事后，
范仲淹具体提出了十项改革的纲领，分别是：

> 明黜陟、抑侥幸、精贡举、择官长、均公田、厚农
> 桑、修武备、减徭役、覃恩信、重命令。②

但是庆历新政很快引发为庆历党争，以范仲淹为首的改革派与
旧官僚吕夷简、夏竦为首的保守派展开了激烈的交锋，到庆历
五年正月，范仲淹罢参知政事，庆历新政亦被废除，改革也告
失败。

南宋人李焘曾说："始，范仲淹以忤吕夷简，放逐者数年，
士大夫持二人曲直，交指为朋党，及陕西用兵，天子以仲淹士望
所属，拔用护边。及夷简罢，召还倚以为治，中外想望其功业，
而仲淹亦感激眷遇，以天下为己任，遂与富弼日夜谋虑，兴致太
平。然规摹阔大，论者以为难行，及按察使多所举劾，人心不自
安，任子恩薄，磨勘法密，侥幸者不便，于是谤毁浸盛，而朋党

---

① 包拯：《包拯集》卷一，宋张田编，中华书局1963年版。
② 范仲淹：《答手诏条陈十事》，《范文正公奏议》卷上。

之论，滋不可解。"① 文中所言范仲淹忤吕夷简事，指吕夷简当宰相时，范仲淹进《百官图》弹劾他，指斥他升黜官吏不当，这是景佑三年（1036）的事情。庆历四年（1044），范仲淹任陕西、河东宣抚使经过郑州时，退居的吕夷简又为他出谋献计并提醒他说："君此行正蹈危机，岂复再入？若欲经制西事，莫如在朝廷为便。"② 后来，范仲淹与吕夷简在仁宗的调解下尽释前嫌，有记载云："夷简再入朝，帝谕仲淹使释前憾。仲淹顿首谢曰：'臣向论盖国家事，于夷简无憾也。'"③ 由此可以看出，从"庆历新政"开始的"党争"，已经不再是个人之间的恩怨使气，而是在革弊变法中不同政治主张间的斗争。这种良好的政治见解之争虽然到北宋中后期发生了蜕变，但无论是庆历，还是熙宁变法的主要人物都基本上是儒家政治理想的忠实信徒，对立的两派人物间并未因互为政敌而揉个人恩怨于其中甚至假公济私打击报复。上举范仲淹与吕夷简是如此，熙宁间苏轼与王安石水火难容，势如死敌，到元丰末年，二人在金陵诗歌唱酬，对彼此的道德文章互致仰慕之情，可谓"相逢一笑泯恩仇"，以致苏轼发出"从公已觉十年迟"④ 之感叹。章惇与苏轼的关系也一样，在政见上二人如同冰炭，但当苏轼遭乌台诗案下狱后，章惇没有落井下石，反而援之以手，据载：章惇曾规谏宋神宗说："轼十九擢进士第，二十三应直言极谏科，擢为第一。仁宗皇帝得轼以为一代之宝，今反置在囹圄，臣恐后世以谓陛下听谀言而恶讦直也。"⑤ 又载乌台诗案时，宰相王珪指出苏轼咏桧诗"根到九泉

---

① 《续资治通鉴长编》卷150。
② 《宋史纪事本末》卷29，"庆历党议"，中华书局1977年版。
③ 《宋史·范仲淹传》。
④ 《苏轼诗集》卷24，中华书局1979年版，第1251页。
⑤ 周紫芝：《诗谳》，丛书集成初编本。

无曲处，世间惟有蛰龙知"，有"不臣"之意，欲置苏轼于死地，章惇"亦从帝解之，遂薄其罪"。① 对章惇不计前嫌，援之以手，苏轼不仅对章惇致以深深的谢意，而且终身不忘。在贬官黄州时，苏轼有《与章子参政书二首》，其一云："一旦有患难，无复有相哀者。惟子厚平居遗我以药石，及困急又有以收恤之，真与世俗异矣"。② 晚年在给章惇之子章援的《与章致平二首》其一中又说："某与丞相（章惇）定交四十余年，虽中间出处稍异，交情固无所增损也。"③ 此外，在同一政治集团中虽然出现过相互间的排斥，但涉事双方最终都能从个人恩怨中解脱出来，显示出改革者的胸襟。如王安石与吕惠卿之间的恩怨，最初，欧阳修把吕惠卿推荐给王安石，王安石提拔吕惠卿使其成为变法的得力助手。后来吕惠卿为参知政事阴挤王安石，于是新党中分为"王党"与"吕党"。到元丰三年（1080），吕惠卿写信给退隐江宁的王安石，对二人在熙宁末年的交恶作了反省，他说："然以言乎昔，则一朝之过不足以害平生之欢；以言乎今，则八年之间亦得随数化之改。内省凉薄，尚无细故之嫌；仰揆高明，夫何旧恶之念。"④ 王安石收到吕惠卿函后，回书云："某与公同心，以至异意，皆缘国事，岂有它哉！同朝纷纷，公独助我，则我何憾于公？……昔之在我者，既无细故可疑；则今之在公者，尚何旧恶之足念？……则相呴以湿，不如相忘之愈也。"⑤

　　从庆历新政政敌的消释前嫌，到王安石变法不同政见者中许多人的不念旧隙，可以看出作为改革图变的庶族地主文人士大夫

---

① 叶梦得：《石林诗话》卷上，《历代诗话》，中华书局1982年版。
② 《苏轼文集》卷49，第1411页。
③ 《苏轼文集》卷55，第1643页。
④ 魏泰：《东轩笔录》卷14，中华书局1985年版。
⑤ 吴曾：《能改斋漫录》卷八，上海古籍出版社1984年版。

那种在政治行为上的信念，以及他们信奉的立朝大节和做人的准则。正因为如此，庆历新政的夭折，并没有使"世之名士常患法之不变"，希望改革图治、更张法制的信念动摇，反而使这种信念愈加强化，呼声日益高涨。不仅推动了王安石变法的实施，也使许多对庆历新政和熙宁变法持不同政见的人，在反对范仲淹与王安石新法的同时，要求改变"三冗"之弊和更张法制之迫切愿望，并不比新法倡导者弱，这些人中如张方平、司马光、苏轼、苏辙、程颐、程颢等无不如此。正如南宋朱熹在总结王安石变法的成因时所云："只是当时非独荆公要如此，诸贤都有变更意。"[1]　并且"熙宁更法，亦是势当如此"[2]。这两段话指出了一是变法乃形势的必然，二是士人对变法的普遍关心。比如被称为旧党首领的司马光对朝政改革持有十分强烈的要求，尤其在批评朝廷养官务多使俸禄有增无减，养兵务多使府库虚竭的弊病上，他尖锐地批评皇帝说："凡此数事，皆以竭民财者，陛下安得熟视而无所变更耶？"[3]　其要求改革之心情可以想见，以下一段话尤能见出其批判现实、通变救弊、兴致太平的热切愿望："夫库府金帛，皆生民之膏血，州县之吏鞭挞其壮丁，冻馁其老弱，铢铢寸寸而聚之。今以富大之州，终岁之积，输之京师，适足以供陛下一朝恩泽之赐、贵臣一日燕饮之费。陛下何独不忍于目前之群臣而忍之于天下之百姓乎？夫以陛下恭俭之德拟于唐虞，而百姓穷困之弊钧于秦汉。秦汉竭天下之力以奉一身，陛下竭天下之力以资众人，其心虽殊，其病民一也。此臣之所以尤戚戚者。"[4]　这篇写于嘉祐六年（1061）的疏文，是在庆历新政夭折而熙宁

---

①　《朱子语类·熙宁至靖康用人》卷130，黎靖德编，中华书局1986年版。

②　同上。

③　司马光：《论财利疏》，《温国文正司马公文集》卷23。

④　同上。

变法未起之时，其批判时弊，指斥君王的胆识和勇气，连范仲淹与后来的王安石也不能相比。

庆历新政失败后，从嘉祐到熙宁间，程颐有《上仁宗皇帝书》、《为家君应诏上英宗皇帝书》①，程颢有《论王霸札子》、《论十事札子》②，苏轼有献宰相富弼的 50 篇策论③，苏辙则有进策 15 道④、《上皇帝书》⑤ 等文。这些札子策论，论及当时社会种种弊端，要求变革，就连宋英宗鉴于时弊，也惊呼"积弊甚众，何以救裁？"⑥ 并决心下定宣告："天下弊事甚多，不可不改！"⑦

综上所述，从中唐永贞革新到宋代庆历新政，其间虽经改朝换代之重大变故，但庶族地主阶级要求改革变法，突破陈法，要求创新的时代精神却延续了下来。庶族地主文人那种全新的"天下兴亡，匹夫有责"的责任感空前高涨，以致出现"先天下之忧而忧，后天下之乐而乐"的精神自觉。这样的社会背景和思想意识必然反映在文学领域中并深刻地影响文学创作要求创新和力图建立模式的文学思想，这就是永贞革新与庆历新政在这一时期文学创作中留给后代批评家的启示。

第二节　牛李党争与新旧党争性质的认识

中唐影响极大的牛李党争起源于元和三年（808）。《资治通

---

①　《河南程氏文集》卷五、卷一，《二程集》，中华书局 1981 年版。
②　同上。
③　《苏轼文集》卷 48，第 1375 页。
④　《苏辙集》，中华书局 1990 年版，第 1283 页。
⑤　同上书，第 367 页。
⑥　《续资治通鉴长编》卷 62。
⑦　《续资治通鉴长编》卷 66。

鉴》卷237记载说，元和三年四月，唐宪宗策试贤良方正直言极谏举人。伊阙尉牛僧孺、陆浑尉皇甫湜、前进士李宗闵，皆指陈时政得失，无所避忌。吏部侍郎杨於陵、吏部员外郎韦贯之为考策官，贯之署为上第。唐宪宗也十分满意，下诏中书省优与处分。李吉甫恶其言直，泣诉于唐宪宗，并说："翰林学士裴垍、王涯覆策。湜，涯之甥也，涯不先言，湜无所异同。"唐宪宗迫于制度不得已罢垍、涯学士。使裴垍为户部侍郎、王涯为都官员外郎、韦贯之为果州刺史，此后衍为牛、李党争。这次党争前后达四十余年时间，其后所涉及的问题有对待宦官专权、科举制度和藩镇割据的态度，所涉及的人和政治圈子也极为复杂。陈寅恪先生讲：

> 　　两派既势不两立，自然各就其气类所近招求同党，于是两种不同社会阶级争取政治地位之竞争，遂因此表面形式化矣。及其后斗争之程度随时期之久长逐渐增剧，当日士大夫欲置身于局外之中立，亦几不可能。……此点为研究唐代中晚际士大夫身世之最要关键，甚不可忽略者也。[①]

对牛李党争的性质，学界盛行的说法是庶族地主阶级与士族地主阶级进步与保守的斗争。事实上，参与或被卷入牛李党争的人，无论从士族与庶族、进士与门第，进步与保守来划分，都很难有一截然的界限，而且就党争的首领人物到底属谁尚有争论（如李党首领就有李德裕与李宗闵之说，岑仲勉《隋唐史》下册曾有详细分辨），因此，仅凭对某一问题的态度或对某一事件的处理，就推断某党代表谁的利益，某党为进步势力，某党为保守

---

① 陈寅恪：《唐代政治史述论稿》，第100页。

势力，这样的分析对于牛李党争的评判都是不全面的。

　　陈寅恪先生在划分牛李两党时这样说："牛李党派之争，起于宪宗之世，宪宗为唐室中兴英主，其为政宗旨在矫正大历、贞元姑息苟安之积习，即用武力削平藩镇，重振中央政府之威望。当时主张用兵之士大夫，大抵属于后来所谓李党，反对用兵之士大夫，则多为李吉甫之政敌，即后来所谓牛党。而主持用兵之内廷阉寺一派，又与外朝之李党互相呼应，自不待言。是以元和一朝此主用兵派之阉寺始终柄权，用兵之政策因得以维持不改。"① 这从是否主张削藩和与宦官的关系来划分牛李两党着眼的。

　　还有人从人事关系和思想观点上来分别牛李两党，认为牛李两党斗争的实质是"永贞革新"的继续②，并认为牛党人物多与永贞革新集团有牵连。毛汉光指出："晚唐时期的政潮，实际上是士族之间的争执，而不是武后以降新兴进士或中晚唐寒素进士与旧门第之间互不相容。"③ 岑仲勉说："吾人细从事实推求之，则知牛党对德裕，只是同一士族阶级内结党营私者与较为持正者之相互间斗争，并非'门第'与'科举'之斗争，因为争取'科举'出身，旧族与寒族并无二致。"④ 近来李浩在众说中复添一说，在其论文《从士族郡望看牛李党争的分野》⑤ 中，通过对牛李党主要成员的郡望文献作详细分析，得出如下结论，颇有新见，兹录于下：

---

　　①　陈寅恪：《唐代政治史述论稿》，第 96 页。
　　②　胡可先：《中唐政治与文学》，安徽大学出版社 2000 年版，第 124 页。
　　③　毛汉光：《中国中古社会史论》，台北经联出版事业公司 1988 年版，第 363页。
　　④　岑仲勉：《隋唐史》，中华书局 1982 年版，第 422 页。
　　⑤　李浩：《诗史之际》，商务印书馆 2000 年版，第 82 页。

一、牛李党争中两派主要成员的郡望分布具有极突出的地域特征，李党成员主要是山东郡姓士族，牛党成员基本上属关陇士族。

二、牛李党争并非是士族与庶族之争，而是士族之间的"圈内之争"，从地域分野来看，则是山东士族与关陇士族之争。

三、牛党核心人物皆为进士及第，还有进士带制科或明经带进士出身者；李党除李德裕、郑覃外，其成员亦基本上是进士出身。故李党所反对的并非科举进士制度本身，而是进士的浮薄习气。

综上所述，近几十年来关于牛李党争的性质讨论颇为热烈，尤其在晚清沈曾植所谓"唐时牛李两党以科第而分，牛党重科举，李党重门第"[①] 的意见之后，讨论有时呈尖锐对立之势（如岑仲勉先生在《隋唐史》中对陈寅恪先生论牛李党争之论的驳论）。持论者分别将李党视为士族门第的代表，将牛党视为新兴庶族进士的代表，由此判断是非，而驳论者则从平藩、抑宦、纠正进士浮薄之习为李党叫冤，如斯种种很难断案。其实，从前引部分论者的观点可以看出，牛李党争并不形成后人所谓的政党政治之争。柳诒徵先生说："盖宋之政治，士大夫之政治也。政治之纯出于士大夫之手者，惟宋为然。故惟宋无女主、外戚、宗王、强藩之祸。宦寺虽为祸而亦不多，而政党政治之风，亦开于宋。"[②] 又说："盖汉之党人，徒以反对宦官，自树名节为目的，

---

① 张采田：《玉溪生年谱会笺》卷三，上海古籍出版社1983年版，第144页。

② 柳诒徵：《中国文化史》，中国大百科全书出版社1988年版，第516—517页。

固无政策之关系。其与之为难之宦官，更不成为敌党。唐之牛僧孺、李德裕虽似两党之魁，然所争者官位，所报者私怨，亦无政策可言。故虽号为党，而皆非政党也。"①

　　柳先生之论与陈寅恪先生的见解完全不同，陈先生认为牛李党争代表了"两种社会阶级争取政治地位之竞争"，柳先生则认为牛李两派"所争者官位，所报者私怨"，由此可以看出对牛李党争评价的复杂性。20 世纪 80 年代，傅璇琮先生著《李德裕年谱》，以详细的史料为基础，研究了中唐牛李党争的始末，认为："牛李党争并不是什么偶然事件，它是当时历史条件的产物，它也不是单纯的个人权力之争，而是两种不同政治集团、不同政见的原则分歧。"② 傅先生从削藩、抑宦、科举等方面对比牛李两党的作为后说李德裕："他的一些在重大政治问题上的主张和行动，在历史上是属于进步的，他是一个要求改革、要求有所作为的政治家。"③ 并且把李德裕执政时期的政治与"永贞革新"联系起来："可以说，会昌政治是永贞革新的继续。削夺藩镇和宦官之权，革除朝政的种种弊端，对当时社会上的一些腐败现象进行整顿，这是德宗末期以来要求改革之士的共同愿望。顺宗时永贞革新是一个高潮，宪宗元和前期又是一个高潮，第三个高潮就是武宗会昌时期。会昌以后，唐朝就再也没有出现这样的高潮，唐王朝就在腐败中走向灭亡。唐中期以后，腐朽势力越来越强大，革新力量无不以失败而告终。会昌、大中之际是这两大势力最后一次的大搏斗，结果是以李德裕的贬死而宣告革新力量

---

① 柳诒徵：《中国文化史》，中国大百科全书出版社 1988 年版，第 516—517 页。

② 傅璇琮：《李德裕年谱》，齐鲁书社 1984 年版，第 5 页。

③ 同上书，第 11 页。

的失败。"①

在傅先生的见解中，牛党成了腐朽势力的代表，而李党则是革新势力的代表，这与沈曾植、陈寅恪的见解不啻天远。

出现以上见解天远的现象，应该说是由于后世论者大抵首先拿着一把自己的"尺子"来衡量古人的行事，犯了一刀切的错误。前面所引柳诒徵先生之论，虽说有些偏激，但可以作为一种参考。因为在贬李或贬牛两种不同见解中，都可以拿出截然不同的材料，从正面可以为之树碑，从反面则足以将其否定。

笔者认为，中唐时期无论是"永贞革新"还是"元和中兴"，都证明了那一个时代在政治上充满了矛盾斗争。士庶两大集团的斗争从唐初以来从未停止过，但是，需要指出的是：新起的庶族地主文人在凭借着获得科举考试进入仕途的时候，那种要求占据要路的欲望是十分强烈的，在他们中有部分人很快成为"新贵"，并为保住自己的既得利益而使出种种手段。同时，在逐渐失去许多特权的士族中人那里，怎样为争取保住过往的特权是他们不惜一切代价而努力的。此外，审时度势，尽快适应变化了的政治形势，与庶族文人争夺科举的"好处"，也是摆在士族文人面前的现实，由此，牛、李党争的性质也就显得格外复杂。不过，根据李浩先生《从士族郡望看牛李党争的分野》考证可知："牛党成员中的核心人物全部为进士或进士、明经带制举出身……牛党核心人物有7人属关陇士族，占总人数的八分之七，其构成比例远高于李党中的山东士族人数，所以，依陈寅恪先生的地域家族论，亦可称牛党成员主要是关陇士族，牛党是关陇士族的代表。"② 又称："李党成员中核心人物属山东郡姓士族的有

① 傅璇琮：《李德裕年谱》，齐鲁书社1984年版，第11页。
② 李浩：《诗史之际——唐代文学发微》，第78页。

3 人，占总人数的二分之一；属关陇士族的有 2 人，占总人数的三分之一；江南庶族的有 1 人，占总人数的六分之一。从量化的角度来看，陈寅恪提出的李党代表山东士族的观点是成立的。但其中以荫补入仕的有 2 人，进士入仕者有 4 人，占总数的三分之二。则沈曾植等人提出的李党重门第而不重科举的观点似不能成立。"①

　　从李浩先生以郡望为据考证牛李党争的实质，我们得到的启发是：牛李两党的主要人物都是士族出身，且大多数人是进士入仕者，那么他们的斗争究竟各自代表了谁的利益呢？窃以为，当两党中人物的利益因对方而受到损害时，双方所代表的利益是不同的。比如，李德裕力斥进士"祖尚浮华，不根艺实"②，主张"朝廷选官，须公卿子弟为之"③，郑覃亦"深嫉进士浮薄"④，屡次请求文宗废除进士科。此时他们是在维护士族的利益，并试图阻止庶族进士集团的得势。而如范摅《云溪友议》所称赞李德裕："或问赞皇之秉钧衡也，毁誉无如之何，削祸乱之阶，辟孤寒之路，好奇而不奢，好学而不倦，勋业素高，瑕疵不顾，是以结怨侯门，取尤群彦。后之文场困辱者，若周人之思乡焉，皆曰'八百孤寒齐下泪，一时回首望崖州'。"此时的李德裕又成了当时孤寒士子所拥戴和敬仰的人物。因此可以说，在中唐到晚唐四十余年间的牛李党争，是士庶界限由泾渭分明到渐次混一过程中所出现的利益之争，其牵涉的人事背景极为复杂，有时可能表现为士族集团的利害冲突（如关陇士族与山东士族间持久的权利之争），有时又表现为士庶冲突。林继中先生对此有较精彩

---

①　李浩：《诗史之际——唐代文学发微》，第 74 页。
②　《旧唐书》卷 18《武宗纪》。
③　《新唐书》卷 44《选举志》。
④　同上。

的剖析：

> 政治家李德裕从"致用"出发，反对进士"浮华"与
> "背公"的有关表现；同样，从"致用"出发，主张任用
> "目熟朝廷间事"的公卿子弟，同时也奖拔有才能的"孤
> 寒"。其出发点是为加强皇权，加强中央集权，客观上符合
> 中唐以后重建大一统中央集权制的封建帝国的历史走向。①
> 牛党则从加强朝贵朋党的反方向体现了该时期庶族地主
> 的眼前利益。……他们利用科举之便，以门生、座主间的感
> 情连络，结成朋党，与士族门阀分庭抗礼。②

虽然林先生把牛党完全看成是庶族地主的代表，李党看成是士
族地主的代表不尽正确，但在分析中唐向晚唐过渡时期所出现的牛
李党争在维护中央集权、建构世俗地主宗法一体的政体时，其分析
却是深刻的。其云："唐代进士集团具有两面性：一则结朋党削弱了
皇权的专制；一则结朋党加强庶族地主的竞争力。而出身士族的李
德裕，并不一味排斥庶族，而是重礼教、重致用，反对浮华、背公。
无论其出发点还是客观效果，都是为了加强中央集权，因之与牛党
加强庶族进士集团力量二者都是有利于世俗地主重建宗法一体化的
结构，都符合该时期的历史走向，亟待结合。"③

牛李党争虽然给中晚唐政治带来了极大的负面影响，形成了
与藩镇割据、宦官专权并存的三大社会问题，但透过这负面影响
的表层，我们还可以发掘出中晚唐政治状况与士人心态相合拍的

---

① 林继中：《文化建构文学史纲》，北京大学出版社 2005 年版，第 19 页。
② 同上书，第 157—158 页。
③ 同上书，第 159 页。

地方，即皇权要求巩固，士人希望维护皇权的至尊。当然，由于两党的政治背景极为复杂，而为了打击对方又不择手段，以致使其士族"圈内之争"的特征突出而使进步与保守之界限模糊，使后人很难为这一史实断案。

宋代的新旧党争表面上类似于中晚唐牛李党争，但本质上却发生了变化。虽说中唐"永贞革新"失败而后牛李党争起，北宋"庆历新政"失败而后新旧党争起，看来有相当的共通点，但中唐时代乃士庶混杂，庶族地主阶级还未完全占据统治地位，政治革新与图变经元和中兴昙花一现。随着天下大乱，政治革新的环境失去，唐王朝进入覆亡期。而北宋中期士族已经基本上退出历史舞台，庶族地主已经占据统治地位，北宋朝廷经过开国数十年的经营，进入其升平繁荣时期，政治上求变改革的条件已经成熟，故大规模的变法有了实施的条件，此时出现的新旧党争有了明显的政见之争特色，而不是不同集团自身利益之争，其出发点相同，即为了通变救弊，振世兴治，且同时具有儒家经世之学的影响和强烈的时代责任感与使命感。虽说由于传统思想所造成的封闭和排他性，新旧两党中人有明显的意气之争，造成相互倾轧的悲剧，但其主流，即两党中人改革的初衷和提出的政见都是应该肯定的。从这一点上看，牛李党争与新旧党争是不能相提并论的，它们所造成的影响也是不尽相同的。

如果说"永贞革新"以抑宦削藩，维护中央集权为内核，属于封建庶族政权尚未确立时期不成熟的改革尝试，那么"庆历新政"则是封建庶族政权已经确立且出现弊端，需要加以纠正的政治产物。因此范仲淹主持的以整顿吏治为中心的新政虽然失败，却激起了广大庶族文人更强烈的通变救弊、志在当时的政治激情，也才可能紧接着出现王安石所推行的以理财为中心的熙宁变法。由此出现的新旧党争其程度之激烈，也正好显示出庶族地主文人"家国兴亡，匹夫有责"的强烈干预意识和救弊兴治舍我其谁的主体精神。但是，北宋新旧党争的性质并非没有变化，其对社会政治和文人心理以及文学创作的影响，也因此发生较大的变化，尤其是在熙宁、元丰和绍圣以后。为了更好地探讨宋代文学的变化，此处不得不对新旧党争略作陈述。

虽说庆历新政对熙宁变法的影响颇大，但北宋新旧党争却是起于王安石变法，并经历了熙、丰新政，元祐更化和绍圣以后"绍述"的三个发展阶段。在这三个阶段上，士人因政见之争而出现不同群体，如新党与旧党、朔党与洛党，从文学创作群体上看，则有以王安石及其门生故吏为主体的新党文人群，欧阳修、苏氏父子及苏门弟子文人群，以及黄庭坚与后来的江西诗派文人群。三大文人群及不同的政见、遭遇构成了北宋文学创作的主流和风格及其影响。以下就按时间先后阐述新旧党争三个时期的斗争及其对文学的影响。

庆历新政时期，范仲淹以整顿吏治为核心上十事，但因遭到吕夷简、夏竦等人的反对而失败，此时以范仲淹、欧阳修为代表的改革势力，坦然承认君子有朋党，但反对派并未形成朋党。欧阳修针对反对派称范仲淹"引用朋党"之论，写下著名的《朋党论》，坦然言："臣闻朋党之说，自古有之，惟幸人君辨其君子小人而已。大凡君子与君子同道为朋，小人与小人同利为朋，此自然之理也。然臣谓小人无朋，惟君子则有之。其何故哉？小人所为者禄利也，所贪者财货也，当其同利之时，暂相党引以为朋，伪也。及其见利而争，或利尽交疏，则反相贼害，虽其兄弟亲戚不能相保，故臣谓小人无朋，其暂为朋者，伪也。君子则不然，所守者道义，所行者忠信，所惜者名节，以之修身，则同道而相益，以之事国，则同心而共济，终始如一，此君子之朋也。

故为人君者，但当退小人之伪朋，用君子之真朋，则天下治矣。"① 但是，《宋史·范仲淹传》说："夷简再入相，帝谕仲淹使释前憾。仲淹顿首谢曰：臣向论盖国家事，于夷简无憾也。"可见范仲淹与吕夷简之间公私分明，并不成为政敌朋党的关系。到宋神宗时，新旧党争骤起，朋党问题顿时成为一大矛盾。朋党的出现之所以如此迅疾，从某种角度而言，是因为新法颁行过急而无试行摸索之过程，反对者又有从众而行之弊，元祐时期的旧党执政对新党改革的否定亦非全是意气用事，以下是一些基本的史料：

　　熙宁二年二月己亥，以王安石参知政事。甲子，陈升之、王安石创置三司条例，议行新法。三月乙酉，诏漕运盐铁等官，各具财用利害以闻。丁巳，遣使诸路，察农田水利赋役。七月辛巳，立淮、浙、江、湖六路均输法。九月丁卯，立常平给敛法。十一月乙丑，命韩绛制置三司条例。丙子，颁《农田水利约束》。闰月，差官提举诸路常平广惠仓，兼管勾农田水利差役事。

　　三年正月乙卯，诏诸路散青苗钱，禁抑配。十二月己未，立诸路更戍法，旧以他路兵杂戍者遣还。乙丑，立保甲法。丁卯，以韩绛、王安石并同中书门下平章事。戊寅，初行免税法。

　　四年正月壬辰，王安石请鬻天下广惠仓田，为三路及京东常平仓本，从之。二月丁巳朔，罢诗赋及明经诸科，以经义、论、策试进士。置京东西、陕西、河东、河北路学官，使之教导。辛酉，诏治吏沮青苗法者。三月庚寅，诏给诸路

---

① 《欧阳修全集》，中国书店 1992 年排印本，第 124 页。

学田，增教官员。辛卯，遣使察奉行新法不职者。十月壬子朔，罢差役法，使民出钱募役。戊辰，立太学生内、外、上舍法。

五年三月丙午，以内藏库钱置市易务。四月己未，括闲田，置弓箭手。六月乙亥，置武学。八月甲辰，颁方田均税法。

六年三月庚戌，置经局，命王安石提举。己未，置诸路学官。丁卯，诏进士诸科，并试明法注官。四月乙亥，置律学。戊戌，裁定在京吏禄。八月戊戌，复比间族党之法。九月壬寅，置两浙和籴仓，立敛散法。戊申，诏兴水利。

七年三月己未，行方田法。四月丙戌，王安石罢知江宁府。以韩绛同中书门下平章事，监修国史。翰林学士吕惠卿参知政事。十月庚辰，置三司会计司，以韩绛提举。

八年二月癸酉，以王安石同中书门下平章事。六月乙酉，颁王安石《诗》、《书》、《周礼义》于学官。辛亥，以王安石为尚书左仆射兼门下侍郎。十月壬寅，罢手实法。

九年十月丙午，王安石罢知江宁府。

十年六月癸巳，王安石以使相为集禧观使。九月癸酉，立义仓。

元丰元年正月乙卯，以王安石为尚书左仆射、舒国公、集禧观使。

二年五月戊子，御史中丞蔡确参知政事。

三年二月丙午，以翰林学士章惇参知政事，六月丙午，诏中书详定官制。九月乙亥，正官名。乙酉，以王安石为特进，改封荆国公。

五年四月癸酉，官制成，以王珪为尚书左仆射兼门下侍郎，蔡确为尚书右仆射兼中书侍郎。甲戌，以太中大夫章惇为门下侍郎。五月辛巳朔，行官制。①

以上材料清晰地记载了熙宁、元丰变法的全部内容和过程，其中新法关键内容和措施的推行，主要是在熙宁二年到七年之间。最重要的内容是设制置三司条例司，以宰相干预的方式来进行理财改革，改变三司（盐铁、度支、户部）、中书、枢密之间自宋初以来管理、运转的混乱局面。这种混乱局面在仁宗时期范镇的上疏中讲得非常清楚，其《上仁宗乞中书枢密院通知兵民财利》云："臣伏见周制，冢宰制国内，唐宰相兼盐铁转运使，或判户部，或判度之，然则宰相制国用，从古然也。今中书主民，枢密院主兵，三司主财，各不相知。故财已匮而枢密益兵不已，民已困而三司取财不已，中书视民之困而不知使枢密减兵。三司宽财以救民困者，制国用之职不在中书也，而欲阴阳和，风雨时，家给人足，天下安治，不可得也。欲乞使中书，枢密院通知兵、民、财利大计，与三司量其出入，制为国用，则天下民力庶几少宽，大副陛下忧劳之心。此非使中书、枢密大臣躬亲繁务如三司使之比，直欲令知一岁之计，以制国用尔。"② 王安石设制置三司条例司，以宰相干预财赋，目的是富国，即加强中央集权，而反对新法者认为，宰相干预财计将会引起相权过重，导致秦朝奸相祸国之弊，苏轼曾在《上神宗皇帝书》中说："古者建国，使内外相制，轻重相权。如周如唐，则外重而内轻；如秦如魏，则外轻而内重。内重之弊，必有奸臣指鹿为患；外重之弊，必有大国问鼎之忧。圣人方盛而虑衰，常先立法以救弊。我国家租赋籍于计

---

① 脱脱等：《宋史·神宗纪》，中华书局 1977 年校点本。
② 赵汝愚：《国朝诸臣奏议》卷 46，宋史资料萃编（台湾）。

省，重兵聚于京师，以古揆今，则似内重。恭惟祖宗所以深计而预虑，固非小臣所能臆度而周知。"① 反对派认为，三司、中书、枢密各专其职，直接对皇帝负责，三足鼎立又互相制约的结构不仅能很好地理财，而且能防止宰相权重危及君权。其本质上也是出于对君权的维护，而王安石在三司之外另设制置三司条例司，以宰相入主财政，不免有内重之弊。

在这个问题上，新、旧党人本质上都是出于维护中央集权。宋初以来三司主财固然有许多弊端，但并非一定要在三司之外再设机构。王安石变法设制置三司条例司，目的在于纠正三司理财之弊，但在实施过程中由于高度集权而导致了地方财政的尴尬，限制了各路转运使的理财能力，造成了中央与地方、新机构与转运使之间新的弊端，由此使旧党发难。综上所述，因王安石设制置三司条例司所引起的激烈争论，其归结点都是出于维护国家的利益，只是政见不同而已。

除去在制置三司条例司问题上发生争论外，新旧两党在围绕青苗法上展开的争论，本质上也是两种思想观点的冲撞，即对"兼并"的认识冲突。熙宁四年三月枢密使文彦博与宋神宗论新法时说：

> 祖宗法制具在，不须更张以失人心。上曰："更张法制，于士大夫诚多不悦，然于百姓何所不便？"彦博曰："与士大夫治天下，非与百姓治天下也。"②

以文彦博为代表的反对王安石新法的人，认为天下就是士

---

① 《苏轼文集》卷25，第729页。
② 《续资治通鉴长编》卷221。

大夫的天下，也就是刚登上统治阶级政权宝座的庶族地主阶级的天下，而王安石则明确反对兼并。不过王安石反对兼并从本质上讲不是为了富民，而是为了富国，也就是将财富归于皇帝，使其成为集权国家真正的代表。王安石作《兼并》诗，这样表述兼并所带来的对立："三代子百姓，公私无异财。人主擅操柄，如天持斗魁。赋予皆自我，兼并乃奸回。奸回法有诛，势亦无自来。后世始倒持，黔首遂难裁。秦王不如此，更筑怀清台。礼义日已偷，圣经久埋埃。法尚有存者，欲言时所咳。俗吏不知方，揣克为为材。俗儒不知变，兼并岂无摧。利孔至百出，小人私阖开。有司与之争，民愈可怜哉。"① 一方面是朝廷命官与富豪大家兼并百姓田地，使贫富悬殊天壤；另一方面是得利者反对抑制兼并，更有"俗儒"不知革张法制，认为反对兼并损害了官僚的利益，同时不利于国家的安定。王安石这首《兼并》诗写于嘉祐五年（1060），充满了同情百姓的感情，但其变法时所推行的青苗法，在实施过程中不仅没有起到"振乏绝，抑兼并"② 的作用，反而起到扰民的负面作用，加重了老百姓的负担，尤其是地方上的巧立名目，使百姓不堪重负，这样便遭到反对者的猛烈抨击。翰林学士范镇指出："至于言青苗法则日有见效者，岂非得缗钱数十百万，缗钱数十百万非出于天，非出于地，非出于建议者，一出于义民。民犹鱼也，则财犹水也；水深则鱼活，财足则民有生意。养民而尽其财，譬犹养鱼而欲竭其水也。"③

由于王安石变法的根本目的是为了富国强兵，故其理财的目

① 《王文公文集》卷51，上海人民出版社1974年校点本，第577页。
② 《上神宗论条例司画——申明青苗事》，《国朝诸臣奏议》卷112。
③ 《续资治通鉴长编》卷216。

的也如此。在这一思想的指导下，王安石设制置三司条例司和抑制兼并的举措，主要是针对地方政府和兼并之家与皇帝争夺财利，而不是为了富民。反对新法者则通过阐述对民与国家社稷相互依存关系抨击王安石新法，同时反对抑制兼并者看到了均贫富的理想在现实中行不通。只有保持贫富相对均衡，才能产生竞争，只有容忍土地兼并，才能促进商品经济的发展。故苏辙指出：

> 古者大邦巨室之害不见于今矣。惟州县之间，随其大小皆有富民，此理势之所必至，所谓"物之不齐，物之情也"。然州具赖之以为强，国家恃之以为固，非所当忧，亦非所当去也。能使富民安其富而不横，贫民安其贫而不匮，贫富相恃，以为长久，而天下定矣。①

由此可以见出，不管是新党还是旧党，是主张变法还是反对变法，二党虽然政见不一，但都出于维护国家的安定富强这一最终目的。这一点与中唐牛李党争有某些相似，只是牛李党争的背后还交织着士庶之争复杂的背景，且牛李党争尚不具备新旧党争那种明显政见之争的特征。北宋的新旧党争由纯粹的政见之争向意气之争发展，最后形成相互倾轧，其造成的负面影响极其深刻。由于本书重在比较其与中唐牛李党争的异同，从而考察其性质对北宋文学的影响，所以对意气之争也就不作深入探讨，笔者并非不曾认识到这一问题，于此特作说明。

---

① 《诗病五事》，《苏辙集》，中华书局1990年校点本，第1230页。

第三节 藩镇亡唐的教训与右文立宋之国策

南宋陈亮在给宋孝宗的上书中，总结唐代的藩镇割据之弊所带来的危害和宋太祖在消除这种弊端所采取的措施时说：

> 唐自肃、代以后，上失其柄，而藩镇自相雄长，擅其土地人民，用其甲兵财赋，官爵惟其所命，而人才亦各尽其心于其所事，卒以成君弱臣强，正统数易之祸。艺祖皇帝一兴，而四方次第平定，藩镇拱手以趋约束，使列郡各得自达于京师，以京官权知，三年一易，财归于漕司，而兵各归于郡，朝廷以一纸下郡国，如臂之使指，无有留难，自管库微积，必命于朝廷，而天下之势一矣。[①]

这段话分析唐中期以来藩镇割据的危害十分深刻，歌颂赵匡胤的赞辞虽说基本属实，但却显得简单。其实赵匡胤鉴于唐代和五代藩镇割据势力的危害而采取的一系列措施是经过周密思考和部署的，是经过几代人的努力才得以完成的，对其所制定的基本国策，一言以蔽之，即右文抑武。这一政策基本上消除了唐中叶以来藩镇割据之祸患，但也给宋王朝带来了许多负面影响。又因此，要了解这一国策的深刻与复杂性及其对文学的影响，还必须探讨唐代藩镇割据的历史及其影响。

还在中唐时期，刘蕡在宣政殿接受唐文宗亲自殿试贤良方正直言极谏时就说："宫闱将变，社稷将危，天下将倾，海内将

---

① 《陈亮集》卷一，第5页。

乱。"① 出现这种危机的一个主要原因就是藩镇割据，刘蕡说：
"今威柄凌夷，藩镇跋扈，或有不达人臣之节，首乱者以安君为
名；不究《春秋》之微，称兵者以逐恶为义。"② 藩镇割据是
"安史之乱"留下的祸根。史家云："弱唐者，诸侯也。唐既弱
矣，而久不亡者，诸侯维之也。"③ 这段话说明了唐代藩镇割据
的危害性，即藩镇割据削弱了唐王朝的统治，而藩镇之间旷日持
久的争斗又使唐王朝得以苟活，直到藩镇势力归于少数人手中，
唐王朝也就寿终正寝了。唐之乱，起于安禄山，终于朱温，正说
明了这一点。一部藩镇割据史，就是中晚唐、五代的战争史，也
是一部政治动荡史、一部经济破坏史、一部百姓涂炭史。从这一
点看，研究藩镇割据的历史对研究其影响下的文学创作有极大的
价值，但本书旨在探讨唐五代藩镇割据的教训对宋代统治者制定
国策的影响，因此也就从简论之。唐代藩镇之祸，推源其初在
"安史之乱"中唐廷的失误。安史乱后，唐廷元气大伤，无力经
营北方，而北方安史集团的降将尚有极大势力。仆固怀恩为谋私
利，建议朝廷以安史降将为河北地区诸节度使。当时朝廷无暇北
顾，只得接受这一提议，自此种下祸根。由田承嗣、李宝臣、李
怀仙占据的河北三镇，成为唐后期藩镇叛乱的祸魁。各藩镇名义
上受朝廷节制，然在其割据之地自署官吏、自取赋税、拥有自己
的军队，实际上成为独立的小朝廷。

割据的藩镇军阀"喜则连衡以叛上，怒则以力而相并，又
其甚则起而弱王室"，因此，唐廷不得不应付藩镇叛乱和战争。
这些战争多受王朝的军事、经济力量的恢复发展，帝王的统治能

---

① 《旧唐书·刘蕡传》。
② 同上。
③ 《资治通鉴》卷238。

力，朝中主张削藩与否力量消长的影响。从唐代宗大历十年开始
的讨藩，经唐德宗而到元和初年，大多出师无功。元和初年，唐
宪宗见朝廷已具备讨藩的物资力量，而朝中讨藩的呼声亦高涨，
于是先后委任裴垍、李吉甫、裴度等人讨藩，其强硬的政策得到
有力的实施。首先，朝廷平定了剑南西川与镇海浙西节度使的叛
乱，不久，魏博节度使田弘正又归顺朝廷。元和十年、十一年，
先后讨伐吴元济与王承宗，使淮西和成德之藩镇胆寒。元和十二
年，李愬取蔡州，擒吴元济，平淮西，成德节度使王承宗和卢龙
节度使刘总被迫归顺朝廷。元和十四年，又铲平淄青李师道的势
力，从此出现了"元和中兴"的局面。史家称为"自广德以来，
垂六十年，藩镇跋扈，河南北三十余州自除官吏，不供赋税，至
是尽遵朝廷约束"①　的统一气象。

　　然而，由于朝政腐败，好景不长，到唐穆宗长庆初年，河北
三镇率先发难，朝廷征讨无功，只好承认其割据的事实，虽然唐
武宗时曾有"平泽潞"之举，但无奈藩镇势力已大，武宗之后，
唐宣宗维持了十余年的"安定"，此后，藩镇割据就一直延续到
唐亡。"方镇相望于内地，大者连州十余，小者犹兼三四"②，天
下王土，瓜分豆剖，形成五代十国的残破局面。

　　起于介胄之伍而成开国皇帝的赵匡胤，深知军阀兵变之可
怕，其开国之后为儿孙计，第一件事就想削夺大臣军权，他说：
"天下自唐季以来，数十年间，帝王凡易十姓，兵革不息，苍生
涂地，其故何也？吾欲息天下之兵，为国家建长久之计，其道如
何？"大臣赵普深知赵匡胤的这种心理，于是献策道："唐季以
来，战斗不息，国家不安者，其故非他，节镇太重，君弱臣强而

---

①　《资治通鉴》卷241。
②　王夫之：《读通鉴论》卷26。

已矣。今之所以治之，无他奇巧也，惟稍夺其权，制其钱谷，收其精兵，则天下自安矣。"① 这一计策正中宋太祖心意，于是他确定了这样的方略："五代方镇残虐，民受其祸，朕今用儒臣干事者百余人，分治大藩，纵皆贪浊，亦未及武臣十之一也。"② 在宰相赵普等人的辅助下，宋太祖便开始收夺将领的兵权，由中央和皇帝直接掌握兵权。首先，将禁军控制在手并使其成为全国军队的主干。宋太祖取消殿都点检和副都点检，设置马、步、殿前三帅——都指挥使分统禁军，削弱禁军统帅的军权，并且时常易置和更调将帅，使其与士兵之间无法结成党羽和建立感情，还实行"更戍法"，将帅常驻边地，士兵则不断换防，形成所谓"将不得专其兵，兵不至于骄惰"③ 的情势，使将帅无法拥兵自重而演变为对抗中央的藩镇势力。其次，为了将最精锐的军队抓在手中，使地方上的将帅无法造反，实行内重外轻、内外相制的"强本弱末"④ 方法。宋廷禁军训练有术，装备精良，待遇优厚，人员充足，多半驻守京师以防内乱，部分驻守各地以戍边和监视地方势力，"畿甸屯营，倍于天下"⑤，"收四方劲兵，列营京畿，以备宿卫，分番屯营，以卫边圉。于时将帅之臣入奉朝请，犷暴之民收隶尺籍，虽有桀骜恣肆，而无所施于其间。凡其制，为什长之法。阶级之辨，使之内外相维，上下相制，截然而不可犯者，是虽以矫累朝藩镇之弊，而其所惩者深矣"⑥。这些措施的推行，使猖獗一代的唐五代藩镇割据之弊在宋代不再重演。吕中

---

① 司马光：《涑水纪闻》卷一《委任》。

② 《宋史纪事本末》卷二《收兵权》。

③ 《宋史·兵志》（二）。

④ 司马光：《涑水纪闻》卷一。

⑤ 《宋史·曾开传》。

⑥ 《宋史·兵志》（一）。

说："天下之所以四分五裂者，方镇之专地也；干戈之所以交争互战者，方镇之专兵也；民之所以苦于赋繁役重者，方镇之专利也；民之所以苦于刑苛法者，方镇之专杀也；朝廷命令不得行于天下者，方镇之继袭也。太祖与赵普长虑却顾，知天下之弊源在乎此。于是以文臣知州，以朝官知县，以京朝官监临财赋，又置运使，置通判，皆所以渐收其权！"① 这段话将宋廷收藩镇各种权力于中央的情况尽行记录，充分展示了宋太祖开国以来推行不二的"抑武"政策。那么，在抑武政策推行的同时，宋廷又实施了怎样的"右文"政策？这些政策又怎样影响了宋代的文学？以下分别述之。

第一，"兴文教，抑武事"②。这里的"文教"，至少包括以下几个方面的内容，那就是实行文官制度，大兴科举，兴办学校。在"文教"大兴的情况下，宋代文化得到空前发展，远远超过此前任何一个朝代。

宋仁宗时大臣蔡襄说："今世用人，大率以文词进；大臣，文士也；近侍之臣，文士也；钱谷之司，文士也；边防大帅，文士也；天下转运使，文士也；知州郡，文士也。"③ 这种文官制度的出现，除了起到抑制武夫造反的效果外，也使宋代专制君臣间的言论关系发生了很大的变化。王水照先生在《宋代文学通论·绪论》中有翔实的材料和论述，特录于下：

> 不少史料表明，宋代君臣之间的谈话和议论，充满着相当民主、自由的气氛。司马光《手录》"吕惠卿讲咸有一德

---

① 《宋史纪事本末》卷二《收兵权》。
② 《续资治通鉴长编》卷18。
③ 《蔡忠惠集》卷18，四库全书本。

录"条就生动地记录了司马光与吕惠卿、王珪在神宗面前的争辩过程。熙宁二年（1069）十一月，吕、王、司马三人在迩英阁讲读《尚书》、《史记》、《资治通鉴》。先时吕惠卿进讲"咸有一德"，申述"法不可不变"之理，攻击司马光日前讲《通鉴》时言"汉守萧何之法则治，变之则乱"之谬，并指出司马光此语实为借机讥讽"国家近日多更张旧政"，斥责"制置三司条例"等变法措施，还咄咄逼人地说："臣愿陛下深察光言，苟光言为是，则当从之；若光言为非，陛下亦当播告之，修不匿厥旨，召光诘问，使议论归一。"俨然对阵叫战。神宗即召司马光，司马光老成持重，引经据典，平心静气而又滴水不漏地作了长篇答辩。吕惠卿似在事理上不占上风，就调换论题道："司马光备位侍从，见朝廷事有不便，即当论列。……有言责者，不得其言则去，岂可惮己？"他指责司马光未尽"言责"，应当引咎辞职。司马光立即应声道："前者，诏书责侍从之臣言事，臣曾上疏，指陈当今得失，如制置条例司之类，尽在其中，未审得达圣听否？"机智地请出皇帝作证，神宗自然只得说："见之。"司马光遂反戈一击："然则臣不为不言也，至于言不用而不去，此则实是臣之罪也。惠卿责臣，实当其罪，臣不敢逃。"这里表面上主动请罪，实则绵里藏针。有趣的是神宗的表态："相与讲论是非耳，何至乃尔？"最后还劝慰司马光说："卿勿以向者吕惠卿之言，遂不慰意。"这场剑拔弩张的舌战就在神宗的圆场中结束。对于坦诚直率的论政之风，这是一个无声的有力鼓励。无独有偶，南宋朱熹在庆元时入侍经筵，曾面奏四事，对宁宗以来的独断专权，作了面对面的尖锐批评："今者陛下即位，未能旬月，而进退宰执，移易台谏，甚者方骤进而忽退之，皆出于陛下之独断，而大臣不与谋，给舍不及议，正使实出于陛下之独断，而其事悉当于理，亦非为治之体，以启将来之弊；况中外传闻，无不疑惑，皆谓左右或窃其柄，而其所行，又未能尽允于公议乎？"他提出君主必须接受宰执、台谏及臣下等"公议"的监督，不能一人"独断"，即使"独断"正确，也不合"为治之体"，表现为强烈的限制君权的思想，且从"治体"即政治体制的高度来维护这一要求。他甚至疾言厉色地责问宋宗："陛下自视聪明刚断孰与寿皇（指宋孝宗赵昚）？更练通达孰与寿皇？"这种勇批逆鳞，迹近"大逆不道"的言论，不是颇有点惊世骇俗么！然而在宋代并没有贾祸遭灾，在通常的情况下是被容许的。例如陆游在《家世旧闻》卷上论述他的高祖陆轸任馆职时，曾面对仁宗，"举笏指御榻曰：'天下奸雄睥睨此座者多矣，陛下须好作，乃可长得。'"妙在仁宗不以为忤，在次日"以其语告大臣曰：'陆某淳直如此。'"反予以表彰，这除了仁宗宽厚温雅的个人性格外，实与宋代政风特点有关。

在以上王水照先生所引的《增广司马温公全集》、《晦庵先生朱文公文集》和《家世旧闻》中的几种记载中，的确可以看出宋代文官政治给君臣之间关系带来的新变化。这种关系主要基于宋初皇帝制定的不杀文人的政策，当然，这并不意味着宋代每一个君主与臣下的关系都是如此的民主、自由。

由于推行文官制度需要大批充当各级官吏的文人，科举选官就成为宋代的一项基本政策，由此，大量庶族地主文人得以由科举进身。

据张希清统计，北宋一代共开科 69 次，共取正奏名进士19281 人，诸科 16331 人，合计 35612 人，如果包括特奏名及史料缺载者，取士总数约为 61000 人，平均每年约为 360 人①。文人士大夫在北宋以来的宋代政权中占有的地位越来越重要，故北宋中期大臣文彦博说："为与士大夫治天下，非与百姓治天下也。"② 要建立一个中央集权的文官政府，选官一关极为重要。因此，从宋太祖起，宋朝历代皇帝都十分重视人才的选拔和笼络，宋太祖鉴于唐代科举中庶族文人受压抑的情况和举子与主考官之间容易形成的朋党门生等弊端，对科举考试进行了很大的改革。他曾亲临殿试说："向者登科名级，多为势家所取，致塞孤寒之路，甚无谓也；今朕躬亲临试，以可否进退，尽革畴昔之弊矣。"③ 并且明令"及第举人不得呼知举官为恩门、师门及自称门生"④。

宋太宗的重视人才选拔更是出名，他曾指出："国家选才，最为切务。人君深居九重，何由遍识，必须采访。"⑤ 又在采访在野人才，使"岩野无遗逸，而朝廷多君子"⑥ 的情况下，关注科举。他说："朕欲博求俊乂于科场中，非敢望拔十得五，止得一二，亦可为致治之具矣。"⑦ 同时，为了使真正有能力的下层士人进入仕途而不至于在选择人才中漏选，宋太宗实行为孤寒之家开路的科举改革原则。为了避免势家"与孤竞进"，于雍熙二年（985）实行别试制度："始令试官亲戚别试者凡九十八人"。⑧ 在这一年，宰相李昉明的儿子李宗谔、参知政事吕蒙正

① 张希清：《北宋贡举登科人数考》，北京大学《国学研究》第 2 卷。
② 《续资治通鉴长编》卷 221。
③ 《续资治通鉴长编》卷 16。
④ 《续资治通鉴长编》卷三。
⑤ 《续资治通鉴长编》卷 32。
⑥ 同上。
⑦ 《续资治通鉴长编》卷 18。
⑧ 《续资治通鉴长编》卷 26。

的兄弟吕蒙亨、盐铁使王明的儿子王扶、度支使许仲宣之子许待问等人举进士皆入等，但由于是势家子弟而被罢去，由此可以看出宋太宗对科举选才的重视以及对庶族文人入仕的大力扶持。欧阳修曾说："唐为国久，传世多，而诸臣亦各修其家法，务以门族相高，其材子贤孙不殒其世德，或父子相继居相位，或累数世而屡显，或终唐之世不绝。"① 王明清也说："唐朝崔、卢、李、郑及城南韦、杜二家，蝉联珪组，世为显著，至本朝绝无闻人。"② 宋代不仅使魏晋以来的门阀世族彻底消灭，更通过科举改革使庶族地主士人完全占据了统治地位，使科举考试在扩大统治基础的作用下真正发挥出较此前各种选才优越的效用。

　　兴办学校是宋代"兴文教"的又一重要举措。如果说前述科举制度的改革是宋代统治阶级在选拔人才制度上所作出的努力，那么，举办学校则是其在培养人才上进行的浩大工程。宋代的学校分官学与私学两类。官学又分中央官学和州县学。宋朝廷举办的官学主要有国子学、太学、四门学、律学、武学、医学，一度设置过算学、书学和画学，此外还有广文馆、宫学和宗学。其中以国子学和太学最为重要。较之于唐以前，尤其是唐代，宋代国子学和太学发生了极大的变化。在唐代，士族门阀虽然逐步衰落，但晋以来"国学教胄子"的士族子弟占有国子学的情形改观不大，需三品以上、国公子孙，始得入学，且名额极为有限，学生最多时也仅 300 人。到北宋时期，国子学的入学资格降到京朝七品官以上子孙。国子学已由唐代高级官僚的子弟学校，变为中级官僚以上子弟的学校。北宋立朝后在开宝年间，太平兴国年间、景德年间多次放宽国子学的听读条件，使其逐渐丧失贵

---

① 《新唐书》卷 71《宰相世系表序》。
② 王明清：《挥麈前录》卷二，中华书局上海编辑所校点本。

族子弟学校的性质，而与"太学招贤良"功能的太学渐次混一。

北宋的太学最早是国子学三馆之一，其三馆的性质为"广文教进士，太学教九经、五经、三礼、三传学究，律学馆教明律"①。庆历四年（1044），太学从国子学中分出，单独立校，其入学资格是"以八品以下子弟若庶人之俊异者为之"②，与"五品以上及郡县公子孙，从三品曾孙"③ 的唐代太学入学资格相比较，宋代的太学实际上已经成为士庶子弟混杂的普通官学。到北宋后期，国子学的学生只有 200 人，而太学生则到 3800 人。因此，在崇宁三年（1104）国子学当年停止招生④，这一年，朝廷实行"天下取士悉由学校升贡"的舍选，并废除科举，即废除由州郡发解（乡试）法和礼部试（省试）法，由此，太学成为文人获取殿试资格的主要途径。北宋政府有意提高舍选状元地位，使其名望重于科举状元，从而抬高太学地位，造成太学兴旺而国子学衰败的局面，因此，南宋绍兴以后，国子学的名称就不再见于史载，太学与国子学从此合二为一。⑤

宋代国子学的合于太学，太学招生资格又大大降低，这是宋代最高学府相对于唐代最大的变化。这一变化不仅是宋代"兴文教"带来的结果，也是士族地主崩溃，门阀制度覆亡，庶族地主在意识形态领域中全面胜利的象征。这种最高学府向下层地主阶级甚至工商业者和自耕农中富裕者开放的局面，无疑对宋代文化整体的提升有极大的促进作用。

---

① 《宋史》卷 165。
② 《宋史》卷 157。
③ 《新唐书》卷 48。
④ 张邦炜、朱瑞熙：《论宋代国子学向太学的演变》，见《宋史研究论文集》，河南人民出版社 1984 年版。
⑤ 同上。

　　除去以国子学和太学为代表的官学出现重大变化外，地方州县学的兴盛则为宋代文化的大普及创造了条件。唐代地方州县学设在东都、都督府、州、县，除东都名额为 80 人外，州县最少20 人，最多不能达到东都的水准，且一般招收品官子弟。北宋初年不许州县随便立学，大中祥符二年（1009）二月，准许曲阜先圣庙立学，赐应天府书院额，此为宋代州县立学之始。景祐四年（1037），准藩镇立学，他州不能。直到庆历四年（1044），在范仲淹的请求下，下诏云："令州县皆立学，本道使者选部属官为教授。员不足，取于乡里宿学有道业者。"① 此后，经熙宁、崇宁两次兴学高潮，到北宋末期，地方州县学发展到高峰。《宋史》概括北宋州县学三次兴学过程时说："自仁宗命郡县建学，而熙宁以来，其法浸备，学校之设遍天下，而海内文治彬彬矣。"② 据《续资治通鉴长编拾补》统计，崇宁三年（1104）全国学生总数已达 21 万多人，出现"虽濒海裔夷之邦，执耒垂髫之子，孰不抱籍缀辞"③ 的情形，造成"宋有天下三百载，视汉唐疆域之广不及，而人才之盛过之"④ 的盛况。

　　除去官学之外，宋代的私学十分发达，从《宋史》和《宋元学案》中的有关记载可以看出，终宋一代经学家、理学家们聚众授学者大有人在，著名的有：王昭素、孙奭、李觏、张载、程颢、陆九渊、魏了翁、陈亮、王应麟等人。李觏讲学，学者常数十万人，二程讲学，河洛之士翕然师之。私学的发展对宋代整个社会文化素质的提升，无疑有着十分重要的影响。

　　第二，尊重儒教，优渥儒士，是宋代右文政策的又一重要内

---

① 《宋史》卷 157。
② 《宋史》卷 155。
③ 范成大：《吴郡志》卷四《学校》引朱长文论。
④ 《范文正公集》补编《重建文正书院记》。

容。孔子与儒学在唐代后期天下大乱的时代中，地位丧失殆尽，宋太祖于马上得天下，深知一个统一稳定的政权，必须依靠儒学来维系，必须利用孔子在国人心中的地位来凝聚人心。在立国第二年，即建隆二年（961），宋太祖下令贡举人到国子监谒孔子，著为定例，永远执行。次年，又下令用一品礼祭孔子。大中祥符元年（1008），宋真宗追封孔子为"开圣文宣王"，又亲自到泰山封禅，到曲阜孔庙行礼，拜谒孔子坟，又命翰林学士晁迥祭奠孔子父母。大中祥符二年（1009），宋真宗又赐孔庙"九经"、"三史"，诏立学舍，选儒生讲学，以重振孔子故乡之学风。同年，真宗又追封孔子弟子 72 人，令中书门下及两制馆阁（掌内制的翰林学士和掌外制的知制诰）分别撰"赞"文；宋真宗亲自撰写《文宣王赞》，称颂孔子为"人伦之表"，儒学是"帝道之纲"，还撰写了《崇儒术论》，在国子监刻石云："儒术污隆，其应实大；国家崇替，何莫由斯。故秦衰则经籍道息，汉盛则学校兴行。其后命历迭改，而风教一揆。有唐文物最盛，朱梁而下，王风寖微。太祖、太宗丕变弊俗，崇尚斯文。朕获绍先业，谨遵圣训，礼乐交举，儒术化成。"[1] 宋真宗此论表明了宋代帝王的右文政策和崇儒方针。

为了提倡儒术，从开国伊始，宋代帝王就十分注重对儒家经典的整理。端拱元年（988），宋太宗命孔维等人分校唐代孔颖达《五经正义》；至道二年（996），宋太宗又命校定《周礼》、《仪礼》、《春秋公羊传》、《春秋谷梁传》、《孝经》、《论语》、《尔雅》七经旧疏；咸平三年（1000），真宗又命翰林侍读学士、判国子监邢昺总其事，于咸平四年九月，校定完毕，共 165 卷，

---

[1] 《续资治通鉴长编》卷 79。

朝命模印颁行。于是十二经都有了由政府认可的法定的注疏①。整理儒家经典是为了使国家有一个系统的思想体系，而统治者在将振兴文教作为"祖宗家法"之一，立誓碑于太庙密室，垂于嗣君"不得杀士大夫及上书言事人"②外，更对儒臣学官优渥有加。宋太宗、真宗听儒学博士讲儒经，常常为之感动而赏赐。宋真宗更是对老师宿儒礼敬不衰。如翰林学士侍读郭贽卒，"故事，无临丧之制，上以旧学，故亲往器之，废朝二日"③。又翰林侍读学士邢昺"被病请告，诏太医院诊视，上亲临问，赐名药一奁，白金器千两，缯丝千匹。国朝故事，非宗戚将相，无省疾临丧之行。唯昺与郭贽以恩旧特用此礼，儒者崇之"④。

　　北宋开国统治者除去上述右文措施外，还大规模的求书、编书，像《太平御览》、《太平广记》、《文苑英华》、《册府元龟》皆在宋太宗和真宗时代修成。宋太宗说："王者虽以武功克敌，终须以文德致治"⑤，并把书籍视为"教化之本，治乱之源"⑥。他们在取得天下后，都十分重视读书，在《续资治通鉴长编》、《宋朝事实》、《宋朝事实类苑》等书中，可以见到宋太祖、宋太宗、宋真宗勤奋好读的记载，以及这些开国之后前几代帝王对臣下及皇子皇孙诸王读书问题的关心。正因为这样的风气，宋代文人好读，善思考也就由此形成，并成为宋代尚文的时代特征。

　　从避免藩镇割据危及江山社稷和帝王之业考虑，宋代开国帝王推行了右文抑武的基本国策，这一国策虽然在一定程度上导致

---

① 见《宋史》卷266、431。
② 《宋稗类钞》卷一《戒碑》，《全宋文》卷七。
③ 《续资治通鉴长编》卷73。
④ 同上。
⑤ 李攸：《宋朝事实》卷三。
⑥ 《续资治通鉴长编》卷25。

了宋代在军事上的无力，正如南宋朱熹所云："本朝鉴于五代藩镇之弊，兵也收了，财也收了，赏罚刑政一切也收了，州郡遂日就困弱，靖康之祸，虏骑所过，莫不溃散"，① 最终亡于入侵者手中。但从整个中国封建文化发展的历史来看，宋代兴文教的国策，对封建后期文化的贡献无疑是极大的，难怪后来的学术大师要对宋代文化给以极高的评价：

　　天水一朝人智之活动与文化之多方面，前之汉唐，后之元明，皆所不逮也。②
　　华夏民族之文化，历数千载之演进，造极于赵宋之世③。

---

① 《朱子语类·法制》卷 128。
② 《王国维遗书》第 5 册，上海书店 1983 年版，第 70 页。
③ 陈寅恪：《邓广铭〈宋史职官志考证〉序》，《金明馆丛稿二编》，第 245 页。

第二章　儒学复兴与社会关注

　　先秦朴素原始的儒学思想，在汉代大一统帝国政治的需要下，被董仲舒杂以阴阳五行说，改造成为人间的封建统治秩序和伦理纲常的神学。把"天"塑造成一个有感情意志且主宰人间一切的人格神，君临人间，对天子和百姓都具有绝对的权威，并安排着人世间的一切。这样的天命论在汉代末年因为社会的灾难而被人们放弃，此后就是整个魏晋南北朝数百年间思想界的活跃，佛、道、玄学大兴，儒学一直处在低潮。唐代"三教并用"，尽管朝廷以孔颖达撰《五经正义》，颜师古定《五经定本》，由朝廷正式颁行，废弃东汉以来诸儒异说，使儒学经典从文字到义理得到统一，为儒学在中唐的复兴提供了有利的条件，但儒学仍未走出低谷。"安史之乱"的爆发和平定历时八年，这样的社会大动荡以及随之而来的渴望中兴的社会思想，迫使人们去反思造成"安史之乱"的各种原因，人们于是很自然地将目光投向了稳定社会秩序的儒家思想，因而出现了以韩愈为代表的为复兴儒家思想而追求道统的思潮。然而，随着藩镇割据、宦官专权、党争、农民起义等社会矛盾的爆发，儒学复兴也就随着中唐中兴的昙花一现而消失，儒家思想并未取得一尊地位。经五代而入北宋，到了欧阳修生活的前后一段时间，随着庆历新政的出现与社会要求改革除弊的呼声日甚一日，儒学复兴已是水到渠成之事，于是在一大批致力于儒学复兴的文人士大夫的共同努力下，完成了儒学的复兴，并为儒学向理学的过渡铺平了道路。从唐代的古文运动到北宋的诗文革新运动历程，以文学创新的精神反映了儒学复兴的历程，因此，要研究中唐元和到北宋元祐文学的发展变化，不能不涉及儒学复兴问题。

第一节 中唐古文运动的思想实质

说到中唐的"古文运动"，没有人不首先想起韩愈。苏轼称韩愈"文起八代之衰，道济天下之溺"①，评价可谓极高。这一评价是从两个方面作出的：一是文学成就，二是思想影响。苏轼称韩愈："匹夫而为百世师，一言而为天下法，是皆有以参天地之化，关盛衰之运。其生也有自来，其逝也有所为，故申、吕自岳降，傅说为列星，古今所传，不可诬也。"② 这一见解得到今人陈寅恪的赞同并加以发挥，他说："唐代之史可分前后两期，前期结束南北朝相承之旧局面，后期开启赵宋以降之新局面，关于政治社会经济者如此，关于文化学术者亦莫不如此。退之者，唐代文化学术史上承先启后转旧为新关捩点之人物也。"③ 陈先生这段话主要是从学术史而言的，他在另一处又说："唐代古文家多为才学卓越之士，其作品如唐文粹所选者足为例证，退之一人独名高后世，远出余子之上者，必非偶然。……退之在当时古文运动诸健者中，特具承先启后作一大运动领袖之气魄与人格，为其他文士所不能及。退之同辈胜流如元微之，白乐天，其著作

---

① 苏轼：《潮州韩文公庙碑》，《苏轼文集》卷17。
② 同上。
③ 陈寅恪：《金明馆丛稿初编·论韩愈》。

传播之广，在当日尚过于退之。退之官又低于元，寿复短于白，而身殁之后，继续其文其学者不绝于世，元白之遗风虽或尚流传，不至断绝，若与退之相较，诚不可同年而语矣。"① 这一段话则主要从韩愈在古文运动中的地位和影响而言，给韩愈以极高的评价。

韩愈之所以能得到自北宋以来文人极高的评价，决非只是从其文学成就而来，而是与其倡导儒学复兴，提倡儒家道统的巨大影响有关，韩愈说："吾所谓道也，非向所谓老与佛之道也。尧以是传之舜，舜以是传之禹，禹以是传之汤，汤以是传之文武周公，文武周公传之孔子，孔子传之孟轲。轲之死，不得其传焉。"② 韩愈在中唐这一特殊的时代提出"道统"，理出儒家谱系，俨然以儒家"正统"继承人来号召当时人，这完全适应了时代思想意识形态的需要。

承前所云，唐代统治者在思想意识形态领域采取"三教并用"的态度，相对而言，佛、道二教的发展远远超过了儒家。从地位上看，道教在佛教之上，从势力上看，佛教又超过道教。唐武德七年（624），唐高祖李渊谒终南山老子庙。贞观十一年（637），唐太宗李世民称老子李耳为祖宗，名位称号应在佛先。乾封元年（666）二月，唐高宗李治追赠老子为太上玄元皇帝。上元元年（674），武则天叫王公大臣皆习《老子》。天宝元年（742）二月，唐玄宗李隆基诏赠道家四子，分别为：南华真人老子、通玄真人文子、冲虚真人列子、洞虚真人庚桑子。四真人之书都称真经，崇玄学，置博士、助教各一人，学生100人，位与五经并列。由于最高统治者的遵宠道教，道教得以迅速发展。

---

① 陈寅恪：《金明馆丛稿初编·论韩愈》。
② 韩愈：《原道》，《韩昌黎文集校注》卷一，第12页。

与道教得宠相似，佛教在中唐前也因统治者的提倡而风靡全国，从信奉的人数上看，远远超过了道教，从寺庙的数量与规模看，达到空前高度。

唐高祖还在隋朝为官时，就与佛执弟子礼。唐太宗晚年始近佛教，与玄奘相识恨晚，后悔自己生平未能广兴佛事，并在生前为法门寺度僧，修葺舍院、舍利塔，还开塔示舍利，为唐代历代帝王七次开塔，六次迎佛骨始作俑者。武则天依靠佛教夺得李家政权，所以对佛教大力扶持，使佛教遍行天下。到中唐韩愈坚决排佛时，大唐天下遭佛屠之祸已极深，佛教的风行不仅已经危及大唐的经济，而且逐渐渗入政治。韩愈在《原道》中就佛教对维系世道人心、伦理纲常的根本，即君臣、父子关系的破坏加以揭示说："弃而君臣，去而父子，禁而相生养之道，以求所谓清静寂灭。"在其《送灵师》诗中说："佛法入中国，尔来六百年。齐民逃赋役，高士著幽禅。官吏不之刺，纷纷听其然。耕桑日失隶，朝署时遗贤。"[1] 如果说《原道》中论佛教对君臣父子关系的破坏还只是泛论，那么《送灵师》诗就已具体指出了佛教对国家经济和政治的危害。

佛教的昌盛也使大量儒生文人染指佛学甚至投身佛门，严重地威胁着儒学的生存。罗香林先生说：

> 聪明之士，多转而投身佛门，或以儒生而兼习释学。其以儒家立场排斥佛教者，虽代有其人，然大率皆仅能有政治上社会上之作用，非能以学说折之也，而斗争之结果，则不特儒者不能举释门而"人其人，火其书，庐其居，明先王之道以道之"，甚且反为释门学者所乘，而使之竟以心性问

---

① 《韩昌黎诗系年集释》卷二，上海古籍出版社1984年版，第202页。

题为中坚思想，虽其外表不能维持儒家之传统局面，然其内
容之盛挽释门理解，已为不容或掩之事实，其后遂演为两宋
至明之理学。①

翻开中唐诗文集，可以发现，几乎每一个著名的文人作品中，都
表现出崇尚佛教的倾向，崇尚佛教成为士林乃至全社会的风气。
需要以儒家伦理纲常、道德秩序来凝聚人心、振兴王朝的时代政
治，当然要求有人倡导儒学的复兴。

历史将韩愈等人推到了复兴儒学的舞台上。

鉴于"安史之乱"所造成的严重"道丧"和中唐社会呼唤
中兴的要求，韩愈写下其复兴儒学、重建道统的重要论文《原
道》，指出"道丧"的结果带来"子焉而不父其父，臣焉而不君
其君，民焉而不事其事"的混乱现象。因此，他在《原道》中
引《传》曰："古之欲明明德于天下者，先治其国；欲治其国
者，先齐其家；欲齐其家者，先修其身；欲修其身者，先正其
心；欲正其心者，先诚其意。"

正因为有这样的思想，整个社会才能得以正常运转，否则就
会出现上述君臣、父子关系错乱的反常现象。要稳定社会，就必
须使社会等级模式化、规范化，并成为人人必须遵守的法律。韩
愈说："是故君者，出令者也；臣者，行君之令而致之民者也；
民者，出粟米麻丝作器皿通财货以事其上者也。君不出令，则失
其所以为君；臣不行君之令而致之民，则失其所以为臣；民不出
粟米麻丝作器皿通财货以事其上，则诛！"《原道》中的这段话，
严辨君、臣、民的职责义务，其要求建立专制君权的思想十分清
楚，这正好适应了时代对这一思想的要求。这一立足于中兴国家

---

① 罗香林：《唐代文化史研究·唐释大颠考》，商务印书馆 1946 年版。

基础之上的儒学复兴，正是中唐"古文运动"的思想实质，所以，韩愈在他的文章中反复阐明自己写作古文的目的，那就是"明道"，明尧舜以来修身、齐家、治国、平天下之古道："愈之所志于古者，不惟其辞之好，好其道焉尔。"① "愈之志在古道，又甚好其言辞。"② "愈之为古文，岂独取其句读不类于今者邪？思古人而不得见，学古道则欲兼通其辞者，通其辞，本志乎古道者也。"③

正是因为有自汉末以来儒家学说的低迷与儒、释、道三教并用的唐代思想界的现状，实际上使儒学无法取得与道、释真正"鼎立"的地位，再加之"安史之乱"造成大唐帝国统治秩序的混乱，以及中唐中兴的强烈要求，才有所谓"古文运动"的勃兴。如果没有这样一种政治、思想上的需求，一场纯粹的文学"复古"运动显然是不可能出现的。因此，当我们在讨论古文运动的时候，应该看到，在政治、思想文化背景下出现的古文运动，名为复古，实为革新，这种革新在中唐时期是一种时代精神。明乎此，对韩柳古文运动的产生、发展及其影响，就会有更深刻的认识而不至于流于肤廓。

第二节　北宋诗文革新与儒学复兴之关系

韩愈为代表的中唐古文运动在晚唐五代乱世之中夭折了。这一场文学运动本来就是中唐政治改革和儒学复兴背景下的产物，一旦中兴事业烟云消散，乱世中儒家修、齐、治、平那一套理论

---

① 韩愈：《答李秀才书》，《韩昌黎文集校注》卷三，第175页。
② 韩愈：《答陈生书》，《韩昌黎文集校注》卷三，第176页。
③ 韩愈：《题欧阳生哀辞后》，《韩昌黎文集校注》卷五，第304页。

失去市场，古文运动的夭折也就不足为怪了。但是，以"道统"相号召的韩愈虽说在儒家理论上并无突破与建树，但他与其同时代倡导古文的作家们的创作，却给后来的北宋人提供了可资借鉴的参考。

中唐古文运动的夭折除前所述的两点外部因素外，尚有两点内部因素。一是继韩愈之后倡古文又影响最大的李翱，因其对复兴儒学特别重视，故在理论上深入研究，并摄取佛学禅宗有利于建构封建专制的成分，从韩愈希望排佛而建成新儒学，到援佛入儒而基本完成新儒学的体系。在李翱的三篇《复性书》中，将佛教的斋戒转化为儒学的心性之学，故后人多认为李翱在儒学衰微之后，能不受韩愈的影响，对儒学加以极大的改造，实足以开宋明理学之先声。① 但李翱本人在古文创作上的成就远不能与韩愈等人相比较，且重道而忽视了文，故其主张不合时代需要而后继乏人，造成古文运动的发展无后劲。二是在韩愈力主务去陈言创新的影响下，片面发展险怪奇异的皇甫湜，虽说能在古文技巧上常见新异，但学步此派的作家，如樊宗师等，竟完全以奇异怪僻作文，如《绛守居园池记》一类失去读者的作品。

古文运动理论上本身存在的问题，导致其自身发展走上歧路，在宋初提倡古文的士人那里依然存在，这在石介的理论和创作中表现最为突出。石介推尊韩愈，在其《尊韩》中说：

> 伏羲氏、神农氏、黄帝氏、少昊氏、颛顼氏、高辛氏、唐尧氏、虞舜氏、禹、汤氏、文、武、周公、孔子者，十有四圣人，孔子为圣人之至。噫！孟轲氏、荀况氏、扬雄氏、

---

① 侯外庐《中国思想通史》第 4 卷第 6 章第 4 节，罗秀林《唐代文化史研究》，高观如《唐代儒家与佛学》皆如是说。

王通氏、韩愈氏、五贤人，吏部为贤人之卓。不知更几千万亿年，复有孔子；不知更几千百数年，复有吏部。孔子之《易》《春秋》，自圣人来未有也；吏部《原道》《原人》《原毁》《行难》《禹问》《佛骨表》《诤臣论》，自诸子以来未有也。①

在这里，石介将韩愈捧得高过于孟子、荀子，实在有些不类，但其推崇韩愈的古文创作却是发自肺腑，这与稍前的柳开一脉相承。柳开云：

吾之道，孔子、孟轲、扬雄、韩愈之道；吾之文，孔子、孟轲、扬雄、韩愈之文也。②

他学步韩文而作《续师说》，表明其尊韩、学韩和推行古文的决心。他在《昌黎集后序》中对韩文内容与形式的适用发表看法说："先生（韩愈）于时作文章，讽颂、规戒、答论、问说，淳然一归于夫子之旨，而言之过于扬子远矣。先生之于为文，有善者益而成之，恶者化而革之，各婉其旨，使无勃然而生于乱也。与《尚书》之号令，《春秋》之褒贬，《大易》之通变，《诗》之风赋，《礼》《乐》之沿袭，《经》之教授，《论语》之训导，酌于先生之心，与夫子之旨无有异趣者也。先生之于圣人之道，在于是而已矣，何必著书而后始为然也。"③ 较之于后来的石介，柳开能较好地处理文道之间的关系，当中唐古文运动

---

① 石介：《徂徕石先生全集》卷七，中华书局1984年版。
② 柳开：《应责》，《河东先生集》卷一，四部丛刊本。
③ 柳开：《河东先生集》卷11。

被晚唐五代华靡文风所压倒而北宋初年人们对古文茫然不知其作法时，柳开说："何谓古文？古文者，非在辞涩言苦，使人难诵读之；在于古其理，高其意，随言短长，应变作制，同古人之行事，是谓古文也。"① 柳开明确反对当时流行的骈文："文取于古，则实而有华；文取于今，则华而无实。实有其华，则曰经纬之文也，政在其中矣；华而无实，则非经纬之文也，政亡其中矣。"② 在这里，文章的作用被提高到足以兴邦亡国的地位，尽管柳开也强调文，但已渐露偏颇，"文恶辞之华于理，不恶理之华乎辞也"③。这种重理过于文的端倪，到石介时就表现为重道轻文的明显倾向，虽说其以反对当时骈俪之风为作文的主要动机，但偏颇亦显然。其云："今杨亿穷态极妍，缀风月，弄花草，淫巧侈丽，浮华纂组，刓镂圣人之经，破碎圣人之言，离析圣人之意，蠹伤圣人之道，使天下不为《书》之《典》《谟》《禹贡》《洪范》，《诗》之雅颂，《春秋》之经，《易》之繇、爻、十翼；而为杨亿之穷妍极态，缀风月，弄花草，淫巧侈丽，浮华纂组，其为怪也大矣！"④

欧阳修在《徂徕先生墓志铭》中对石介的作文以论是非和为道而勇曾给予很高的评价："作为文章，极陈古今治乱成败，以指切当世，贤愚善恶，是是非非，无所讳忌。世俗颇骇其言，由是谤议喧然，而小人尤嫉恶之，相与出力，必挤之死。先生安然，不惑不变，曰：'吾道固如是，吾勇过孟轲矣。'不幸遇疾而卒。"⑤ 但对于石介文道分离，重道轻文的创作弊端，却在诗

① 柳开：《河东先生集》卷11。
② 柳开：《河东先生集》卷六。
③ 柳开：《河东先生集》卷五。
④ 石介：《怪说》，《徂徕石先生全集》卷五。
⑤ 欧阳修：《欧阳修全集·居士集》卷34，第239页。

文革新运动的实践中给予解决，这就是欧阳修之所以能成为一代文宗，并能完成诗文革新使命的原因。

欧阳修推崇韩愈古文，在《记旧本韩文后》中自述云：予少家汉东，汉东僻陋无学者，吾家又贫，无藏书。州南有大姓李氏者，其子尧（一作彦）辅，颇好学。予为儿童时，多游其家，见有敝筐贮故书在壁间，发而视之，得唐《昌黎先生文集》六卷，脱落颠倒无次序（一作第）。因乞李氏以归。读之，见其言深厚而雄博。然予犹少，未能悉究其义，徒见其浩然无涯，若可爱。是时天下学者，杨、刘之作，号为时文，能者取科第，擅名声，以夸荣当世，未尝有道韩文者。予亦方举进士，以礼部诗赋为事。年十有七，试于州，为有司所黜。因取所藏韩氏之文复阅之，则喟然叹曰："学者当至于是而止尔。"因怪时人之不道，而顾己亦未暇学，徒时时独念于予心，以谓方从进士干禄以养亲。苟得禄矣，当尽力于斯文，以偿其素志。后七年，举进士及第，官于洛阳，而尹师鲁之徒皆在，遂相与作为古文。因出所藏《昌黎先生文集》而补缀之，求人家所有旧本而校定之。其后天下学者亦渐趋于古，而韩文遂行于世。至于今，盖三十余年矣，学者非韩不学也，可谓盛矣。[①] 文中论述了宋初"未尝有道韩文者"，到诗文革新之后，"学者非韩不学"的巨大变化，这变化，如同中唐古文运动的兴起一样，决不只是一场单纯的文学革新运动，同样有政治和思想文化要求的深刻背景。这在前面已有论述，此处侧重谈诗文革新与儒学复兴之关系。

苏轼在论及欧阳修之前宋代的"斯文"，即儒家文化时说：

> 宋兴七十余年，民不知兵，富而教之，至天圣、景祐极

---

① 《欧阳修全集·居士外集》卷23，第536页。

矣，而斯文终有愧于古，士亦因陋守旧，论卑而气弱。①

　　这里的斯文有愧于古，就是指宋初虽也有太祖、太宗、真宗的提倡和鼓励儒学，但儒学不兴的现实却是事实。故其又云："自汉以来，道术不出于孔氏，而乱天下者多矣。晋以老庄亡，梁以佛亡，莫或正之。五百余年而后得韩愈，学者以愈配孟子，盖庶几焉。愈之后二百有余年而后得欧阳子，其学推韩愈、孟子以达于孔氏，著礼乐仁义之实，以合于大道。"② 这里，苏轼是从道统的继承者角度来推崇欧阳修的，在下面一段话中，苏轼对欧阳修继承道统、传述儒学的评价更能说明这点，其云：

　　　　公之生于世，六十有六年，民有父母，国有蓍龟，斯文有传，学者有师。③

这段话对欧阳修历史地位的肯定，显然在"斯文有传"，即从儒学道统的角度出发的，而苏轼的友人们也是以此来评价他的。米芾在《苏东坡挽诗五首》其三中称苏轼："道如韩子频离世，文比欧公复并年。"这两句诗从道与文两个方面，将苏轼视为韩愈道统和文章继欧阳修之后的传人。秦观则在《答傅彬老简》中说："苏氏之道，最深于性命自得之际；其次则器足以任重，识足以致远；至于议论文章，乃其与世周旋，至粗者也。"④ 秦观作为苏轼门人，分别以性命、器识、议论文章来概括苏轼哲学家、政治家、文学家的成就，认为其哲学成就为苏轼一生最高的

---

① 苏轼：《六一居士集叙》，《苏轼文集》卷十，第315页。
② 同上。
③ 苏轼：《祭欧阳文忠公文》，《苏轼全集》卷63，第1937页。
④ 秦观：《淮海集笺注》卷三，徐培均笺注，上海古籍出版社1985年版。

成就。很显然，在"文以载道"这个命题下所形成的自唐代韩愈二而一的古文运动，是被宋代欧、苏及其弟子门人视为相承关系的。因为他们要参与社会改革，要以文学来表现"道"这个最根本的政治。苏轼《上神宗皇帝书》说：

> 夫国家之所以存亡者，在道德之深浅，不在乎强与弱；历数之所以长短者，在风俗之厚薄，不在乎富与贫。①

宋人所言之"道"，较之唐人更多道德伦理之成分，更重人的道德品性，这中间体现出儒学在复兴中逐渐向以伦理道德、心性为主的理学发展。今人谈宋学，较少谈及欧、苏，实际上，欧、苏在儒学复兴中的地位远超过后来的理学家。因为理学家们只是在以欧、苏为代表的儒学复兴（其表现形式是以诗文革新进行的）基础上，建构起理学的理论体系。由于欧阳修等人以儒学复兴为诗文革新的思想内涵，所以才有简明易行、文以致用的宋文出现，以致最终完成古文运动。

最后，引用欧阳修的话来结束这一节：

> 君子之于学也，务为道，为道必求之古。知古明道，而后履之以身，施之于事，而又见于文章而发之，以信后世。其道，周公、孔子、孟轲之徒常履而行之者是也。其文章，则六经所载，至今而取信者是也。其道易知而可法，其言易明而可行。②

---

① 《苏轼全集》卷25，第729页。
② 欧阳修：《与张秀才二首》，《欧阳修全集·居士外集》卷16，第480页。

又说，学作古文的目的：

> 不徒诵其文，必能通其用；不独学于古，必能施
> 于今。①

中唐古文运动之所以夭折而骈文重新泛滥，是因为政治状况的恶化和儒学赖以生存的环境被破坏；北宋诗文革新运动之所以最终胜利，是因为其政治、思想环境使之然，而又有以儒学相号召的欧阳修及其志同道合者的努力方才达成。

第三节　复合型创作主体与社会
关注意识的强化

日本学者吉川幸次郎在其专著《宋诗概说》中将宋仁宗时代看作一个儒学思想在理论与实践上发展的顶点，并指出这一顶点的特征如下："在仁宗的时代，不仅是诗歌，中国的文化与文章全体也都在进行着巨大的变化，其中最主要的是重新认识了古代儒学思想的价值，奠定了正统的民族伦理观念，而以其实践为个人的以及社会的中心任务。知识分子还不只是儒家政治哲学的阐释者，也变成了实践者，于是实现了书生主政的政治体制，政治领袖与文化领袖已合而为一。……不用说，这是由于中国的人道主义，经过长期的培养之后，到了宋朝，终于达到了一个顶点的结果。"②

---

① 《欧阳修全集·居士集》卷48，第325页。

② 〔日〕吉川幸次郎：《宋诗概说》，郑清茂译，台湾联经出版事业公司1977年版。

在前一节中，笔者引用秦观《答傅彬老简》一文评苏轼的话，将集哲学家、政治家和文学家于一身的苏轼身份概括出来，而南宋永嘉学派的陈傅良在论及"宋士大夫之学"时称：

> 宋兴，士大夫之学亡虑三变：起建隆至天圣、明道间，一洗五季之陋，知向方矣，而守故蹈常之习未化。范子始与其徒抗之以名节，天下靡然从之，人人耻无以自见也。欧阳子出，而议论、文章粹然尔雅，轶乎魏晋之上。久而周子出，又落其华，一本于六艺，学者经术遂庶几于三代，何其盛哉！①

这段话虽将范仲淹的名节、欧阳修的议论文章、周敦颐的经术分举而加以赞赏，说出了北宋文人士大夫之学在政治、文学、经术三方面的成就，其实，这三方面在上述三人身上，又何尝不都集中体现出来了么？

因为宋朝开国统治者以振兴文教为基本国策，并实行文官制度，优渥文人，所以北宋文人的身份就较之前此文人具有参政主体、学术主体与文学主体集于一身的复合型特征。这一特征使宋代文化具有较前人淹博、格局宏大的特点，更使宋代文人少了许多理想的、浪漫的情怀，多了不少关注社会、国家、民生的意识。

宋代的著名人物，尤其是北宋庆历以后有影响的人物，大多既是官僚名臣，又是著名学者，还是出色的作家，这种多重主体集于一身就使北宋时期政治上的党争、学术上的派别和文学上的流派和作家群，多围绕核心人物而形成。在这些核心人物身上，

---

① 陈傅良：《温州淹补学四记》，《止斋先生文集》卷39，四部丛刊本。

可以见出其社会关注意识的强化，并折射出庶族地主文人取代士族登上政治舞台后的深刻变化。

柳诒徵先生在《中国文化史》中说："盖宋之政治，士大夫之政治也。政治之纯出于士大夫之手者，惟宋为然。故惟宋无女主、外戚、宗室、强藩之祸。宦寺虽为祸而亦不多，而政党政治之风，亦开于宋。……中国之有政党，殆自宋神宗时之新旧两党始，其后两党反复互争政权，迄北宋被灭于金始已。论史者恒以宋之党祸比于汉唐，实则其性质不相同。新旧两党各有政见，皆主于救国，而行其道。特以方法不同，主张各异，遂致各走极端。纵其末流，不免于倾轧报复，未可纯以政争目之。而其党派分立之始，则固纯洁为国，初无私憾及利禄之见屡杂其间，此则士大夫与士大夫分党派以争政权，实吾国历史仅有之事也。"①

柳氏此论宋代新旧党争性质为政党政治的说法，虽说与近代意义不能等同，但其具有党派的意识却是明显的。由于有党派意识，故其参政、议政的意识是完全自觉的。欧阳修在庆历五年范仲淹以"朋党"罢参政，自己出知滁州时作《镇阳读书》诗，有句云："平生事笔砚，自可娱文章。开口揽时事，论议争煌煌。"表明其读书、治学、从政、议政的经历，也显示出宋代文人复合型身份的生活阅历。这种阅历必然在其文学创作中显示出来，由此，北宋文学的现实性、哲理性显然较此前要突出，并形成文学、政治、哲学三者间的交互渗透。

由于文人、学者、名臣集于一身，北宋士大夫文人"从内心深处涌出一种感觉，觉得他们应该起来担负著天下重任。范仲淹为秀才时，便以天下为己任。他提出两句最有名的口号来，说：'士当先天下之忧而忧，后天下之乐而乐。'这是那时士大

夫社会中一种自觉精神之最好的榜样"①。唐代文人在国家官僚体制中不占主导地位，尤其是著名文人很少有政治领袖且能凭借政治地位形成学术与文学群体的事。他们也十分关注国计民生、社会现实，但由于其在野不在朝，其政治见解和主张并不能引起当政者的注意，更谈不上采纳。因此，怀才不遇的牢骚和对现实的批评多于正面的建设性意见，也绝少有"论议争煌煌"的当廷论争。尤其在中唐中兴失败后，随着时代政治之不可为，文人除去逃避乱世，全身自保外，对现实政治至多也就是冷嘲热讽以示不满而已。

由于参政主体性的强化，宋代士大夫对社会问题的关注意识空前强化，并使政治、哲学和文学一体化。宋代的儒学复兴与政治改革的要求是相互呼应的，宋人重新认识和发现了儒家的思想价值，并逐渐使儒家的权威性和实践性构成社会意识和行为的灵魂，且围绕这一权威性而展开的政治实践形成了不同政治主张的集团。这样的集团从庆历新政到熙、丰党争，发展为元祐意气之争，最后出现"绍述"党锢，自始至终都贯穿着士大夫在政治上对社会问题的关注。尽管说从庆历开始，士大夫文人大都怀有通变救弊、振兴时政的初衷，而最终发展为文人间的意气之争并造成"党锢"的悲剧，其间发生了始料不及的结果，但整个北宋时期士大夫对社会的关注却并未因此削减。这一点可从遭受最大打击的苏轼与其门弟子的文学创作中得到印证。

从宋代文学的主要样式诗歌和散文所表现出来的强烈的社会关注与参与意识，以及对社会问题各个方面的丰富表现，都可以感受到这种由文人、学者、名臣一体的主体强化所形成的"宋型文化"的鲜明特征。在北宋诗文领域中卓然成家并在中国文

---

① 钱穆：《国史大纲》，商务印书馆1994年版，第558页。

学史上产生重要影响的作家，如王禹偁、苏舜钦、梅尧臣、范仲淹、欧阳修、曾巩、王安石、苏洵、苏轼、苏辙、黄庭坚、陈师道，以及主要成就不在文学，而在哲学、思想文化、历史等方面，却不乏文学作品的众多作家，其诗文中都透露出宋代文学的特色。朱熹《楚辞集注》卷6《服胡麻赋》注说：

> 国朝文明之盛，前世莫及。自欧阳文忠公、南丰曾公巩、与公（苏轼）三人，相继而起，各以其文擅名当世，然皆杰然自为一代之文。①

其实，北宋文学之所以充满了对社会问题的关注，正是因为自中期以来国家政权中文人进入核心，并在强烈的革弊变法的政治环境中形成的。庆历以来，进入政坛核心的文人有范仲淹、司马光、韩琦、富弼、文彦博、韩维、欧阳修、王安石、苏轼、苏辙等。这些人所牵连出来的各种政治和社会关系极为复杂，可称为名臣作家群。在他们的带动下，形成了北宋时期庞大的文人阶层，上自朝廷核心，下到民间底层，整个北宋社会的现实都得到充分的表现，诚如李泽厚先生在论及中唐以来文艺变化的背景时所说的那样，整个庶族地主阶级都空前地关注社会问题，不再是以往：

> 改朝换代，谁当皇帝对社会甚至士大夫们没有太大关系；而是"天下兴亡，匹夫有责"，不但国家、"天下"，而且皇室一姓的兴衰甚至名位尊号，都看得十分严重；从宋濮议之争到明移宫之案，士大夫们可以为皇家的纯粹内部事务

① 《楚辞集注》，上海古籍出版社1979年版。

坚持争论得不亦乐乎。①

正是有这样的背景，北宋以来的文人就与政治紧紧牵连在一起，他们的诗文就与其所在的"朋党"的政治见解，社会关注的焦点紧紧相连。胡应麟在《诗薮》杂编卷 5 中，将庆历以后的文人分为以下群体："韩稚圭、宋子京、范希文、石曼卿、梅圣愈、蔡君谟、苏允明、余希古、刘原父、丁元珍、谢伯初、孙巨源、郑毅夫、江邻几、苏才翁、子美等，皆永叔友也。王岐公、王文公、曾子固、苏子瞻、子由、王深父、容季、子直、李清臣、方子通等，皆六一徒也。王平甫、王晋卿、米元章、张子野、滕元发、刘季孙、文与可、陈述古、徐仲车、张安道、刘道原、李公择、李端叔、苏子容、晁成君、孔毅父、杨次公、蒋颖叔等，皆与子瞻善者。黄鲁直、秦少游、陈无己、晁无咎、张文潜、唐子西、李方叔、赵德麟、秦少章、毛泽民、苏养直、邢惇夫、晁以道、晁之道、李文叔、晁伯宇、马子才、廖明略、王定国、王子立、潘大观、潘邠老、姜君弼，皆从东坡游者。荆公所交，则刘贡父、王申父、俞清老、秀老、杨公济、袁世弼、王仲至、宋次道、方子通，门士则郭功父、王逢原、蔡天启、贺方回、龙太初、刘巨济、叶致远二弟一子，俱才隽知名，妻吴国及妹、诸女，悉能诗，古未有也。"不管这种分别是否完全有道理，但不难看出，在庆历新政、诗文革新、熙丰变法、绍述党锢的主要人物周围，形成了以欧阳修、王安石、苏轼为核心的文人群体，他们的创作有着明显的党争所带来的政治色彩和对社会问题不同的关注点。具体讲，以文人、学者、名臣一体的身份所形成的创作主体，其社会关注主要集中在以下方面：

---

① 李泽厚：《美的历程·中唐文艺》，第 146 页。

第一，宣扬作家的政治主张，参与政治议论。元祐三年，苏轼在谈到自己在以诗文得罪的原因时说："昔先帝（神宗）召臣上殿，访问古今，敕臣今后遇事即言。其后臣屡论事，未蒙施行，乃复作诗文，寓托讽，庶几流传上达，感悟圣意。而李定、舒亶、何正臣三人，因此言臣诽谤，臣遂得罪。"①

这段话讲出了宋代文人，尤其是北宋文人的社会关注意识，主要在"论事"，即凡朝政大事、民生疾苦、社会弊端，一切社会问题都在所论之列。统治者能接受就"论议争煌煌"，不能接受就"寓物托讽"。苏辙说苏轼：

> 见事有不便于民者，不敢言，亦不敢默视也。缘诗人之义，托事以讽。②

作家强烈的社会责任感、良知和"先忧后乐"的精神境界，使他们处江湖之远，则忧其君；在庙堂之上，则忧其民，有进忧退忧之强烈的淑世精神。苏辙在熙宁二年《上皇帝书》中表现出其志在当时的报国精神，其云：

> 臣官至疏贱，朝廷之事，非所得言。然窃自惟，虽其势不当进言，至于报国之义，犹有可得言者。③

可见当时士大夫群体关注社会问题和参与政治已是一致的追求。

从宋初"为文著书，多涉规讽的王禹偁、好议政论兵的尹

---

① 《乞郡札子》，《苏轼文集》卷29，第827页。
② 《亡兄子瞻端明墓志铭》，《苏辙后集》卷22。
③ 《苏辙集》卷21。

洙，到庆历新政时期被称为士林楷模的范仲淹，再到诗文革新领袖欧阳修，再到一代文豪苏东坡，思想家王安石，开宗立派的黄山谷，议政论争成为他们诗文创作的主要动力。这在以整顿史治为中心的庆历新政时期，主要表现在要求革除冗吏、冗兵、冗费的弊政上，正如陈亮在《铨选资格》中所云："方庆历、嘉祐，世之名士常患法之不变。"① 如至道三年（997），王禹偁上疏陈述时政之弊，要求宋真宗"治之维新，救之在速"，别为"三年无改父之道"的陈规，延误救弊图治时机，其云：

> 今若不去冗兵，不并冗吏，不难选举，不禁僧尼，纵欲减人民之赋，宽山泽之利，其可得否？②

庆历新政的主将范仲淹则更是在《奏上时务书》、《上执政书》、《上资政晏侍郎书》、《上十事书》、《岳阳楼记》中，申言自己的政治见解和政治理想，以文学致用，将一代名相与政治家、文人三者融为一体，成为千古名人。《宋史·范仲淹传论》云："自古一代帝王之兴，必有一代名世之臣，宋有仲淹，众贤无愧乎此。考其当朝，虽不能久，然先忧后乐之志，海内固已信其有弘毅之器，足任斯责。"

至于诗文革新领袖欧阳修在《朋党论》、《春秋论》、《纵囚论》、《唐六臣传论》、《五代史宦者传论》、《五代史伶官传序》、《与高司谏书》等著名文章中，直陈时弊，直言政见，将大臣、君子之风充分展示出来。其《朋党论》更是政治观点

---

① 《陈亮集》卷 11，中华书局 1974 年点校本。
② 王禹偁：《应诏言事》，《全宋文》卷 145。

鲜明、心胸磊落者的直白："大凡君子与君子同道为朋，小人与小人同利为朋，此自然之理也。然臣谓小人无朋，惟君子则有之。其何故哉？小人所为者禄利也，所贪者财货也，当其同利之时，暂相党引以为朋，伪也。及其见利而争，或利尽交疏，则反相贼害，虽其兄弟亲戚不能相保，故臣谓小人无朋，其暂为朋者，伪也。君子则不然，所守者道义，所行者忠信，所惜者名节，以之修身，则同道而相益，以之事国，则同心而共济，终始如一，此君子之朋也。故为人君者，但当退小人之伪朋，用君子之真朋，则天下治矣。"

以政治家、改革家身份在宋代乃至中国历史上都著名的王安石，因其直接领导和发起了熙宁变法，故其文学思想有着鲜明的政治特色，其政论文和政治诗较之欧阳修等人更加鲜明地表现出政治性，更能代表宋代诗文重政治参与和关注社会现实的特点。在《上仁宗皇帝万言书》、《省兵》、《兼并》、《发廪》、《收盐》、《叹息行》等诗文中，或阐述其"改易更革"的政治主张，或高屋建瓴以论政治、经济、军事、民生问题，为其变法张本，决非一般文人所能为之。《度支副使厅壁题名记》中的议论，可见其关注社会政治的深刻："夫合天下之众者财，理天下之财者法，守天下之法者吏。吏不良，则有法而莫守；法不善，则有财而莫理。有财而莫理，则阡陌闾巷之贱人皆能私取予之势，擅万物之利，以与人主争黔首，而放其无穷之欲，非必贵强桀大而后能。如是而天子犹为不失其民者，盖特号而已耳。虽欲食蔬衣敝，憔悴其身，愁思其心，以幸天下之给足而安吾政，吾知其犹不得也。然则善吾法，而择吏以守之，以理天下之财，虽上古尧、舜犹不能毋以此为先急，而况于后世之纷纷乎。"

像这样的议论文章，在王安石文集中比比皆是，讲的都是抑制兼并、理财、推行新法的均输、青苗、市易、保甲、水利、方田均税等政治主张。

苏轼诗文最富有现实性和社会关注的创作在熙宁、元丰时期。这一时期的创作逐渐由强烈的参政意识而形成的"好骂"的创作风格向"托事以讽"转变，然不管是志在当世，参与党争，批评新法时政的《上神宗皇帝书》、《商鞅论》、《日喻》、《送刘道原（恕）归觐南康》、《上富丞相书》，还是从熙宁四年起通判杭州到典密、徐诸州时"见事不便于民者，不敢言，亦不敢默视也。缘诗人之义，托事以讽"而作的《寄刘孝叔》、《李杞寺丞见和前篇复元韵答之》、《戏子由》、《吴中田妇叹》等诗歌，皆是他希望有补于国的责任心所驱使而写的，这在熙、丰两党论争中，奏议、书信、序、论诸体中都得到充分发挥。

以史论政，以古论今也是当时人表达自己的政治主张的方法。如对商鞅变法一事的态度，王安石《商鞅》诗称："自古驱民在信诚，一言为重百金轻。今人未可非商鞅，商鞅能令政必行。"[①] 其称道商鞅乃为自己变法张本之意十分明显。而苏轼则借司马迁"不加赋而上用足"驳此论："天下安有此理。天地所生财货百物，止有此数，不在民，则在官。譬如雨泽，夏涝则秋旱。不加赋而上用足，不过设法阴夺民利，其害甚于加赋也。"[②] 借以反对王安石变法，其锋芒所指亦不待言。因此南宋郎晔在苏轼《商鞅论》解题中指出：

公因读《战国策》，论商君功罪，有言："后之君子，

① 《王文公文集》卷73，上海人民出版社1974年版。
② 苏轼：《商鞅论》，《苏轼文集》卷五，第156页。

有商君之罪，而无商君之功，飨商君之福，而未受商君之祸者，吾为之惧矣。"观此，则知此论亦为荆公发也。①

陈寅恪先生在《冯友兰〈中国哲学史〉上册审查报告》中所说"苏子瞻之史论，北宋之政论也"② 不为虚言也。

第二，空前强烈的爱国意识，是宋代创作主体集名臣、学者为一体的又一表现。正因为庶族地主文人成为统治阶级的主要力量，因此，庶族地主文人以天下为己任，国家兴亡、匹夫有责的观念得以强化，故他们的爱国热忱较之前人更高。南宋的爱国主义不必说了，纵然是在"一统"的北宋时期，国家虽有边患，但不失繁荣，而文人的忧患意识总是那么重，这从北宋立国到靖康之难的文学作品中足以见到。

北宋开国皇帝是通过兵变夺得江山的，为了防止自己的伎俩为拥兵者重演，所以开国以后就推行"重文抑武"和"守内虚外"的政策，由此推行的兵制和官制，造成的负面恶果就是边患无穷而军事贫弱，一直在与辽、西夏的妥协中度日子，最终亡国。

宋太宗赵炅在太祖立宋、平西蜀和南唐之后平定了北方，但两次伐辽均告失利，因此放弃了向北拓边的努力，宣称："国家若无外忧，必有内患。外忧不过边事，皆可预防；惟奸邪无状，若为内患，深可惧也。帝王用心，常须谨此。"③ 在这种心态下以守为主，迫使宋代统治者在面临以骑兵为主作战的辽国时，要保卫无险可守的汴京，就必须派重兵驻守。因此

---

①　郎晔：《经进东坡文集事略》卷14，四部丛刊本。

②　陈寅恪：《金明馆丛稿二编》。

③　《续资治通鉴长编》卷32。

出现了这样的兵制思想："京师者，天下之本也，强本者，畿兵耳，本固且强，繇中制外，则天下何患焉。"① "京师之兵，足以制诸道，则无外乱，合诸道之兵足以当京师，则无内变，内外相制，无偏重之患。"②

这种虚外兵制的直接恶果就是亡国的下场。此外，重禁军而轻厢军，宦官监军、掌兵权与发兵权过分僵化，造成指挥失灵等弊端，在宋真宗时代就已经十分突出，王禹偁就指出："兵威不振，国用转急，其义安在？由所蓄之兵冗而不尽锐，所用之将众而不自专，故也。"③

这样的状况，使宋代参与朝政的士大夫和关注国家命运与社会问题的文人无不充满忧患，不管在上朝廷的奏章中，还是在文学作品里所表现出来的爱国精神都十分突出。如王禹偁的《唐河店妪传》写于宋太宗端拱年间，此前太宗两次伐辽失败，辽侵扰益滋，文章记叙边地一位老妪智勇杀敌之事，讽刺当朝及将帅的无能和可憎行为。文章中表现出作者强烈的爱国热情，其结尾这样写道：

> 诚能定其军，使有乡土之恋；厚其给，使得衣食之足；复赐以坚甲健马，则何敌不破！如是得边兵一万，可敌客军五万矣。谋人之国者，不于此而留心，吾未见其忠也。故因一妪之勇，总录边事，贻于有位者云。④

宋真宗景德元年（1004）与辽订立屈辱的"澶渊之盟"，

---

① 包拯：《包孝肃公奏议》卷八。
② 《续资治通鉴长编》卷327。
③ 《咸平诸臣言时务》，《宋史纪事本末》卷20。
④ 王禹偁：《小畜集》卷14。

使北方武备渐废，而西北的西夏也逐渐强大，西北边患时起，国防危机，文人们纷纷表现出他们对国家命运的关切，尹洙的《息戍》① 很有代表性，其云："国家割弃朔方，西师不出三十年，而亭徼千里，环重兵以戍之。虽种落屡扰，即时辑宁；然屯戍之费，亦已甚矣。西戎为寇，远自周世；西汉先零，东汉烧当，晋氏、羌，唐秃发，历代侵轶，为国剧患。兴师定律，皆有成功。而劳弊中国，东汉尤甚。费用常以亿计：孝安世羌叛，十四年用二百四十亿；永和末，复经七年，用八十余亿；及段纪明，用裁五十四亿，而剪灭殆尽。今西北泾原、邠宁、秦凤、鄜延四帅，戍卒十余万，一卒岁给，无虑二万；平骑卒与冗卒，较其中者，总廪给之数，恩赏不在焉，以十万较之，岁用二十亿。自灵武罢兵，计费六百余亿，方前民数倍矣。平世屯戍，且犹若是，后虽无它警，不可一日掇去。是十万众有益而无损，明也。国家厚利募商入粟，倾四方之货，然无水漕之运，所挽致亦不过被边数郡尔。岁不常登，廪有常给，顷年亦尝稍匮矣。倘其乘我荐饥，我必济师馈饷，当出于关中，则未战而西垂已困，可不虑哉！按唐府兵：上府，千二百人；中府，千人；下府，八百人。为今之计，莫若籍丁民为兵，拟唐置府，颇损其数。又今边鄙虽有乡兵之制，然止极塞数郡，民籍寡少，不足备敌。料京兆西北数郡，上户可十余万，中家半之，当得兵六七万。质其赋无它易，赋以帛名者，不易以五谷；畜马者，又蠲其杂徭。民幸于庇宗，乐然隶籍。农隙讲事，登材武者为什长、队正。盛秋旬阅，常若寇至，以关内、河东劲兵傅之。尽罢京师禁旅，慎简守帅，分其统，专其任；分统则柄不重，专任则将益励。坚于守备，习其形势，积粟

---

① 尹洙：《河南先生文集》卷二。

多，教士锐，使虏众无隙可窥，不战而慑。《兵态》所谓'无恃其不来，恃吾有以待之'。其庙胜之策乎！"像这样直言国家大事，质实平易、义正词严的文章，在宋代士大夫那里是极为常见的。在诗歌创作中，诗人表达其政治主张和对社会问题的关注，本质上也是以爱国精神为其思想内核的。如欧阳修《边户》诗就宋代澶州盟给国家带来的屈辱、百姓遭到的灾难表示出悲愤沉痛之情，对朝廷的腐败无能给予尖锐的谴责，充分表现出其爱国精神："家世为边户，年年常备胡。儿童习鞍马，妇女能弯弧。胡尘朝夕起，虏骑蔑如无。邂逅辄相射，杀伤两常俱。自从澶州盟，南北结欢娱。虽云免战斗，两地供赋租。将吏戒生事，庙堂为远图。身居界河上，不敢界河渔。"

又如苏舜钦的《庆州败》一诗，完整地描述了西夏入侵庆州的起因、经过、终结，以及北宋军队惨败的景象，同时抨击宋军将领贪生怕死的可耻行为，表现出诗人对国事忧心如焚的情绪。再如王安石《河北民》："河北民，生近二边长苦辛。家家养子学耕织，输与官家事夷狄。今年大旱千里赤，州县仍催给河役。老小相携来就南，南人丰年自无食。悲愁白日天地昏，路旁过者无颜色。汝生不及贞观中，斗粟数钱无兵戎！"诗歌以层叠的方式，逐层深入，将处在辽国与西"二边"的河北百姓所遭受的苦难揭示出来，字里行间浸透着对北宋朝廷以牺牲国家和百姓利益换来苟安局面的深刻不满之情，并将所谓一统的宋王朝与唐代"贞观之治"进行对比，其对时政的抨击是十分明显的。

其他如苏轼《祭常山回小猎》、黄庭坚《送范德孺知庆州》等诗歌，都充分表现出宋代士大夫文人的爱国精神，他们之所以如此心系天下，魂牵国事，一是因为他们作为新起的庶族地主阶级成员，其参政欲望十分强烈，社会责任感和历史使命感空前强化。二是因为他们集大臣、学者、文人为一身的特殊地位，使他们对现实社会的关注除去敏锐之外，更有十分强烈的忧患意识。除去上述表现政治主张、爱国精神两个方面的作品外，还有大量了解、关注、同情民众疾苦的作品，这在每一个知名的宋代作家的作品中都可以见到。从这一点上讲，宋代文学继武唐代，甚至超过唐代亦非妄论，而宋代文学能达到这样的广度和深度，很重要的一个原因就是由于文学创作主体就是参政主体，他们特殊的政治地位使他们对社会问题有更深刻的认识和更强烈的关注。

第三章　理性精神与生命关怀

　　"为天地立心，为生民立命，为往圣继绝学，为万世开太平。"[①] 张载这段话显示出了宋人开阔的胸襟、深远的眼界和不凡的气度，更显出宋人强烈的理性精神和建立在伦理基础上的主体生命关怀。理性精神的张扬，是基于宋代重文教的时代风气、儒学复兴并重建新儒学和整个社会崇尚人文之上的。宋代人尚理，不盲从，即使是对待皇帝、皇家规矩，也不例外。宋初，太祖赵匡胤就曾问宰相赵普："'天下何物最大?'普熟思未答。间再问如前，普对曰：'道理最大'。上屡称善。"[②] 面对万乘君主，赵普亦深知"伴君如伴虎"的危机，但在一个"理"的面前，他却不去计较个人生命或前途而直言不讳。从庆历以来，国家积弊日甚，皇家"格例"严重束缚着人们革弊兴治的改革，于是"祖宗不足法"的大胆观点也提出来了。在一腔为国除弊热血冲动下，宋人并未失去理性，为了说服君王破除祖宗陈规，士大夫们在上书中条分缕析，相互讨论，有时甚至直接批评君王的墨守成规，在他们的眼中，只有一个"理"字。包拯在分析当时

---

　　① 张载：《近思录拾遗》，《宋元学案》卷18《横渠学案》。
　　② 沈括：《梦溪笔谈》，胡道静：《梦溪笔谈校正》，古典文学出版社1957年版。

"三冗"之弊后,尖锐地向皇帝指出:

> 若不锐意而改图,但务因循,必恐贻患将来,有不可救
> 之过矣。①

同样,被称为"保守派"的司马光其实并不保守,在革弊兴治态度上,对"遵守故常"不思改革的朝政,其强烈的批判态度令人感到他渴望改革的思想。在《论财利疏》中,司马光提出了改进理财机构,革除原有理财之弊的主张,也批评了朝廷冗官、冗兵之弊,同样尖锐地向皇帝指出:

> 凡此数事,皆以竭民财者,陛下安得熟视而无所变
> 更耶?②

正是在这种以"道理最大"的重理性社会背景下,宋代的理性精神成为与唐代浪漫精神相映照的两种类型文化,而这种不同类型的文化实肇始于中唐。

中唐以韩愈为代表的复兴儒学的社会思潮,本质上是一种对理性精神的自觉追求,其产生的前提是在探讨社会治乱问题,即对"安史之乱"进行反思。这时的儒学还处在社会伦理学的层次,而将传统儒学的复兴向思辨化的哲学层次导引,对宋代"新儒学"产生巨大影响的还是其弟子李翱。李翱以其"杂佛老而言"或称"援释入儒"的三篇《复性书》,将儒学之道引向"心性"之学。不过,从中唐发生变化起,对士大夫文人的人生

---

① 包拯:《论冗官财用等》,《包拯集》卷一。
② 司马光:《论财利疏》,《温国文正司马公文休》卷23。

态度影响最大的并不是韩愈和他的弟子李翱，而是"广大教化主"白居易。

第一节　白居易仕隐思想及其影响

"永贞革新"时期，白居易刚刚踏上仕途，此时的他还没有完整的政治主张显于世。那年（永贞元年）二月十九日，白居易上书宰相韦执谊，指斥当时政治弊端："至使天下之户口日耗，天下之士马日滋，游手于道途市井者不知归，托足于军籍释流者不知返；计数之吏日进，聚敛之法日兴。田畴不辟，而麦禾之赋日增；桑麻不加，而布帛之价日贱。吏部则士人多而官员少，奸滥日生；诸使则课利少而羡余多，侵削日甚。举一知十，可胜言哉！"

白居易自知地位低下，人微言轻，故欲通过参与永贞革新集团的核心人物韦执谊，将自己的政治主张影响于革新事业，故其云："今一旦卒然以数千言尘黩执事者又何为哉？实不自揆，欲以区区之闻见裨相公聪明万分之一也；又欲以济天下憔悴之人死命万分之一分也。"①

"永贞革新"夭折了，白居易并未因此放弃自己的政治主见，他与元稹一起居住华阳观，闭户累月，揣摩时事，写成《策林》75篇。次年，白居易由盩厔尉调充进士考官，后又召入翰林为翰林学士，此为元和二年（807）事。之后四年中，白居易被除左拾遗，身为谏官而屡陈时政，请降系囚、蠲租税、放宫人、绝进奉、禁掠卖良人，都得到皇帝的恩准，由此，其批判现实的《新乐府》50首，《秦中吟》十首，《观刈麦》等大量诗作

---

① 白居易：《为人上宰相书》，《白居易集》卷44，第951页。

涌现，成为白居易"兼济天下"人生理想的具体表现。

　　元和六年起，白居易因丁母忧去官居下邽金氏村三年，九年被召入朝，授左赞善大夫，十年六月因上书主张捕刺宰相武元衡贼以雪耻，引起权贵不满，贬为江州司马。这一年，白居易写了著名的《与元九书》，这代表着白居易诗论思想，也是他在被贬中对自己政治讽喻诗创作的理论总结，集中谈到了诗歌和现实的关系、诗歌的教育作用和诗歌内容与形式的关系。

　　应该说，从元和元年到元和十年这十年，是白居易思想中"兼济天下"高扬的时期，而这种高扬的参与精神是与他的政治实践环境、遭遇和感受直接联系在一起，当其所处的环境发生变化，个人前途遭遇困厄，心中对自己所在的统治集团本质产生不同感受时，这种"兼济天下"的参与精神必然会发生变化。

　　事实的确如此。试看元和十年前，以文学干预现实政治的白居易除去大量批判现实的诗歌外，其文学思想是怎样的："古之为文者，上以纫王教，系国风，下以存炯戒，通讽喻：故惩劝善恶之柄，执于文士褒贬之际焉；补察得失之端，操于诗人美刺之间焉。"① "圣王酌人之言，补己之过，所以立理本，导化源也。将在乎选观风之使，建采诗之官，俾乎歌咏之声，讽刺之兴，日采于下，岁献于上者也。"② "篇无定句，句无定字，系于意不系于文，首句标其目，卒章显其志，诗三百之义也。其辞质而径，欲见之者易谕也；其言直而切，欲闻之者深诫也。其事核而实，使采之者传信也；其体顺而肆，可以播于乐章歌曲也。总而言之，为君为臣为民为物为事而作，不为文而作也。"③ "非求宫律

----

① 白居易：《策林六十八》，《白居易集》卷65，第1368页。
② 同上书，第1370页。
③ 白居易：《新乐府序》，《白居易集》卷45，第974页。

高，不务文字奇。惟歌生民病，愿得天下知。"① "自登朝来，年齿渐长，阅事渐多，每与人言，多询时务，每读书史，多求理道，始知文章合为时而著，歌诗合为事而作。是时皇帝初即位，宰府有正人，屡降玺书，访人急病。仆当此日，擢在翰林，身是谏官，手请谏纸，启奏之外，有可以救济人病，裨补时阙，而难于指言者，辄咏歌之，欲稍稍递进闻于上。上以广宸聪，副忧勤；次以酬恩奖，塞言责；下以复吾平生之志。……凡闻仆《贺雨》诗，而众口籍籍，已谓非宜矣。闻仆《哭孔戡》诗，众面脉脉，尽不悦矣。闻仆《秦中吟》，则权豪贵近者相目而变色矣。闻《乐游园》寄足下诗，则执政柄者扼腕矣。闻《宿紫阁村》诗，则握军要者切齿矣。"②

以上所录，大抵将白居易早年以文学干预朝政的思想反映出来，展现在读者面前的俨然是一个充满淑世精神的儒家士大夫形象，为了让皇帝知道百姓疾苦，不惜得罪权贵而为民请命，显示出儒家伟大人格"富贵不能淫，威武不能屈，贫贱不能移"的一面。

然而就在写于贬所江州的《与元九书》中表明自己创作思想时，白居易已经明白地告诉人们，自己之所以能够大胆进言，是因为"皇帝初即位，宰府有正人，屡降玺书，访人急病"，即唐宪宗刚登极，所用宰相都还算有作为的正人君子，且皇帝急欲了解百姓疾苦，屡降诏书要求谏官进言。正如后来史官所载："李绛或久不谏，上辄诘之曰：'岂朕不能容受耶？将无事可谏也？'"③ 所载又云唐宪宗对臣下说："事有非是，当力陈不已，

---

① 白居易：《寄唐生》，《白居易集》卷一，第15页。
② 白居易：《与元九书》，《白居易集》卷45，第959页。
③ 《资治通鉴》卷238。

勿畏朕之谴怒而遽止也。"①

　　但当白居易上书主张缉捕行刺宰相武元衡贼而遭贬江州后，他的思想也随着现实政治状况的变化而发生了变化，在《与元九书》中，他就对此前自己的行为产生了后悔之情："岂图志未就而悔已生，言未闻而谤已成矣。"

　　在现实面前，白居易不得不考虑自己的出处进退了：

　　　　古人云："穷则独善其身，达则兼济天下。"仆虽不肖，常师此语。大丈夫所守者道，所待者时。时之来也，为云龙，为风鹏，勃然突然，陈力以出；时之不来也，为雾豹，为冥鸿，寂兮寥兮，奉身而退。进退出处，何往而不自得哉？故仆志在兼济，行在独善，奉而始终之则为道，言而发明之则为诗。谓之讽谕诗，兼济之志也；谓之闲适诗，独善之义也。

　　其实，即使是在大写"兼济之志"的讽谕诗的时候，白居易也并非屈原式的为了理想可以献出生命的人物。他不仅有兼济天下的一面，还有独善其身的一面，且有释道看空的一面，其《松斋自题》云："形骸委顺动，方寸付空虚。持此将过日，自然多晏如。昏昏复默默，非智亦非愚。"

　　他甚至瞧不起屈原的处世方式。在《效陶潜体诗》中，他这样对比屈原与刘伶："一人常独醉，一人常独醒。醒者多苦志，醉者多欢情。欢情信独善，苦志竟何成！"在他看来，屈原以死抗争的方式和苦苦折磨自己精神的做法都不足取，不如独善其身，欢乐人生。一个人的一生"上可裨教化，舒之济万民。

────────

① 《资治通鉴》卷238。

下可理情性，卷之善一身"①，何必执着于一端自寻烦恼。

在这里，以"理情性"，求得"多欢情"式的独善其身，虽然已经不是"三月无君则皇皇如"式的孔子，也不是"一箪食、一瓢饮"不改其乐、安贫守道的颜回式的独善其身了。试读两首诗：

> 三十为近臣，腰间鸣珮玉。四十为野夫，田中学锄谷。何言十年内，变化如此速？此理固是常，穷通常倚伏。为鱼有深水，为鸟有高木；何必守一方，窘然自牵束？化吾足为马，吾因以行陆；化吾手为弹，吾因以求肉。形骸为异物，委顺心犹足。②

> 大隐住朝市，小隐入丘樊。丘樊太冷落，朝市太嚣喧。不如作中隐，隐在留司官。似出复似处，非忙亦非闲。不劳心与力，又免饥与寒。终岁无公事，随月有俸钱。君若好登临，城南有秋山。君若爱游荡，城东有春园。君若欲一醉，时出赴宾筵。洛中多君子，可以恣欢言。君若欲高卧，但自掩深关。亦无车马客，造次到门前。人生处一世，其道难两全。贱即苦冻馁，贵则多忧患。唯此中隐士，致身吉且安。穷通与丰约，正在四者间。③

在这样的作品中，读者很难感受到白居易身为谏官时"但伤民病痛，不识时忌讳"④的那种关心民疾，敢捋虎须的精神。前后判若二人的白居易的言行，是一种个别现象、偶然性，还是一种普遍现象、必然性？如果是前者，当怎样看待？如果是后

① 白居易：《读张籍古乐府》，《白居易集》卷一，第2页。
② 白居易：《归田三首》其三，《白居易集》卷六，第114页。
③ 白居易：《中隐》，《白居易集》卷23，第490页。
④ 白居易：《伤唐衢二首》之二，《白居易集》卷一，第16页。

者，又当怎样解释？

笔者认为，从中国古代知识分子所接受的儒家"兼济"与"独善"教育来看，他们所面临的出处进退的矛盾冲突不可避免，这是具有普遍性的必然。但是，面对出处进退的冲突，每个人处理的方式不同，有的执着于入世以求得"兼济天下"，实现自己的人生价值；有的人淡泊时事，出世以求"独善其身"，来寻求自我的安顿。不管怎样，在白居易之前，大多数文人都将出处进退视为难以调和的两端，他们要么汲汲于庙堂，要么优游于山林，虽说居庙堂时难免有林泉之想，处山林时亦常有用世之志，但却很难将二者调和起来。

白居易却将二者调和起来了。虽说元和十年以后，白居易兼济天下的言行少了，但其兼济天下之志并未泯灭。白居易思想中早就有的佛道成分在元和十年以后占据了重要地位，世俗地主文人享受人生的成分占据其生活的主要部分，但其儒家思想和关心生民之情并未泯灭。他虽然淡漠世事，却未走向空门；他虽然远离政治，却未远离生活。

从隐逸这一话题说起，我们可以找到白居易在这个中国知识分子立身处世中不可回避的问题上所产生的重要影响。隐逸，作为一种社会现象，一开始就有与黑暗社会不合作甚至反抗的色彩。因为无论在积极入世的儒家那里，还是消极避世的道家那里，隐逸现象的产生都是由于社会黑暗，有云："天地闭，贤人隐。"① "古之所谓隐士者，非伏其身而不见也，非闭其言而不出也，非藏其知而不发也，时命大谬也。"②

但是，从孔子那里，我们就可以见出正统儒家是瞧不起隐士

① 《周易·屯》，《十三经注疏》，中华书局1980年版，第19页。
② 《庄子·缮性篇》，郭庆藩：《庄子集释》，中华书局1954年版。

的，孔子认为那些"高人"是异类，亦斥之以"鸟兽不可与同群"，视隐逸者的行为是缺少社会责任的。孔子的时代，可谓"无道"至极，但他却四处游说而从未有隐逸的行为，可见他对隐逸的态度。

相反，历史上那些真正称得上隐士的人，都是与社会、功名、富贵格格不入的，许由、巢父、介之推等人之所以成为后人心目中山林隐士的象征，"洗耳"之典故之所以让后人对真隐士蔑视功名的高行无限崇敬，是因为从他们高洁的行为中，看见了功名富贵背后的肮脏交易。由此更使出与处、行与藏的立身原则几乎成为不可调和的矛盾，非此即彼。尤其是高唱兼济与独善的儒家，更难在行动上走独善其身之路。正如《绪论》中所引韩愈《后廿九日复上宰相书》所云："山林者，士之所独善自养而不忧天下者之所能安也，如有忧天下之心，则不能矣。"无忧天下之心者，在儒家眼中就是"鸟兽不可与同群"。范仲淹之所以成为宋代士人高尚人格的象征和代表，他提出了儒家民本思想中君民同乐的要求，并使之更进一层。"先天下之忧而忧，后天下之乐而乐"这种处世的行为规范和居庙堂而忧民，处江湖而忧君的精神境界，正是儒家所追求的政治人格。

不过，从汉代开始，人们对于隐逸就有了新的认识。在先秦，隐逸虽说是天下无道的产物，但隐者往往是自觉地追求远离官场。汉代之后，隐逸开始带有被迫的性质。"陆沉于俗，避世金马门"[1]，"小隐隐陵薮，大隐隐朝市"[2]，是迫于政治危机而采取的新的隐逸方式。"富贵苟难图，脱驾从所欲"[3] 式的归隐心态，或

---

[1] 《史记·东方朔传》，中华书局1985年版。

[2] 王康琚：《反招隐诗》，《先秦汉魏晋南北朝诗》，第953页。

[3] 陆机：《招隐诗》，《先秦汉魏晋南北朝诗》，第681页。

是"终南捷径"的归隐之路，显然与先秦洗耳颍滨的隐逸高行大相径庭，然而，隐与仕之间显然不是不可调和的两端，不同的是二者可以发生转换了。

作为"香山居士"的白居易第一个将隐与仕和谐地集于一身，进退裕如。其《序洛诗》自称居洛五年所写的诗："皆寄怀于酒，或取意于琴，闲适有余，酣乐不暇；苦词无一字，忧叹无一声，岂牵强所能致耶？盖亦发中而形外耳。斯乐也，实本之省分知足。"白居易讲的是大实话，可是宋代大理学家朱熹却不这样看待白居易，他说："乐天人多说其清高，其实爱官职。诗中凡及富贵处，皆说得口津津地涎出。"

朱熹实在把白居易的仕隐之道形容得十分形象，但这岂只是一个白居易于功名津津乐道而又大发隐逸之清辞。鲁迅先生在论及魏晋以来文人的处世时，曾尖锐地指出：

> 中国南北朝以来，凡有文人学士、道士和尚，大抵以"无持操"为特色的。晋以来的名流，每一个人总有三种小玩意，一是《论语》和《孝经》，二是《老子》，三是《维摩诘经》，不但采作谈资，并且常常做一点小注解。唐有三教辩论，后来变成大家打诨；所谓名儒，做几篇伽蓝碑文也不算什么大事。①

对唐宋以来三教间相互吸收的事实，文中虽然稍嫌尖刻，但对文人"无持操"却讲到了实处。正因为如此，隐逸内涵的渐变就是一种必然趋势。中古以来这股思想潮流无疑深深地埋藏着

---

① 鲁迅：《准风月谈·吃教》，《鲁迅全集》第5卷，人民文学出版社1981年版。

某种要求个性张扬的种子，这在唐五代禅宗发展的历程中尤为明显。

南禅宗在慧能之后，其宗风由弟子青原行思和南岳怀让及其门人给以大力发扬，尤其是南岳怀让的弟子马祖道一（公元707—788）在肯定人的个性和肯定世俗生活方面首开风气，马祖道一提出著名的口号：平常心是道。其云：

> 道不用修，但莫污染。何为污染？但有生死心，造作趋向，皆是污染。若欲直会其道，平常心是道。何谓平常心？无造作，无是非，无取舍，无断常，无凡无圣。经云："非凡夫行，非圣贤行，是菩萨行。"只如今行住坐卧，应机接物，尽是道。①

临济宗的义玄说：

> 佛法无用功处。只是平常无事，屙屎送尿，著衣吃饭，困来即卧。②

禅家的适意、平凡、清静和淡泊的人生哲学，对士人的生活情趣影响十分深刻。它暗合着老庄的清静无为，伸张天性，一点点地浸润着士大夫文人的思想，由此而使儒家人生理想和人生哲学熏染的忧国忧民、箪食瓢饮的"孔颜乐处"生活情趣发生蜕变。

当白居易仕途初遭坎坷，贬官江州时，南禅宗就从他心中复

---

① 《景德传灯录》卷28，引江西大寂道一禅师语，大正藏第51册。
② 《古尊宿语录》卷四，宋颐藏主集，中华书局1994年版。

活了。《赠杓直》诗云：“早年以身代，直赴《逍遥》篇。近岁将心地，回向南禅宗。外顺世间法，内脱区中缘。进不厌朝市，退不恋人寰。自吾得此心，投足无不安。”[1]

白居易的仕隐思想在这里明白地展现出来了。兼济天下是胸中难忘的，但要顺“世间法”，要乘时而动，不要逆时而起，否则连“独善”也独善不了。在“朝市”与“人寰”间优游，“月俸百千官二品，朝廷雇我作闲人”，语中虽不无反语，但只要适意，他真正有了“投足无不安”的心境。

白居易对隐的见解显然已经不是一般意义上的回避社会政治而采取的“逃禄归耕”的方式，而是带有强烈南禅宗意味的处世方式，即但求适意，不拘形式，“隐在心间”。正如有人问南岳怀让和尚能否吃肉，怀让说：“要吃，是你的禄，不吃，是你的福。”在他看来，出自内心的本能与佛性并无二致，是毫无邪念的。因此，只要本心清静，吃不吃都是天然本色。元和十年以后，尤其是在“甘露之变”后，白居易更倾心于禅宗，甚至到了“中宵入定跏趺坐，女唤妻呼都不应”[2]的程度。因此，白居易作为一个文化转型时期的代表，其仕隐思想是整个古代知识分子立身原则发生剧烈变化的缩影。以世俗实用的态度去化解宗教精神，充实生活。不必走席天幕地，开历史倒车的巢父、许由的路，亦不必像屈原那样执著到舍弃生命，甚至就连王维式的刻意追求宁静，远离世俗生活，也失之自然。试读他的几首诗：“八关净戒斋销日，一曲狂歌醉送春。酒肆法堂方丈室，其间岂是两般身？”[3]“歌脸有情凝睇久，舞

---

① 《白居易集》卷六，第125页。

② 白居易：《在家出家》，《白居易集》卷35，第802页。

③ 白居易：《拜表回闲游》，《白居易集》卷31，第711页。

腰无力转裙迟。人间欢乐无过此，上界西方即不知。"① "若不坐禅消妄想，即须行醉放狂歌。不然秋月春风夜，争那闲思往事何？"②

白居易晚年写了许许多多闲适诗，这些诗是在他调适了出处进退之后，建立起任运随缘、自由旷达、肯定个性的人生哲学基础上产生的，但不能否认白居易并未忘怀"兼济"之事，他与晚年虔心向佛、万事不关心的王维还有很大的不同，他依旧跳动着一颗兼济天下之心。试读其辞世前两年写的两首诗："塞北虏郊随手破，山东贼垒掉鞭收。乌孙公主归秦地，白马将军入潞州。剑拔青鳞蛇尾活，弦抨赤羽火星流。须知鸟目犹难漏，纵有天狼岂足忧。画角三声刁斗晓，清商一部管弦秋。他时麟阁图勋业，更合何人居上头。"③ "七十三翁旦暮身，誓开险路作通津。夜舟过此无倾覆，朝胫从今免苦辛。十里叱滩变河汉，八寒阴狱化阳春。我身虽殁心常在，暗施慈悲与后人。"④ 前一首诗因会昌三年石雄引兵过乌岭，破五寨，痛击侵扰的回鹘，并迎太和公主归朝一事而写，诗歌盛赞边境立功的石雄。后诗则表述了暮年诗人同情舟人"大寒三月，裸跣水中，饥冻有声，闻于终夜"之苦，施家财开凿河滩，解除舟人痛苦之心愿。

晚唐人张为作《诗人主客图》，列白居易于榜首，称为"广大教化主"，后人多以为此处所云"教化"即为儒家"教化"之意。其实，此处教化即为"教育感化"之意，或概括

---

① 白居易：《与牛家妓乐雨夜合宴》，《白居易集》卷34，第777页。
② 白居易：《强酒》，《白居易集》卷15，第320页。
③ 白居易：《河阳石尚书，破回鹘，迎贵主过上党，射鹭鸶，绘画为图，偎蒙见示，称叹不足，以诗美之》，《白居易集》卷37，第854页。
④ 白居易：《开龙门八节石滩诗》，《白居易集》卷37，第845页。

为"影响"也可，在这种影响中决非只指有儒家教化意义的作品。周裕锴对此有较准确的概括①："他的诗中的教化之所以'广大'，除了新乐府运动的现实主义精神（即儒家教化传统）以外，还包括闲适、杂律诗中的道教思想以及浓厚的佛教思想，而佛教思想中又含有禅宗南北宗、净土宗、华严宗、律宗等各色成份。因此，各个阶层不同信仰的人都能从白居易的诗中得到自己所需的教化。"

的确如此，白居易不仅以其诗歌表现出他的兼济与独善，并且在其行为上也充分表现出前人未能很好解决的这一冲突，理性地处理好这一冲突，并成为一种自觉的追求。有了这种理性的、自觉的追求，就为后人在处理兼济之志与独善之情，出仕与隐逸的关系时，提供了借鉴，这在晚唐、宋代文人那里发挥得更加充分。在中唐以来的文学研究中，不少人都发现文人的二重性格十分鲜明，他们的言行甚至判若二人，更有甚者还出现了宋代文人在诗、文、词中完全不同的创作主体形象。白居易在仕隐问题上的处理对北宋苏轼影响颇大，苏轼在坎坷复杂的人生中，将出处进退处理得更加裕如，也更能代表在专制日益强化而进退矛盾益发尖锐时代庶族地主文人的人生态度。正因为苏轼发现了白居易在仕隐问题上和谐裕如的处理方式，所以，他就成为中国封建后期庶族地主文人理性精神和个体人格理想的楷模，当然，这种楷模决不是从统治者的角度来审视的。关于苏轼，以下章节将叙述，此处仅将其作为士林中受白居易仕隐思想影响较大的一个例子略提及而已。

---

① 周裕锴：《中国禅宗与诗歌·习禅的诗人》。

第二节　晚唐人生命关怀的困惑

在中国古代思想史和文学史上，对生命的思考有两个凸显的时期：一是汉末魏晋，二是中唐到北宋（尤其是晚唐）时期。第一个时期对于生命问题的思考，在思想史上被称为"人的觉醒"，李泽厚先生指出："从东汉末年到魏晋，这种意识形态领域内的新思潮即所谓新的世界观和人生观，和反映在文艺——美学上的同一思潮的基本特征，是什么呢？简单说来，这就是人的觉醒。它恰好成为从两汉时代逐渐脱身出来的一种历史前进的音响。在人的活动和观念完全屈从于神学目的论和谶纬宿命论支配控制下的两汉时代，是不可能有这种觉醒的。但这种觉醒却是通由种种迂回曲折错综复杂的途径而出发、前进和实现。"①

在文学史上，这种对生命思考的文学现象则被作为"文的自觉"而被认为是"魏晋风度"的主要内容，因此，魏晋时期无论从思想史、哲学史、文学史和美学史都是一大研究热门。其关键之一就是研究者们把这一时期对生死的思考，视为我们民族"人的觉醒"的一个重要里程碑来看待，并给予充分的肯定。

从中唐后期开始，在生命问题上又泛起一股强大的思潮。这种在文学、美学和思想意识形态中的新动向，在禅学的反叛中深刻地显现出来。但是，这一现象迄今仍未引起人们的重视。李泽厚先生在论及中唐文艺时，曾有这么一段话，可惜并未论及这一问题，但却给予了笔者相当的启发，他说："除先秦外，中唐上与魏晋、下与明末是中国古代思想领域中三个比较开放和自由的时期，这三个时期又各有特点。以世袭门阀贵族为基础，魏晋带

① 李泽厚：《美的历程·魏晋风度》。

有更多的哲理思辨色彩，理论创造和思想解放突出。明中叶主要是以市民文学和浪漫主义思潮，标志着接近资本主义的近代意识的出现。从中唐到北宋则是世俗地主在整个文化思想领域内的多样化地全面开拓和成熟，为后期封建社会打下巩固基础的时期。"①

这种在"整个文化思想领域内的多样化地全面开拓和成熟"，应该包含以生死思考为表征的"人的觉醒"的深入。如果说，周公制礼是将我们民族从"神"的阴影下拉出来，开创了以人（类）为本、以理性为本的先秦文化，可以视为我们民族"人的觉醒"的起步，那么，魏晋时期人们对生命的思考，则从人（类）中发现了自己的存在，发现了人不只是为社会而活着。这时期，人开始从"类"意识中觉悟，有了个体意识，即人可以在社会生活外具有自己一己的私生活，但他们并未意识到社会是外在的、强加在人的主体上的一种"关系"。这种"关系"不应该成为约束人性，窒息人性的力量，更认识不到人应该是社会的主体，人可以改造社会来发展人自身。虽说基于以上认识的"人的觉醒"，即人的主体意识的觉醒是在明中叶以后才出现的，但这个过程却在中晚唐时期已经开始。这个开始的表征，就是对人生问题，包括生死问题的思考。

魏晋和晚唐以来对生命的思考，有一个共通点，那就是对生死问题的关注。那么，晚唐以来的思考较之魏晋时期的内涵有无变化？思考角度是否不同？得出的结论各是什么？此外，生死问题的再度提出，其思想文化背景是否变化，对思想文化史、文学创作等的意义何在？以下分别论之。

第一，两个时期的思想文化背景和时代现实具有许多相似

---

① 李泽厚：《美的历程·中唐文艺》。

点，这是引发人们对生命关怀的基础。

在中国封建史上，凡是在思想文化领域中出现大争论的现象，基本上都是因为作为封建意识领域支柱的儒家思想遇到现实的困厄和挑战，面临危机并束手无策，使人们在思想上失去依托而急于寻找依托之时。魏晋是如此，明代中后期和晚唐也是如此，儒家思想的衰微所造成的社会思想意识的混乱，给人们所带来的茫然失措和寻找依托的心理是极为强烈的。魏晋和唐中后期人们侈谈生死的社会现实和意识形态有以下几点十分相似：

首先，灾难唤醒了人们的价值感，死神惊醒了人。较之于信仰宗教天国的西方民族极重死亡而言，国人最初是不大谈生死问题的，这与构筑我们民族文化心理大厦基石的儒、道二家对生命的看法直接相联系。儒家学说是典型的社会政治、伦理、道德学说，这决定了其学说的理性与现实性，其中决无宗教色彩，它是典型的世俗生活的思想指导。孔子认为：死的意义只在对生的价值的实现。只有懂得生的价值，才能明白死的意义；只有取得现实社会的认同，才能得到神灵的庇佑，人的价值才算得以实现。这就是"未知生，焉知死"；"未能事人，焉能事鬼"。[①] 所以，孔子"不语怪力乱神"[②]，对死亡与鬼神问题，他采取了"存而不论"的方式。孔子十分明智、十分理性，他深知死是一次性的，无法亲身体验；死是必然的，无法避免，多谈无益。与其戚戚伤感于无法避免的死亡，不如紧紧把握现实的此在人生。不必离群索居冥思苦想无法避免、无法体验、无法改变的生死规律，只应积极投身社会，加入群体，追求功业，在人际关系中来确立和实现个体价值。这样既最大限度地取得了人生价值，又淡化了

① 《论语·先进》，《十三经注疏》，第 2499 页。
② 同上书，第 2483 页。

对死亡的恐惧。

庄子珍爱人的生命，从本质上讲，他也是恐惧死亡的，所以庄子讲养生，追求齐生死，讲"保身全生"。对于追求名利不顾惜自己生命的人，无论是圣贤还是盗贼，在庄子看来，他们都是可悲的。他说："自三代以下者，天下莫不以物易其性矣。小人则以身殉利，士则以身殉名，大夫则以身殉天下。故此数子者，事业不同，名声异号，其于伤性，以身为殉，一也。……伯夷死名于首阳之下，盗跖死利于东陵之上，二人者，所死不同，其于残生伤性均也。"① 既然现实社会异化和戕害了人的本性和生命，转而亲近自然并追求人格的独立和精神的自由，与万物化一，这就是庄子式淡化死亡恐惧的方法。

从深刻的意义上讲，无论孔子还是庄子都没有解决生死问题所带给人们的恐惧，问题可以回避一时，却不能永久回避，一旦死亡之神降临于时代，生死问题就会泛起。汉末和晚唐正是死亡和灾难频仍的时代，这首先表现在战祸频仍方面。汉代自灵帝中平元年（公元184）爆发黄巾起义，到西晋统一的近百年间，大规模的战争此起彼伏，从未间断，生灵涂炭，人命如草芥，出现了"出门无所见，白骨蔽平原"②，"白骨露于野，千里无鸡鸣"③ 的人间悲剧。唐朝则从"安史之乱"起就战火不断，其破坏之烈，史载和诗中皆有反映。到了中晚唐，唐王朝与边境其他民族之间，中央与藩镇之间，藩镇与藩镇之间的战争连年不断，接下去是席卷全国的黄巢农民起义。唐亡后五代十国之间的攻伐一直延续到北宋立国，一个多世纪中各种类型的战争，使繁荣的

---

① 《庄子·骈拇》，陈鼓应：《庄子今注今译》，中华书局1983年版，第239页。

② 王粲：《七哀诗》，《先秦汉魏晋南北朝诗》，第365页。

③ 曹操：《蒿里行》，《先秦汉魏晋南北朝诗》，第347页。

大唐帝国满目疮痍，面目全非："风吹白草人行少，月落空城鬼啸长"①，"千村万落如寒食，不见人烟空见花"②，真正是死亡枕藉，惨绝人寰。汉末与唐末的天下大乱有着惊人的相似和一致。

人命不保的社会现实还表现在统治阶级内部的残杀和清洗上，文人士大夫对此触目惊心，这对意识形态的反应影响更大。汉代自和帝（公元89—105 年在位）以降，外戚与朝官、宦官之间围绕着权力争斗，拉开了杀戮的帷幕：窦宪、邓骘、阎显、梁冀、窦武、何进六个外戚集团相继惨遭覆灭；桓、灵之时的两次"党锢之祸"；曹操诛杀孔融、杨修、许攸、娄圭、崔琰等；继之而来的司马氏集团对曹魏集团的清洗，以及延续到南北朝时期的门阀争斗，何晏、嵇康、二陆、张华、潘岳、郭璞、刘琨、谢灵运……一批批的文人士大夫相继成为政治斗争的牺牲品。再看中唐以来，"永贞革新"的失败，牛、李党争的倾轧，宦官专权等事件相继发生，文人惨遭杀害者不计其数。仅就"甘露事件"而言，宦官就"杀诸司六七百人，复分兵屯诸宫门，捕（李）训党人斩于四方馆，流血成渠"③，参与除宦官的宰相王涯、贾𫐄、舒元舆等遭诛族之祸，牵连者数千人。宦官因此"迫胁天子，下视宰相，陵暴朝士如草芥"④。文人受城门之祸最为典型的是诗人卢仝之冤死，"甘露之变"时，他正在宰相王涯家做客，被宦官捕获，无辜被杀，有载云：

① 吴融：《彭门用兵后经汴路三首》其三，《全唐诗》第 684 卷，第 7859 页。
② 韩偓：《自沙县抵龙溪县，值泉州军过后，村落皆空，因有一绝》，《全唐诗》第 680 卷，第 7802 页。
③ 《新唐书·李训传》。
④ 《资治通鉴》卷 245。

　　甘露祸起，北司方收王涯。卢仝适在坐，并收之。仝诉曰"山人也"。北司折之曰："山人何用见宰相？"仝语塞，疑其与谋。自涯以下，皆以发反系柱上，钉其手足，方行刑。仝无发，北司添一钉于脑后，人以为添钉之谶云。①

　　延至北宋，虽说宋太祖有不杀文人之祖训，但文人遭祸之事何曾断绝？庆历时期有"进奏院案"，熙、丰时期有"乌台诗案"，元祐时期又有"车盖亭诗案"，其他文字狱不少，尤其是由政见之争的新、旧党争发展为有皇帝参与其间的党同伐异，使不少文人终生坎坷，虽无杀身之虞，但厕身其间者，亦心怀不安而不得不想到死亡。超脱如苏轼者亦在所难免，试读其系狱乌台之后写的诗："圣主如天万物春，小臣愚暗自亡身。百年未满先偿债，十口无归更累人。是处青山可埋骨，他年夜雨独伤神。与君世世为兄弟，再结来生未了因。""柏台霜气夜凄凄，风动琅珰月向低。梦绕云山心似鹿，魂惊汤火命如鸡。眼中犀角真吾子，身后牛衣愧老妻。百岁神游定何处，桐乡知葬浙江西。"②

　　此外，文人遭贬客死他乡者不计其数，如海南岛就是宋人贬官最远处，宋代不少著名大臣都曾贬到"天涯海角"，其死于贬官中的代表如秦观最为典型。关于秦观的身世遭遇，此处从略，只介绍他自作的一首挽诗来反映宋代文人遭政治倾轧后的苦闷伤感："婴衅徙穷荒，茹哀与世辞。官来录我囊，吏来检我尸。藤束木皮棺，蒿葬路旁陂。家乡在万里，妻子天一涯。孤魂不敢归，惴惴犹在兹。"③

---

① 邵博：《邵氏闻见后录》卷九据《唐野史》载，中华书局1983年版。
② 《苏轼诗集》卷19，第998页。
③ 秦观：《自作挽词》，《淮海集笺注》卷40，徐培均笺注，上海古籍出版社2000年版，第1323页。

　　从以上所述可以看出，汉末和唐末的灾难和死亡唤醒了人们对自身价值的看重和对生命意义及死亡的思考。汉末这种思考引起了魏晋人的哲理思考，推动了人们理性思维的发展。同样唐末的思考则直接引起了宋代的理性精神和理学的出现。

　　其次，两个时期都存在由信仰危机所造成的心理失衡现象。

　　儒家思想不是宗教教义，孔子不是上帝，但整个中国封建社会的统治秩序却是在孔子创立的儒家思想维系下得以延续的。不过，儒家思想并非没有遇到过困境，汉末和唐末就是儒家面临挑战的两个时代。

　　东汉后期由于社会动荡、政治黑暗，知识分子为了维护皇权、改弊匡失，按儒家理论，尤其是董仲舒创立的"天人感应"的理论去干预现实，企图实现修身齐家治国平天下、建功立业的理想，但是忠心不纳，反遭杀害，传统的价值观面临着这突如其来的巨变，顿时失去了方向。士人迷惘了，"天人感应"的神学崩溃了！一时间老庄、刑名、法家、阴阳、佛教乃至刚萌芽的道教纷纷粉墨登场。就在这个信仰大危机的空隙中，人们目睹的全是血与火、战争与死亡，由此，整个社会陷入了巨大的死亡恐惧中。在文艺领域中，《古诗十九首》的作者们首发悲音。近百年间，不管是乱世英雄，还是文弱书生；无论行名法之道，还是讲黄老之术，抑或谈庄玄之学，都无法解脱人们对死的恐惧。建安风骨、魏晋风度、正始之音，共同构成了人的觉醒和文学自觉的时代强音，这都与对生死的思考和企图解脱联系在一起。

　　与上述情况相似，中唐以后许多人尽管在口头上还高唱着儒家理论，但随着时势政局的变化，其骨子里已经对这一理论的现实可行性失去信心。道、释二家在唐代本来就与儒家鼎足而立，儒家思想遭遇到现实的困厄，释、道也就乘虚而入，大有取而代之的势头。此时类似魏晋"非汤武而薄周孔"[①] 思想的抬头，儒家思想的地位大为降低。李商隐说："夫所谓道，岂古所谓周公、孔子者独能邪？盖愚与周孔俱身之耳。"[②] 杜牧、罗隐等人诗文中所表现出的对儒家思想的怀疑和对享受唯一人生的情绪，以及不少诗人追求现实生活的享受，都说明了信仰危机所造成的心理失衡已经不是个别现象，而是一种普遍的社会心理。典型的诗句如："月于何处去，日于何处来？跳丸相趁走不住，尧舜禹汤文武周孔皆为灰。酌此一杯酒，与君狂且歌。离别岂是更关意，衰老相随可奈何！"[③] "得即高歌失即休，多愁多恨亦悠悠。今朝有酒今朝醉，明日愁来明日愁。"[④] 以上这些思想意识和采取的生活态度显然是与传统儒家思想积极进取精神背道而驰的。

意识形态的混乱使人们盯住的是现实加在人的生命中的灾难，于是生死问题继汉末之后再一次被提出，并笼罩在人们心头。

综上所述可以看出，汉末乃至魏晋在时代背景、思想意识、社会心理上，与唐中后期至北宋都有许多相似之处，难怪李泽厚将魏晋、中唐与明末视为思想意识上三个比较开放和自由的时期。笔者以为：这里的开放和自由不仅是思想意识和学术思想上的不囿于一家，而且是这三个时期以递进的形式，表现了我们民族"人的觉醒"历程中三个不同的发展阶段。其在思想本质上是看重个人价值，看重个体生命，将人的主体精神和人格自由发展提高到本体论的高度来看待，这种相似恰恰又都建立在对外在权威的

①　嵇康：《与山巨源绝交书》，严可均校辑《全上古三代秦汉三国六朝文》卷47，中华书局1981年版，第1321页。

②　李商隐：《上崔华州书》，《全唐文》，第8091页。

③　杜牧：《池州送孟迟先辈》，《全唐诗》第520卷，第5946页。

④　罗隐：《自遣》，《全唐诗》第656卷，第7545页。

怀疑和否定，对生死极为关注这一生命意识的张扬基础上的。

第二，任何事物的发展都有可能出现相似之处，历史的发展是如此，思维的进程也是如此，文学现象因受着历史的、思维的发展影响，当然会出现相似处。上面所述汉末和唐末在思想意识形态及文学领域中对生死思考的现象，就是这种相似。然而相似总是相对的，差异才是绝对的，只有体现出差异才会见到质的不同。所以，如果我们只把中唐以来文学领域中的生死吟咏简单地视为《古诗十九首》似的重复，那就大错特错了。那么，这两个时期文学对生死主题思考的差异何在？这些差异在本质上有何不同？各自的意义何在？

首先，如果说战争灾祸和政治动乱是汉末魏晋和中晚唐以来产生生命忧患的背景，那么，在这个大背景之下直接导发这两个时期的生命思考的着眼点却是不同的。从生命的威胁来看，战争的牺牲往往是下层民众，文人死于战争的并不多，无论汉末还是唐末都是如此。魏晋文人的生命思考主要由于政治杀戮引起的，上章所述汉末以来一大批被杀文人，只是政治斗争中被杀的典型，绝大多数还在史籍记载中，未曾记载的应当更多。所以，魏晋以来畏惧杀戮的情绪在文学中多有表现："常畏大网罗，忧祸一旦并。"（何晏《言志诗》）"人生寿促，天地长久。百年之期，孰云长寿。"（嵇康《赠兄秀才入军诗》）"一身不自保，何况恋妻子。""但恐须臾间，魂气随风飘，终身履薄冰，谁知我心焦。"（阮籍《咏怀》）"密网裁而鱼骇，宏罗制而鸟惊。"（陶潜《感士不遇赋》）……

政治杀戮给魏晋文人带来的是对死亡的恐惧。嵇、阮齐名，但嵇康"刚肠疾恶，轻肆直言，遇事便发"[1]，这样他就只有成

---

[1] 嵇康：《与山巨源绝交书》。

为刀下冤魂。阮籍较嵇康聪明，他"发言玄远，口不臧否人物"[①]，曾以大醉 60 天的方式拒绝与司马氏联姻。阮籍的行为表面看来十分洒脱，内心中却充满了恐惧，以致有"穷途之哭"。李善《文选注》说："嗣宗身仕乱朝，常恐罹谤遇祸，因兹发咏，故每有忧生之嗟，虽志在刺讥，而文多隐避，百代之下，难以情测。"嵇、阮二人都不满当朝，都有所刺讥，但一隐一现，故嵇死而阮存。陈祚明《采菽堂古诗选》说："叔夜悻直，所触即形，集中诸篇多抒感愤，招祸之故，乃亦缘兹。夫尽言刺讥，一览易识，在平时犹不可，况得意如仲达父子哉！"正因为有这样的背景，"逃禄而归耕"的陶渊明离开官场就并不如后人所说的那样潇洒，而是在畏惧"网罗"密布的政治危机心理中逃离官场的。

　　中晚唐以后的文人在死亡面前不像魏晋人那样充满恐惧，而是多了一份伤感，其原因在于他们虽面临政治杀戮的危机，却较之魏晋人有更多的抽身事外的机会以避免被杀。这种机会是封建贵族制下的魏晋文人不易得到的。因为在中唐以前，尤其是在魏晋南北朝时期，文人大多是贵族或紧紧依附于某个贵族集团的，而朝廷内部之争往往是两个或多个贵族集团的利益之争。所以，此一时，彼一时，一个集团的胜利是以消灭另一个或几个集团为前提的，而置身于被击垮的贵族集团中的人，要想逃避胜利者因预防失败者死灰复燃而采取的斩草除根的政治清洗并不容易。"竹林七贤"之所以分化，山涛、向秀、王戎之所以投向司马氏怀抱，阮籍、刘伶之所以在醉乡度日，就是鉴于嵇康被杀的教训，而他们付出的代价并不比嵇康小。中唐以后，情况发生了较大的变化。随着庶族地主阶级在政治舞台上地位的日益巩固，过

[①]　《晋书·阮籍传》，中华书局 1982 年版，第 1359 页。

去贵族集团那种在政治斗争中以血缘宗亲遭祸的可能性已大大减少（当然亦有以此遭祸者，如"甘露之变"中宦官对预事者的清洗）。除去极少数直接卷入政治漩涡中心的人外，大多数文人可以抽身事外，进退也较魏晋文人，尤其是贵族文人要裕如得多。无论"永贞革新"，牛、李党争，还是宋代新、旧党争，文人对政治杀戮的恐惧显然不如魏晋人那么厉害，那种时常如履薄冰的危机心理也要淡些。文人虽也常有惴惴不安的心态，但真正冤死刀下者并不多。所以，中唐以后的生命思考主要来自对历史的思考和作为"类"的人的生命意义的反思，直接的死亡恐惧极少，而潜在的、对于人生难逃一死的恐惧为多。因为恐惧是潜在的而非迫在眉睫的，所以就以深沉的感伤形式流露出来。这种感伤虽不及魏晋人的恐惧那么令人震惊，但其内在的忧患和极难排遣的苦闷，却远远超出了魏晋时期。

其次，因为一种是现实的巨大恐惧，一种是潜在的深深感伤，所以在表现形式的思考方向上，汉末以来与中唐以来在死亡问题表现上有明显的差异。

汉末以来人们是以眼前的死亡参照物而发出的悲叹，其思考的是如何逃避死亡和体认人生的现实意义。试看《古诗十九首》所云："生年不满百，常怀千岁忧。""人生寄一世，奄忽若飘尘。""人生忽如寄，寿无金石固。""人生非金石，岂能长寿考。"这是基于个体生命的短促和脆弱发出的喟叹。接着就是魏晋文人那无穷的慨叹："对酒当歌，人生几何，譬如朝露，去日苦多。"（曹操《短歌行》）"人生处一世，去若朝露晞。"（曹植《赠白马王彪》）"生命无期度，朝夕有不虞。"（阮籍《咏怀诗》）"天道信崇替，人生安得长。"（陆机《门有车马客行》）"时哉不我与，去乎若云浮。"（刘琨《重赠卢谌》）"悲晨曦之易夕，感人生之长勤，同一尽于百年，何欢寡而愁殷。"（陶潜《闲情赋》）……

生命如此短促无常，已令人伤心，而在其过程中又充满了那么多的不如意，为这无常的人生添加了无穷惨淡的气氛。

中唐以后人们是面对着古代的坟墓与废墟而进行着生死的思考。这一时期是古代怀古题材的突发和高峰期。虽然在怀古时作者创作目的有不尽相同之处，但由生死的思考而牵发出来的却是历史与现实、生命与自然的关系的总体反思："淮水东边旧时月，夜深还过女墙来。"（刘禹锡《石头城》）"旧时王谢堂前燕，飞入寻常百姓家。"（刘禹锡《乌衣巷》）"鸟去鸟来山色里，人歌人哭水声中。"（杜牧《题宣州开元寺水阁》）"千年往事人何在？半夜月明潮自来。"（刘沧《长洲怀古》）"英雄一去豪华尽，唯有青山似洛中。"（许浑《金陵怀古》）"市朝迁变秋芜绿，坟冢高低落照红。"（李群玉《秣陵怀古》）……

在这里，人生百年被放进了历史的时间长河之中，个体的生命活动被安放在永恒而无垠的宇宙空间之中，人生的短促和渺小被时空的悠远无限反衬到不值一提的地步，但是却没有引起创作主体巨大的恐惧感，只有无穷的伤感和无可奈何的悲哀。

再次，面对着无法回避的死亡和只有一次的人生，汉末以来的文人与中唐以后的文人在缓释生命的恐惧忧愁时，采取的方式不同，因此结果不同，所产生的思想文化史意义也不同。

汉末以及魏晋文人缓解死亡恐惧的方式大致有以下三种。其一是抓紧时间享受现实人生，即"饮美酒"、"被纨素"、"秉烛夜游"、"努力加餐饭"，以加大生命享受的密度去弥补人生的有限长度。其二是以"行散"、"行气"和长啸等养身方式企图延长生命的长度，有的甚至企求羽化登仙。其三是追求立功、立言，既实现了生前的人生价值，又求得死后的声名。这三种缓解和解释生命恐惧的方式，都是立足于现实人生，紧紧把握住眼前的。正因为汉末以来不少文人十分看重生命的此在和现实价值，所以他们虽有及时行乐的悲情，但亦有激励人们追求理想的精神。如曹操慨叹人生短促，有"对酒当歌，人生几何"的悲情，但其追求"周公吐哺，天下归心"的理想却使其人生多了几分悲壮。在那种特定的历史条件下，苦闷带来悲观，悲观却没有导致堕落乃至颓废，士人们执着于与颓废抗争的人生，因此形成具有悲剧美的"魏晋风度"，不失为我们民族的悲壮时代。

由中唐到北宋，由于禅宗思想的巨大影响，人们似乎看淡了死亡，因为禅宗并不执着于生死，但是产生于本土的儒、道二家对人世、生命的执着，道教追求现世享乐的思想却依旧强烈地影响着人们，于是在执着与超脱的激烈矛盾中，就充满了人生如梦的虚幻和梦魇难以摆脱的伤感，这种伤感浓厚得难以驱散，使人发出无可奈何的哀怨。魏晋人追求的功名富贵、长生得道，在晚唐人眼中已经没有意义："南山漠漠云常在，渭水悠悠事还空。立马举鞭遥望处，阿房遗址夕阳东。"（刘兼《咸阳怀古》）"南朝三十六英雄，角逐兴亡尽此中。有国有家皆是梦，为龙为虎亦成空。"（韦庄《上元县》）统一中国的秦始皇生前可谓显赫，甚至令汉高祖羡慕得认为"大丈夫当如是"，但一样被死神追索；南朝帝王走马灯似的上台下台，胜利者自以为人中英雄，死神同样吞噬了他们。除去荒坟废墟表明他们曾经存在过之外，他们的功业又有何价值？"北邙坡上青松下，尽是锵金佩玉坟。"（徐夤《十里烟笼》）"尽谓黄金堪润屋，谁思荒骨旋成尘。"（杜荀鹤《登城有作》）功臣将相、富贵荣华曾令多少人投来钦羡的目光，最终还是"繁华事散逐香尘"（杜牧《金谷园》）。这种"对整个存在、宇宙、人生、社会的厌倦，无所希冀，无所寄托的深沉喟叹"①，到了北宋那一批才华横溢、睿智机敏而又在功业上颇

①　李泽厚：《美的历程·苏轼的意义》，第160页。

有建树的地主文人笔下，发展到了顶峰。晚唐人对生命思考所产生的困惑，即生命的意义到底何在的无法说清，在北宋晏殊、范仲淹、欧阳修等人的作品中流露得更加令人迷惘。这些文人贵为宰相、封疆大吏，又身处太平时代，功成名就，享不尽的荣华富贵，但他们的作品中总有一种不曾完满的缺憾情绪，一种"无可奈何花落去"的伤感挥之不去。现实人生中该拥有的都拥有了，能追求的都到了手，却依旧不满足，这本质上就是生命忧患的阴影在作祟："春病与春愁，何事年年有，半为花间人，半为尊前酒。"（孙光宪《生查子》）"满目山河空念远，落花风雨更伤春。不如怜取眼前人。"（晏殊《浣溪沙》）

苏东坡把晚唐人对生命思考的困惑所引起的怀疑人生意义、厌倦和希求从纷扰的人世中解脱出来的情绪全面反映出来，在其诗文（尤其是后期诗文）中，这种情绪十分显眼。在其"雅化"了内容的词中，这种人生感慨则更强烈，以致使词这种俗文学，几乎成了他对人生哲理思考之后的表现工具，而这种思考最后是以无法解脱和无尽的伤感传递给后人，以致使整个封建后期地主文艺始终笼罩在这种情绪之中。

魏晋人对生命的思考引出了国人的"人的觉醒"，由于处在儒家"天人感应"权威学说崩溃的信仰危机之际，魏晋人在追求把握现实、高扬个体的同时，在理论上也进行了道本儒末、越名教任自然、内圣外王和三教合一模式的建树，因而冲淡和缓解了生命的恐惧，使之隐伏下来。这一过程使我们民族在认识个体价值方面较之先秦两汉有了质的飞跃，但也因此埋下了精神危机的种子。中唐以后，这个危机再次爆发，而且晚唐时代各种环境的恶化，使人们对赖以寄托的整个封建统治及其秩序产生怀疑和隔阂，也使封建统治秩序失去其强大的向心力，尽管宋明理学权威确立也无法再重新增强这种向心力。

魏晋人对生命的思考唤醒了国人的个性，而晚唐人的生命思考虽然显得伤感、沉重和无可奈何，但却要求已经苏醒了的个性得以张扬，尽管这种张扬在当时的思想文化背景下必然受挫，但其继承发展魏晋思想和产生的某些悲观厌世与消极情绪，无疑对宋代以后逐渐完善了的封建铁幕统治和秩序有不可小视的破坏力，故研究由唐型文化向宋型文化的转变，决不可忽略这一内容。

第三节　苏轼的旷达与宋人的理性精神

宋代以"右文抑武"为基本国策，并始终贯穿如一，而以"士大夫治天下"，为士大夫提供政治特权。大开科举之门，大力推崇儒学、崇文之风昌盛，使士大夫无不以理性的眼光关注现实社会和人生。这样的文化氛围，使宋人无论在观照现实，还是沉潜哲理方面，都无不清醒冷静，与唐人性格之奔放外露、情感四溢迥然有别。吉川幸次郎认为"宋诗好谈哲学道理"[1]，而以苏东坡诗文为代表的宋代诗文，亦以长于说理而妙趣横生为突出特点，如《赤壁赋》中，对客人"寄蜉蝣于天地，渺沧海之一粟。哀吾生之须臾，羡长江之无穷"的生命悲叹，东坡睿智与旷达就充分体现出来，其云："客亦知夫水与月乎？逝者如斯，而未尝往也；盈虚者如彼，而卒莫消长也。盖将自其变者而观之，则天地曾不能以一瞬；自其不变者而观之，则物与我皆无尽也。而又何羡乎？"这正与其诗句"横看成岭侧成峰，远近高低各不同"所表达的人生哲理一样，即把对事物道理的观察角度

---

[1] 《宋诗概说》，台港联经出版事业公司1977年版，第26页。

加以变化，也许就会得出截然不同的结论。由这一诗一文，我们可以看出宋人的理性精神较之前人是明显突出的。

宋代人的理性精神很典型地体现在苏东坡的身上，尤其是在他因"乌台诗案"而遭仕途挫折之后的人生态度的转变中。

苏东坡在后人心目中的形象是旷达而超脱的，人们常引用其写于黄州的《定风波》词来印证这一点，其词云："莫听穿林打叶声，何妨吟啸且徐行。竹枝芒鞋轻胜马，谁怕？一蓑烟雨任平生。　　料峭春风吹酒醒，微冷，山头斜照却相迎。回首向来萧瑟处，归去，也无风雨也无晴。"词中的作者正如他在《哨遍》所塑造的陶渊明的形象："云出无心，鸟倦知还，本非有意。噫归去来兮，我今忘我兼忘世。"①

任凭人生的风风雨雨，只按自己的方式走自己的路，甚至达到忘我兼忘世的审美境界，完全无功利之心、利害得失的计较，这就是苏东坡留给后人的"旷达"形象。在这种形象中，仿佛苏东坡完全成了老庄与禅宗的信徒，尤其是那些认为苏轼对社会人生持怀疑态度的人，更将苏轼的超脱视为对社会人生的逃避和消极。其实，苏轼的"旷达"是建立在丰厚理性精神上智者大觉悟的表现，是对社会人生深层次执着的表现。

早年的苏轼就已洞察了人生的无常和个人命运难以自主的人生哲理，但他并未因此而改变其救世之精神。在24岁那年（仁宗嘉祐六年）写的《和子由渑池怀旧》诗就显示出他的睿智机敏和乐观执着，诗云：

> 人生到处知何似？应似飞鸿踏雪泥。泥上偶然留指爪，鸿飞那复计东西？老僧已死成新塔，坏壁无由见旧题。往日

---

① 薛瑞生：《东坡词编年笺证》卷二，三秦出版社1998年版，第286页。

崎岖还记否？路长人困蹇驴嘶。①

　　据苏辙《亡兄子瞻端明墓志铭》说："公生十年，而先君宦学四方，太夫人亲授以书。闻古今成败，辄能语其要。太夫人尝读《东汉史》，至《范滂传》，慨然太息。公侍侧曰：'轼若为滂，夫人亦许之乎？'太夫人曰：'汝能为滂，吾顾不能为滂母耶！'公亦奋厉有当世志。太夫人喜曰：'吾有子矣！'"② 东汉范滂因不肯阿附权贵而被列入党锢名单，先后两次入狱，第二次赴狱时自知将一去不返，故安慰母亲不必为自己伤心。滂母说："汝今得与李（膺）、杜（密）齐名，死亦何恨！既有令名，复求寿考，可得兼乎！"范滂对他的儿子说："吾欲使汝为恶，则恶不可为，使汝为善，则我不为恶。"明白地讲出了自己誓不为恶而选择以死捍卫人格的思想。苏轼从小就在心中树立起自己的学习榜样和追求的目标，可以见出理性精神很早就在其思想中扎下根来。

　　也就在苏轼心中许下以范滂为榜样的年龄时，范仲淹等人的"庆历新政"开始推行，而推行新法者，大多讲究名节，《宋史·范仲淹传》说，范仲淹"每感激论天下事，奋不顾身，一时士大夫矫厉尚风节，自仲淹倡之。"又云宋真宗、仁宗时代范仲淹、欧阳修等诸贤"以直言谠论倡于朝，于是中外搢绅知以名节相高，廉耻相尚，尽去五季之陋矣。"③ 苏轼后来在《六一居士集叙》中说宋初七十余年，士风因陋守旧，论卑气弱。但"自欧阳子出，天下争自濯磨，以通经学古为高，以救时行道为

① 《苏轼诗集》卷三，第96页。
② 《苏辙集》，第1120页。
③ 《宋史》卷446，《忠义传序》。

贤，以犯颜纳说为忠"①。这些时贤的精神行为在年方八岁的苏轼心中留下无限仰慕之情。在后来写成的《范文正公集叙》里，苏轼这样追忆说：

> 庆历三年，轼始总角入乡校。士有自京来者，以鲁人石守道所作《庆历圣德诗》示乡先生。轼从旁窃观，则能诵其词。问先生以所颂十一人者何人也，先生曰："童子何用知之？"轼曰："此天人也耶，则不敢知；若亦人耳，何为其不可！"先生奇轼言，尽以告之，且曰："韩、范、富、欧阳，此四人者，人杰也。"时虽未尽了，则已私识之矣。②

受庆历变法诸公一心为公，遭贬谪而不改其政治信仰，在人生挫折中维护其人格尊严的影响，苏轼在其人生入世的初始阶段就树立起"敢以微躯，自今为许国之始"③的报国之志。苏轼从一踏上仕途就将以身许国的志向付诸言行中，其制策多论当时大事，干预现实的精神十分外露，所以朱熹说苏轼的制策："进说许多，如均户口、较赋役、教战守、定军制、倡勇敢之类，是煞要出来整顿弊坏处。"④

嘉祐末年，苏轼对宋开国以来国家政事弊端提出尖锐的批评，同时在富国、强兵、择吏等方面提出了改革的建议。此时苏轼的踌躇满志，加上宋神宗曾勉励苏轼"方今政令，得失安在，虽朕过失，指陈可也"，更激发了苏轼指陈时弊，表达政治见解的激情。于是苏轼针对王安石变法在推行过程中的弊端，分别就

---

① 《苏轼文集》卷十，第 315 页。
② 同上书，第 311 页。
③ 《谢制科启》，《苏轼文集》卷 46，第 1324 页。
④ 《朱子语类》卷 130。

制置三司条例司、助役钱、青苗钱、科举取士等方面提出尖锐批评。这一时期的苏轼,在神宗知遇之恩的感戴下,纵论当时新政之弊,发言尖锐,一发不可收拾,然而宋神宗变法态度此时最为坚决、最不愿意听反对意见,他对苏轼的态度也发生了变化,甚至对司马光说:"轼非佳士,卿误知之。"① 苏轼对此却并不畏惧,当其外任杭、密、徐诸郡时期"见有事不便于民者,不敢言,亦不敢默视也。缘诗人之义,托事以讽"②,因此招致"乌台诗案"。苏轼在元祐三年十月追述自己以诗文得罪的原因时说:"昔先帝(神宗)召臣上殿,访问古今,敕臣今后遇事即言。其后臣屡论事,未蒙施行。乃复作诗文,寓物托讽,庶几流传上达,感悟圣意。而李定、舒亶、何正臣三人,因此言臣诽谤,臣遂得罪。"③ 从嘉祐末到元丰初年苏轼的思想,已经从踌躇满志、意气风发向满腹牢骚和虚幻困惑发展,但他显得更加成熟了。值得注意的是,人生如梦的虚幻使苏轼渐次开始超越是非褒贬和功名得失。

元丰二年的"乌台诗案",使苏轼经历了一场脱胎换骨的人生洗礼。"梦绕云山心似鹿,魂惊汤火命如鸡"这种生死被他人操在手中的无助、恐惧与凄凉,使他一旦从中走出来之后,冷静地看待人生,加之被贬黄州,在陇亩生活中,认识了异代知音陶渊明。黄州的生活使苏轼反思了过往的立身行事,冷静地思考了人生的种种关系,于是有了前面所引的《定风波》词所表现出来的"一蓑烟雨任平生"对过去的超越。

对苏轼而言,其遭遇人生困惑而改变其人生态度的外因,除

---

① 《续资治通鉴长编》卷214。
② 《亡兄子瞻端明墓志铭》,《苏辙集》,第1120页。
③ 《苏轼文集》卷29,第829页。

去反对新法横遭"乌台诗案"的打击，还有因与司马光就役法之争而受到司马光死后"唯温是随"者的排斥。"元祐更化"带有明显的意气用事，尤其是在全盘否定新法时，司马光与苏轼对待役法问题的态度和争论上。王安石在熙宁变法时，废差役法而行免役法。元丰八年，宋哲宗即位，司马光受到重用，他由于深恶王安石新法，要求废除免役法，更行差役法。同年，苏轼亦上疏论免役法的"五利"与两种弊端（参见《论给田募役状》，《苏轼文集》卷26），司马光复上疏言免役法的"五害"。其实，无论免役法还是差役法都各有利弊，然司马光有尽废新法之意且其意甚坚决，故二人常发生争执，各不相让，苏轼有时还骂司马光"司马牛"。司马光死后，以程颐为首的洛党与朔党在政治上联手攻击以苏轼为代表的蜀党，并从政见、学术之不同转向意气之交攻，使旧党分裂。由于在元祐元年苏轼在学士院试馆职所撰的《师仁祖之忠厚、法神考之励精》的策题和元丰八年五月苏轼在扬州所写的《归宜兴留题竹西诗》成为对方的弹劾材料，不仅影响了苏轼的仕进，而且成为哲宗亲政后新党复起打击苏轼的把柄。绍圣元年四月，殿中侍御史来之邵说："轼在先朝，久已罢废。至元祐，擢为中书舍人、翰林学士。轼凡作文字，讥斥先朝，援古况今，多引衰世之事，以快忿怨之私。"①

　　无论是新党的打击，还是旧党内部的相攻，都没有改变苏轼的人生理想和人格精神，依他的名声才华，他完全可以依附于新党而得势，亦可以"唯温是随"，在司马光后占据高位，但人生理想除去社会价值的实现外，还应该有对主体道德和崇高人格的完善，苏轼正是更看重后者的，这与宋代绝大多数士人对政治伦理和主体人格理想尊奉和追求的理性精神是完全合拍的。

---

①　《续资治通鉴长编·拾补》卷九。

王水照先生考察苏轼一生仕途遭遇，尤其是三次贬谪所表现出来的人生态度的变化，归纳出他情绪发展变化的三个阶段，表现为"喜—悲—旷"三部曲，且演进所需时间，与其对人生底蕴的领悟程度，恰成正比例关系。在《苏轼的人生思考和文化性格》① 一文中他说："苏轼初到贬地的'喜'，实际上是故意提高对贬谪生活的期望值，借以挣脱苦闷情绪的包围，颇有佯作旷达的意味；只有经过实在的贬谪之悲的浸泡和过滤，也就是经历人生大喜大悲的反复交替的体验，才领悟到人生的底蕴和真相，他的旷达性格才日趋稳定和深刻，才经得住外力的任何打击。"

正是对人生的底蕴和真相认识深刻，苏轼在行动上所表现出来的旷达，才与其内在平淡恬然那么圆融自然而绝无半点造作，才与走向审美人生的陶渊明那样相似。宋代魏了翁《跋苏文定公帖》这样描述苏轼一生的境界变化：

> 方嘉祐治平间，年盛气强；熙宁以后，婴祸触患，靡所回挠；元祐再出，益趋平实，片言只辞，风动四方；殆绍圣后，则消释贯融，沉毅诚悫，又非中身以前比矣。平生大节，在于临死生利害而不可夺，其厚于报知己，勇于疾非类，则历熙、丰、祐、圣之变如一日。②

苏轼的生活经历，使其愈来愈注重内在精神的超越。在专制制度日益强化的北宋时代，迫使在人的主体自觉程度高于前代的文人要适应这种专制政治。既要追求干预现实政治，又要保持人

---

① 《文学遗产》1989 年第 5 期。
② 魏了翁：《鹤山集》，四库全书本。

格精神的相对独立；既要以天下为己任，又要使内在精神超越功利，这就需要清醒的理性和睿智。宋代著名文人大多集政治家与哲学家于一身，这样的身份和知识结构使宋代文人不仅知识结构较前人淹博宏大，而且思维更加精密敏锐，又由于宋代禅宗和道家思想影响更较前代普及，文人在既执着于儒家入世思想的同时，又能以禅宗老庄思想为自己开出一副副清醒药，苏轼在这方面最有代表性。

在入世参政方面，苏轼由早年的论议煌煌到后来的婉转讥讽，由满腔热忱到随缘任运且超脱名利；在人生价值追求上，由早年的唯政治功利为第一到后来追求自得其乐的生活方式；在个性气质上，由当年的意气风发、锋芒毕露到后来平淡闲适、诙谐旷达，且充满大智大慧的沉着练达。宋人罗大经引述朱熹批评苏轼兄弟的话说："'二苏以精深敏妙之文，煽倾危变幻之习；早拾苏（秦）张（仪）之绪余，晚醉佛老之糟粕。'余谓此文公二十八字弹文也。"[1] 这一段话虽不完全准确，但就苏轼旷达的理性人生态度的形成来看，其中受佛老影响一点，也是讲到了关键。

绍圣元年（1094），苏轼被贬惠州，经南华寺有诗云："我本修行人，三世积精炼。中间一念失，受此百年谴。抠衣礼真相，感动泪雨霰。借师锡端泉，洗我绮语砚。"[2] 志在天下的理想和奋不顾身的忠诚，政敌不容尚可理解，然所效忠的皇帝也不能容忍，使苏轼感到选择仕途这一念之差，竟招致天涯百年之谴，人生真是阴差阳错。苏轼之所以近佛老而未抛弃儒家思想，是因为其受入世的儒家思想影响，在晚年给苏辙《子由生日，

---

① 罗大经：《鹤林玉露》卷之二甲编，中华书局 1983 年校点本。

② 苏轼：《南华寺》，《苏轼诗集》卷 38，第 2060 页。

以檀香观音像及新合印香银篆盘为寿》诗中，他说："君少与我师皇坟，旁资老聃释迦文。"可见其对佛老的关系，只是"旁资"。但是，宋人对佛老，尤其是禅宗的喜爱，决非只是"旁资"。据说王安石曾经问张方平，为何孔子、孟子之后再也没有伟大的人物出现。张方平说：谁说没有？马祖道一、汾阳无业、雪峰义存、岩头昙成、丹霞天然、云门文偃等禅师都超过孔子。又说："儒门淡泊，收拾不住，皆归释氏耳。"王安石听了这番议论叹服不已。

宋代儒佛相融并对新儒学的形成影响巨大，儒佛关系显得较唐代要和谐得多，虽说也有不少人批判佛学，如孙复的《儒辱》，石介的《怪说》，李觏的《常语》，欧阳修的《本论》等，但这些批评往往立足于社会伦理、道德的角度，在哲学上缺乏说服力，亦无法击败佛学。与之相反的情形是宋代重要的思想家，大都曾经"出入佛老"，并且精通佛典，都有吸收佛学哲理、命题、概念来充实甚至塑造自己理论体系的过程。如周敦颐深研并精熟《法华经》；王安石精通《楞严经》，熟谙《金刚经》；二程哲学体系的最高范畴"理"与"天理"，渊源于佛教的真如佛性："一物之理即万物之理"的命题，即与华严宗"理事说"几乎没有差别。

宋代文人学士大都潜心于佛典之中，而且多为在家弟子。《五灯会元》中就有杨亿、李遵勖、夏竦、赵抃、苏轼、黄庭坚、王韶、张商英、胡安国、范冲、张九成等知名文人。这些潜心佛学的文人与佛学大师、著名诗僧交往频繁，苏轼是其中最为典型的人物。《五灯会元》卷17把苏轼列为东林常总禅师法嗣，其实苏轼的亲近禅道远在结识常总禅师之前。苏轼一生中，交往过的禅僧当以百计，其中名声很大的有道潜（参寥子）、维琳、圆照、楚明、守钦、思义、闻复、可久、清顺、法颖、丁元、仲渊、法言、法泉、惠辩等。苏轼之所以旷达，是因为其出入儒、释、道却又不执于一端，作为一个终生为官的世俗居士，他一直认为儒释道思想完全可以并行。他说：

> 法涌童子画沙，已具佛智；维摩无语，犹涉二门。虽吾先师，不异是说；质之孔子，盖有成言。不为穿窬，仁义不可胜用；博施济众，尧舜其犹病诸。①

他认为，道家思想亦与儒家相通，其云：

> 道家者流，本出于黄帝、老子。其道以清净无为为宗，以虚明应物为用，以慈俭不争为行，合于《周易》"何思何虑"、《论语》"仁者静寿"之说，如是而已。②

他指出，佛家的传播必依赖中国本土文化，尤其是倚重于儒家，其云：

> 释迦以文教，其译于中国，必托于儒者之能言者，然后传远。故大乘诸经与《楞严》，则委曲精尽胜妙独出者，以房融笔授故也。柳子厚南迁，始究佛法，作曹溪、南岳诸碑，妙绝古今……长老重辩师，儒释兼通，学道纯备，以谓自唐至今，颂述祖师者多矣，未有通亮简正如子厚者。盖推本其言，与孟轲氏合。③

---

① 《请净慈法涌禅师入都疏》，《苏轼文集》卷62，第1908页。
② 《上清储祥宫碑》，《苏轼文集》卷17，第502页。
③ 《书柳子厚大鉴禅师碑后》，《苏轼文集》卷66，第2084页。

苏东坡认为释道与儒家思想一样，都是在文化演进中相互吸收其精华，决不固执门户。因此无论是禅家还是儒者，只要具有高尚的德行、慈悲的情怀，就是真儒者、真禅家。拘泥于形式，甚至心中无半点真慈悲、真德行的人，纵然造浮屠千万亦非真儒者、真禅家。他曾举例说："予观范景仁、欧阳永叔、司马君实皆不喜佛，然其聪明之所照了，德行之所成就，皆佛法也。梁武帝筑浮山堰灌寿春以取中原，一夕杀数万人，乃以面牲供佛庙，得为知佛乎！以是知世之喜佛者未必多，而所不喜者未易少也。"① 又说："指衣冠以命儒，盖儒之衰；认禅律以为佛，皆佛之粗。本来清净，何教为律，一切解脱，宁复有禅？而世之惑者，禅律相殊，儒佛相笑。不有正觉，谁开永迷。"②

仅以苏轼个性而言，他是不适合在尔虞我诈的官场中升沉，但他有强烈的济世救世之心，他渴望兼济天下，施惠于民，故有时不满士人趋奉佛老，他曾有过这样的言论：

> 今士大夫至以佛老为圣人，鬻（同鬻）书于世者，非庄老之书不售也。谈其文，浩然无当而不可穷，观其貌，超然无著而不可挹，此岂真能然哉！盖中人之性，安于放而乐于诞耳，使天下之士，能知庄周齐生死、一毁誉、轻富贵、安贫贱，则人主之名器爵禄，所以砺世磨钝者废矣，陛下亦安用之？③

然而，在现实中，他屡遭打击，贬官天涯，为官场的生活付

---

① 《跋刘咸临墓志》，《苏轼文集》卷66，第2071页。
② 《苏州请通长老疏》，《苏轼文集》卷62，第1907页。
③ 《议学校贡举状》，《苏轼文集》卷25，第723页。

出了无穷的痛苦代价。不过，这一切并未最终改变苏轼的人生理
想，为了调适自己的心态，苏轼悟出了儒道释三家相通之处，成
功地将儒家乐天知命、安分守己与释道的修持本心、不为外物所
乱的思想沟通，在山林、官位、本心三者间伸屈自如而走向陶渊
明那样的审美人生境界。

　　读苏轼诗词，给人最深刻的印象就是其中含蓄而深沉的人生
思考，以及在这思考中闪烁着的理性精神。笔者在谈到古人对人
生的思考时曾经指出，从汉末到晚唐曾经历了三个阶段①：第一
个阶段是在唐前怀古诗中突出表现出来的生死思考，集中表现为
因政治杀戮和战争动荡所引起的生命悲音，其归结是在现实中寻
找缓释生命忧患的方法，缺乏深厚的历史与哲学意味。第二个阶
段是中唐以前的唐代怀古诗，这一时期怀古诗所表现出来的终极
关怀，即对生命价值的现实实现的关注，使这一思考最终停留在
社会层面。第三个阶段是中晚唐怀古诗对生命的思考，在这里已
经没有了诗人一己之身世悲叹，亦无个别历史事件的结局所引起
的兴趣，而充满了由一个历史事件所代表的无数历史事件所包容
的生命哲理，以及创作主体成为对象主体，进入生命哲理的反思
之中，由此使接受主体看不到诗人对现实的关怀到底是什么，只
体味到一种对生命的终极关怀之情。对晚唐诗人而言，从终极的
意义上来审视人世间的成败得失、荣枯兴亡，都只是过眼云烟，
其间并无差别。因此，晚唐人对人生思考所带来的是无穷的感伤
和苦闷。

　　苏轼诗词中，对人生的感叹更是多不胜举，他常常把人生看
作一场梦："世事一场大梦，人生几度新凉。夜来风雨又鸣廊，

---

　　①　田耕宇：《唐音余韵——晚唐诗歌研究》，巴蜀书社 2001 年版，第 145—149
页。

看取眉头鬓上。"① "古今如梦，何曾梦觉？但有旧欢新怨！"② "休言万事转头空，未转头时皆梦。"③ "人生如梦，一尊还酹江月。"④ "身外傥来都是梦。"⑤ "万事到头都是梦。"⑥

这梦就是无法自主的人生和无法把握的命运，这就是苏轼对人生的感悟，而在这无法把握的人生中，复有："世路无穷，劳生有限，似此区区长鲜欢。"⑦ "人生如逆旅，我亦是行人。"⑧ "长恨此身非我有，何时忘却营营。"⑨

怎样看待这样的人生？苏轼在其辉煌而又坎坷的人生中，逐渐找到了应对的方式："横看成岭侧成峰，远近高低各不同。不识庐山真面目，只缘身在此山中。"⑩ "水光潋滟晴方好，山色空濛雨亦奇。欲把西湖比西子，淡妆浓抹总相宜。"⑪

苏轼在平常的人生中发现了人生的真谛。人间世的一切，诸如生离死别、悲欢否泰、升沉得失，恰如雯晴雯雨中的西湖，又如远观近望、横看侧视，姿态各异的庐山，在不同的时间、不同的空间位置上去欣赏它，不仅大有可观之处，而且总有"相宜"之处（合乎某种规定，受某种力量支配）。只有跳出"此山"，不计利害得失，才能识得人生真谛，进入旷达的人生境界。李泽厚先生在谈到苏轼的美学追求时有这样一段精彩的语言：

① 苏轼：《西江月·世事一场大梦》，《东坡词编年笺证》卷二，第 252 页。
② 苏轼：《永遇乐·明月如霜》，《东坡词编年笺证》卷一，第 209 页。
③ 苏轼：《西江月·三过平山堂下》，《东坡词编年笺证》卷一，第 229 页。
④ 苏轼：《念奴娇·大江东去》，《东坡词编年笺证》卷二，第 357 页。
⑤ 苏轼：《十拍子·白酒新开九□》，《东坡词编年笺证》卷二，第 411 页。
⑥ 苏轼：《南乡子·霜降水痕收》，《东坡词编年笺证》卷二，第 289 页。
⑦ 苏轼：《沁园春·孤馆灯青》，《东坡词编年笺证》卷一，第 132 页。
⑧ 苏轼：《临江仙·一别都门三改火》，《东坡词编年笺证》卷三，第 603 页。
⑨ 苏轼：《临江仙·夜饮东坡醒复醉》，《东坡词编年笺证》卷二，第 376 页。
⑩ 苏轼：《题西林壁》，《苏轼诗集》卷 23，第 1219 页。
⑪ 苏轼：《饮湖上初晴后雨》，《苏轼诗集》卷九，第 430 页。

正是这种对整体人生的空幻、悔悟、淡漠感，求超脱而未能，欲排遣反戏谑，使苏轼奉儒家而出入佛老，谈世事而颇作玄思；于是，行云流水，初无定质，嬉笑怒骂，皆成文章；这里没有屈原、阮籍的忧愤，没有李白、杜甫的豪诚，不似白居易的明朗，不似柳宗元的孤峭，当然更不像韩愈那样盛气凌人不可一世。苏轼在美学上追求的是一种朴质无华、平淡自然的情趣韵味，一种退避社会、厌弃世间的人生理想和生活态度，反对矫揉造作和装饰雕琢，并把这一切提到某种透彻了悟的哲理高度。①

其实，岂只是苏轼对美学的追求，这是他理性精神的闪光，是其理性审视人世间的纷纷扰扰和人生的意义后，对人生采取的态度。在《宝绘堂记》中，苏轼有一段富有哲理思想的议论：

> 君子可以寓意于物，而不可以留意于物。寓意于物，虽微物足以为乐，虽尤物不足以为病；留意于物，虽微物足以为病，虽尤物不足以为乐。老子曰："五色令人目盲，五音令人耳聋，五味令人口爽，驰骋田猎令人心发狂。"然圣人未尝废此四者，亦聊以寓意焉耳。②

留意于物，即执着于物，为物役。佛道二家正是以消除人的物欲所带来的心为物役的无穷烦恼为其传道宗旨的。苏轼经过痛苦的人生反思之后，悟出了摆脱"留意于物"的快乐和追求

---

① 李泽厚：《美的历程·苏轼的意义》。
② 《苏轼文集》卷 11，第 356 页。

"寓意于物"的适意，正是其理性精神的结果。正因为如此，苏轼的旷达才达到了大智大慧者的旷达，因为其精神内核是理性的结果。

然而，苏轼的旷达也决非纯粹个人和偶然的，而是整个宋代文化精神和文人气质的折光反射。陈寅恪先生说："华夏民族之文化，历数千载之演进，造极于赵宋之世。"① 宋史研究专家邓广铭先生亦云："宋代是我国封建社会发展的最高阶段。两宋期内的物质文明和精神文明所达到的高度，在中国整个封建社会历史时期之内，可以说是空前绝后的。"②

两位先生都以极高的赞誉来评价宋代文化和文明，本书在此引述，旨在说明一点，即赵宋一朝的理性精神较之以往，堪称空前。苏轼则是在这空前高涨的时代理性精神氛围中成长起来的，并在宋代哲学上自成一派，为"蜀学"之代表。尽管朱熹在哲学上不大看得起苏轼，但也把以苏轼为代表的"蜀学"看作蜀党与王安石新党和洛党争论的一个重要原因。朱熹《伊川先生年谱》"（元祐）七年，服除，除秘阁，判西京国子监"下引《王公系年录》说：

> 初，颐在经筵，归其门者甚盛，而苏轼在翰林，亦多附之者，遂有洛党、蜀党之论。二党道不同，互相非毁，颐竟为蜀党所挤。今又适轼弟辙执政，才进禀，便云："但恐不肯靖。"帘中入其说，故颐不复得召。③

---

① 陈寅恪：《邓广铭〈宋史职官志考证〉序》，《金明馆丛稿二编》，第24页。

② 邓广铭：《谈谈有关宋史研究的几个问题》，《社会科学战线》1986年第2期。

③ 程颢、程颐：《二程集》，第344页。

朱熹在谈到蜀、洛二党道不同，不相谋而产生的互相挤对时说：

> 看当时如此，不当论相容与不相容，只看是因甚么不同，各家所争，是争个甚么？东坡与荆公固是争新法，东坡与伊川是争个甚么？只看东坡所记云："几时与他打破这个'敬'字！"①

这个"敬"字，代表了程氏兄弟洛学的一大关捩，即敬诚格物，以致天理，要遵礼合度。相传，苏轼与程颐交恶就因一个礼节，据载，元祐元年九月司马光去世，程颐主持丧事：

> 明堂降赦，臣僚称贺讫，两省官欲往莫司马光。是时，程颐言曰："子于是日哭，则不歌，岂可贺赦才了，却往吊丧？"坐客有难之曰："孔子言：'哭则不歌。'则不言'歌则不哭'。今已贺赦了，却往吊丧，于礼无害。"苏轼遂戏程颐云："此乃枉死市叔孙通所制礼也。"众皆大笑，其结怨之端，盖自此始。②

看来只是一句戏言，但苏轼的话却代表了蜀学精神。苏轼在《议学校贡举状》中对宋初三先生中的孙复、石介的评价是这样的："通经学古者，莫如孙复、石介，使孙复、石介尚在，则迂阔矫诞之士也，又可施之于政事之间乎！"③"通经学古"却不能

---

① 《朱子语类·熙宁至建康用人》卷130，第3110页。
② 《续资治通鉴长编》卷393。
③ 《苏轼文集》卷25，第723页。

"施之于政事"，这样的高谈阔论之士，在苏学看来是迂阔不切实际的。苏学在程、朱看来是"异端"、杂学，朱熹作《杂学辨》针对苏学说："予之所病，病其学儒之失，而流于异端，不病其学佛未至，而溺于文义也……诚惧其乱吾学之传，而失人心之正耳。"[①] 朱熹此论视苏学为异端，正好反映出程、朱理学以纯儒、绝学自称的虚伪。苏学产生于北宋时代要求改革的背景下，是苏轼适应时代要求，且对儒学经典独立思考，受理学思潮大胆怀疑精神影响而产生的。

宋代理学可以上溯到李翱的性情哲学，其中已夹杂着佛教思想，同时亦受到中唐啖助、赵匡等人疑经精神影响。在北宋改革时弊大潮中，主持的范仲淹就泛通六经，长于《易》学，欧阳修撰有《诗本义》。王安石推行新法，编纂《三经新义》，作为政治改革的理论依据。清代人指出王安石此举的政治动机：

> 周礼之不可行于后世，微特人人知之，安石亦未尝不知也。安石之意，本以宋当积弱之后，而欲济之以富强，又惧富强之说必为儒者所排击，于是附会经义以钳儒者之口，实非真信周礼为可行。[②]

由此段评论可知，北宋文人在哲学上的唯现实政治针对性的用心，不墨守先儒旧说，而以理性精神去独立思考已是时代风气所致。苏轼遭"乌台诗案"和贬谪后，沉潜于佛经及《易》、《论语》之中，著《东坡易传》、《论语说》、《书传》，从哲学的角度看待人生，关注人生的终极价值，以理性的价值判断来衡量

---

① 黄宗羲：《宋元学案》卷 99 引，中华书局 1986 年版。
② 《四库全书总目提要·经部·礼类一》，中华书局 1965 年影印本。

人生意义，故能在得失穷泰、悲欢离合之外参悟物理。由于具备了哲人的眼光与胸襟，陶铸庄释，故能超越传统而获得全新的人生态度。

纵观北宋文人，我们不难发现苏轼所具备的理性精神以及旷达的人生态度，在他们身上都有所体现。宋代文人较之唐代文人，最大的区别是他们主体人格建构过程中对生命存在意义的体认和自我心性的反省。不管是受庄禅思想影响较深，还是受儒家和理学思想浸染较多的文人大都能对人生的意义进行思考。这种思考在文人政治失意时最为突出。正因为如此，在宋代文学中，很少让人感到狂狷激怒、颓唐感伤的气氛，更多的是让人看到他们以冷静、理智的态度去面对人生中袭来的灾难与打击，让人们感受到他们处逆境而不惊、不乱、不绝望的哲人风度。

苏轼的旷达中透露出来的理性精神，表现在他居朝廷而无张狂之态，处天涯而无落魄之悲观，他给人的总是乐观、洒脱、机智、诙谐和对人生的无限热爱。在苏轼身上，我们感受到了"觉醒"了的中国文人。难怪同为理学家，宋代的王阳明却不像朱熹那样视苏学为异端杂说，言语之间多了几分推重与欣赏。是苏轼深邃的思想和理性精神使明代理学家认同了苏学，也就是认同了宋人的理性精神。在此引董其昌的一段评述，结束这一段话题：

> 程苏为洛蜀之争。后百余年，考亭出而程学胜；姚江王伯安出而苏学复胜。姚江非尝主苏学也，海内学者非尽读苏氏之书，为苏氏之文也。不主苏学，而解粘去缚，合于苏氏之学。不读苏氏书，而所嗜庄贾释禅，即子瞻所读之书。不作苏氏文，而虚恢谐谑，澜翻变幻，蒙童小子，齿颊笔端，

往往得之。①

　　随着明代中后叶启蒙思潮的酝酿和出现，理性精神也大加发扬，苏轼身上闪烁的理性精神以及外在旷达的人生态度也得到了人们的认同，从这一点上反观宋人理性精神的思想文化史价值，我们或许对北宋文人的认识会有一个新的角度，对宋诗、宋文重理趣的特色会有新的看法与评价。

---

　　① 董其昌：《容台集·文集》卷二《凤凰山房稿序》。

第四章　世俗生活与世俗情怀

自唐代开国以来，城市经济渐次发育起来，随着唐朝军事、政治、经济、文化地位的强大，其京城作为国际大都会的出现，带动了唐王朝境内商业经济的发展，并且在长安之外出现了为数不少的大城市。大城市的出现象征着社会物质文明与精神文明的发展，都市经济带来的人流、物流和文化流，形成了与魏晋以来迥然不同的世俗生活，以及与传统文化意义上不同的都市文化。

都市文化最明显的特征就是在伦理、道德观念方面淡化的世俗性。尽管都市居民成分复杂，文化层次参差不齐，而且上层文化人士也会参与进来，但作为一个特殊的文化圈和一种独特的文化现象，都市文化是与占封建意识主流的统治阶级文化有明显区别的。自唐以来渐次形成的都市文化与封建主流文化的区别，就在其伦理、道德和价值认识上的差别，即对封建伦理道德所宣扬鼓吹、严令禁止的东西并不当作一回事，而对统治阶级意识所鄙视的价值却十分看重，诸如金钱、名利、男女私情、荒诞不经的传闻等。这种伦理、道德和价值认识上的特征，在唐代传奇中已经充分表现出来。相对于魏晋六朝的志人、志怪小说，唐传奇那丰富多彩、林林总总的人物形象和包含的伦理、道德、价值上的市民文化色彩就十分清晰，这中间透露出来的正是在商业经济意识下的新动向。

小人物进入了士人文化关注的视野，世俗情怀一点一点地潜入士人情感畛域，并且在士人的文学创作中不自觉地流露出来。

造成都市文化崛起并迅速发展的原因是十分复杂的，但有一点是不能忽视的，那就是城市商业经济的繁荣对都市中人的生活情趣和关注视野的深刻影响。这一点从中唐开始就表现得非常明显，而到北宋时期，城市商业经济的发达已远非唐代所能相比。为此，本章选取三个专题来论述中唐以来日渐浓郁的世俗情怀，从中见出从元和到元祐文学的变化轨迹之一。

第一节 唐宋都市商业经济转型的
都市风俗变化

"坊"与"市"是两个概念。唐人苏鹗在《苏氏演义》中指出："坊者方也，言人所在里为方，方者正也。"进而说："方，类也。《易》曰：方之类聚，居必求其类。"可以看出，坊，古代又叫里，或称坊里，是古代城市最基本的单位。隋唐时代，坊有坊正，里有里司。据宋敏求《长安志》卷七《唐京城》称隋代的里司："官从九品下。"作为唐代城市居民聚居的坊，朱熹是这样描述的："官街皆用墙，居民在墙内，民出入处皆有坊门，坊中甚安。"[①]"市"是交易区。《易·系辞下》云"日中为市，致天下之民，聚天下之货"，直观地描述了先秦时代交易的情景。《管子·小臣》说："处商必就市井。"《注》曰："立市必四方，若造井之制，故曰市井。"到唐代，这种带有古代"市井"色彩的"市"依然存在。试看几条材料，韦述《两京新记》云："东都丰都市，东西南北，居二坊之地，四面各开三

---

① 《朱子语类》卷138《杂类》，第3277页。

门，邸凡三百一十二区，资货一百行。"宋敏求《长安志》卷八云："（东市，隋曰都会市），东西南北各百步，四面各开一门，定四面街各广百步，北街当皇城南之大街，东出春明门，广狭不易于旧；东面及南面三街向内开，壮广于旧街，市内货财二百二十行。"据记载，长安的居民居住区，在唐代由北至南整齐地分为108坊，坊中有各占两坊大小的东西二市。朱雀大街由北向南将长安城分为东西两半，东边隶属万年县，西边隶属长安县，两县由京兆府统管。城内有14条南北街，11条东西街，垂直交叉把长安城切分为一个个互相连接但相对独立的里坊。东西两市则相当于两个独立占地各两坊的"市井"。明白了唐长安东西两市的相对独立封闭的性质，对于后面理解商业经济在唐长安的状况和地位是十分重要的。

先看清人徐松《唐两京城坊考》对唐长安东西两市考述的描写："东市，南北居二坊之地，当中东市局，次东平准局、铁行、资圣寺、西北街。东北隅有放生池。西市，南北尽两坊之地，市内有西市局、市署、平准局、衣肆、鞍辔行、秤行、窦家店、张家楼、侯景先宅、放生池、独柳。"

以上两条考述中分别引宋敏求《长安志》卷八云："万年县户口减于长安，又公卿以下居止多在朱雀街东，第宅所占勋贵，由是商贾所凑，多归西市。"又卷十云："（西市）隶太府寺。市内店肆如东市之制。长安县所领四万余户，比万年为多，浮寄流寓，不可胜记。"宋敏求云东市220行，徐松考订仅数行，西市亦如此，很难见出东、西两市当年万商云集的盛况，但我们用有关资料加以辅助，大抵可以窥见唐长安商业贸易的性质。

首先，唐长安的商业贸易属"坊市"性质，即集中贸易区域、限定贸易时间，由政府统一掌管交易。《新唐书·百官志》云："两京诸市署，令一人，从六品上；丞二人，正八品上。掌财货交易，度量器物，辨其真伪轻重。市肆皆建标筑土为候，禁榷固及参市自殖者。凡市，日中击鼓三百以会众，日入前七刻，击钲三百而散。有果毅巡视。平货物为三等之直，十日为簿。车驾行幸，则立市于顿侧互市，有卫士五十人，以察非常。"参考反映开元年间法令的《唐六典》对各市署规定的职权和公务范围，可以看出政府对"坊市"管理力度极大，不仅要干预交易的合法、合理，调节交易纠纷，还要严格限定交易时间，这与现代商业贸易中的市场管理，尤其是自由贸易的性质相去甚远。同时，要注意在唐长安的市场中，出现了一种新的现象，如在《原化记·车中女子》中记载有吴郡举人闲步坊曲，遇二少年相邀约，"于东市一小曲内，有临路店数间，相与直入"①。参照宋敏求《长安志》云当时人在市中"浮寄流寓，不可胜计"之说，可以看出一种相对开放的贸易场所格局的需求已经出现。

不过，唐长安严格的宵禁制度对商业经济的发展无疑起到了抑阻作用。在《唐律疏义》的"卫禁"、"杂律"中，明确记载了长安城宵禁的条例，而在《新唐书·百官志》中记载了长安城城门及里坊门的情形：

> 日暮，鼓八百声而门闭；乙夜，街使以骑卒循行叫谭，武官暗探；五更二点，鼓自内发，诸街鼓承振，坊市门皆启，鼓三千挝，辨色而止。

由此处所引材料知道，入夜后城中有骑兵不断巡逻吆喝，还有暗探暗中查访，纠察有无犯禁者，如发现犯禁者，即捉拿询问。传说，晚唐诗人温庭筠曾因酒醉后，宵禁时被逻卒打落了门

---

① 见古今说部丛刊本，上海文艺出版社 1991 年影印本。

牙。此外，唐人传奇中亦多有记载有关长安宵禁的事情。当然，长安城中亦非完全没有夜生活，像初唐诗人卢照邻《长安古意》中所描写的形形色色人物在市井娼家中的夜生活："御史台中乌夜啼，廷尉门前雀欲栖。隐隐朱城临玉道，遥遥翠幰没金堤。挟弹飞鹰杜陵北，探丸借客渭桥西。俱邀侠客芙蓉剑，共宿娼家桃李蹊。娼家日暮紫罗裙，清歌一啭口氛氲。北堂夜夜人如月，南陌朝朝骑似云。南陌北堂连北里，五剧三条控三市。弱柳青槐拂地垂，佳节红尘暗天起。汉代金吾千骑来，翡翠屠苏鹦鹉杯。罗襦宝带为君解，燕歌赵舞为君开。"① 以上这一大段夜生活是在"北里"展开帷幕的。北里，亦称平康里，因在城北，故名。平康里，紧挨东市，是长安妓院最集中的地方，初唐时期各色人等在此的夜生活，经盛唐"安史之乱"并未因此消歇。到了中晚唐，随着统治者和社会对进士科举的重视，平康里更成为长安夜生活的代表，因其地处尚书省选院崇仁坊附近，在长安应考的举子大多在这一带住店和游玩，因此促进了这里的繁华。徐松《唐两京城坊考》卷三说："选人京师无第宅者多停憩此，因是一街辐辏，遂倾两市，昼夜喧呼，灯火不绝，京中诸坊莫之与比"。

　　虽说类似平康里那样的地方十分繁华，但它并非商业贸易之地，它可以被视为唐长安风俗的一个缩影，但不能代表唐代长安的商业经济状况。而且，平康里的喧闹繁华是在坊门关闭后的事情，决不是北宋以后开放式的临街营业。作为政治、文化中心，唐长安实行宵禁和严格的政府管理，最能反映唐代商业经济的性质，但同时也应看到在商业经济冲击下，江南一代的大城市已经有了另一种新的经济萌芽，尤其是称为"扬一益二"的扬州，

① 《全唐诗》第41卷，第518页。

在唐代后期诗词中留下了无数形象的记载："夜市千灯照碧云，高楼红袖客纷纷。如今不似时平日，犹自笙歌彻晓闻。"[①]"夜桥灯火连星汉，水郭帆樯近斗牛。"[②]"小巷朝歌满，高楼夜吹凝。月明街廓路，星散市桥灯。"[③]扬州的十里长街、二十四桥，春风绮艳，富商云集，使时人将游扬州视为人生幸事。晚唐大诗人杜牧在扬州留下了许多脍炙人口的名作，这些作品正是在扬州商业经济繁荣的温床上产生的，有记录言杜牧青年时代在淮南节度使牛僧孺幕中夜生活的情景：

> 扬州，胜地也。每重城向夕，倡楼之上，常有绛纱灯万数，辉罗耀烈空中。九里三十步街中，珠翠填咽，邈若仙境。牧常出没驰逐其间，无虚夕。[④]

由此可以看出不加宵禁、开放的商业经济，在中唐以后有了较大的发展，不过并未因此使京城长安封闭的坊市商业贸易得以改变。

从严格意义上讲，北宋以前的城市贸易还是坊市分离，坊为居住区，市为交易区，各自实现着自己的功能。唐长安 108 坊中，只有占四个坊的东西市为交易区，而且实行严格的管制，这显然带有商业经济不发达的封建坞堡式经济格局特色，属于封建社会前期商品经济不发达时期。

由上所述，在晚唐时期，随着整个农村经济的凋敝和战争的

---

① 王建：《夜看扬州市》，《全唐诗》第 301 卷，第 3430 页。

② 李绅：《宿扬州》，《全唐诗》第 481 卷，第 5470 页。

③ 张祜：《庚子岁寓游扬州赠崔荆四十韵》，《全唐诗补逸》第 11 卷，第 189 页。

④ 《太平广记》卷 273，中华书局 1961 年版。

灾害，军阀和富商大贾聚集在少数大城市中，城市经济在此时畸形发展起来。像扬州、成都、南阳等城市已经有临街贸易的格局。此外，由于战争的攻城略地，城池遭到毁坏，如晚唐时期黄巢之攻陷长安以及军阀多次掠夺焚烧长安，原来的坊墙渐次失去其防卫、安全和管理的功能，居民们有的索性拆除坊墙，面街而居，临街设摊。这样一种开放式的商业贸易格局就在一个漫长的过程中形成了。到了北宋中期，东京居民随着商业"扩张"意识的膨胀，临街设肆，甚至出摊占道的"侵街"现象也日趋严重，以致朝廷屡禁不止。日本学者梅原郁先生在《宋代的开封与都市制度》中分析认为，唐宋时期城市街道与店肆之间的关系经历了以下三个发展时期：

从唐代中期到宋代初期为第一时期，这时的商业交易活动在大城市中由坊内店肆到临街店肆发展，这一转变过程相对后一时期要迟缓一些，其原因主要在于晚唐五代社会动荡，各地经济发展不平衡，人们对商品经济的需求被客观社会条件所限制。从宋初真宗到仁宋时期，宋代城市商品经济得到迅速发展，势头强劲，城市商业贸易已经完全突破了坊和市的界限，也突破了白昼与夜晚的界限，并且由临街店肆到侵街店肆发展。在一些非主要的街道，侵街现象已经比较严重，这是第二个时期。第三个时期是从北宋中期到北宋灭亡。这一时期以汴京商业经济的迅猛发展为代表，扩大经营场地以满足商品经济发展的需要，成为店肆经营者的扩张动力，于是想方设法在商业繁盛区扩张，以致出现由侵街店肆到夹街店肆的情形。周宝珠先生考证云："临街开店之后，市区扩大到全城，大街小巷，桥头路口，都成了商品交换的地方，一下子把北宋以前封闭式的'市'变为全城性的敞开型的市，城内外均可为闹市，城市一词就名实相符了。……此时的坊依然存在，只是作为城市一个最下层的行政单位，它仍管辖一定的地区，并且在官方载籍中还有某机构在某某坊来说明一种地理概念。但在民间早已用某市、某街、某巷来表明其所指某事物的方位了。这一点可以从《东京梦华录》中看得清清楚楚，也可以从宋人文集、笔记中找到大量例证。"①

宋代东京商业贸易由坊向市的发展，其中最有代表性的两个方面，是夹街贸易与夜市。夹街贸易主要集中在商业繁华地带以及码头、桥头和流动人口密集处。张择端《清明上河图》所绘汴河桥上及沿河两岸那人头攒动、商机繁荣的景象，真实、形象、直观地记载了北宋京城繁荣的商业经济和夹街店肆贸易的情形。宋仁宗天圣三年，田承说指出："河桥上多是开铺贩鬻，妨碍会亶及人马车乘往来。"② 据载，宋廷鉴于侵街形成夹街贸易的现象，阻碍了城市交通，还下诏命令："在京诸河桥上不得令百姓搭盖铺占栏，有妨车马过往。"③ 到了北宋中后期，临街贸易已经完全成形，《宋代东宋研究》中说："此时的大街两旁，商店林立，连御街两旁的御廊，也准许买卖交易。州桥以南的御街，两边酒楼、饭店、香药铺和其他店肆，互相交错，一直到南薰门里。州桥以东至宋门，有鱼市、肉市、金银铺、彩帛铺、漆器铺，琳琅满目。州桥以西的西大街、两边珠子铺、果子行等，五颜六色，光怪陆离。马行街、牛行街、东华门大街，西角楼以西的踊路街等，都是东京比较繁华的街道。"④

夜市，更是北宋京城商业经济的一大亮点。上文已述从中晚唐开始，江南扬州一带已经有夜市，但这些夜市还算不得真正意义上的商业活动，无论是野史记载，还是诗人词客的咏歌，大多

① 周宝珠：《宋代东京研究》，河南大学出版社1992年版，第252页。
② 《宋会要·方域》（十三）。
③ 同上。
④ 周宝珠：《宋代东京研究》，第252页。

描写夜幕中的青楼生活，恰如杜牧《赠别》诗所云："娉娉袅袅
十三余，豆蔻梢头二月初。春风十里扬州路，卷上珠帘总不
如。"这种"十里长街市井连，月明桥上看神仙"①的夜生活，
虽说也是商业经济下的产物，但毕竟不是对商业贸易夜市的直接
描述。在孟元老的《东京梦华录》中，作者对北宋京师的夜市
作了大量的描写，其中对御街一带、土市子两个夜市中心的描
写，笔墨更是集中："出朱雀门东壁，亦人家。东去大街，麦秸
巷、状元楼，余皆妓馆，至保康门街。其循街东朱雀门外，西通
新门瓦子，以南杀猪巷，亦妓馆，以南东西两教坊，余皆居民或
茶坊。街心市井，至夜尤盛。过龙津桥南去，路心又设朱漆杈子
如内前。"②这一段描写朱雀门至龙津桥一带的夜市。"自州桥南
去，当街水饭、熬肉、干脯。王楼前獾儿、野狐、肉脯、鸡。梅
家鹿家鹅、鸡、兔肚肺、鳝鱼包子、鸡皮腰肾鸡碎，每个不过十
五文。曹家从食。至朱雀门，旋煎羊白肠、鲊脯、冻鱼头、姜豉
䤚子、抹脏红丝、批切羊头、辣脚子、姜辣萝卜。夏月，麻腐、
鸡皮麻饮、细粉素签、砂糖冰雪、冻元（丸）子、水晶皂儿、
生淹水木瓜、药木瓜、鸡头、穰砂糖绿豆、甘草冰雪凉水、荔枝
膏、广芥瓜儿、咸菜、杏片、梅子姜、莴苣笋、芥辣瓜儿、细料
馉饳儿、香糖果子、间道糖、荔枝、越梅、镟刀紫苏膏、金丝
党梅、香枨元（丸），皆用红梅匣儿盛贮。冬月，盘兔、旋炙猪
皮肉、野鸭肉、滴酥水晶鲙、煎夹子、猪脏之类，直至龙津桥须
脑子肉止，谓之杂嚼，直至三更。"③围绕州桥这一个中心的夜
市提供的食品，真可谓琳琅满目，应有尽有，与现代大城市的饮

---

① 张祜：《纵游淮南》，《全唐诗》第519卷，第5846页。
② 孟元老：《东京梦华录·朱雀门外街巷》，上海古籍出版社1956年版。
③ 孟元老：《东京梦华录·州桥夜市》。

食夜市几乎没有差别。从州桥所处的位置看，桥之北官府集中，差役公干者多；桥之东的汴河两岸，商业繁盛，店肆众多，可从《清明上河图》窥见一斑；桥之西为汴京青楼妓馆集中之地，冶游者夥；桥之南至朱雀门外与龙津桥一带夜市相连，店铺鳞次栉比，由此成为夜市一大聚集区。

土市子夜市也是东京的一大特色，从某种意义上讲，这里的夜里才更具有商品经济的意味，所以《东京梦华录》说：

> 夜市北（此处参照周宝珠《宋代东京研究》第 257 页的说法，作"比"字讲）州桥又盛百倍，车马阗拥，不可驻足，都人谓之"里头"。[①]

马行街两边有国医药店、官员宅第、香药铺席，以及南边的大、小货行街的百工作坊、店铺东西鸡儿巷的众多妓馆，还有数处大型酒楼，中瓦、里瓦等大型娱乐场所。如此稠密的交易、娱乐店肆场所，使此处形成一个都市繁华区。不管寒暑，也不管阴晴雪雨，马行街的夜市都照开不务，十分热闹。商业贸易的兴盛取决于消费需求，而消费需求则显示出特定的社会形态。很显然，在《东京梦华录》中所记载的这种消费需求已经不是坞堡式自给自足的形态。孟元老的记载在宋人蔡絛的笔下亦有反映：

> 天下苦蚊蚋，都城独马行街无蚊蚋。马行街者，都城之夜市、酒楼极繁盛处也。蚊蚋恶油，而马行（街）人物嘈杂，灯火照天，每至四鼓罢，故永绝蚊蚋。上元五夜，马行（街），南北几十里，夹道药肆，盖多国医，咸巨富，声伎

---

① 孟元老：《东京梦华录》卷三《马行街诸医铺》。

非常，烧灯尤壮观，故诗人亦多道马行街灯火。①

在土市子一带，夜市成为都城人生活不可或缺的部分，土市子东边的十字街"茶坊每五更点灯，博易买卖衣服、图画、花环、领抹之类，至晓即散，谓之鬼市子"②；自土市子往南行，铁屑楼酒店，皇建院街，一直抵达太庙街、高阳正店，"夜市尤盛"③；土市子西面、宫城东角楼的东边，有潘楼酒店，"其下每日至五更市合，买卖衣物、书画、珍玩、犀玉"④。从上面所叙述的北宋东京夜市的繁荣，对比唐代长安每到日暮处处坊门紧闭、逻卒巡夜，行人不得夜出，纵然有夜生活，也只有在关闭的坊内进行，可以看出城市经济在宋代的发展规模，它已经突破了传统坞堡式的封建自给自足的形态，虽说与近代商品经济还有距离，但以金钱利益驱动的商品交易以及由此在思想观念上对人们的冲击，那是不可低估的。

孟元老在《东京梦华录·酒楼》一节中，还说："大抵（京师）诸酒肆、瓦市，不以风雨寒暑、白昼通夜，骈阗如此。"提到了"瓦市"这一种交易场所，瓦市是在临时的场所或相对固定的时间进行的交易形式。宋代城市经济有较大发展，市民与来往商人、无业游民组成一个庞大的群体，这个群体文化素质不高，但亦有自己的文化需求和消费，由此出现勾栏瓦舍的繁华。瓦舍除去进行文化娱乐活动外，也常常用于交易活动，所以又称为瓦肆。南宋吴自牧说：

---

① 蔡絛：《铁围山丛谈》卷四，中华书局 1997 年校点本。
② 孟元老：《东京梦华录》卷二《东角楼街巷》。
③ 同上。
④ 同上。

瓦舍者，谓其来时瓦合，去时瓦解之义，易聚易散也。不知起于何时？顷者京师甚为士庶放荡不羁之所，亦为子弟流连破坏之门。①

勾栏瓦舍虽说不起于宋代，但至少在北宋已经十分繁荣。据《东京梦华录》讲，瓦舍以京师东角楼街最为集中，"街南桑家瓦子，近北则中瓦，次里瓦，其中大小勾栏五十余座，内中瓦子莲花棚、牡丹棚、里瓦子夜叉棚、象棚最大，可容数千人"。如此庞大的娱乐场所与繁荣的商业交易相映生辉，应该说，这是大唐气象中所缺少的新质素。

北宋东京的瓦市，取"来时瓦合，去时瓦解"之意，大多与定期的庙会相结合，尤其与大相国寺庙会结合最紧密。大相国寺每月开放八次，即朔、望、逢三、逢八日开放，这在王得臣《麈史》中有所记载，《东京梦华录》的《相国寺万姓交易》中记载为五次。作者是这样描写大相国寺交易的："相国寺每月五次开放，万姓交易。大三门上皆是飞禽猫犬之类，珍禽奇兽，无所不有。第二三门皆动用什物，庭中设彩幕露屋义铺，卖蒲合、簟席、屏帏、洗漱、鞍辔、弓剑、时果、腊脯之类。近佛殿，孟家道院王道人蜜煎，赵文秀笔及潘谷墨，占定两廊，皆诸寺师姑卖绣作、领抹、花朵、珠翠头面、生色销金花样幞头帽子、特髻冠子、绦线之类。殿后资圣门前，皆书籍玩好图画及诸路罢任官员土物香药之类……"关于大相国寺的商业交易，除去《东京梦华录》的记载外，宋人笔记中多有叙述，这些记载将大相国寺这样一种定期性商业市场的买卖物品种类，参与交易的各色人等都记录下来，可以看出上至王公大臣，下至僧侣农夫，都被卷

---

① 吴自牧：《梦粱录》卷19《瓦舍》，上海古籍出版社1956年版。

进交易的人流之中，人们的商业交易行为反映出商业经济的渐入
人心。

大相国寺的瓦市交易，其意义也溢出了京城商业而成为吸收
和辐射的商业大都市效应，有记载说：

> 东京相国寺乃瓦市也，僧房散处，而中庭两庑可容万
> 人，凡商游交易，皆萃其中，四方趋京师以货物求售、转售
> 他物者，必由于此。[①]

除去大相国寺，东京不可胜数的寺庙、道观，以及街市，逢
庙会、传统节日，都被人们利用来进行商品交易，这种情形充分
证明了唐代商业经济中相对封闭的格局已经被打破，而商业经济
的兴盛必然会对风俗产生深刻的影响。

从唐代长安坊市分离的商业经济发展到北宋时代的坊市一体
的新格局，其中不止是坊墙的拆除那样简单的问题，也不只是宵
禁的被取消，最为关键的是商业经济的发展所带来的社会风俗的
变化，以及因这种变化而产生的士人心态和社会思潮的深刻变
化，它们必然影响到文学创作、文学批评、文学思想，这也是考
察从元和至元祐文学变化不可忽视的视角。浓厚的商业经济气
息，必然使人们在认识、感受、判断和评价事物上受到影响，因
此，从中唐开始都市文化崭露头角，市民气息日渐浓郁。先是文
人写传奇，表现小人物的生活。传奇深刻影响了"说话"艺人，
通过艺人以平民化、口语化的形式而形成的"市人小说"，在宋
代蔚为大观，形成宋代文言小说与俗小说，后者渐次发展，成为
中国小说的主流。据考，"说话"起源很早，但唐代文献所记载

---

① 王林：《燕翼诒谋录》卷二，中华书局1981年校点本。

的则有以下一些：

1. 郭湜《高力士外传》："上元年年七月，太上皇移仗西内安置，每月上皇与高公亲看扫除庭院、芟薙草木，或讲经论议、转变说话，虽不近文律，终翼悦圣情。"

2.《唐会要》卷四："元和十年……韦绶罢侍读。绶好谐戏，兼通人间小说。"

3. 段成式《酉阳杂俎续集》四《贬误》："予太和末，因弟生日，观杂戏，有市人小说，呼扁鹊作褊鹊，字上声。予令座客任道开字正之。市人言：'二十年前尝于上都斋会设此，有一秀才，甚赏某呼扁字与褊同声，云世人皆误'。"

4. 元稹《酬白学士代书一百韵》诗云："翰墨题名尽，光阴听话移。"自注云："乐天每与余游从，无不书名屋壁。又尝于新昌宅说'一枝花话'，自寅至巳，犹未毕词也。"

5. 李商隐《杂纂》："斋筵听说话。"

6.《北里志序》："其中诸妓多能谈吐，颇有知书言话者。"

以上记载的"说话"，大都简略不详，由此推知其尚处在初兴阶段，尤其是作为消遣娱乐的说话伎艺，其听众对象主要是白天在商业交易中疲劳而需要在夜晚得以消遣的市民。当然，不排除部分对市民文艺感兴趣的士人，诸如白居易、元稹之听"一枝花话"，李商隐之听"三国"故事。但唐代坊市、严格宵禁的城市生活，显然不适宜这种市民文艺的发育成长，而宋代坊市合一的交易、夜市的繁华、勾栏瓦肆的兴盛，市民队伍的壮大，商品经济意识的增强，专业说话艺人以说话谋生的商品性，都使这一伎艺能够得到适宜的生长条件，故说话在宋代发达繁荣也就是必然的趋势。从说话这一伎艺由最初的皇家宫殿、贵族宅院、寺院庙观走向市井民间（虽然皇家、贵家有时也要享受这一伎艺而使说话艺人回到上流社会讲说故事），比如明郎瑛《七修类稿》卷22说宋仁宗要臣下"日进一奇怪之事"以为娱乐，而不怕物议；又《梦粱录》"小说讲经史"称"又有王六大夫，元系御前供话"，将南宋供奉局专门为皇帝提供说话艺人"御前供话"的事记载下来。此外，如宋高宗喜欢读故事书，宋孝宗命令宦官每天进奉一本给退位后的宋高宗，如博得高宗的欢喜，还有重奖。但这些都只是上层社会一时兴趣的冲动，说话走向民众，是发展的必然趋势。宋代商业经济的发展使说话得以发展，由此形成"讲史"类市人小说和"小说"类市人小说（包含烟粉与传奇、灵怪与神仙、公案及其他内容）。这些说话的产物在文学上的最大特点就是世俗化与平民化，以表现、赞扬市井细民为标志，与唐代传奇中明显地鄙夷市井商人的态度不同。市人小说以市井细民的生活环境为背景，以他们的喜怒哀乐和情感思想为表现对象，将喧闹、竞争、光怪陆离、变化万端、五光十色而又平凡琐碎的市民生活展示出来，让人们感受到这一兴起的阶层的价值追求与传统文人士大夫和统治阶级的差异。就在这样一种环境中，部分起于下层的文人逐渐接受了市民阶层的价值追求，认同了他们的审美情趣，从而使这部分文人的审美意识发生裂变，转而向市民文化靠拢，并成为市民文学的杰出表现者。在这些文人的笔下，出现了以叙事为主，以热烈大胆而富有感官享受为其津津乐道的文学形式。由此，充满了世俗平凡人情味的文学，逐渐向传统文学叫阵，虽然传统文学在不断地拨正自己"雅"的航标，但这"俗"的潮流却是汇集得越来越汹涌，以致在元蒙入主中原，正统儒家文学遭到重创之际，这股俗文学的潮流乘机崛起而一发不可收拾，从那时候起，便占据了后期封建文学的主流地位。尽管历代统治者对以小说、戏剧为代表的俗文学不屑一顾，甚至大加挞伐，但随着社会向着近代走近，城市在社会中的地位日益突出，市民阶层的文化需求与商业意识结合在一起，俗文学的全面兴盛与传统诗文"流水落花春去也"的命运是谁也无法阻挡的潮流。

第二节　进士风流与歌妓制度

科举考试是从隋以来逐渐形成和完善的中国封建朝廷的选官制度。科举考试在唐代科目繁多，有秀才、明经、进士、明法、明算、明字、史科、道举、童子、开元礼等，其中进士科最受世人重视。在朝廷方面来看，能选中社会精英，改变贵族时代世袭、荫封和举荐所带来的选官腐败，使国家机构中充满新鲜血液，改造国家机构，使封建集权国家更加完善；对个人而言，能通过科举，尤其是进士科进入国家权力中心，实现治国、平天下的宏愿，实为人生最大的幸事。国家利益与个人利益一旦契合，必然引起极大的共鸣，正是在这样的氛围中，科举制度在唐宋两代飞速发展而臻于完善，尤其是进士科，更是倾倒了一代又一代文人。《唐摭言》说：

> 进士科始于隋大业中，盛于贞观、永徽之际；缙绅虽位极为臣，不由进士者，终不为美，以至岁贡常不减八九百人。其推重谓之"白衣公卿"，又曰"一品白衫"；其艰难谓之"三十老明经，五十少进士。"其负倜傥之才，变通之术，苏（秦）、张（仪）之辩说，荆（轲）、聂（政）之胆气，仲由（子路）之武勇，子房（张良）之筹画，（桑）弘羊之书计，（东）方朔之诙谐，咸以是而晦之。修养慎行，虽处子之不若；其有老死于文场者，亦所

无恨，故有诗曰： "太宗皇帝真长策，赚得英雄尽白头。"①

唐太宗以赚得"天下英雄"而自豪，然而进士科举的真正大力倡导者却是代李唐而称帝的女皇武则天，陈寅恪对武则天倡导科举考试的评价极高，其云："盖进士之科虽创于隋代，然当日人民致身通显之途径并不必由此。及武后柄权，大崇文章之选，破格用人，于是进士之科为全国干进者竞趋之鹄的。当时山东、江左人民之中，有虽工于为文，但以不预关中团体之故，致遭屏抑者，亦因此政治变革之际会，得以上升朝列，而西魏、北周、杨隋及唐初将相旧家之政权尊位遂不得不为此新兴阶级所攘夺替代。"②

武则天之抬高科举出身者以打击李姓贵族已是史载所详，"安史乱"后，纵然不少贵族利益代表者对科举，尤其是进士词科反对激烈，但仍不能阻止科举制度向前发展。到了晚唐，帝王对进士科举考试的关注更加倾心，文献颇多记载，如：

自大中皇帝好儒术，特重科第，故其爱婿郑詹事再掌春闱，上往往微服长安中，逢举子则狎而与之语。时以所闻，质于内庭，学士及都尉皆耸然莫知所自。③

宣宗爱羡进士，每对朝臣，问："登第否？"有以科名对者，必有喜，便问所赋诗赋题，并主司姓名。或有人物优而不中举者，必叹息久之。④

---

① 王定保：《唐摭言》，古典文学出版社 1957 年版。
② 陈寅恪：《唐代政治史述论稿》上篇《统治阶级之氏族及其升降》。
③ 孙棨：《北里志·序》，古典文学出版社 1957 年版。
④ 王谠：《唐语林》卷五，上海古籍出版社 1985 年版。

因帝王对科举的奖掖促使社会上"干竞者"趋之若鹜，更加之科举考试不仅能使人一旦名登榜上，可以踏上仕途，为实现其政治理想打开通道，而且最为直接的是在经济上获得以往贵族阶级才能获得的特权，即减免租税。中唐穆宗时颁布诏书说："将欲化人，必先兴学，苟升名于俊造，宜甄异于乡闾。各委刺史、县令，招延儒学，明加训诱，名登科第，即免征徭。"① 唐敬宗时下诏重申："名登科第，即免征徭。"② 唐武宗会昌中颁诏强调说："非前进士及登科有名闻者，纵因官罢职，居别州寄住，亦不称为衣冠户，其差科色役并同当处百姓流例处分。"③ 唐僖宗时再次重申唐武宗时政策："准会昌中赦，家有进士及第，方免差役，其余只庇一身。"④

如此三令五申强调进士及第给予的特权，使全社会形成"进士者，时共羡之"⑤ 的风气，使置身其间，而且名登科榜的人怎不得意忘形，就连以穷苦著称的诗人孟郊，于46岁时中科，大喜之下，写《登科后》诗云："昔日龌龊不足夸，今朝放荡思无涯。春风得意马蹄疾，一日看尽长安花。"诗中那种摆脱穷苦潦倒，仿佛脱胎换骨的感觉，足以见出唐人中举后的心情。

由于统治者对科举考试的高度重视，进士的活动成为社会关注的焦点，尤其是放榜后的一系列活动，更成为全社会，特别是京城一年一度关注的盛事，比如曲江宴，在《唐摭言》中有很多记载。其云进士及第后"大宴于曲江亭子，谓之曲江会"。这

① 《全唐文》卷76，穆宗《南郊改元德音》。
② 《唐大诏令集》卷70《宝历元年正月南郊赦》，上海学林出版社1992年版。
③ 《全唐文》卷78，武宗《加尊号郊天赦文》。
④ 《唐大诏令集》卷72《乾符二年南郊赦》。
⑤ 杜佑：《通典》卷70，中华书局1988年版。

一天："（皇帝）御紫云楼，垂帘观焉。"① "曲江之宴，行市罗列，长安几乎半空。公卿家率以其日拣选东床，车马阗塞，莫可殚述。"②

晚唐词人韦庄有《喜迁莺》词二首，其一描写放榜后新进士朝见皇帝时那种春风得意、踌躇满志的心理和喜庆热闹的场面："人汹汹，鼓冬冬，襟袖五更风。大罗天上月朦胧，骑马上虚空。　香满衣，云满路，鸾凤绕身飞舞。霓旌绛节一群群，引见玉华君。"③ 第二首描写新进士朝见皇帝下朝后的情景，在震天的鼓声中，禁门大开，等待已久的探人向人们回报，一时间，长安城万人空巷，佳丽登楼，竞相争睹新科进士们的风采："街鼓动，禁城开，天上探人回。凤街金榜出云来，平地一声雷。　莺已迁，龙已化，一夜满城车马。家家楼上簇神仙，争看鹤冲天。"

从这些描写中，我们可以看到当时进士在社会上的地位是多么显赫。正因为如此，进士的风流也就在那样的环境中滋生起来，其中最引人注意的就是举子与新进士的狎妓之风。孙棨的《北里志·序》说到当时进士与诸妓的关系时，有这样一段话：

> 自岁初等第于甲乙，春闱开送，天官氏设春闱宴，然后离居矣。近年（唐僖宗中和年间）延至仲夏，京中饮妓，籍属教坊，凡朝士宴聚，须假借诸朝署行牒，然后能致于他处，惟新进士设筵顾吏，故便可行牒，追其所赠之资，则倍于常数。诸妓皆居于平康里，举子、新进士、三司幕府但未

---

① 见《唐摭言》卷五。
② 同上书。
③ 李谊：《韦庄集校注》，四川省社会科学院出版社1986年版，第540页。

通朝籍、未直馆殿者，咸可就诣。

在当时的社会风气下，举子，尤其是新科进士公然狎妓、留宿青楼，或者在公开场合下，携妓游乐，人们并不认为有损其名誉，反以为其风流倜傥，并以此为羡。《唐摭言》曾载卢象及第后"及同年宴于曲江亭子，象以雕軬载妓，微服弹鞚，纵观于后"。又载："裴思谦状元及第后，作红笺名纸数十，诣平康里，因宿于里中。诘旦，赋诗曰：'银缸斜背就鸣珰，小语偷声贺玉郎。从此不知兰麝贵，夜来新惹桂枝香'。"又载："郑合敬先辈及第后，宿平康里，诗曰：'春来无处不闲行，楚闰（注：楚闰，即楚娘和闰娘，妓之尤者）相看别有情。好是五更残酒醒，时时闻唤状头声'。"

从这些记载可以看出，置身在当时社会风气下的举子及新科进士，其风流韵事成为社会美谈，而使他们不以夜宿娼家为耻，反而写诗炫耀。那么，唐宋社会的"妓"的含义及其社会对这种现象的看法和制度怎样，这种社会现象对社会心理以及文学的影响何在，应该成为研究这一时期文学关注的问题。

妓，这一概念在古代是有较大变化的，它与现代意义上的娼妓虽有一些联系，但有很大的区别。妓，最早来源于"女乐"。在先秦典籍中，"女乐"一词常常出现，《管子·轻重甲》说夏桀有"女乐三万人，晨噪于端门，乐闻于三衢"[①]。这里的女乐，大抵就是许慎《说文解字》中所讲的"巫"，其云："巫，祝也。女能事无形，以舞降神者也，象人两袖舞形。"屈原《九歌》其一《东皇太一》云："疏缓节兮安歌，陈竽瑟兮皓倡。灵偃蹇兮

---

① 戴望：《管子校正》，见诸子集成本。

姣眼，芳菲菲兮满堂。"①《说文解字》说："倡，乐也。"皓倡，即女乐。在这首诗中，屈原描写了楚地的女乐以歌舞降神的优美场景。

随着汉代大一统帝国的建立和儒学的定于一尊，先秦巫风受到压抑而逐渐消失，女乐的"降神"职能逐渐消失而"娱人"职能日渐突出。整个汉魏六朝时期，女乐的服务对象由帝王而诸侯、显贵到一般士人发展，女乐也从宫廷走向私家，出现了士人蓄妓的现象，以下是有关士人与家妓的一些记载：

汉代权贵张禹奢侈淫靡，其弟子戴崇投其所好"每候禹，常责师宜置酒设乐与子弟相娱。禹将崇入后堂饮食，妇女相对，优人管弦，铿锵极乐，昏夜乃罢"②；后汉梁冀权倾一世，其生活之奢侈，世共侧目。其与妻寿"共乘辇车，张羽盖，饰以金银，游观第内，多以娼妓，鸣钟吹管，酣讴竞路，或连继日夜，以骋娱恣"③。再如南朝刘宋沈勃"轻躁耽酒，幼多罪愆，比奢淫过度，妓女数十人，声酣放纵，无复剂限"④。像沈勃这样的贵族子弟，沉湎声色者不在少数，如杜骥子幼文"家累千金，女妓数十人，丝竹昼夜不绝"⑤，徐羡之嗣孙缋"颇好声色，侍妾数十"⑥。

随着经济在大唐统一帝国的迅速发展，人们对享乐生活的要求也日益增长，声色之娱更成为其物质生活与精神生活的需要。大唐帝国都市经济的繁荣，使妓这一都市的特殊群体迅速膨胀，

---

① 洪兴祖：《楚辞补注》，中华书局1983年版。
② 《汉书》卷81《张禹传》，中华书局1973年版，第3349页。
③ 《后汉书》卷34《梁冀传》，中华书局1973年版，第1182页。
④ 《宋书》卷63《沈演之传》，中华书局1974年版，第1687页。
⑤ 《宋书》卷65《杜骥传》，中华书局1974年版，第1722页。
⑥ 《南史》卷15，《徐羡之传》，中华书局1975年版，，第434页。

发展到宋代，以卖艺为主的女乐，逐渐变为以出卖肉体为生的妓女，经元明而入清，有了近现代意义上的娼妓。清人纪昀说："至藏蓄粉黛，以分夜合之资，则明以前无是事，家有家妓，官有官妓故也。"① 由于唐宋时期商业经济尚无明中叶以后资本主义因素，故其歌妓构成也较复杂，主要由宫妓、官妓、家妓和私妓（即市井青楼女子）四类组成。宫妓，主要指唐代教坊歌妓，这一类歌妓数量在唐玄宗开元天宝时期达到顶峰，"安史之乱"使宫妓的发展遭受极大的打击，这一特殊群体逐渐失去了当年的辉煌，经中晚唐战争动荡，教坊妓这一群体纷纷散落民间。下面一些材料记录了教坊歌妓制度的发展过程："武德后，置内教坊于禁中。武后如意元年，改曰云韶府，以中官为使。开元二年，又置内教坊于蓬莱宫侧，有音声博士，第一曹博士，第二曹博士。京都置左右教坊，掌俳优、杂伎，自是不隶太常，以中官为教坊使。"② "（玄宗）精晓音律，以太常礼乐之司，不应典倡优杂伎，乃更置左、右教坊以教俗乐，命右骁卫将军范及为之使。又选乐工数百人，自教法曲于梨园，谓之'皇帝梨园弟子'，又教宫中习之，又选伎女，置宜春院，给赐其家。"③

据任半塘先生《教坊记笺订》称，玄宗时期教坊曾容纳11409人④，达到空前未有的繁荣程度。"安史之乱"爆发后，教坊歌妓和乐工流落民间，唐廷虽依旧保留了教坊制度，但规模远不如从前，到宣宗大中元年二月，令"罢太常教坊习乐"。⑤

北宋在教坊制上承唐制，《宋史·乐志》载："宋初循旧制，

<hr />

① 《阅微草堂笔记》卷13，浙江古籍出版社1998年版，第255页。
② 《新唐书》卷38《百官志三》。
③ 《资治通鉴》卷211。
④ 任半塘：《教坊记笺订》，中华书局1962年版，第17页。
⑤ 《新唐书》卷八《宣宗本纪》。

置教坊，凡四部，其后平荆南，得乐工三十二人；平西川，得一百三十九人；平江南，得十六人；平太原，得十九人；余藩臣所贡者八十三人；又太宗藩邸有七十一人。由是，四方执艺之精者，皆在籍中。"① 宋代商业经济较之唐代有很大的发展，士大夫在人生态度上较之唐代更通脱，官妓与市井私妓的发展很快，而以教坊妓为代表的宫妓，无论在数量上还是在取得的音乐成就上皆不如唐代。《梦粱录》说："绍兴年间，废教坊职名，如遇大朝会、圣节，御前排当及驾前导引奏曲，并拨临安府衙门乐人，修内司教乐所集定姓名，以奉御前供应。"② 由此可以看出，在南宋宫中已不设教坊，宫中所需举办的乐舞，皆从各地官府召集乐工、歌妓。

唐宋宫妓，尤其是唐代教坊妓对唐代的音乐歌舞贡献极大，但是真正与一般文人士大夫，尤其是举子进士交流接触较多的却是官妓和私妓，因为宫妓是皇家的禁脔，家妓是少数官员私家蓄养以供个人所用的，这两类歌妓在一般意义上的社会交往较之官妓和私妓要少得多。

官妓是指方镇的营妓与地方官署歌妓两类，其服役的对象是各级州郡的官员和文人士大夫。在中晚唐官妓活动非常频繁，尤其是在各方镇。地方长官、文人学士与官妓的交往十分频繁，在《北里志》、《北梦琐言》、《唐摭言》以及唐诗中记载的这类交往是很常见的。到了宋代，宫妓的衰落，反倒使官妓昌盛起来，不过官妓的管理较之唐代更加严格，《古今图书集成·艺术典》卷824 "娼妓部"之63 引田汝成《委巷丛谈》说宋代规定："阃帅、郡守等官，虽得以官妓歌舞佐酒，然不得侍枕席。"官

---

① 《宋史·乐志》，中华书局1977年版。
② 吴自牧：《梦粱录》卷20，中国商业出版社1982年版。

妓要脱离妓籍，必须得到地方长官的同意，因为官妓是地方官用于迎来送往，娱宾遣兴等官场与社交活动的主要人员之一。宋代重文教，地方长官大多是文人，无论是迎接上司、款待同僚，还是诗朋相会无不燕集歌舞，因此与官妓的交往较之中晚唐更加频繁。在宋代的史籍和文学作品中记载文人雅士、官僚部属与官妓的交往较唐代更加经常。由于官妓的活动成为地方官员社交活动不可或缺的部分，所以，作为官僚文人不参与这种活动反倒会招致非议。有记载说拗相公王安石"自金陵过扬州，刘原父作守，以郡妓邀之，遂留，方营妓列庭下，介甫作色，不肯就坐，原父辩论久之，遂去营妓"，人们对王安石此举颇有微词，认为他为人"诡诈不通"①。有关苏轼的事迹传说中，歌妓的传说占很多，尤其是苏轼在杭州为官时与妓交往的事与苏轼所写词作，最为人们所乐道。如陈善《扪虱新话》记载苏轼为两个官妓解除妓籍事云：

> 东坡集中有《减字木兰花》词云："郑庄好客，容我尊前先堕帻。落笔生风，籍籍声名不负公。高山白早，莹骨冰肤那解老。从此南徐，良夜清风月满湖。"人多不晓其意。或云：坡昔过京口，官妓郑容、高莹二人当侍宴，坡喜之。二妓间请于坡，欲为脱籍，坡许之而终不为言。及临别，二妓复之船所恳之。坡曰："尔当持我之词以往，太守一见，便知其意。"盖是"郑容落籍，高莹从良"八字也。此老真尔狡狯耶！②

---

① 赵令畤：《侯鲭录》卷八，丛书集成初编本。
② 陈善：《扪虱新话》下集卷九，丛书集成初编本。

类似的记载在《渑水燕谈录》中亦有：

> 　　子瞻通判钱塘，尝权领州事，新太守将至，营妓陈状，以年老乞出籍从良，公即判曰："五日京兆，判状不难；九尾野狐，从良任便。"有周生者，色艺为一州之最，闻之，亦陈状乞嫁。惜其去，判云："幕《周南》之化，此意虽可嘉；空冀北之群，所请宜不允。"①

　　从苏轼对乞求脱离妓籍的允否来看，足以见出宋代官员们对歌妓"色艺"的重视。同时由于唐代对官妓与官员和文人间的"侍枕"一事不大追究，故唐五代诗词中多有狎妓的描写，宋代则不允许官妓向官员提供侍寝的服务，故宋代诗词中谈到文人士大夫与官妓的交往时，大多较晚唐五代要"雅"，更多文人味。宋人笔记中谈到文人与官妓的活动时，文人那种风流儒雅之气较之唐人更浓，从上面所举苏轼的两条轶事和前面所举的中晚唐新进士的风流韵事两相对照，我们就可以感受到这种"风流"内涵的变化，这变化正与唐宋两代对官妓的管理不同相关。

　　以进士为代表的唐宋文人的风流与唐宋两代的私妓（市井妓）的关系最直接。唐代士大夫除去在官府的社交活动中与官妓交往，在家中还蓄养家妓。据《唐会要·论乐·杂录》载，中宗神龙二年，朝廷下诏云："准三品中以上听有女乐一部（共五人），五品以上女乐不过三人。"这说明朝廷对官员的蓄妓是作为一项制度规定的。事实上，唐朝官员蓄妓大多是超过朝廷规定标准的，并且官员之间还相互攀比和炫耀。从蓄妓的数量，家妓的色艺等方面的攀比，使蓄妓之风大炽。如《新唐书·河间

---

① 　汪辟之：《渑水燕谈录》，中华书局 1981 年版。

王孝恭传》说：他"性奢豪，后房歌舞伎百余"。《本事诗》说：
"宁王曼贵盛，宠妓数十人，皆绝艺上色。"① 此外如李逢吉、白
居易、元稹等人蓄妓都远远超过了规定。元稹有诗描写与歌妓的
娱乐生活，而白居易诗中提到的家妓如小蛮、樊素等不下十人。

到了北宋，家妓的数量较之唐代更多，士大夫在日常社交与
娱乐活动中，几乎少不了家妓的参加。宋代统治者为了集权，从
宋初由武将手中夺取兵权时，就以鼓励其蓄妓，让其沉溺在声色
享乐中淡出权力圈子，有这样一段记载：

> 乾德初，帝因晚朝与守信等饮酒，酒酣，帝曰："我非
> 尔曹不及此，然吾为天子，殊不若为节度使之乐，吾终久未
> 尝安枕而卧。"守信顿首曰："今天命已定，谁复敢有异心，
> 陛下何为出此言耶？"帝曰："人孰不欲富贵，一旦以黄袍
> 加汝之身，虽欲不为，其可得乎。"守信等谢曰："臣愚不
> 及此，惟陛下悲哀矜之。"帝曰："人生驹过隙尔，不如多
> 积金、市田宅以遗子孙，歌儿舞女以终天年。君臣之间无所
> 猜嫌，不亦善乎。"守信谢曰："陛下念及此，所谓生死而
> 骨肉也。"明日，皆称病，乞解兵权，帝从之，皆以散官就
> 第，赏赉甚厚。②

宋太祖出于政治意图而鼓励官员蓄妓，之后的宋真宗为显
示升平气象而劝群臣蓄妓，甚至叫朝廷出钱为官员买声妓为
妾，据王楙《群书类编故事》卷九载："真宗临御岁久，中外
无虞。与群臣燕语，或劝以声妓自乐。王文公正性俭约，初无

① 孟棨：《本事诗》，上海古籍出版社 1991 年版。
② 《宋史·石守信传》。

姬侍其家，以二直省官治钱，上使内东门司呼二人者，责限为相公买妾，乃赐银三千两，二人归以告，公不乐，然难逆上旨，遂听之。"

常言道上行下效，更何况如此"鼓励"。因此，宋代家妓人数较之唐代更多，除官僚大臣外，一般士大夫也蓄家妓，并成为一种社会风气。宋仁宗时代，天下安定，家家官僚都在歌舞声中娱宾遣兴，文人雅士也以此为雅兴，试读以下资料：

> 晏元献（殊）公虽早富贵，而奉养极约，惟喜宾客，未尝一日不燕饮，而盘馔皆不预办，客至旋营之。……亦必以歌乐相佐，谈笑杂出，数行之后，案上已灿然矣。稍阑即罢遣歌乐，曰："汝曹呈艺已遍，吾当呈艺。"乃与赋诗，率以为常。①
>
> 张镃功甫，号约斋，循忠烈王诸孙。能诗，一时名士大夫，莫不交游，其园池、声妓、服玩之丽甲天下。……王简卿侍郎尝赴其牡丹会云："众宾既集，坐一虚堂，寂无所有。"俄向左右云："香已发未？"答云："已发。"命卷帘，则异香自内出，郁然满坐。群妓以酒肴丝竹，次第而至。另有名姬数十辈皆白衣，凡首饰衣领皆牡丹，首带照殿红一枝，执板奏歌侑觞，歌罢乐作乃退。复垂帘谈论自如。良久，香起，卷帘如前。别十姬，易服与花而出。大抵簪白花则衣紫，紫花而衣鹅黄，黄花则衣红，如是十杯。衣与花凡十易，所讴者皆前辈牡丹名词。酒竟，歌者、乐者、无虑数百十人，列行送客。烛光香雾，歌吹杂

---

① 叶梦得：《避暑录话》卷上，丛书集成初编本。

作，客皆恍然如仙游也。①

　　上举南北宋两个官僚的例子，可以见出宋代家妓的发达。有载云："两府（中书省和枢密院）两制（翰林学士和知制诰）家内各有歌舞，官职稍如意，往往增置不已。"② 宋人欧阳修家有妙龄歌妓"八九姝"③；苏轼"有歌舞妓数人"④；韩绛有"家妓十余人"⑤；王黼有家妓"十数人"⑥；韩琦家有"女乐二十余辈"⑦。翻开有关史料，可以清楚地看到蓄养家妓是宋代文人士大夫私生活中一件十分重要的事，大凡名流雅士都很看重这件事情，有一些人还因此影响终身，比如苏轼与王朝云的关系。朝云本是杭州的一个歌妓，自从跟随苏轼后，就成为苏轼后半生患难与共的伴侣，因此苏轼集中有不少篇章写到王朝云，他还曾因自己遭祸，世态炎凉而朝云始终不弃感慨万端地说："予家有数妾，四五年相继辞去。独朝云者，随予南迁。"⑧

　　当然，从一般意义上而言，家妓只是官僚士大夫们的私有物，她们的遭遇完全取决于主人的决定，她们大多数只是主人私生活中供支配的奴婢。

　　唐宋两代最为活跃的歌妓是私妓，这类歌妓主要集中在繁华城市的青楼中，其性质已经与今日的娼妓有许多相似之处，人们又将之为市井妓。唐代的私妓集中于长安和部分大都市中，长安

① 周密：《齐东野语》卷 20，中华书局 1983 年版。
② 丁传靖：《宋人轶事汇编》卷一引《曲洧旧闻》。
③ 葛立方：《韵语阳秋》卷 15，《历代诗话》，中华书局 1981 年版，第 606 页。
④ 《古今图书集成·艺术典》卷 824 "娼妓部"之 63。
⑤ 赵令畤：《侯鲭录》卷八。
⑥ 王明清：《玉照新志》卷三，《丛书集成》初编本。
⑦ 江少虞：《宋朝事实类苑》卷八，中华书局 1981 年版。
⑧ 苏轼：《朝云诗并引》，《苏轼诗集》卷 38，第 2073 页。

私妓又集中在平康里，因平康坊靠近城北门，故又称为北里。晚
唐人孙棨作《北里志》，比较详细地记录了唐代市井妓的情况。
孙棨《北里志》写于僖宗中和四年（884），而早在初唐卢照邻
的长诗《长安古意》中就已经写到了北里妓女门的"罗襦宝带
为君解，燕歌赵舞为君开"的生活，可见唐代市井妓的活动历
史。《北里志》这样描写平康里的规模与管理，以及歌妓们所擅
长的伎艺："平康里，入北门东回三曲，即诸妓所居之聚也。妓
中有铮铮者，多在南曲、中曲。其循墙一曲，卑屑妓所居，颇为
二曲轻斥。其南曲、中曲门前通十字街，初登馆阁者，多于此
窃游焉。二曲中居者，皆堂宇宽静，各有三数厅事，前后植花
卉，或者怪石盆池，左右对设，小堂垂帘。茵榻帷幔之类称是。
诸妓皆私有所指占，厅事皆彩版以记诸帝后忌日。妓之母，多假
母（自注：俗呼为爆炭，不知其因，应以难姑息之故也），亦妓
之衰退者为之。"

在这里居住的歌妓各有其伎艺娱宾，如天水仙歌"善谈谑，
能歌令"；楚儿"有诗句可称"；郑举举"亦善令章"；颜令宾
"事笔砚，有诗句"；俞洛真"颇善章程"……

由此可以看出，唐代歌妓各擅伎艺以此娱宾遣兴。《开元天
宝遗事》说："长安有平康坊，妓女所居之地，京都侠少萃集于
此；兼每年新进士以红笺名纸游谒其中。时人谓此坊为风流薮
泽。"[1] 平康里的歌妓大多周旋于权贵与风流文人间，"诸妓多能
谈吐，颇多知书言话者，自公卿以降，皆以表德呼之。其分别流
品，衡尺人物，应对费次，良不可及，信可辍叔孙之朝，致杨秉
之感"[2]。唐人小说中，多有写到文人与私妓之事的，如《李娃

---

① 王裕仁：《开元天宝遗事》，丁如明辑校，上海古籍出版社 1985 年版。

② 孙棨《北里志·序》。

传》中的荥阳公子与李娃的故事、《霍小玉传》中李益与霍小玉的传说，从中可以见到唐代文人士大夫与私妓交游的情景。

在上一节谈到北宋的街市时，我们曾引用过《东京梦华录》中关于汴京妓院的分布情况，如御街宣德楼西"皆妓馆舍，都人谓之院街"，朱雀门以东除状元楼，"余皆妓馆"，"以南杀猪巷亦妓馆"。北宋初年，陶谷《清异录》记载的汴京私妓就十分多，其云："今京师鬻色户将及万计。"① 宋代朝廷对酒实行官卖制，这种以官府牟利为主的榷酒制度使酒楼及相关的茶坊生意十分兴旺，为了招揽生意，在酒店中召妓以吸引顾客，妓女人数益发增多，私妓较之唐代大大发展。王栐说王安石变法令官府在酒价上征酒钱，各地官吏为了交酒钱，就大肆发展酒店妓女，其云："新法既行，悉归于公，上散青苗钱于民，设一厅而置酒肆于谯门。民持钱而出者，诱之使饮，十费其二三矣。又恐其不顾，则命娼女坐肆作乐，以蛊惑之。"② 孟元老《东京梦华录》卷二上亦云："凡京师酒店，门首皆缚彩楼欢门，唯任店入其门，一直主廊约百余步，南北天井两廊皆小阁子。向晚灯烛莹煌，上下相照，浓妆妓女数百，聚于主廊槛面上，以待酒客呼唤，望之宛若神仙。"充斥在宋代各大都市酒楼中的歌妓，除了以伎艺为生外，也兼卖身。一般而言，文人与之交往大都是欣赏其伎艺，因此，文人与歌妓的交往也就带有一种文化意义，它使传统文艺逐渐与都市文艺融合，宋词正是在这种文化氛围中发展而为一代文学的。

从隋唐兴起的以庶族地主阶级取代贵族地主阶级统治地位为目的的科举考试制度，促进了社会文化进一步的发展，使知识阶

---

① 陶谷：《清异录》，四库全书本。
② 王栐：《燕翼诒谋录》卷三。

层范围和人数都得以扩大。为了迎接科举考试，举子们或背井离乡，往返于应考途中；或滞留京师，困于科场。不管是春风得意、金榜题名，还是名落孙山、向隅而泣，他们的感情都需要寻求寄托、慰藉，而唐宋以来日益发展的城市商业经济，为市井私妓的产生和发展提供了条件，这些市井私妓或以自己擅长的伎艺，或以伎艺与卖身兼之而在都市中求生存。虽说歌妓们在社会地位上不能与应考的举子们相提并论，尤其不能与那些榜上有名或进入仕途的文人士大夫同日而语，但当文人们或以欣赏，或以情感的寄托与之相交时，就孕育出唐宋词这一文学领域的奇葩。以此而言，在都市文化的形成发展中，歌妓们以其特有的方式参与其中，这一点是应该引起重视的。

下面我们分别举三个唐宋时代的歌妓，以及她们与文人的关系和在文学史上的影响来结束本节的话题。

凡是对中唐诗歌略有了解的人，都读过元稹的《连昌宫词》，诗中提到天宝中名妓念奴时这样描写道："上皇正在望仙楼，太真同凭阑干立。楼上楼前尽珠翠，炫转荧煌照天地。……初届寒食一百六，店舍无烟宫树绿。夜半月高弦索鸣，贺老琵琶定场屋。力士传呼觅念奴，念奴潜伴诸郎宿。须臾觅得又连催，特赦街中许燃烛。春娇满眼睡红绡，掠削云鬟旋装束。飞上九天歌一声，二十五郎吹管笛。逡巡大遍凉州彻，色色龟兹轰录续。李谟压笛傍宫墙，偷得新翻数般曲。"元稹自注云："念奴，天宝中名倡，善歌。每岁楼下脯宴，累日之后，万众喧溢。严安之、韦黄裳辈辟易不能禁，众乐为之罢奏。玄宗遣高力士呼楼上曰：'欲遣念奴唱歌，邠二十五郎吹小管（篴），看人能听否？'未尝不悄然奉诏，其为当时所重也如此。"

《开元天宝遗事》："念奴者，有姿色，善歌唱，未尝一日离帝左右。每执板当席顾眄，帝谓妃子曰：'此女妖丽，眼色媚人。'每声歌喉，则声出于朝霞之上，虽钟鼓笙竽嘈杂而莫能遏。宫妓中帝之钟爱也。"

作为宫妓，念奴不仅打动了一般士人，甚至令万乘之主也为之动心，由此在轶事与诗史上留下了影响。

中唐大诗人白居易写过三首《燕子楼》诗，其诗序云：

> 徐州故张尚书有爱妓曰盼盼，善歌舞，雅多风态。予为校书郎时，游徐、泗间。张尚书宴予，酒酣，出盼盼以佐欢，欢甚。予因赠诗云："醉娇胜不得，风袅牡丹花。"尽欢而去，尔后绝不相闻，迨兹仅一纪矣。昨日，司勋员外郎张仲素绩之访予，因吟新诗，有《燕子楼》三首，词甚婉丽。诘其由，为盼盼作也。绩之从事武宁军累年，颇知盼盼始末，云："尚书既没，归葬东洛。而彭城有张氏旧第，第中有小楼名燕子。盼盼念旧爱不嫁，居是楼十余年，幽独块然，于今尚在。"予爱绩之新咏，感彭城旧游，因同其题，作三绝句。①

对歌妓盼盼的事迹，白居易作《燕子楼》诗后，在文学史上留下了较大的影响，数百年后，苏轼作《永遇乐》词，其词序曰："彭城夜宿燕子楼，梦盼盼，因作此词。"其词云："明月如霜，好风如水，清景无限。曲港跳鱼，圆荷泻露，寂寞无人见。紞如三鼓，铿然一叶，黯黯梦云惊断。夜茫茫，重寻无处，觉来小园行遍。　天涯倦客，山中归路，望断故园心眼。燕子楼空，佳人何在，空锁楼中燕。古今如梦，何曾梦觉，但有旧欢

---

① 白居易：《燕子楼三首·并序》，《白居易集》卷15，第311页。

新怨。异时对，黄楼夜景，为余浩叹。"① 在写这首词之前，苏轼有《和赵郎中见戏二首》诗歌，诗前自序云："赵以徐妓不如东武，诗中见戏，云：'只有当时燕子楼。'"其一曰："燕子人亡三百秋，卷帘那复似扬州。西行未必能胜此，空唱崔徽上白楼。"可见盼盼的影响。文人对歌妓，尤其是那些符合文人生活情趣和审美追求的歌妓，她们在文人心中的地位是平等的，由此可以见出唐宋以来人们对歌妓社会地位认识的新变化。

北宋时期私妓数量惊人，名妓众多，但影响最大者莫如李师师。李师师事迹见于宋人记载和作品中颇多，如《宣和遗事》、《东京梦华录》、《三朝北盟会编》、《墨庄漫录》、《汴京纪事》等都有提及。与李师师交往的人，上自宋徽宗，下到宰相、高官、文人学士，不少文人都有作品写到李师师。如张先有《熙州慢》、《师师令》，晏几道有两首《生查子》，秦观有《一丛花》。

刘子翚《汴京纪事二十首》其二十云："辇毂繁华事可伤，师师垂老过潇湘。缕衣檀板无颜色，一曲当时动帝王。"一个市井歌妓能进入诗人创作视野，并把她的个人身世与家国兴亡联系起来，这显然已经具有了特殊的社会意义，它带给人们的超出了歌妓与文人交往的一般文化意义，具有更深刻的现实与政治理乱的反思。

由上述及所举三个案例，我们认为研究唐宋两代文学，尤其是中唐以后的文学状况，绝对不能忽视歌妓这一群体与科举考试以来所出现的举子、进士间的关系。只有了解二者间的交往及其影响，才能更深刻地理解中国封建后期文学由传统的诗文向都市的戏剧小说转变背后的社会诸因素，才能对产生于这一时期的

---

① 《东坡词编年笺证》卷一，第 209 页。

"俗"文学有与传统儒家批评不同的观察视域和评价标准，也才能纠正许多世纪以来对俗文学评价不公允的错误，给它们应有的文学史地位。同时在批判由歌妓制度给文学所带来的负面影响时（如作品内容的色情倾向，为应付场面而草率创作，使作品质量不高等现象），更加历史客观地看待这些问题。

第三节　文人关注视野与生活情趣的丕变

中唐以前中国文学中所表现出来的文人生活情趣和关注视野，大抵不出"兼济"与"独善"二端，在大量文学作品中所写的要么是抒发治国平天下的雄心壮志和胸襟抱负，要么就是宣泄理想抱负不能实现与现实的矛盾冲突和痛苦；要么写入世之奋发昂扬，要么写出世之平淡冲和；要么写家国之大事、民生之疾苦，要么写历史之兴衰、现实之理乱。文人少有写身边的琐屑小事，纵然多有寄托，也是所谓"醉翁之意不在酒"。到"安史之乱"中的杜甫诗中，这种情况有了转变，一部杜诗中，尤其是在杜甫蜀中诗里，其生活情趣与关注视野发生了很大的变化。虽然杜甫诗歌是以"诗史"著称，他本人被誉为"诗圣"，人们称他"抵死只忧时"[1]，"一饭未尝忘君"[2]，但人们也把他视为"宋调"的开端，江西诗派更将其列为"一祖三宗"的祖师崇高地位。胡适先生说：

> 以政治上的长期太平而论，人称为"盛唐"，以文学而论，最盛之世其实不在这个时期。天宝末年大乱以后，方才

---

① 马祖常：《石田集杂咏》，《杜诗详注附编》，第2285页引。
② 苏轼：《王定国诗集叙》，《苏轼文集》卷十，第318页。

是成人的时期。从杜甫中年以后，到白居易之死其间的诗与散文都走上了写实的大路，由浪漫而到平实，由天上而回到人间，华丽而回到平淡，都是成人的表现。①

胡适先生称由杜甫开始，中国古典文学进入了成年期，用了"写实"、"平实"、"人间"、"平淡"等来描述这一时期文学的特点，但有一点他未曾谈到，那就是杜甫开先声的"宋调"，表面看来平实淡泊、琐碎现实的文学，有些"俗"气，比不得青春浪漫，出言即云济苍生、安社稷、平天下那么气壮山河，那么符合儒家宏愿的"醇雅"，但透过那些细小事物或生活情趣，传达出来的理趣中的"儒雅"，则是后期正统文学和美学为之追求的最高境界，而这点正是杜甫后期诸多论诗、论画、品茗、赏酒、与野人田夫的交谈往来中，似拙实雅，近于审美化了的生活情趣导夫先路的。

缪钺先生说：

> 凡唐人以为不能入诗或不宜入诗之材料，宋人皆写入诗中，且往往喜于琐事微物逞其才技。如苏黄多咏墨、咏纸、咏砚、咏茶、咏画扇、咏饮食之诗，而一咏茶小诗，可以和韵四五次（黄庭坚《双井茶送子瞻》）、《以双井茶送孔常父》、《常父答诗复次韵戏答》，共五首，皆用"书""珠""如""湖"四字为韵。余如朋友往还之迹，谐谑之语，以及论事说理讲学衡文之见解，在宋人诗中尤恒见遇之。此皆唐诗所罕见也。②

---

① 胡适：《白话文学史》第 14 章，岳麓书社 1986 年版。
② 缪钺：《论宋诗》，见《宋诗鉴赏辞典·代序》，上海辞书出版社 1987 年版。

这段话虽写的是宋诗，但宋诗所传达出来的却是代表自杜甫以来文人士大夫在传统生活理想和立身行事之外的生活情趣与关注视野的转变，这是自中唐以来文人心态渐次向内收敛这一社会心理转变导致的必然。

除去儒家诗教传统在宋代文学中延伸之外，宋代文学较之以往的深刻变化，主要就是表现人的生活态度和生活方式，以及与之相关的心态意绪。宋人一方面在词中记录了他们在两性情感方面交流，另一方面则在诗文，尤其是诗中，表现了他们的"文人"生活情趣。这显然不是以盛唐那种尚军功、好游侠，追求事功为时尚，而是以尚儒雅、好理趣，追求心境的闲适为归宿。不是以驰骋大漠，遍游名山，广交天下豪侠为乐事，而是在公事之余、创作空闲时，或以二三好友谈禅言理，品茗论诗的"雅集"为美事，或以一门一户将自身与外界隔绝开来（不是躲进山林乡村，而是身居闹市），铺开一张纸，在笔墨砚台之间，画一幅山水，留一幅墨迹，然后欣欣然陶醉其中为乐事。宋代画论的发达、书学的发展、金石学的异军突起、饮茶品茗之风的大炽，无不说明文人生活情趣的深刻变化。

这种变化主要由于以下几个方面因素引起：第一，庶族地主阶级（亦称世俗地主阶级）与生俱来的世俗人情味。第二，中唐以后在兼济与独善之间进行调适，人们对政治生活之外的现实生活投注了更多的关心，尤其是在精神享受及娱乐方面。第三，禅宗的风行及禅悦之风在士林中的影响。如果说盛唐文学是在诗人们豪饮醇酒时冲口而出的天籁之声，宋代文学则是文人们品啜清茗时闲吟出来的人籁之音，其风度和情趣显然有别。

世俗地主阶级来自民间，他们不是从宫廷或深深侯门中养尊处优中进入仕途，而是在经历了鲜活的下层世俗生活和自己的拼搏跻身权力圈的。白居易出身小官吏家庭，他有诗写自己早年贫穷的生活，遭遇兵荒马乱饥饿的身世和骨肉离散的经历："时难年荒世业穷，弟兄羁旅各西东。田园寥落干戈后，骨肉流离道路中。吊影分为千里雁，辞根散作九秋蓬。共看明月应垂泪，一夜乡心五处同。"①

元稹家境贫寒，步入仕途的过程十分艰难，因此对民间生活和习俗也十分熟悉。其云："臣九岁学诗，少经贫贱，十年谪宦，备极栖惶，凡所为文，多因感激，故自风诗至古今乐府，稍有寄兴，极近讴谣，虽无作者之风，粗中遒人之采。"② 由此可知元、白一类文人出身低微，取仕艰难，故有干预现实政治之机，势必要奋身进取，以实现其理想抱负，但如果进取之途阻塞，他们来自下层的出身和经历必然使其珍惜已取得的"成就"，并且容易产生知足的情绪，从而转向自己所熟悉和能使自己"忘忧"的事情以调适心态。

早在杜甫创作中，我们就不难发现下层地主文人进取遇阻时关注视野的变化。在杜甫由关辅大饥而入蜀之后的部分"闲适"诗中，我们看到大量写日常生活琐事的篇什，以及大量咏物诗，还有不少使人忘忧而陶冶性情的咏画诗、咏酒诗、咏书法等。这些关注视野转变的作品在不少人看来是杜甫兼济之志难以实现时的消极生活表现，实际上是论者对庶族地主阶级世俗人情味特征缺乏了解的表现。

到了中唐白居易、元稹等人那里，琴、棋、书、画、酒、茶、歌舞、垂钓、笔、墨、纸、砚，凡是文人日常生活中所接触到的事物，无论是高雅，还是浅俗，不管是雅集，还是独处，文

---

① 《白居易集》卷13，第267页。
② 元稹：《进诗状》，《元稹集》卷35，第406页。

人对日常生活的关注与表现都是那么津津乐道，乐此不疲。从某种角度上看，这一现象仿佛是从俗，有悖士大夫经邦治国之大事，但实际上是文人还原了自身的面目。如果我们回忆一下孔子的生活，我们不难感受到被汉代以来神圣化了的"圣人"，其实也十分真实地代表了来自下层的文化人的典型，在《论语》一书中为我们展现的孔子，显然是活生生的、真实的、有着丰富现实生活的"人"。试看："有朋自远方来，不亦乐夫。子谓韶，尽美矣，又尽善矣。富与贵，是人之所欲也。子在齐，闻韶，三月不知肉味。食不厌精，脍不厌细。（曾皙）曰：暮春者，春服既成。冠者五六人、童子六七人，浴乎沂，风乎舞雩，咏而归。夫子喟叹曰：'吾与点也'。"……

孔子为百代宗师。他不耻下问、精于伎艺、热爱生活，其儒雅风范、令后人仰止。汉代以后，那些自称为儒的迂腐之人，认为人的一切行为都只有所谓的"兼济天下"才具有价值，殊不知这恰好走上了违背人性的歧路。那些钟鸣玉食、锦衣轻裘的贵族文人一方面过着腐朽糜烂的生活，一方面却虚伪地摆出一副救世主的说教嘴脸，装出不食人间烟火的样子，使文学成为宣扬其统治阶级的伦理道德的工具。

中唐以后，被扭曲了的人性在新兴庶族地主阶级那里得到了很大的复原，加之市民生活情趣和生活观念的冲击，离经叛教的南禅宗思想的影响，正统文学出现了以往少有的新气象，它反映出人的主体意识迅速觉悟。文人们不再板着脸孔只唱一个调子，而是将自己生活的全部统统展示出来。在明显的市民思想意识影响下，男女两性之事粉墨登场，元稹自称好色而大写艳诗，之后在晚唐诗、词中，男女之情事的大量出现，尤其是不避两性之忌讳，表明文人们所关注的视野除去建功立业外，已经大大拓宽，虽然这些"俗情"仿佛与文人的"儒雅"身份十分不谐调，但毕竟是他们所思、所想、所为的表现。

另一方面，文人毕竟是文人，他们关注的视野更多的还是与其身份相协调的，这就是文人的"雅趣"。从中唐开始，与文事相关的琴棋书画、文房四宝，与文人情趣相关的品茗、论诗、论书、论画、唱酬、雅集更是文学所着力表现的题材。试看以下作品大量出现，就可以见出文人生活的丰富：白居易《废琴》、《好听琴》、《船夜援琴》、《琴》、《楚妃叹》、《雨中听琴者弹〈别鹤操〉》、《琵琶行》，韩愈《听颖师弹琴》，卢纶《河口逢江州朱道士因听琴》，元稹《听妻弹〈别鹤操〉》，雍裕之《听弹〈沈湘〉》，孟郊《听琴》，薛能《秋夜听任郎中琴》，韦庄《赠峨眉山弹琴李处士》，李冶《从萧子叔听弹琴赋得〈三峡流泉〉歌》。

宋人对琴更是独有会心之处，大作家如欧阳修、苏轼等人更是写下不少琴诗和论琴艺的作品，如欧阳修《三琴记》、《送杨寘序》、《论琴帖》、《夜坐弹》、《弹琴效贾岛体》，苏轼《舟中听大人弹琴》、《破琴诗》、《行香子》、《琴诗》。

围棋是中国文人最酷爱的智力游戏活动，一部灿烂的围棋史使中华文化瑰宝显得更加富有民族特色，传说尧舜以棋教子，而战国时期纵横家们以围棋显示他们的纵横思想。儒、道、名家无不谈棋，有人称孟子为围棋鼻祖，汉魏时期著名文人无一不精通棋艺，班固、李尤、马融、应场、王粲、蔡颖等棋艺高超，而且精研棋理，班固有《弈旨》，马融有《围棋赋》，"竹林七贤"、王、谢世家在棋史上留下不少佳话。入唐以来，琴棋书画并称，张彦远在其《法书要录》卷三引唐人何延之《兰亭记》说："辩才博学工文，琴棋书画皆得其妙"，而棋待诏的出现，标志着棋史一个崭新的里程碑的出现。"永贞革新"的主要人物王叔文就是以善棋为待诏，入东宫侍奉太子，并乘机向太子讲述人间疾苦事，得到太子喜欢，太子继位是为唐顺宗，重用王叔文等人进行著名的"永贞革新"。

中唐以来，以围棋为文人的闲情雅兴和避世高情之风盛行，白居易、元稹等人更是嗜棋成癖，不仅二人时常相聚论棋，而且有客来访竟以棋待客。传说元稹居家待客有两大佳处：一是酒，二是棋。他十分得意地说："酿酒并毓蔬，人来有棋局。还酿凭耐酒，运智托围棋。"[①] 长庆元年，元稹在自己的府中举行一次围棋盛会，连德高望重的老丞相段文昌也兴致勃勃地参加，元稹为此写下《酬段丞与诸棋流会宿弊居见赠二十四韵》诗，诗中笔墨酣畅地描写了这一盛会，而且称"此中无限兴，唯怕俗人知"[②]，由此看出他是满足于一种高雅情趣的。白居易棋艺虽不精湛，但其爱好一如元稹。他谦虚地称自己"及至书画棋博，可以接群居之观者，一无通晓"。尽管如此，白居易仍然"花下放狂冲黑饮，灯前起座彻明棋"[③]。有客来访时"晚酒一两杯，夜棋三数局"[④]，甚至"围棋赌酒到天明"[⑤]。晚年的白居易，自号香山居士，常与胡杲、吉皎等八位德高望重的老者，聚会香山斗棋，称为"香山九老"。明代画家黄彪还专门作《九老图》以再现九老弈棋的情景。晚唐人因时代黑暗，大多避世，弈棋与观棋就成为文人生活中的一大闲情雅趣，试读以下诗句："樽香轻泛数枝菊，檐影斜侵半局棋。"（杜牧《题桐叶》）"岩树阴棋局，山花落酒樽。"（许浑《题邹处士隐居》）"园里水流浇竹响，窗中人静下棋声。"（皮日休《李处士郊居》）"萧骚寒竹南

①　元稹：《解秋十首》之六，《全唐诗》第 402 卷，第 4494 页。
②　《全唐诗》第 406 卷，第 4525 页。
③　白居易：《独树浦夜雨寄李六郎中》，《白居易集》卷 16，第 320 页。
④　白居易：《郭虚舟相访》，《白居易集》卷 17，第 147 页。
⑤　白居易：《与刘十九同宿》，《白居易集》卷 17，第 359 页。

窗静，一局闲棋为尔留。"（郑谷《灯》）"棋声花院闭，幡影石幢幽。"（司空图《与李生论诗书》）"对局含情见千里，都城已得长蛇尾。"（温庭筠《谢公墅歌》）"对面不相见，用心如用兵。"（杜荀鹤《观棋》）

　　在这些诗中，不管诗人以怎样的心思和感情投入，都可以看出他们对围棋的深爱。

　　宋代文人虽说少了唐代文人那种侠气，但儒雅风度远胜唐人，加之宋代重文风气，文士更是倾心于棋艺，无论欧阳修、苏轼、黄山谷、陆游、杨万里等一批著名文人，还是整个社会，对围棋的倾心都超过前人。宋代延续唐代棋待诏制度，各地方举荐，朝廷严格考试，都市中还出现了棋会这一民间围棋组织，出现了大批棋手，后世称为"棋工"。正如绘画一样，大量画工的出现，必然推动画艺的普及。但后人之爱棋，绝非棋工之功利，就如"画工画"与"文人画"有别一样，文人将弈棋与观棋都作为一种高雅的活动来参与。一代文坛宗师欧阳修自称"六一居士"，其《六一居士传》自称："吾家藏书一万卷，集录三代以来金石遗文一千卷，有琴一张，有棋一局，而常置酒一壶，以吾一翁，老于此五物之间，是岂不为'六一'乎。"[1] 在《新开棋轩呈元珍表臣》诗中，欧阳修这样描写他新辟幽雅棋轩的环境，表现了他对弈棋特有的文人雅趣，其云："竹树日已滋，轩窗渐幽兴。人闲与世远，鸟语知境静。春光蔼欲布，山色寒尚映。独收万虑心，于此一枰竞。"[2]

　　摆脱世间纷纷扰扰，在变幻莫测的小小棋局中，让精神自由驰骋，静以忘忧，使许多常处宋代政治争斗和时代危艰的文人们

---

① 欧阳修：《六一居士传》，《欧阳修全集·居士集》卷44，第305页。
② 《欧阳修全集·居士外集》卷二，第365页。

得到心灵的休憩，是文人们在棋中所获得的乐趣。试读下列诗句："世上滔滔声利间，独凭棋局老青山。心游万里不知远，身与一山相对闲。"（黄庭坚《观叔祖少卿弈棋》）"棋局每坐隐，屏山时卧游。"（陆游《夏日》）"时引方外人，百忧销一局。"（文同《棋轩》）

　　文人有时难免不争胜斗奇，以弈棋赌胜负，以小小"赌注"为乐，亦是文人生活中的雅趣。据《夷坚志》载①，王安石晚年赋闲金陵，常与处士薛昂对弈，二人约定赌棋罚诗，输者赋梅花诗一首。王安石先负一局，即随口吟出《梅花》诗云："华发寻香始见梅，一枝临路雪培堆。凤城南陌他年忆，杳杳难随驿使来。"次局薛昂负，他迟迟不能成吟，王安石棋兴大发，忍耐不住，便代他赋诗云："野水荒山寂寞滨，芳条弄色最关春。欲将明艳凌霜雪，未怕青腰玉女嗔。"后来薛昂官场走运，并出知金陵，有人作诗讥笑他说："好笑当年薛乞儿，荆公座上赌新诗。而今又向江东去，奉劝先生莫下棋。"

　　此事为诗坛一段佳话，亦为棋史一则笑谈，由此可以看出文人生活的多姿多彩。

　　传说苏轼遭遇"乌台诗案"以后，文同后人怕遭党祸，故将其诗文遗稿中涉及"子瞻"处，皆以"子平"易之，其诗中有《子平棋负茶墨小章督之》，写得很有趣："睡忆建茶斟潋滟，画思浓墨泼淋漓。可怜二物俱无有，记得南堂胜棋时。"

　　宋人嗜茶，雅好品茶，又好作画，文同的墨竹为当时人所推崇，苏轼曾有《筼筜谷》诗及《筼筜谷偃竹记》记文同画墨竹，并有一段充满戏谑而又赞美文同的话，成为文坛一大趣闻，他说："余诗（《筼筜谷》）云：'料得清贫馋太守，渭滨千亩在胸

中。'与可是日与其妻游谷中，烧笋晚食，发函得诗，失笑，喷饭满案。"① 成语"胸有成竹"即出于此。上引诗中文同说苏轼负棋输建茶充墨，迟迟未践诺，于是风趣地写下这首小诗，并以戏笔的方式望苏轼践诺。虽说建茶充墨为诗人所希之物，但以弈棋为胜负的乐趣和友人的真情却更胜于物。

　　更多时候，胜负并不重要，重要的是在观棋与弈棋过程中的无限情趣，苏轼有一首《观棋》诗，这样表达文人们对观棋和弈棋的态度："五老峰前，白鹤遗址。长松荫庭，风日清美。我时独游，不逢一士。谁欤棋者，户外屦二。不闻人声，时闻落子。纹枰坐对，谁究此味？空钩意钓，岂在鲂鲤。小儿近道，剥啄信指。胜固欣然，败亦可喜。优哉游哉，聊复尔耳。"② 苏轼这种"胜固欣然，败亦可喜"的态度，显然与骨子深处建构中国文人士大夫心理的儒道二家思想有关。儒家以博取功名、兼济天下为理想人生境界，道家则以个体精神和人格自由为人生至境。这两种看似出入完全相悖的思想，却时常在"达士"身上和谐地统一起来。"达士"既能为理想的追求至九死而不悔，又能视功名于无物。

　　以上较详细地介绍了中唐以来文人在日常生活中关注视野的变化，并以文人对琴棋爱好为例举证。其实，琴棋书画之外，如梅尧臣《九月六日登舟再和藩歙州纸砚》诗所云"文房四宝出二郡，迩来赏爱君与予"，文人们耽于文房四宝，金石题跋，成为时尚风趣。我们只需翻检苏轼文集就可以发现除去传统的诗文、制策等所表现的内容外，像"诗词题跋"、"书帖题跋"、"画题跋"、"纸墨题跋"、"琴棋杂器题跋"、"游行题跋"、"杂记人物"、"杂记异事"、"杂记修炼"、"杂记医药"、"杂记草木饮食"、"杂记书

---

① 《苏轼文集》卷11，第366页。
② 《苏轼诗集》卷42，第2310页。

事"、"杂文题跋"，占据文集很大部分。此外，就以传统"铭文"所记题材来看，也发生了很大的变化，此处不惮其烦，将《苏轼文集》所收铭文目录抄于下，可以见出当时文人生活关注的变化：

《却鼠刀铭》、《玉堂砚铭》、《鼎砚铭》、《王平甫砚铭》、《邓公砚铭》、《端砚铭》、《孔毅甫龙尾砚铭》、《孔毅甫凤朱石砚铭》、《凤朱砚铭》、《米黻石钟山砚铭》、《黻砚铭》、《丹石砚铭》、《王仲仪砚铭》、《端砚石铭》、《端砚铭》、《黄鲁直铜雀砚铭》、《陈公密子石砚铭》、《龙尾石月砚铭》、《迈砚铭》、《迫砚铭》、《卵砚铭》、《唐陆鲁望砚铭》、《周炳文瓢砚铭》、《王定国砚铭二首》、《鲁直惠洮河石砚铭》、《故人王颐有自然端砚铭之成于片石上稍稍加磨治而已铭曰》、《天石砚铭》、《汉鼎铭》、《石鼎铭》、《大觉鼎铭》、《文与可琴铭》、《十二琴铭》、《杨次公家浮磬铭》、《法云寺钟铭》、《邵伯埭钟铭》、《徐州莲华漏铭》、《裙靴铭》、《金星洞铭》、《洗玉池铭》、《菩萨泉铭》、《六一泉铭》、《卓锡泉铭》、《参寥泉铭》、《何公桥铭》、《九龙台铭》、《远游庵铭》、《苏程庵铭》、《谷庵铭》、《夕庵铭》、《桃榔庵铭》、《三槐堂铭》、《山堂铭》、《德威堂铭》、《清隐堂铭》、《四达斋铭》、《雪浪斋铭》、《思无邪斋铭》、《梦斋铭》、《广心斋铭》、《谈妙斋铭》、《澹轩铭》、《择胜亭铭》、《惠州李氏潜珍阁铭》、《真相释迦舍利塔铭》、《大别方丈铭》、《石塔戒衣铭》、《南安军常乐院新作经藏铭》、《广州东莞县资福寺舍利塔铭》。

作为古代称功德、申鉴戒的专有文体，铭是一种极为庄严的文体，刘勰《文心雕龙·铭箴》篇说："夫箴诵于官，铭题于器，名目虽异，而警戒实用。箴全御过，故文资确切；铭兼褒赞，故体贵弘润；其取事也必核以辨，其摛文也必简而深，此其大要也。"① 周振甫先生认为铭的内容可分为三："一是题记，二是记功德，三是表誓戒。第一种不成为文章，作为铭文应该只是后两种。"② 作为以褒赞和警戒为主要写作目的的铭文，从中唐开始就有向杂文方向转变的趋势，韩愈就有《瘗砚铭》记李元宾砚，云其："悲欢穷泰，未尝废其用"，后来为役者刘胤误坠毁坏，"乃匣归埋于京师里中"③。韩愈专为此事作铭文以记之，显然没有把铭文视作"褒赞"、"警戒"看待。从上所录苏轼大量赏玩、游记性铭文可以看出，文人不仅在日常生活关注视野方面发生极大转变，而且将这种转变在大量文章中表现出来，甚至在传统视为极庄重、严肃的文体中表现出来，这足以证明文人关注视野的转变已经十分深刻。试读其《猪肉颂》，真足以让那些奉传统为神圣的人痛感"斯文扫地"：

> 净洗锅，少著水，柴头罨烟焰不起。待他自熟莫催他，火候足时他自美。黄州好猪肉，价贱如泥土。贵人不肯喫，贫人不解煮，早晨起来打两碗，饱得自家君莫管。④

虽说这是经过"乌台诗案"打击、遭贬官后的作品，但是正好反映出地主文人在出处进退上的新认识，也就是冷静思考人生以后采取的淡然旷达的生活态度的表现。与这篇《猪肉颂》前后写于黄州时期的苏轼作品很多，其中有像《赤壁赋》、《定

---

① 周振甫：《文心雕龙注释》，人民文学出版社 1981 年版，第 117 页。
② 同上书，第 124 页。
③ 《韩昌黎文集校注》第八卷，第 565 页。
④ 《苏轼文集》卷 20，第 597 页。

风波》"莫听穿林打叶声"词等充满人生哲理的名作。由此可以肯定地说，将生活的视野放得更宽广，使人生过得更充实、更丰富、更有"人情味"，甚至达到审美人生的境界，正是这些生活视野宽广而丰富的作品的丰厚的底蕴。

最后附带讲讲禅宗与中唐以后文人生活的关系。正如前面所述，南禅宗在中唐时期崛起，白居易的思想中已经处处透露出受其影响的成分。《五灯会元》卷四把他列为佛光如满禅师的法嗣，他的后半生自称香山居士，能裕如地优游于出处进退之间，马祖道一的"平常心是道"的思想对其影响是十分明显的。中晚唐诗人已经与禅师们接触平凡，像柳宗元、李商隐、段成式、司空图等人替禅师作赞，与之交往等，在其作品中都有表现。到了宋代，因禅宗五宗（沩仰宗、临济宗、曹洞宗、云门宗、法眼宗）已经在晚唐五代得以立宗，临济宗又创黄龙派与杨岐派，形成"五宗七家"，大有天下佛家统于禅宗之势。宋代的著名文人大多与禅宗有极深渊源，尤其是苏轼与黄庭坚，前者出自黄龙派门下东林常总禅师，后者出自黄龙祖心禅师门下。作为诗坛宗师，苏、黄的人生态度和诗禅结合，影响了整个宋诗的禅化倾向。

据说："王荆公尝问张文定，孔子百年生孟子亚圣，后绝无人何也？文定言：'岂无又有过于孔子者。'公问：'是谁？'文定言：'江南马大师、汾阳无业禅师、雪峰、岩头、丹霞、云门是也。儒门淡薄，收拾不住，皆归释氏耳。'荆公叹服。"[①] 在张方平看来，马祖道一、汾阳无业、雪峰义存、岩头昙晟、丹霞天然、云门文偃等禅师，都超过孔子，这样的论调，居然令王安石大为叹服。由上引传说可以看出，禅宗的人生哲学、生活情趣的确令文人，尤其是经历了官场沉浮、世态炎凉之后的士大夫文人

---

① 丁传靖：《宋人轶事汇编》卷九引《扪虱新话》。

心悦诚服。禅宗的直觉体悟、宁静观照和禅家公案的话头机锋，对文人的生活情趣、审美理想确有深刻的影响。

中唐以来，文人士大夫们在经历了一次又一次政治改革的期望、干预、遭挫之后，已经学会了调适自先秦以来将"兼济"与"独善"视为人生价值两端所带来的矛盾痛苦：

如果说前面所引白居易的《中隐》诗还带有一些游戏人生的意味，那么下面这首司空图的《休休亭记》就比白居易更多了一些看透人生的意味：

> 司空氏祯贻溪之休休亭，本名濯缨亭，为陕军所焚。天复癸亥岁，复葺于坏垣之中，乃更名曰休休休，休也，美也，既休而具美存焉。盖量其才一宜休，揣其份二宜休，耄而聩三宜休。又少而惰，长而率，老而迂，是三者皆非济时之用，又宜休也。①

白居易也好，司空图也好，唐代文人对官场与人生的态度逐渐发生了深刻的转变，但较之又经历了近两百年庶族地主文化发展浸润的苏东坡，又肤浅了许多。在苏轼身上所折射出来的宋代文人的思想，显然已经有了封建后期地主阶级文人对日益严酷的专制政治的清醒认识。日本学者吉川幸次郎认为"宋诗好谈哲学道理"，宋诗人以人生哲理的眼光来审视人生，从而采取了达观的人生态度，这种"新的人生观最大的特色是悲哀的扬弃"②。苏轼《迁居临皋亭》诗说："我生天地间，一蚁寄大磨。区区欲

---

① 《全唐文》，第 8489 页。
② 吉川幸次郎：《宋诗概说·序章》，郑茂清译，香港联经出版事业公司 1977 年版，第 26 页。

右行，不救风轮左。虽云走仁义，未免违寒饿。剑米有危饮，针毡有危坐。岂无佳山水，借眼风雨过。归田不待老，勇决凡几个？幸兹废弃余，疲马解鞍驮。全家古江驿，绝境天为破。饥贫相乘除，未见可吊贺。淡然无忧乐，苦语不成些。"① 官场也好，仁义也罢，无论是通达，还是困顿，在苏轼看来奔走在此途中的人生无疑如在左旋的磨子上忙碌往右奔命的蚂蚁，这就是人生的大悲剧。看破了这悲剧，以"淡然无忧乐"的人生态度去迎接它，就会以"一蓑烟雨任平生"② 的坦然去从人生中发现美。应该说，文人关注视野的深刻转变从中唐展开，到苏轼时，已经达到了自我超越的境界。当然，任何一个生活在封建时代的封建文人都不可能完全超越社会，更不能超然于人生之上，但却可以在兼济与独善矛盾冲突中找到心理平衡点，这就是自中唐以来，文学作品显得那么充满生活情趣和充满个性的深刻文化内蕴所在。

---

① 《苏轼诗集》卷 20，第 1053 页。
② 苏轼：《定风波》，《东坡词编年笺证》卷二，第 332 页。

第五章　雅俗消长的审美倾向

杜甫有一首名诗《观公孙大娘弟子舞剑器行》，其序中有这样一段抚事感慨的叙述："大历二年十月十九日，夔府别驾元持宅见临颍李十二娘舞剑器，壮其蔚跂。问其所师，曰：'余公孙大娘弟子也。'开元五载，余尚童稚，记于郾城观公孙氏舞剑器浑脱，浏漓顿挫，独出冠时。自高头宜春梨园二伎坊内人泊外供奉，晓是舞者，圣文神武皇帝初，公孙一人而已。玉貌锦衣，况余白首。今兹弟子，亦匪盛颜。既辨其由来，知波澜莫二。抚事慷慨，聊为《剑器行》。"①

这首写于"安史之乱"后的长诗，描写了"先帝侍女八千人，公孙剑器初第一"的公孙大娘弟子流落民间，"梨园弟子散如烟"的无限神伤。但是，杜甫本人不也曾经有过身为近臣而流落天涯的同样经历么？从个人的遭遇和家国的兴衰来看，公孙弟子与杜甫的确是不幸的。然而从文化传播史来看，他们的流落民间不正给全社会文化的发展带去了活力么？

如果说，盛唐文学及其文艺所呈现的是一种充满浪漫之美的雅文化特征，而且是后人难以企及的一个高峰，那么，"安史之乱"则打破了这一和谐之美。从中唐开始，以文学为代表之一

---

① 仇兆鳌：《杜诗详注》卷20，中华书局1979年版，第1815页。

的庶族地主文化建构，就在寻求着新的美学范式。具体而言，就是在"雅"、"俗"之间寻求适合庶族地主阶级审美理想的美。始于隋朝的科举考试，使"在野"的庶族地主文人由"俗"而入"雅"，同时，走向顶峰的贵族雅文化也受到"俗"文化的强烈冲击。"俗"气满身的庶族地主文人带来社会中下层的审美追求，但当他们进入统治阶级之后，他们就要以统治阶级的意识来改造和要求自己适应身份变化后的审美理想，使自己"归雅"。正是这种变化使中唐到北宋地主阶级文化出现了雅俗两极相互融合的现象。在这一融合过程中，雅俗消长就成为常见的现象。具体地讲，从中唐到晚唐是由俗趋雅的过程，这一过程主要是指传统文学领域层面，在另一个层面则是都市文学以势不可当的俗文化特征冲击着地主阶级文化层面，并按自己的方式崛起和发展。前者表现为来自浅俗创作的兴起以及对庶族地主文化归雅的要求和对浅俗倾向的抨击，后者则表现为在巷尾街头兴起的说唱文学、传奇的昌盛。

五代乱离，唯西蜀与南唐两个区域文学昌盛，然不足以形成一代审美风气。宋初承五代以来风习，然已有人对晚唐五代的"俗流"大加批评。不过，在苏轼之前，雅俗之间的对垒和争论并未分明，亦未分出高下。苏轼登上文坛后，宋代的文风发生了深刻的变化，自宋初以来对俚俗文风的批评取得了文学界的认同，以"高雅"为尚的宋调风格终于在元祐以后形成。

回首这一过程，我们不难发现自中唐以来庶族地主文学的创新过程轨迹，正与雅俗消长相融的轨迹相吻合，下面笔者选择雅俗之争的三例个案来透视中唐到北宋末年审美倾向的变化，以此来论证元和至元祐文学的创新与建构的主题。

第一节　"都市豪估"与"韵外之致"

苏轼有一篇重要的文艺论文，在中国文艺史和批评史上有重要的地位，其中一段话明显认同和继承了晚唐美学家司空图的美学思想，其云："予尝论书，以谓钟（繇）、王（羲之）之迹，萧散简远，妙在笔画之外。至唐颜（真卿）、柳（公权），始集古今笔法而尽发之，极书之变，天下翕然以为宗师。而钟、王之法益微。至于诗亦然。苏（武）、李（陵）之天成，曹（植）、刘（桢）之自得，陶（潜）、谢（灵运）之超然，盖亦至矣。而李太白、杜子美以英玮绝世之姿，凌跨百代，古今诗人尽废；然魏晋以来高风绝尘亦少衰矣。李、杜之后，诗人继作，虽间有远韵，而才不逮意。独韦应物、柳宗元发纤穠于简古，寄至味于淡泊，非余子所及也。唐末司空图崎岖兵乱之间，而诗文高雅，犹有承平之遗风，其论诗曰：'梅止于酸，盐止于咸，饮食不可无盐梅，而其美常在咸酸之外。'盖自列其诗之有得于文学之表者二十四韵，恨当时不识其妙，予三复其言而悲之。"[1]

苏轼是在经历了"雅""俗"之间冲突的思考后，重新认识了司空图。这里暂且不论苏轼的美学思想和北宋元祐时期的审美倾向，而先从司空图的一段话谈起。在《与王驾评诗书》中，司空图对唐代诗风作了一次粗线条勾勒，明确表达了对中唐以来从俗诗风的厌恶，其云："国初，主上好文雅，风流特盛。沈（佺期）宋（之问）始兴之后，杰出于江宁（王昌龄），宏肆于李（白）、杜（甫），极矣！右丞（王维）、苏州（韦应物）趣味澄复，若清风之出岫。大历十数公，抑又其次。元（稹）、白

---

[1]　苏轼：《书黄子思诗集后》，《苏轼文集》卷67，第2124页。

（居易）力勍而气孱，乃都市豪估耳。刘公梦得、杨公巨源，亦各有胜会。阆仙（贾岛）、东野（孟郊）、刘得仁辈，时得佳致，亦足涤烦。厥后所闻，逾褊浅矣。"①

在这一大段话中，司空图集中抨击的是元稹和白居易那种俚俗的风格，而在此前的杜牧则更有激烈的言辞，其云："尝痛自元和已来有元、白诗者，纤艳不逞，非庄士雅人，多为其所破坏。流于民间，疏于屏壁，子父女母，交口教授，淫言媟语，冬寒夏热，入人肌骨，不可除去。吾无位，不得用法以治之。"②

这里虽然是借李勘之口来抨击元、白，实际上也是杜牧文学思想和审美倾向的表白。作为对唐代诗坛二百多年创作及美学进行反思而加以评价的司空图诗论，的确代表了晚唐诗歌创作及美学批评的主流，其对宋代乃至整个后期封建社会的美学思想有着不可低估的深远影响。

苏轼曾云："元轻白俗"③，即司空图所云元、白"都市豪估"意。这就牵涉到元稹、白居易的诗风及中唐诗风问题。

唐代李肇《唐国史补》说当时人："学浅切于白居易，学淫靡于元稹，俱名为'元和体'。"④《旧唐书·元稹传》说："稹聪警过人，年少有才名，与太原白居易友善。工为诗，善状咏风态物色，当时言诗者称元、白焉。自衣冠士子，至闾阎下俚，悉传讽之，号为'元和体'。"⑤

不管是"轻俗"、"浅切"、"淫靡"，还是"风态物色"、"淫言媟语"，皆是他人的评价，那么元稹在不同的场合中又是

---

①　《全唐文》，第 8486 页。
②　杜牧：《唐故平卢军节度巡官陇西李府君墓志铭》，《全唐文》，第 7834 页。
③　苏轼：《祭柳子玉文》，《苏轼文集》卷 63，第 1938 页。
④　《唐国史补》，上海古籍出版社 1983 年版。
⑤　《旧唐书·元稹传》。

怎样解释"元和体"及其审美特征的呢？先看一篇写给当权者的文章："某自御史府谪官于外，今十余年矣。闲诞无事，遂用力于诗章。日益月滋，有诗向千余首。其间感物寓意，可备朦瞽之讽达者有之。词直气粗，罪戾是惧，固不敢陈露于人。惟杯酒光景间，屡为小碎篇章，以自吟畅。然以为律诗卑庳，格力不扬，苟无姿态，则陷流俗。常欲得思深语近，韵律调新，属对无差，而风情宛然，然而病未能也。江湘间多有新进小生，不知天下文有宗主，妄相仿效，而又从而失之，遂至于支离褊浅之词，皆目为元和诗体。某又与同门生白居易友善。居易雅能为诗，就中爱驱驾文字，穷极声韵，或为千言，或为五百言律诗，以相投寄。小生自审不能有以过之，往往戏排旧韵，别创新词，名为次韵相酬，盖欲以难相挑耳。江湘间为诗者相仿效，力或不足，则至于颠倒语言，重复首尾，韵同意等，不异前篇，亦目为元和诗体。"① 这段话中的表述，主要对什么是元和体的说法进行澄清与辩白，然其云两类诗，一为小章与"杯酒光景"及其"风情"，一为长律多为"穷极声韵"之作。文中对"新进小生"的模仿并混淆元和体颇有辩白之意。目的旨在向令狐相公阐明自己作诗的意图，其中所云多有言不由衷之处。

在另一处，元稹对"元和体"的表述则与上有不同，言语中颇有些自豪。其云：

> 予始与乐天同校秘书之名，多以诗章相赠答。会予遣掾江陵，乐天犹在翰林，寄予百韵律诗及杂体，前后数十章。是后，各佐江、通，复相酬寄，巴、蜀、江、楚间泊长安中

① 元稹：《上令狐相公诗启》，《元稹集》卷60，第632页，中华书局1982年版。

少年，递相仿效，竞作新词，自谓为"元和诗"。而乐天《秦中吟》、《贺雨》讽谕闲适等篇，时人罕能知者。然而二十年间，禁省、观寺、邮堠墙壁之上无不书，王公妾妇、牛童马走之口无不道。至于缮写模勒，衒卖于市井，或持之以交酒茗者，处处皆是。其甚者，有至于盗窃名姓，苟求自售，杂乱间厕，无可奈何！予于平水市中，见村校诸童竞习歌咏，召而问之，皆对曰："先生教我乐天、微之诗。"固亦不知予之为微之也。又鸡林贾人求市颇切，自云：本国宰相每以一金换一篇。其甚伪者，宰相辄能辨别之。自篇章以来，未有如是流传之广者。①

同样的话，在白居易的《与元九书》中也表述过："自长安抵江西，三四千里，凡乡校、佛寺、逆旅、行舟之中往往有题仆诗者，士庶僧徒、孀妇、处女之口每每有咏仆诗者。"②

浅俗，是元、白诗歌成功之处，也是失败之处。成功，在于元、白，尤其是白居易继承杜甫诗歌通俗明白，且以写实的精神反映现实黑暗，直接表现下层人民的生活及其心声的一类作品。在中唐革新的社会背景下，在诗歌创新的时代要求下，白居易和元稹等人大胆探索，取得了令人欣慰的成绩，白居易的《新乐府》、《秦中吟》足以使其在中国文学史和美学史上留下永远不可磨灭的丰碑。但是，正如前面对"元和体"的描述与批评所说的那样，以浅俗为特征的元、白诗中很大一部分，确实给后世创作带来了难以推脱的负面影响。

以叙事的手法和写实的原则进行创作，并不构成缺陷，然而

---

① 元稹：《白氏长庆集序》，《元稹集》卷51。
② 白居易：《与元九书》，《白居易集》卷17。

在描写声色上，与市民审美意识中的一些不健康的东西结合在一起，就会制造出如元稹《梦游春七十韵》、《会真诗三十韵》、《梦昔时》，白居易《和梦游春诗一百韵》这样一类俗气而不健康的作品。同时，由于受政治及市民思想影响，元、白一类从俗的作家难免不表现出"庸俗"的一面来。如白居易长庆以后的诗中所谓的"乐天知命"的流露："囊中贮余俸，郭外买闲田。"① "绿藤阴下铺歌席，红藕花中泊妓船。处处回头尽堪恋，就中难别是湖边。"② "三年请俸禄，颇有余衣食。乃至僮仆间，皆无冻馁色。行行弄云水，步步近乡国。妻子在我前，琴书在我侧。此外我不知，于焉心自得。"③ "世间好物黄醅酒，天下闲人白侍郎。"④ "我心与世两相忘，时事虽闻如不闻。"⑤ "月俸百千官二品，朝廷雇我作闲人。"⑥

苏轼批评"元轻白俗"，这一"俗"字，不在创作方法上的浅近通俗，而在作者思想意识上的"庸俗"。司空图生当唐季天下大乱之际，忧天下颓势难挽，为了王朝，他严守儒家对知识分子的立身处世原则的教育，不与奸佞大盗为伍，退隐以洁身自好，甚至以绝食而殉唐。因此，他之抨击白居易为"都市豪估"，虽说有一些是指其创作的方法，但骨子里还是瞧不起上述白居易作品中的庸俗思想和自私。虽说白居易后期思想变化与当时政局变化有关，也与禅宗思想有关，但其思想中地主阶级享乐成分和市民思想中的鄙俗成分相当浓厚，故在外面政治气候发生

① 《白居易集》卷19，第415页。
② 白居易：《西湖留别》，《白居易集》卷23，第514页。
③ 白居易：《自余杭归，宿淮口作》，《白居易集》卷八，第161页。
④ 白居易：《尝黄醅新酎忆微之》，《白居易集》卷28，第630页。
⑤ 白居易：《诏下》，《白居易集》卷30，第684页。
⑥ 白居易：《从同州刺史改换太子少傅分司》，《白居易集》卷33，第736页。

变化时，这种自私享乐的意识就要显露出来。

司空图在抨击元稹、白居易的同时，提出了他的美学理想，这种理想可以概括为一个"雅"字。现代美学研究者大多认识到了司空图在中国美学史上的地位。司空图的美学思想代表了庶族地主文人追求雅化的要求，具体讲，就是奉美陶渊明、王维、韦应物诗那种平淡澄清中所透露出的深远意韵。这样一种美学追求正是登上统治阶级舞台的庶族地主阶级的美学思想代表，而且代表了整个古代美学思想向后期封建社会的转变。

虽然白居易的美学思想也有庶族地主阶级的鲜明烙印，但由于庶族地主阶级有强烈的雅化要求，他们对白居易的浅俗颇为不满，因此，以诗歌美学为代表所反映的庶族地主美学追求就突出反映了这种雅化的潮流，而司空图的"韵外之致"正是这种潮流的代表。

司空图的美学追求有着明显的承先启后的地位。早在盛唐时代，殷璠编选《河岳英灵集》〔天宝十二年（753）〕时就提出"文质半取，风骚两挟。言气骨则建安为传，论宫商则太康不逮"的录选标准，并且对"其旨远，其兴僻，佳句辄来，惟论意表"，"格调高远，趣远情深"[1] 的常建、王维、刘眘虚、孟浩然、储光羲山水田园诗歌幽远秀逸、吐弄凡近的意境和淡泊隽雅的格调、凝练流丽的笔力十分推赏。稍后不久，高仲武编《中兴间气集》，在序言中宣称选录标准为"体状《风》、《雅》，理致清晰"，对王维、钱起、郎士元诗歌的闲雅新奇、清瞻，以及他们接近谢灵运闲淡情趣和清幽婉丽的诗风给以充分肯定。不久，姚合编《极玄集》，将王维冠于卷首，并着意收录钱起、郎士元的诗作，对李、杜、岑、高、元、白等人的作品毫不问津。

---

① 《唐人选唐诗（十种）》，中华书局上海编辑所1958年排印本。

　　与编选集相并行的诗歌理论探讨，如《新唐书》著录的《诗例》、《诗式》、《诗格》等，也大多在探讨诗歌风格和艺术问题。影响后代很大的皎然《诗式》明确地把"但见情性，不睹文字"① 称为"诗道之极"。并对谢灵运诗歌大加推赞，其云："康乐公早岁能文，性颖神彻，及通内典，心地更精，故所作诗，发皆造极，得非空王之道助耶？夫文章，天下之公器，安敢私焉。曩者尝与诸公论康乐，为文真于情性，尚于作用，不顾词彩而风流自然。彼清景当中，天地秋色，诗之量也；庆云从风，舒卷万状，诗之变也。不然，何以得其格高，其气正，其体贞，其貌古，其词深，其才婉，其德宏，其调逸，其声谐哉！至如《述祖德》一章、《拟邺中》八首、《经庐陵王墓》、《临池上楼》，识度高明，盖诗中之日月也，安可扳援哉？惠休所评'谢诗如芙蓉出水'，斯言颇近矣。故能上蹑风骚，下超魏晋。建安之作，其椎轮乎！"除去推崇"但见情性，不睹文字"之外，皎然倡导"旨冥句中"、"情在言外"的"文外之旨"，显然已经使司空图的"韵外之致"呼之欲出了。

　　司空图的美学思想和诗歌创作理论的结晶，历来认为反映在《与李生论诗书》、《与王驾评诗书》、《与极浦书》、《题柳州集后》等，一系列书信题跋和著名的《二十四诗品》中（今人陈尚君等提出《二十四诗品》非司空图所作的见解，其证据似颇有说服力，虽说此论未成定论，但在研究司空图美学思想和诗歌创作理论体系时，应充分考虑这一见解）。我认为，司空图的美学思想和诗歌创作理论，在其文集诸篇书信题跋中已经形成体系，《二十四诗品》则以形象的诗美语言加以描绘，使这一体系更加完美。《二十四诗品》固然有极高的美学和诗学价值，但缺

---

① 《诗式校注》，皎然撰，李壮鹰校注，齐鲁书社1986年版。

了它，对司氏美学思想和诗歌创作理论体系并不能构成太大的影响。下面试看他"韵外之致"美学思想及其诗歌意境理论的表述："文之难而诗之难尤难。古今之喻多矣，而愚以为辨于味而后可以言诗也。江岭之南，凡足资于适口者，若醯，非不酸也，止于酸而已；若鹾，非不咸也，止于咸而已。华之人以充饥而遽辍者，知其咸酸之外，醇美者有所乏耳。彼江岭之人，习之而不辨也，宜哉。诗贯六义，则讽谕、抑扬、渟蓄、温雅，皆在其间矣。然直致所得，以格自奇。前辈诸集，亦不专工于此，矧其下者耶！王右丞、韦苏州澄澹精致，格在其中，岂妨于道举哉？贾浪仙诚有警句，视其全篇，意思殊馁，大抵浮于蹇涩，方可致才，亦为体之不备也，矧其下者哉！噫！近而不浮，远而不尽，然后可以言韵外之致耳！盖绝句之作，本于诣极，此外千变万状，不知所以神而自神也，岂容易哉？今足下之诗，时辈固有难色，倘复以全美为工，即知味外之旨矣。"① 这段话中，司空图提出了以下问题，第一是辨于味而后可以言诗；第二是韵外之致；第三是以全美为工。这三点在中国古代美学史上都具有重要的意义，尤其是韵外之致理论的提出和以"美"来论文学创作。

司空图进一步谈到诗歌意境问题，他说：

> 戴容州云："诗家之景，如蓝田日暖，良玉生烟，可望而不可置于眉睫之前也。"象外之象，景外之景，岂容易可谭哉？②

为了说明其创作，司空图曾颇为自负地列举自己创作的有韵

---

① 司空图：《与李生论诗书》，《全唐文》，第 8485 页。
② 司空图：《与极浦书》，《全唐文》，第 8487 页。

味的诗句，来印证其理论，在《与李生论诗书》中，他说：

> 余幼常自负，既久而愈觉缺然。然得于早春，则有
> "草嫩侵沙短，冰轻著雨销"，又"人家寒食月，花影午时
> 天"（原注"上句云：'隔谷见鸡犬，山苗接楚田'"），又
> "雨微吟足思，花落梦无憀"。得于山中，则有"坡暖冬生
> 笋，松凉夏健人"，又"川明虹照雨，树密鸟冲人"。得于
> 江南，则有"戍鼓和潮暗，船灯照鸟幽"，又"曲塘春尽
> 雨，方响夜深船"，又"夜短猿悲减，风和鹊喜灵"。得于
> 塞下，则有"马色经寒惨，雕声带晚饥"。得于丧乱，则有
> "骅骝思故第，鹦鹉失佳人"，又"鲸鲵人海涸，魑魅棘林
> 高"。得于道宫，则有"棋声花院闭，幡声石幢幽"。得于
> 夏景，则有"地凉清鹤梦，林静肃僧仪"。得于佛寺，则有
> "松日明金象，台虿响木鱼"，又"解吟僧亦俗，爱舞鹤终
> 卑"。得于郊园，则有"远陂春早渗，犹有水禽飞"（原注：
> "上句'绿树连村暗，黄花入麦稀'"）。得于乐府，则有
> "晚妆留拜月，春睡更生香"。得于寂寥，则有"孤萤出荒
> 池，落叶穿破屋"。得于惬适，则有"客来当意惬，花发遇
> 歌成"。虽庶几不滨于浅涸，亦未废作者之讥诃也。又七言
> 云："逃难人多分隙地，放生鹿大出寒林"，又"得剑乍如
> 添健仆，亡书久似忆良朋"，又"孤屿池痕春涨满，小栏花
> 韵午晴初"，又"五更惆怅回孤枕，犹自残灯照落花"（原
> 注："上句'故园春归未有涯，小栏高槛别人家'"），又
> "殷勤元旦日，歌舞又明年"（原注："上句'甲子今重教，
> 生涯只自怜'"）皆不拘于一概也。

对于司空图的审美理想，最典型的庶族地主阶级文人苏轼曾

经很不以为然，他说："司空表圣自论其诗，以为得味于味外。'绿树连村暗，黄花入麦稀'，此句最善。又云：'棋声花外静，幡影石坛高'，吾尝游五老峰，入白鹤院，松阴满庭，不见一人，惟闻棋声，然后知此句之工也。但恨其寒俭有僧态。"①

正是这种"僧态"，即中唐以后庶族地主文人生活态度发生的剧烈变化，使当年充满励世之情的苏轼不能理解。禅宗的适意人生哲学思想影响下的生活情趣和审美情趣，改变了受传统儒家入世和道家出世思想影响下的文人生活方式，使他们既不执着于官场亦不一定要远离人群。"本心即佛"的禅宗思想告诉人们只要尊重自己的内心，不必拘泥于外在形式。"要行即行，要坐就坐"②，"青青翠竹总是法身，郁郁黄花无非般若"③，在这些禅家的语言中，适意、清净和淡泊的人生哲学，对文人的生活情趣影响十分深刻，它暗合着老庄的清静无为，一点点地浸润着士大夫文人的思想，由此而使儒家思想和人生哲学熏染的文人所崇仰的忧国忧民、箪食瓢饮的"孔颜乐处"的生活情趣发生蜕变，人们在自己的内心中求得心理的平衡，而无须求助于外在环境的改变，这种心理也使文人们的审美情趣发生变化。

由于禅宗，尤其是南禅宗发迹于民间，尽管其思想中有与士大夫文化合流的倾向，但其民间的"俗气"难脱。因此，文人在接受禅宗思想和生活态度时，或接受其符合文人生活情趣"雅"的方面，如王维、司空图、苏轼等；或接受其"俗"的方面，如晚唐部分放纵自我的文人；或"雅"、"俗"皆收的，如白居易。白居易的诗歌在后期雅俗表现得都很突出，如："若不

---

① 苏轼：《书司空图诗》，《苏轼文集》卷 67，第 2119 页。
② 颐藏主集：《古尊宿语录》卷四，中华书局 1994 年版。
③ 普济：《五灯会元》卷三，中华书局 1984 年版。

坐禅消妄想，即须行醉放狂歌。不然秋月春风夜，争那闲思往事何？"① "八关净戒斋销日，一曲狂歌醉送春。酒肆法堂方丈室，其间岂是两般身？"② "歌脸有情凝睇久，舞腰无力转裙迟。人间欢乐无过此，上界西方皆不知。"③

以司空图为代表的庶族地主文人，在文学及美学上有着强烈的归雅要求，故对白居易这类"淫言媟语"、"都市豪估"的轻俗，表示出明显的不满。司空图在晚唐天下大乱国事难为的现实中，一方面遵循了儒家忧国忧民的传统思想规范，以绝食殉唐；另一方面本着独善其身的准则，决不随波逐流，同时在退居生活中追求内心宁静、淡远、超尘脱俗的情趣。在与自然界事物，尤其是山水接触时那种静观与内敛的体验，由此产生出对幽深玄远、淡泊宁静艺术韵味的自觉追求。司空图标举王维、韦应物、柳宗元等人的美学风格，开封建后期地主阶级审美追求之先声，在宋代诗文革新运动之后，在文学归雅的要求成为主潮之后，司空图的美学思想影响和地位也就被人们所认同了，故有苏轼"恨当时不识其妙"④，《苏轼文集》卷67的醒悟。苏辙在谈到写诗的方法时，曾以自己的审美标准批评白居易写诗"拙于记事，寸步不遗，犹恐失之"⑤，乃兄苏轼在这一点上亦有同样的见解，有云：

少游自会稽入都见东坡。东坡曰："不意别后却学柳七作词。"少游曰："某虽无学，亦不如是。"东坡曰："'销魂

---

① 白居易：《强酒》，《白居易集》卷17。
② 白居易：《拜表回闲游》，《白居易集》卷17。
③ 白居易：《与牛家妓乐雨夜合宴》，《白居易集》卷17。
④ 苏轼：《书黄子思诗集后》，《苏轼文集》卷67。
⑤ 苏辙：《诗病五首》，《苏辙集》卷八，中华书局1990年校点本。

当此际'，非柳七语乎？"坡又问别作何词，少游举"小楼连苑横空，下窥绣毂雕鞍骤"。东坡曰："十三字只说得一个人骑马楼前过。"①

　　二苏对白居易与秦观的批评，无论是讥"寸步不遗"，还是嫌"十三字只说得一个人骑马楼前过"已经从思想意识上的浅俗，转向艺术创作手法的直白浅近的不满，足以证明在以雅为尚的宋代美学要求下，浅俗已不为文人所赞赏。

　　以上概略论述了司空图以及代表宋代士大夫文人审美思想的苏轼在批评元、白浅俗的同时所倡导的"韵外之致"的内容，作为从中唐到北宋庶族地主阶级文学创新与建构发展历程的由俗归雅，实际上只是封建政治体制日渐完善、封建思想体系归于规范背景下的产物，它直接将封建后期庶族地主文人在适应这种背景的人生哲学和人生态度以审美的方式表达出来。我们不妨将司空图《二十四诗品》中所塑造的文人形象展示如下，看一看后期地主文人是怎样一种形象，他们的生活情趣怎样，他们内心深处有无深刻的矛盾冲突，他们向往的是怎样的生活环境："采采流水，蓬蓬远春。窈窕幽谷，时见美人。碧桃满树，风日水滨。柳荫路曲，流莺比邻。"（《纤秾》）"绿林野屋，落日气清。脱巾独步，时闻鸟声。"（《沉著》）"月出东斗，好风相从。太华夜碧，人闻清钟。"（《高古》）"玉壶买春，赏雨茅屋。坐中佳士，左右修竹。白云初晴，幽鸟相逐。眠琴绿阴，上有飞瀑。落花无言，人淡如菊。"（《典雅》）"雾余水畔，红杏在林。月明华屋，画桥碧阴。金尊酒满，伴客弹琴。"（《绮丽》）"幽人空山，过水采蘋。"（《自然》）"青春鹦鹉，杨柳楼台。碧山人来，

---

①　丁传靖：《宋人轶事汇编》卷13引《高斋诗话》。

清酒满杯。"(《精神》)"筑屋松下，脱帽看诗。但知旦暮，不辨何时。"(《疏野》)"娟娟群松，下有漪流。晴雪满竹，隔溪渔舟。可人如玉，步屟寻幽。"(《清奇》)"忽逢幽人，如见道心。清涧之曲，碧松之阴。一客荷樵，一客听琴。"(《实境》)"大风卷水，林木为摧。意苦欲死，招憩不来。百岁如流，富贵冷灰。大道日丧，若为雄才。壮士抚剑，浩然弥衰。萧萧落叶，漏雨苍苔。"(《悲慨》)"生者百岁，相去几何？欢乐苦短，忧愁实多。何如尊酒，日往烟萝。花覆茅簷，疏雨相过。倒酒既尽，杖藜行歌。孰不有古？南山峨峨。"(《旷达》)

在这一系列理想生活情趣中，我们十分亲切地感受到北宋以来中国文人生活的理想，在上自陶渊明、王维、孟浩然、韦应物、柳宗元的诗中，下至北宋以后的文人诗文、山水画意境中，处处都能体悟到这样的理想和审美情趣，尤其是宋元山水画中，得到充分的发挥，真正是"不著一字，尽得风流"。

但是，无论是"高人"、"幽人"、"畸人"还是"可人"、"真人"，都只是司空图人生态度的一个方面，也即是庶族地主文人人生态度的一个方面，看来是十分的超然，其实还有另一个方面，即庶族地主阶级文人入世而遭挫折，无力挽回中国封建社会走向衰落的政治忧患和人生忧患，也在"大道日丧，若为雄才。壮士抚剑，浩然弥衰"的悲慨和"生者百岁，相去几何？欢乐苦短，忧愁实多"的旷达背后的悲哀中透露出来。龚自珍在《定庵先生文集·杂诗》中这样评价"隐逸诗人之宗"陶渊明：

　　陶潜酷似卧龙豪，万古浔阳松菊高。莫信诗人竟平淡，二分《梁甫》一分《骚》！

鲁迅先生在评价陶渊明时也认为陶潜除去隐逸面目之外，亦有"金刚怒目"的一方面。苏轼在元祐以后喜爱陶诗到了无以复加的地步，他说："吾于诗人，无所甚好，独好渊明之诗。渊明作诗不多，然其诗质而实绮，癯而实腴，自曹、刘、鲍、谢、李、杜诸人，皆莫及也。"① 又说："神交久从君，屡梦今仍悟。渊明作诗意，妙想非俗虑。"② 这里的"妙想"与"非俗虑"，指陶潜诗在"平淡"之外的忧患。苏轼对其后辈说："汝只见爷伯而今平淡，一向只学此样。何不取旧日应举时文字看，高下抑扬，如龙蛇捉不住，当且学此。"③ 这里虽然只是在谈写诗的风格，但其中却有着苏轼历经了入世与出世巨大矛盾冲突之后的良多感慨。

随着中唐永贞革新的失败、甘露事变的出现，以及宋代接二连三出现的以文字得罪现实的严酷，庶族地主文人要想既保持忠君爱国、悯民讥世，又要保持主体人格独立，在写诗时，就必须一改前期以诗讥刺而无所顾忌的作法，诚如司空图"诗中有虑犹须戒，莫向诗中著不平"④ 所云。

苏轼在谈过他独爱陶诗之后，终于道出了其喜爱陶诗的真正原因："吾之于渊明，岂独好其诗也哉？如其为人，实有感焉。渊明临终疏告俨等：'吾少而穷苦，每以家弊，东西游走。性刚才拙，与物多忤。自量为己，必贻俗患，僶俛辞世，使汝等幼而饥寒。'渊明此语，盖实录也。吾真有此病而不蚤自知，半世出

---

① 苏轼：《与子由六首》其五，《苏轼轶文汇编》卷四，《苏轼文集》，第2514页。

② 苏轼：《和陶咏二疏》，《苏轼诗集》卷40，第2183页。

③ 苏轼：《与二郎侄》，《苏轼轶文汇编》卷四，第2523页。

④ 司空图：《白菊》，《全唐诗》第634卷，第7280页。

仕，以犯大患，此所以深愧渊明，欲以晚节师范其万一也。"①
从这里，我们对苏轼晚年诗风崇尚平淡，又认同司空图韵外之致
艺术创作和审美的转变有了更深层次的理解。

综上述，晚唐司空图以元、白的"都市豪估"和元、白以后
诗坛"逾褊浅矣"的创作倾向和审美情趣为批评对象，其中不只
是单一的美学思想偏好问题，而是有着深刻的政治文化背景。归
纳而言，一是庶族地主阶级文化要求雅化使然，二是适应日益完
善的专制体制和政治所带来的思想约束和政治迫害使然，明乎此，
也就能从中见到中唐元和以后文学在创新与建构上的必然。

第二节 "村夫子"之讥与"杨、刘风采"之誉

明代人谢榛在其《四溟诗话》卷一中引用了《霏雪录》的
一段话以比较唐宋诗风格："唐诗如贵介公子，举止风流；宋诗
如三家村乍富人，盛服揖宾客，辞容鄙俗。"② 这段话大而化之
的论唐宋诗之区别，而同是明代人的许学夷则较谢榛所引的话更
细致地剖析了代表唐代诗歌典型的七言律诗各时期的风格，他
说："予尝以唐律比闺嫒，初唐可谓端庄，盛唐足称温惠，大历
失之轻弱，开成过于美丽，而唐末则又妖艳矣。"③ 又在另一处
说："或问：'唐人七言律，自钱、刘变至唐末，而声韵轻浮，
辞语纤巧，宜也。今观诸家（指晚唐诸家）又多鄙俗村陋，何
耶？'曰：'唐人既变而为轻浮纤巧，已复厌其所为，又欲尽去
铅华，专尚理致，于是意见日深，言论愈切，故必至于鄙俗村陋

---

① 苏轼：《与子由六首其五》，《苏轼轶文汇编》卷四。
② 谢榛：《四溟诗话》，人民文学出版社 1961 年版。
③ 许学夷：《诗源辨体》卷 31，人民文学出版社 1987 年版。

耳。此上承元和而下启宋人，乃大变而大弊矣'。"① 接着又说晚唐人七律："于鄙俗村陋之中，间有一二可采，然声尽轻浮，语尽纤巧，而气韵衰飒殊甚。"② 许学夷说从中唐钱起、刘长卿以来诗歌趋俗，到晚唐更是鄙俗村陋，这种说法并不新鲜，因为司空图作为唐人，对此已有批评，而谢榛说宋诗鄙俗，看来就很令人费解。然仔细推敲其所云"如三家村乍富人，盛服揖宾客"的弦外鄙夷之语气，不难发现他对庶族地主阶级刚登上统治舞台，欲求雅化而尚未全部"雅化"时俗气犹存的讥讽。

有趣的是，宋人自平定天下，坐稳江山后就以雅为尚，力反中唐以来的浅俗，十分瞧不起唐人的"肤廓"，到头来还是让后人瞧不起，这真是莫大的嘲讽。出现这种现象，我以为并非宋诗不雅，而是不具备士族阶级的"雅"。宋诗的"雅"，是建立在庶族地主阶级"俗"的基础上，吸收了部分士族雅文化的"雅"。谢榛的唐宋诗雅俗之辨，是以盛唐贵族文化那种"贵介公子"的雅为标准来衡量的，此后的诗歌不管穿有怎样优雅的"盛服"，亦掩盖不了"三家村乍富人"骨子里的"俗气"。谢榛批评宋诗，并非是宋诗的悲哀，而正是宋诗的特征，一种无法改变的特征，对以"文必秦汉，诗必盛唐"复古为尚的明人，有这种偏见是十分自然的。

宋代文化的底子是俗的，但宋人追求雅化并且最终建立了庶族地主阶级标准的"雅文化"这一努力是无法抹杀的，我们可以从宋初开始的诗歌创作及其批评中见到。本节主要谈谈西昆诗人的创作以及诗文革新领袖对西昆代表作家杨亿、钱惟演的评价，以此来看宋人在诗歌创作和审美上雅化的努力与倡导。

---

① 许学夷：《诗源辨体》卷32。
② 同上。

　　关于西昆诗歌的创作及其杨亿、钱惟演等人的美学追求，自宋初以来评价颇多，那么当时最有影响的诗文革新运动领袖人物欧阳修又是怎样评价杨亿等人的，以下材料说明了这一问题：

　　　　国朝接唐、五代末流，文章专以声病对偶为工，剽剥故事，雕刻破碎，甚至使俳优之辞。如杨亿、刘筠辈，其学博矣。然其文亦不能自拔于流俗。反吹波扬澜，助其气势，一时慕效，谓其文为"昆体"。①

　　　　是时天下学者，杨、刘之作，号为"时文"，能者取科第，擅名声，以夸荣当世，未尝有道韩文者。②

　　不少人将这两条材料作为欧阳修反对西昆诗歌的态度来引用，其实是不确切的。我们看宋人刘克庄的一段话：

　　　　君谟以诗寄欧公，公答云："先朝杨、刘风采耸动天下，至今使人倾想。"世谓公尤恶杨、刘之作，而其言如此，岂公特厌其碑版奏疏桀裂古文为偶俪者，而其诗之精工律切者，自不可否欤？③

　　这段话已将欧阳修对杨、刘诗、文的态度区别开来，关于欧阳修对西昆"时文"的批评，笔者将在下编第三章作专门论述，此处就只论西昆诗歌。

　　田况说："杨亿在两禁变文章之体，刘筠、钱惟演辈皆从而

---

　　① 《欧阳修全集·附录》卷四《神宗旧史·欧阳修传》，第1362页。
　　② 《记旧本韩文后》，《欧阳修全集·居士外集》卷二，第536页。
　　③ 刘克庄：《后村诗话·前集》卷三，中华书局1983年排印本。

敉之，时号杨刘。二公以新诗更相属和，极一时之丽，亿复编叙之，题曰《西昆酬唱集》，当时佻薄者谓之西昆体。其他赋颂章奏虽颇伤于雕摘，然五代以来芜鄙之气，由兹尽矣。"① 如果说田况在这里明确了西昆诗与西昆作家赋颂章奏的区别，对西昆诗人扫除五代以来的"芜鄙"之气加以肯定，并对"佻薄者"混淆优劣已有批评的话，欧阳修则明确肯定了西昆诗人的艺术创作，将学西昆者之弊与西昆诗本身的艺术成就划清了界线，其云："杨大年与钱、刘数公唱和，自《西昆集》出，时人争效之，诗体一变，而先生老辈患其多用故事，至于语僻难晓，殊不知自是学者之弊。"②

在《六一诗话》中，欧阳修称钱惟演诗歌"好句尤多"，称其"日上故陵烟漠漠，春归空苑水潺潺"诗句"最为警绝"。即使是被人们认为用典过多而批评的西昆诗作，欧阳修也有不同的看法，他认为刘筠诗虽用典故，但不害佳句，并称刘筠"雄文博学，笔力有余，故无施而不可。非如前世号诗人者，区区于风云草木之类，为许洞所困者也"③。

以上所引欧阳修与田况的话，可以看出他们对西昆诗歌的肯定。那么西昆体诗歌在宋诗发展史上的地位怎样，其代表诗人在"雅""俗"问题上的见解及创作实践怎样？了解这些问题不只是对西昆诗的评价问题，而是关涉到唐宋诗转换及美学风格嬗变的问题。

宋人刘攽说：

---

① 田况：《儒林公议》卷上，丛书集成初编本。
② 欧阳修：《六一诗话》，《欧阳修全集》，第 1035 页。
③ 同上。

　　　　杨大年（亿）不喜杜工部诗，谓为村夫子。乡人有强大年者，续杜句曰"江汉思归客"，杨亦属对，乡人徐举"乾坤一腐儒"，杨默默然若少屈。欧公亦不甚喜杜诗，谓韩吏部绝伦。吏部于唐世文章，未尝屈下，独称道李杜不已。欧贵韩而不悦子美，所不可晓；然于李白而甚爱之，将由李白超踔飞扬为感动也。①

　　这段话出自与欧阳修同时代人刘贡父之口，想来是比较真实地反映出了杨亿与欧阳修对待杜诗的态度，直到南宋张戒时代，亦有不少人不喜欢杜甫诗的"粗俗"。张戒说：

　　　　世徒见子美诗之粗俗，不知粗俗语在诗句中最难，非粗俗，乃高古之极也。自曹刘死至今一千年，惟子美一人能之。中间鲍照虽有此作，然仅称俊快，未至高古；元、白、张籍、王建乐府，专以道得人心中事为工，然其词浅近，其气卑弱；至于卢仝，遂有"不啊溜钝汉"、"七碗吃不得"之句，乃信口乱道，不足言诗也。②

　　杜甫诗歌对中唐以后的影响远远超过李白，不管从何角度而言，都是不争的事实。然对宋诗深刻的影响有散文化、议论化与口语化几个方面，至于杜诗被江西诗派推崇的平淡风格和"句精律深"，那是宋诗成熟之后人们对杜诗的新认识，即对杜甫夔州后诗的赞誉，而非前期诗歌。试看黄庭坚的下列陈述："若察

----

　　① 《中山诗话》，见历代诗话本。
　　② 张戒：《岁寒堂诗话·卷上》，丁福保辑《历代诗话续编》，中华书局1983年版。

察言如老杜《新安》、《石壕》、《潼关》、《花门》之什,白公《秦中吟》、《乐游园》、《紫阁村》诗,则几于骂矣。"① "好作奇语,自是文章病,但当以理为立,理得而辞顺,文章自然出群拔萃。观杜子美到夔州后诗,韩退之自潮州还朝后文章,皆不烦绳削而自合矣。"② 又说:"所寄诗多佳句,犹恨雕琢功多耳。但熟观杜子美到夔州后古律诗,便得句法,简易而大巧出焉,平淡而山高水深。"③ 深得江西诗派真传的方回这样评价杜甫后期诗歌:"大抵老杜集,成都时诗胜似关辅时,夔州时诗胜似成都时,而湖南时诗又胜似夔州时,一节高一节,愈老愈剥落也。"④

以上所引,可见宋人对杜诗的推崇主要在入蜀以后,尤其是夔州以后诗,按黄庭坚自己的话来说就是:"自予谪居黔州,欲属一奇士而有力者,尽刻杜子美东西川及夔州诗,使大雅之音久湮没而复盈三巴之耳。"⑤ 对杜甫早期的诗歌,尤其是经白居易继承而过分发扬浅俗的风格的诗却只字未提。

话题又回到西昆诗人讥讽杜甫为"村夫子"上来。宋初诗坛在太祖、太宗、真宗三朝半个多世纪中,诗风基本上承元和以后新变的诗风。方回在《送罗寿可诗序》中把诗坛分为"白体"、"昆体"、"晚唐体"三派。白体形成较早,而后起的西昆体与晚唐体从大的创作群体来看,是在朝与在野的两大庶族文人群对白体"浅俗"不满的矫正。盛唐之后,杜诗并未引起人们的注意,樊晃称杜甫:"文集六十卷,行于江汉之南……属时方用武,斯文将坠,故不为东人之所知。江左词人所传诵者,皆君之戏题剧论

---

① 黄庭坚:《豫章黄先生文集》卷30,四部丛刊本。
② 黄庭坚:《豫章黄先生文集》卷19。
③ 同上。
④ 方回:《瀛奎律髓》卷十,李庆甲集评校点,上海古籍出版社1986年版。
⑤ 黄庭坚:《豫章黄先生文集》卷16。

耳，曾不知君有大雅之作，当今一人而已。"① 到了中唐，杜甫诗中反思政治治乱的特征，引起了当时文人的重视，尤其是在元稹的眼中："余读诗至杜子美，而知小大之有所总萃焉。……盖所谓上薄《风》、《骚》，下该沈、宋，古傍苏、李，气夺曹、刘，掩颜、谢之孤高，杂徐、庾之流丽，尽得古今之体势，而兼人人之所独专矣。……是时山东人李白，亦以奇文取称，时人谓之李、杜。余观其壮浪纵恣，摆去拘束，模写物象、及乐府歌诗，诚亦差肩于子美矣。至若铺陈终始，排比声韵，大或千言，次犹数百，辞气豪迈而声调情深，属对律切而脱弃凡近，则李尚不能历其藩翰，况堂奥乎！"② 杜诗以时事入诗和比兴的创作方式引起元稹和白居易的重视，同时，"铺陈终始，排比声韵，大或千言，次犹数百"的杜诗特色更引起元、白的兴趣。前一节谈到"元和体"时，曾引元稹《上令狐相公诗启》中称白居易"雅能为诗，就中爱驱驾文字，穷极声韵，或为千言，或为五百言律诗"，人们视为"元和诗体"。白居易《余思未尽加为六韵重答微之》诗中称"制从长庆辞高古，诗到元和体变新"（自注云："众称元白为千字律诗，或号元和格"），可见"元和诗体"与杜甫创作的渊源。此外，元和体又以"浅俗"见称，这也正是元、白对杜甫诗歌以口语入诗、通俗化特征片面发挥而形成的，以致出现元稹在《白氏长庆集序》中所描述的元和体流传民间极广的情形。

诚如元稹所云杜诗"尽得古今之体势，而兼人人之所独专"那样，杜甫的影响确实很大，除元稹和白居易外，中唐以后尚有张籍、王建、韩愈、李商隐、皮日休、陆龟蒙、罗隐、杜荀鹤，甚至贾岛、姚合（孙仅《读杜工部诗集序》就说杜诗："姚合得

---

① 樊晃：《杜工部小集序》，《杜诗详注·附编》，第 2237 页。
② 元稹：《唐故检校工部员外郎杜君墓系铭》，《元稹集》卷 56，第 601 页。

其清雅，贾岛得其奇僻"①），杜甫诗歌通俗化的一方面和排比铺张的一方面对元、白影响极大，以致片面发挥而成为一种美学风格，即浅切或云轻俗的风格。金人元好问曾批评元稹对杜诗艺术理解的偏颇，其云：

> 排比铺张特一途，藩篱如此亦区区。少陵自有连城璧，争奈微之识珷玞。②

元白，尤其是白居易以其浅切的创作，将杜甫口语入诗和通俗化加以发挥，使之在宋初诗坛上产生很大的影响。我们不妨举杜甫部分诗句来看其口语化和通俗化的创作。《北征》是杜甫诗中影响很大的篇章，全诗充满忧国忧政之情和国家的希望，以秉笔直书的史家笔法记述了当时朝廷借兵回纥与玄宗诛杨贵妃等国家大事，这里的用笔郑重严肃，俨然大臣立朝言事之口吻，然写到自己与家人团聚的世俗天伦、儿女之情时，则充满了世俗生活的气息，在悲喜之中透出"俗人"的本来面目。"经年至茅屋，妻子衣百结。恸哭松声回，悲泉共幽咽。平生所娇儿，颜色白胜雪。见爷背面啼，垢腻脚不袜。床前两小女，补绽才过膝。海图坼波涛，旧绣移曲折。天吴及紫凤，颠倒在短褐。老夫情怀恶，呕泄卧数日。那无囊中帛，救汝寒凛栗。粉黛亦解包，衾裯稍罗列。瘦妻面复光，痴女头自栉。学母无不为，晓妆随手抹。移时施朱铅，狼藉画眉阔。生还对童稚，似欲忘饥渴。问事竞挽须，谁能即嗔喝?"③再如《羌村三首》其一、其三："峥嵘赤云西，

---

① 《杜诗详注》附编，第 2237 页。
② 元好问：《论诗三十首》。
③ 《杜诗详注》卷五，第 395 页。

日脚下平地。柴门鸟雀噪，归客千里至。妻孥怪我在，惊定还拭泪。世乱遭飘荡，生还偶然遂。邻人满墙头，感叹亦歔欷。夜阑更秉烛，相对如梦寐。""群鸡正乱叫，客至鸡斗争。驱鸡上树木，始闻叩柴荆。父老四五人，问我久远行。手中各有携，倾榼浊复清。苦辞酒味薄，黍地无人耕。兵革既未息，儿童尽东征。请为父老歌，艰难愧深情。歌罢仰天叹，四座泪纵横。"① 又如《遭田父泥饮美严中丞》："步屧随春风，村村自花柳。田翁逼社日，邀我尝春酒。酒酣夸新尹，畜眼未见有。回头指大男，渠是弓弩手。……叫妇开大瓶，盆中为吾取。感此气扬扬，须知风化首。语多虽杂乱，说尹终在口。朝来偶然出，自卯将及西。久客惜人情，如何拒邻叟。高声索果栗，欲起时被肘。指挥过无礼，未觉村野丑。月出遮我留，仍嗔问升斗。"②

以上所取诸例杜诗，的确显示出入俗的特征，不妨将其与陶渊明《归去来兮辞》和孟浩然《过故人庄》等作品参较着读，它不仅一反传统田园诗的典雅，使之充满世俗朴野之气，而且以赋法将许许多多不入诗的东西写进诗中，如"垢腻脚不袜"、"呕泄卧数日"等，明人王嗣奭评《遭田父泥饮美严中丞》诗云："妙在写出村人口角，朴野气象如画。"③ 这种朴野特色，对于身居台阁、养尊处优而追求雅化的西昆诗人而言，的确充满了村野琐碎之气，在反对当时白体浅切的时风中不受欢迎亦是情理中事。

宋代初年天下一统，虽然不及唐代国力强盛，但开国伊始，帝王总要显示文治武功和天下归心的太平气象，故常在朝政之余

---

① 《杜诗详注》卷五，第391页。
② 《杜诗详注》卷11，第893页。
③ 王嗣奭：《杜臆》卷四，上海古籍出版社1983年版。

的庆赏、宴余之时君臣赓和，点缀升平。唱和诗的写作元白、皮陆最为擅长，尤其是元白唱酬更是纯熟，故群臣自然而然地学起白居易的诗风。欧阳修说当时诗人"常慕白乐天体，故其语言多得于容易"①。据载雍熙元年（984）春，宋太宗"召宰相近臣赏花于后苑。上曰：'春风暄和，万物畅茂，四方无事，朕以天下之乐为乐，宜令侍从词臣各赋诗。'赏花赋诗自此始"②。次年春，太宗又"召宰相参知政事，枢密三司使，翰林枢密直学士，尚书省四品，两省五品以上，三馆学士，宴于后苑，赏花钓鱼，张乐赐饮，命群臣赋诗习射，自是每岁皆然"③。在群臣唱和中，最为突出的有李昉、徐铉、徐锴、王奇、王禹偁等人。这几个诗人中徐铉、王奇的诗文集都不传，其中李昉与李至酬唱和集的《二李唱和集》尚存。李昉自序《二李唱和集》说："昔乐天、梦得有《刘白唱和集》，流布海内，为不朽之盛事。今之此诗，安知异日不为人之传写乎？"吴处厚《青箱杂记》说："昉诗务浅切，效白乐天体，晚年与参政李公至为唱和友，而李公诗格亦相类，今世传《二李唱和集》是也。"④

至于徐铉，其《骑省集》30卷中，仅诗题标明与赠、送、和、依韵有关的就占四分之三还多，而其写诗大多率意而成且与元和体接近，吴之振说徐铉诗不乏"冶衍遒丽，具元和风律，而无淶涩纤阿之习"⑤ 之作，并引冯延巳评价徐铉诗云："凡人为文，皆事奇语，不尔，则不足观，惟徐公率意而成，自造

① 欧阳修：《六一诗话》。
② 《续资治通鉴长编》卷 25。
③ 《续资治通鉴长编》卷 26。
④ 吴处厚：《青箱杂记》，中华书局 1985 年版。
⑤ 吴之振：《宋诗钞·骑省集钞序》，中华书局 1986 年版。

精极。"①

白体诗人中成就最高的是王禹偁，但王禹偁诗歌的成就显然已经超出了学白居易的藩篱，他在《前赋春居杂兴诗三首，间半岁不复省视。因长男嘉祐喜读杜工部集，见语言颇有相类者，咨于予，且意予窃之也，予喜而作诗，聊以自贺》自称："本以乐天为后进，敢期子美是前身。"② 从中可以见出王禹偁流露出超越白居易而接近杜诗的自得之意。《蔡宽夫诗话》亦有类似记载：

> 元之本学白乐天，在商州尝赋《春居杂兴》云："两株桃杏映篱斜，妆点商山副使家。何事春风容不得，和莺吹折数枝花。"其子嘉祐云："老杜尝有'恰似春风相欺得，夜来吹折数枝花'之句，语颇相近"，因请易之。王元之忻然曰："吾诗精诣，遂能暗合子美邪？"更为诗曰："本与乐天为后进，敢期子美是前身"，卒不复易。③

从王禹偁的创作历程中，我们可以看出宋初白体的出现除去受元、白长庆体唱和影响外，尚有改变唐末五代颓靡诗风的愿望。但是矫枉过正，过于追求浅俗平易以及过分单一地将诗歌用于酬唱往来，必然使经历了开国以后数十载涵养而在学术文化中追求高雅精致的文人士大夫们普遍不满。由于对白居易诗歌浅俗的不满，对以口语化、通俗化入诗的杜甫诗歌的不满也就产生了，而对"杨、刘风采"的赞誉则更代表了登上政治舞台后的庶族地主文人的审美追求的变化。以下有一些佚事传闻，可以见

---

① 吴之振：《宋诗钞·骑省集钞序》引冯延巳语。
② 王禹偁：《小畜集》卷九，四部丛刊本。
③ 蔡启：《蔡宽夫诗话》，郭绍虞辑：《宋诗话辑佚》卷上，中华书局 1980 年版。

出时人尚雅避俗的风气：

> 杨文公（亿）尝戒其门人，为文宜避俗语。既而公作表云："伏维陛下德迈九皇。"门人郑戬遽请于公曰："未审何时卖得生菜？"公为易之。①

> 相国寺烧朱院旧日有僧惠明，善疱炙，猪肉尤佳，一顿五筋。杨大年（亿）与之往还，多率其同舍具飧。一日大年曰："尔为僧，远近皆呼烧猪院，安乎？"惠明曰："奈何？"大年曰："不若呼为烧朱院也。"都人自此改呼。②

从这两例可以见出，不仅文人士大夫自觉地趋雅避俗，而且一般人也受到影响，下面一例更能见出这种风气：

> 仁宗朝，有数达官以诗知名，常慕"白乐天体"，故其语多得于容易。尝有一联云："有禄肥妻子，无恩及吏民。"有戏之者云："昨日通衢遇一辎軿车，载极重，而赢牛甚苦，岂非足下'肥妻子'乎？"闻者传为笑。③

正因为有学白居易浅近而近于鄙俗的弊病，才有西昆体以典雅精切、晚唐体以清苦锤炼之诗风来改变时风，但相较之下西昆体诗歌收到的社会反响更强烈，这就是方回所云："组织华丽，盖一变晚唐诗体、香山诗体而效李义山，自杨文公、刘子仪始。"也正因为西昆体的兴起，使"五代以来芜鄙之气，由兹尽

---

① 丁传靖辑：《宋人轶事汇编》卷六引《归田录》。
② 丁传靖辑：《宋人轶事汇编》卷六引《画墁录》。
③ 欧阳修：《六一诗话》。

矣"，故就连诗文革新运动领袖，一代文宗欧阳修也发出"杨、刘风采，耸动天下，至今使人倾想"的感叹。

西昆诗人限于时代风气及社会地位的局限，对杜甫诗歌未能加以深刻体会，未能领悟其大雅似俗的深厚艺术，讥之为"村夫子"，不免偏颇，然其在改变晚唐五代以来浅俗芜鄙的风气和影响北宋中期宋诗美学风格方面的意义也应加以注意。

第三节 "柳七郎风味"与弄笔者的"自振"

从中唐开始，庶族地主文化在两个层面上展开：一是在吸收士族地主文化高雅的方面，逐渐脱去来自下层的庶族地主阶级的"俗气"，即化俗为雅；二是在商业经济逐渐发达情况下都市文化对庶族地主文化的冲击，使部分文人创作由雅入俗，最终又由俗归雅，与上一个层面再次融合，形成封建后期传统文学的稳定结构。兴起于中唐而完成于北宋后期的词体文学所经历的雅俗消长的审美倾向变化，就展示了都市文化层面与庶族地主文化层面融合的过程。

从某种意义上讲，词这种文体应该是属于俗文学范畴的，笔者采用郑振铎先生的意见，把词列为正统文学范围。郑先生有一大段论述正统文学和俗文学的话，兹录于下："正统文学的发展，和俗文学的发展是息息相关的。许多的正统文学的文体原都是由'俗文学'升格而来的。像《诗经》，其中的大部分原来就是民歌。像五言诗原来就是从民间发生的。像汉代的乐府，六朝的新乐府，唐五代的词，元、明的曲，宋、金的诸宫调，哪一个新文体不是从民间发生出来的？"① 郑先生还举了俗文学的六大

---

① 郑振铎：《中国俗文学史》上册第 1 章，作家出版社 1957 年版。

特质：第一是大众的。"她是民众所嗜好，所喜悦的；她是投合了最大多数的民众之口味的。故亦谓之平民文学。其内容，不歌颂皇室，不抒写文人学士们的谈穷诉苦的心绪，不讲论国制朝章，他所讲的是民间的英雄，是民间少男少女的恋情，是民众所喜听的故事，是民间的大多数人的心情所寄托的。"第二是无名的集体的创作。第三是口传的，随时可以被修正、改样的。到了被写下来的时候，便成为定形的，可以被拟仿的。第四是新鲜而粗鄙的，未经过学士大夫们的手触动，所以还保持其鲜妍的色彩，正因为未加雕饰，有的相当俗气粗鄙，甚至不堪入目。第五是想象力奔放，但也有许多封建保守的东西较之正统文学更甚。第六是勇于引起新东西。[①]

词这种文体从兴起到繁荣时间并不太长，当它一旦进入文人视域，很快就在吸收成熟了的唐代近体诗歌精华的基础上发展起来。从张志和、白居易、刘禹锡等人的模仿民间创作，到温庭筠、韦庄的大力写作，其间不过三四十年（白居易生于772年，温庭筠生于812年），一种文体就崛起（尽管当时词还与音乐一体，但在今天脱离了音乐体系来读温庭筠的词作，也可以把其视为纯文学的样式），足以显示出强大的生命力。这节所讨论的问题，主要从美学角度出发探讨在元和至元祐这一文学创新与建构过程中，词体文学的美学倾向是怎样反映雅俗两种美学趣味和审美理想的，至于词体由民间简陋、短小到文人创作丰富复杂所表现出来的雅俗两大文学阵营融合的讨论，将在下编"由俗归雅的词体改造完成"一节进行，特此说明。

应该说，从文学角度而言，中国古代文人最典型的心态意绪和审美心理的文学归宿是在词体文学中，之后就转向了文人画

---

① 郑振铎：《中国俗文学史》上册第1章。

中。从这一视角来探讨词体文学的美学历程，对中国封建后期正统文学审美理想和审美倾向的把握，有着重要的意义。

欧阳修说："盖世所传诗者，多出于古穷人之辞也。凡士之蕴其所有，而不得施于世者，多喜自放于山巅水涯。外见虫鱼草木、风云鸟兽之状态，往往探其奇怪。内有忧思感愤之郁积，其兴于怨刺，以道羁臣寡妇之所叹，而写人情之难言，盖愈穷则愈工，然则非诗之能穷人，殆穷者而后工也。"① 与其说穷而后工，莫如说穷而悲生、悲怨之情生而形诸文字，就形成中国文学以悲为美的一大特色。就传统文学而言，从屈原、宋玉开始，一直到唐宋词，以悲为美的脉息一直不断。不过，因不同时代、不同环境、不同遭遇、不同气质、不同素养，作家抒写的悲情未必相同。钟嵘在《诗品序》中有一段精彩的文字：

> 若乃春风春鸟，秋月秋蝉，夏云暑雨，冬月祁寒，斯四候之感诸诗者也。嘉会寄诗以亲，离群托诗以怨。至于楚臣去境，汉妾辞宫。或骨横朔野，魂逐飞蓬。或负戈外戍，杀气雄边。塞客衣单，孀闺泪尽。或士有解佩出朝，一去忘返。女有扬蛾入宠，再盼倾国。凡斯种种，感荡心灵，非陈诗何以展其义？非长歌何以骋其情？故曰："诗可以群，可以怨。"使穷贱易安，幽居靡闷，莫尚于诗矣。

这种以诗言情，尤其是言悲情的传统在正统诗歌领域中传递下来，家国之悲、身世之悲、人生之悲、爱情之悲、生民之悲，凡斯种种，成为士大夫文学抒情主流，由此积淀成为古代文学"以悲为美"的审美心理，反映出士大夫文人，尤其当封建社会

---

① 欧阳修：《梅圣俞诗集序》，《欧阳修全集·居士集》卷42，第295页。

由前期向后期过渡时的士大夫文人审美心理和审美趋向。

柳永写过一首《八声甘州》词，堪称雅俗共赏的杰作。但仁者见仁，智者见智，论者各取其符合自己审美心理和审美趣味之处加以评点，从中见出持正统文学观念的文人的心态。兹录其词如下：

> 对潇潇暮雨洒江天，一番洗清秋。渐霜风凄紧，关河冷落，残照当楼。是处红衰翠减，苒苒物华休。唯有长江水，无语东流。　　不忍登高临远，望故乡渺邈，归思难收。叹年来踪迹，何事苦淹留？想佳人妆楼颙望，误几回天际识归舟？争知我，倚栏干处，正恁凝愁！

赵令畤《侯鲭录》载苏轼对本词"渐霜风凄紧，关河冷落，残照当楼"十分赞赏，称"世言柳耆卿曲俗，非也。如《八声甘州》云：霜风凄紧，关河冷落，残照当楼。此语于诗句不减唐人高处。"① 清人陈廷焯认为："炼字琢句，原属词中末技。然择言贵雅，亦不可不慎。古人词有竟体高妙，而一句小疵，致令通篇减色者。如柳耆卿'对潇潇暮雨洒江天'一章，情景兼到，骨韵俱高。而有'想佳人妆楼长望'之句。佳人妆楼四字，连用俗极，亦不检点之过。"② 由此看来，柳永词所代表的词的美学风格是雅俗兼备的，因为柳永本人就是一个曾经怀有经邦治国、追求功名的庶族地主文人，而不是一个民间词的歌手。但由于他长期混迹市井，使其词呈现出世俗化的审美特色，而这种特色不被已经基本定型的宋代文人审美倾向认同，由此产生出在词

---

① 赵令畤：《侯鲭录》卷七。
② 陈廷焯：《白雨斋词话·卷五》"古人词小疵"，人民文学出版社 1959 年版。

体文学美学倾向上雅俗两种不同见解的冲突。代表这两种倾向的人物就是柳永和苏轼。

本节的起名，来源于苏轼的一段话："近却颇作小词，虽无柳七郎风味，亦自是一家，呵呵。数日前，猎于郊外，所获颇多，作得一阕。令东州壮士抵掌顿足而歌之，吹笛击鼓以为节，颇壮观也。"苏轼这段话是因朋友寄诗且索诗而写，成为后人评论苏轼对词体创作"雅俗"之辨的材料，如果我们将这篇书信前半部分录下来其用意更加清楚："黍厚者，不敢用启状，必不深讶。所惠诗文，皆萧然有远古风味。然此风之亡也久矣。欲以求合世俗之耳目，则疏矣。但时独于闲处开看，未尝以示人，盖知爱之者绝少也。所索拙诗，岂敢措手，然不可不作，特未暇耳。"[①]

这段话与前面联系起来，可以看出几个问题：一是对鲜于子骏诗歌"萧然有远古风味"的肯定；二是指出世俗之人不喜欢这种诗风；三是认为"不可不作"，只是没有空闲。接下去讲自己虽未写诗，但却有"暇"写"小词"，而且不是当时"合世俗之耳"的有"柳七郎风味"的小词，却是令人们难以接受的"壮观"之词。这种令"东州壮士抵掌顿足而歌之，吹笛击鼓以为节"的词，如同鲜于子骏"萧然有远古风味"的诗一样，不是用来"求合世俗之耳"，只为"自是一家"而创作。这里，意图已经十分明确，那么我们不妨将这首称为苏轼豪放词宣言的词录于下，再将与此词同时，同样题材，同样心境的诗歌录下以比较苏轼在词体审美上的倾向。其词名《江城子·密州出猎》："老夫聊发少年狂，左牵黄，右擎苍。锦帽貂裘，千骑卷平冈。为报倾城随太守，亲射虎，看孙郎。　　酒酣胸胆尚开张。鬓微

---

① 《与鲜于子骏书》，《苏轼文集》卷53，第1559页。

霜，又何妨！持节云中，何日遣冯唐？会挽雕弓如满月，西北望，射天狼。"① 其诗名《祭常山回小猎》："青盖前头点皂旗，黄茅冈下出长围。弄风骄马跑空立，趁兔苍鹰掠地飞。回望白云生翠巘，归来红叶满征衣。圣朝若用西凉簿，白羽犹能效一挥。"②

这里的一诗一词，给人的审美感受是与在超然旷达之中深寓的慷慨悲郁之情完全一致，甚至诗、词中各用的典故，所要表达的情感也完全相同。"冯唐"典故中，苏轼以冯唐自比，渴望朝廷能起用自己建功边关。诗中用西晋谢艾边关败敌（事见《晋书·张华传》）之事，以谢艾自许，说如果朝廷能委用自己边关杀敌，一定能麾兵败敌。从这里我们可以清楚地看到苏轼是把写诗的态度用来写词，当然对那些世俗文学"不写文人学士们谈穷诉苦的心绪，不讲论国制朝章"③，只写俗事、琐事的现象不满。

词从诞生到文人拟作以来，大多遵循着俗文学的路子，即不以表现文人的感情和思想，而表现适合民间大多数人的心情寄托，这在晚唐五代词和柳永"徘徊从俗"的词作中表现最为突出。欧阳炯《花间集序》作为中国古代第一篇论词之文，率先标明了花间词的俗文学的审美倾向："镂玉雕琼，拟化工而迥巧；裁花剪叶，夺春艳以争鲜。是以唱云谣则金母词清，挹霞醴则穆王心醉。名高《白雪》，声声而自合鸾歌；响遏行云，字字而偏谐凤律。《杨柳》、《大堤》之句，乐府相传；《芙蓉》、《曲渚》之篇，豪家自制。莫不争高门下，三千珠玳之簪；竞富尊

---

① 《东坡词编年笺证》，第143页。
② 《苏轼诗集》卷13，第647页。
③ 郑振铎：《什么是俗文学》，《中国俗文学史》第1章。

前，数十珊瑚之树。则有绮筵公子，绣幌佳人，递叶叶之花笺，文抽丽锦；举纤纤之玉指，拍按香檀。不无清绝之辞，用助娇娆之态。自南朝之宫体，扇北里之娼风，何止言之不文，所谓秀而不实。有唐已降，率土之滨。家家之香径春风，宁寻越艳；处处之红楼夜月，自锁嫦娥。在明皇朝，则有李太白之应制《清平乐》词四首；近代温飞卿，复有《金筌集》。迩来作者，无愧前人。今卫尉少卿字弘基（按：即赵崇祚），以拾翠洲边，自得羽毛之异；织绡泉底，独殊机杼之功。广会众宾，时延佳论，因集近来诗客曲子词五百首，分为十卷。以炯粗预知音，辱请命题，仍为叙引。昔郢人有歌《阳春》者，号为绝唱，乃命之为《花间集》。庶使西园英哲，用资羽盖之欢；南国婵娟，休唱《莲舟》之引。"

这一段话产生的背景是五代，而承袭的是晚唐以来温、李一路的诗风，实际上也就是中唐以来俗文学的影响。因为温、李诗风正是受当时城市生活的影响而形成的，而词只是诗人的余事，只须看温庭筠诗歌中的乐府部分那种香艳的色调，就可以明白这一点。清人田同之在论"诗词风气相循"时说："诗词风气，正自相循。贞观、开元之诗，多尚淡远。大历、元和后，温、李、韦、杜渐入香奁，遂启词端。金荃、兰畹之词，概崇芳艳。南唐、北宋后，辛、陆、姜、刘渐脱香奁，仍存诗意。"①

温、李、韦、杜（牧）的诗歌风格主流并不是以香艳著称的，但其中浓郁的香艳气息却是不争的事实，因为这是那一个时代的风尚使然，试读以下材料："春日照九衢，春风媚罗绮。万骑出都门，拥在香尘里。"②"满国赏芳辰，飞蹄复走轮。好花皆

---

① 田同之：《西圃词说》，《词话丛编》第 2 册，第 1452 页。
② 邵谒：《长安寒食》，《全唐诗》第 605 卷，第 6992 页。

折尽，明日恐无春。"① "十里长街市井连，月明桥上看神仙。人生只合扬州死，禅智山光好墓田。"② "落魄江湖载酒行，楚腰纤细掌中轻。十年一觉扬州梦，赢得青楼薄倖名。"③ "姑苏碧瓦十万户，中有楼台与歌舞。寻常倚月复眠花。莫说斜风兼细雨。应不知天地造化是何物，亦不知荣辱是何主。吾困长满是太平，吾乐不极是天生。"④ "见说西川景物繁，维扬累物胜西川。青春花柳树临水，白日绮罗人上船。夹岸画船难惜醉，数桥明月不教眠。送君懒问君回日，才子风流正少年。"⑤

除去京城外，中晚唐时代扬州、益州、金陵这些商业发达的消费城市中，纵欲侈靡的风气已是全社会的。置身在这样的时代，这样的都市生活中，其言行、思想、感情以及审美情趣怎能不受影响，高彦休《唐阙史》有一段记载晚唐大诗人杜牧在扬州生活的材料，其云：

> 扬州，胜地也。每重城向夕，倡楼之上，常有绛纱灯万数，辉罗耀烈空中。九里三十步街中，珠翠填咽，邈若仙境。牧常出没驰逐其间，无虚夕……所至成欢，无不会意。⑥

这样的繁华，在产生《花间词》温床的成都，实在不算什么，晚唐人卢求说：

---

① 许棠：《曲江三月三日》，《全唐诗》第603卷，第6970页。
② 张祜：《纵游淮南》，《全唐诗》第511卷，第5846页。
③ 杜牧：《遣怀》，《全唐诗》第524卷，第5996页。
④ 吴融：《风雨吟》，《全唐诗》第687卷，第7901页。
⑤ 杜荀鹤：《送蜀客游维扬》，《全唐诗》第692卷，第7972页。
⑥ 《太平广记》卷273，中华书局1961年版。

　　大凡今之推名镇为天下第一者，曰扬、益。以扬为首，盖声势也。人物繁盛，悉皆土著；江山之秀，罗锦之丽；管弦歌舞之多，伎巧百工之富；其人勇且让，其地腴以善；熟较其要妙，扬不足以侔其半！①

　　正是有这样的"管弦歌舞"、"伎巧百工"，才有西蜀帝王"者边走，那边走，只是寻花柳。那边走，者边走，莫厌金杯酒"②如此粗鄙不堪、放荡不检的鄙俗之歌；才有离开了烽火兵燹之乱的中原，躲进成都销金窝里那个"秦妇吟秀才"韦庄如下的小词："春晚，风暖。锦城花满，狂杀游人。玉鞭金勒，寻胜驰骤轻尘，惜良辰。　　翠娥争劝临邛酒，纤纤手，拂面垂丝柳。归时烟里，钟鼓正是黄昏，暗销魂。""锦浦，春女。绣衣金缕，雾薄云轻。花深柳暗，时节正是清明，雨初晴。　　玉鞭魂断烟霞路，莺莺语，一望巫山雨。香尘隐映，遥见翠槛红楼，黛眉愁。""锦里，蚕市。满街珠翠，千万红妆。玉蝉金雀，宝髻花簇鸣珰，绣花裳。　　日斜归去人难见，青楼远，队队行云散。不知今夜，何处深锁兰房，隔仙乡。"③

　　史籍所载，野史所传，大抵与词所写相似。宋人张唐英《蜀梼杌》云广政十二年（949）八月，"（孟）昶游浣花溪。是时蜀中百姓富庶，夹江皆创亭榭游赏之处。都人士女倾城游玩，珠翠绮罗，名花异香，馥郁森列。昶御龙舟观水嬉，上下十里，人望之如神仙之境。昶曰：'曲江金殿锁千里'，殆未及此。"④

　　人云："题香襟，当舞所，弦工吹师，低徊客与，温、李、

① 卢求：《成都记·序》，《全唐文》卷744，第7701页。
② 王衍：《醉妆词》，张璋、黄畲辑：《全唐五代词》卷五。
③ 韦庄：《河传四首》其二、三、四，《全唐五代词》卷五。
④ 张唐英：《蜀梼杌》卷下，学海类编本。

冬郎（韩偓）所宜也。"① 这段话虽说的是晚唐那些最早接触并认同俗文学的美学影响的作家，但从中唐到北宋后期，这样的作家是大有人在的。由于词作为来自民间不入流的"小技"，所以文人们把它作为私生活中宣泄"闲情"的手段，也就无所顾忌。不妨举一些作品来看："芳年妙妓，淡拂铅华翠。轻笑自然生百媚，争那尊前人意？　　酒倾琥珀杯时，更堪能唱新词。赚得王孙狂处，断肠一搦腰肢。"② "绿云高髻，点翠匀红时世。月如眉，浅笑含双靥，低声唱小词。　　眼看唯恐化，魂荡欲相随。玉趾回娇步，约佳期。"③ "双脸，小凤战篦金飐艳。舞衣无力风敛，藕丝秋色染。　　锦帐绣帏斜掩，露珠清晓簟。粉心黄蕊花靥，黛眉山两点。"④

这类作品基本上形成《花间集》词的主体特色，即词的创作是因歌舞妓而写的，要适应她们歌舞的需要。还有一些是写与歌妓们的男欢女恋，这类作品大抵要分为两种类型：一种是渗透了词人的修养、趣味在内，题材虽限于男女，但虽浅而不俗，如韦庄《荷叶杯》"记得那年花下"，和分写男女的"联章体"《女冠子》二首，都是出色的例子，兹录于下："四月十七，正是去年今日。别君时，忍泪佯低面，含羞半敛眉。　　不知魂已断，空有梦相随。除却天边月，没人知。" "昨夜夜半，枕上分明梦见。语多时，依旧桃花面，频低柳叶眉。　　半羞还半喜，欲去又依依。觉来知是梦，不胜悲！"⑤

另一种则在艳情的题材上，不仅将俗文学中粗鄙不堪的东西

---

① 袁枚：《小仓山房文集》，四部备要本。
② 尹鹗：《清平乐》，《全唐五代词》卷五。
③ 牛峤：《女冠子》，《全唐五代词》卷五。
④ 温庭筠：《归国遥》，《全唐五代词》卷二。
⑤ 韦庄：《女冠子》，《全唐五代词》卷五。

全部吸收，而且将作者人品中的糟粕毫不掩饰地暴露在词中，如牛峤的《菩萨蛮》"玉楼冰簟鸳鸯锦"、欧阳炯《浣溪沙》"相见休言有泪珠"等篇什，直接传递给北宋的俗词大作家柳永，形成苏轼鄙夷的"柳七郎风味"的美学情趣。

那么，有"柳七郎风味"的作品是怎样的风格？苏轼为什么对此颇为不满？

我认为，陈振孙评柳词"承平气象，形容曲尽；尤工于羁旅行役"① 从两个方面谈到了柳永词的内容，即一是写"承平气象"，那就是北宋真宗后期和仁宗时代繁华的城市经济背景下的世俗生活；二是写在这"承平"时代中失意文人的游宦羁旅伤感。在这两个方面的词作中有"柳七郎风味"的作品又集中体现在写男女情思题材上。详言之，柳词写男女之事的作品又分为两类：一类是"才子佳人"型的，一类是"狎客妓女"型的。也就是说，在前一类型中，作者是以失意的文人面目出现的，后一类型则是以浪子狎客嘴脸现身的。前一类型的"佳人"虽本质上还是青楼歌妓，但更多表现出的是以"同是天涯沦落人"的身份与失意文人建立起感情的，后一类型则是靠出卖色艺与癫狂文人厮混的。应该说，前一类型的词作是被不少后人认同的，后一类型则被许多文人所不齿，苏轼所鄙夷的应该是后一种类型的"柳七郎风味"。

下面分别举例来看这两种类型的柳永词作具有怎样的美学情趣。试读："寒蝉凄切，对长亭晚，骤雨初歇。都门帐饮无绪，留恋处，兰舟催发。执手相看泪眼，竟无语凝噎。念去去，千里烟波，暮霭沉沉楚天阔。　多情自古伤离别，更那堪冷落清秋节！今宵酒醒何处？杨柳岸、晓风残月。此去经年，应是良辰好

① 陈振孙：《直斋书录解题》，四库全书本。

景虚设。便纵有千种风情，更与何人说？"① 这是柳永词作中最为人称道的佳作之一，据俞文豹《吹剑录》记载：

> 东坡在玉堂，有幕士善讴，因问："我词比柳词何如？"对曰："柳郎中词，只好十七八女孩儿执红牙板，唱'杨柳岸晓风残月'。学士词须关西大汉，执铁板，唱'大江东去'。"公为之绝倒。②

清人徐釚说：

> 苏东坡"大江东去"，有铜将军铁绰板之讥，柳七"晓风残月"，谓可令十七八女郎按红牙檀板歌之，此袁綯语也。后人遂奉为美谈。然仆谓东坡词自有横槊气概，固是英雄本色，柳纤艳处亦丽以淫耳。③

柳永的《雨霖铃》词是有典型"柳七郎风味"的作品，也是典型的婉约词，苏轼词以豪放著称，人们最喜欢将其《念奴娇·赤壁怀古》奉为豪放的标帜。以上所引《吹剑录》和《词苑丛谈》两条材料，分别代表了两种词学美学观点。前一种认为柳词的婉约之美，才是正宗的词体文学，才是词体文学的美学特征所在；后一种看法恰好相反，是以"建安文学"的特质和美学特征来认识苏词的美学价值的，认为柳永的词不符合传统的诗教。

---

① 柳永：《雨霖铃》，薛瑞生：《乐章集校注》卷中，中华书局1997年版。
② 俞文豹：《吹剑录》，沈雄：《古今词话》引，《词话丛编》，第771页。
③ 徐釚：《词苑丛谈》卷三，上海古籍出版社1981年版。

　　这里就不仅仅涉及了"诗庄词媚，其体原别"①的文学体裁表现特质问题，而是深入到诗词所表现的内容、风格及其美学情趣和美学理想。应该说，无论是柳永的《雨霖铃》，还是苏轼的《念奴娇》都不失为千古名篇，这样的"柳七郎风味"有何不可。其实，苏轼并未否定《雨霖铃》这类柳永作品，前人已有论述，清人沈雄说：

　　　　江尚质曰："东坡《酹江月》，为千古绝唱，耆卿《雨霖铃》，惟是'今宵酒醒何处，杨柳岸晓风残月'。东坡喜而嘲之。"②

　　应该说，苏轼所鄙夷的"柳七郎风味"并与之对垒，提出自成一家的词体文学美学风范，是就柳永下列词作而言的，试读："嘉景，况少年彼此，争不雨沾云惹？奈傅粉英俊，梦兰品雅。金丝帐暖银屏亚。并粲枕、轻偎轻倚，绿娇红姹。算一笑，百琲明珠非价。　　闲暇。每只向、洞房深处，痛怜极宠，似觉些子轻孤，早恁背人泪洒。从来娇纵多猜讶。更对剪香云，须要深心同写。爱揾了双眉，索人重画。忍孤艳冶。绝不等闲轻舍。鸳衾下，愿常恁、好天良夜。"这种写男女欢爱的作品，虽写得真实，但轻薄之情决不是希望雅化的庶族文学需要的。再如下面这首与民歌无异的词："每到秋来，转添甚况味。金风动，冷清清地。残蝉噪晚，甚聒得，人心欲碎。更休道、宋玉多悲，石人，也须下泪。　　衾寒枕冷，夜迢迢，更无寐。深院静，月明风细。巴巴望晓，怎生捱、更迢递。料我儿、只在枕头根底，等

　　①　王又华：《古今词论》引李东琪词论，《词话丛编》第1册。
　　②　沈雄：《古今词话》卷上，《词话丛编》，第771页。

人来，睡梦里。"①

至于《西江月》"师师生得艳冶"、"调笑师师最惯"，《慢卷䌌》"闲窗烟暗"等篇什更是鄙俗不堪，这类作品显然是苏轼不屑与之论艺术的了。

苏轼最欣赏秦观才情，但对其学柳永"骫骳从俗"却非常不满，据宋人曾慥记载：

> 少游自会稽入都见东坡。东坡曰："不以别后却学柳七作词。"少游曰："某虽无学亦不如是。"东坡曰："'销魂当此际'，非柳七语乎？"②

那么，秦观这首词写的是什么？何以苏轼独拈出其中数句点评为柳词风格？试读秦观原词："山抹微云，天粘衰草，画角声断谯门。暂停征棹，聊共引离尊。多少蓬莱旧事，空回首、烟霭纷纷。斜阳外，寒鸦万点，流水绕孤村。　　销魂。当此际，香囊暗解，罗带轻分。谩赢得，青楼薄倖名存。此去何时见也，襟袖上，空惹啼痕。伤情处，高城望断，灯火已黄昏。"从词中可以看出，苏轼点评的当为下片写男女分别时的那一段描写。苏轼眼光的确十分敏锐，如果我们将前引柳永《雨霖铃》"都门帐饮无绪，留恋处、兰舟催发。执手相看泪眼，竟无语凝噎"与之对读，将会一目了然。

苏轼对柳词的美学褒贬，反映出那个时代庶族地主文学的美学追求，正如前引他对柳永《八声甘州》词句的赏誉所言。对柳永词符合庶族地主需要的，不仅苏轼给予承认，当时人也有很

---

① 柳永：《爪茉莉》，《乐章集校注·柳永词辑佚》。
② 曾慥：《高斋诗话》，《宋人佚事汇编》卷13引。

高的评价。如谢维新《古今合璧事类备要》说：

> 范蜀公（镇）与耆卿同年，爱其才美。闻作乐章，叹曰："谬其用心！"谢事之后，亲旧间盛唱柳词，复叹曰："仁庙四十二年太平，吾身为史官二十年，不能赞述，而耆卿能形容尽之。"①

黄裳《演山集·书乐章集后》说：

> 予观柳氏乐章，喜其能道熙（嘉）祐间太平气象。如观杜甫诗，典雅文华，无所不有。是时予方为儿，犹想见其风俗，欢声和气，洋溢道路之间，动植咸若。令人歌柳词，闻其声，听其词，如丁斯时，使人慨然有感。呜呼，太平气象，柳能一写于乐章，所谓词人盛世之黼藻，岂可废耶？②

将柳永词与杜甫诗相提并论，其称誉亦十分高了，但其落眼处在柳词写"太平气象"，符合刚占据统治地位的庶族地主阶级统治者需要歌功颂德、粉饰太平的心理和政治需要，而苏轼批评的"柳七郎风味"则不指此类词作。

据说宋词在苏轼大量创作之前是颇不受人重视的，柳永写俗词遭到宋仁宗的鄙夷，因之而落第，又遭到宰相晏殊的讥落而欲请托无门，而柳永遭晏殊奚落时也曾反唇相讥说："直如相公，亦作曲子。"可见人们认为写词是一件不太体面的事。作为继欧阳修之后执牛耳于文坛的大文豪苏轼，在诗文尚雅已成宋调风

---

① 谢维新：《古今合璧事类备要》。
② 黄裳：《演山集·书乐章集后》，《乐章集校注·附录》，第284页。

格，平淡自然成为庶族地主文人美学追求之后，必然要将时人乐意创作而又羞于见人的词体创作引上诗文革新之后的新美学风范中来，由此就有了"自成一家"和对"柳七郎风味"的对垒。经过苏轼及其他文人的努力，宋词的美学风尚有了本质的变化。先是他向作者们"指出向上一路，新天下耳目，弄笔者始知自振"①，继而使词坛"一洗绮罗香泽之态，摆脱绸缪宛转之度，使之登高望远，举首高歌，而逸怀浩气，超然乎尘垢之外"②。宋词的雅化及其崇雅的美学倾向由此形成，经周邦彦和南宋词人的努力而得以成熟。

---

① 王灼：《碧鸡漫志》卷二，《词话丛编》，第85页。
② 胡寅：《词边词跋》。

下　编

文化转型中的文学创作

正是由于隐藏在偶然后的必然所使，"安史之乱"划分了中国封建社会的前后两期。面对着强大的盛唐帝国遭受突如其来的打击之后满目疮痍与百废待兴的时局，生当斯时的文坛群星，必然会与斯时的社会思想意识、政治状况和社会心理同步，以他们的文学创作来表现他们的思想感情，他们的理性思考与歌哭悲欢。那是一个无论在思想意识、政治体制，还是宗教、哲学、文学、艺术上都追求创新的文化转型时代。文学的创新首当其冲，因为初盛唐留下来的文学底蕴实在太丰厚了，在一个图变的时代中，文学又怎能躺在前人的遗产上裹足不前？因此，中唐文学的创新决非偶然，也决非凭空产生。

人们很自然地想起了处在盛中唐之交的大诗人杜甫。今天，当人们把杜甫视为唐音与宋调的集大成与开先声者来看待，或者把他作为盛中唐文学的界碑来看，很少有人反对。但是，在盛唐时代，很少有人对杜甫感兴趣，杜甫真正被人们认识则是在北宋后期了。从中唐元和八年（813）元稹写《唐故工部员外郎杜君墓系铭并序》，到北宋元祐后江西诗派的出现，并奉杜甫为其鼻祖，这一过程，正是封建文学由前期过渡到后期并完成建构的时期，这足以说明杜甫的文学史意义和地位。

杜甫创作对中唐元和到北宋元祐的影响，可以分为两个阶段：一是以"安史之乱"前和"安史之乱"中描写现实灾难，揭露现实黑暗，抨击现实弊端的作品，即"现实主义"的作品对中唐元和中兴时期文学的影响。二是杜甫漂泊西南天地间时所创作的作品，即艺术性完全成熟的作品对宋代文人的影响，以及对宋诗风格最终形成的深刻影响。本编谈创建新的文学模式的历程，在许多地方离不开对杜甫诗歌的论述，但是，杜甫诗歌的影响并非完全能囊括元和至元祐文学创新与创建的全部。元和至元祐的文学经历了反思、苦闷、探索、创新的艰难历程，庶族地主阶级在自己的文学建构过程中，既面临对贵族文学的精华和糟粕的扬弃的选择，又面临着市民文学的巨大冲击浪潮，在吸收和抵制并改造这一文学思想的冲击中，逐渐建构起自己的构架与范式，并再创宋代文学的辉煌。因此，除去论述俗文学层面对庶族地主文学的冲击外，本编还将涉及俗文学层面受庶族地主文学层面的影响。

第一章　求变风会中的文学创新

　　中唐时代的政治革新要求必然会反映到文学创作中来，无论是对革新的希望、对革新的疾呼，还是革新失败后的反思；无论是在哲学思想上的沉思，还是在文学思想上的追求，都充满了革新的要求和革新失败后的反思。因此，中唐乃至晚唐文学都染上政治革新与文学创新的鲜明色彩。比如"古文运动"、"新乐府运动"的致用务实精神，以险怪为特征的韩、孟诗派，以浅俗为标志的元、白诗派，刘、柳诗歌的深沉与孤峭，郊、岛之音的深入人心，司空图对王、孟、韦、柳的追踪，李商隐、杜牧、温庭筠的别开生面，晚唐皮日休、陆龟蒙、罗隐、聂夷中等人冷嘲热讽时事。只要认真清理其思想和文学渊源，都不难在中唐政治革新及其社会影响中找到关系。本章主要讨论中唐文学的思想内容及其风格特征与政治图变间的关系，分别以古文运动与新乐府运动，韩、孟诗派与元、白诗派，刘禹锡及其晚唐的怀古咏史诗这几个主要问题为探讨的核心，旨在找出政治图变与文学创新之间内在的、深刻的关系，避免就文学研究谈文学，或就思想史研究谈思想史的片面。

第一节　致用务实的新乐府及古文创作

研究中唐文学，以韩、柳为代表的"古文运动"和以白居易为代表的"新乐府运动"是研究的热点和无法也不可能回避的内容。那么发生在同时的"古文运动"和"新乐府运动"之间有什么关系？这两个"运动"的精神实质有无内在关系？这种内在关系又是什么？各自以什么样的面目（文学理论、文学作品）来表现？怎样来评价这两个"运动"的得失，比较它们之间的成就和影响？应该说，这样的工作还很少有人系统地去做。论者或许研究"古文运动"，或许研究"新乐府运动"，将二者间的关系联系起来进行全面考察尚乏人问津，本节仅从"致用务实精神"角度去考虑这种联系，以为进一步研究做好准备。

陈寅恪先生论及韩愈古文时说："退之古文乃用先秦、两汉之文体，改作唐代当时民间流行之小说，欲藉之一扫腐化僵化不适用于人生之骈体文，作此尝试而能成功者，故名虽复古，实则通今，在当时为最便宣传，甚合实际之文体也。"[①] 这段话点出了当时"古文运动"的文体改革本质和提倡"古文"的目的，实为精到之论。"通今"是因其"甚合实际"，因其"最便宣传"，也就是"致用务实"。

那么韩愈要宣传什么？为什么要宣传？这就是问题的关键。答案看来十分简单，那就是要宣传儒家道统，抵制佛教，维护正统的中央集权统治。

陈寅恪先生认为，古文运动的中心思想就是"尊王攘夷"，

---

① 陈寅恪：《论韩愈》，《金明馆丛稿初编》。

他说："退之以谏迎佛骨得罪，当时后世莫不重其品节，此不待论者也。今所欲论者，即唐代古文运动一事，实由安史之乱及藩镇割据之局所引起。安史为西胡杂种，藩镇又是胡族或胡化之汉人，故当时特出之文士自觉或不自觉，其意识中无不具有远则周之四夷交侵，近则晋之五胡乱华之印象，"尊王攘夷"所以为古文运动中心之思想也。在退之稍先之古文家如萧颖士、李华、独孤及、梁肃等，与退之同辈之古文家如柳宗元、刘禹锡、元稹、白居易等，虽同有此种潜意识，然均不免认识未清晰，主张不彻底，是以不敢亦不能因释迦为夷狄之人，佛教为夷狄之法，抉其根本，力排痛斥，若退之之所言所行也。退之之所以得为唐代古文运动领袖者，其原因即在於是。"① 封建社会文人士大夫正统思想极为浓厚，说韩愈提倡古文创作的最终目的是维护皇权的正统地位，应该是一针见血的，由此可见古文运动致用务实的宗旨。

为维护正统皇权，必须维护支撑皇权的儒家思想，必须正本清源、攘斥异端，必须建立起与佛学道统相抗衡的儒学道统，因此他写了著名的复兴儒学的文章《原道》，其云：

> 周道衰，孔子没，火于秦，黄老于汉，佛于晋、魏、梁、隋之间。其言道德仁义者，不入于杨，则入于墨；不入于经，则入于佛。②

这是一幅儒家道衰之历史长卷。圣人及圣人之道在历史上的地位十分重要，韩愈作如此说：

---

① 陈寅恪：《论韩愈》，《金明馆丛稿初编》。
② 马其昶：《韩昌黎文集校注》第 1 卷，上海古籍出版社 1986 年版，第 12 页。

"古之时，人之害多矣。有圣人者立，然后教之相生养之道，为之君，为之师。"① 圣人为民立君长、选老师、发明五谷、创建宫室……总之，离开圣人则有这样的后果："如果古之无圣人，人之类灭久矣。"②

他联系当时社会现实不仅驳斥道家弃圣弃智的主张，更针对当时喧嚣一时的佛教抛弃君臣、父子，只顾自己修行求寂灭的理论加以批判："是故君者，出令者也；臣者，行君之令而致之民者也；民者，出粟米麻丝、作器皿、通货财以事其上者也。君不出令，则失所以为君，臣不行君之令而致之民，民不出粟米麻丝、作器皿、通货财以事其上，则诛。今其法曰：必弃而君臣，去而父子，禁而相生养之道，以求其所谓清净寂灭者。"③

韩愈进而对佛教外天下国家的教义加以驳斥，认为古人积极用世之心方是治世方法：

传曰："古之欲明明德于天下者，先治其国；欲治其国者，先齐其家；欲齐其家者，先修其身；欲修其身者，先正其心；欲正其心者，先诚其意。"然则古之所谓正心而诚意者，将以有为也。今也欲治其心，而外天下国家，灭其天常，子焉而不事其事，臣焉而不君其君，民焉而不事其事。④

佛、老之道既为"夷狄之法"，岂能让其"加之先王之教之

---

① 韩愈：《原道》。
② 同上。
③ 同上。
④ 同上。

上"，为了振兴先王之道，韩愈明确表示自己所"原"之道为儒家之道，并且理出儒家道统的"谱系"，并感慨道统的中断：

> 吾所谓道也，非向所谓老与佛之道也。尧以是传之舜，舜以是传之禹，禹以是传之汤，汤以是传之文、武、周公，文、武、周公传之孔子，孔子传之孟轲，轲之死不得其传焉。①

为了恢复儒家道统，以之与佛统相抗衡，韩愈俨然以担荷此天下大任为己任，他说："使其道由愈而粗传，虽灭死万万无恨。"② 正是由于下如此宏愿，韩愈以极大的热忱致力于儒学复兴的宣传。

宋人姚铉在《唐文粹·序》③ 中说：

> 有唐三百年，用文治天下。陈子昂起于庸蜀，始振风雅；由是沈、宋嗣兴，李、杜杰出，六义四始，一变至道。洎张燕公以辅相之才专撰述之任，雄辞逸气，耸动群听，苏许公继以宏丽，丕变习俗；而后萧、李以二雅之辞本述作，常、杨以三盘之体演丝纶，郁郁之文，于是乎在。惟韩吏部起卓群流，独高遂古，以二帝三王为根本，以六经四教为宗师，凭陵轹辀，首唱古文，遏横流于昏垫，辟正道于夷坦；于是柳子厚、李元宾、李翱、皇甫湜又从而和之，则我先圣孔子道，炳然悬诸日月。故论者以退之之文，可继杨、孟，

---

① 韩愈：《原道》。
② 韩愈：《与孟尚书书》，《韩昌黎文集校注》第 3 卷，第 211 页。
③ 姚铉：《唐文粹》，浙江人民出版社 1986 年影印本。

斯得之矣！至于贾常侍至，李补阙翰、元容州结、独孤常州及、吕衡州温、梁补阙肃、权文公德舆、刘宾客禹锡、白尚书居易、元江夏稹，皆文之雄杰者欤！世谓贞元、元和之间，辞人咳唾，皆成珠玉，岂诬也哉！

这一段话勾勒了唐代文学发展的脉络，描述了唐中期古文创作的繁荣，尤其是贞元、元和之间"辞人咳唾，皆成珠玉"的盛况和成就。值得注意的是，在这段话中，像"风雅"、"六义四始"、"二帝三王"、"六经四教"、"先圣孔子之道"一类词语贯穿始终，尤其是谈到元和时期古文时，对以韩愈为代表的古文家们振兴儒道的评价极高。可以看出，在宋人眼中的中唐古文运动的性质。所以发展到苏轼时，才有以"文起八代之衰，道济天下之溺"如此高的评价来推崇韩愈。

正因为前于韩愈的古文家们的道济天下的宏愿，才有以复古为倡导的古文运动，由此看来，古文运动的致用务实才是最终目的，韩愈承先贤之志，志在当时，与元稹、白居易创作新乐府如出一辙，因此，陈寅恪先生精到地指出："乐天之作新乐府，乃用毛诗，乐府古诗，及杜少陵诗之体制，改进当时民间流行之歌谣。实与贞元、元和时代古文运动巨子如韩昌黎元微之之流，以太史公书，左氏春秋文体试作毛颖传，石鼎联句诗序，莺莺传等小说传奇者，其所持之旨意及所用之方法，适相符同。其差异之点，仅为一在文备众体小说之范围，一在纯粹诗歌之领域耳。由是言之，乐天之作新乐府，实扩充当时之古文运动，而推及之于诗歌，斯本为自然之发展。惟以唐代古诗，前有陈子昂李太白之复古诗体，故白氏新乐府之创造性质，乃不为世人所注意。实则乐天之作，乃以改良当日民间口头流行之俗曲为职志。与陈李辈之改革齐梁以来士大夫纸上摹写之诗句为标榜者，大相悬殊。其价值及影响，或更较为高远也。"①

　　考较新乐府运动与古文运动者的理论与创作实践，我们不难发现二者"致用务实"内在精神的相通。不过，仅从创作理论的提倡和实践上看，由于白居易更多强调的是儒家诗教，韩愈则是在其复兴儒学为职志的前提下倡导古文，因此，白居易新乐府诗歌创作的理论较之韩愈论古文的理论要全面和系统。韩愈于儒学有复兴和继道统的宏愿，但其于儒学理论并不精通。宋人在儒学复兴的时代要求下认识到韩愈的历史地位，故尊崇韩愈，但当儒学复兴并构建成体系时，真正的儒学家和精通儒学之士，对其于儒学研磨不深却颇有微词了，此时的韩愈古文创作成果中，受后人赞赏的恰好不是以倡明儒学为职志的《原道》、《原性》、《原毁》一类作品，而是那些文从字顺，充满文学色彩的碑传、记序、书信篇什。这种现象可在不少评论中见到其变化的过程，兹举二例以明之。

　　刘昫在《旧唐书》中说："贞元、元和之间，以文学耸动搢绅之伍者，宗元、禹锡而已。其巧丽渊博，属辞比事，诚一代之宏才。如俾之咏歌帝载，黼藻王言，足以平揖古贤，气吞时辈。而蹈道不谨，昵比小人，自致流离，遂隳素业。故君子群而不党，戒惧慎独，正为此也。韩、李（翱）二文公，于陵迟之末，遑遑仁义，有志于持世范，欲以人文化成，而道未果也。至若抑杨、墨，排释、老，虽于道未弘，亦端士之用心也。"② 这段话中除对刘、柳的政治评价失允外，将刘、柳的影响和成就定位在文学上，将韩、李定位在儒学上，虽然片面，但也看到他们的一个方面。苏轼在肯定韩愈提倡复兴儒学和古文创作上，曾给予其

---

①　陈寅恪：《元白诗笺证稿·新乐府》，上海古籍出版社 1982 年版。
②　刘昫：《旧唐书》第 160 卷《柳宗元传》，中华书局 1975 年版。

"文起八代"、"道济天下"的极高地位，但论及韩愈治儒学的成就时，却毫不留情："韩愈之于圣人之道，盖亦知好其名矣，而未能乐其实。何者？其为论甚高，其待孔子、孟轲甚尊，其距杨、墨、佛、老甚严，此其用力，亦不可谓不至也。然其论至于理而不精，支离荡佚，往往自叛其说而不知。"① 理学大师朱熹对韩愈的评价则不屑其儒学理论，认为韩愈重文轻道，他说韩愈"全无要学古人底意思"②，"只是要作好文章，令人称赏而已"③。

我们不妨将前人的评价放置一旁，看看韩愈自己对古文创作理论的见解："愈之所志于古者，不唯其辞之好，好其道焉尔。"④（《答李秀才书》）"愈之为古文，岂独取其句读不类于今者邪？思古人而不得见，学古道则欲兼通其辞；通其辞者，本志乎古道者也。"⑤（《题欧阳生哀辞后》）"读书以为学，缵言以为文，非以夸多而斗靡也。盖学所以为道，文所以为理耳。"⑥（《送陈秀才彤序》）"夫所谓文者，必有诸其中。是故君子慎其实，实之美恶，其发也不掩。本深而末茂，形大而声宏，行峻而言厉，心醇而气和。昭晰者无疑，优游者有余，体不备不可以成人；辞不足不可以为成文。"⑦（《答李翊书》）虽说不上有系统的论文理论，但其为文致用务实的精神是十分明白的。较之韩愈，由于传统诗教理论已经十分完备，白居易在提倡写新乐府诗时，其创作理论头头是道，很有系统，以致在当时影响极大，身

① 苏轼：《韩愈论》，《苏轼文集》卷四，第113页。
② 朱熹《朱子语类·战国汉唐诸子》卷137。
③ 朱熹：《沧州精舍谕学者》，《晦庵先生朱文公文集》，四部备要本。
④ 《韩昌黎文集校注》第2卷，第175页。
⑤ 《韩昌黎文集校注》第4卷，第301页。
⑥ 《韩昌黎文集校注》第5卷，第259页。
⑦ 《韩昌黎文集校注》第2卷，第169页。

后不久就被人称为"广大教化主"。

　　《新乐府诗序》是白居易诗论的代表之一，在这篇序言中他表明其对乐府诗歌精神的继承和发展，也是其置身于中唐政治革新时代欲求有所作为的表现，此序云其所写50篇新乐府所遵循的原则："篇无定句，句无定字；系于意，不系于文。首句标其目，卒章显其志，诗三百之义也。其辞质而径，欲见之者易谕也；其言直而切，欲闻之者深诚也；其事核而实，使采之者传信也；其体顺而肆，可以播于乐章歌曲也。总而言之，为君、为臣、为民、为物、为事而作，不为文而作也。"①在这里，文学创作的目的已经非常清楚，不必赘言，而在更加系统地阐明其文学思想的诗论纲领性文章《与元九书》中，文学创作服务于现实政治的务实致用性目的就更加鲜明，兹录两节以示之："自登朝以来，年齿渐长，阅事渐多，每与人言，多询时务，每读书史，多求理道，始知文章合为时而著，歌诗合为事而作。""仆常痛诗道崩坏，忽忽发愤，或食辍哺，夜辍寝，不量才力，欲扶起之。""古人云：'穷则独善其身，达则兼济天下。'仆虽不肖，常师此语。大丈夫所守者道，守待者时。……故仆志在兼志，行在独善，奉而始终之则为道，言而发明之则为诗。谓之讽谕诗，兼济之志也；谓之闲适诗，独善之义也。"②不仅奉拯救诗道之崩坏于己任，而且以兼济与独善之儒家立身原则为文学创作的根本，将其与现实的"时事"联系在一起。这种创作意图贯穿于其新乐府和文学创作之中：

---

　　①　《白居易集》卷45，第974页。
　　②　同上书，第959页。

贾谊哭时事，阮籍哭路歧。异代同其悲。唐生者何人？五十寒且饥。不悲口无食，不悲身无衣，所悲忠与义，悲甚则哭之……我亦君之徒，郁郁何所为，不能发声哭，转作乐府诗。篇篇无空文，句句必尽规……非求宫律高，不务文字奇，惟歌生民病，愿得天子知。①

鉴于中唐朝野上下渴望改革弊政，恢复盛唐气象的现实，白居易希望以诗歌为惩恶劝善、补察政教得失的手段，把诗歌的社会功能提高到文人治国平天下的位置，与韩愈提倡古文一样，引古代采诗制度作为自己乐府创作的理论，其精心制作的《策林》足以证明这点，在议文章碑碣辞赋的《策林六十八》中说："古之为文者，上以纽王教，系国风；下以存炯戒，通讽谕。故惩劝善恶之柄，执于文士褒贬之际焉；补察得失之端，操于诗人美刺之间焉。今褒贬之文无核实，则惩劝之道缺矣；美刺之诗不稽政，则补察之义废矣。虽雕章镂句，将焉用之？""伏惟陛下诏主文之司，谕养文之旨，俾辞赋合炯戒讽谕者，虽质虽野，采而奖之；碑诔有虚美愧辞者，禁而绝之。若然，则为文者必当尚质抑淫，著诚去伪，小疵小弊，荡然无遗矣，则何虑乎皇家之文章，不与三代同风者欤？"②

这一段论文章碑碣辞赋之言词与当时古文运动者倡导古文，反对骈文的致用务实精神完全一致，而以恢复古代采诗以补察时政为主题的《策林六十九》则云："圣人之致理也，在乎酌人言，察人情，而后行为政，顺为教者也……圣王酌人之言，补己之过，所以立理本，导化源也。将在乎选观风使，建采诗之官，

---

① 《白居易集》卷一，第15页。
② 《白居易集》卷65，第1368页。

俾乎歌咏之声，讽刺之兴，日采于下，岁献于上者也。"①

在这样的创作思想指导下，白居易与韩愈一样，操笔为文、为诗，全以干预现实、致用务实为旨归，其《新乐府》50首，《秦中吟》十篇大多充满了现实批判锋芒，以致出现这样的现象：

> 凡闻仆《贺雨》诗，而众口籍籍，已谓非宜矣。闻仆《哭孔戡》诗，众面脉脉，尽不悦矣。闻《秦中吟》则权贵豪近者相目而变色矣。闻《乐游园》寄足下诗，则执政柄者扼腕矣。闻《宿紫阁村》诗，则握军要者切齿矣。（《与元九书》）

作为一个伟大的批判现实主义诗人，及唐代为数不多的大家之一，白居易留给后人思想方面的遗产，及奠定其文学思想史和创作史上地位的作品，应该还是《新乐府》、《秦中吟》一类。尤其是在中唐中兴的现实中，在政治革新背景下，他在乐府诗中的"创新"贡献，是经得起历史考验的。因此，在《旧唐书》中，史官对他作出如下评价："居易文辞富艳，尤精于诗笔。自雠校至结绶畿甸，所著歌诗数十百篇，皆意存讽赋，箴时之病，补政之缺，士君子多之，而往往流闻禁中。"②

与白居易以诗歌干预现实时政一样，韩愈用他名为复古实为创新的古文，针对时弊，大胆议论当时之弊，甚至连皇帝的过失也毫不留情，最为典型的是针对唐宪宗佞佛的批评而写作的《论佛骨表》一文，其云："夫佛，本夷狄之人，与中国言语不

---

①　《白居易集》卷65，第1370页。

②　《旧唐书》卷166，第4340页。

通，衣服殊制；口不言先王之法言，身不服先王之法服；不知君臣之义，父子之情，假如其身至今尚在，奉其国命，来朝京师，陛下容而接之，不过宣政一见，礼宾一设，赐衣一袭，卫而出之于境，不令惑众也，况其身死已久，枯朽之骨，凶秽之余，岂宜令入宫禁？孔子曰：'敬鬼神而远之。'古之诸侯，行吊于其国，尚以巫祝以桃茢除不祥，然后进吊。今无故取朽秽之物，亲临观之，巫视不先，桃茢不用；群臣不言其非，御史不举其失，臣实耻之。乞以此骨付之有司，投诸水火，永绝根本，断天下之疑，绝后代之惑，使天下之人知大圣人之所作为，出于寻常万万也！岂不盛哉！岂不快哉！佛如有灵，能作祸祟，凡有殃咎，宜加臣身；上天鉴临，臣不怨悔。无任感激恳悃之至，谨奉表以闻。臣某诚惶诚恐！"

在这篇言辞激烈而又苦口婆心，义正词严而又敢作敢为，出之以理而又动之以情的谏表中，千载而下的读者不难感受到韩愈为维护唐王朝的统治秩序奋不顾身的精神及其以大唐为中心的排佛立场是如此的强烈。正因为如此，古文运动的致用务实精神就更加鲜明。

作为中国封建前期士族文学向后期庶族文学过渡的中唐时期，适应着士庶斗争的需要和对大唐帝国长治久安的希望，许许多多文人以不同的方式参加进政治革新的时代队伍中。在这一潮流中，文人们都以不同的方式在探索和创新，韩愈倡导儒家道统，提倡古文创作以复兴儒学，以服务现实为旨归，并以众多作家的共同努力和大量优秀的古文作品奠定了此后古代散文的范式和发展方向。这种名为复古，实为创新的文学运动，从总的思想成就上看，虽不及同期的"新乐府运动"所达到的批判现实的高度，但从散文发展史的角度看，其影响却是久远而巨大的，更遑论其在复兴儒学方面所起到的"道济天下"的作用。

与之同时出现的"新乐府运动"，在乐府诗歌体裁上的创新充分显示了白居易等人以诗歌反映现实、干预时事、务实致用的精神，其激烈的程度决不低于古文作家，他们在文学创新上所付出的努力亦不低于古文作家。"新乐府运动"和"古文运动"的主将白居易和韩愈分别以自己的文字干预现实而触忤最高统治者，几遭不测，如韩愈诗云："一封朝奏九重天，夕贬潮州路八千。欲为圣明除弊事，肯将衰朽惜残年！云横秦岭家何在？雪拥蓝关马不前。知汝远来应有意，好收吾骨瘴江边。"① 悲歌当哭，但非悲一己之遭贬，而是"为圣明除弊事"之不成。进而慷慨陈词，不惜一己之获罪而坚持自己的行事，这与白居易激于宰相武元衡和御史中丞裴度遭人暗算，一死一伤而朝廷上下居然缄默的现实，越职上书请求捕杀刺客，以肃法纪而遭贬谪一样，显示出他们对国事的关心与热情。

白居易《与杨虞卿书》中说明自己上疏时悲愤不能自抑的心情，其云：

> 去年六月，盗杀右丞相于通衢中，溅血髓，磔发肉，所不忍道，合朝震栗，不知所云。仆以为书籍以来，未有此事。国辱臣死，此其时耶！苟有所见，虽畎亩皂隶之臣，不当默默。况在班列，而能胜其痛愤耶！故武相之气平明绝，仆之书奏日午入。②

不久，白居易就以越职言事之罪被贬官到江州。出京仓促，只有杨虞卿一人话别。怀着一腔悲愤和伤感，白居易过秦岭，经

---

① 韩愈：《左迁至蓝关示侄孙湘》，《全唐诗》第344卷，第3859页。
② 《白居易集》卷44，第946页。

商州，过襄阳，由汉水入长江，在小舟中写下如此小诗：

> 江云暗悠悠，江风冷修修。夜雨滴船背，夜浪打船头。船中有病客，左降到江州。①

就在同年的十二月，白居易写下了著名的《与元九书》。在信中，处于被贬心态而回首走过的仕途和创作历程，白居易系统地反思和总结了他的创作，虽说"始得名于文章，终得罪于文章"，但初心未悔，夙愿不改："今仆之诗，人所爱者，悉不过杂律诗与《长恨歌》已下耳。时之所重，仆之所轻。至于讽谕者，意激而言质，闲适者，思淡而词迂，以质合迂，宜人之不爱也。"

无论韩愈，还是白居易，他们所发起的古文运动和新乐府运动，其服务于现实的致用务实精神都是十分明确的。他们在散文与乐府诗的创新上所取得的成就，或许在他们最初的动机上是未曾料到的，尤其在文学史上，由他们创新而建立的文学范式深远的影响，他们也许亦未预料。但如果没有创新精神，没有务实精神，也许就没有古文运动、新乐府运动，就没有今天他们在文学史上显赫的地位。

第二节 中唐诗歌艺术创新精神的内在一致

清人叶燮说："韩愈为唐诗之一大变，其力大，其思雄，崛起特为鼻祖，宋之苏、梅、欧、苏、王、黄，皆愈之发其端，可

---

① 白居易：《舟中雨夜》，《全唐诗》第433卷，第4790页。

谓极盛。"① 这段话精准地指出了韩愈及韩孟诗派在唐诗史上的地位。那么这种变，主要在什么地方？金代赵秉文说："杜陵知诗之为诗，未知不诗之为诗。而韩愈又以古文之浑浩溢而为诗，然后古今之变尽矣。"② "以文为诗"是韩愈及其诗派诗歌创作的最大特点，这种特点的精神所在是艺术的创作追求，具体形成了韩、孟诗派诗歌在美学上独特的个性，艺术构思、意境创造、语言变革、诗歌结构不同寻常的大胆追求。

韩、孟诗派外，中唐诗歌影响后世更大的是元、白诗派。赵翼这样说：

> 中唐诗以韩、孟、元、白为最。韩、孟尚奇警，务言人所不敢言，元、白尚坦易，务言人所共欲言。③

元、白诗派坦易诗风，上节论"新乐府"时已经有所涉及，此处说其浅切坦易，大致总论其讽喻诗、闲适诗、杂律诗和感伤诗四类。讽喻诗主要是以新乐府、秦中吟一类为主，上节重在谈其思想内容上的致用务实，本节则从其诗歌艺术的创新角度，与其他三类一起论述，而韩、孟、元、白诗派所代表的艺术创新精神，正是中唐诗歌创作创新主流的集中体现。

苏轼说："书之美者，莫如颜鲁公，然书法之坏，自鲁公始；诗之美者，莫如韩退之，然诗格之变，自退之始。"④ 这段话是针对大历以后书法及诗歌审美倾向发生的变化而言的，叶燮称韩愈为唐诗之一大变，并言"其力大，其思维，崛起特

---

① 叶燮：《原诗》内篇上，人民文学出版社 1979 年版。
② 赵秉文：《答李天英书》，《闲闲老人滏水文集》卷 19，四部丛刊本。
③ 赵翼：《瓯北诗话》卷四，人民文学出版社 1981 年版。
④ 胡仔：《苕溪渔隐丛话》前集卷 17 引。

为鼻祖"。韩愈为文主张实用，其致用务实精神十分明确，其以文明道，以文干预现实的精神与白居易以诗讽谏，批判现实别无二致，故其古文创作既要文从字顺，更要明白易晓，旨在实用，充分显示了庶族地主文人"兼济天下"的使命感与责任感，可以视为韩愈与白居易新乐府创作精神内在的一致。但是，随着中唐中兴希望的逐渐暗淡，政治环境的渐次恶化，韩愈、元稹、白居易等人仕途和政治上遭受挫折之后，他们干预现实的热情逐渐淡漠，此时他们的诗歌创作也就发生了变化，以诗歌抒发主体情志、宣泄被压抑的心情，就成为他们创作的驱动力。

相对元、白诗派而言，韩、孟诗派有这样一些特点：第一，韩、孟诗派的文学思想有较明显的师承关系。孟郊作为韩、孟诗派的主要开派人物，其诗学思想受青年时代师从的诗僧皎然影响颇大。皎然论诗，崇尚新变，在其著名的《诗式》中针对诗坛"惟复不变"、"复多而变少"[1] 的不足，倡导新变，甚至提出"变若造微，不忌太过"。[2] 这种在诗歌体式上追求变革的一致从韩愈的老师萧存那里也得到继承。萧存的父亲萧颖士、皎然与颜真卿一起编纂《韵海镜源》，从上引苏轼评颜真卿的话可以看出，"新变"在颜真卿的书法中也是一种精神，这种新变也被苏轼指出了。"诗至于杜子美，文至于韩退之，书至于颜鲁公，画至于吴道子，而古今之变天下之能事毕矣。"[3] 如果说韩、孟诗派在诗学理论上受到皎然、萧颖士等人的影响，那么在创作上则明显受到诗人顾况的影响。皇甫湜作为韩门弟子，以险怪称于人

---

① 皎然：《诗式》卷五，齐鲁书社1986年版。
② 同上。
③ 苏轼：《书吴道子画后》，《苏轼文集》卷70，第2210页。

口，他在论顾况诗时就特别推崇其险怪之处，其云顾况诗："逸歌长句，骏发踔厉，往往若穿天心，出月胁，意外惊人语，非寻常所能及。李白、杜甫已死，非君将谁与软。"① 不仅将顾况推崇到极高地位，而且将韩、孟诗派与李白和杜甫诗风中的骏发踔厉与意外惊人语联系起来，由此韩、孟诗派的美学渊源也被发掘出来。清人赵翼指出："韩昌黎生平所心摹力追者，惟李、杜二公。顾李、杜之前，未有李、杜，故二公才气横恣，各开生面，遂独有千古。至昌黎时，李、杜已在前，纵极力变化，终不能再辟一径，惟少陵奇险处尚有可推扩，故一眼觑定，欲从此辟山开道，自成一家。"② 由此，从李、杜，而顾况，而孟郊、韩愈，及其门人，形成一条明显的师承关系脉络。

第二，韩、孟诗派有一个由经历、个性、志趣都十分投合的诗人群体组成。这个群体中的诗人大多仕途坎坷不遇，个性气质偏于耿介孤傲，因此，他们的诗歌多写胸中的块垒，并以险怪瘦硬的方式宣泄心中的不平。韩愈在《送孟东野序》中说："大凡物不得其平则鸣。草木之无声，风挠之鸣；水之无声，风荡之鸣。其跃也或激之，其趋也或梗之，其沸也或炙之。金石之无声，或击之鸣。人之于言亦然，有不得已者而后言，其歌也有思，其哭也有怀。凡出乎口而为声音，其皆有弗平者乎？"③ 在《荆潭唱和诗序》中说："夫和平之音淡薄，而愁思之声要妙；欢愉之辞难工，而穷苦之言易好也。是故文章之作，恒发于羁旅草野。至若王公贵人，气满志得，非性能而好之，则不暇以为。"④

---

① 皇甫湜：《唐著作郎顾况集序》，《全唐文》，中华书局1985年版，第7026页。
② 赵翼：《瓯北诗话》卷三。
③ 韩愈：《送孟东野序》，《韩昌黎文集校注》第4卷，第232页。
④ 《韩昌黎文集校注》第4卷，第262页。

抒发不平之鸣，宣泄穷苦与愁思，正是韩、孟诗派大多数诗人的创作倾向，这与该派作家多为怀才不遇者有关，他们中间除韩愈曾获得较高职位外，余下的多沉沦下僚，甚至终生白衣。

第三，由于韩、孟诗派中人物大多身世不偶，加之与世不合（如《唐才子传》载孟郊"性介不谐合"、"未尝俯眉为可怜之色"，刘叉"俯仰不能与世合"，卢仝"性高古介僻"、马异"赋性亦疏"①。有时甚至相互间以诗嘲谑，更有如刘叉当众抢走关心他的韩愈金数斤，并讥之为"谀墓钱"，拿走何妨之类），孤傲狂狷，甚至怪诞狂放，造成了这批诗人在审美趣尚上的共同点，即以崇尚怪奇与险硬为美。

韩、孟诗派的创新不在抒写"不平之鸣"，而在其基于表现鲜明个性之上的审美追求及其对诗歌体格的改造。

上引赵秉文《答李天英书》说杜甫"知诗之为诗，未知不诗之为诗"，这里的以"不诗为诗"，应该有两层含义：一是以"古文之浑灏溢而为诗"，二是一反传统的美学理想和审美价值，以不美为美。表现出自觉的艺术追求与创新意识，就是以不诗为诗，以下分论之。

韩愈的诗歌美学思想散见于《送孟东野序》、《答李翊书》、《荆潭唱和诗序》、《送高闲上人序》、《送王秀才序》、《柳子厚墓志铭》、《贞曜先生墓志铭》、《答刘正夫书》、《上兵部李侍郎书》、《送无本师归范阳》、《送穷文》、《南阳樊绍述墓志铭》、《调张籍》等诗文中。如《调张籍》诗云：

> 我愿生两翅，捕逐出八荒。精诚忽交通，百怪入我肠。刺手拔鲸牙，举瓢酌天浆。腾身跨汗漫，不著织女襄。顾语

---

① 辛文房：《唐才子传》卷七，黑龙江人民出版社1980年版。

地上友，经营无太忙。乞君习霞佩，与我高颉颃。①

论及自己与同好者时，其《醉赠张秘书》云：

今我及数子，因无荛与薰。险语破鬼胆，高词媲皇坟。至宝不雕琢，神功谢锄耘。②

韩愈与孟郊为该诗派的代表人物，苏轼认为孟郊诗苦寒，而韩愈所推崇的不是这类作品，其《荐士》云："有穷者孟郊，受材实雄傲。冥观洞古今，象外逐幽好。横空盘硬语，妥帖力排奡。敷柔肆行余，奋猛卷海潦。"③

在《贞曜先生墓志铭》中，其推崇的也与《荐士》一样，其云孟郊：

及其为诗，刿目鉥心，刃迎缕解，钩章棘句，掏擢胃肾，神施鬼设，间见层出。④

孟郊诗歌主体以"苦吟"为特征，多写愁苦之情，苏轼说其诗："孤苦擢荒秽，苦语余诗骚"，"诗从肺腑出，出辄愁肺腑"⑤，但孟郊也有不少诗作如韩愈推崇的那样，如《游终南

---

① 《全唐诗》第 340 卷，第 3814 页。
② 《全唐诗》第 337 卷，第 3774 页。
③ 同上书，第 3780 页。
④ 《韩昌黎文集校注》第 6 卷，第 444 页。
⑤ 苏轼：《读孟郊诗二首》，《苏轼诗集》第 16 卷，中华书局 1982 年版，第796 页。

山》、《洛桥晚望》、《送草书献上人归庐山》等诗所展示的意象和带给人的感受，的确有"横空盘硬语，妥帖力排奡"之诗美。

韩愈在《送无本师归范阳》诗中，也表示出自己对贾岛险怪奇谲诗美的赞赏：

> 无本于为文，身大不及胆。吾尝试之难，勇往无不敢。蛟龙弄角牙，造次欲手揽。众鬼囚大幽，下觑袭玄窞。无阳熙四海，注视首不颔。鲸鹏相摩窣，两举快一啖。夫岂能必然，固己谢黯黮。狂词肆滂葩，低昂见舒惨。①

上引作品和评价，大抵多有一个"狂"字，可见注重诗人主体心性的弘扬，正是韩、孟诗派创作主张与作品构思的方式，而以重骨尚怪为其诗歌审美特征。在对韩愈、孟郊、贾岛、刘叉、卢仝、马异以及李贺等人诗歌及其评价中，"骨"、"瘦"、"苦"、"枯"等大量出现，使韩、孟诗派一反盛唐之音的和谐之美，形成颇具独创的诗美特征。如下引材料："玉碗不磨著泥土，青天孔出白石补。兔入臼藏蛙缩肚，桂树枯株女闭户。"②"长安秋声干，木叶相号悲。瘦僧卧冰凌，嘲咏含金痍。金痍非战痕，峭病方在兹。诗骨耸东野，诗涛涌退之。有时踉跄行，人惊鹤阿师。可惜李杜死，不见此狂痴。"③"天地日月如等闲，卢仝四十无往返。唯有一片心脾骨，巉岩崒嵂兀郁律……忆君眼前如见君，此骨纵横奇又奇。千岁万岁枯松枝，半折半残压山谷，盘根蹙节成蛟螭。忽雷霹雳卒风暴雨撼不动，欲动不动千变万化

---

① 韩愈：《送无本师归范阳》，《全唐诗》第 340 卷，第 3810 页。
② 韩愈：《昼月》，《全唐诗》第 345 卷，第 3871 页。
③ 孟郊：《戏赠无本》之一，《全唐诗》第 377 卷，第 4235 页。

鳞皴皮。"① "酸寒孟夫子，苦爱老叉诗。生涩有百篇，谓是琼瑶辞。"② ……

除去对孟郊、贾岛、马异等人的描绘多以"骨"出之外，刘禹锡亦称韩愈诗"浩尔神骨清，如观混元始"③。可见，重骨尚硬是韩、孟诗派的共同特征。

除尚骨贵硬之外，韩、孟诗派艺术创新成功之处，也是失败之处，是其尚奇尚怪，以不美为美的艺术探索和美学追求。

韩愈发动旨在明道的古文运动以适应现实政治的客观需要，而韩、孟诗派的诗歌则是以重心性为主的心灵化、艺术化的产物，追求的是主观感情的宣泄。这种诗文的差异在韩愈辟佛中最为明显，其文对佛老主张"人其人，火其书，庐其居，明先王之道以道之"④，而其诗中，论及佛典和亲近佛乘处甚多，与澄观、高闲、文畅、灵师、广宣、惠师、大颠等著名僧人交往及其赞赏佛徒的人生态度，也随处可见。由此知韩、孟诗派以诗表现生活情趣和主体心性，与其以文服务于现实，尤其是倡导儒学传统的创作主旨不同。因此，韩、孟诗派的个性十分突出，并在着意背离传统审美与艺术风格中表现出来。

在韩、孟诗派中，那些有背传统诗美的"不诗"之材料，纷纷进入诗人的视野，并且被淋漓尽致地展现在读者眼前。刘熙载说："昌黎诗往往以丑为美。"⑤ 试读以下诗句："老树无枝叶，风霜不复侵。腹穿人可过，皮剥蚁还寻。寄托惟朝菌，依投绝暮

---

① 卢仝：《与马异结交诗》，《全唐诗》第 388 卷，第 4383 页。

② 刘叉：《答孟东野》，《全唐诗》第 395 卷，第 4445 页。

③ 刘禹锡：《韩十八侍御见示》，《全唐诗》第 355 卷，第 3988 页。

④ 韩愈：《原道》。

⑤ 刘熙载：《艺概·诗概》，上海古籍出版社 1978 年版。

禽。"① 这是写丑陋而令人死气沉沉、丧失希望的腐树。"蛤蟆虽水居，水特变形貌。强号为蛙蛤，于实无所校。虽然两股长，其奈脊皴疱。跦踯虽云高，竟不离泞淖。"②

这首《答柳柳州食蛤蟆》，让人掩卷想其形象，很难会有美的感受。其《病鸱》诗先写病鸱坠入臭水沟，在污水中悲号，再写"青泥掩两翅，拍拍不得离。群童叫相召，瓦砾争先之。"其描写让人不愿多看。人老掉齿在一般人看来是不美的，在韩愈诗中这不美的事被反复吟咏，其《落齿》诗云："去年落一牙，今年落一齿。俄然落六七，落势殊未已。余存皆动摇，尽落应始止。"③ 继而又在另一首诗《寄崔二十六立之》中写道："所余十九齿，飘摇尽浮危。"④ 往下又在《赠刘师服》中述说道："我今牙豁落者多，所存十余皆兀臲。"⑤ 有时甚至写拉痢，如《病中赠张十八》"中虚得暴下，避冷卧北窗"。⑥

呕泄、落齿、病马一类形象，在杜甫诗中已经较多出现，但在杜甫诗中并不把这些事物看作"美"的，只是借描述这些事物或陈述或寄寓某种情感于其中。在韩、孟诗派中，这些"不诗"的材料，成为诗人刻意描写的对象，如孟郊《京山行》将传统山水诗优美的意境写得既阴森可怖，又令人在情感上产生疏远的感觉，其云："众虮聚病马，流血不得行。后路起夜色，前山闻虎声。此时游子心，百尺风中旌。"

孟郊诗中令人不堪的丑陋和可憎、可怖的描写不比韩愈少，

---

① 韩愈：《枯树》，《全唐诗》第 344 卷，第 3858 页。
② 《全唐诗》第 341 卷，第 3827 页。
③ 《全唐诗》第 339 卷，第 3801 页。
④ 《全唐诗》第 340 卷，第 3816 页。
⑤ 同上书，第 3812 页。
⑥ 同上书，第 3815 页。

如其《秋怀》①组诗所云：“冷露滴梦破，峭风梳骨寒。席上印病文，肠中转愁盘。”（其二）“老骨坐亦惊，病力所尚微。”（其三）“鬼神满衰听，恍惚难自分。……病骨可剸物，酸呻亦成文。瘦攒如此枯，壮落随西曛。”（其五）“老骨惧秋月，秋月刀剑棱。纤辉不可干，冷魂坐自凝。”（其六）“霜气入病骨，老人身生冰。衰毛暗相刺，冷痛不可胜。……瘦坐形欲折，腹饥心将崩。”（其七）

像这样“以丑为美”的作品，在韩、孟诗派中俯拾皆是，这种背离传统的审美取向，不仅是韩、孟诗派受其所处时代审美时尚的影响，更在于该派诗人在审美理想上自觉的共同追求。除去这点外，韩孟诗派艺术创新精神还集中体现在“以文为诗”，对传统诗歌体格的突破和创新的自觉追求中。

叶燮说：“开、宝之诗，一时非不盛，递至大历、贞元、元和之间，沿其影响字句者且百年，此百余年之诗，其传者已少殊尤出类之作，不传者更可知矣。必待有人焉起而拨正之，则不得不改弦而更张之。愈尝自谓‘陈言之务去’，想其时陈言之为祸，必有出于目不忍见，耳不堪闻者，使天下人之心思智慧，日腐烂埋没于陈言中，排之者比于救焚拯溺，可不力乎。”② 虽说唐诗至于开元、天宝间取得盛唐之音这个“顶峰上的顶峰”③ 的伟大成绩后，到贞元、元和间亦未达到“陈言之为祸”有不堪耳闻目睹的严重，但极盛难继，极需创新却是时人的共识。韩、孟诗派在这时期进行诗歌体格及其语言的创新，是符合诗歌发展内部规律的举动，其历史功绩是不可磨灭的。

韩、孟诗派对诗歌体格的创新主要体现在“以文为诗”方

---

① 《全唐诗》第375卷，第4206页。
② 叶燮：《原诗》内篇上。
③ 闻一多：《唐诗杂论·宫体诗的自赎》，上海古籍出版社1998年版。

面，即以散文句式改变盛唐诗歌那种典型诗歌的体格。用散文化的句式，散文的议论不仅拉长诗歌的篇幅，还打乱整齐的章法、抒情的格式，创造出"不诗之诗"。如其名篇《山石》诗：

> 山石荦确行径微，黄昏到寺蝙蝠飞。升堂坐阶新雨足，芭蕉叶大栀子肥。僧言古壁佛画好，以火来照所见稀。铺床拂席置羹饭，疏粝亦足饱我饥。夜深静卧百虫绝，清月出岭光入扉。天明独去无道路，出入高下穷烟霏。山红涧碧纷烂漫，时见松枥皆十围。当流赤足踏涧石，水声激激风吹衣。人生如此自可乐，岂必局束为人鞿。嗟哉吾党二三子，安得至老不更归！

用七言整齐的句子构成全篇，但从贯穿始终的时间线索，叙事、写景、抒情、议论的散文结构和谋篇布局的写法来看，本诗已经溢出了传统叙事诗的格式，与古文运动时期所产生的山水散文相去无多。至于代表韩、孟诗派以文为诗的卢仝《月蚀》诗，则典型地反映出该派诗人反传统、求创新的努力，兹将这首1600多字长诗的结尾录下，以窥一斑：

> 孔子父母鲁，讳鲁不讳周。书外书大恶，故月蚀不见收。予命唐天，口食唐土，唐礼过三，唐乐过五，小犹不说，大不可数。灾诊无有小大愈，安得引衰周，研核其可否？日分昼，月分夜，辨寒暑，一主刑，二主德，政乃举。孰为人面上，一目偏可去？愿天完两目，照下万方土，万土更不蠹。万万古，更不蠹，照万古。①

---

① 《全唐诗》第388卷，第4383页。

　　韩愈因其赞赏这种"不诗"的写法，特仿效卢仝《月蚀诗》作《月蚀诗效玉川子作》，又在《忽忽》、《南山诗》、《寄卢仝》、《谁氏子》等诗中，或采用散文长短参差的句法，或大量使用虚词，或以骈赋句法，由此把传统诗歌追求规范整齐、讲究节奏和谐、句式工稳的形式打破，使诗歌变得跌宕跳跃、变化无方，产生新奇、突兀之感，为诗坛带来全新的变化。如下列诗句的写法："忽忽乎余未知生之为乐也，愿脱去而无因。安得长翮大翼如云生我身，乘风振奋出六合，绝浮尘。死生哀乐两相弃，是非得失付闲人。"① "玉川先生洛城里，破屋数间而已矣……放纵是谁之过欤？尤效戮仆愧前史。"② "或云欲学吹凤笙，所慕灵妃媲萧史。又云时俗轻寻常，力行险怪取贵仕。神仙虽然有传说，知者尽知其妄矣。"③

　　这类诗作在韩诗中有相当数量，后人对此褒贬各异。笔者认为，以韩愈、孟郊为代表的这派诗人在盛唐诗歌形成典型范式的前提下，吸收了李白、杜甫诗歌中部分含有启示后人变化的因素，以其宏大的气势、丰富的想象和大胆出新、敢于创造的胆识，在中唐诗坛上标新立异、独树一帜进行创新，给诗坛带来了新的活力，这无疑是符合诗歌发展和审美追求规律的。但是，后人或云其诗："虽健美富赡，然终不是诗。"④ 这样的批评所持的标准，在以盛唐诗歌美学范型为参照体系的前提下，即反对"以文字为诗，以才学为诗，以议论为诗"，而"以汉、魏、晋、盛唐为师，不作开元、天宝以下人物"⑤，也有其合理之处。

---

①　《忽忽》，《全唐书》第338卷，第3786页。

②　《寄卢仝》，《全唐书》第340卷，第3808页。

③　同上。

④　惠洪：《冷斋夜话》引沈括语，中华书局1988年版。

⑤　严羽：《沧浪诗话·诗辨》，郭绍虞校释本，人民文学出版社1961年版。

与韩、孟诗派"以文为诗"、"以不诗为诗",追求险怪新奇的审美理想不同,白居易、元稹一派诗人在诗歌领域中进行着另一种改革创新。

从严格意义上讲,相对韩、孟诗派有一个比较紧密的诗人群体,元、白诗派并不成其为"诗派",只是以白居易、元稹为代表的一些诗人,以他们明白浅显、通俗畅达的创作,形成一种与韩、孟诗派诗风迥然相异的诗歌风格和美学追求,在中唐诗坛上代表着另一种创新潮流。苏轼在《祭柳子玉》文中将"元轻白俗"作为"郊寒岛瘦"的截然不同风格对举,准确地概括出了中唐两大诗派的特征,不过,这表面看来殊异的诗派,在中唐诗坛几乎同时出现决不是一种偶然,而是有着深层次的必然和联系。以上分析了韩、孟诗派的风格特征和自觉的美学追求以及艺术创新,那么,与之风格迥异,美学追求截然相反的元、白诗派,是否也体现出一股创新思潮?

前一节在论述"古文运动"和"新乐府运动"时,比较详细地论述了白居易前期(元和十年以前)的诗歌创作和思想,虽说其指导思想是将诗歌创作用于政治事业,其美学思想基本没有脱离传统儒家诗歌美学的美刺之道,但由于其追求平易浅切的表现方式,即其所云:"凡直奏密启之外,有方便闻于上者,稍以歌诗导之。意者,欲其易入而深诫也。"① 又云:"非求宫律高,不务文字奇。"② "诗成淡无味,多被众人嗤。上怪落声韵,下嫌拙言词。"③ 这种浅显易懂的美学追求虽说不为许多文人士大夫所认同,但却拥有下层广大读者的喜爱。到贬官江州后,白

---

① 白居易:《与杨虞卿书》。
② 白居易:《寄唐生》。
③ 白居易:《自吟拙什因有所怀》,《全唐诗》第 429 卷,第 4732 页。

居易的政治热情大大降低，而在诗歌艺术和美学理想上的追求热情却大大提高。当初在《与元九书》中所云："今仆之诗，人所爱者，悉不过杂律诗与《长恨歌》已下耳。时之所重，仆之所轻。"后来，白居易逐渐认识到"时之所重"自有其道理，故在其《编集拙诗，成一十五卷，因题卷末，戏赠元九、李十二》中说："一篇《长恨》有风情，十首《秦吟》近正声。每被老元偷格律，苦教短李伏歌行。"① 不仅认识到《长恨歌》的思想价值，也承认其艺术价值。此外，他改变了以政治功利来评价李白、杜甫诗歌的偏颇，并对二人进行重新评价云："翰林江左日，员外剑南时，不得高官职，仍逢苦乱离。暮年逋客恨，浮世谪仙悲。吟咏流千古，声名动四夷。文场供秀句，乐府待新辞。天意君须会，人间要好诗。"② 更让人感到与前期诗风所推赏的不同的是，白居易对陶渊明、谢灵运的诗歌竟然会爱不释手，甚至于"肩舁适野，舁中置一琴一枕，陶、谢诗数卷"③。

白居易后期诗风的转变与其说是个人生活情趣、审美理想的改变，不如说是由于政治环境的转变所引起的时代审美理想向封建后期转变的一个明显信号。写于"甘露事件"（835 年）前一年的《序洛诗》中，他说自己："闲适有余，酣乐不暇；苦词无一字，忧叹无一声。"而在《效陶潜体诗十六首》中，他有意识地将屈原和刘伶作了对比，指出："一人常独醉，一人常独醒。醒者多苦志，醉者多欢情。欢情信独善，苦志竟何成。"④ 政治环境的陡然转变，改变了白居易以诗干预现实政治的创作初衷，他不得不认真考虑写诗的目的。思考的结果是以诗来调适自己的

---

① 《全唐诗》第 439 卷，第 4895 页。
② 白居易：《读李、杜诗集因题卷后》，《全唐诗》第 438 卷，第 4875 页。
③ 白居易：《醉吟先生传》，《白居易集》卷 69。
④ 《全唐诗》第 428 卷，第 4721 页。

心态，以独善其身的方式来写作。但是，早期养成的平易诗风并未完全因此而改变，只是由反映国家大事、民生疾苦转向抒写知足保和、乐天知命的个人闲适生活与心中的感受。

另一个引起白居易和元稹等通俗派诗人写作内容转变的原因来自更大层面上的影响，那就是在士庶文化转型深刻的文化背景下世俗文化精神对传统文人生活情趣、审美理想的巨大冲击，也包括勃起的佛教禅宗文化影响在内。关于这一文化背景的情况，已在前面有详细的论述，本节只就元、白诗派创作的具体情况加以论述，并剖析元、白诗派在这种影响下创作的艺术创新精神。

正如前引赵翼说"元、白尚坦易，务言人所共欲言"那样，元、白以通俗浅白的语言创作讽喻诗，是要将下层百姓想说的话说尽，而以通俗易晓的语言创作闲适诗，则是想把在俗文化冲击下庶族地主文人对独善其身的生活理想和生活情趣传达出来，并且在浅易务尽的表达中，促进了文人以诗，尤其是长诗相互酬唱的迅速发展。这种浅显的唱酬在元、白诗中大量出现，是此后应酬诗趋于规范的先声。严羽在《沧浪诗话》中说："古人酬唱不次韵，此风始盛于元、白、皮、陆。"[1]

白居易与元稹唱和的诗歌，编为《因继集》，白居易为之写序说："去年微之取予长庆集中诗未对答者五十七首追和之，合一百一十四首寄来，题为因继集卷一。今年复予以近诗五十首寄去，微之不逾月依韵尽和，合一百首，又寄来，题为因继集卷之二。卷末批云：更拣好者寄来。盖示余勇，磨砺以须我耳。予不敢退舍，即日又收拾新作格律诗共五十首寄去，虽不得好，且以供命。夫文犹战也，一鼓作气，再而衰，三而竭，微之转战迨兹

---

[1]　严羽：《沧浪诗话·诗评》。

三矣。"①除去与元稹的大量唱和外，白居易还与刘禹锡相唱和，并且为《刘白唱和集》作解云："彭城刘梦得诗豪者也，其锋森然，少敢当者，予不量力，往往犯之。夫合应者声同，交争者力敌，一往一复，欲罢不能。由是每制一篇，先相视草，视竟则兴作，兴作则文成。一二年来，日寻笔砚，同和赠答，不觉滋多，至大和三年已前，纸墨所存者凡一百三十八首。其余乘兴扶醉；率然口号者，不在此数，因命小侄龟儿编录勒成两卷。仍写二本，一付龟儿，一付梦得小儿仑郎，各令收藏，附两家集。"②

从上面一序一解来看，白居易与元稹由于长期大量唱和，加之二人感情笃厚，因此唱和极为随便，以致不是即兴赋诗，而是成批成批地近于制作，并且影响晚唐皮、陆甚深。与刘禹锡的唱和则明显是即兴创作，但有一点应该注意，这种唱和因是就作诗而作诗，其内容和思想的深刻性必然会大打折扣。只须读一篇《池上篇序》就可以看出，在这样的生活中产生的诗歌会是什么样的："都城风土水木之胜在东南偏，东南之胜在履道里，里之胜在西北隅。西闬北垣第一第，即白氏叟乐天退老之地。地方十七亩，屋室三之一，水五之一，竹九之一，而岛树桥道间之。初，乐天既为主，喜且曰：虽有池台，无粟不能守也；乃作池东粟廪。又曰：虽有子弟，无书不能训也；乃作池北书库。又曰：虽有宾朋，无琴酒不能娱也；乃作池西琴亭，加石樽焉。乐天罢杭州刺史时，得天竺石一，华亭鹤二以归。始作西平桥，开环池路。罢苏州刺史时，得太湖石、白莲、折腰菱、青板舫以归。又作中高桥，通三岛径。罢刑部侍郎时，有粟千斛，书一车，泊臧获之习管磬弦歌者指百以归。先是颍川陈孝山与酿酒法，味甚

---

① 白居易：《因继集重序》，《白居易集》卷69，第1451页。
② 白居易：《刘白唱和集解》，《白居易集》卷69，第1452页。

佳。博陵崔晦叔与琴，韵甚清。蜀客姜发授《秋思》，声甚淡。弘农杨贞一与青石三，方长平滑，可以坐卧。大和三年夏，乐天始得请为太子宾客，分秩于洛下，息躬于池上，凡三值所得，四人所与，洎吾不才身，今率为池中物矣。每池风春，池月秋，水香莲开之旦，露清鹤唳之夕，拂杨石，举陈酒，授崔琴，弹姜《秋思》，颓然自适，不知其他。酒酣琴罢，又命乐童登中岛亭，合奏霓裳散序，声随风飘，或凝或散，悠扬于竹烟波月之际者久之；曲未竟，而乐天陶然已醉，睡于石上矣。"①

可以看出，不仅讽喻诗以通俗浅切为特征，闲适、感伤、杂律诗无一不以浅切为特征，虽然早在元和十年的《与元九书》中，白居易就称其杂律诗"或诱于一时一物，发于一笑一吟，率然成章"，这种率然成章就是后人所言冲口而出所成容易，即以浅切为特征。虽然白居易当时说这些杂律诗为时人所尚，自己并不看重，"非平生所尚者，但以亲朋合散之际，取其释恨佐欢。今铨次之间，未能删去，他时有为我编集斯文者，略之可也"，但随着知足保和，乐天知命思想逐渐占据主导地位后，闲适、杂律一类诗的创作不仅没有停止，而且成为白氏创作主流，到了《序洛诗》时其云：

> 在洛凡五周岁，作诗四百三十二首。除丧明哭子十数篇外，其他皆寄怀于酒，或取意于琴，闲适有余，酣乐不暇；苦词无一字，忧叹无一声，岂牵强所能致耶？斯乐也，实本之于省分知足。

63 岁的白居易所写的诗歌已经没有了讽喻干政的影子，但

---

① 白居易：《池上篇序》，《白居易集》卷 69，第 1450 页。

纵观其元和十年以后的创作，以及元稹等人的创作，最终没有脱离浅切通俗的特点。宋人惠洪说："白乐天每作诗，令一老妪解之。或问解否？妪曰解，则录之；不解，则易之。故唐末之诗近于鄙俚。"① 这种鄙俚的风格，就是元、白诗派艺术创新之所在，不过这种鄙俚特征中，白居易以浅切著称，元稹以"淫靡"见长。

李肇说："大历之风尚浮，贞元之风尚荡，元和之风尚怪"②，总起来讲"元和之风尚怪"，实际指此时无论韩、孟诗派，还是元、白诗派，其诗风都异于此前，也就体现出新变的特征。具体讲就是李肇所云："元和已后，为文笔则学奇诡于韩愈，学苦涩于樊宗师。歌行则学流荡于张籍。诗章则学矫激于孟郊，学浅切于白居易，学淫靡于元稹……"③ 无论是韩愈的古文运动，还是白居易的新乐府，无论是韩、孟诗派的奇险，还是元、白诗派的浅切，这一切都是元和时代文学新变的反映。韩愈诗歌有其奇诡的一面，亦有矫激的一面，同样，元、白诗歌有浅切的共同处，也有"淫靡"的相似处，元稹多有艳诗，白居易诗中亦有艳诗，不过元稹之作远多于白居易而已。元、白诗派不仅影响到晚唐，而且流行于宋初，宋初文人风行唱和，元白体，或称白体的影响，足以说明流风所至。

第三节　诗美与哲理和谐的中晚唐怀古诗

中唐元和以后，古典怀古咏史诗如同一股暗潮突然冲决地面

---

① 惠洪：《冷斋夜话》卷一。
② 李肇：《唐国史补》卷下。
③ 同上。

一样，形成一股强大的激流，在诗坛上激起千重浪，而在浪尖上卷起夺目浪花的是诗人刘禹锡的一系列怀古咏史名篇。刘禹锡有计划地大量创作怀古咏史诗作，看来仿佛与其沉潜哲理有关，实际上，在这背后有着深广的文化底蕴。

笔者将传统咏史怀古诗的提法改为怀古咏史诗，主要是从元和文学的创新精神着眼，因为从咏史怀古题材的发展而言，中唐时期咏史诗的主要类型已经基本成熟，而怀古诗并不发达，从刘禹锡开始，以自然永恒、历史无情、生命短促为主题才成为怀古诗的主要创作指向，并由此与咏史诗并驾齐驱，甚至在艺术上超过咏史诗，而这种超越，最主要的是诗中那诗美与哲理的和谐。怀古诗的勃发，正好显示出元和文学的创新精神，所以，笔者将传统的咏史怀古诗的提法改为怀古咏史诗，特此说明。

为了证明元和以后怀古咏史诗异军突起背后的理性精神与元和文学的创新精神，以下从怀古诗和咏史诗两个方面分别加以论述。

古典怀古诗与咏史诗虽说都以历史题材为吟咏对象，但它们的创作指向和引发创作的对象却是不同的。日本僧人遍照金刚在《文镜秘府论》中说：

> 诗有览古者，经古人之成败咏之是也；咏史者，读史见古人成败，感而作之。[①]

中国传统文化中存在着强烈的历史感，并且在人们生活的各个方面都表现出来，最突出的是各朝各代的历史编纂都备受统治者的关注，文人以能参与修史为极高的荣誉，朝廷严格控制着历史的编纂和话语权。以历史为借鉴，引经据典，更是中国古代统

---

① 　遍照金刚：《文镜秘府论》，王利器校注，中国社会科学出版社1983年版。

治阶级的文化习惯。中国文化中积淀的历史内涵是世界上任何民族所不能比拟的。中国诗歌历来被视为统治阶级教化的主要工具之一，因此，以诗歌记叙历史事件和历史人物很早就成为一种传统，与其他各种题材相比，咏史诗往往是文化精英们的专利，杜甫之所以在中国诗歌史上占有崇高地位，其中，"诗史"的称号应该是最重要的原因。

从一般意义上来划分，咏史诗主要就某一特定的历史事件和人物进行评价，以期达到借古鉴今、以古讽今等政治、伦理和道德上的评判。怀古诗则通常以一种笼统的历史概念中所包容的哲理的反思或感伤来表现作者对人生的看法。中国人的人生观主要受儒家思想影响，只有在现实人生中失意或颓唐时，才亲近道家的人生观。当佛教思想渐次侵入人们的思想意识之后，人们的人生观才发生明显变化。同时，因国人思想的变化，受"人的觉醒"程度制约，只有到东汉末年以后，主体意识才开始觉醒，由此决定怀古诗的发展远远滞后于咏史诗。

怀古诗起于汉末《古诗十九首》，其创作的根本动因是诗人的终极关怀，即对生命价值、人生意义的关注，它也是一种精英意识的表现。由于怀古诗的内涵受制于"人的觉醒"程度，而汉末以来，作为创作主体的贵族文人大多卷入不同的贵族集团，虽说死亡现象引起他们的沉思，但怎样逃避政治杀戮及其所带来的心理恐惧，则是贵族们更关心的事。

中国文学史上有两个侈谈生死的时期：一是汉末魏晋，一是中晚唐。纵观以生死为主要内涵的怀古诗发展历程，可以分为三个阶段，其判断的标准是"人的觉醒"的发展历程。

唐前怀古诗是处在筚路蓝缕的时期。战争动荡不仅造成儒家思想的信仰危机，而且使人们直面死亡的现实。《古诗十九首》的作者，面对着荒坟古墓，唱出了无可奈何的生命悲歌："驱车上东门，遥望郭北墓。白杨何萧萧，松柏夹广路。下有陈死人，杳杳即长暮。潜寝黄泉下，千载永不寤。浩浩阴阳移，年命如朝露。人生忽如寄，寿无金石固。万岁更相送，圣贤莫能度。服食求神仙，多为药所误。不如饮美酒，被服纨与素。"① "去者日以疏，来者日以亲。出郭门直视，但见丘与坟。古墓犁为田，松柏摧为薪。白杨多悲风，萧萧愁杀人。思还故里闾，欲归道无因。"②

面对死亡，诗人们只有恐惧、无奈和抓紧享乐。阮籍《咏怀诗》较之《古诗十九首》多了生命的忧患和思考："驾言发魏都，南向望吹台。箫管有遗音，梁王安在哉？"③ "丘墓蔽山冈，万代同一时。千秋万岁后，荣名安所知。"④

整个六朝时期，生命悲音不绝如缕，但大多缺少深厚的历史感和终极关怀的哲理反思，故此期的怀古之作尚处于起步阶段。

元和以前的怀古诗为发展的第二阶段，其特点是渐入人生空漠之感。宋人严羽推崇盛唐诗，其云："唐人好诗，多是征戍、迁谪、行旅、离别之作。"⑤ 的确，初盛唐诗歌以山水田园和边塞大漠为描写对象，其中寄托着欣欣向荣时代文人进取功名的热情，这样的时代很难让人发思古之幽情。然而陈子昂随军途中在失意的心态下写成的《蓟丘览古五首》、《登幽州台歌》，李白壮游天下写成的《苏台览古》、《越中览古》诸诗，却有石破天惊的巨大影响和震撼人心之处："前不见古人，后不见来者。念天

---

① 《驱车上东门》，《先秦汉魏晋南北朝诗》，第 332 页。
② 《去者日以疏》，《先秦汉魏晋南北朝诗》，第 332 页。
③ 阮籍：《咏怀诗》，《先秦汉魏晋南北朝诗》，第 502 页。
④ 同上书，第 499 页。
⑤ 严羽：《沧浪诗话·诗评》。

地之悠悠，独怆然而涕下。"[①]　"旧苑荒台杨柳新，菱歌清唱不胜春。只今唯有西江月，曾照吴王宫里人。"[②]

自然永恒、人生短促这样一种巨大的历史沧桑感和生命忧患，竟然发自盛世！再看称为唐人七律"第一"的崔颢《黄鹤楼》，给人留下的除去无限神伤外，还有无限的哲理回味：

> 昔人已乘黄鹤去，此地空余黄鹤楼。黄鹤一去不复返，白云千载空悠悠。晴川历历汉阳树，芳草萋萋鹦鹉洲。日暮乡关何处是？烟波江上使人愁。[③]

尽管如此，盛唐大量的怀古诗，其主题仍然在表现历史与现实的冲突，诗人身世遭遇、对现实的规诫与讽喻，和咏史诗的畛域并没有太多的差异。

元和以后的怀古诗，可以视为怀古诗发展的第三个阶段，即成熟和黄金时代，其特点是诗中的历史消融在生命哲理的反思中，尽管其基调是感伤的，但其理性精神却空前增强。

刘禹锡在元和、长庆时代大量创作怀古诗，揭开了怀古诗创新的帷幕。

刘禹锡之所以在怀古诗的创作中有极大的创新，除去其政治革新精神和"永贞革新"失败后长期贬谪的生活促使其理性思考深入的因素外，与其作为思想家的唯物主义哲学思想密切相关。在刘禹锡重要的哲学著作《天论》三章中，集中表现出的思想就是万事万物都有自身的规律，这种规律对于事物具有必然

---

①　陈子昂：《登幽州台歌》，《全唐诗》第 83 卷，第 902 页。

②　李白：《苏台览古》，《全唐诗》第 181 卷，第 1846 页。

③　崔颢：《黄鹤楼》，《全唐诗》第 130 卷，第 1329 页。

性与规定性，由此决定事物发展的趋势，而事物发展的趋势又决定于其本身存在的状况与特点。这种思维特点与方式必然影响其对历史和人生的思考，并且反映在其怀古咏史诗中。

由于是政治革新集团中的骨干人物，刘禹锡的咏史诗思想内涵并未超脱儒家思想，具有强烈的现实关怀和指向，只不过因其哲学思维较其他诗人更加深邃，而其怀古诗则不然，由于所思考的对象是超脱了具体历史事件的哲理思辨，刘禹锡创造了一种新的怀古诗模式，试读其怀古诗代表作二首：

> 山围故国周遭在，潮打空城寂寞回。淮水东边旧时月，夜深还过女墙来。[1]

> 朱雀桥边野草花，乌衣巷口夕阳斜。旧时王谢堂前燕，飞入寻常百姓家。[2]

在前诗中，作者将眼前寂寞荒凉的金陵展现出来，其背后让人感受得到的是整个六朝的豪华。诗人没有讲述具体的史事，而是通过两大对比来表现他的思索和感伤：一是六朝豪华与眼前荒凉的对比，表现历史的无情，具有极大的人世沧桑之感；二是以人世的短促与自然的永恒对比，直接将目光投注到终极关怀上，其思考的哲理深度早已溢出诗歌表象外。后一首诗看来涉及具体历史人事，但其着眼点并不在人世，而是以繁华与荒凉、显赫一世与过眼云烟对比，逼出读者对人生意义和价值的思考。

如果我们比较处在怀古诗发展新的突破点上的刘禹锡一系列

---

① 刘禹锡：《石头城》，《全唐诗》第 365 卷，第 4117 页。
② 刘禹锡：《乌衣巷》，《全唐诗》第 365 卷，第 4117 页。

怀古之作，不难看出有两种模式的怀古诗类型。试读两首以台城为题材的怀古诗："台城六代竞豪华，结绮临春事最奢。万户千门成野草，只缘一曲《后庭花》。"① "清江悠悠王气沉，六朝遗事何处寻。宫殿隐嶙围野泽，鹳鹬夜鸣秋色深。"② 前一首"怀古"诗，其实不过是咏史而已，因为它的主旨是在探讨历史兴衰治乱的原因，其指向是现实的关怀。后一首才是刘禹锡怀古诗创新之处，其指向是终极关怀，诗人着力表现的是人生的意义和价值的思考。如果说前一首诗描写台城荒凉景象是现实，那么导致这种荒凉现实的原因是什么，作者明确指出那是统治阶级荒淫糜烂的生活。后一首诗也描写台城的荒凉，但导致这荒凉的原因是什么，作者没有指出，只是极力渲染这种荒凉，然而人世沧桑、自然永恒，生活于其间的每一个人，该怎样认识这一无情的规律？这就是刘禹锡的创新。

刘禹锡所着力创新的怀古诗范式，在晚唐诗人那里得到极大的发展，并且在诗歌体式上有了较为明确的选择，即一般而言，以七言律诗的形式写作怀古诗，而以七言绝句来写作咏史诗。

崛起于元和、长庆以后的怀古诗，本身与唐王朝盛世不再的社会现实有关，而入晚唐之后，现实难以救治已经为时人清醒地认识到，李商隐《登乐游原》诗，形象地展现了晚唐的现实，也反映出晚唐人刻意创作怀古诗的感伤心态和对生命哲理体认的文化趋向，其诗云："向晚意不适，驱车登古原。夕阳无限好，只是近黄昏。"

许浑是继刘禹锡之后，专工近体诗的著名作家，而怀古诗则代表了他的诗歌最高艺术成就。许浑著名的怀古诗多以七律写

---

① 刘禹锡：《台城》，《全唐诗》第 365 卷，第 4117 页。
② 刘禹锡：《台城怀古》，《全唐诗》第 365 卷，第 4115 页。

成，并且使之成为怀古诗范式的代表，试读以下二诗："玉树歌残王气终，景阳兵合戍楼空。松楸远近千官冢，禾黍高低六代宫。石燕拂云晴亦雨，江豚吹浪夜还风。英雄一去豪华尽，惟有青山似洛中。"[①]"一上高城万里愁，蒹葭杨柳似汀洲。溪云初起日沉阁，山雨欲来风满楼。鸟下绿芜秦苑夕，蝉鸣黄叶汉宫秋。行人莫问当年事，故国东来渭水流。"[②]

不管是六朝豪华，还是秦汉雄风；无论是江山依旧、英雄湮灭，还是触目感怀、登临神伤，深厚的思想内涵借助于规范的形式表现出来，都给人耳目一新的感觉。这种耳目一新详言之有两个特点。

第一，哲理与诗美和谐融于怀古之中，使理性精神大大增强的同时，艺术美的魅力也同步增强。怀古诗以反思人与自然的关系和思考人生意义为旨归，而反思是人们认识外在世界和自身世界的理性思维方式。诗歌是诗人情感世界的物质反映，是情感自然流淌的结果。诗歌追求的最高境界是深邃的哲理与丰富的情感的和谐一体。终极关怀是"人的觉醒"的深层次内容，其中所包孕的哲理丰厚而深邃。感伤，作为人类情感的一种，积淀着深厚的文化内容，是一种优美而复杂的情感。怀古诗要将二者水乳交融，才能在盎然诗美中体味出深邃的哲理。晚唐的感伤诗极好地处理了这一关系，使人体味到"韵外之致"的至美。试读杜牧名诗《题宣州开元寺水阁，阁下宛溪，夹溪居人》："六朝文物草连空，天淡云闲今古同。鸟去鸟来山色里，人歌人哭水声中。深秋帘幕千家雨，落日楼台一笛风。惆怅无因见范蠡，参差烟树五湖东。"与许浑诗一样，这种借助律诗特有的诗美形式，

① 许浑：《金陵怀古》，《全唐诗》第533卷，第6084页。
② 许浑：《咸阳城西楼晚眺》，《全唐诗》第533卷，第6085页。

首联"浑写"怀古"大意","涵概一切"①；以中间两联将王朝兴亡、人世替代与江山胜景长久对比；结联宕出生命意义思考，真正达到"韵外之致"的境界。

第二，利用律诗对仗的特点，创造出"诗中有画，画中有诗"的美学效果。高棅说："元和后，律体屡变，其间有卓然成家者，皆自鸣所长，若李商隐之长于咏史，许浑、刘沧之长于怀古，此其著也。"② 晚唐七律大家在充分利用律诗对仗方面，较之前人更加自觉。怀古诗最大的特点是以自然永恒来反衬人生短促，以巨大的空间感来逼出怀古主体产生个体生命的渺小伤感。那么，山川日月、星云江河、荒墓废墟、颓壁断垣、连天衰草、野庙孤台、枯井败苑、荒原古城，一切表现时空巨大反差的意象，都成为诗人选取的意象，这些意象基本都是名词性词语。名词性词语相对应的并置，恰好是律师对仗的特点。在对仗的讲究中，刘勰有极精辟的概括：

言对为易，事对为难；正对为劣，反对为优。③

怀古诗要以意象来传达深邃的哲理，必须采用"事对"手法，要以强烈的时空反差来表现诗人的感受，正需采用"反对"手法。"事对"、"反对"的运用较之"言对"、"正对"要困难得多，然而，晚唐怀古诗人不避畏途，遵循"律诗不可多用虚字，（中间）两联填实方好"④ 的艺术规律，突破前人律诗颔联和颈联一联写景，一联言情的樊篱，创造出独特的两联写景而寓

①　俞陛云：《诗境浅说》，上海书店1984年版。
②　高棅：《唐诗品汇》，上海古籍出版社1982年版。
③　刘勰：《文心雕龙·丽辞》，范文澜注本，人民文学出版社1958年版。
④　胡震亨：《唐音癸签》卷三引赵孟頫语，上海古籍出版社1981年版。

情理于其中的怀古诗范式。如："残春碧树自留影，半夜子规何处声。芦叶长侵洲渚暗，蘋花开尽水烟平。"① "水声东去市朝变，山势北来宫殿高。鸦噪暮云归古堞，雁迷寒雨下空濠。"② "白玉砌寒苔自碧，真珠帘断月无光。骊山南去侵天尽，渭水东流入海长。"③ 一边是寂静的遗址在展示人事的空幻，另一边则是无情的自然亘古如斯，具体可感。

晚唐诗人采用七律中间两联填实的意象并置手法，以形象来传达诗人怀古的哲思，即在瞬间的直觉感受引发下所产生的生命沉思。

从元和长庆以来刘禹锡开始大量创作怀古诗开始，经晚唐大批诗人的发展，从传统的咏史中剥离出怀古诗，并突破了"咏史"域界，将我们民族对历史反思的域界扩大到对存在的终极关怀，不仅记录了我们民族从汉末以来"人的觉醒"的深化过程，给后人留下了许多思想和艺术都丰满的杰作，更使理性精神在诗歌领域中得以深入，这无疑是元和以来文学创新的丰硕成果。

相对于怀古诗而言，咏史诗明显表现了自元和以来因政治革新失败，大唐帝国辉煌难再的时代心理，同时表现出庶族地主阶级文人在"立功"无路时，以"立言"的形式所表现出来的对现实的关怀。

钱穆先生说："自唐以来之所谓学者，非进士场屋之业，则释道山林之趣，至是而始有意于为生民建政教之大本，而先树其本于我躬，必学术明而后人才出。"④ 这段话概括出由唐而宋文

---

① 刘沧：《题吴宫苑》，《全唐诗》第 586 卷，第 6794 页。
② 许浑：《登洛阳故城》，《全唐诗》第 533 卷，第 6088 页。
③ 李郢：《骊山怀古》，《全唐诗外编》下册，第 520 页。
④ 钱穆：《中国近三百年学术史·序》，商务印书馆 1997 年版。

人人格再塑的过程。元和以后咏史诗大盛的内在因素就在于庶族地主文人力图"为生民建政教之大体",在反思历史兴衰治乱时的一种表现方式。

如果说,白居易以新乐府的形式写作是为了表现"兼济之志"而讽喻现实,韩愈提倡古文写作是以"文以载道"的方式复兴儒学道统,振兴中唐政治,并为封建政体寻求建构政教一体的模式,那么元和以后大炽的咏史之风,则是文人们通过对历史的反思寻求社会理乱的方法,并以道德标准来评判是非,而这样的道德标准无疑是儒家的道德标准。举李商隐诗为例:

> 历览前贤国与家,成由勤俭败由奢。何须琥珀方为枕,岂得真珠始是车。运去不逢青海马,力穷难拔蜀山蛇。几人曾预南薰曲,终古苍梧哭翠华。[①]

本诗的首联两句可以看作是中唐以来咏史诗创作指导思想的精确概括。勤俭与奢靡是判断贤君与昏君、清明政治与腐朽朝政的标准。无论是穷兵黩武、重敛繁征、酒色逸乐、贪图长生,还是忠奸不辨、荒废朝政、拒纳谏议,都是儒家思想认为不符合统治者道德规范的"奢"的行为。基于此,中晚唐的咏史诗就是为了批判这种不符合儒家道德规范的行为,尤其是代表着整个庶族地主阶级利益的君王的行为。从这一角度来看问题,中晚唐以来咏史诗勃兴的内在原因也就被揭示出来了。

晚唐诗历来遭人诟病,斥为肤浅,但晚唐咏史诗中浓厚的书卷气和哲理性,却很少被人认识,而且咏史诗以自己独特的审美方式和对诗歌创作学人型的开拓影响了当时和后人的诗风。如杜

---

① 李商隐:《咏史》,《全唐诗》第539卷,第6163页。

牧咏史诗的以才学为诗，以议论为诗，显然对宋诗有不小的影响。

咏史诗起源很早，从东汉班固首标《咏史》诗题，到刘禹锡之前，咏史诗经历了由述史到咏怀的变化。所谓述史，就是清人吴乔所说的"古人咏史，但叙事而不出己意"①一类，如班固《咏史》诗讲述缇萦救父的史事。吴乔认为这类诗"则史也，非诗也"②。其实，诗人之作与史家之作不同，诗人选取某一史事入诗必然有其情感的寄托或价值判断在内，诗人可以通过语言特有的形式，如反诘、感叹等方式微妙地传达出自己的意图；史家则不同，史家必须严格遵循忠于历史真实的要求记载史事，不能将自己的褒贬渗透到真实的史事中。但是，诗歌，尤其是唐以前中国古典诗歌的主流是按照写情的方向发展而不是叙事的方向发展，咏史诗走向咏怀也就是必然。不过，在咏史诗的写法上，咏怀与叙事各自侧重的两类咏史诗都依然按自己的规律在发展，比如陶渊明的《咏荆轲》和左思《咏史》八首之六的叙述史事，尤其是左思诗虽说也是"但叙事而不出己意"，但诗人将荆轲在燕市上豪饮时旁若无人，视豪右为蝼蚁，那一投足、一举手，俯仰之间的壮士神态和诗人赞赏之情都传达了出来。试读原诗："荆轲饮燕市，酒酣气益震。哀歌和渐离，谓若旁无人。虽无壮士节，与世亦殊伦。高眄邈四海，豪右何足陈。贵者虽自贵，视之若埃尘。贱者虽自贱，重之若千钧。"③这种写法到唐代就渐次让位于咏怀，而且出现了后人批评的咏史诗"出己意，发议论，而斧凿铮铮，又落宋人之病"④的一类写法。如杜甫《咏怀

---

① 吴乔：《围炉诗话》。
② 同上。
③ 左思：《咏史》，《先秦汉魏晋南北朝诗》，第 733 页。
④ 吴乔：《围炉诗话》

古迹五首》之五的写法："诸葛大名垂宇宙，宗臣遗像肃清高。三分割据纡筹策，万古云霄一羽毛。伯仲之间见伊吕，指挥若定失萧曹。运移汉祚终难复，志决身歼军务劳。"① 这显然与其《蜀相》诗的以咏怀为主是两种不同的写法，然而恰好是上一种更多理性判断的写法开了中晚唐以来以充满个性化史论入诗，或采野史异闻入诗的"精英"诗的先声。

刘禹锡名诗《西塞山怀古》，虽题为怀古，但因其处在新创怀古诗使之从咏史畛域中脱离的阶段，故本诗的关注目光最后投注于现实人生和政治，更接近咏史的写法，其诗云："王濬楼船下益州，金陵王气黯然收。千寻铁锁沉江底，一片降幡出石头。人世几回伤往事，山形依旧枕寒流。今逢四海为家日，故垒萧萧芦荻秋？"② 诗歌的前六句咏叹史事和感慨自然的永恒，但最后两句则提出了这么一个反诘：为什么现在天下一统，会有满目故垒？对当时藩镇割据的现实和历史上割据必然失败，分别给君主和藩镇敲响了警钟。

刘禹锡之后，晚唐咏史彬彬大盛，除去作家作品众多外，关键是形成了具有创新范式的咏史诗和独特的艺术风格，我们称之为"理性咏史诗"。其中尤以李商隐、杜牧为翘楚。他二人不仅对历史事件和历史人物的正史记载十分详熟，而且善于将野史异闻采为诗料，使这些来自民间的更有讽刺深意的轶事在诗中发挥其独到的价值。如李商隐《隋宫》"玉玺不缘归日角，锦帆应是到天涯"取材于唐人佚名《炀帝开河记》："炀帝龙舟牵江都，舳舻相继，自大堤至淮口，联绵不绝，锦帆过处，香闻十里。"杜牧《过华清宫三绝句》中"一骑红尘妃子笑，无人知是荔枝

---

① 《全唐诗》第 230 卷，第 2511 页。
② 同上书，第 4058 页。

来"，在与杜牧前后的李肇《国史补》中就有记载，可见是当时所流传的佚事。

李商隐的"理性咏史诗"表现在以严格的道德标准评价古人古事，但往往以冷峻的反诘或辛辣的讽刺手法出之。前者的写法大多在诗歌的末尾出现，虽然"不出己意"，但亦能达到白居易写作新乐府诗"卒章显其志"的讽喻、规戒效果。如下列诗歌结尾的写法："三百年间同晓梦，钟山何处有龙盘？"① "地下若逢陈后主，岂宜重问后庭花？"② "如何四纪为天子，不及卢家有莫愁？"③ "当日不来高处舞，可能天下有胡尘？"④ "八骏日行三万里，穆王何事不重来？"⑤ 下面一些诗句则是辛辣犀利的讽刺："宣室求贤访逐臣，贾生才调更绝伦。可怜夜半虚前席，不问苍生问鬼神。"⑥ "华清恩倖古无伦，犹恐蛾眉不胜人。未免被他褒女笑，只教天子暂蒙尘。"⑦

其他如《齐宫词》云："永寿兵来夜不扃，金莲无复印中庭。梁台歌管三更罢，犹自风摇九子铃。"⑧ "龙槛沉沉水殿清，禁门深掩断人声。吴王宴罢满宫醉，日暮水漂花出城。"⑨

无论从诗心、哲理，还是诗美来看，李商隐咏史诗艺术都达到炉火纯青的程度，在他所提供给读者的历史画面之中的，不是

---

① 《咏史》，《全唐诗》第 539 卷，第 6173 页。
② 《隋宫》，《全唐诗》第 539 卷，第 6161 页。
③ 《马嵬二首》之二，《全唐诗》第 539 卷，第 6171 页。
④ 《华清宫》，《全唐诗》第 539 卷，第 6174 页。
⑤ 《瑶池》，《全唐诗》第 539 卷，第 6182 页。
⑥ 《贾生》，《全唐诗》第 540 卷，第 6208 页。
⑦ 《华清宫》，《全唐诗》第 539 卷，第 6147 页。
⑧ 《吴宫》，《全唐诗》第 539 卷，第 6174 页。
⑨ 《全唐诗》第 540 卷，第 6197 页。

怀古诗那种触景生情的直觉式的哲理体悟，而是沉潜于历史思考之中，却又凭借诗人的睿智机敏所特有的超脱于具体史事上的冷静的哲理。

杜牧的咏史诗更是别具一种创新精神，采用自己独到的史学见解。在诗中大发议论，甚至将历史上某些"定案"翻转，大胆提出自己的见解，这种创新精神不仅在杜牧咏史诗中表现出来，也在不少晚唐诗人咏史诗中表现出来。杜牧《赤壁》云："东风不与周郎便，铜雀春深锁二乔。"又《题乌江亭》云："江东子弟多才俊，卷土重来未可知。"此二首诗，是将探寻历史成败的眼光从"必然"而转向"偶然"，并不是要去标新立异，追求"好异而畔于理"①的出语惊人，而是在承认偶然之于成败影响的前提下，对人们思考过但又未曾讲出的做进一步探讨，由此表现出诗人理性精神的加强。

作为史学家，清人赵翼对杜牧咏史诗进行批评，其云：

> 杜牧之作诗，恐流于平弱，故措词必拗峭，立意必奇僻，多作翻案语，无一平正者。如方岳《深雪偶谈》所谓"好为议论，大多出奇立异，以自见其长"也。如《赤壁》云："东风不与周郎便，铜雀春深锁二乔"，《题四皓庙》云："南军不袒左边袖，四老安刘是灭刘"，《题乌江亭》云："胜败兵家事不期，包羞忍耻是男儿。江东子弟多才俊，卷土重来未可知"，此皆不度时势，徒作异论，以炫人耳，其实非确论也……皮日休《馆娃宫怀古》云："越王大有堪羞处，只把西施赚得吴"，亦是翻新，与牧之

---

① 胡仔：《苕溪渔隐丛话·后集》

同一蹊径。①

赵翼所谓"不度时势",即不按照历史学家所认为的趋势去思考问题,并以之为病,其实是不解偶然之与必然间的关系,也未解诗人思维的特点。晚唐咏史诗中像以下作品:"尽道隋亡为此河,至今千里赖通波。若无水殿龙舟事,共禹论功不较多?"②"山屐经过满径踪,隔溪遥见夕阳春。当时诸葛成何事,只合终身作卧龙。"③"常经马嵬驿,见说坡前客。一从屠贵妃,生女愁倾国。是日芙蓉花,不如秋草色。当时嫁匹夫,不妨得头白。"④

……

虽说对问题思考深浅有别,考虑问题的角度有合理与不尽合理处,但其探讨问题的精神却是在理性指导下的。

元和以后的咏史诗作者以理性精神关注现实,他们较之此前的咏史以咏怀为主,借古人的酒杯,浇自己心中块垒的创作动机不同,他们很少将历史事件和人物与自身的得失沉浮相联系,而是反思历史。以深刻敏锐的思想去探究社会的兴衰理乱,以求对日益衰败的现实有所裨益。

无论是怀古诗的探究人与自然规律的关系,生命的价值与意义,还是咏史诗的探究社会历史的兴衰规律;无论是在"人的觉醒"的基础上思考生命哲理,还是在历史责任感的促动下思考政治理乱,勃发于元和、长庆以后的怀古咏史诗,都体现出理性精神照耀下的探索创新精神。胡应麟在评价李商隐的《贾生》

① 《瓯北诗话》卷11,人民文学出版社1963年版。
② 皮日休:《汴河怀古》,《全唐诗》第615卷,第7099页。
③ 薛能:《游嘉州后溪》,《全唐诗》第561卷,第6509页。
④ 于濆:《马嵬驿》,《全唐诗》第599卷,第6925页。

诗和杜牧的《赤壁》诗时说："皆宋人议论之祖。间有绝工者，以气韵衰飒，天壤开、宝。"[1] 撇开语气间的褒贬，胡应麟的评论应该是准确的。纵观咏史诗的发展历程和怀古诗从咏史诗中剥离出来形成一体的过程，不难感受到诗歌理性精神的逐渐增强。到了宋代诗歌中，以才学为诗，以理趣为诗，以议论为诗，就是宋人继中唐以来理性精神的深入，在唐音之外别开天地而形成的"宋调"了。

① 胡应麟：《诗薮·内编》卷六。

第二章　风衰世乱中的文学困惑

　　唐穆宗长庆元年，卢龙、成德发生兵乱，朝廷征讨无功，次年，魏博又乱，朝廷只好承认其地位。河朔三镇的再次割据，使元和中兴如昙花一现般消失，从此唐王朝走上了不归路。在这样的时代背景下，直接或间接参与过"永贞革新"时代朝政的地主文人，在政治革新失败后并未放弃文学创新的追求，像韩、孟诗派，元、白诗派，刘禹锡等人在各自的创作中，进行着艺术的追求。当然，这批诗人们的创作大多还是为现实所制约的，如白居易的知足保和、乐天知命；韩、孟诗派的抒写不平；刘禹锡则除去保持其强烈的政治意识，抒写其贬谪的悲慨，对权贵的蔑视之外，大量创作咏史怀古之作，以探讨社会人生的哲理。他们的创作多数本不是为艺术而艺术的，而是为人生创作的，但当社会不可靠、人生不可恃时，他们中的不少人还是选择了艺术。稍稍晚于上述诗人的是贾岛，再后是杜牧、李商隐、温庭筠以及数量众多的晚唐作家。这些作家较之于中唐作家，较少感受到政治中兴时代给人精神上的强烈刺激和鼓舞。他们面临的是一个光怪陆离的社会：一方面是战争动荡、朝政黑暗、民不聊生，另一方面是都市生活畸形繁华、灯红酒绿、男欢女悦、笙歌满耳。这个时代怎么了？文人们既看不到希望，找不到出路，又不知该怎样去直面现实。他们困惑、苦闷、茫然，但最终还是要选择，于是他

们选择了艺术。由此产生了后人批评的晚唐"唯美主义"、"形
式主义"文学。

　　在苦闷中产生的"为艺术而艺术"的倾向，大抵表现在以
韩愈、孟郊为代表的追求险怪的诗歌艺术，以贾岛、姚合为代表
的苦吟艺术，以司空图为代表的追求韵外之致的高雅艺术，以李
商隐、温庭筠为代表的追求市井新声的艺术。这几类作家的创作
往往是各种艺术都有所兼容，尤其是李商隐等大作家，但代表他
们在苦闷时代中沉潜诗歌艺术而力求创新的诗歌特征，却是十分
明显的，比如贾岛一派以寒瘦为特征，司空图则以王、孟的淡泊
为特征，温、李则以渐入诗余的香软为特征，以下分节论之。

第一节　感伤思潮与贾、姚悲音的流行

　　闻一多先生说："由晚唐到五代，学贾岛的诗人不是数字可
以计算的，除极少鲜明的例子外，是向着词的意境与辞藻移动
的，其余一般的诗人大众，也就是大众的诗人，则全属于贾岛。
从这观点看，我们不妨称晚唐五代为贾岛时代。"① 闻先生这段
话有几点需要解释。第一，指出了晚唐诗有向词的方向移动的趋
势；第二，学贾岛的诗人为数众多，故称"诗人大众"；第三，
学贾岛的诗人大多为不得意的文人，故称为"大众的诗人"。闻
先生还指出，贾岛现象是整个封建时代中国知识分子由于"在
这古怪制度下被牺牲"② 的基础上产生的，尤其是当一个朝代走
向腐朽没落时，"几乎每个朝代的末叶都有回向贾岛的趋势"③。

---

① 闻一多：《唐诗杂论·贾岛》，上海古籍出版社 1998 年版。
② 同上。
③ 同上。

自苏轼以"元轻白俗"、"郊寒岛瘦"概括四人的风格后，不少人就将贾岛与孟郊划为一派。应该指出的是郊、岛二人的创作存在异同，只有分辨清楚二人的异同，方才能分辨出"郊岛"与"贾姚"诗派的异同，才能真正弄清"贾岛现象"的内涵，弄清贾、姚一派"晚唐体"在诗歌创新中的贡献及其影响。

贾岛曾与韩愈、孟郊交游，著名的"推敲"典故，就是讲贾岛与韩愈的事。韩愈非常赏识贾岛，其《赠贾岛》诗云："孟郊死葬北邙山，从此风云得暂闲。天恐文章浑断绝，再生贾岛著人间。"① 由此可见，韩愈将贾岛看作是孟郊风格的传人。前面曾论及韩、孟诗派以怪奇为其美学追求，因此，以韩愈的才大思雄而言，绝不会赞赏郊、岛"苦寒"的风格，这在韩愈《荐士》诗和《送无本师归范阳》诗中讲得很清楚。其称孟郊诗"横空盘硬语，妥贴力排奡"，而称赏贾岛诗"狂词肆滂葩，低昂见舒惨"。孟郊也在《戏赠无本》诗中以"诗骨耸东野，诗涛涌退之……可惜李杜死，不见此狂痴"② 称誉贾岛诗风。可以见出，韩孟二人是以"狂"来认同贾岛的。苏轼称"郊寒岛瘦"，的确看出了郊、岛二人风格主体相似，但在表现"寒瘦"的主观动机上，郊、岛是不同的。闻一多先生在其《唐诗杂论·贾岛》中对"元和、长庆间诗坛动态中的三个较有力的新趋势"的描述十分精彩：

　　这边老年的孟郊，正哼着他那沙涩而带芒刺感的五古，恶毒的咒骂世道人心，夹在咒骂声中的，是卢仝、刘叉的"插科打诨"和韩愈的宏亮的噪音，向佛老挑衅。那边元

① 《韩昌黎诗系年集释》卷12，第1288页。
② 《全唐诗》第377卷，第4235页。

稹、张籍、王建等，在白居易改良社会的大纛下，用律动的
乐府调子，对社会泣诉着他们那各阶层中病态的小悲剧。同
时远远的，在古老的禅房或一个小县的廨署里，贾岛、姚合
领着一群青年人做诗，为各人自己的出路，也为着癖好，做
一种阴黯情调的五言律诗。

闻先生这段话不仅将郊、岛分开而论，而且指出两人间创作
的巨大差别。第一，孟郊写诗是为了"咒骂世道人心"，按今天
的话来说，就是揭露社会的不公平，表达心中的不平之鸣，看似
以情性为本，实质上也是不忘政治的一种表现，只不过因为愤激
到极点而出现了的变态，即以险怪和不合常情来对不合常情的世
道人心加以控诉而已。贾岛写诗则不一样，是"为着癖好"而
写诗，是在对世道人心的不满的忧愤逐渐被磨蚀后，百无聊赖而
完全以诗歌创作为自己生命的一部分。贾岛诗云："一日不作
诗，心源如废井。笔砚为辘轳，吟咏作縻绠。朝来重汲引，依旧
得清冷。书赠同怀人，词中多苦辛。"[1]

由于这样，郊、岛之间就有了很大的差别。严羽说，孟郊诗
"读之使人不欢"[2]，苏轼曾讥为"寒虫号"，而元好问干脆称其
"高天厚地一诗囚"[3]。贾岛则不然，他穷困到了极点，但由于出
身僧人，所以他常常能从困顿中超脱出来，以艺术的追求去忘却
人间的苦恼。贾岛没有孟郊"出门即有碍，谁谓天地宽"[4] 的窘
迫感觉，也没有"春风得意马蹄疾，一日看尽长安花"[5] 的得意

---

① 贾岛：《戏赠友人》，《全唐诗》第 571 卷，第 6626 页。

② 严羽：《沧浪诗话·诗评》，人民文学出版社 1983 年版。

③ 元好问：《论诗三十首》。

④ 孟郊：《赠崔纯亮》，《全唐诗》第 378 卷，第 4229 页。

⑤ 孟郊：《登科后》，《全唐诗》第 374 卷，第 4205 页。

忘形，他只有沉浸在艺术中的无穷兴趣。

第二，孟郊多写五言古诗，五古要求力追汉魏，古硬通神。用五古来表现其险怪的诗风，矫激的情绪都十分合适。贾岛是苦吟诗人，要推敲琢磨，所以他选择了五言律诗。闻先生说："一则五律与五言八韵的试帖最近，做五律即等于做功课，二则为拈拾点景物来烘托一种情调，五律也正是一种标准形式。"① 贾岛长于五言律诗，而且因其爱静、爱瘦、爱冷，爱深夜过于黄昏，爱冬过于秋，所以其五言律诗被闻先生称为"阴黯情调的五言律诗"②。这与孟郊"不平之鸣"中那咒骂人心险恶、世道不古的咬牙切齿不是一路风格。试读以下郊、岛诗，可知二者风格之异："今人表似人，兽心安可测。虽笑未必和，虽哭未必戚。面结口头交，肚里生荆棘。"③"因冻死得食，杀风仍不休。以兵为仁义，仁义生刀头。刀头仁义腥，君子不可求。波澜抽剑冰，相劈如仇雠。"④"客愁何并起，暮送故人回。废馆秋萤出，空城寒雨来。夕阳飘白露，树影扫青苔。独坐离容惨，孤灯照不开。"⑤

通过上面几首诗的简单比较，我们已经可以将孟郊与贾岛作一个粗粗的区别。因此，对闻先生所云"几乎每个朝代的末叶都有回向贾岛的趋势"有了更深刻的理解。概括起来讲，"贾岛现象"有以下几个特征：

第一，产生在朝代的末叶，人们看不到希望和出路；第二，创作主体大多是来自社会下层的地主文人，他们有的终生不第，仕途潦倒，有的虽为下层官吏，但依然贫穷困顿；第三，他们大

---

① 闻一多：《唐诗杂论·贾岛》。
② 同上。
③ 孟郊：《择友》，《全唐诗》第 374 卷，第 4199 页。
④ 孟郊：《寒溪九首》其六，《全唐诗》第 376 卷，第 4222 页。
⑤ 贾岛：《泥阳馆》，《全唐诗》第 572 卷，第 6649 页。

多在艺术追求中寻找心灵安慰，并忘却世事；第四，他们以苦吟为乐事，甚至在穷困和落寞之中找到随缘自适的恬淡心态。

　　既然贾岛所代表的诗风是在"让感情与思想都睡去，只感官张着眼睛往有清凉色调的地带涉猎去"[①] 中产生的，那么，晚唐文人在感伤的时代氛围中又是怎样来接受贾岛的？

　　清人许印芳说："岛生李杜之后，避千门万户之广衢，走羊肠鸟道之仄径，志在独开生面，遂成僻涩一体。"[②] 严格地说，贾岛和姚合这样的僻涩体，在晚唐并不风行，倒是他们"二句三年得，一吟双泪流"[③] 的苦吟之风，他们在淡漠了生活的不平之后，汲汲于生活琐事的恬淡心态，对晚唐不少诗人影响很大。同时，不可忽视的是晚唐许多诗人生逢乱世，终生与功名科第无缘，而贾岛一生落魄，在身世的遭遇上容易引起晚唐诗人们惺惺相惜之情和情感上的认同与共鸣。这在下面两条材料中足以得到证明：一是晚唐诗人杜荀鹤的《经贾岛墓》："谪宦自麻衣，衔冤至死时。山根三尺土，人口数联诗。仙桂终无分，皇天似有私。暗松风雨夜，空使老猿悲。"[④] 二是韦庄《乞追赐李贺皇甫松等进士及第奏》："词人才子，时有遗贤。不沾一命于圣明，没作千年之恨骨。据臣所知，则有李贺、皇甫松、李群玉、陆龟蒙、赵光远、温庭筠、刘得仁、陆逵、傅锡、平曾、贾岛、刘稚珪、罗邺、方干，俱无显遇，皆有奇才。丽句清词，遍在词人之口；衔冤抱恨，竟为冥路之尘。伏望追赐进士及第，各赠补阙、拾遗。见存惟罗隐一人，亦乞特赐科名，录升三级。便以特赦，

---

①　闻一多：《唐诗杂论·贾岛》。
②　许印芳：《诗法萃编》卷六。
③　贾岛：《题诗后》，《全唐诗》第 574 卷，第 6692 页。
④　《全唐诗》第 691 卷，第 7934 页。

显示优恩。俾使已升冤人，皆沾圣泽；后来学者，更励文风。"①

这两则材料，一是文学创作，一是给皇帝上的奏折，都着眼于贾岛等文人"衔冤"，与科举不第而抱恨终身。由此可以看出，文人对于贾岛的认同是一种社会现象，而不只是简单的感情上的认同，它折射出庶族中下层文人对科举制的看法和态度。晚唐文人认同贾岛是在经历了时代和个人命运的感伤之后的一种自觉意识。辛文房《唐才子传》记李洞："酷慕贾长江，遂铜写岛像，戴之巾中，常持数珠念贾岛佛。人有喜贾岛诗者，洞必手录岛诗赠之，叮咛再四曰：'此无异佛经，归当焚香拜之'。"② 只有在身世与爱好相似的前提下，才能出现这种偶像崇拜般的现象。那么，晚唐文人是怎样从时代和个人的感伤中走出来，从苦吟与淡泊中学贾岛的？

当元和中兴成为往事之后，社会急剧下滑的现实就深刻地影响着当时的社会心理。这种"下滑"可从两方面来看。第一，当时人明显感到大唐盛世和中兴已经成为过往，盛世不再的悲哀和生不逢时的伤感成为时代病。第二，人们隐约感受到一种不可遏止的力量在推动着历史前行，个人的力量与之相比实在微不足道，因而出现世纪末的感伤。前一种感伤的原因是显见的，后一种则是潜意识的隐伏在心底。从封建政体来看，随着庶族地主阶级参与政治逐渐成为现实和科举选官制度的渐次确立，封建专制政体得到进一步强化。然而，以嫡长子制为基础的皇权并未随封建选官制的变化而变化，由此出现了专制腐朽皇权与已经变化了的选官制度间的矛盾。经过层层筛选，文人被折腾得筋疲力尽，他们抱着效忠于自己阶级最高利益的代表，即皇帝的一片赤诚，

---

① 李谊：《韦庄集校注》，四川省社会科学院出版社1986年版，第572页。
② 辛文房：《唐才子传》卷九。

进入仕途。然而，由出生先后就决定了继承权的皇帝，并不总是英明天子。同时，由宦官把持着的皇帝的废立，更使傀儡当朝。因此，赤诚一片与灰心失望就成为中唐以后大凡有志报国的文人心中深刻的矛盾。这种冲突是封建制本身无法解决的，除非文人泯灭心中的希望，不问是非、随波逐流；或者超脱现实、洁身自好。显然，对于从小就接受儒家入世教育的文人而言，这两种立身处世原则都有违初衷，尤其是那些怀抱理想的文人士大夫所不愿轻易接受的。由此，心中郁积的矛盾冲突因无法消弭而转化为苦闷伤感。

上述两种下滑的现实感觉，造成了晚唐社会最突出的感伤心理，并表现在人们对社会（现实、历史、将来）、自然、生命的情感体验和理性评价上。这种感伤心理与人们的审美取向直接联系在一起，影响着诗人的创作。下举一首晚唐诗来看看这种时代的伤感症：

> 风骚骚，雨潺潺，长州苑外荒居深。门外流水流潺潺，河边古木鸣萧森。迥无禽影，寂无人音。端然拖愁坐，万感丛于心。姑苏碧瓦十万户，中有楼台与歌舞。寻常倚月复眠花，莫说斜风兼细雨。应不知天地造化是何物，亦不知荣辱是何主。吾国长满是太平，吾乐不极是天生。岂忧天下有大憝，四郊刁斗常铮铮。官军扰人甚于贼，将臣怕死唯守城。又岂复忧朝廷苦驰慢，中官转纵横。李膺勾党即罹患，窦武思谋又未行。又岂忧文臣尽遭束高阁，文教从今日萧索。若更无人稍近前，把笔倒头同一恶。可叹吴城城中人，无人与我交一言。蓬蒿满径尘一榻，独此悃悃何其烦。虽然小或可谋大，嫠妇之忧史尚存。况我长怀丈夫志，今来流落沧溟浃。有时惊事再咨嗟，因风因雨更憔悴。只有闲横膝上琴，

怨伤怨恨聊相寄。伯牙海上感沧溟，何似今日风雨思。①

在这首诗中，诗人"端然拖愁坐，万感丛于心"的形象栩栩如生，他给读者展现的是藩镇作乱、官军扰民、将臣怕死、宦官跋扈、党争险恶、文教萧条的乱世景象。人们知世道之不可为，于是倚月眠花，醉生梦死。那些心中怀有拯救颓风、力挽狂澜的文人，壮志消磨，岁月蹉跎，伤感憔悴。

此外，对个人前途的绝望，引起苦闷绝望心理的大泛滥。元和以后，唐王朝政治腐朽，官场昏暗，科举场上弊端重重，现实无情地告诉那些试图跻身政治权力中心的士人：此路不通！那些曾经有过登要路、济天下的文人，有的在铁幕政治之壁上屡屡碰破头之后，灵魂滴着血嘲笑自己"自笑谩怀经济策，不将心事许烟霞"②的幼稚和"不识时务"；有的发出无可奈何的哀叹："平生意气消磨尽，甘露轩前看水流"③；有的怀着不甘沉沦的心情，忿忿地离开那使自己魂牵梦萦的名利场："平生志业匡尧舜，又拟沧浪学钓翁。"④

尤其是在唐末的三十多年时间中，唐王朝只剩下一具躯壳，皇帝成了傀儡，臣子更是成了傀儡下的可怜虫，听命于握兵权者，哪里还有壮志抱负可言。理想破灭了，壮志消沉了。文人们收敛了往日"兼济天下"的雄心，隐迹深山大泽，渔村林薮，走上"独善其身"之路，他们反观自己往日走过的人生之路，昔年力图回天转地、志匡尧业的想法和举止，仿佛就是一场大梦。尤其有一些在官场上曾经危拚虎须，触忤过权贵的人，更是

---

① 吴融：《风雨吟》，《全唐诗》第 687 卷，第 7901 页。
② 温庭筠：《郊居秋日有怀一二知己》，《全唐诗》第 578 卷，第 6718 页。
③ 罗隐：《秋日酬张特玄》，《全唐诗》第 657 卷，第 7548 页。
④ 韦庄：《关河道中》，《全唐诗》第 695 卷，第 7998 页。

感到有幸死里逃生，唯恐杀身之祸上身，于是装聋作哑，装病称老，以求全身。还有一部分文人，既不愿与乱世枭雄为伍、与无气节之人同流合污，也不愿混迹渔樵，忍受山林的孤寂，于是将"兼济"与"独善"一并收拾起来，走向市井，偎红倚绿，寻求刺激，以补偿失落的心理。但是，无论是"隐"还是"混"，苦闷和绝望总是常常扣响晚唐失意士人的心扉，使他们不曾一日安宁。对社会和个人前途的绝望，直接影响着晚唐文人的生活情趣，在苦闷绝望心理机制的支配下，各种不合传统儒家政治和伦理道德之音的泛起，也就不足为怪了。

闻一多先生在分析贾岛的时代以及贾岛的个性与生活经历和生活情趣时说："他（指贾岛）目前那时代——一个走上了末路的，荒凉、寂寞、空虚、一切罩在一层铅灰色调中的时代，在某种意义上与他早年（即贾岛作为僧人无本那坐蒲团的时期）记忆中的情调是调和，甚至一致的。惟其这时代的一般情调，基于他早年的经验，可说是先天的与他不但面熟，而且知心，所以他对于时代，不至如孟郊那样愤恨，或白居易那样悲伤，反之，他却能立于一种超然地位，藉此温寻他的记忆，端详它，摩挲它，仿佛一件失而复得的心爱的什物样。早年的经验使他在荒凉得几乎狞恶的'时代相'前面，不变色，也不伤心，只感着一种亲切，融洽而已。于是他爱静、爱瘦、爱冷，也爱这些情调的象征——鹤、石、冰雪。黄昏与秋是传统诗人的时间与季候，但他爱深夜过于黄昏，爱冬过于秋。他甚至爱贫、病、丑和恐怖。"

正是这样的时代、经历、个性与生活情绪仿佛重现一般，晚唐不少下层地主文人在时代走向无望的时候，似乎一切都厌倦了，需要有一种适合这样的时代，有相同身份和遭遇的经历、有共同癖好和生活情趣的新鲜的东西来刺激他们。闻先生接着说："初唐的华贵、盛唐的壮丽，以及最近十才子的秀媚，都已腻味了，而且容易引起一种幻灭感。他们需要一点清凉，甚至一点酸涩来换换口味。在多年的热情与感伤中，他们的感情也疲乏了，现在他们要休息。他们所熟习的禅宗与老庄思想也这样开导他们。孟郊、白居易鼓励他们再前进。眼看见前进也是枉然，不要说他们早已声嘶力竭。况且有时在理论上就释道二家的立场说，他们还觉得'退'才是正当办法。正在苦闷中，贾岛来了，他们得救了……"① 如："才吟五字句，又白几茎髭。"② "吟成五字句，用破一生心。"③ "苦吟身得雪，甘意鬓成霜。"④ 一类苦吟作，再如杜荀鹤说贾岛"山根三尺墓，人口数联诗。仙桂终无分，皇天似有私"⑤。说他自己"苦吟无暇日，华发有多时"⑥。

上面讲过，晚唐诗人对贾、姚艺术的认同主要来自身世遭遇和"让思想和感情都睡去了，只感官张着眼睛往清凉色调的地带涉猎去"的创作，所以纵然贾、姚诗风在晚唐颇为流行，但宋初盛行的"晚唐体"却不能与贾、姚诗风画上等号，因为宋初文化背景已经发生极大的变化。

晚唐不少诗人都以苦吟自乐，但他们的诗往往又写得十分流利，并且生活中更多了一些市井俗趣和乐天知命的成分，不像贾岛、姚合的极力避俗和充满寒苦之气。试读方干《山中》诗："爱山却把图书卖，嗜酒空教僮仆赊。只向阶前便渔钓，那知枕上有云霞。暗泉出石飞仍咽，小径通桥直复斜。窗竹未抽今夏

---

① 闻一多：《唐诗杂论·贾岛》。

② 方干：《赠喻凫》，《全唐诗》第 648 卷，第 7444 页。

③ 方干：《贻钱塘县路明府》，《全唐诗》第 648 卷，第 7444 页。

④ 李频：《及第后归》，《全唐诗》第 587 卷，第 6819 页。

⑤ 杜荀鹤：《经贾岛墓》，《全唐诗》第 691 卷，第 7934 页。

⑥ 杜荀鹤：《投李大夫》，《全唐诗》第 691 卷，第 7939 页。

笋，庭梅曾试当年花。姓名未及陶弘景，髭鬓白于姜子牙。松月
水烟千古在，未知终究属谁家。"再如杜荀鹤《秋江晚泊》："一
望一苍然，萧骚起暮天。远山横落日，归鸟度平川。家是去秋
别，月当今夕圆。渔翁似相伴，彻晓苇丛边。"

　　在一个无望的年代中，人们总不能在伤感和无止境的失望中
煎熬，于是他们极力追求平淡的心境和精神状态来调整自己的生
活。晚唐诗人大多数是在回避战乱的"隐逸"生活中度日的，
虽说他们极力使自己心态平静下来，但其"隐逸"生活毕竟是
无奈之举，所以他们与贾岛、姚合追求隐逸的情趣不同（姚合
虽然也曾为官，但追求脱俗与寻求写诗的快乐却与贾岛别无二
致。如贾岛诗云："早蝉孤抱芳槐叶，噪向残阳意度秋。也任一
声催我老，堪怜两耳畏吟休。得非下第无高韵，须是青山隐白
头。若问此心嗟叹否，天人不可怨而尤。"① 又"一日不作诗，
心源如废井"②。姚合云："朝朝眉不展，多病怕逢迎。引水远通
涧，垒山高过城。秋灯照树色，寒雨落池声。好是吟诗夜，披衣
坐到明"③）。晚唐人所追求的是自我调节的闲适以及与之相适应
的淡泊诗风，在这种淡泊诗风中，纯士大夫文人的意味在淡化，
而世俗生活浅显通俗倾向却沿着白居易的路子走得更远。

　　胡震亨说："曹邺、刘驾、聂夷中、于濆、邵谒、苏拯数
家，其源似并出孟东野，洗剥到极净极真，不觉成此一体。"④
这段话分析晚唐一大批诗人所创作的感情淡漠、意境尖巧清新的
作品，把其与孟郊诗风联系起来。事实上，"洗剥到极净极真"
的应是贾岛、姚合的诗风，而晚唐人走的正是贾、姚之路。

---

①　贾岛：《早蝉》，《全唐诗》第 574 卷，第 6677 页。

②　贾岛：《戏赠友人》，《全唐诗》第 571 卷，第 6626 页。

③　姚合：《武功县中作三十首》之 16，《全唐诗》第 498 卷，第 5657 页。

④　胡震亨：《唐音癸签》卷八。

在淡漠了对社会和个人遭遇的感伤之后，晚唐不少诗歌形成了"清新尖巧"的风格。这种诗风由贾岛、姚合的"寒瘦"诗风洗剥成清奇风格，与由白居易而来的浅显平易诗风结合，加入了晚唐诗人在那一时代特殊创作心态下产生的"轻浅纤微"的诗歌风格，显然已不能简单地将其归为贾、姚或元、白一路，而是一种典型的"晚唐体"了。

严羽《沧浪诗话》列有"晚唐体"，郭绍虞先生注释说："《诗史》云：'晚唐人诗多小巧，无风骚气味'。俞文豹《吹剑录》亦谓晚唐体'局促于一题，拘挛于律切，风容色泽，轻浅纤微，无复浑涵气象'。沧浪所谓晚唐体，当用此意。"[①] 这种"晚唐体"以"清新尖巧"为特征。

所谓清新，是指诗歌所描绘的景物清爽新鲜，既非色彩斑斓炫目，也非迷离朦胧；同时，诗歌中所传达的感情是清淡闲适，甚至淡漠到清冷。所谓尖巧，主要指景物描写的细致入微和心理活动与意绪变化的精心描摹。

清新尖巧是典型的晚唐体，是唐诗向宋诗过渡的产物，它是晚唐诗人沉潜在诗歌中，欲以人巧夺天工的尝试。缪钺先生在《论宋诗》中说："唐诗技术，已甚精美，宋人则欲百尺竿头，更进一步。盖唐人尚天人相半，在有意无意间，宋人则纯出于有意，欲以人巧夺天工矣。"[②] 其实，宋人这种欲以人巧夺天工的诗歌创作，在晚唐诗中已是端倪尽现。且不说以议论、散文为诗自杜甫、韩愈而经晚唐众诗人传递给宋人的影响，就以山水、咏物的唐宋诗之分疆，晚唐诗也显然介于二者之间。

缪钺先生这样形象地描绘唐宋诗的差异：

---

① 郭绍虞：《沧浪诗话校释·诗体》，第57页。
② 缪钺：《宋诗鉴赏辞典·代序》。

> 譬诸修园林，唐诗则叠石凿池，筑亭辟馆；宋诗则如亭
> 馆之中，饰以绮疏雕槛，水石之侧，植以异卉名葩。譬诸游
> 山水，唐诗则如高峰远望，意气浩然；宋诗则如曲洞寻幽，
> 情境冷峭。[①]

这种差异在晚唐清新尖巧的诗中已经十分明显，后人谈到晚
唐诗对宋诗的影响，大多止于宋初"晚唐体"与江湖、四灵，
殊不知晚唐受贾岛、姚合与元、白诗影响而形成的精神气质，早
已潜入宋诗之中。如尚理趣、尚工巧、喜于琐事微物、个人闲情
的表现上逞其才技等。缪先生认为宋诗代表人物苏轼、黄山谷等
"多咏墨、咏纸、咏砚、咏茶、咏画扇、咏饮食之诗，而一咏茶
小诗，可以和韵四五次"[②]。其实只需翻检一下皮日休与陆龟蒙
二人酬唱往来之作，就可以看到在晚唐诗中，这已经不是什么新
鲜的了。

晚唐许多诗人生于乱世、长于乱世，身处山野，终身布衣或
曾有一段入世的经历，他们内心深处有着其社会价值难以实现的
悲凉，他们竭力克制内心的苦闷，追求那种不染尘念的孤寂闲适
生活情趣。久而久之，他们的心理趋于平和清淡。由于视野内
敛、静观万物，加之当时文人普遍崇尚淡泊的审美趣味，因此在
诗歌创作上显出自己独到的特色。试读以下诗作，可以见出晚唐
清新尖巧诗风："一泓春水无多浪，数尺晴天几个星。露满玉盘
当午夜，匣开金镜在中庭。"[③]"西风吹老洞庭波，一夜湘君白发

---

① 缪钺：《宋诗鉴赏辞典·代序》。
② 同上。
③ 方干：《路支使小池》，《全唐诗》第 651 卷，第 7474 页。

多。醉后不知天在水，满船清梦压星河。"① "小亭前面接青崖，白石交加衬绿苔。日暮松声满阶砌，不关风雨鹤归来。"② "山雨溪风卷钓丝，瓦瓯篷底独斟时。醉来睡着无人唤，流到前溪也不知。"③

　　这类诗歌从情感的冷清淡漠、形单影只的寂寞来看，的确有贾岛、姚合的影子在；从写作风格上看，一方面有"洗剥到极净极真"的郊、岛、姚诗风的发展，另一方面也有白居易诗歌的乐天知命、闲适和浅切影响，这就是典型的"晚唐体"。但是，晚唐体诗人并非完全像上面诗歌所展现的那样忘情于世，读杜荀鹤的《自叙》诗就可以感受到他们表面遗落世事，内心无限凄凉的真实脉动："酒瓮琴书伴病身，熟谙时事乐于贫。宁为宇宙闲吟客，不作乾坤窃禄人。诗旨未能忘救物，世情奈值不容真。平生肺腑无言处，白发吾唐一逸人。"④"宁为"二句诗，真正写出了乱世中正直文人立身处世的原则，正因为这样，我们对闻一多先生所讲的"几乎每个朝代的末叶都有回向贾岛的趋势"，以及"正在苦闷中，贾岛来了，他们得救了"的见解，有了更深刻的认识。

　　在感伤思潮下，贾岛、姚合的诗风得以在晚唐，尤其是唐末风行，可以说是整个中国封建后期文学的一种"贾岛现象"。但是，晚唐诗人并未完全承袭贾、姚诗风，而是在元和以来诗歌创新思潮的推动下，在吸收贾、姚、元、白诗风的同时，结合特定时代的艺术追求和审美追求，创造出具有晚唐特色的清新尖巧的"晚唐体"诗歌，并深刻地影响了宋代及其以后的诗坛。"晚唐

---

① 唐温如：《题龙阳县青草湖》，《全唐诗》第 772 卷，第 8758 页。
② 吴融：《山居即事》，《全唐诗》第 684 卷，第 7857 页。
③ 杜荀鹤：《溪兴》，《全唐诗》第 693 卷，第 2979 页。
④ 《全唐诗》第 692 卷，第 7975 页。

体"诗人承贾、姚把诗歌创作视为生活和生命的一部分，达到"坐危石是榻，吟冷唾成冰"①的忘我境界，这对诗歌创作纯出心灵，避免将文学当作功利与社交工具的弊端，其创作无疑是进步的。

第二节　乱世颓风中的狂放与忧患

就在一片感伤的时代氛围中贾岛、姚合诗风盛行，而司空图在盛唐王、孟诗歌几成绝响时提出了追求"澄澹精致"、"趣味澄复"有"韵外之致"诗歌意境的诗歌美学。但是，因社会动荡，战乱频仍，王、孟等人所处盛唐优雅宁静的外部环境已不复存在，静观外物的心境也渐次消失，除去学习贾岛、姚合等人的诗风尚有几分强压下去心头的骚动趋于冷寂外，王、孟、韦、柳诗风就只有作为理想存在于司空图的诗论和美学理论中了。

世俗生活在晚唐时期对文人的影响十分巨大，儒家思想面临着巨大的挑战，时人或者淡出儒家礼教，出之以狂放不羁，或者激于世乱而发抨击时弊的忧患之音，由此形成晚唐诗坛另一种不同于前此的诗歌创作倾向。具体表现在两个方面：一是追随禅、道思想，不屑儒家礼教，只关心自己的人生适意与否，且极尽嘲笑之能事；二是以愤激之情抨击时弊，表现出诗人的忧患之情。但由于时弊积重难返，时人亦无治世良方，诗人的抨击时政大多有空言明道和宣泄激愤的特点。以下分述这两种创作倾向。

上文已述自马祖道一提出"平常心是道"以来，"从某种意义上来说，是对贵族僧侣的一种反抗，是对门阀世族传统观念的

---

① 姚合：《吟诗岛》，《全唐诗》第499卷，第5675页。

反抗，是对平民生活的神圣与尊严的肯定"。① 中晚唐时期丹霞天然和德山宣鉴更是掀起一股离经叛教与呵佛骂祖之狂澜。德山宣鉴精研佛理，当其满腹律藏被一个卖饼婆子诘难而无法应对，又遭龙潭崇信禅师点悟后，于是在孤峰顶上将倾注自己多年心血的经书《青龙疏抄》付之一炬，并发出石破天惊的大骂：

> 这里无祖无佛，达摩是老臊胡，释迦老子是干屎橛，文殊普贤是担屎汉。等觉妙觉是破执凡夫，菩提涅槃是系驴橛，十二分教是鬼神簿、拭疮疣纸。四果三贤、初心十地是守古冢鬼，自救不了。②

佛教的偶像、教条，在这里通通失去了神圣的光环而变得一文不值。佛学经典和理论也随之被著名禅师一一骂倒：

> 师问仰山："《涅槃经》四十卷，多少是佛说？多少是魔说？"仰曰："总是魔说。"③ 只如今作佛见作佛解，但有所见所求所著，尽名戏论之类，亦名粗言，亦名死语。④

儒家圣贤不可信，佛家祖师、菩萨、佛祖亦不可信，在一片非圣声中，晚唐文人的生活情趣发生蜕变，并且开宋人生活情趣之先声。晚唐诗人方干是被人们尊崇的居士，其狂放不拘，淡出礼教的生活情趣，成为当时文人赞赏的榜样。吴融《赠方干处士歌》云："把笔尽为诗，何人敌夫子。句满天下口，名聒天下

① 周裕锴：《中国禅宗与诗歌》"禅学的诗意"。
② 《五灯会元》卷七。
③ 《五灯会元》卷九。
④ 《古尊宿语录》卷二。

耳。不识朝，不识市。旷逍遥，闲徒倚。一杯酒，无万事。一叶舟，无千里。衣裳白云，坐卧流水。霜落风高忽相忆。惠然见过留一夕。一夕听吟十数篇，水榭林罗为岑寂。拂旦舍我亦不辞，携筇径去随所适。随所适，无觅处。云半片，鹤一支。"①

孤云野鹤，不拘礼节，一切由心，追求内心的闲适与生活情趣的孤高。身在尘俗，不沾俗气！这种崇尚清雅的雅士生活，对宋代文人的生活情趣影响颇大。

从政治道德和入世教育上对儒家思想的背弃，对现实的疏离，与统治者的不合作态度，往往陶冶出部分师心使气、放浪形骸的狂狷之士。元人辛文房《唐才子传》卷七称："古黔娄先生死，曾参与门人来吊，问曰：'先生终，何以谥？'妻曰：'以"康"。'参曰：'先生存时，食不充肤，衣不盖形，死则手足不敛，傍无酒食。生不美，死不荣，何乐而谥为康哉。'妻曰：'昔先生，国君用相，辞不受，是有余贵也。君馈粟三十钟，辞不纳，是有余富也。先生甘天下之淡味，安天下之卑位，不戚戚于贫贱，不遑遑于富贵，求仁得仁，求义得义，谥之以康，不亦宜乎。'方干，韦布之士，生称高尚，死谥玄英，其梗概大节，庶几乎黔娄者耶！"

晚唐人眼见政治衰败，藩镇强横，大臣们尸位素餐，而封建纲常名教伦理道德只是虚伪的骗术和苍白的说教，帝王公卿既无德行节操、志向宏略受人尊敬，也无胆识能力、治国手段让人佩服，所以鄙夷之情常流露于时人的言行之中。

皇帝原本是至高无上的，但时人并不把其放在眼中，连一个小小艺人有机会也要当面讥讽嘲笑。《唐语林》卷七载："僖宗好蹴毬，斗鸭为乐，自以能于步打，谓俳优石野猪曰：'朕若步

---

① 《全唐诗》第 687 卷，第 7898 页。

打进士，当得状元。'野猪对曰：'或遇尧、舜、禹、汤作礼部侍郎，陛下不免且落第。'帝大笑。"为人君者不务正业，亵渎科举，有悖为君之道，已是昏庸之极。优人讽之，不反思自省，反而自以为是，其无耻之极足以令时人心寒。

在朝为官，是无数文人终生梦寐以求的事，但当认清官吏制度腐败，当朝者无能时，文人们对高官们往往投以不屑的眼光，甚至出语侮之。据说诗人罗隐常受官僚子弟轻慢，心中忿忿不平，于是远离朝廷，放浪形骸，过着"今朝有酒今朝醉，明日愁来明日愁"的狂放生活。黄巢起义失败后，朝廷想招延有能力的人，有人推荐罗隐，朝官韦贻范沮之曰："某与之同舟而载，虽未相识，舟人告云：'此有朝官'。隐曰：'是何朝官？我脚夹笔，可以敌得数辈！'必若登科通籍，吾徒为秕糠也。"[1] 罗隐因此而失去入朝为官的机会。《唐才子传》卷九称罗隐："性简傲，高谈阔论，满座风生。好谐谑，感遇辄发……隐恃才忽睨，众颇憎忌。自以当得大用，而一第落落，传食诸侯，因人成事，深怨唐室。诗文凡以讥刺为主，虽荒祠木偶，未能免者。"罗隐诗文主讥刺，所写大多鞭辟入里，如其《感弄猴人赐朱绂》诗云："十二三年就试期，五湖烟月奈相违。何如学取孙供奉，一笑君王便著绯。"[2] 据《幕府燕闲录》记载，黄巢起义时，唐昭宗逃难，随驾的艺人只有一个耍猴的。耍猴人将一只猴子训练有术，皇帝上朝时，居然能与文武随朝站班。唐昭宗高兴之余，就赐耍猴人五品官，身穿红袍。从《唐才子传》中所记载的晚唐无数文人，为了科举登第，终身奔命，困于科场，甚至一生不第，潦倒落魄。罗隐寒窗十年，十试不中，以致韦庄登第后为其

---

① 王谠：《唐语林》卷八，上海古籍出版社 1985 年版，第 260 页。
② 《全唐诗》第 665 卷，第 7623 页。

大鸣冤屈，请求皇帝赐其登第。罗隐遭遇远不及一只猴子，故其心中的不平是十分强烈的。此诗虽以调侃之笔戏之，但讥刺之外，其愤激沉痛之情溢于言表。

再读其杂文《英雄之言》：

> 物之所以有韬晦者，防乎盗也。故人亦然。
>
> 夫盗亦人也，冠履焉，衣服焉。其所以异者，退逊之心，正廉之节，不常其性耳。视玉帛而取之者，则曰牵于寒饿；视家国而取之者，则曰救彼涂炭。牵于寒饿者，无得而言矣；救彼涂炭者，则宜以百姓心为心，而西刘则曰："居宜如是！"楚籍则曰："可取而代！"意彼未必无退逊之心、正廉之节，盖以视其靡曼、骄崇，然后生其谋耳。
>
> 为英雄者犹若是，况常人乎？是以峻宇、逸游，不为人之所窥者，鲜矣。①

像罗隐这篇讥刺那些自称救生民于涂炭而涂炭于百姓的"英雄"的犀利之文，在晚唐颇多，被鲁迅先生称为"并没有忘记天下，正是一塌糊涂的泥塘里的光辉和锋芒"②的陆龟蒙杂文亦显示出"江湖散人"狂放的风格："瓯越间好事鬼，山椒水滨多淫祀。其庙貌有雄而毅、黝而硕者，则曰将军；有温而愿、晢而少者，则曰某郎；有媪而尊严者，则曰姥，有妇而容艳者，则曰姑。其居处，则敞之以庭堂，峻之以陛级，左右老木，攒植森桫；萝茑翳于上，枭鸮室其间。车马徒隶，丛杂怪状。氓作之，氓怖之。大者椎牛，次者击豕，小不下犬鸡。鱼菽之荐，牲酒之

---

① 《全唐文》，第9350页。
② 鲁迅：《小品文的危机》，《鲁迅全集》第4卷，第574页。

奠缺于家可也，缺于神不可也。一朝懈怠，祸亦随作，羹孺畜牧栗栗然。疾病死丧，眈不曰适丁其时邪，而自惑其生，悉归之于神。虽然，若以古言之，则戾；以今言之，则庶乎神之不足过也。何者？岂不以生能御大灾、捍大患，其死也则血食于生人。无名之土木，不当与御灾捍患而硕者为比，是戾于古也明也。今之雄毅而硕者有之，温而少者有之；升阶级，坐堂筵，耳弦匏，口粱肉，载车马，拥徒隶者，皆是也。解民之悬，清民之喝，未尝贮于胸中。民之当奉者，一日懈怠，则发悍吏，肆淫刑，驱之以就事，较神之祸福，孰为轻重哉？平居无事，指为贤良，一旦有大夫之忧，当报国之日，则佝挠脆怯，颠踬窜踏，乞为囚虏之不暇。此乃缨弁言语之土木，又何责其真土木耶？故曰：以今言之，则庶乎神之不足过也。"[1] 陆氏《野庙碑》文借神讽人，嬉笑怒骂，淋漓尽致，借题发挥，把那些平日鱼肉人民的贪官污吏的凶恶无耻揭露无遗，又以犀利辛辣之笔抨击这些官吏面对国难时的愚蠢与卑鄙，其愤世嫉俗之情溢于言表。

　　《五灯会元》曾记载布袋和尚的诗偈："吾有一躯佛，世人皆不知。不塑亦不装，不雕亦不刻。无一滴灰泥，无一点彩色。人画画不成，贼偷偷不得。体相本自然，清静非拂拭。虽然是一躯，分身千百亿。"[2] 布袋和尚是晚唐明州游方僧人，常以杖荷一布袋及破布席，袋中装生活用具。他走村串市，四处化缘，乞求布施。布袋和尚不像那些"孤峰顶上，盘结草庵"的僧人，以回避红尘来求得心灵的解脱，而是在"十字街头，解开布袋"，在滚滚红尘中保持自己的清净本心，随心所欲。因此，纵然混迹闹市，吃肉喝酒又何妨！僧人尚且如此通脱，何况文人。

---

[1]　陆龟蒙：《野庙碑》，《全唐文》，第 8418 页。
[2]　《五灯会元》卷二。

此风之下的晚唐文人，其狂放不拘也就不足为怪了。

《唐才子传》记皮日休云："性嗜酒，癖诗，号'醉吟先生'，又自称'醉士'；且傲诞，又号'间气布衣'，言已天地之间气也。"又记陆龟蒙云："居松江甫里，多所撰论。有田数百亩，屋三十楹。田苦下，雨潦则与江通，故常患饥。身自奋耜，薅刺无休时，或讥其劳，曰：'尧、舜霉瘠，禹胼胝。彼圣人也，吾一褐衣，敢不勤乎'？"记唐彦谦云："才高负气，毫发逆意，大怒叵禁。"评杜荀鹤云："颇恃势悔慢搢绅，为文多主箴刺，众怒，欲杀之……荀鹤苦吟，平生所志不遂，晚始成名，况于乱世，殊多忧悁思虑之语，于一觞一咏，变俗为雅，极事物之情，足丘壑之趣，非易能及者也。"记载李山甫云："累举进士，不第，落魄有不羁才。须髯如戟，能为青白眼。生平憎俗子，尚豪侠。虽箪食豆羹，自甘不厌。为诗托讽，不得志，每狂歌痛饮，拔剑斫地，少抒郁郁之气耳。后流寓河、朔间，依乐彦积为魏博从事，不得众情，以陵傲之故，无所遇。"[①] 以上所引晚唐诸文人的行事举止，皆可见出其与时代的疏离和淡出礼教后的狂放。因此，晚唐诗人在创作中也表现出这种"玩世不恭"的态度，这与初盛唐，甚至中唐诗人的创作也有很大的差别。

狂放，是晚唐文人在乱世颓风中愤激情绪的一种表现形式，然而在狂放的背后，他们却有着深深的忧患之情，面对着"一塌糊涂"的社会现实，文人们既看不到希望，也开不出治世良方。他们只能针对时弊冷嘲热讽，或者讲述古之治道，但由于时代不同，古人治世之道在现实面前显得苍白无力。因此，诗人之言就有了空言明道不着边际的特点。较之于此前中唐"永贞革

---

① 以上所引均见辛文房《唐才子传》。

新"和以后"庆历新政"时期文人们救弊图强的改革措施而言，晚唐文人所言就显得肤廓，以致遭到后人"肤浅"、"浅陋"的批评。如果我们还原历史，将自己置身于晚唐五代那一时代中去思考问题，就不会轻率地指责那时的诗人，相反，我们如果尊重历史，实事求是，我们就会感受到晚唐诗人们那一颗颗渴望治世的心动与情感。

上文介绍了晚唐一大批与世不合而又政治忧患深重的文人，他们的行事与言行表现出狂放的一面。而在《皮子文薮》、《笠泽丛书》、《罗昭谏集》等作品集中所表现出的对乱世的忧患却是另一种心态，其伤时自伤发而为文、为诗，形成一种强烈的时代创作倾向。《皮子文薮序》这样表达作者的写作宗旨："赋者，古诗之流也。伤前王太佚，作《忧赋》；虑民道难济，作《河桥赋》；念下情不达，作《霍山赋》；悯寒士道壅，作《桃花赋》。《离骚》者，文人菁英也，伤于宏奥，今也不显《离骚》，作《九讽》。文贵穷理，理贵原情。作《十原》。太乐既亡，至音不嗣，作《补周礼九夏歌》。两汉庸儒，贱我左氏，作《春秋决疑》。其余碑、铭、赞、颂、论、议、书、序，皆上剥远非，下补近失，非空言也。"①

与《皮子文薮》一致，皮日休的《正乐府十篇》也有计划地揭露各种社会矛盾。皮日休、陆龟蒙、罗隐、聂夷中、杜荀鹤等一大批晚唐诗人以美刺之道作为疗救世道之良策，他们效仿白居易讽喻诗的创作，欲形成一股创作潮流，但他们大多未能置身政坛之内，而是以旁观者的身份指陈时弊，对于腐朽的政治只能隔靴搔痒。像皮日休提出"请天子复唐虞黜陟之义"②，这种近

---

① 《全唐文》，第 8352 页。
② 皮日休：《霍山赋》，《全唐文》第 8341 页。

于空想的建议，在乱世之中毫无任何可行性，故他们最终只能感叹人心不古，世道无救，而归于沉重的伤感。

唐末诗人在无力回天之际，逐渐淡漠了重振山河的豪情，面对大唐帝国难挽的颓势和行将覆亡的命运，他们各自就耳闻目睹的灾难，在自己的创作中，为大唐帝国谱出一曲曲忧患伤感的挽歌。试读神圣的王朝在诗人眼中渐次灭亡的哀歌："西北乡关近帝京，烟尘一片正伤情。愁看地色连空色，静听歌声似哭声。红蓼满村人不在，青山绕槛路难平。从他烟棹更南去，休向津头问去程。"① "骈节齐安郡，孤城百战残。傍村林有虎，带郭县无官。暮角梅花怨，清江桂影寒。黍离缘底事，撩我起长叹。"② "太行和雪叠晴空，二月郊原尚朔风。饮马早闻临渭北，射雕今欲过山东。百年徒有伊川叹，五利宁无魏绛功？日暮长亭正愁绝，哀笳一曲戍烟中。"③ "故都遥想草萋萋，上帝深疑亦自迷。塞雁已侵池籞宿，宫鸦犹恋女墙啼。天涯烈士空垂泪，地下强魂必噬脐。掩鼻计成终不觉，冯驩无路学鸣鸡。"④

宋人刘克庄评价晚唐那个"今朝有酒今朝醉，明日愁来明日愁"的狂放诗人罗隐说："其诗自光启以后，广明以前，海内离乱，乘舆播迁，艰难险阻之事多见之赋咏。"⑤ 与之相似的评价也在许多人印象中只是写男女艳诗的韩偓创作中。毛晋《韩内翰别集跋》说韩偓的诗："自辛酉迄甲戌（901—914年）凡十有四年，往往借自述入直、扈从、贬斥、复除，互叙朝廷播

① 司空图：《浙上》，《全唐诗》第 632 卷，第 7248 页。
② 韦庄：《齐安郡》，《全唐诗》第 698 卷，第 8037 页。
③ 吴融：《金桥感事》，《全唐诗》第 686 卷，第 7886 页。
④ 韩偓：《故都》，《全唐诗》第 680 卷，第 7797 页。
⑤ 刘克庄：《后村诗话·新集》卷四。

迁、奸雄篡权，始末历然如镜，可补史传之缺。"① 《四库提要》更称韩偓诗："忠愤之气，时时溢于语外，性情既挚，风骨自遒。慷慨激昂，迥异当时靡靡之响，在晚唐亦可谓文笔之鸣凤矣。"②

晚唐诗人经历了唐王朝从山雨欲来，到风雨飘摇，再到大厦倾塌的沧桑巨变，诗人们虽然有着自己狂放的个性和不拘礼数的言行，但内心深处则不能泯灭对大唐帝国和自身命运的忧患伤感。所以从许浑、杜牧、李商隐、温庭筠到皮日休、陆龟蒙、聂夷中、杜荀鹤、罗隐，再到韦庄、郑谷、韩偓、吴融、司空图，这许许多多的诗人，用大量的作品记载了大唐帝国亡国的历史和心中无限沉痛的黍离之悲。在那个苦闷无望的时代中，文学所表现出来的苦闷忧患沉重得令人窒息，但这颓世颓风中的苦闷之作，却不能斥之为"颓音"。试读下诗："举国繁华委逝川，羽毛飘荡一年年。他山叫处花成血，旧苑春来草似烟。雨暗不离浓绿树，月斜长吊欲明天。湘江日暮声凄切，愁杀行人归去船。"③

这首挽诗作于唐亡前三年，此时的吴融已经离开了中原，流寓荆南，诗中子规那啼血的悲鸣似在写唐昭宗的游魂不归，更在写诗人那一腔悲哀和故园难归之情。

唐末著名诗人韦庄去了西蜀，韩偓入闽终老，吴融流寓荆南，司空图绝食殉唐。晚唐诗人们伴随着大唐帝国覆亡的历程，唱完了他们心中忧患的悲歌。我不禁想起了一段名言：

　　吾听风雨，吾览江山，常觉风雨江山外，有万不得已者在，此万不得已者，即词心也。④

---

① 刘克庄：《后村诗话·新集》卷四。
② 《四库提要·韩内翰别集》。
③ 吴融：《子规》，《全唐诗》第 686 卷，第 7889 页。
④ 况周颐：《蕙风词话·以吾言写吾心》，《词话丛编》，第 4411 页。

第三节 苦闷中求欢娱的温、李新声

前面不少章节已经分别论述了中唐中兴成为过往后晚唐文人在乱世颓风中无所作为的时代和个人苦闷，同时也论述了自中唐以来庶族地主文化层面中世俗人情味的流行，文人个性化的充分展示，市民生活情趣对庶族地主文人巨大的冲击等社会现象。晚唐绝大多数文人因时代政治原因未能进入政治圈中，他们的苦闷需要宣泄，于是有的优游山林，或苦吟，或放浪形迹；有的狂放不拘礼数，或调侃，或冷嘲热讽时弊，还有的则混迹市井，流连青楼或听歌看舞，或纵情声色，以忘却心中不能"兼济天下"而又无可奈何的苦闷，所谓"题香襟，当舞所，弦工吹师，低回容与，温、李、冬郎所宜也"① 正是在这样的背景下出现的。在这样的场合中产生的文学作品，就是后人所谓"温、李新声"，从内容和所表现的情趣上讲，此"新声"即指区别于传统士大夫文学内容和情趣，受市民意识影响，形式上主要以反映男女之情事为主的诗歌和词，而影响后世甚著的当然是领"一代之胜"的词体文学。

温、李新声在很长一段时间内影响深远，同时也深遭人们斥责。词体文学发展到南宋，已经走上雅文学之途，尤其是经苏轼在内容上、风格上加以革新，周邦彦在形式上加以雅化，成为文人抒情达意的重要文学样式时，批评者依旧给以无情的抨击。南宋鲖阳居士《复雅歌词序》说："开元、天宝间，君臣相与为淫乐，而明皇尤溺于夷音，天下薰然成俗，于是才士始依乐工拍弹之声，被之以辞，句之长短，各随曲度，而愈失古之'声依永'

---

① 袁枚：《小仓山房文集》。

之理也。温、李之徒，率然抒一时情致，流为淫艳猥亵不可闻之语。吾宋之兴，宗工巨儒，文力妙天下者，犹祖其遗风，荡而不知所止。脱于芒端，而四方传唱，敏若风雨，人人歆艳。咀味于朋游尊俎之间，以此为相乐也。其韫骚雅之趣者，百一二而已。"① 这段话前半部分描述唐词兴起的一个原因，即"夷音"的风行。这只是从一个侧面看到了词体兴起的条件，而更重要的原因如《旧唐书·穆宗纪》记载中唐崇侈尚靡的士风时说："前代名士，良辰宴聚，或清谈赋诗，投壶雅歌，以杯酌献酬，不至于乱。国家自天宝已后，风俗奢靡，宴席以喧哗沉湎为乐。而居重位，秉大权者，优杂倡肆于公吏之间，曾无愧耻。公私相效，渐以成俗。"到了李肇《国史补》卷下介绍时说："长安风俗，自贞元侈于游宴。"白居易的时代这种风气已经遍被士林，试读其诗《开成二年三月三日，河南尹李待价以人和岁稔，将禊于洛滨。前一日启留守裴令公。公明日召太子少傅白居易……等一十五人，合宴舟中。由斗亭、历魏堤、抵津桥，登临溯沿，自晨及暮，簪组交映，歌笑间发，前水嬉而后妓乐，左笔砚而右壶觞。望之若仙，观者如堵。尽风光之赏，极游泛之娱。美景良辰，赏心乐事，尽得于今日矣。若不记录，谓洛无人。晋公首赋一章，铿然玉振；顾谓四座，继而和之。居易举酒挥毫，奉十二韵以献》："三月草萋萋，黄莺歇又啼。柳桥晴有絮，沙路润无泥。禊事修初毕，游人到欲齐。金钿耀桃李，丝管骇凫鹥。转岸回船尾，临流簇马蹄。闹于扬子渡，踏破魏王堤。妓接谢公宴，诗陪荀令题。舟同李膺泛，醴为穆生携。水引春心荡，花牵醉眼迷。尘街从鼓动，烟树任鸦栖。舞急红腰凝，歌迟翠带低。夜归

---

① 引自谢维新《古今合璧事类备要》，上海书店影印文渊阁四库全书本。

何用烛，新月凤栖西。"①

　　士林游赏狎妓之风只是全社会，尤其是都市风气的一个部分，到了晚唐诗人词客笔下的享乐奢侈之风，已经是惶惶不可终日的世人"今朝有酒今朝醉"的必不可少的生活追求，温、李新声的出现就在所难免。

　　我们说温、李新声，是指以温庭筠、李商隐为代表的中晚唐文人在诗词中表现男女情事的一类作品，而仔细分析中晚唐以来文学作品之写男女情事，可以分为三类：一是抒写搅和着诗人词客身世悲哀的爱情之作，如李商隐的许多爱情诗；二是指失意文人与沦落风尘的女子之间萍水相逢所产生的惺惺相惜之情诗；三是表现世俗男女感官相娱的艳情之作。温、李新声主要指二、三类。

　　中晚唐以来的艳情之作本质上是封建地主享乐意识与市民思想意识、生活情趣相结合的产物。元稹曾这样谈到自己为何作艳情诗："近世妇人，晕淡眉目，绾约头鬓，衣服修广之度及匹配色泽，尤剧怪艳，因为艳诗百余首。"② 表面上是说因妇女装束打扮"尤剧怪艳"而写艳诗，实际上当是写其艳情。先看白居易一首写女性装束的诗歌，题为《江南喜逢萧九彻，因话长安旧游，戏赠五十韵》："时世高梳髻，风流淡作妆。戴花红石竹，帔晕紫槟榔。鬓动悬蝉翼，钗垂小凤行。拂胸轻粉絮，暖手小香囊。"③ 但是，元、白艳诗主要指元稹《会真诗三十韵》，白居易《卢侍御小妓乞诗·座上留赠》一类作品。

　　由于蓄妓、观妓、狎妓的生活使然，元、白诗歌中出现数量

---

①　《白居易集》卷33，第757页。

②　元稹：《叙诗寄乐天书》，《元稹集》卷30，第351页。

③　《白居易集·外集》卷上，第1508页。

较大的艳情诗，他们在诗坛上的巨大影响，使艳诗在晚唐大量出现。后人对中唐白居易、元稹、李绅、王建、王涯、李贺等人或直接抒写艳情，或以模仿齐梁体来表现作者艳情心态的影响分析不够，将所有的批评都集中在晚唐诗人身上："杜牧之诗只知有绮罗香粉"①；"宫体始淫，至晚唐而极"②；"唐末三十六体并作，语多亵狎，其宫体之职志，诗人轻薄之号，有由然矣"③；"飞卿北里名娼，义山狭斜浪子"④。有必要澄清的是，"温、李新声"是否属于宫体范畴？闻一多先生认为，宫体诗是在"一种伪装下的无耻中求满足"，"专以在昏淫的沉迷中作贱文学为务的"，是"衰老的、贫血的南朝宫廷生活的产物"⑤。也就是说，宫体诗是一种特定的概念，即是表现没落时代帝王宫廷内腐朽生活的产物，不能将所有表现艳情的作品都称为"宫体"。就以晚唐艳情诗而言，虽然在表现放纵声色与人欲泛滥方面与南朝宫体诗有惊人的相似，但其本质却是有别的。南朝宫体诗是走向没落的封建贵族腐朽生活的产物。对于这样一个必然灭亡的统治阶级来讲，其思想意识已堕落到无药可救的地步，故宫体诗的出路与这种思想意识一样，必然走进历史的坟墓。晚唐艳情诗本质上是市民思想意识和生活情趣的产物。由于受封建享乐意识的影响，加之在乱世苦闷中失去希望，在痛苦中求欢娱的思想滋生使这一时期艳情诗在灵肉之间表现失衡，造成人欲泛滥的局面。不过，由于艳情所关涉的双方都是社会下层人物，他们的思想与南朝君主贵族有着本质的区别。作为脱胎于封建思想而逐渐孕育出

---

① 张戒：《岁寒堂诗话》卷上。
② 吴乔：《围炉诗话》卷一。
③ 乔亿：《剑溪说诗》卷下。
④ 胡应麟：《诗薮·外编》卷四。
⑤ 闻一多：《唐诗杂论·宫体诗的自赎》。

反封建意识的市民阶层思想，虽然依旧带封建母体的特征，但其发展的历程告诉人们，它与母体之间是不能画等号的。因为市民阶层受商品意识的影响，所以其思想与行为中的金钱崇拜成分远远大于崇尚权力的成分。由此，在受到新的生产力和生产关系的影响后，极容易造成其思想意识的质变而产生出资本主义思想因素，这已为明中后叶的历史所证明。这种脱胎于母体而蜕变为资本主义思想因素的思想意识，又成为反封建的成分，因此，与南朝宫体诗所代表的封建贵族没落思想不同。由这一点，我们认为不能把中晚唐以来所产生的艳情诗与宫体诗混为一谈。

如果说自大历以来的纤艳诗风在元、白手中已经有了市民意识中露骨的色情追求，那么在"温、李新声"中则得到进一步发展。而到了韩偓的《香奁集》、罗虬的《比红儿诗一百首》、王涣的《惆怅词十四首》，则大多以表现女色艳情为主，其中淫乐轻佻成分也开始泛滥，及至《花间集》的出现，把这一艳情之风推向高潮。试读以下几首小诗，看这股艳情诗风的发展："自拈裙带结同心，暖处偏知香气深。爱捉狂夫问闲事，不知歌舞用黄金。"① "丛鬓愁眉时势新，初笄绝代北方人。一颦一笑千金重，肯似成都夜失身。"② "小亭闲眠微醉消，山榴海柏枝相交。水纹簟上琥珀枕，傍有堕钗双翠翘。" "八蚕薄絮鸳鸯绮，半夜佳期并枕眠。钟动红娘唤归去，对人匀泪拾金钿。"③ "往年曾约郁金床，半夜潜身入洞房。怀里不知金钿落，暗中唯觉绣鞋香。此时欲别魂俱断，自后相逢眼更狂。光景旋消惆怅在，一生赢得是凄凉。"④

---

① 卢纶：《古艳诗》，《全唐诗》第 278 卷，第 3154 页。
② 权德舆：《杂兴五首》其一，《全唐诗》第 328 卷，第 3674 页。
③ 王涣：《惆怅诗十四首》其一，《全唐诗》第 690 卷，第 7919 页。
④ 韩偓：《五更》，《全唐诗》第 683 卷，第 7832 页。

在卢纶、权德舆的诗歌中,脂粉气、轻薄气,已经颇浓,李商隐诗则以欣赏的态度来写男女幽会,到了王涣、韩偓诗中,全然不去掩饰艳情,由此可以看出艳情诗逐渐向纯感官感受方向的发展脉络。类似以上作品,像李群玉《醉后赠冯姬》、《赠妓人》、《同郑相亚并歌妓小饮戏赠》,秦韬玉《咏手》,徐夤《尚书筵中咏红手帕》,温庭筠《咏罄》、《观舞妓》,韩偓《咏浴》、《咏手》、《半睡》、《昼寝》等数量很大的作品,充满了露骨的感官享受。以调侃、戏弄、猥亵的态度,杂夹着轻佻低级的市民思想中的糟粕一时泛起,将封建腐朽意识与市民庸俗思想搅和在一起,写出的艳情之作,暴露出部分作者在苦闷生活中所采取的玩世不恭的生活态度,由此遭到有识之士的批评,应该说是咎由自取。

继晚唐艳情诗之后,以写艳情为主的《花间集》出现,自此艳情就由诗坛转向词坛。晚唐艳情诗的大量创作并形成潮流,除去社会动荡、文人失去仕途、思想意识混乱、社会伦理道德观念淡漠等原因外,市民文化的影响应该是最重要的原因。后人论及此期的艳情诗,无不冠之以"俗"字,这说明了艳情诗所承载着的市民审美情趣。市井俗趣中的鄙俗、猥琐、浅切、俗艳,掺杂着商业气息,使之决不同于梁陈宫体。当这些浅俗平庸的思想逐渐淘去,市民文化中健康的审美情趣显露出来后,封建贵族文化就被视为历史僵尸而被人们所抛弃。如果没有晚唐市民文学的泛起,也就没有经过高素质的庶族地主文人改造和创造的元、明、清俗文学的辉煌。因此,将晚唐艳情诗放在市民文学发展的长河中去观察,这样的代价是必须要付出的。

《花间集》的结集,在中国文学史上有着重要的意义,它不仅宣告了词体文学的确立,而且预示着一种新的审美理想的崛起,这就是人们常说的"阴柔之美"。

温、李之作之所以被称为"新声"，在词中可以得到答案。李泽厚先生在谈到盛唐之音以后审美趣味和艺术主题的深刻变化时，有一段精彩的意见：

> 这里指的是韩愈、李贺的诗，柳宗元的山水小记；然而更指的是李商隐、杜牧、温庭筠、韦庄的诗词。它不是《秦妇吟》（韦）或《韩碑》、《咏史》（李、杜），而是"人人尽说江南好，游人只合江南老，春水碧于天，画船听雨眠"。"相见时难别亦难，东风无力百花残。春蚕到死丝方尽，蜡炬成灰泪始干。""银烛秋光冷画屏，轻罗小扇扑流萤。天阶夜色凉如水，卧看牵牛织女星"这些千古传诵的新词丽句。这里的审美趣味和艺术主题已完全不同于盛唐，而是沿着中唐这一条线，走进更为细腻的官能感受和情感色彩的捕捉追求中……拿这些共同体现了晚唐五代时尚的作品与李白杜甫比，与盛唐的边塞诗比，这一点便十分清楚，时代精神已不在马上，而在闺房；不在世间，而在心境……盛唐是人的意气和功业，那么，这里呈现的则是人的心境和意绪。与大而化之的唐诗相对应的是纤细柔媚的花间体和北宋词。①

这一段话中所描述的中晚唐以来审美趣味和创作所表现的心理意绪，正是"温、李新声"最为出色之处，也是其艺术价值之所在。

如果说前面所论的中晚唐艳情诗突出反映的是为正统思想和文学所不能容忍的"淫滥"之作，那么，以小词为代表的"温、

----

① 李泽厚：《美的历程·韵外之致》。

李新声"的新词丽句，则从另一角度展现了市民文学潜在的强大生命力。当它在庶族地主文人较为健康的生活和艺术情趣影响下被表现出来时，就逐渐被认同、吸收和再创造。

王国维说："凡一代有一代之文学：楚之骚，汉之赋，六代之骈语，唐之诗，宋之词，元之曲，皆所谓一代文学，而后世莫能继焉者也。"① 作为"别是一家"的词体文学在宋代蔚为大观，被后人称为一代文学，但其基本要素却是在晚唐五代的"温、李新声"中就具备了的，可以这样说，"温、李新声"奠定了词体文学的基调。这可以从几个方面来确认。

第一，以细腻的心态意绪的描摹为特征。王国维在《人间词话》（删稿）中说："词之为体，要眇宜修，能言诗之所不能言，而不能尽言诗之所能言。诗之境阔，词之言长。"② 如果将典型的盛唐边塞山水之作与典型的宋代婉约词相比较，王国维这段话所概括出的诗词特色就不言而喻了，而作为由唐诗向宋词过渡的晚唐"温、李新声"，正好显示出了其过渡特色，上引李泽厚先生的那段话，足以概括之。为了证明这一点，我举几首有"温、李新声"特点的晚唐诗为例："暖戏烟芜锦翼齐，品流应得近山鸡。雨昏青草湖边过，花落黄陵庙里啼。游子乍闻征袖湿，佳人才唱翠眉低。相呼相应湘江阔，苦竹丛深春日西。"③ "别梦依依到谢家，小廊回合曲栏斜。多情只有春庭月，犹为离人照落花。"④ "浓烟隔帘香漏泄，斜灯映竹光参差。绕廊倚柱堪惆怅，细雨轻寒落花时。"⑤ "恻恻轻寒翦翦风，小梅飘雪杏花

---

① 王国维：《宋元戏曲史·自序》，商务印书馆 1933 年版。
② 《词话丛编》，第 4285 页。
③ 郑谷：《鹧鸪》，《全唐诗》第 675 卷，第 7736 页。
④ 张泌：《寄人》，《全唐诗》第 642 卷，第 8450 页。
⑤ 韩偓：《绕廊》，《全唐诗》第 683 卷，第 7831 页。

红。夜深斜搭秋千索，楼阁朦胧烟雨中。"①

以上所列诗作，显然不以追求阔大的境界和表现雄心抱负为目的，而是力图以细腻的笔触描摹出人物幽微的心态意绪，尤其是结尾以景语宕出幽韵，留给读者无穷回味。试比较这一时期的一些小词写法："千万恨，恨极在天涯。山月不知心里事，水风空落眼前花，摇曳碧云斜。"②"玉炉香，红蜡泪，偏照画堂秋思。眉翠薄，鬓云残，夜长衾枕寒。　梧桐树，三更雨，不道离情正苦。一叶叶，一声声，空阶滴到明。"③"红楼别夜堪惆怅，香灯半掩流苏帐。残月出门时，美人和泪辞。　琵琶金翠羽，弦上黄莺语。劝我早归家，绿窗人似花。"④

这是全然不同于典型唐诗的"别调"，它所表现的是无端无绪的深幽心绪，这种心绪不能说破，说破了便没了韵味。虽说诗歌也讲含蓄，讲韵外之致，但诗歌（尤其是按儒家诗教规范了的诗歌）显然与词不一样。晚清词论家况周颐在《蕙风词话》卷一"述所历词境"中这样描述他所历的词境：

> 人静帘垂，灯昏香直。窗外芙蓉残叶，飒飒作秋声，与砌虫相和答。据梧暝坐，湛怀息机。每一念起，辄设理想排遣之。乃至万缘俱寂，吾心忽莹然开朗如满月，肌骨清凉，不知斯世何世也。斯时若有无端哀怨怅触于万不得已，即而察之，一切境象全失，唯有小窗虚幌、笔床砚匣，一一在吾目前。此词境也。⑤

---

① 韩偓：《寒食夜》，《全唐诗》第 683 卷，第 7834 页。
② 温庭筠：《梦江南》，《全唐五代词》卷二，第 234 页。
③ 温庭筠：《更漏子》，《全唐五代词》卷二，第 210 页。
④ 韦庄：《菩萨蛮》，《全唐五代词》卷二，第 526 页。
⑤ 《词话丛编》，第 4411 页。

　　况周颐感受到的"无端哀怨枨触"正是词人创作时的心态，在这种心态下创作出来的词境显然不是诗歌的意境。如果要以这种心态写诗，则诗就向词转化了，清人田同之深谙两者间的差异，精确地指出："大历、元和后，温、李、韦、杜渐入《香奁》，遂启词端。"①

　　虽说这里有以《香奁》写艳情与词搭上桥的意思，但上举韩偓《香奁》诸诗所表现的"无端哀怨枨触"之心态意绪，的确是已入词境。

　　李商隐曾有诗称誉韩偓，其题为《韩冬郎即席为诗相送，一座尽惊。他日余方追吟"连宵侍坐徘徊久"之句，有老成之风，因成二绝寄酬，兼呈畏之员外》，其一云：

　　　　十岁裁诗走马成，冷灰残烛动离情。桐花万里丹山路，雏凤清于老凤声。②

　　"温、李新声"的直接继承和发扬者当属韩偓，其诗歌集子中的《香奁集》和他所留存的十三首词（案：《全唐诗》将其视为诗收入，《全唐五代词》则作词收），无论是精神体貌，还是用笔遣词，都没有区别，试比较："轻风滴砾动帘钩，宿酒犹酣懒卸头。但觉夜深花有露，不知人静月当楼。何郎烛暗谁能咏？韩寿香焦亦任偷。敲折玉钗歌转咽，一声声入两眉愁。"③"秋雨五更头，桐竹鸣骚屑。却似残春间，断送花时节。空楼雁一声，

---

① 田同之：《西圃词说》"诗词风气相循"，《词话丛编》，第1452页。
② 《全唐诗》第540卷，第6183页。
③ 韩偓：《闺情》，《全唐诗》第683卷，第7845页。

远屏灯半灭。绣被拥娇寒，眉山正愁绝。"[1] 除此之外，《香奁集》所表现出来的传递人物心曲的写法，也与《花间集》大相近似。由此可以看出，《香奁》诗与词体文学间的内在关系。虽说晚唐诗中"渐入词境"者不少，但像《香奁集》那样集中而又典型地具备这一特征的集子并不多，加之韩偓本人也写词，将《香奁集》与《花间集》视为不同文体的姊妹之作，正体现出"温、李新声"的深刻影响。

第二，以表现男女之情中的哀怨伤感情愫为特征。中唐以前的传统诗歌中极少写爱情，除采自民间的《诗三百》和南朝民歌外，文人大多不写男女间的感情。民歌或文人拟民歌描写男女相悦的作品，大多有明朗、轻快、直白的特点。如："宿昔不梳头，丝发披两肩。婉伸郎膝上，何处不可怜。"[2] "春林花多媚，春鸟意多哀。春风复多情，吹我罗裳开。"[3] "杨柳青青江水平，闻郎江上唱歌声。东边日出西边雨，道是无晴还有晴。"[4] "春江月出大堤平，堤上女郎连袂行。唱尽新词欢不见，红霞映树鹧鸪鸣。"[5]

到了中唐开始勃兴的男女情诗，除去艳情诗以追求感官享受外，其写男女之情大多不离哀怨伤感。李商隐的情诗以"寄托深而措辞婉，可空百代"[6] 而领一代风骚，虽说人们对李商隐诗在写男女之情时有种种推测，或云政治寄托，或云身世之感，但其以写男女之情出之却是不争的事实，更别说那些令人无限伤怀

---

① 韩偓：《生查子》，《全唐五代词》卷五，第 513 页。
② 《子夜歌》，郭茂倩：《乐府诗集》卷 44，第 641 页。
③ 《子夜四时歌》，《乐府诗集》卷 44，第 645 页。
④ 刘禹锡：《竹枝词二首》其一，《全唐五代词》卷一，第 111 页。
⑤ 刘禹锡：《踏歌词四首》其一，《全唐五代词》卷一，第 117 页。
⑥ 张采田：《玉溪生年谱会笺》。

的悼亡之作。试读以下诗篇："怅卧新春白夹衣，白门寥落意多违。红楼隔雨相望冷，珠箔飘灯独自归。远路应悲春晼晚，残宵犹得梦依稀。玉珰缄札何由达？万里云罗一雁飞。"[1]"昨夜星辰昨夜风，画楼西畔桂堂东。身无彩凤双飞翼，心有灵犀一点通。隔座送钩春酒暖，分曹射覆蜡灯红。嗟余听鼓应官去，走马台兰类转蓬。"[2]李商隐诗歌的深婉其情的写法在其后没有人继续下去，而是被后人将那种幽怨以如泣如诉的方式倾诉给读者："往年曾在弯桥上，见倚朱栏咏柳绵。今日独来香径里，更无人迹有苔钱。伤心阔别三千里，屈指思量四五年。料得他乡遇佳节，亦应怀抱暗凄然。"[3]"风流大抵是怅怅，此际相思必断肠。云薄月昏寒食夜，隔帘微雨杏花香。"[4]

　　无论是爱而不得，还是爱而复失；不管是封建伦理摧折，抑或是政治遭遇影响，这些因素搅和在诗人的男女之情中，都使他们深受相思哀怨之苦，由此写成的作品，没有男欢女爱的激动与兴奋，而是缠绵悱恻，哀怨伤感，这种情绪成为以后婉约词的情感主流。

　　第三，以短小流丽而又余味隽永之笔，传达内心深处的涟漪为特征。词体文学初起之时，大多以小令形式出现，清人刘熙载说："齐梁小赋，唐末小诗，五代小词，虽小却好，虽好却小，盖所谓'儿女情多，风云气少'也。"[5]由此可见，晚唐诗与词之间逐渐结合，或者说诗"渐入词境"的过程，那就是内容上以写儿女之情为特征，形式上以小取胜。形式上的"小"可以

---

①　李商隐：《春雨》，《全唐诗》第 540 卷，第 6188 页。
②　李商隐：《无题二首》其一，《全唐诗》第 539 卷，第 6163 页。
③　韩偓：《寒食日游李氏园亭有怀》，《全唐诗》第 683 卷，第 7839 页。
④　韩偓：《寒食夜有寄》，《全唐诗》第 683 卷，第 7838 页。
⑤　刘熙载：《艺概·词曲概》。

理解为：以七言绝句这一短小的体裁为主；选取意象多为轻灵飘忽；抒写的情绪多为幽微细腻难以确指之类；选词用字上避免怪、硬、重、狠。试读以下一些晚唐诗人的小诗："娉娉袅袅十三余，豆蔻梢头二月初。春风十里扬州路，卷上珠帘总不如。"①"鸳鸯帐里暖芙蓉，低泣关山几万重。明鉴半边钗一股，此生何处不相逢。"②"楼上黄昏欲望休，玉梯横绝月如钩。芭蕉不展丁香结，同向春风各自愁。"③"冰簟银床梦不成，碧天如水夜云轻。雁声远过潇湘去，十二楼中月自明。"④

这一类小诗给人的总体感受是全然脱离了儒家美学的格局，所谓"风骨"、"兴寄"、"阳刚正大"、"香草美人"，在这里已经没有一点踪影。直接的抒情、人物的言行举止描写也渐次让位于对心绪的描摹揣测，成为诗人刻意追求之处。诗歌意境传递给读者的是幽微曲折、飘忽难言、充满幽怨怅惘的意绪。不难发现诗风在这里已经完全发生了变化，以往那种以叙述为主表达男女相思的艺术手段，在此已被抛弃，在北宋小令词家的小词中，晚唐这类小诗的影子随处可见，尤其是二晏及欧阳修词中。

另一种艺术表现方式是以近于纯客观、冷静的笔调来刻画人物所处的环境及物事，以难于觉察的暗示来表现作品主人公的心情意绪。这种写法在李商隐、韩偓等人的诗中，温庭筠的词中较为突出，"温、李新声"在此表现也较典型。如："日射纱窗风撼扉，香罗拭手春事违。回廊四合掩寂寞，碧鹦鹉对红蔷薇。"⑤"碧栏干外绣帘垂，猩色屏风画折枝。八尺龙须方锦缛，已凉天

---

① 杜牧：《赠别二首》，《全唐诗》第 523 卷，第 5988 页。
② 杜牧：《送人》，《全唐诗》第 524 卷，第 5996 页。
③ 李商隐：《代赠二首》其一，《全唐诗》第 539 卷，第 6181 页。
④ 温庭筠：《瑶瑟怨》，《全唐诗》第 579 卷，第 6730 页。
⑤ 李商隐：《日射》，《全唐诗》第 539 卷，第 6173 页。

气未寒时。"① "鹅儿唼喋栀黄嘴，凤子轻盈腻粉腰。深院下帘人昼寝，红蔷薇映碧芭蕉。"② 环境的艳丽冷清，既显示了人物的身份，亦透露出心里的寂寞孤独，这与典型的温词作法一样："小山重叠金明灭，鬓云欲度香腮雪。懒起画蛾眉，弄妆梳洗迟。照花前后镜，花面交相映。新帖绣罗襦，双双金鹧鸪。"③ "水精帘里颇黎枕，暖香惹梦鸳鸯锦。江上柳如烟，雁飞残月天。藕丝秋色浅，人胜参差剪。双鬓隔香红，玉钗头上风。"④ 环境物事的描写成为重要的手段，作者不再以自己的感情直接介入来影响读者对所写主人公的心绪揣摩和情感体验，而是客观地再现环境，但作者描绘这种而非别种环境的意图，却会暗示出他对作品主人公情感的独特感觉。

在苦闷之中产生的"温、李新声"，在文学题材、主题、审美风格方面的开拓，在文学体裁上的创新，使蔚为大观的爱情题材在新兴的词体文学中扎下深深的根，成为词体区别于诗的主要特征，经过无数文人的进一步努力，"温、李新声"中那种动人心弦、充满伤感缠绵情思的作品，在宋词中得以发扬而大放异彩，成为古典诗词中最具哀感顽艳艺术魅力的部分。

---

① 韩偓：《已凉》，《全唐诗》第 683 卷，第 7832 页。
② 韩偓：《深院》，《全唐诗》第 681 卷，第 7805 页。
③ 温庭筠：《菩萨蛮》，《全唐五代词》卷二，第 194 页。
④ 同上书，第 195 页。

第三章　变革思潮与唐音渐远

　　大唐帝国在纷乱中坍塌了，经历了五代十国的分裂而崛起的北宋王朝一旦坐稳了江山，必然要去回顾曾经雄视天下的大唐帝国走过的路，以资为新王朝借鉴。前面已经介绍过北宋的文化背景，此处不复赘述，只是指出从宋初初定天下后，宋人就力求变革，庆历新政的图变救弊、儒学复兴、诗文革新运动等，无不是宋人求变的表现。这种尊文抑武、崇儒尚学，以及时人"常患法之不变"① 而"开口揽时事，论议争煌煌"② 的风气，必将影响宋代文学创作，并形成自己的特色。宋调的形成是一个较长的过程，宋初60年的宋代文学，以诗歌创作为主，基本上还牢笼在中晚唐以来的诗风中，没有任何建树；从欧阳修等倡导古文运动开始，梅、欧始开宋调之先声，这是北宋中期众多诗人继续努力的方向；到苏轼、黄庭坚手中，典型的宋调风格和规范得以确立，之后江西诗派更将这一模式推向极点，物极必反。由此，南宋诗人则力图摆脱江西诗派的影响各寻出路。

　　本章所谈的三个问题分别从诗、文、词角度切入，所论者简而言之，就是追寻唐音渐远和宋调初成的文学史那一段轨迹，以

---

① 陈亮：《铨选资格》。
② 欧阳修：《镇阳读书》，《欧阳修全集·居士集》卷二，第14页。

便更准确地描绘出由创新到建构的封建文学转变期的特征。由于涉及问题面广，所以只能撮其紧要处论述。因此，挂一漏万处必然有之，望专家指正，以待之后更深入研究。

第一节　苏、梅诗歌与宋调端倪

北宋的诗歌革新主将和发起者是欧阳修，他的周围聚集着当时最优秀的文人，胡应麟在《诗薮》中说："韩稚圭、宋子京、范希文、石曼卿、梅圣俞、蔡君谟、苏明允、余希古、刘原父、丁元珍、谢伯初、孙巨源、郑毅夫、江邻几、苏才翁、子美等，皆永叔友也。王岐公、王文公、曾子固、苏子瞻、王深父、李清臣、方子通等，皆六一徒也。"这是一个阵营可观的文人群体，而在诗歌革新的代表中，除欧阳修外，梅尧臣、苏舜钦二人在开宋调方面，堪称先锋，尤其是梅尧臣，其对宋诗的影响至深，得到后辈诗人一致称扬。刘克庄称其为宋诗的"开山祖师"[1]，胡应麟称其诗为"宋人之冠"[2]，清叶燮称其为"开宋诗一代之面目者"。[3] 欧阳修《六一诗话》载梅尧臣论诗云："圣俞常语予曰：诗家虽率意，而造语亦难。若意新语工，得前人所未道者，斯为善也。必能状难写之景如在目前，含不尽之意见于言外，然后为至矣。"[4] "意新语工，得前人所未道者"，这是一种自觉的创作追求，宋诗之所以能在唐音之后自成一体，别具一格，正在于此。而宋初60年无论是白体、晚唐体、西昆体的写作之所以规矩于唐人不能有所建树，其弊正在尽言前人已言者。"状难写

① 刘克庄：《后村诗话》。
② 胡应麟：《诗薮》。
③ 叶燮：《原诗》。
④ 《欧阳修全集》，第1037页。

之景如在目前，含不尽之意见于言外"，这是梅尧臣的诗美追求，实际上也就是唐末司空图诗美理想中所追求的，晚唐未能实现，梅尧臣在宋代文化环境适宜的条件下，提出并付诸创作实践。

梅尧臣之所以为宋调开山者，是因为他最早在诗歌中透露出深远平淡的宋调，这与本节所要论及的诗人苏舜钦雄豪横绝的诗风极为和谐地融为一体，构成宋诗既纵横议论，又老熟平淡，外露与内敛集于一身的特点。

欧阳修在《梅圣俞墓志铭》中描述梅尧臣一生创作风格的变化过程时说："其初喜为清丽闲肆平淡，久则涵演深远，间亦琢剥以出怪巧，然气完力余，益老以劲。"① 又说："圣俞平生苦于吟咏，以闲远古淡为意，故其构思极艰。"② 宋人晁说之《成州同谷县杜工部祠堂礼》又称梅尧臣师法韦应物，其云："本朝王元之学白公，杨大年矫之，专尚李义山；欧阳公又矫杨而归韩门，而梅圣俞则法韦苏州者也。"③ 梅尧臣则曾经说有人将他比为孟郊："退之昔负天下才，扫掩众说犹除埃。张籍、卢全斗新怪，最称东野为奇瑰。当时辞人固不少，漫费纸札磨松煤。欧阳今与韩相似，海水浩浩山嵬嵬。石君苏君比卢籍，以我拟郊嗟困摧。"④

由上引可以见出，梅尧臣的诗歌创作和影响后世的"平淡"诗风的形成，是一个博采众家、艰苦磨炼，最终出于自然的漫长过程。他写诗自言："我于诗言岂徒尔，因事激风成小篇。辞虽

---

① 《欧阳修全集·居士集》卷33，第235页。
② 《六一诗话》，《欧阳修全集》，第1035页。
③ 《嵩山文集》卷16，四库全书本。
④ 梅尧臣：《宛陵先生集》卷35，四部丛刊本。

浅陋颇刻苦，未到二雅安忍捐。安取唐季二三子，区区物象磨穷年。"① 这里主要讲其写诗的目的，虽说"颇刻苦"，即苦吟，但却不是贾、姚一路。

在《依韵和晏相公》诗中，他这样讲述自己创作中的艺术磨炼："微生守贫贱，文字出肝胆。一为清颖行，物象颇所览。泊舟寒潭阴，野兴入秋菼。因吟适情性，稍欲到平淡。苦辞未圆熟，刺口剧菱茨。方将挹溟海，器小已激溢。广流不拒细，愧抱独慊慊。"② 追求平淡的艺术风格和境界，是梅尧臣在诗歌创作过程中逐渐体悟到的，也是顺应诗歌发展史的要求和北宋诗文革新的创新的，由于主客观因素的共同需要，梅尧臣将平淡诗风和境界视为极致。

这里的平淡，虽说也有白居易的影响，但却不是那种得之容易的浅切平淡。徐复观《宋诗特征试论》说："自徐铉兄弟及王禹偁们的'白体'后，因白乐天诗的风格与时代新精神相结合，他在宋诗中，不知不觉地有如绘画的粉本，各家在此粉本上，再加笔墨之功。"又说："我怀疑北宋诗人，都有白诗的底子。"③ 作为庶族地主阶级中最能体现本阶级性格中"俗"的一方面，白居易堪称"广大教化主"，但其"浅"的一方面，却不能让所有庶族地主文人都欣赏，梅尧臣就是其中之一。梅尧臣的"平淡"是建立在以下几个方面之上的：首先，作者的创作不是为了应酬和清遣光景，而是要发自肺腑，出自真情，即要"出肝胆"，要"适情性"；其次，要心物相接，感发兴会，如上引诗中所云览物象而入野兴，不是为写景而写景；最后，不是语涉浅

---

① 梅尧臣：《答裴送序意》，《宛陵先生集》卷 25。
② 《宛陵先生集》卷 28。
③ 《中国文学论集续篇》，台湾学生书局 1981 年版，第 31 页。

俗得于容易，而要经过反复锤炼，通过"苦辞"、"刺口"的语言艺术的琢磨，又不能走上"区区物象磨穷年"的贾、姚之路，而是以挹溟海、纳细流的开阔艺术胸怀，兼容古今种种流派。

梅尧臣所追求的平淡，正是宋诗艺术发展的开端。梅尧臣能将苦吟、怪巧、奇峭等与平淡相矛盾的东西结合起来，而又不见其苦吟、怪巧、奇峭，实在为宋诗开出一片新天地。他在《读邵不疑学士诗卷，杜挺之忽来，因出示之且伏高致，辄书一时之语以奉呈》中写道："作诗无古今，唯造平淡难。譬身有两目，了然瞻视端。邵南有遗风，源流应未殚。所得六十章，小大珠落盘。光彩若明月，射我枕席寒。含香视草郎，下马一借观。既观坐长叹，复想李杜韩。愿执戈与戟，生死事将坛。"① 虽说这里依然将李白、杜甫、韩愈视为榜样，但从早期诗风的"清丽闲肆平淡"到晚来的"初如食橄榄，真味久愈在"②，梅诗已形成宋诗平淡之中见老劲的格调。

试读梅尧臣以下诗以见其中的"宋调"风格："适与野情惬，千山高复低。好峰随处改，幽径独行迷。霜落熊升树，林空鹿饮溪。人家在何许，云外一声鸡。"③"行到东溪看水时，坐临孤屿发船迟。野凫眠岸有闲意，老树着花无丑枝。短短蒲茸齐似剪，平平沙石净于筛。情虽不厌住不得，薄暮归来车马疲。"④

这两首写景诗都称得上"意新语工"，而且能"状难写之景如在目前，含不尽之意见于言外"。二诗一山行，一水行，但在看山看水中将自己的"野情"、"闲意"通过充满盎然有生意的景物传达出来，这是为许多赏鉴者所称道的。宋人胡仔说："圣

---

① 《宛陵先生集》卷46。
② 欧阳修：《水谷夜行寄子美圣俞》，《欧阳修全集·居士集》卷二，第12页。
③ 梅尧臣：《鲁山山行》，《宛陵先生集》卷25。
④ 梅尧臣：《东溪》，《宛陵先生集》卷43。

俞诗工于平淡，自成一家。如《东溪》云：'野凫眠岸有闲意，老树着花无丑枝'，《山行》云：'人家在何许，云外一声鸡'，《春阴》云：'鸠鸣桑叶吐，村暗杏花残'，《杜鹃》云：'月树啼方急，山房人未眠'，似此等句，须细味之，方见其用意也。"① 此外，在这看似平淡的写景诗句中，也暗寓着常人难以觉察的哲理，如"千山高复低"、"好峰随处改"、"老树着花无丑枝"，就是通过超脱了人生利害和碌碌之外的"野情闲意"，来观照生活，处之以平淡，这平淡中所蕴含的正是梅尧臣哲理思考。从这两首诗中，我们不难想到苏轼《题西林壁》诗和《浣溪沙》词中的思考："横看成岭侧成峰，远近高低各不同。""谁道人生无再少？门前流水尚能西。休将白发唱黄鸡！"

除去上面所讲梅尧臣诗歌在意新语工的平淡中透露出哲理思考对宋诗内在精神的影响外，梅诗还有两个特点对宋诗也有较大的影响，就是在诗中表现其闲淡心理与追求理趣之间的关系，这类诗有些陶渊明的味道，如《闲居》："读易忘饥倦，东窗尽日开。庭花昏自敛，野蝶昼还来。谩数过篱笋，遥窥隔叶梅。唯愁车马入，门外起尘埃。"这与陶渊明"结庐在人境，而无车马喧。问君何能尔，心远地自偏。采菊东篱下，悠然见南山。此中有真意，欲辨已忘言"所写的心境颇为相似。梅的"唯愁车马入"，追求闲淡的心态，是因"读易忘饥倦"而造成的，这与陶潜耽于玄理而忘却尘世喧嚣一致，后来的苏轼对此领悟得更透彻。

梅尧臣虽追求平淡的心境和艺术境界，但其诗并未全然忘却天下，梅诗中反映民生疾苦的作品不少，且都用朴实无华的古诗来表现，从中可以看出宋代诗人对现实弊端关注的普遍性，也可

---

① 《苕溪渔隐丛话后集》卷24。

以看出宋诗精神的另一侧面。如其代表作《汝坟贫女》："汝坟贫家女，行哭音悽怆。自言有老父，孤独无丁壮。郡吏来何暴，县官不敢抗。督遣无稽留，龙钟去携杖。勤勤嘱四邻，幸愿相依傍。适闻闾里妇，问讯疑犹强。果然寒雨中，僵死壤河上。弱质无以托，横尸无以葬。生女不如男，虽存何所当！拊膺呼苍天，生死将奈何？"这类作品是在北宋文人士大夫普遍具备的通变救弊思潮下的产物，也反映出宋代文人对社会现象高度关注的精神，与梅尧臣齐名的诗人苏舜钦在这方面的表现更为突出。

欧阳修虽然是梅、苏时代最为杰出的文坛巨将，但他对梅、苏的诗歌却颇为推崇，他在许多地方对梅、苏加以评价："圣俞、子美，齐名于一时，而二家诗体特异。子美笔力豪隽，以超迈横绝为奇；圣俞覃思精微，以深远闲淡为意。各极其长，虽善论者不能优劣也。"①"笔力豪隽，以超迈横绝为奇"是欧阳修对苏舜钦诗歌特征的概括，与梅尧臣完全不同，具体言之，则是："子美气尤雄，万窍号一噫。有时肆癫狂，醉墨洒滂沛。势如千里马，已发不可杀。盈前尽珠玑，一一难拣汰。梅翁事清切，石齿漱寒濑。作诗三十年，视我犹后辈。文词愈清新，心意虽老大。譬如妖韶女，老自有余态。近诗尤古硬，咀嚼苦难嘬。初如食橄榄，真味久愈在。苏豪以气轹，举世徒惊骇。梅穷独我知，古货今难卖。"② 苏舜钦诗歌的雄豪风格固然与他的个性有关，但更重要的是与他强烈的政治意识有关（如《宋史·苏舜钦传》说他："少慷慨，有大志"，他曾数次上书皇帝，纵论时政得失，"致令群小为之侧目"），更与他受时代政治改革思想的影响有关，试读他的《石曼卿诗集序》："国家祥符中，民风豫而泰，

---

① 欧阳修：《六一诗话》，《欧阳修全集》，第 1037 页。
② 欧阳修：《水谷夜行寄子美圣俞》，《欧阳修全集·居士集》卷二，第 11 页。

操笔之士，率以藻丽为胜。惟秘阁石曼卿与穆参军伯长，自任以古道作之。文必经世，不放于世。而曼卿之诗，又时震奇发秀，盖取古之所未至，托讽物象之表，警时鼓众，未尝徒役。虽能文者累数十百言，不能率其意。独以劲语蟠泊，会而终于篇；而后气横意举，洒落章句之外，学者不可寻其屏阈而依倚之，其诗之豪欤！"[1]

以豪论诗，体现的是一种时代精神和审美追求，它既是当时有志文人士大夫力求革新精神的体现，也是对当时西昆诗派崇尚浮华、雕缋满眼诗风的纠正。石延年的诗歌一扫宋初之弊，确有振聋发聩的影响，试读其堂堂正正、警时惊俗的《古松》诗："直气森森耻屈盘，铁衣生涩紫鳞乾。影摇千尺龙蛇动，声撼半天风雨寒。苍藓静绿离石上，丝萝高附入云端。报言帝室抡材者，便作明堂一柱看。"对石曼卿，庆历时期及诗文革新运动时的诸多士大夫都给予极高的评价。范仲淹说："曼卿之诗，气雄而奇。大爱杜甫，独能嗣之。曼卿之心，浩然天机。天地一醉，万物同归。"[2] 石介说："近世作者，石曼卿之诗，欧阳永叔之文辞，杜师雄之歌篇，豪于一代矣。"[3] 欧阳修更称："嗟我识君晚，君时犹壮夫。信哉天下奇，落落不可拘。"[4]

今天来看石延年的作品，并没有多高的艺术成就，但因其以雄豪之作显示出对诗歌气格的追求，一反唐诗尚情韵的创作思维，在当时确有新人耳目之处。同样如此，欧阳修这样推赏苏舜钦及其诗："众奇子美貌，堂堂千人英。我独疑其胸，浩浩包沧溟。沧溟产龙鼍，百怪不可名。是以子美辞，吐出人辄惊。其于

---

① 《苏舜钦集》卷13，上海古籍出版社1981年版，第165页。
② 范仲淹：《祭石学士文》，《范文正公集》卷十，四部丛刊本。
③ 石介：《三豪诗送杜默师雄·序》，《徂徕石先生全集》卷二。
④ 欧阳修：《哭曼卿》，《欧阳修全集·居士集》卷二，第7页。

诗最豪，奔放何纵横。"① 翻检苏舜钦诗，最主要的思想特点是
强烈的政治意识，浓厚的忧民、悯民主题，集中体现了宋代文人
在现实政治中普泛的政治态度和政治品格，他们不管在朝在野、
通达困塞都表现出对政治的强烈关注，而苏舜钦纯属一介诗人却
依然如身在庙堂之上者，表达其忧政忧民的思想，这无疑对其后
的宋诗人树立了榜样。从艺术特点来看，苏舜钦诗歌创作明显受
韩愈一派风格影响。欧阳修《六一诗话》说："松江新作长桥，
制度宏丽，前世所未有。苏子美《新桥对月》诗所谓：'云头滟
滟开金饼，水面沉沉卧彩虹'者是也。时谓此桥非此句雄伟不
能称也。子美兄舜元，字才翁，诗亦遒劲多佳句，而世独罕传。
其与子美紫阁寺联句，无愧韩、孟也，恨不得尽见之耳。"

以下举两首苏舜钦诗来印证上面所述其诗歌在思想内容和艺
术风格上的特征："春阳泛野动，春阴与天低。远林气蔼蔼，长
道风依依。览物虽暂适，感怀翻然移。所见既可骇，所闻良可
悲。去年水旱后，田亩不及犁。冬温晚得雪，宿麦生者稀。前去
固无望，即日已苦饥。老稚满田野，斫掘寻凫茈。此物近亦稀，
卷耳共所资：昔云能驱风，充腹理不疑；今乃有毒厉，肠胃生疮
痍。十有七八死，当路横其尸；犬彘咋其骨，乌鸢啄其皮。胡为
残良民，令此乌兽肥。天岂意如此？泱荡莫可知！高位厌粱肉，
坐论搀云霓。岂无富人术，使之长熙熙？我今饥伶俜，悯此复自
思：自济既不暇，将复奈尔为！愁愤徒满胸，嵁岏不能齐。"②
"一夜大雪风喧豗，未明跨马城南回。四方迷惑共一色，挥鞭欲
进还徘徊。旧时崖谷不复见，纵有直道令人猜。低头抢朔风，两

---

① 欧阳修：《答苏子美离京见寄》，《欧阳修全集·居士外集》卷三，第364
页。

② 苏舜钦：《城南感怀呈永叔》，《苏舜钦集》卷二，第15页。

眼不敢开。时时偷看问南北，但见白羽之箭纷纷来。既以脂粉傅我面，又以珠玉缀我腮。天公似怜我貌古，巧意装点使莫偕。欲令学此儿女态，免使埋没随灰埃。据鞍照水失旧恶，容质洁白如婴孩。虽然外饰得暂好，自觉面目如刀裁。又不知胸中肝胆挂铁石，安能柔软随良媒。世人饰诈我尚笑，今乃复见天公乖。应时降雪固大好，慎勿改易吾形骸。"①

　　前一首诗是诗人在"饥伶俜"自身不保的困塞中所写，有两点可注意：一是虽然身陷穷困，饥饿缠身，依然能因"春阳"、"春阴"之变化而览物适情，可见其胸襟。二是虽然适情于春意，但一见生灵涂炭则百感丛生，引起悯民之心，痛恨鱼肉百姓之权贵之情。由这两点可以见出苏舜钦所代表的诗文革新诗人的政治关怀及情操，这对后来的诗人影响很大。

　　后一首诗典型地反映了苏舜钦诗歌的雄豪特征，而且这种雄豪是建立在奇壮、险绝之上的。欧阳修在《答子美离京见寄》诗中称其苏舜钦"其于诗最豪，奔放何纵横，间以险绝句，非时震雷霆"②。这种纵横险绝如雷霆震耳的构思、想象、比喻乃至遣词造句，都深受韩孟诗风的影响。试读韩愈《酬蓝田崔丞立之咏雪见寄》："京城数尺雪，寒气倍常年。泯泯都无地，茫茫岂是天？崩奔惊乱射，挥霍讶相缠。不觉侵堂陛，方应折屋椽。出门愁落道，上马恐平鞯。朝鼓矜凌起，山斋酩酊眠。吾方嗟此役，君乃咏其妍。水王清颜隔，波涛盛句传。朝飧思共饭，夜宿忆同毡。举目无非白，雄文乃独玄。"③ 铁仲联《韩昌黎诗系年集释》引汪师韩评价说："自谢惠连作《雪赋》，后来咏雪

①　苏舜钦：《城南归值大雪》，《苏舜钦集》卷二，第18页。
②　《欧阳修全集·居士外集》卷三，第364页。
③　钱仲联集释：《韩昌黎诗系年集释》卷八，上海古籍出版社1984年版。

者多骋妍词。独韩文公不然。"其实并非所有咏雪诗都作妍词，盛唐诗人岑参《白雪歌送武判官归京》之写大漠秋雪，其云："北风卷地白草折，胡天八月即飞雪。忽如一夜东风来，千树万树梨花开。散入珠帘湿罗幕，孤裘不暖锦衾薄。将军角弓不得控，都护铁衣冷难著。瀚海阑干百丈冰，愁云惨淡万里凝……"比较韩愈与岑参诗，再看苏舜钦诗，那种英雄主义的浪漫色彩是韩、苏所不具备的，而激荡奇幻且带有些光怪陆离的比喻则是其特点。不过有一点也应引起注意，那就是岑参和韩愈的诗，着重在对雪景的客观描写上，而苏舜钦诗则重在写自身的主观感受上，这或许就是宋诗内敛的一大特色。它强化了创作主体个性和独立的人格，这在"虽然外饰得暂好，自觉面目如刀裁。又不知胸中肝胆挂铁石，安能柔软随良媒"的议论中得以印证。

　　综上所述可知，晚出于西昆之后的梅尧臣和苏舜钦，在他们的诗歌创作中显示出了与宋初诗坛一味学唐诗的不同，这种不同，最主要的就是在诗歌审美追求中力图创造出自己的风格，这种风格一言以蔽之，那就是平淡。如下列诗："因吟适情性，稍欲到平淡。"（梅尧臣《依韵和晏相公》）"作诗无古今，唯造平淡难。"（梅尧臣《读邵不疑学士诗卷》）"不肯低心事镌凿，直欲淡泊趋杳冥。"（苏舜钦《赠释秘演》）"会将趋古淡，先可去浮器。"（苏舜钦《诗僧则晖求诗》）从梅尧臣的创作看，他明显接受了白居易创作的写实精神，显示出积极干预现实时政，并以美刺精神创作。同时，梅尧臣在诗歌创作上走的是苦吟的路子，但又摒弃了贾、姚一路拘于物象的狭窄创作思维，出之以闲淡，形成欧阳修所称的"涵演深远"和"意新语工"的风格。

　　梅、苏的创作以"平淡"的特征，开了宋调的先声，"去浮靡之习于昆体极弊之际，存古淡之道于诸大家未起之先"。不过，梅、苏的诗歌创作并未达到完全成熟期的"宋调"境界，尤其是在大量创作（梅尧臣诗现存 2700 多首）的情况下，其平淡的理想未完全实现。钱锺书先生对梅尧臣的诗歌有以下一段评论，可资参考，特录于下："西昆体起来了，愈加脱离现实，注重形式，讲究华丽的词藻。梅尧臣反对这种意义空洞语言晦涩的诗体，主张'平淡'，在当时有极高的声望，起极大的影响，他对人民疾苦体会很深，用的字句也颇朴素，看来古诗从韩愈、孟郊，还有卢仝那里学了些手法，五言律诗受了王维、孟浩然的启发。不过他'平'得常常没有劲，'淡'得往往没有味。他要矫正华而不实，大而无当的心气，就每每一本正经的用些笨重干燥不很像诗的词句来写些琐碎丑恶不大入诗的事物，例如聚餐后害霍乱、上茅房看见粪蛆、喝了茶肚子里打咕噜之类。可以说是从坑里跳出来，不小心又恰恰掉在井里去了。"①

苏轼论诗代表了典型的宋调美学理念，并且是在典型的宋调形式之后提出的，在评韩、柳诗时，他说："柳子厚诗，在陶渊明下，韦苏州上；退之豪放奇险则过之，而温丽靖深不及也。所贵乎枯淡者，谓其外枯而中膏，似淡而实美，渊明、子厚之流是也。若中边皆枯淡，亦何足道。佛云：'如人食蜜，中边皆甜。'人食五味，知其甘苦者皆是，能分别其中边者，百无一二也。"②以"外枯中膏"的艺术要求来衡量梅、苏诗歌，虽然用"中边皆枯淡"论之似有苛刻之处（注：林继中《文化建构文学史纲》认为："梅尧臣之失，在'中边皆枯淡'。"），但梅、苏之诗却有失之枯淡之弊。尽管如此，在牢笼于晚唐诗风且缺乏新的建树的诗坛上，梅尧臣和苏舜钦能自觉地以自己的创作来摆脱晚唐以来"区区物象磨穷年"的诗风，走上追求"平淡"之路，为宋诗创

①　钱锺书：《宋诗选注》，人民文学出版社 1972 年版，第 16 页。
②　苏轼：《评韩柳诗》，《苏轼文集》卷 67，第 2108 页。

立自己的风格开了先声，预示着唐音渐远渐离，宋调装点出台的新的诗坛纪元的到来，梅、苏的诗史地位大抵该作此定位吧。

严羽说："梅圣俞学唐人平淡处，至东坡、山谷始自出己意以为诗，唐人之风变矣。"[1] 宋调的形成，是宋代诗人在努力创作出适应时代需求的诗歌的积淀下完成的，也是诗人在理论上自觉追求中促成的。但万事总有开头，"天意君须会，人间要好诗"，梅、苏正是在这个时代风会中凸显出来的人物。

第二节　欧阳修古文的学韩变韩

欧阳修《记旧本韩文后》说："予少家汉东。汉东僻陋无学者，吾家又贫，无藏书。州南有大姓李氏者，其子尧（一作彦）辅，颇好学。予以儿童时，多游其家，见有敝筐贮故书在壁间。发而视之，得唐昌黎先生文集六卷，颠倒无次序（一作第）。因乞李氏以归。读之，见其言深厚而雄博。然予犹少，未能悉究其义，徒见其浩然无涯若可爱。是时天下学者，杨刘之作，号为时文，能者取科第、擅名声，以夸荣当世，未尝有道韩文者。予亦方举进士，以礼部诗赋为事。年十有七，试于州，为有司所黜。因取所藏韩氏之文复阅之，则喟然（而）叹曰：'学者当至于是而止尔。'因怪时人之不道，而顾己亦未暇学，徒时时独念予心。以谓方从进士干禄以养亲，苟得禄矣，当尽力于斯文以偿其素志。后七年，举进士及第，官于洛阳，而尹师鲁之徒皆在，遂相与作为古文。因出所藏昌黎集而补缀之，求人家所有旧本而校定之。其后天下学者亦渐趋于古，而韩文遂行于世，至于今，盖三十余年矣。学者非韩不学也，可谓盛矣。呜呼！道固有行于远

---

[1]　严羽：《沧浪诗话·诗辨》。

而止于近，有忽于往而贵于今者，非惟世俗好恶之使然，亦其理有当然者。而孔孟惶惶于一时，而师法于千万世；韩氏之文，没而不见者二百年，而后大施于今，此又非特好恶之所上下，盖其久而愈明，不可磨灭，虽蔽于暂而终耀于无穷者，其道当然也。

"予之始得于韩也，当其沉没弃废之时。予固知其不足以追时好而取势利，于是就而学之。则予之所为者，岂所以急名誉而于势利之用哉？亦志乎久而已矣！故予之仕，于进不为喜、退不为惧者，盖其志先定而所学者宜然也。集本出于蜀，文字刻画颇精于今世俗本，而脱缪尤多。凡三十年间，闻人有善本者，必求而改正之。其最后卷帙不足，今不复补者，重增其故也。予家藏书万卷，独昌黎先生集为旧物也。呜呼！韩氏之文之道，万世所共尊，天下所共传而有也。予于此本，特以其旧物而尤惜之。"①

这一段文字是欧阳修自述其学韩文的经历以及韩文在晚唐以来沉寂二百年后在宋代的流行情况，宋人对欧阳修散文学韩愈的见解颇多，尤以苏轼所论最为详切，特录于下："自汉以来，道术不出于孔氏，而乱天下者多矣。晋以老庄亡，梁以佛亡，莫或正之，五百余年而后得韩愈，学者以愈配孟子，盖庶几焉。愈之后二百有余年而后得欧阳子，其学推韩愈、孟子以达于孔氏，著礼乐仁义之实，以合于大道。其言简而明，信而通，引物连类，折之至理，以服人心，故天下翕然师尊之。自欧阳子之存，世之不说者，哗而攻之，能折困其身，而不能屈其言。士无贤不肖不谋而同曰：'欧阳子，今之韩愈也。'宋兴七十余年，民不知兵，富而教之，至天圣、景祐极矣，而斯文终有愧于古。士亦因陋守旧，论卑气弱。自欧阳子出，天下争自濯磨，以通经学古为高，以救时行道为贤，以犯颜纳说为忠。长育成就，至嘉祐末，

①《欧阳修全集·外集》卷23，第537页。

号称多士。欧阳子之功为多。呜呼，此岂人力也哉？非天其孰能
使之。欧阳子没十有余年，士始为新学，以佛老之似，乱周孔之
真，识者忧之。赖天子明圣，诏修取士法，风厉学者专治孔氏，
黜异端，然后风俗一变。考论师友渊源所自，复知诵习欧修子之
书。予得其诗文七百六十六篇于其子棐，乃次而论之曰：'欧阳
子论大道似韩愈，论事似陆质，记事似司马迁，诗赋似李白。此
非余言也，天下之言也。'"①

　　唐宋散文，韩愈倡于前，欧阳修成于后，二公倡导定鼎之
功，千年来已成定论，然欧阳修之散文虽出于韩愈，却变韩愈之
风而自成一家，后人称为"六一风神"。本节就以学韩变韩为
题，讨论自唐代"古文运动"在晚唐五代消歇以后，欧阳修在
北宋诗文革新运动中，是怎样继韩而起，将古代散文革新推向全
面胜利的过程，以切合本章唐音渐远、宋调初成的论述主题。

　　韩琦在《祭欧阳修文》中称："公之文章，独步当世。子长
退之，伟赡闳肆；旷无拟伦，逮公始继。自唐之衰，文弱无乞；
降及五代，愈极颓敝。惟公振之，坐还醇粹。复古之功，在时莫
二。"② 文学史是一条文学发展的长河，前后相继，浪峰波谷，
绵延不绝。说韩愈古文在晚唐到欧阳修时不受世人推赏可以，然
说其湮没无闻则不然。早在宋初，便有人推出了韩愈之文、之
道。《宋史·文苑传序》云："国初，杨亿、刘筠犹袭唐人声律
之体，柳开、穆修志欲变古，而力弗逮；庐陵欧阳修出，以古文
倡，临川王安石、眉山苏轼、南丰曾巩起而和之，宋文日趋于
古矣。"③

---

①　苏轼：《六一居士集叙》，《苏轼文集》卷十，第 316 页。

②　《欧阳修全集·附录》卷一，第 1331 页。

③　《宋史·文苑传序》卷 439。

这里提到了柳开、穆修"志欲变古"，那么此二人的"变古"是否以孔、孟之道，韩愈之文为倡导？试听柳开夫子自道："始其愚之名肩愈也，甚幼耳。其所以志于文也，有由而来矣。故慕其古，而乃名肩矣。复以绍先字之，谓将绍其祖而肩其贤也。愚之所自著《东郊野夫传》者，于论言之备矣。"① "吾之道，孔子、孟轲、扬雄、韩愈之道；吾之文，孔子、孟轲、扬雄、韩愈之文也。"② "年始十五六，学为章句。越明年，赵先生指以韩文，野夫遂家得而诵读之。当是时，天下无言古者，野夫复以其幼，而莫有与同其好者焉。但朝暮不释于手，日渐自解之。"③ 从以上所引材料可以看出，柳开作为柳宗元的后裔，仰慕其祖先与韩愈的文章，不仅行其道、学其文，而且自名肩愈，字绍先，后又自号野夫，可见其学韩之志。其云："东郊野夫谓其肩斯乐古道也，谓其绍斯尚祖德也，退之大于子厚，故以名焉；子厚次之，故以字焉。复以其同时而出，同道而行，今取之偕，信得其美。观其文章行事，烈烈然统二公也。"④

柳开学韩愈而作《续师说》，又作《昌黎集后序》，在序中说："余读先生之文，自年十七至于今，凡七年，日夜不离于手，始得其十之一二哉。……先生于时作文章，讽颂、规戒、答论、问说，淳然一归于夫子之旨，而言之过于孟子与扬子远矣。先生之为文，有善者益而成之，恶者化而革之，各婉其旨，使无勃然而生于乱者也。是与章句之徒一贯而可言耶？观先生之文诗，皆用于世者，与《尚书》之号令，《春秋》之褒贬，《大易》之通变，《诗》之风赋，《礼》《乐》之沿袭，《经》之教

① 柳开：《答梁拾遗改名书》，《河东先生集》卷五，四部丛刊本。
② 柳开：《应责》，《河东先生集》卷一。
③ 柳开：《东郊野夫传》，《河东先生集》卷二。
④ 同上。

授，《论语》之训导。酌于先生之心，与夫子之旨无有异趣者也。先生之于圣人之道，在于是而已矣，何必著书而后始为然也。"① 可见柳开之学韩愈，在于韩愈文章的干预现实精神，而并非要真"复古"。他说："何谓为古文？古文者，非在辞涩言苦，使之难诵读之；在于古其理，高其意，随言短长，应变作制，同古之行事，是谓古文也。"②

这段话说明柳开学韩愈写古文，除去为了服务现实外，对古文的艺术形式也是心向往之的。试读其两类不同题材的古文："今所以谢陛下者，以安国家，定社稷，息兵戈，静边戍，是大臣之事也。食陛下之重禄，居陛下之崇位者，曰相，宜为陛下谋之；曰将，宜为陛下伐之。今用臣妾以和于戎，朝廷息轸顾之忧，疆场无侵鱼之患，尽系于臣妾也。是大臣之事，一旦之功，移于臣妾之身矣。臣妾始以幽闭为心，宠幸是望，今反有安国家、定社稷、息兵戎、静边戍之名，垂于万代，是臣妾何有于怨愤也。愿陛下宫闱中复有如妾者，臣妾身死之后，用妻于单于，则吾国安危之事，复何足虑于陛下之心乎！"③ "夫地之气结为山，融为川。结为山者，古有所定，大小高卑，名教无所改易；融为川者，则流动不止，浩浩奔涌。岂融为川者即往而忘反，结为山者凝而能定之乎。"④ 前者以疏的形式代王昭君言，因是干预现实之作，故其文辞务去陈言，通俗明白而其讽刺之辛辣，抨击之深刻，实得韩、柳古文之精神。后者写山川，文章气势浑灏，文气流转，议论高而不汲汲于文辞之雕刻。在宋初文坛文风颓靡的时代中，一扫萎靡卑弱之风，确有振聋发聩、气象一新的

① 柳开：《昌黎集后序》，《河东先生集》卷11。
② 柳开：《应责》，《河东先生集》卷一。
③ 柳开：《代王昭君谢汉帝疏》，《河东先生集》卷三。
④ 柳开：《海说》，《河东先生集》卷一。

感觉。

范仲淹在《尹师鲁河南集序》中说："五代文体薄弱，皇朝柳仲途起而麾之。"① 吴曾《古文自柳开始》称："本朝承五季之陋，文尚俪偶，自柳开首变其风。"② 员兴宗云："国初深于道者，其惟柳子乎？开之自名曰，吾将开天下之耳目也，明先王之道于时也。一代之文开于今也，故柳之文一传而为穆修，穆修传于尹洙，尹洙传于先正欧阳公。人知者以古文非柳倡也，实肇于欧阳，不知欧阳之本承于柳也，斯亦善原文哉。"③

无论是柳开夫子自道还是同朝人的评价，可以看出，宋代古文的发展，以韩愈为倡导，的确与柳开分不开。柳开之后，穆修可为倡导韩愈古文又一人。

范仲淹在《尹师鲁河南集序》卷六中先讲到柳开的首倡古文，接着又说："洛阳尹师鲁，少有高识，不逐时辈，从穆伯长游，力为古文。"也就是员兴宗所云柳开一传而为穆修，穆修传于尹洙之意。

穆修在《唐柳先生集后序》中说："予少嗜观二家之文，常病柳不全见于世，出人间者，残落才百余篇。韩则虽其全，至所缺坠，亡字失句，独于集家为甚。志于补其正而传之，多从好事访善本，前后累数十，得所长，辄加注窜。遇行四方远道，或他书不暇持，独赍韩以自随，幸会人所宝有，就假取正。凡用力于斯已踰二纪外，文始几定。"④

欧阳修的古文创作最早受尹洙影响，韩琦《尹师鲁墓表》说："文章自唐衰，历五代日沦浅俗，浸以大敝，本朝柳公仲涂

① 《范文正公集》卷六。
② 吴曾：《能改斋漫录》卷十，上海古籍出版社1984年版。
③ 员兴宗：《陈子昂韩退之策》，《九华集》卷九，四库全书本。
④ 穆修：《河南穆公集》卷二，四部丛刊本。

以古道发明之，后卒不能振。天圣初，公独与穆参军伯长矫时所尚，力以古文为主，次得欧阳永叔以雄词鼓动之。于是后学大悟，文风一变，使我宋之文章将逾秦汉而蹑三代者，公之功为最多。"① 欧阳修在《论尹师鲁墓志》中述尹洙之文说："述其文则曰：简而有法。此一句在孔子六经，惟《春秋》可当之，其他经非孔子自称文章，故虽有法而不简也，修于师鲁之文不薄矣。"② 范仲淹亦云："师鲁深于春秋，故其文谨严，辞约而理精，章奏疏议大见风采，士林方从耸焉，复得欧阳永叔从而大振之，由是天下之文一变而古，其深有功于道欤，其吾儒之盛欤。"③ 由此可见尹洙为文"简而有法"，为当时人所推重，欧阳修亦深受其影响。据载：

> 钱思公镇洛，所属群僚，尽一时俊彦。……公大创一馆，榜曰"临辕"。既成，命谢希深、尹师鲁、欧阳公三人各撰一记，期以三月后宴集赏之。三子相犄角以成。文就，出之相较。希深之文仅五百字，欧公之文五百余字，独师鲁止三百八十余字，而语简事备，复典重有法……欧公未服在师鲁之下，独载酒往，通夕讲摩。师鲁曰："大抵文字所忌者格弱字冗。诸君文诚高，然少未至者，格弱字冗尔。"永叔奋然持此说，别作一记，更减师鲁文二十字而成之，尤完粹有法，师鲁谓人曰："欧九真一日千里也。"④

从现存尹洙古文来看，以"典重有法"、"简而有法"称誉，

---

① 尹洙：《河南先生文集·附录》，四库全书本。
② 《欧阳修全集·居士外集》卷23，第533页。
③ 范仲淹：《河南先生文集序》，《范文正公集》卷六。
④ 潘永：《宋稗类钞·文学》，书目文献出版社1985年版。

一点不为过。

欧阳修的散文大体上可以分为三类。一类是"时论"、"论辨"、"辨"、"经旨"，这类文章有对时事政策的评论批评，有对儒家经典旨意的阐发质疑，有对传统见解观念的辩驳，还有对史载人物的评价。另一类文章可分为"序"、"书"、"杂题跋"、"杂文"、"试笔"、"笔说"，大多以议论为主，涉及文学批评、随笔、杂文和小品。以上两类文章主要是学韩愈文章的写作特色，大多与现实时事和政治有关，其内容充实、观点新颖、笔锋犀利、论辩有力。第三类文章是欧阳修散文艺术成就最高的部分，其写作大抵学韩愈、司马迁，更多有司马迁散文的特点，其最重要的特征是"风神照人"。苏洵是最早评价欧阳修散文的，在《上欧阳内翰书》中他称欧阳修散文"纡余委备，往复百折，而条达疏畅，无所间断；气尽语极，急言竭论，而容与闲易，无艰难劳苦之态。"[1] 苏辙进而论之曰："天材有余，丰约中度；雍容俯仰，不大声色，而义理自胜。短章大论，施无不可。"[2] 王安石认为欧阳修散文"豪健俊伟，怪巧瑰琦。其积于中者，浩如江河之停蓄；其发于外者，烂如日星之光辉。其清音幽韵，凄如飘风急雨之骤至；其雄辞闳辩，快如轻车骏马之奔驰。"[3] 简单概括欧阳修散文之风神，则内蕴儒家人格精神中的担荷人间苦难、悲天悯人、济世安邦之情怀，以情为文，正如其云："圣人，人也，知人而已，天地鬼神不可知，故推其迹。人可知也，故直言其情。以人之情，而推天地鬼神之迹，无以异也。"[4] 正因为本乎人情而为文，欧阳修散文，尤其是叙事、写景、抒情之

① 苏洵：《嘉祐集》卷11，四部丛刊本。
② 苏辙：《欧阳文忠公神道碑》，《欧阳修全集·附言》卷二，第1347页。
③ 王安石：《祭欧阳文忠公文》，《欧阳修全集·附录》卷二，第1332页。
④ 欧阳修：《易童子问》，《欧阳修全集》，第562页。

文，形于外则，写得婉转曲折、风度从容，一唱三叹、情韵悠长。其散文名篇如《丰乐亭记》、《醉翁亭记》、《岘山亭记》、《苏氏文集序》、《江邻几文集序》、《泷冈阡表》、《黄梦升墓志铭》、《石曼卿墓表》，几乎篇篇都是深情绵邈、感人肺腑的。

茅坤在《欧阳文忠公文钞》中首先以风神论欧阳修散文风格，他称其《王彦章画像记》"以纵横夭矫之文，写其感思悠扬之情，手法一一仿《史记·屈原传》，而出欧阳子之手，风神特自写生，绝少依仿之迹也。"① 试读该文片断："太师王公，讳颜章，字子明，郓州寿张人也。事梁，为宣义军节度使，以身死国，葬于郑州之管城。晋天福二年，始赠太师。公在梁，以智勇闻。梁晋之争数百战，其为勇将多矣，而晋人独畏彦章。自乾化后，常与晋战，屡困庄宗于河上。及梁末年，小人赵岩等用事，梁之大臣老将，多以谗不见信，皆怒而有怠心，而亦尽失河北。事势已去，诸将多怀顾望，独公奋然自必，不少屈懈。志虽不就，卒死以忠。公既死，而梁亦亡矣。……初受命于帝前，期以三日破敌，梁之将相闻者窃笑。及破南城，果三日。是时庄公在魏，闻公复用，料公必速攻，自魏驰马来救，已不及矣。庄公之善料，公之善出奇，何其神哉！……后二年，予复来通判州事。岁之正月，过俗所谓铁枪寺者，又得公画像而拜焉，岁久磨灭，隐隐可见。亟命工完理之，而不敢有加焉，惧失其真也。公善用枪，当时号王铁枪。公死已百年，至今俗犹以名其寺。童儿牧竖，皆知王铁枪之为良将也。一枪之勇，同时岂无？而公独不朽者，岂其忠义之节使然欤！画已百余年矣，完之，复可百年。然公之不泯者，不系乎画之存否也。而予尤区区如此者，盖其希慕之至焉耳。读其书，尚想乎其人，况得拜其像、识其面目，不忍

---

① 茅坤：《唐宋八大家文钞》卷21，四库全书本。

见其坏也。画既完，因书予所得者于后而归其人，使藏之。"①

茅坤在评此文时，认为欧阳修仿司马迁《史记》的写作手法。其实说欧阳修散文似司马迁者不少其人，在欧公弟子辈中，苏轼就称欧阳修散文与诗体兼众长："欧阳子论大道似韩愈，论事似陆贽，记事似司马迁。"②曾巩则云："公学为儒宗，材不世出。文章逸发，醇深炳蔚，体备韩马，思兼庄屈。"③由此可以看出，欧阳修的散文创作，虽深受韩愈影响，但却因宋代文化的转变而与时俱进，不囿于一家而体兼众长，自成一家。

近人林纾说："王鏊《震泽长语》论为文妙诀曰：'为文必师古，读之使人不知所师，善师古者也。韩师孟，今读韩文，不知其为孟也。欧学韩，亦不觉其为韩。'愚按：欧之学韩，神骨皆类，而风貌不类；但观惟俨、秘演诗文二集序，推远浮屠之意，与韩同能，不为险语，而风神自远，则学韩真不类韩矣。"④那么欧学韩而出于韩处何在？

其一，"风神自远"。也就是茅坤所云欧公风神。茅坤在《欧阳文忠公文钞引》中说欧阳修："序记书论，虽多得之昌黎，而其姿态横生，别为韵折，令人读之一唱三叹，余音不绝。"由此观之，欧阳修散文得韩愈文章观点鲜明、说理透辟和逻辑清晰之精神，但却又能不出险语而以平淡和缓之笔为之。

欧文学韩文最似的《与高司谏书》，该文写于景祐三年（公元1036），此时欧阳修年方30，刚踏上仕途。在此之前，他完全沉浸在韩愈文章的"深厚雄博"与"浩然无涯"的气势中，然为了踏入仕途，不得不习西昆时文，他在《答陕西安抚使范龙

---

① 《欧阳修全集·居士集》卷39，第273页。
② 苏轼：《〈六一居士集〉叙》。
③ 曾巩：《祭欧阳文忠公文》，《欧阳修全集·附录》卷一，第1332页。
④ 林纾：《春觉斋论文·忌剽窃》，北京都门印书局1928年本，第27页。

图辞辟命书》中曾这样写道："今世人所谓四六者，非修所好。少为进士时，不免作之，自及第，遂弃不复作。"一旦踏上仕途，他写文章的夙愿——学韩愈为文，就得以实现。《与高司谏书》就是他最早的学韩成功之作，欧阳修写这篇文章事出有因，景祐三年五月，范仲淹为了革除时政弊端，向仁宗上"百官图"，指出近臣进退不宜一依宰相，认为当时官吏多出宰相吕夷简私门。吕夷简大为恼火，在仁宗面前诋毁范仲淹。范仲淹又进《帝王好尚》、《选贤任能》、《近名》、《推诿》四论，指陈时弊。吕夷简却说范仲淹越职言事，离间君臣，引用朋党，范仲淹被贬饶州。朝廷张榜戒告百官不得越职言事。当时能够言事的只有朝廷谏官，可是谏官高若讷非但不替范仲淹辩白，反而仰承宰相鼻息，竭力诋斥范仲淹。欧阳修激于义愤，不顾朝廷"戒百官越职言事"的诏令写下此文。

　　文章先写三疑高若讷，层层转深，揭示出其媚权贵而害忠臣的本质，下断语高若讷非君子。次写对高人品的疑惑原为耳闻，现在再亲耳听其诋毁范仲淹之言，释其疑而坐实之，将高若讷谄媚权臣之本性揭示出来，以高如为庸人而居谏官尚情有可原，然高自得而无愧畏，以智文其过，其不仅不能原谅，而是"君子之贼"。写到此处，欧文从范仲淹"果不贤邪"设问，从今到古，以问而论，为范仲淹辩诬，如长江之浪前后相推，奔泻直下，得出高若讷诋毁范仲淹之言为非。高若谏之不进谏如果是因皇帝不纳谏尚情有可原，但当今皇帝"进用谏臣，容纳言论"，且只有谏官进言不违"百官不得越职言事"之诏令。然高若讷身为谏官却尸位素餐，更有甚者指白为黑，此不可见谅，且"书在史册，他日为朝廷羞者，足下也"。最后欧阳修大义凛然地告诉高若讷，自己既能为文，则不怕获罪而欲伸正义的决心。对比韩愈文章中的《争臣论》、《论佛骨表》，无论文意、气势，还是胆识、勇气，二者都极相似。方苞指出："欧公苦心韩文，得其意趣，而门径则异。韩雄直，欧变而纡徐；韩古朴，欧变而美秀。惟此篇骨法、形貌，皆与韩为近。"① 其论确道出了欧、韩散文的不同特色，就仅以这篇最得韩愈文章形貌的散文而言，也可见出欧文平淡典要而风神自远的特点。

记体散文是欧阳修散文艺术成就最高的一类，其中尤以《醉翁亭记》为代表，该文决无韩柳散文奇险、幽峭的特色，而以韵味绵邈、风神照人见称。据朱熹说，有人曾买到《醉翁亭记》的初稿，开篇原有数十字，修改之后，只剩下"环滁皆山也"五字，将原来列叙四方诸山的平起，改得劈头而起，突兀不凡而干净简练。全文虽借用赋法，却无雕琢之迹。句法前半叙述或描写，后半句加以说明，仿佛有些单调，但各句皆有变化，又一口气连用二十一个"也"字，使文气舒展，音美韵长，有一唱三叹之妙。宋人罗大经说："韩、柳犹用奇字、重字，欧阳惟用平常轻虚字，而妙丽古雅，自不可及。"② 在学前人散文的写法中，欧阳修没有失去自己平淡典雅、优美温润的美学风格。姚鼐说："宋朝欧阳、曾公之文，其才皆偏于柔之美也。"③ 魏禧则更以文人画喻之曰："唐宋八大家文，退之如崇山大海，孕育灵怪；子厚如幽岩怪壑，鸟叫猿啼；永叔如秋山平远，春谷倩丽，园亭林沼，悉可图画。"④ 前人所论，证明了欧阳修散文学韩而变韩的特点。

其二，"情韵深长"。清人刘大槐说："情韵之美，欧公独擅

---

① 方苞：《方苞集·集外文》，上海古籍出版社1983年版。
② 罗大经：《韩柳欧苏》，《鹤林玉露》卷五，中华书局1983年版。
③ 姚鼐：《复鲁絜非书》，《惜抱轩诗文集》卷六，上海古籍出版社1992年版。
④ 魏禧：《杂说》，《魏叔子日录》卷二，清道光二十五年刻宁都三魏全集本。

千古。"①　欧阳修散文中祭文、辞赋最具深情，历代论文者，常将这类文章归在抒情散文，逐篇赏鉴。明人茅坤在《唐宋八大家文钞·论例》中说："欧阳公碑志之文，可谓独得史迁之髓。"又说："欧阳公最长于墓志表，以其序事处往往多太史公逸调，唐以来学士大夫所不及。"在欧阳修的祭文中如《祭资政殿范公文》、《祭尹师鲁文》、《祭石曼卿文》、《祭苏子美文》、《祭梅圣俞文》、《泷冈阡表》等，或写亲情，或叙友情，篇篇真情流淌，哀婉动人，使人不忍卒章。《古文观止》评《泷冈阡表》说："善必归亲，褒崇先祖，仁人孝子之心，率意写出，不事藻饰，而语语入情。只觉动人悲感，增人涕泪。"②　该文文字平实浅易然字字充满真情，借母亲絮絮嘱语讲述了其幼年丧父、家境穷困、母亲辛勤抚育的情景，并从母亲那里得知父亲一生心地仁厚、内外一致的人格与操守。范泰恒在《书苏东坡文选本》中评价说："八家之文，叙事议论兼长者，昌黎也；欧公则叙事长，议论短。"③　说欧阳修散文长于叙事，的确说出了欧文之长，然言其议论短，则显然缺乏眼力。他还说："欧公议论，时有韩之变化，而奇矫则不逮，且多近俗，故选宜慎。"④　所谓近俗，不仅是欧阳修议论之特点，也是其叙事的特点，更是宋代散文的走向特征，此点下文将述。仅以上举二例观之，欧阳修散文平实浅易的确"近俗"，这是中唐以来庶族地主文化的最大特色，但思想感情近俗，是庶族地主阶级区别于贵族阶级的根本点，反映在文学创作中，则是感情更富于现实人情味，更贴近生活，更让人感到亲切，容易被感染和接受。近俗并不妨害其"情韵深长"

---

① 高步瀛：《唐宋文举要》甲编卷六引，上海古籍出版社 1982 年版。
② 吴楚材：《古文观止》，中华书局 1978 年版。
③ 范泰恒：《燕川集》卷 12。
④ 范泰恒：《古文凡例》，《燕川集》卷 14。

的风格，语言表现近俗正是封建后期文学获得巨大生命力的成功之处，由此可见欧阳修散文学韩变韩的个性。

其三，"平淡其表，温润其中"。欧阳修是北宋诗文革新的领袖，其对散文的革新是在继承韩愈"文以载道"的精神基础上展开的，对西昆时文的批评中深入的。吴充说：

> 嘉祐初，公知贡举，时举者为文以新奇相尚，文体大坏。公深革其弊，前以怪弊在高第者，黜之几尽，务求平淡典要。士人初怨怒骂讥，中稍信服，已而文格遂变而复正者，公之力也。[①]

欧阳修借用自己知贡举之权，推行平易典淡的文风，从选官制度中最重要的一环，即科举考试入手，推行适合庶族地主政治需要的散文写作文风，当时名人韩琦在后来评价欧阳修生平时说："嘉祐初，（修）权知贡举。时举者务为险怪之语，号'太学体'；公一切黜去，取去平淡造理者，即预奏名。初虽怨讟纷纭，而文格终以复古者，公之力也。"[②]

欧阳修讲究散文平淡风格，但他是在注重创作主体内在学养的基础上追求平淡自然的，他在《与乐秀才第一书》中说："闻古人之学也，讲之深而信之笃，其充于中者足，而后发于外者大以光。譬乎金玉之有英华，非由磨饰染濯之所为，而由其质性坚实，而光辉之发自然也。"[③]

这使人想起了苏轼论诗、文创作的两段名言，都是宋代文人

---

① 吴充：《欧阳文忠公行状》，《欧阳修全集·附录》卷一，第 1339 页。
② 韩琦：《欧阳少师墓志铭》，《欧阳修全集·附录》卷二，第 1346 页。
③ 《欧阳修全集·居士集》卷 19，第 506 页。

努力追求的艺术至境："柳子厚诗在陶渊明下，韦苏州上。退之豪放奇险则过之，而温丽靖深不及也。所贵乎枯淡者，谓其外枯而中膏，似淡而实美，渊明、子厚之流是也。若中边皆枯淡，亦何足道。"①

"凡文字，少小时须令气象峥嵘，采色绚烂，渐老渐熟，乃造平淡。其实不是平淡，绚烂之极也。"② 前面在论梅尧臣时讲过，梅尧臣追求平淡，但失之"中边皆枯淡"。欧阳修因学养深厚，且为文博采众家之长，渐老渐熟，而造外枯中膏之至境。苏洵曾比较韩、欧之文时说："韩子之文，如长江大河，浑浩流转，鱼鼋蛟龙，万怪惶惑，而抑遏蔽掩，不使自露，而人望见其渊然之光，苍然之色，亦自畏避，不敢迫视；执事之文，纡徐委备，往复百折，而条达疏畅，无所间断，气尽语极，急言竭论，而容与闲易，无艰难劳苦之态。"③ 欧阳修的文章在后期完全走上平淡之路，前面曾举其写于 64 岁时的《泷冈阡表》，其语言平淡而真情内充的特色已是典型宋调，但最能显示欧文"平淡其外，温润其中"，"外枯中膏"特点的名篇，当数与《泷风阡表》同年创作的《六一居士传》，兹录于下：

> 六一居士初谪滁山，自号醉翁，既老而衰且病，将退休于颍水之上，则又更号"六一居士"。
>
> 客有问曰："六一何谓也。"居士曰："吾家藏书一万卷，集录三代以来金石一千卷，有琴一张，棋一局，而常置酒一壶。"客曰："是为五一尔，奈何？"居士曰："以吾一

① 苏轼：《评韩柳诗》，《苏轼文集》卷 67，第 2109—2110 页。
② 苏轼：《与二郎侄书》，《苏轼文集·佚文汇编》卷四，第 2523 页。
③ 苏洵：《上欧阳内翰第一书》，《嘉祐集》卷十。

翁老于此五物之间，是岂不为六一乎。"客笑曰："子欲逃名者乎？而屡易其号。此庄生所诮畏影而走乎日中者也。余将见子疾走大喘渴死而名不得逃也。"居士曰："吾固知名之不可逃，然亦知夫不必逃也；吾为此名，聊以志吾之乐尔。"客曰："其乐如何？"居士曰："吾之乐可胜道哉！方其得于五物也，太山在前而不见，疾雷破柱而不惊；虽响九奏于洞庭之野，阅大战于涿鹿之原，未足喻其乐且适也。然常患不得极吾乐于其间者，世事之为吾累者众也。其大者有二焉，轩裳珪组劳吾形于外，忧患思虑劳吾心于内，使吾形不病而已悴，心未老而先衰，尚可暇于五物哉。虽然，吾自乞其身于朝者三年矣，一日天子恻然哀之，赐其骸骨，使得与此五物偕返于田庐，庶几偿其夙愿焉。此吾之所以志也。"客复笑曰："子知轩裳珪组之累其形，而不知五物之累其心乎？"居士曰："不然，累于彼者已劳矣，又多忧。累于此者既佚矣，幸无患。吾其何择哉！"于是与客俱起，握手大笑曰："置之，区区不足较也。"已而叹曰："夫士少而壮，老而休，盖有不待七十者矣，吾素慕之，宜去一也；吾尝用于时矣，而讫无称焉，宜去二也；壮犹如此，今既老且病矣，乃以难强之筋骸，贪过分之荣禄，是将违其素志而自食其言，宜去三也。吾负三宜去，虽无五物，其去宜矣，复何道哉！"①

　　全文以主客问答之传统写法，然在平平实实的叙写中见平淡高致，叙中见议，后来苏轼写《赤壁赋》的主客问答，大类此文。不过欧阳修以叙代议，议中深蕴其对社会人生所悟出的道

---

① 《欧阳修全集·居士集》卷 44，第 305—306 页。

理，其恬淡之志如山间溪流汩汩流出，苏轼议论则如江海之浑茫，浩浩荡荡，然其中所要阐述的感悟却是一致的。

综上所述，欧阳修散文以学韩始而最终没有牢笼于韩文樊篱之中，他以其独到的艺术风格开创了宋代散文的新天地，他所提携和奖掖的文人如苏洵、王安石、曾巩、苏轼、苏辙，受其影响，继其之后，将宋文推向高峰，不仅完成了中唐以来庶族地主文人对古文的追求，而且将中国古代散文艺术发展到极致，后之散文家奉"唐宋八大家"为楷模，而其中宋代五家的散文创作成就，与欧阳修对散文的建树和发展是密不可分的。苏轼在《六一居士集叙》中称人们把欧阳修奉为文坛宗主，而"天下翕然师尊之"，由此足见欧阳修散文的巨大影响。

第三节　晏、欧词风与《花间》范型的嬗变

宋初诗文多沿晚唐以来风气发展，诗尚变化了的"白体"、"晚唐体"、"李商隐体"，文则学李商隐"四六"，及至欧阳修等进行诗文革新，诗文侧重平淡典要，文学的抒情性，尤其是诗歌的抒情性淡化，而说理则成为追求的方向。文学要抒写人的内心情感，尤其是与政治、伦理相去较远的私生活情感，则需另寻载体。由于诗文革新是在倡导儒学复兴与改革现实时弊的需求下进行的，文学观念出现部分模糊和泛化，许多非文学的因素承载于诗文之上，诗文的情感、词采和审美价值在诗文革新的初期受到不同程度的忽视，苏舜钦、梅尧臣诗歌的平淡甚至到了"中边皆枯淡"的程度，欧阳修的诗歌、晏殊的诗歌其文学性远不及其词。从散文来看，欧阳修、王安石散文中真正具有很高审美价值的并不多，且大多出现在他们失意或晚年。欧阳修、王安石、曾巩等人花在治史、治经以及奏议、策论、制诰、表启和墓

志等实用性文体上的工夫，远远胜过其文学创作，且占据其文集的绝大部分。相较之下，倒是今天看来颇有文学和审美价值，当时人看来不屑为之而无意为之的小词，更能代表这些作家的文学成就，尤其是抒情文学的成就。当然，从文学史的地位来看，以上作家并不是以词来取得其地位的，但从"唐音渐远"和词史看，他们的词体文学，尤其是晏殊和欧阳修，却有着不能忽视的地位。

说到晏、欧词，不能不提到其词风形成的渊源及特点，冯煦说："词至南唐，二主作于上，正中和于下，诣微造极，得未曾有。宋初诸家，靡不祖述二主，宪章正中，譬之欧虞褚薛之书，皆出逸少。晏同叔去五代未远，馨烈所扇，得之最先，故左宫右徵，和婉而明丽，为北宋依声家初祖。刘攽《中山诗话》谓'元献喜冯延巳歌词，其所自作，亦不减延巳'，信然。"①

又论欧阳修与晏殊词云：

> 宋初大臣之为词者，寇莱公、晏元献、宋景文、范蜀文与欧阳文忠并有声艺林，然数公或一时兴到之作，未为专诣。独文忠与元献，学之既至，为之亦勤，翔双鹄于交衢，驭二龙于天路。且文忠家庐陵，而元献家临川，词家遂有西江一派。其词与元献同出南唐，而深致则过之。宋至文忠，文始复古，天下翕然师尊之，风尚为之一变。即以词言，亦疏隽开子瞻，深婉开少游。②

以上所引几段材料论晏、欧词，都涉及冯延巳的词风，那么

---

① 冯煦：《蒿庵论词》，《词话丛编》第 4 册，第 3585 页。
② 同上。

冯延巳之词有何特征，能对学养深厚的晏殊和欧阳修有如此大的影响？

王国维在《人间词话》"冯词开北宋风气"中指出："冯正中词虽不失五代风格，而堂庑特大，开北宋一代风气。与中后二主词皆在《花间》范围之外。"[①] 王国维认为冯延巳和南唐二主词皆在《花间》范围之外，可以说见出了《花间》词与南唐词精神之差别，但是，南唐、西蜀同为五代乱离时代之小国，其存在的大环境大体相似。虽说两地产生的词有雅俗之别，尤其是李煜后期词作与"花间"相去甚远，但由温、韦奠定的"花间"词类型的确在许多方面牢笼了五代以至宋初词坛，南唐及宋初词人大抵是在"花间"词的基础上各有一些突破而已，甚至到了晏几道词作已达小令"圣手"境界，陈振孙还认为其"追逼《花间》，高处或过之"[②]。故此节论晏、欧词，笔者用"出自《花间》而溢出《花间》"为题。

在本编第二章论温、李新声时，笔者曾论及以温、韦为代表的"花间"词的风格特征，以及类型特点，并且认为"花间"以"俗"为主，这与词体文学初起有关，也与市民文学和庶族地主自身特有的"俗"气有关。但是，这种情形到了冯延巳词中开始有了变化。

冯延巳词的特点之异于"花间"，大体上有两个方面：一是较花间词人有深度，二是较"花间"词文雅，虽说其文雅不是刻意为之，但其"文人味"已经初步显示出来，正因为有这两个方面的特点，冯词才被王国维称为"堂庑特大"，"在《花间》范围之外"。

---

① 《词话丛编》第 5 册，第 4243 页。
② 陈振孙：《直斋书录解题》卷 21。

冯延巳词较之《花间》词有深度，详言之则是他在不脱《花间》词写艳情的基础上，较多地将自己对人生的忧患和悲凉在词中表现出来。虽说这种忧患在传统诗歌中已经有相当广泛和深度的抒写，但在当时以写艳情为主的词体文学中基本还无人涉及。在《花间》词人中，荆南孙光宪的词作，较之其他词人题材要宽广些，有些词已经透露出词人对人生忧患的思考，如其《生查子》云："春病与春愁，何事年年有。半为枕前人，半为花间酒。　　醉金尊，携玉手，共作鸳鸯偶。倒载卧云屏，雪面腰如柳。"① 这首词较之其他写艳情的词作，有一些深度，但问题是提出了，词人在感悟到岁岁年年都无法避免的"春病与春愁"后，却无法作更深层次的思考，最终在偎红倚绿、醉生梦死中去寻求解脱，这就使其最后还是没能跳出"花间"词人的认识水平，亦未能摆脱《花间集》香艳词风。

"春病与春愁"，用今天的话来讲，就是伤春情绪。伤春、悲秋，这是自先秦以来就逐渐积淀在中国文学中的创作主题，其中所蕴含的文化内涵极为深厚。用最简洁的话来概括就是，悲秋主题主要表现中国文人"贫士失职志不平"的社会内容，功业未就、仕途受挫、岁月蹉跎、年齿老大的忧患是悲秋意绪的实质所在。伤春主题则基于"年年岁岁花相似，岁岁年年人不同"②。这是基于自然永恒、人生短促而无法抗拒和改变的自然规律之上的生命忧患，也是伤春意绪的实质所在。笔者在论述晚唐诗歌时，曾对古代感伤文学有详细的阐发，认为古代国人在"人的觉醒"历程中，人的主体生命意识的觉醒较之社会意识的觉醒要晚得多，从《古诗十九首》开始，这一层次的觉醒才展开，

---

① 《全唐五代词》卷六，第810页。
② 刘希夷：《代悲白头翁》，《全唐诗》第82卷，第885页。

到了晚唐诗人"刻意伤春复伤别"的歌咏中，在晚唐大量怀古诗中得到充分的表现，而在享乐为主的生活观念下产生的《花间》词里，词人大多回避不谈这一主题，孙光宪虽然隐约透露出来，却不愿深究，而冯延巳则对此给予更多的关注，并将其感悟在词中充分表现出来，故其词的思想深度较之《花间》词显得底蕴充实。试读下列词作："花前失却游春侣，独自寻芳。满目悲凉，纵有笙歌亦断肠。　林间戏蝶帘间燕，各自双双。忍更思量？绿树青苔半夕阳。"①"梅落繁枝千万片。独自多情，学雪随风转。昨夜笙歌容易散，酒醒添得愁无限。　楼上春山寒四面。过尽征鸿，暮景烟深浅。一晌凭栏人不见，鲛绡掩泪思量遍。"②"谁道闲情抛掷久？每到春来，惆怅还依旧。日日花前常病酒，不辞镜里朱颜瘦。　河畔青芜堤上柳。为问新愁，何事年年有？独立小桥风满袖，平林新月人归后。"③"笙歌放散人归去，独宿江楼。月上云收，一半珠帘挂玉钩。　起来点检经由地，处处新愁。凭杖东流，将取离心过橘洲。"④"中庭雨过春将尽，片片飞花，独折残枝，无语凭栏只自知。　玉堂香暖珠帘卷，双燕来归。后约难期，肯信韶华得几时。"⑤对这几首小词，前人的评语有：

　　　冯正中《鹊踏枝》十四阕，郁伊惝怳义兼比兴。⑥愁苦哀伤之动于中，蒿庵所谓危苦烦乱，郁不自达，发于诗余

①　冯延巳：《采桑子》，《全唐五代词》卷四，第379页。
②　冯延巳：《鹊踏枝》，《全唐五代词》卷四，第362页。
③　同上书，第365页。
④　冯延巳：《采桑子》，《全唐五代词》卷四，第376页。
⑤　同上书，第373页。
⑥　王鹏运：《半塘丁稿·鹜翁集》，《全唐五代词》卷四，第362页引。

者。① 正中《菩萨蛮》、《罗敷艳歌》（即《采桑子》）诸篇，温厚不逮飞卿，然如"凭杖东流，将取离心过橘洲。"又"残日尚弯环，玉筝和泪弹。"又"玉露不成圆，宝筝悲断弦。"又"红烛泪阑干，翠屏烟浪寒。"又"云雨已荒凉，江南春草长。"亦极凄婉之致。②

上引冯延巳词以及诸家评语，可以见出冯词虽写男女艳情，但已经超过《花间集》写男欢女悦的感官享受和花间尊前的一时快乐樊篱，将自己因时序变化所带来的对生命忧伤的感受用文人特有的敏锐表现出来，而且几乎没有了《花间集》中许多作品的鄙俗甚至淫滥的气味。其所创造的词境所透露出来的感伤情绪，不仅将晚唐感伤诗特有的哀美在词中表现出来，契合了绝大多数庶族地主文人的时代心理，而且将《花间》范式改变得更符合时代审美需求，由此开北宋小令词派一代风气。

欧阳修和晏殊的词承《花间集》传统的艳情题材，但因为二人所处为北宋太平时代和充满政治革新的激情及儒学复兴的责任感，故其词风基调就不可能与西蜀、南唐偏安一隅和苟安一时的词风一致，由此出现出自《花间》而溢出《花间》的变化。

先论晏殊词。晏殊自 14 岁以神童入试，得皇帝宠爱，数十年来在仁宗"太平盛世"中由赐进士出身而步步升迁，历任右谏议大夫兼侍读学士，同中书门下平章事兼枢密使，礼部尚书、刑部尚书等显要官位。这样的社会环境与身世经历使晏殊词与花间词派艳情多言青楼或官妓的故作富贵不同，且晏殊以学人身份居高位，其富贵中自然流露出来的娴雅决非一般汲汲于仕途者所

---

① 陈秋帆：《阳春集笺》，《全唐五代词》卷四，第 362 页引。
② 陈廷焯：《白雨斋词话》卷一。

能装点出来的。有一则传闻很能见出这点：

> 晏元献公虽起田里，而文章富贵，出于天然。尝览李庆
> 孙《富贵曲》云"轴装曲谱金书字，树记花名玉篆牌"，公
> 曰："此乃乞儿相，未尝谙富贵者。故余每吟咏富贵，不言
> 金玉锦绣，而惟说其气象。若'楼台侧畔扬花过，帘幕中
> 间燕子飞。梨花院落溶溶月，柳絮池塘淡淡风'之类是
> 也。"故公自以此句语人曰："穷儿家有这景致也无？"①

晏殊身居高位，一生行迹大多在京畿附近，应酬往来大多高
官显贵、帝王将相、文人雅士，其词中祝寿、应歌之作颇多，且
题材十分狭窄。尽管这样，晏殊还是赢得了"北宋倚声家初祖"
的地位。当然，这种地位的赢得与其高官地位和"神童"美誉
有关，但他"为人刚简，遇人必以诚，虽处富贵如寒士。……
得一善，称之如己出。当时知名之士，如范仲淹、孔道辅等皆出
其门……当公居相府时，范仲淹、韩琦、富弼皆进用"②，"平居
好贤"的人品作风，也影响了不少文人，比如大作家欧阳修就
是在晏殊知贡举时录用的，故其对当时文学创作风格影响颇大。

晏殊身居高位，但其不少词却有着难以言说的怅惘伤感，这
一点显然与冯延巳词风相近，如其两首《浣溪沙》词："一曲新
词酒一杯，去年天气旧亭台，夕阳西下几时回？ 无可奈何花
落去，似曾相识燕归来，小园香径独徘徊。"③ "一向年光有限
身，等闲离别易销魂，酒宴歌席莫辞频。 满目山河空念远，

---

① 吴处厚：《青箱杂记》卷五，中华书局1985年版。
② 欧阳修：《晏公神道碑铭并序》，《欧阳修文集》卷22，第158页。
③ 《全宋词》第1册，第89页。

落花风雨更伤春，不如怜取眼前人。"① 对比前文所摘冯延巳词，无论是写景，还是言情，其娴雅蕴藉、忧伤淡淡的风格正应了刘攽所云晏殊"尤喜江南冯延巳歌词，其所自作，亦不减延巳"之论。

晏殊词集名《珠玉词》，其所作读起来直如"大珠小珠落玉盘"，其圆润温丽之美，在宋词中堪为一绝。试举两例以见之："金风细细，叶叶梧桐坠。绿酒初尝人易醉，一枕小窗浓睡。

紫薇朱槿花残，斜阳却照栏干。双燕欲归时节，银屏昨夜微寒。"②"歌敛黛，舞萦风，迟日象筵中。分行珠翠簇繁红，云髻袅珑玲。　金炉暖，龙香远，共祝尧龄万万。曲终休解画罗衣，留伴彩云飞。"③ 不管是写艳情，还是替皇上祝寿；是抒发内心深处的幽约意绪，还是社交应酬，晏殊的词都自然而然地显示出其音律美、词句美和声韵美。

出于《花间》艳情而又以"要眇宜修"、沉绵深挚之特色溢出《花间》，使晏殊词与唐音余韵相去渐远，显出宋代文人在社会政治生活之外内敛的情思。其代表作《鹊踏枝》最为文人称赏，词云："槛菊愁烟兰泣露，罗幕轻寒，燕子双飞去。明月不谙离恨苦，斜光到晓穿朱户。　昨夜西风凋碧树，独上高楼，望尽天涯路。欲寄彩笺兼尺素，山长水阔知何处。"④ 王国维深爱此词，他在《人间词话》中这样评价说：

> 古今之成大事业、大学问者，必经过三种之境界。"昨夜西风凋碧树，独上高楼，望尽天涯路"，此第一境也；

---

① 《全宋词》第 1 册，第 90 页。
② 晏殊：《清平乐》，《全宋词》第一册，第 92 页。
③ 晏殊：《喜迁莺》，《全宋词》第一册，第 94 页。
④ 晏殊：《鹊踏枝》，《全宋词》第一册，第 91 页。

"衣带渐宽终不悔，为伊消得人憔悴"，此第二境也；"众里寻他千百度，回头蓦见，那人正在灯火阑珊处"，此第三境也。此等语皆非大词人不能道。"我瞻四方，蹙蹙靡所骋"，诗人之忧生也。"昨夜西风凋碧树，独上高楼，望尽天涯路"似之。《诗》"蒹葭"一篇，最得风人深致。晏同叔之"昨夜西风凋碧枝，独上高楼，望尽天涯路"，意颇近之，但一洒落，一悲壮耳。①

初盛唐诗中自信、豪放、开朗，中唐诗的平易、险怪、瘦硬，在"宋人倚声初祖"的晏殊词中已经不见踪迹，而晚唐诗词中的艳丽、香软、俗气也渐次褪去，只有幽约细腻、伤感怅惘被继承下来，但又被益之以富贵娴雅、珠圆玉润之气度，这就是晏殊词开宋代倚声之先声处。

再说欧阳修词，如果说晏殊词以其"雅"逐渐溢出五代词的畛域，欧阳修词则更显露出蔚为大国前的宋词面目。欧词风格多样，然最能显示其集政治家、史学家、诗文领袖为一身的词风特征的是由"伶工之词"或云"词客之词"向"诗人之词"转变的那一类作品。欧阳修词分为两大类，其《六一词》和《醉翁琴趣外篇》分别代表之。

南宋曾慥编选《乐府雅词》选录欧阳修词83首，将欧阳修视为雅词代表作家，所收作品基本为写景、抒情、咏史等内容的《六一词》。由于欧阳修提倡儒学复兴和诗文革新，一生又经政治上的多次沉浮，贬夷陵，贬滁州，最后退隐颍州："齿牙零落鬓毛疏，颍水多年已结庐。解组便为闲处士，新花莫笑病尚书。青衫仕至千钟禄，白首归乘一鹿车。况有西邻隐君子，轻蓑短笠

---

① 《词话丛编》，第 4244—4245 页。

伴春锄。"① 因此，欧词与晏词虽同出于"花间"和冯延巳，但他却因重情，而在词的创作上下工夫抒写士大夫情怀，最终不仅溢出"花间"，摆脱冯延巳词风，而形成其寄寓了政治和人生感慨在内，又具有其独特个性、清新疏淡、自然工致的词风，具有自己的面目，即"疏隽开子瞻，深婉开少游"的风格。

欧阳修认为诗文主要用于移风易俗和怨刺时弊，而词为聊佐清欢的游戏之作，他的雅词创作，只是时代文化开始崇雅和他自身人品学养的折射，并非有意识地像改革诗文、崇尚平淡之美地在词的创作中去追求。因此，其《醉翁琴趣外篇》就集中地表现出类似"花间"以及柳永词"从俗"的一面。从两条传闻中我们可以看到欧阳修对写诗作词功用的见解：

> 晏元献殊作枢密使，一日，雪中退朝，客次有二客，乃欧阳学士修、陆学士经。元献喜曰："雪中诗人见过，不可不饮也"，因置酒共赏，即席赋诗。是时西师未解，欧阳修句有"主人与国共休戚，不惟喜乐将丰登。须怜铁甲冷彻骨，四十余万屯边兵。"元献怏然不悦，尝语人曰："裴度也曾燕客，韩愈也会做文章，但言'园林穷胜事，钟鼓乐清时'，却不曾恁地作闹。"②（按：韩愈《奉和仆射裴相公感恩言志》诗云："文武成功后，居为百辟师。林园穷胜事，钟鼓乐清时。摆落遗高论，雕镌出小诗。自然无不可，范蠡尔其谁。"有关晏殊自比裴度妥否之论，古人多有论之，详见钱仲联先生《韩昌黎诗系年集释》第1244页引诸家所论）

---

① 欧阳修：《书怀》，《欧阳修全集·居士集》卷14，第104页。
② 胡仔：《苕溪渔隐丛话·前集》卷26引《隐居诗话》语。

　　范文正公守边日，作《渔家傲》乐歌数阕，皆以"塞下秋来"为首句，颇述边镇之劳苦。欧阳公尝呼为"穷塞主之词"。及王尚书素出守平凉，文忠亦作《渔家傲》一词以送之，其断章曰："战胜归来飞捷奏，倾贺酒，玉阶遥献南山寿"，顾谓王曰："此真元帅之事也。"①

　　晏殊身居枢密使，掌管全国军事，又与欧阳修有座主与门生之谊，但欧阳修不顾扫晏殊饮酒赏雪之雅兴，以儒家诗教之传统来规讽晏殊，可见其对诗歌创作功用的重视。欧阳修对范仲淹的人品气节极为推崇，但却以为诗余为聊佐清欢游戏之作，边塞之苦当以诗歌反映。由此可以看出，欧阳修对词体文学的创作尚无苏轼自觉改造词体，"以诗为词"的革新精神。由于这样的词学观念，欧阳修词在取材上没能从根本上跳出"花间"樊篱，也正因为此欧阳修的词还算不上典型的宋词。但是，文学创作毕竟要折射出创作主体的个性、人格、学养和审美理想，所以欧阳修的词又必然具备他的主体性。

　　欧词的主体性最突出地表现在人生阅历与感悟之上形成的审美理想的自然流露。由于欧阳修并未将词看成是他政治实践和学术探讨及思想涵养表现的载体，所以，相较其诗文而言，其词主要以写"情"，尤其是"闲情"为务，而这种闲情中显然包含着前述冯延巳、晏殊等人对人生忧患的感悟。这种忧患虽离政治、伦理较远，却也是典型文人个性主体的自然流露。欧阳修有一篇《西湖念语》很能说明其创作词时的心态，在这种心态下创作的词，最能见出其"本来面目"。其云："昔者王子猷之爱竹，造门不问于主人；陶渊明之卧舆，遇酒便留于道士。况西湖之胜

---

　　①　魏泰：《东轩笔录》卷11，中华书局1997年版。

概，擅东颍之佳名，虽美景良辰，固多于高会。而清风明月，幸属闲人。并游或结于良朋，乘兴有时而独往。鸣蛙暂听，安问属官而属私；曲水自流，自可一觞而一咏。至欢然而会意，亦傍若于无人。乃知偶来常胜于特来。前言可信，所有虽非于已有，其得已多。因翻旧阕之辞，写以新声之调。敢陈薄伎，聊佐清欢。"① 其所写《采桑子》十三首，前十首皆以"西湖好"为首句，写颍州西湖不同季节的景色，末三首写游湖而生出的人生感慨，第十首显然承上启下，虽也以"西湖好"开篇，但已转向对人生的体悟，前面写景，亦有触景生情处，兹特录数首于下："群芳过后西湖好。狼藉残红，飞絮濛濛，垂柳栏干尽日风。

笙歌散尽游人去，始觉春空。垂下帘栊，双燕归来细雨中。"（其四）"平生为爱西湖好，来拥朱轮。富贵浮云，俯仰流年二十春。　归来恰似辽东鹤，城廓人民。触目皆新，谁识当年旧主人。"（其十）"画楼钟动君休唱。往事无踪，聚散匆匆，今日欢娱几客同。　去年绿鬓今年白，不觉衰容。明月清风，把酒何人忆谢公。"（其十一）"十年一别流光速，白首相逢。莫话衰翁，但斗尊前语笑同。　劝君满酌君须醉，尽日从容。幽鹭牵风，即去朝天沃舜聪。"（其十二）"十年前是尊前客，月白风清。忧患凋零，老去光阴速可惊。　鬓华虽改心无改，试把金觥。旧曲重听，犹似当年醉里声。"（其十三）②

这十三首《采桑子》词是欧阳修晚年退居颍州时所作，虽自称"聊佐清欢"，但其中所寄寓的自己宦海浮沉、富贵云散、白云苍狗、人生倏忽的感喟和忧患，已经有许多开苏轼词先声之处。在这些词中，很难见到"花间"词的偎红倚绿、醉生梦死

---

① 《欧阳修全集·近体乐府》卷一，第 1055 页。
② 同上书，第 1055—1057 页。

的痕迹，只有饱经人生忧患后的人生百般滋味。但是有一点却是许多说欧词者不曾言及的，这就需要我们对照欧阳修此期诗文的风格才能见出。在退休归颍之前，欧阳修的仕途已达巅峰，嘉祐五年，欧阳修54岁，以礼部侍郎拜枢密副使，又同修枢密院时政记，参与军机要务。55岁转户部侍郎，拜参知政事，进封开国公。59岁又进阶光禄大夫加上柱国，成为朝廷勋贵。就在这显赫时期，欧阳修心中对"聚散匆匆，今日欢娱几客同"的人生已经有了更沉重的伤怀，在怀念昔日友人的同时，起了归老田园的念头。在《马上默诵圣俞诗有感》中写道："兴来笔力千钧劲，酒醒之间万事空。苏梅二子今亡矣，索寞滁山一醉翁。"①这首写于治平二年（1065）作者仕途最辉煌时期的诗歌，在伤悼友人之中，赫然人生落寞之情跃于纸上。此前所写《感二子》诗亦云："黄河一千年一清，岐山鸣凤不再鸣。自从苏梅二子死，天地寂默收雷声……贤愚自古皆共尽，突兀空留后世名。"②功名富贵终成身外，而时光流逝，人生百年，终成黄土，在辉煌的顶峰上，欧阳修更坚定了归老田园的决心。也就是在治平二年的秋天，欧阳修写了一首《秋怀》诗："节物岂不好，秋怀何黯然。西风酒旗市，细雨菊花天。感事悲双鬓，包羞食万钱。鹿车终自驾，归去颍东田。"③

此后，欧阳修被贬官亳州，虽然一年后他的官品上升到从一品，但以特进行兵部尚书改知青州，已属空衔，加之次年熙宁变法起，欧阳修反对新法并抵制"青苗法"，虽未受神宗和王安石的追究，但他已经决定归隐。

---

① 《欧阳修全集·居士集》卷14，第100页。
② 《欧阳修全集·居士集》卷九，第66页。
③ 《欧阳修全集·居士集》卷14，第100页。

再看欧阳修归隐后所写的《泷冈阡表》、《六一居士传》，已俨然有反思和总结一生之念头，特别是在熙宁四年，作者去世前一年写的《集古录跋尾》中这一段文字，最足以与上所引数首《采桑子》之情怀相印证。其云："右跋尾者六人，皆知名士也。时余在翰林，以孟飨致斋唐书局中。六人者相与饮弈，欢然终日而去，盖一时之盛集也。明年夏，邻几圣俞卒。又九年而原甫长文卒。自嘉祐己亥，至今熙宁辛亥，一纪之间，亡者四，存在三。而择之遭酷吏，以罪废；景仁亦以言事得罪。独余顽然，蒙上保全，贪冒宠荣，不知休止。然筋骸怠矣，尚此勉强，而交游零落，无复情悰。其盛衰之际，可以悲夫。是时同修书者七人，今亡者五：宋子京、王景彝、吕缙叔、刘仲更与圣俞也；存者二：余与次道尔。次道去年为知制诰，亦以封还李定词头夺职。因感乎存亡今昔之可叹者，遂并书之。熙宁四年三月十五日病告中书。"①

此一段文字抚今追昔、感存伤亡，其悲情难抑。当此之际，尚有心于花间尊前乎！明乎此，欧公所谓"敢陈薄伎，聊佐清欢"之语，岂能视为文章游戏！以此观之，佐以《六一居士传》的风格，不能不说欧阳修词风最具本来面目处，实是疏隽深婉、平淡自然。兹再录一首《朝中措》以证之："平山栏槛倚晴空，山色有无中。手种堂前垂柳，别来几度春风。文章太守，挥毫万字，一饮千盅。行乐直须年少，尊前看取衰翁。"②

写此词之前，欧阳修在仕途上已遭两次贬谪，尤其是第二次因支持范仲淹"庆历新政"贬滁州，使他对政治有了更深刻

---

① 《欧阳修全集·集古录跋尾》卷十，第 1217 页。
② 《欧阳修全集·近体乐府》卷一，第 1057 页。

的认识，尽管没有晚年那种沧桑之感，但也可以看出仕途及人生的感慨。因此，欧阳修虽然没有把词看作是经国之大业和不朽之盛事，但其创作却不能不受其主体因素的影响。此外，这首词写于欧阳修41岁那年，词中虽自称"衰翁"，然其豪放旷达之气概却是无法遮盖的。后来，与此年龄相仿佛，仕途遭遇十分相近的苏轼，在密州任太守时所写的《江城子·密州出猎》一词，其神貌恰好与此词相近，难怪冯煦要说欧阳修词"疏隽开子瞻"。

欧阳修的许多词虽与《花间集》一样写"青春才子有新词，红粉佳人重劝酒"①的花间尊前，男女相悦之事，但一因其身为朝廷名臣、文坛宗师、史臣学者，自有其沉稳儒雅的一面，二因其性格温纯雅正，故其为文："容与闲易"②，为诗"平易疏畅"③，所以欧阳修这类词决无狎狭浪子与粗鄙放荡无检点之气息，充满了温文尔雅的平和之气，这在下列词中得以充分表现："候馆梅残，溪桥柳细，草薰风暖摇征辔。离愁渐远渐远穷，迢迢不断如春水。　寸寸柔肠，盈盈粉泪，楼高莫近危栏倚。平芜尽处是春山，行人更在春山外。"④"庭院深深深几许？杨柳堆烟，帘幕无重数。玉勒雕鞍游冶处，楼高不见章台路。　雨横风狂三月暮，门掩黄昏无计留春住。泪眼问花花不语，乱红飞过秋千去。"⑤王世贞《艺苑卮言》说："'平芜尽处是春山，行人更在春山外。'此淡语之有情者也。"毛先舒说："词家意欲层深，语欲浑成，作词者大抵意层深者，

---

① 欧阳修《玉楼春》，《欧阳修全集·近体乐府》卷二，第1071页。
② 苏洵：《上欧阳内翰第一书》。
③ 叶梦得：《石林诗话》卷上，《历代诗话》，中华书局1982年版。
④ 欧阳修：《踏莎行》，《欧阳修全集·近体乐府》卷一，第1058页。
⑤ 欧阳修：《蝶恋花》，《欧阳修全集·近体乐府》卷二，第1063页。

语便刻画；语浑成者，意便肤浅，两难兼也。或欲举其似，偶拈永叔词云：'泪眼问花花不语，乱红飞过秋千去。'此可谓层深而浑成。何也？因花而有泪，此一层意也；因泪而问花，此一层意也；花竟不语，此一层意也；不但不语，且又乱落，飞过秋千，此一层意也。人愈伤心，花愈恼人，语愈浅而意愈入，又绝无刻画费力之迹，谓非层深而浑成耶！"①

语淡、情深、意境浑成，出自天然，不假雕饰，与欧阳修论诗文创作一样，虽非刻意为之于济世救人，但写人的真性情中也见出词人的性格本来面目，虽伤感却又符合怨而不怒的风人之旨。清人张惠言论词倡为比兴之说，他认为欧阳修《蝶恋花》为兴寄之作，是为范仲淹、韩琦之遭贬而作，其云："庭院深深，闺中既以邃远也；楼高不见，哲王又不悟也。章台游冶，小人之径。雨横风狂，政令暴急也。乱红飞去，斥逐者非一人而已，殆为韩、范作乎？"② 以美人香草、君子小人论此词，虽说不无道理，但句句指实则又全失其情，倒是黄苏所论稳妥，其云："首阕因杨柳烟多，若帘幕之重重者，庭院之深以此，即下句章台不见亦以此。总以见柳絮之迷人，加之雨横风狂，即拟闭门，而春已去矣。不见乱红之尽飞乎？语意如此，通首诋斥，看来必有所指。第词旨浓丽，即不明所指，自是一首好词。"③

词与诗不同，正如王国维所云："词之为体，要眇宜修，能言诗之所不能言，而不能尽言诗之所能言。诗之境阔，词长言长。"④ 一般而言，在传统诗教看来，"诗之所不能言"，大

---

① 王又华：《古今词论》引，《词话丛编》，第 608 页。
② 张惠言：《词选》，《词话丛编》，第 1613 页。
③ 黄苏：《蓼园词评》，《词话丛编》，第 3051—3052 页。
④ 王国维：《人间词话删稿》，《词话丛编》，第 4258 页。

抵指男女之情事，而词则恰好最能言男女之情事。男女之情，在人类情感中是最基本也是最纯洁、最高尚之情，然在严守封建伦理者的眼中却并非如此。因此，传统诗歌中一般都不写男女之情。袁枚倡导性灵说，强调真性情对于诗的重要性，他说：

> 且夫诗者，由情生者也，有必不可解之情，而后有必不可朽之诗。情所最先，莫如男女。①

照他看来男女之情是最先存在、最基本的。因此诗歌表现不可解的男女之情，就有可能不朽。不过正如前面所引钱锺书先生在论宋诗时所说，宋人写男女之情的篇什全部撤退到了词中，但要成为不朽之作，像"花间"词人那种追求感官感受，停留在感官层面的肤浅之作是显然不可能的。男女之爱情是基于两性之上的、升华了的感情，而且在社会中，这种感情往往会和其他种种感情糅合在一起，具有较复杂的内涵。上引两首词都是以男女离别相思或幽怨为内容，但其所蕴含在伤离怨弃之中的，也决非纯粹只是两人之间的，而是有一定社会内涵积淀在中间的。欧阳修特殊的身份、地位、学养、个性和感情在两首词中自然而然地显示出来，这对宋词的影响应该说是超过了晏殊和冯延巳。因为他直接影响了苏轼和秦观这一豪放、一婉约的两位代表词人。

最后还要指出的是，欧阳修作为一代儒宗和文坛领袖，自有其儒雅、温和的一面，同时，他又是来自下层的庶族地主文人的一员，伴随庶族地主文化归雅行进过程中的是其从俗之习

---

① 袁枚：《答蕺园论诗书》，《袁枚全集》，江苏古籍出版社 1993 年版。

未脱，所以欧词也有浓厚的"俗气"一面。这一面具体表现在两点上：一是欧阳修虽与冯延巳、晏殊一样写小令词，但也写过一些慢词，如《千秋岁》、《醉蓬莱》、《于飞乐》、《踏莎行》、《摸鱼儿》、《凉州令》等。初期的慢词与小令不只简单的是形式上的区别，而且承载着内容与审美理想上的不同内涵，即更多的是都市繁华与市民文学长于叙事、翔实务尽的产物。二是欧阳修不仅写慢词，而且写的风流，如下所举例："翠树芳条飐，的的裙腰初染。佳人携手弄芳菲，绿阴红影。共展双纹簟。插花照影窥鸾鉴，只恐芳容减。不堪零落青晚，青苔雨后深红点。　一去门闲掩，重来却寻朱槛。离离秋实弄轻霜，娇红脉脉似见，燕脂脸。人非事往眉空敛，谁把佳期赚。芳心只愿长依旧，春风更放明年艳。"① "见羞容敛翠，嫩脸匀红，素腰袅娜。红药栏边，恼不教伊过。半掩娇羞，语声低颤，问道'有人知么？'强整罗裙，偷回波眼，佯行佯坐。

　　更问假如，事还成后，乱了云鬟，被娘猜破。我且归家，你而今休呵。更为娘行，有些针线，诮未曾收啰。却待更阑，庭花影下，重来则个。"② 前一首咏石榴花而全然拟人化，写得芳菲浓艳，楚楚动人。后一首写男女私会以及商量如何再会，全是俗文学面目。在与之同时代的柳永词中这类作品大量存在，但是作为当时文坛众心所向的领袖人物，更以长调从俗写一些鄙俚俗气的作品，其"流风遗韵"除去影响士大夫们的享乐生活，对其门人弟子的词风也会产生较大的影响。冯煦说欧词"深婉开少游"，在秦观这个婉约派大作家的词中，不难见到欧阳修词深情的影子。

---

① 欧阳修：《凉州令》，《欧阳修全集·近体乐府》卷三，第 1083 页。
② 欧阳修：《醉蓬莱》，《全宋词》，第 148 页。

　　晏、欧之词，虽说未完全脱离晚唐五代词风的樊篱，但在许多方面却又溢出其影响范围，逐渐显露出宋代人的"自家面目"，那就是心态内敛下的创作。且受当时文人社会地位、身份、学养及社会追求变革风气的影响，受宋代已逐渐成气候的商业经济的影响，受市民阶层日益高涨的文化需求和审美趣味的影响交织形成了一代文学特征，在此特征日趋明显的状态下，曾经辉煌数百年的唐音渐次让位于新的美学风范下的宋调，晏、欧词其地位就在于此。

第四章 宋调风格建构下的文学创作

"唐音"、"宋调"双峰并峙，将中国古代传统文学（诗、文、词）推向极致。宋之后，传统文学就逐渐让位于戏曲、小说等新兴市民文学。后代文人倡导复古谓之"文必秦汉，诗必盛唐"，亦有人"不作开元、天宝以下人物"，将宋代文学置于不顾，实为大谬。

宋人理性思维强，有"为天地立心，为生民立命，为往圣继绝学，为万世开太平"的气魄，并且将其转化为主体的自觉行为，在文学领域中除总结前人得失外，也自觉地寻求创新并建构自己的范式，这在苏轼、黄庭坚那里表现得最为突出。苏、黄二人都在文艺领域树立楷模，试图让后人百世而师法之，又试图在自己树立的楷模所"规定"的范式外去寻求创新。这是一个艰难而痛苦的过程，但他们并没有因此放弃，而是孜孜以求地用自己的聪明才智和深厚的学养去探索创新，终于在前人的辉煌之外别拓一块天地，在盛极之后再创极盛，完成了宋调的建构，使之既承唐音，又别具自家风采。

苏轼堪称文艺全才，其艺术评论尤其独具高屋建瓴和深邃的目光。他于诗、文、词、赋、书、画、音乐都有精到的见解，尤其是从大处着眼的总结、反思和探索之论，往往让人耳目一新。

如其论诗、书、画、文常融会贯通，颇能启人思考，其《书黄子思诗集后》云："予尝论书，以谓钟、王之迹，萧散简远，妙在笔画之外。至唐颜、柳，始集古今笔法而尽发之，极书之变，天下翕然以为宗师，而钟、王之法益微。至于诗亦然，苏、李之天成，曹、刘之自得，陶、谢之超然，盖亦至矣。而李太白、杜子美以英玮绝世之姿，凌跨百代，古今诗人尽废。然魏、晋以来高风绝尘、亦少衰矣。"① 又《书唐氏六家书后》云："颜鲁公书雄秀独出，一变古法，如杜子美诗，格力天纵，奄有汉、魏、晋、宋以来风流，后之作者，殆难复措手。柳少师书，本出于颜，而能自出新意，一字百金，非虚语也。"② 又《书吴道子画后》云："诗至于杜子美，文至于韩退之，书至于颜鲁公，画至于吴道子，而古今之变，天下之能事毕矣。"③ 不仅找出了文艺各部类的集大成者，而且还要发明之，光大之，而此发明，则已经带有自我色彩了，其创新正在于此。张戒曾一针见血地指出："韩退之之文，得欧公而后发明。陆宣公之议论，陶渊明、柳子厚之诗，得东坡而后发明。杜子美之诗，得山谷而后发明。"④

出现这样的情况，是与当时社会相继出现的"庆历新政"和"熙宁变法"的政治改革实际上已经失败，而新旧党争亦由政见之争转向意气之争，甚至权力门户之争有着密不可分之关系。此时正直之士，反遭权变小人之陷害打击。因此庆历前后、熙宁变法初起时那种对社会的热切关注，逐渐向人生问题转移。在苏轼及其门弟子的创作中，怎样对待人生忧患，怎样对待生死，怎样将人的有限生命与自然永恒融为一体，求得审美人生境

① 《苏轼文集》卷67，第2124页。
② 《苏轼文集》卷69，第2206—2207页。
③ 《苏轼文集》卷70，第2210页。
④ 张戒：《岁寒堂诗话》上卷，历代诗话续编本。

界，获得精神的超越，就成为元祐前后文学思考和表现的主题，而这一主题的表现则影响了这一时期的文学思想及审美观照，并最终形成典型的宋调之美和规范。

本章主要论述宋人在文学上的建构，尤其是在诗、文、词方面风格的确立。文学范式的确立和世俗地主文化归雅潮流中对词体文学雅化的完成，由此肯定宋代文人在传统文学再创辉煌中的贡献。所论作家，大多是元祐前后艺术风格完全成熟的、能代表典型宋调者，如苏轼、黄庭坚，苏门其他作家以及当时影响颇著的文人，如周邦彦等。通过简论这些作家的文学创作，勾勒出宋代文学最终完成自己创新建构的最后历程的轨迹，肯定他们继盛中唐两个文学高峰之后，再创元祐文学高峰的丰功伟绩。

第一节　绚烂归于平淡的宋调典型

苏、梅诗歌，欧阳修的散文出于唐人而逐渐陶铸出宋人面目，其最重要的特征就是渐造平淡。欧阳修去世时当"熙宁变法"初起不久，世人尚对社会问题十分关注并积极参与论争。陈亮在《铨选资格》中说："方庆历、嘉祐，世之名士常患法之不变也。及熙宁、元丰之际，则又以变法为患。虽如两苏兄弟之习于论事，亦不过勇于嘉祐之策，而持重于熙宁之议。转手之间，而两论立矣。"[①] 但随着政见之争转为义气之争，甚至转而为权力之争，就连变法初期新旧两党的主要人物如王安石、苏轼等人也遭小人排斥打击，于是文学创作的主体就将关注的眼光更多地投向了人生问题。熙宁九年王安石再次罢相，从此不再入朝，而三年后，苏轼遭"乌台诗案"祸，在整个元丰时期历尽

---

① 《陈亮集》卷11。

贬谪之苦。王安石去世前两年，苏轼曾往金陵蒋山拜见，此时二人已对险恶的政治认识颇深，所谓"相见一笑泯恩仇"，尽释前嫌，苏轼还有"从公已觉十年迟"① 之叹。王安石的诗文创作，尤其是诗歌创作学杜甫，将诗的精严深刻和悲壮寓于闲淡之中，进一步发展了欧、梅、苏的平淡，为此后苏轼、黄庭坚最后奠定宋诗学和宋诗风格打下了坚实的基础。

以苏、黄为代表的宋诗的美学特征是外枯而中膏、似癯而实腴，由绚烂之极而归于平淡的成熟美。看苏轼与黄庭坚的两段话，就知这种美学特征。苏轼曾对后辈谈到自己的创作：

> 凡文字，少小时须令气象峥嵘，采色绚烂，渐老渐熟乃造平淡，其实不是平淡，绚烂之极也。汝只见爷伯而今平淡，一向只学此样。何不取旧日应举时文字看，高下抑扬，如龙蛇捉不住，当且学此。②

黄庭坚亦对后辈创作发表见解说：

> 所寄诗多佳句，犹恨雕琢功多耳。但熟观杜子美到夔州后古律诗，便得句法，简易而大巧出焉，平淡而山高水深。③ 学功夫已多，读书贯穿，自当造平淡。④

应该注意的是宋诗的平淡是"造"出来的，其代表人物苏、黄，以两种不同的"方式"，造就了宋诗的平淡。

---

① 苏轼：《次荆公韵四绝》其三，《苏轼诗集》卷 20，第 1251 页。
② 苏轼：《与二郎侄书》，《苏轼文集·佚文汇编》卷四，第 2523 页。
③ 黄庭坚：《与王观复书》其二，《豫章黄先生文集》卷 19，四部丛刊本。
④ 黄庭坚：《与洪驹父书》。

苏轼诗歌的"造平淡"，可以理解为饱经人生忧患而悟出来的平淡心境和审美人生的自然流露。这是在欧、梅诗歌"造平淡"影响下，苏轼在艺术风格方面自觉追求所形成的艺术个性，虽不完全同于陶渊明平淡出于自然，但亦有由气象峥嵘、色彩绚烂中豪华落尽、渐老渐熟后陶冶出来的平淡。苏轼的平淡始于学而终于自然流露，已成为其艺术个性的真髓。黄庭坚的"造平淡"主要是学杜甫后期诗歌得来的。如果说苏轼诗歌的风格是自然生成的，得自于他天性的挥洒自如、无所拘碍，那么黄庭坚诗歌的风格却是倾其精力于学，有目的、有意识地集大成，对前人诗歌艺术传统加以整合和规范，并使之与宋代文学"造平淡"的时代趋势一致。因此，苏轼的平淡是人所难以学到的，而黄庭坚的平淡则可以通过学习其规范而能达到的。正因为此，虽然苏、黄并称，且苏轼诗歌总体成就在黄庭坚之上，而黄庭坚却能开江西一派诗风，其影响在宋代诗史上远远超过苏轼。

苏轼创作的平淡进程，是由对人生的多情和忧患向超脱与旷达的境界发展完成的。从代表宋调的主要文体散文和诗歌来看，尽管苏轼对社会和政治极为关注，而且政治生活的荣辱也是其一生沉浮的直接原因，他得意于文学创作的干预政治，也受挫于文学创作的讥刺政治。应该说，苏轼的文学创作与其政治遭遇密不可分，但是，苏轼是一个主体个性极强的文学家，他的散文与诗歌创作最具特色的是抒发主体情怀和表现与自然接触感悟的写景抒情之作，而不是他的社会政治之作。

作为主体性作家，苏轼对影响创作的因素最为敏感；作为蜀学代表人物，苏轼又具备一般作家所缺少的深邃的哲人眼光；作为直接卷入政治斗争浪潮的士大夫，苏轼又对因政治带来的生命忧患与人生悲凉有深刻的感受，而代表苏轼文学个性和艺术成就的创作，大抵是在熙丰尤其是元祐时期。故其创作经历了对社会政治的忧患和无法自主的悲哀，以及对这种悲哀和忧患的思考与超越。从对外在事功的追求转向内在心灵的体悟，并借助于看似极为常见的生活和自然景物，而其中却贯注了他人格和精神追求在内的诗文叙写，来表达他对生死、穷达、荣辱、盛衰的思考这样一个过程，而这一过程正是"渐老渐熟，乃造平淡。其实不是平淡，绚烂之极也"的过程。

苏轼的平淡是外枯中膏、似癯实腴的宋调最高境界，其中包容着丰富的内蕴，具体讲，有清旷、脱俗、尚理趣、自然天成等内容。苏辙在《亡兄子瞻端明墓志铭》中这样讲述苏轼人格和精神境界以及文学创作的精进过程："公之文，得之于天。少与辙皆师先君，初好贾谊陆贽书，论古今治乱，不为空言。既而读《庄子》，喟然叹息曰：'吾昔有见于中，口未能言，今见《庄子》，得吾心矣。'既而谪居于黄，杜门深居，驰骋翰墨，其文一变。如川之方至，而辙瞠然不能及矣。后读释氏书，深悟实相，参之孔老，博辩无碍，浩然不见其涯也。"[①] 清旷是一种文学风格，更是心胸襟怀、人品个性的外现，只有超越了人生宠辱、生死、穷达，进入对人生哲理思辨层次和审美境界的人，才能达到清旷，终宋一代，苏轼一人而已。苏轼清旷的风格在贬黄州时形成。在此之前，因"乌台诗案"，他经历了生死之关，从其留下的两首"绝命诗"中，可以看出他已经将生死思考了一遍。试读其《予以事系御史台狱，狱吏稍见侵，自度不能堪，死狱中不得一别子由，故作二诗授狱卒梁成，以遗子由》诗："圣主如天万物春，小臣愚暗自亡身。百年未满先偿债，十口无归更累人。是处青山可埋骨，他年夜雨独伤神。与君世世为兄弟，再结来生未了因。""柏台霜气夜凄凄，风动琅珰月向低。

---

① 《苏辙集》卷22。

梦绕云山心似鹿，魂惊汤火命如鸡。眼中犀角真吾子，身后牛衣愧老妻。百岁神游定何处？桐乡知葬浙江西。"①

苏轼有幸从死神手里脱逃，到了黄州贬所后，他闭门思过，在《与参寥子书》中说："仆罪大责轻，谪居以来，杜门念咎而已。平生亲识，亦断往来，理故宜尔。而释、老数公，乃复千里致问，情义之厚，有加于平日。以此知道德高尚，果在世外也。"② 经历了一次思想上的涅槃，自号"东坡居士"的苏轼时常"焚香默坐，深自省察，则物我相忘，身心皆空，求罪垢所从生而不可得。一念清净，染污自落，表里儵然，无所附丽，私窃乐之。"③ 开始破除了物我之间的对立，在《与子明兄一首》这篇写于黄州的书简中苏轼说："吾兄弟俱老矣，当以时自娱。世事万端，皆不足介意。所谓自娱者，亦非世俗之乐，但胸中廓然无一物，即天壤之内，山川草木虫鱼之类，皆是供吾家乐事也。"④

不仅如此，苏轼开始将自己融入自然，由此取得了超越生死、悲欢、荣辱的清旷境界，写于黄州前、后《赤壁赋》、《东坡》等作品。无论是江天一色，还是山高月小，抑或是清月下宁静的东坡，无一不是苏轼此时超尘绝世、清远旷达人生境界的展现。黄州以后苏轼的诗文不复有那种高下抑扬、龙蛇捉不住和雄健奔放的致用宏论，而大量创作对生活中种种事物的感悟和理趣的作品。如："寂寂东坡一病翁，白须萧散满霜风。小儿误喜朱颜在，一笑那知是酒红。"⑤ "半醒半醉问诸黎，竹刺藤梢步步

---

① 《苏轼诗集》卷19，第998页。
② 《苏轼文集》卷61，第1859页。
③ 苏轼：《黄州安国寺记》，《苏轼文集》卷12，第391页。
④ 《苏轼文集》卷60，第1832页。
⑤ 苏轼：《纵笔三首》其一，《苏轼诗集》卷42，第2327页。

迷。但寻牛矢觅归路，家在牛栏西复西。"① "参横斗转欲三更，苦雨终风也解晴！云散月明谁点缀，天容海色本澄清。空余鲁叟乘桴意，粗识轩辕奏乐声。九死南荒吾不恨，兹游奇绝冠平生！"②

从这些作者60多岁时写于海南贬所的诗歌，可以看到天涯海角、蛮荒之地不仅没有摧毁苏轼的生活信念，反倒成就了他最终走向审美人生。这不仅就是"日啖荔枝三百颗，不辞长作岭南人"的达观，更是视贬谪和打击为"兹游奇绝冠平生"，而达到"九死南荒吾不恨"的清远旷达的审美人生境界。"不恨"与"不辞"其幽默、调侃与旷达，真令那些恨不能置苏轼于死地的政敌无处措手了。

苏轼曾有诗云："谁似濮阳公子闲，饮酒食肉自得仙。平生寓物不留物，在家学得忘家禅。门前罢亚十亩田，清溪绕物花连天。溪堂醉卧呼不醒，落花如雪春风颠。"③ 又其写于熙宁十年，徐州任上的《宝绘堂记》亦有类似语言："君子可以寓意于物，而不可以留意于物。寓意于物，虽微物足以为乐，虽尤物不足以为病；留意于物，虽微物足以为病，虽尤物不足以为乐。老子曰：'五色令人目盲，五音令人耳聋，五味令人口爽，驰骋田猎令人心发狂。'然圣人未尝废此四者，亦聊以寓意焉耳。"④ 苏轼一生奉儒学而出入庄禅，加之天性旷逸，所以其人生观中所展现出来的待物之乐观旷达，实在是发展到宋代儒、道、禅融于一体的传统文化精髓在其身上的集中体现，而苏轼文学作品则又是其

---

① 苏轼：《被酒独行，遍至子云、威、徽，先觉四黎之舍三首》其一，《苏轼诗集》卷42，第2322页。

② 苏轼：《六月二十日夜渡海》，《苏轼诗集》卷43，第2366页。

③ 苏轼：《寄吴德仁兼简陈季常》，《苏轼诗集》卷25，第1340页。

④ 《苏轼文集》卷11，第356页。

人格精神的最好显现。

脱俗，是苏轼平淡文风的又一重要内涵。此脱俗并非指不同于寻常的外在生活环境，如隐居山林薮泽，也不是有意识地采取不同于众的处世行为，如故意的狂狷颓唐，而是指异于常人的对生活的领悟与感觉，指内心修养的培养和对高尚人格、精神境界的追求。总之，是一种内在而非外在形式的超越世俗。

苏轼及其门弟子的生命经历，恰好是在极为平常的生活环境中度过的，尤其是苏轼一生多在贬谪中生活，纵然在地方长官任上，他也以"使君元是此中人"来表达自己与民为伍、与民同乐的思想。至于在惠州、儋州与"野人"相交，更见出其脱俗的内容并不是外在肤浅和矫情的，而是内在的深沉和对自然的追求。试读其部分作品来见其脱俗之内涵：

> 元丰六年十月十二日，夜，解衣欲睡；月色入户，欣然起行，念无与为乐者。遂至承天寺，寻张怀民。怀民亦未寝，相与步于中庭。庭下如积水空明，水中藻荇交横，盖竹柏影也。何夜无月，何处无竹柏，但少闲人如吾两人者耳。[1]　缺月挂疏桐，漏断人初静。时见幽人独往来，缥缈孤鸿影。　惊起却回头，有恨无人省。拣尽寒枝不肯栖，枫落吴江冷。[2]　春风岭上淮南村，昔年梅花曾断魂。岂知流落复相见，蛮风蜑雨愁黄昏。长条半落荔支浦，卧树独秀桃榔园。岂惟幽光留夜色，直恐冷艳排冬温。松风亭下荆棘里，两株玉蕊明朝暾。海南仙云娇堕砌，月下缟衣来叩门。酒醒

---

① 苏轼：《记承天夜游》，《苏轼文集》卷71，第2260页。
② 苏轼：《卜算子》"黄州定惠院寓居作"，《东坡词编年笺证》，第242页。

梦觉起绕树，妙意有在终无言。先生独饮勿叹息，幸有落月窥清尊。[①]

上引一文、一词、一诗，记游、咏物皆超凡脱俗，论者各有其所见，储欣《唐宋十大家全集录·东坡全集录》评《记承天夜游》一文云："仙笔也。读之觉玉宇琼楼，高寒澄澈。"黄庭坚《跋东坡乐府》评《卜算子》词云："语意高妙，似非喫烟火食人语。非胸中有万卷书，笔下无一点尘俗气，孰能至此！"汪师韩《苏诗选评笺释》评苏轼上引咏梅诗云："秀色孤姿，涉笔如融风彩霭。集中梅花诗，有以清空入妙者，如《和秦太虚梅花》诗：'竹外一枝斜更好'是也；有以使事传神者，此诗'海南仙云娇堕砌，月下缟衣来叩门'是也。"不同评论者，对不同体裁的作品的评价都着眼于超尘脱俗，可谓识者所见略同。

除去所寄幽情和所咏对象本身高雅化外，苏轼的脱俗还在于将原本俗气的题材写得不沾丝毫尘俗之气，而又不失枯燥乏味。如《洞仙歌》词，本是一首近于宫体诗的宫体词，写后蜀国主孟昶与花蕊夫人夏夜避暑事。这样的艳情题材如在《花间集》中必然大肆写其艳处，而苏轼词则给人另一番感受。其云："冰肌玉骨，自清凉无汗。水殿风来暗香满，绣帘开，一点明月窥人。人未寝，倚枕钗横鬓乱。　起来携素手，庭户无声，时见疏星渡河汉。试问夜如何，夜已三更。金波淡，玉绳低转。但屈指，西风几时来。又不道，流年暗中偷换。"[②] 关于此词本事，聚讼纷纭，几无定案，此处不去言说，仅就所描述的纳凉一事论

---

① 苏轼：《十一月二十六日松风亭下梅花盛开》，《苏轼诗集》卷38，第2075页。

② 《东坡词编年笺证》卷二，第346页。

之。花蕊夫人号"慧妃",以号知其个性修养。词先塑造其人间
仙子的形象,冰肌玉骨乃脱尽尘世俗气,然后写凉风过时暗香满
殿,不是"花间"词那种浓香逼人的俗气。要写艳情不能不接
触到"艳"处,然不是人窥,却是明月一点窥人,其含蓄雅致,
决无"花间"鄙俗味。"钗横鬓乱"正面写"艳",却点到即
止。然后以"携素手"将艳情转为恩爱,跳出宫廷中君主与后
妃间尊卑圈子,也不似狎狭浪子与烟花女子的一时苟合。接下去
写"慧妃"之"慧"。两情相悦,必然期望天长地久,但流年偷
换的伤感却袭上花蕊夫人心上;良辰美景,缠绵之情难抵人生短
促之忧患。实际上,这不是花蕊夫人的忧患,而是苏轼的忧患,
一个典型士大夫文人的人生悲感,只不过借艳情流露出来而已,
但却完全摆脱了同类题材的俗气。回想闻一多先生评价南朝宫体
诗所说的,"在一种伪装下的无耻中求满足","专以在昏淫的沉
迷中作践文学为务",我们不禁看到了苏轼的人品、文品超越世
俗之处。

　　　可使食无肉,不可使居无竹。无肉令人瘦,无竹令人
　　俗。人瘦尚可肥,俗士不可医。旁人笑此言:"似高还似
　　痴?"若对此君仍大嚼,世间那有扬州鹤![①]

　　此诗虽赞扬於潜僧的风雅高节,但其对士人落俗难医的议
论,对俗士诘难的反嘲,足以见出苏轼文学乃至文艺创作和见解
的脱俗要求,是源于难以移易的人格和精神境界的。
　　苏轼诗文渐老渐熟的陶冶镕铸过程中,理趣成分的融入,并
成为其平淡的内在支撑,是其对"宋调"创造的重要贡献。宋

---

① 苏轼:《於潜僧绿筠轩》,《苏轼诗集》卷九,第448页。

人的理趣主要集中在诗歌创作上。其原因很简单，唐诗尚兴象，寓理于兴象中，唐诗几乎将直觉兴象写尽，宋人于此很难超越；唐诗意境浑成，而理趣是影响意境的因素，故唐诗，尤其是盛唐之音几乎不直接言理趣，这就给宋人以开掘发挥的天地，故严羽在《沧浪诗话》中说："本朝人尚理而病于意兴。"

然而，宋代文学，尤其是宋诗所讲的理趣与道学家所讲的理不同，理学家虽然也讲"天理"，即自然万物的规律，但更强调社会的道德伦理。诗人讲的是"幽居默处而观万物之变，尽其自然之理"①。这种自然之理不是理学家所讲的天地万物的根源，不是完全靠抽象思维去把握的，而是能被人直接感知的。也就是说，宋诗所讲的理或云理趣，是形与神、情与理结合的产物，是将自然之理与社会人生哲理融为一体的产物，决不是理学家抽象的说理诗。如苏轼《迁居临皋亭》诗："我生天地间，一蚁寄大磨。区区欲右行，不救风轮左。虽云走仁义，未免违寒饿。剑末有危炊，针毡无稳坐。岂无佳山水，借眼风雨过。归田不待老，勇决凡几个。幸兹废弃余，疲马解鞍驮。全家占江驿，绝境天为破。饥贫相乘除，未见可吊贺。澹然无忧乐，苦语不成些。"②

天地与我生、社会与个人，如大磨左转，个人右行是断断不可以的。这是苏轼遭乌台诗案后因仕途受挫、世态炎凉而引起的深刻反思。自然规律的不可逆转和社会形势的不可抗拒是反思的结论。"虽云"八句是写祸福相倚，沉迷于功名利禄者视佳山水为不见，言归田而不付之行动。往下写自己眼下虽被"废弃"，看似不幸实为幸事，如疲马之解鞍得以解脱。再往下写自己经此劫难后既无忧乐，也无苦语的澹泊。从物理与个人的感悟去发议

---

① 苏轼：《上曾丞相书》，《苏轼文集》卷48，第1378页。

② 《苏轼诗集》卷20，第1053页。

论，同时出之于一定的形象，如大磨左转，蚂蚁右行，让人感受到形象，生动、感人，并启人思考，发人智慧。再如《百步洪二首》其一云："长洪斗落生跳波，轻舟南下如投梭。水师绝叫凫雁起，乱石一线争磋磨。有如兔走鹰隼落，骏马下注千丈坡。断弦离柱箭脱手，飞电过隙珠翻荷。四山眩转风掠耳，但见流沫生千涡。险中得乐虽一快，何异水伯夸秋河。我生乘化日夜逝，坐觉一念逾新罗。纷纷争夺醉梦里，岂信荆棘埋铜驼。觉来俯仰失千劫，回视此水殊委蛇。君看岸边苍石上，古来篙眼如蜂窠。但应此心无所往，造物虽驶如吾何。回船上马各归去，多言谗谗师所呵。"① 本诗前十二句写舟行百步洪中的惊险感受，"我生"以下十句谈人生哲理，末尾二句绾结。除去写百步洪的惊险壮观，笔墨酣畅淋漓，巧用比喻（如"有如兔走鹰隼落，骏马下注千丈坡。断弦离柱箭脱手，飞电过隙珠翻荷。"连用几个比喻，令人目不暇接）之外，本诗最为后人叹服的还是出禅入庄，解说人生有限、宇宙无穷。人虽不能超脱生命大限，但却可以把握自己的意念，掌握自己的意志，不为物役至于旷达。对照读李白《朝发白帝城》诗——"朝辞白帝彩云间，千里江陵一日还。两岸猿声啼不住，轻舟已过万重山"——不难看出宋诗尚理趣、长说理和议论的特色。

再如《泗州僧伽塔》就自然界风风雨雨与人们对其喜怒哀乐的态度发表见解，认为只要以超然的态度泯灭个人的利害得失之心，就能对利害得失不再萦怀于心。前人认为此诗纯涉理路，将苏轼因对熙宁新法不满而乞外放通判杭州时的心情表现出来，在谈到"至人无心"之后，将自己"去无所逐来无恋，得行固愿留不恶"超然于利害之上的自得表现出来。

---

① 《苏轼诗集》卷 17，第 891 页。

　　类似这样的作品，在苏轼的诗、文、词中大量存在，如诗中的《题西林壁》、《饮湖上初晴后雨》、《琴诗》，文有《石钟山记》、《日喻》、《凌虚台记》，词有《水调歌头》"明月几时有"，《定风波》"莫听穿林打叶声"，《浣溪沙》"山下兰芽短侵溪"等，都将人生和生活的哲理融于艺术表现之中，让人在艺术欣赏中不仅能获得情感的满足，而且引起哲理的沉思和启迪。

　　以《赤壁赋》为例，此赋是作者因"乌台诗案"死里逃生贬官黄州与客夜游赤壁长江所感而写的。全赋景、情、理浑然一体，不仅可以让读者感受到苏轼的睿智机敏、多情深思，更为可贵的是此赋给予读者人生的启迪远远超出了一般文学作品所产生的艺术效果。全篇写景以江、月为主。由赤壁这一段长江而想起当年叱咤风云的曹操赤壁之战，写其武功。由秋月而想起曹操那优美的《短歌行》，写其文采。文武双全，盖世英雄，然则难逃生死大限，而长江滚滚、秋月如斯，使人于联想中生慨叹，由慨叹而进入抒情。落笔先写游江时明月秋风、白露横江、水波不兴，水光月色带给人如羽化登仙之乐；再写赤壁这一特定地点所带来的历史回顾，以及对历史人物、事件的轰轰烈烈，被悠悠长江带去而产生的江山依旧、人事如烟、自然永恒、生命短促的大悲哀。一喜一悲必然要让人思考人生问题，人怎样认识和对待短促与永恒、悲与欢？怎样对待生活？由此而引起苏子与"客"的讨论，显示了苏轼的哲思与雄辩，及其达观的人生态度。兹录其争论如下：

　　　　客曰："'月明星稀，乌鹊南飞'。此非曹孟德之诗乎？西望夏口，东望武昌。山川相缪，郁乎苍苍。此非曹孟德之困于周郎者乎？方其破荆州，下江陵，顺流而东也，舳舻千里，旌旗蔽空，酾酒临江，横槊赋诗，固一世之雄也，而今安在哉？况吾与子渔樵于江渚之上，侣鱼虾而友麋鹿。驾一叶之扁舟，举匏尊以相属。寄蜉蝣于天地，渺沧海之一粟。哀吾生之须臾，羡长江之无穷。挟飞仙以遨游，抱明月而长终。知不可乎骤得，托遗响于悲风。"苏子曰："客亦知夫水与月乎？逝者如斯，而未尝往也。盈虚者如彼，而卒莫消长也。盖将自其变者而观之，则天地曾不能以一瞬。自其不变者而观之，则物与我皆无尽也，而又何羡乎？且夫天地之间，物各有主。苟非吾之所有，虽一毫而莫取。惟江上之清风，与山间之明月，耳得之而为声，目遇之而成色。取之无禁，用之不竭。是造物者之无尽藏也，而吾与之所共食。"①

在苏轼看来，个体的生命固然短促，但人的"类"生命却是无穷的。以不变的眼光来看待自然万物，可知皆为无穷尽的、平等的、短促的个体生命的消失，是以新的生命的绵延为前提的，明乎此，又有什么值得悲哀的？因此，以自然的态度去享受生活，善待人生，知足常乐，这样的人生观、生活态度才是智者的识见。由此，苏轼的见解也启发人们在社会生活中如何去对待穷通、荣辱、名利，然而这一切都不是以枯燥乏味的说教来完成的，而是在高层次愉悦的艺术欣赏中让读者心领神会的。可以说，宋诗理趣的精华正是在苏轼这样的作品中显示出来的，唐人以及宋代其他作家，包括开创江西诗派而影响颇著的黄庭坚的作品，都无法达到苏轼这类作品的哲理和艺术高度。

自然天成，是苏轼文学平淡的又一深层次内涵，在宋代作家

---

① 《苏轼文集》卷一，第6页。（文中"而吾与之所共食"，又作"共适"，今从孔凡礼《苏轼文集》取。孔凡礼对此引朱熹等人说为证。）

中真正达到这一境界的应该说只有苏轼一人。自然天成是一种极高的艺术境界，唐代李白即是达到此境界的大作家，是"清水出芙蓉，天然去雕饰"美学范式的创造者之一。苏轼的自然天成与李白有相似之处，但决非李白的翻版。李白是典型的诗人，而苏轼则是一个复合型的作家，具有诗人、哲人、学者等多种素养。其文学作品的自然天成，是其天才超群、学识出众而又能在创作中"出新意于法度之中，寄妙理于豪放之外"①，由精于创作技巧而进入无技巧的艺术至境。正如其《自评文》所云："吾文如万斛泉源，不择地皆可出，在平地滔滔汩汩，虽一日千里无难。及其与山石曲折，随物赋形，而不可知也。所可知者，常行于所当行，常止于不可不止，如是而已矣。其他虽吾亦不能知也。"②

苏轼诗文虽然在谈哲理、发议论方面锋芒毕露、淋漓酣畅，但较之于韩愈和欧阳修的诗文而言，其行云流水、挥洒自如、无拘无碍、自然流畅的特点，倒像人们所说的进入超妙入神的逸品。苏轼在《画水记》中说："古今画水，多作平远细皴，其善者不过能为波头起伏。使人至以手扪之，谓有洼隆，以为至妙矣。然其品格，特与印板水纸争工拙于毫厘间耳。唐广明中，处士孙位始出新意，画奔湍巨浪，与山石曲折，随物赋形，画水之变，号称神逸。"③ 苏轼之论文艺，多以自然为尚，上两例之言"随物赋形"是自然，而"诗赋杂文，观之熟矣。大略如行云流水，初无定质，但常行于所当行，常止于不可不止。文理自然，姿态横生"亦是自然。故其为文决无定势，不拘一格，只需将

① 苏轼：《书吴道子画后》，《苏轼文集》卷70，第2210页。
② 《苏轼文集》卷66，第2069页。
③ 《苏轼文集》卷12，第408页。

其同类型的散文对读，就足以见出"初无定质"而任思绪自然流动，合于法度而又出于法度的特征。如《喜雨亭记》之与《墨妙亭记》，《墨君堂记》之与《宝绘堂记》，《超然台记》之与《放鹤亭记》等，决无雷同之嫌，皆是意到笔随，纯出自然天成。下举《超然台记》为例，见苏轼文学之自然天成特征。其文如下："凡物皆有可观。苟有可观，皆有可乐，非必怪奇玮丽者也。餔糟啜漓皆可以醉，果蔬草木皆可以饱，推此类也，吾安往而不乐。夫所谓求福而辞祸者，以福可喜而祸可悲也。人之所欲无穷，而物之可以足吾欲者有尽。美恶之辨战乎中，而去取之择交乎前，则可乐者常少，而可悲者常多。是谓求祸而辞福。夫求祸而辞福，岂人之情也哉，物有以盖之矣。彼游于物之内，而不游于物之外。物非有大小也，自其内而观之，未有不高且大者也。彼挟其高大以临我，则我常眩乱反覆，如隙中之观斗，又乌知胜负之所在。是以美恶横生，而忧乐出焉，可不大哀乎。余自钱塘移守胶西，释舟楫之安，而服车马之劳；去雕墙之美，而庇采椽之居；背湖山之观，而行桑麻之野。始至之日，岁比不登，盗贼满野，狱讼充斥，而斋厨索然，日食杞菊，人固疑余之不乐也。处之期年，而貌加丰，发之白者，日以反黑。余既乐其风俗之淳，而其吏民亦安予之拙也。于是治其园圃，洁其庭宇，伐安丘、高密之木以修补破败，为苟完之计。而园之北，因城以为台者旧矣，稍葺而新之，时相与登览，放意肆志焉。南望马耳、常山，出没隐见，若近若远，庶几有隐君子乎？而其东则卢山，秦人卢敖之所从遁也。西望穆陵，隐然如城郭，师尚父、齐桓公之遗烈，犹有存者。北俯潍水，慨然太息，思淮阴之功，而吊其不终。台高而安，深而明，夏凉而冬温。雨雪之朝，风月之夕，余未尝不在，客未尝不从。撷园蔬，取池鱼，酿秫酒，瀹脱粟而食之，曰：乐哉游乎！方是时，余弟子由适在济南，闻而赋之，且名其台曰超然。以见余之无所往而不乐者，盖游于物之外也。"①

本篇是作者在"熙宁变法"时被迫乞放外任，先通判杭州，再为密州刺史时所写。从题名看，修葺一台，要命名之，当然要说明原委以及台名之内蕴。然而此文开篇则云"凡物皆有可观"。看似与题无关，然"凡物"二字已入题，要超然，即必然超脱于物之上。接下去以顺笔紧接而快束，其云"苟有可观，皆有可乐"。只一个"乐"字便与"超然"联系起来。再往下作者以一大段议论和一大段叙事之笔分写人们对"乐"的认识，以及自己由富庶繁华的杭州到贫穷僻陋的密州，环境虽变，但随遇而安、自得其乐之情怡然。这一议一叙仿佛如脱缰之马任其驰骋，不着边际，但在潇洒自如的议论和娓娓道来的叙事中，紧扣一个"乐"字，这就是子由所称其"无所往而不乐者"，何以如此，"盖游于物之外也"。这样，议论的一大段文字所要讲的就是世俗之人所以乐少悲多，因其囿于物中不能超然，而叙述的一大段文字中，（俗）人"疑余不乐"，作者却"处之期年，而貌加丰，发之白者，日以反黑"，其原因就是他游于物外，固能超然。水到渠成，瓜熟蒂落，行文到此，登台四望，"超然"之情自然溢出，"超然"命台之理也就顺理成章。知子瞻者子由也，以子由《超然台赋》绾束全文。

由上述可以看出，苏轼文学的"平淡"的确是"质而实绮，癯而实腴"②，且越老越落尽豪华，但其中所蕴含的诗人气质和饱经忧患的流露，却使这种"平淡"不仅为宋调创造出一种典范，而且令学者难望其项背。

---

① 《苏轼文集》卷11，第351—352页。
② 苏轼：《与子由书》，《苏轼文集·佚文汇编》卷四，第2515页。

　　黄庭坚在《书陶渊明诗后寄王吉老》中说："血气方刚时读此诗如嚼枯木，及绵历世事，如决定无所用智，每观此篇如渴饮水，如欲寐得啜茗，如饥啖汤饼。今人亦有能同味者乎？但恐嚼不破耳。"① 宋代诗人推崇陶渊明的平淡，实际上是推崇其人格与胸襟以及这二者在艺术上的自然流露。诚如苏轼《与子由书》所云："吾于渊明，岂独好其诗也，如其为人，实有感焉。……平生出仕以犯世患，此所以深愧渊明，欲以晚节师范其万一也。"

　　正如苏轼创作难以从技艺上求得那样，陶渊明诗"一语天然万古新，豪华落尽见真淳"也决不是从技艺上学其貌而能得其真精神的。因此，"简易而大巧出焉，平淡而山高水深"的黄庭坚式的平淡，即通过读书，取法前人技巧，推崇老成持重和胸襟淡泊，在词理、思致的细密和尽去浮言腴语的瘦硬通神中达到平淡，就成为苏轼"宋调"平淡之外的又一种可以模拟的范式，并且成为更多后人认同的宋调范式。关于这种宋调范式，下节将详言之，此处从略。

　　由梅尧臣、欧阳修、王安石、苏轼等人对平淡美的倡导，尤其是他们在经历了人间忧患，并将自己思想中庄老、佛禅和儒家思想中顺应自然、安贫乐道和惮悦境界圆融一体的老年的"造平淡"，使数百年的唐音从宋代文坛中逐渐隐去，确立起绚烂归于平淡的宋调风格。自此，宋代文学基本完成了其建构的历程，形成了传统文学继盛唐之后的又一个高峰——元祐文学。

---

　　① 黄庭坚：《山谷外集》卷九，四部丛刊本。

第二节 自合法度的文学范式的确立

清人赵翼说苏轼诗歌："其尤不可及者，天生健笔一枝，爽如哀梨，快如并剪，有必达之隐，无难显之情。"① 这与上节论苏轼所创"宋调"的特征，即平淡之中蕴含着自然天成的特征一致，苏轼说："新诗如弹丸"②、"好诗冲口谁能择"③、"人言此语出天然"④、"信手拈得俱天成"⑤，这种非理性的艺术想象和真实情感与对事物表象的直接抒写，是主体性强的作家艺术独创的表现，因此苏轼对"苏、李之天成，曹、刘之自得，陶、谢之超然"十分向往。尽管苏轼与黄庭坚有师生之谊，而且黄庭坚在诗学见解上与苏轼有许多不同的地方，如黄庭坚说："东坡文章妙天下，其短处在好骂，慎勿袭其轨也。"⑥ 但是，苏轼之为"宋调"之平淡天成，却是令宋人钦佩的，黄庭坚虽说不赞成苏轼的"好骂"，但也不否认其文章"妙天下"。

周紫芝《竹坡诗话》云："有明上人者，作诗甚艰，求捷法于东坡，作两颂以与之。其一云：'字字觅奇险，节节累枝叶。咬嚼三十年，转更无交涉。'另一云：'冲口出常言，法度去前轮。人言非妙处，妙处在于是。'"由此可见，苏轼反对苦吟和故意追求奇险，提倡天然自得，直抒性灵。宋人讲究传统和规范，特别是由提倡"道统"、"文统"而影响到对艺术的规范，

---

① 赵翼：《瓯北诗话》卷五，人民文学出版社 1963 年版。
② 苏轼：《次韵和王巩》，《苏轼诗集》卷 27，第 1441 页。
③ 苏轼：《重寄孙侔》，《苏轼诗集》卷 19，第 995 页。
④ 苏轼：《李行中秀才醉眠亭》，《苏轼诗集》卷 12，第 585 页。
⑤ 苏轼：《次韵孔毅父集古人句见赠》，《苏轼诗集》卷 22，第 1155 页。
⑥ 黄庭坚：《答洪驹父文书》，《豫章黄先生文集》卷 19，四部丛刊本。

如文法、诗法、词法、笔法、句法，提倡集大成并规范艺术创作，使其有法可寻不越模式，这显然与苏轼"冲口出常言，法度去前轨"的不遵法度相抵牾，因此讲求法度的苏轼门人黄庭坚就别开门户，创造出"宋调"的另一典型。

南宋大诗人杨万里有诗云："要知诗客参江西，正似禅客参曹溪。不到南华与修水，于何传法更传衣。"① 这是一个有意思的比喻，其中涉及江西诗派与南禅宗的关系，本节不作专门研究，只是借此材料可以看出在"宋调"的另一范式创造中，黄庭坚开创之功及其在南宋诗人心目中的崇高地位。黄庭坚不是一个主体性特强的主情诗人，他写诗往往经过其濡然极深的禅宗思想淡化感情，并在理性的节制下流露出来，以淡泊冷静近于游戏的写法来表现真相，因此，人们常批评黄庭坚诗寡情，但他所开创的江西诗派却在宋代风行二百余年，直到元代方回在《瀛奎律髓》中作总结。

黄庭坚曾以苏轼文章"短处在好骂，慎勿袭其轨"告诫子弟，在江西诗派的另一代表诗人，亦是苏轼学生的陈师道那里得到认同："苏诗始学刘禹锡，故多怨刺，学者不可不慎也。"② 黄、陈被视为典型宋诗的代表，北宋末年吕本中作《江西诗社宗派图》，推黄庭坚为该派之祖。其云："唐自李、杜之出，焜耀一世，后之言诗者，皆莫能及。至韩、柳、孟郊、张籍诸人，激昂奋厉，终不能与前作者并。元和以后至国朝，歌诗之作或传者，多依效旧文，未尽所趣。惟豫章始大出而力振之，抑扬反复，尽兼众体。而后学者同作并和，虽体制或异，更皆所传者一。"③ 方回则明确

---

① 杨万里：《送分宁主簿罗宏材秩满入京》，《诚斋集》卷38。
② 陈师道：《后山诗话》。
③ 胡仔：《苕溪渔隐丛话·前集》卷48引。

提出："古今诗人当以老杜、山谷、后山、简斋为一祖三宗"①，"老杜为唐诗之冠，黄、陈为宋诗之冠"②。

郭绍虞先生在《江西诗派小序》中说：

> 克庄《后村诗话》中云："元祐后，诗人迭起，一种则波澜富而句律疏，一种则锻炼精而情性远，要之不出苏黄二体而已。"但才情出于天赋，非可强致；功夫出于学力，易见功效，故学苏者少而宗黄者多，此江西诗派之所以形成也。③

这一点正如双璧辉映的李白与杜甫诗歌一样，李白天才横逸，其创作决无章法可寻，而杜甫则于诗律甚严，可模仿之，因此，宋人有千家注杜诗，并推为江西诗派之鼻祖，由此可见宋人对"法度"建立之迫切和热情。

陈师道在《后山诗话》中讲明了学杜的原因，那就是"有规矩"。其云："学诗当以子美为师，有规矩故可学。退之于诗本无解处，以才高而好尔。渊明不为诗，写胸中之妙尔。学杜不成，不失为工。无韩之才与陶之妙，而学其诗，终为乐天尔。"无论是黄庭坚还是陈师道及江西诗派诗人，他们在诗歌思想内容及思想深度方面并没有比前人更多的理论，其零散的理论大多未超出儒家诗教的温柔敦厚范围，如黄庭坚的著名论点："诗者，人之情性也。非强谏争于庭，怨忿诟于道，怒邻骂座之为也。其人忠信笃敬，抱道而居，与世乖逢，遇物悲喜，同床而不察，举

---

① 方回：《瀛奎律髓》卷26。
② 方回：《瀛奎律髓》卷一。
③ 郭绍虞：《宋诗话考》，中华书局1979年版。

世而不闻。情之所不能堪，因发于呻吟调笑之声，胸次释然，而闻者亦有所劝勉，比律吕而可歌，列干羽而可舞，是诗之美也。其发为讪谤侵陵，引颈以承戈，披襟而受矢，以快一朝之忿者，人皆以为诗之祸，是失诗之旨，非诗之过也。"[1] 他认为以文字罹祸者，是作者没有按照儒家诗教之旨的温柔敦厚，怨而不怒去写作，实际是从苏轼"乌台诗案"遭祸而得出的沉痛教训。因此，黄庭坚及其追随者的诗歌创作大多都在诗歌艺术技巧上下工夫。

黄庭坚所开创的"宋调"是由有法可循到不为法拘的创作过程的升华，是由中规中矩到从心所欲不逾矩的超越。达到第一步，即使不能再发展，其诗亦"不失其工"。如能通过第一步的学习和融会贯通前人的艺术技巧，则能进入"不烦绳削而自合"的一种艺术佳境。

需要说明一点，苏轼"出新意于法度之中，寄妙理于豪放之外"，与黄庭坚"不烦绳削而自合"貌似相同，而实有不同。苏轼所强调的是形在法度之中，而"意"在法度之外，黄庭坚则是形神皆合于法度而不逾矩。这正是苏、黄二人看似皆推崇陶渊明，而黄庭坚实际倾心杜甫的不同。因此，在"平淡"美学的旗帜下，苏、黄二人走着不同的路：苏轼出自天然，黄庭坚巧夺天工。

黄庭坚的创作和诗学理论较之苏轼，有着明显的可操作性。苏轼的文学理论大多属于美学的、鉴赏性的，成熟的作家经其点拨，可以悟入，但对初学者而言，却有雾中观花终隔一层之感。黄庭坚的文学理论集中在诗歌创作方法论上，对于成熟的诗人，黄庭坚与他们探讨的是艺术境界、作家的人品胸怀等深层次的内

----

[1]　黄庭坚：《书王知载朐山杂咏后》，《豫章黄先生文集》卷26。

容。对于初学者，黄庭坚则根据自己的创作经验为他们提供入门的途径与方法，这套方法就是：第一，"有法可循"，即广泛学习前人的创作经验和熟练掌握各种艺术技巧，这些技巧就是后来形成江西诗派的主要原因。因为许多初学者或才华不高的诗人在黄庭坚所讲的谋篇布局、句法、句眼、"夺胎换骨"、点铁成金等方法中求生存，津津乐道，乐此不疲，造成一个队伍庞大的作家群。第二，"不烦绳削而自合"，即自合法度，自成一家。黄庭坚的这一套创作方法对陈师道、吕本中、曾几、陈与义以及南宋陆游、范成大、杨万里早期的创作都有过较深刻的影响。不过，这些诗人大多都能在学习黄庭坚的同时，又能"自成一家"，这就不是那些学黄庭坚而仅得其方法的小作家们所能相比的了。

黄庭坚诗歌的创作经历与诗学理论的提倡一言以蔽之，就是追求"自合法度"。这种自合法度而卓然成家是典型的"宋调"，但其创作却需要有一过程。刘克庄《江西诗派小序》云："国初诗人，如潘阆、魏野，规规晚唐格调，寸步不敢走作。杨、刘又专为昆体，故优人有挦扯义山之诮。苏、梅二子，稍变以平淡、豪俊，而和之者尚寡。至六一、坡公，巍然为大家数，非必锻炼勤苦而成也。豫章稍后出，荟萃百家句律之长，究极历代体制之变，搜猎奇书，穿穴异闻，作为古律，自成一家，虽只字半句不轻出，遂为本朝诗家宗祖。"[①] "荟萃"、"究极"而自成一家，是黄庭坚尽其一生精力对传统诗歌创作程序和艺术形式进行梳理、融合、规范的过程，这一过程的完成也就标志着"宋调"的最终形成。

黄庭坚论创作过程的理论大致包括三个方面：一是强调学

---

① 刘克庄：《后村先生大全集》卷95，四部丛刊本。

问、提倡多读书；二是要求功力，即体现在对诗歌创作中的谋篇布局、句法安排、字面锤炼等方面；三是反对人为刻饰，提倡"文章惟不构空强作，诗遇境而生须自工耳"①。这一过程就是"有法可循"的过程，以下论之。

第一，宋代文人较之前代，整体文化素养更加深厚。黄庭坚以前的欧阳修、王安石，还有当时文坛上的苏轼，其知识之丰富、学问之广博更是此前少有。苏轼、王安石等就已经十分注重作者的学问，苏轼将秦观推荐给王安石时这样介绍说："向屡言高邮进士秦太虚，公亦粗知其人，今得其诗文数十首，拜呈。词格高下，固无以逃于左右，独其行义修饬，才敏过人，有志于忠义者，某请以身任之。此外，博综史传，通晓佛书，讲习医药，明练法律，若此类，未易一二数也。"② 又称："秦少游、张文潜，才治学问，为当世第一。"③

重学问固然包含看重人物的读书穷理和心性修养两个方面，但作为创作过程的积累，重学问就是强调知识的积累，也就是强调读书。苏轼曾在《记黄鲁直语》中说："黄鲁直云：'士大夫三日不读书，则义理不交于胸中，对镜觉面目可憎，向人亦语言无味。'"④ 这里虽然讲读书与人的修养之关系，但没有新的知识，"向人亦语言无味"，何况写诗！黄庭坚在《书枯木道士赋后》中说："闲居当熟读《左传》、《国语》、《楚辞》、《庄周》、《韩非》，欲下笔略体古人致意曲折处，久久乃能自铸伟词，虽屈宋亦不能超此步骤也。"⑤ 又《与济川侄帖》说："但须勤读

---

① 黄庭坚：《论作诗文》，《山谷别集》卷六。
② 苏轼：《与王荆公书》，《苏轼文集》卷50，第1444页。
③ 苏轼：《书付过》，《苏轼文集·佚文汇编》卷五，第2562页。
④ 《苏轼文集·佚文汇编》卷五，第2542页。
⑤ 黄庭坚：《山谷别集》卷十。

书，令精博；极养心，使纯静。根本若深，不患枝叶不茂也。"①
正因为讲究读书，黄庭坚才能"荟萃百家句律之长，究极历代
体制之变"，更因其"搜猎奇书，穿穴异闻"所以才能自成一
家。杜甫讲"读书破万卷，下笔如有神"②，苏轼与黄庭坚也深
信此论，苏轼说："别来十年学不厌，读破万卷诗愈美。"③ 黄庭
坚在品评他人的作品时，常以其读书多少，是否精博为衡，其批
评王观复诗"未能从容"，原因是"读书未破万卷"④，而且
"读书未精博"⑤；他赞扬苏轼词"语意高妙，似非吃烟火食语。
非胸中有万卷书，笔下无一点尘俗气，孰能至此"⑥。黄庭坚讲
究多读书，是对初学者而言，在博的基础上更要求精，其云：

> 读书欲精不欲博，用心欲纯不欲杂。读书务博，常不尽
> 意；用心不纯，讫无全功。⑦

视对象而讲读书之道，是黄庭坚阐述创作积累的特点，也是
其创作理论的详备处。上引材料就是针对有一定基础的对象所
言。又如其《书舅诗与洪龟父跋其后》说："龟父笔力可扛鼎，
它日不无文章垂也。要须尽心于克己，不见人物臧否，全用其辉
光以照本心。力学有暇，更精读千卷书，乃可毕兹能事。"⑧

关于读书，黄庭坚有一段话被人视为后来江西诗派的创作纲

①　黄庭坚：《山谷别集》卷17。
②　杜甫：《奉赠韦左丞丈二十二韵》，《杜诗详注》卷一，第73页。
③　苏轼：《送任伋通判黄州兼寄其兄孜》，《苏轼诗集》卷六，第233页。
④　黄庭坚：《跋柳子厚诗》，《山谷集》卷26。
⑤　黄庭坚：《与王观复书》，《山谷集》卷19。
⑥　黄庭坚：《跋东坡乐府》，《山谷集》卷26。
⑦　黄庭坚：《书赠韩琼秀才》，《山谷集》卷25。
⑧　黄庭坚：《山谷集》卷30。

领，其云："自作语最难，老杜作诗，退之作文，无一字无来
处。盖后人读书少，故谓韩、杜自作此语耳。古之能为文章者，
真能陶冶万物，虽取古人之陈言于翰墨，如灵丹一粒，点铁成金
也。文章最为儒者末事，然既学之，又不可不知其曲折，幸熟思
之。至于推之使高，如泰山之崇崛，如垂天之云；作之使雄壮，
如沧江八月之涛，海运吞舟之鱼，又不可守绳墨令俭陋也。"①
后人往往抓住此段话中"点铁成金"一句，认为黄庭坚教后生
蹈袭剽窃。其实不然，这段话是在向后学交流自己的创作经历，
杜、韩之所以"能为文章"，就在于能陶冶万物，亦能点铁成
金，方能不守绳墨而自铸伟词。试读《寄黄几复》诗：

> 我居北海君南海，寄雁传书谢不能。桃李春风一杯酒，
> 江湖夜雨十年灯。持家但有四立壁，治病不蕲三折肱。想见
> 读书头已白，隔溪猿哭瘴溪藤。

业师霍松林先生赏鉴此诗十分精细，认为首句化用《左
传·僖公四年》楚子问齐桓公"君处北海，寡人处南海"语；
次句活用杜甫《天末怀李白》"鸿雁几时到，江湖秋水多"，且
对鸿雁传书本事吃得很透；"桃李"句因怀念与故人当年相聚之
事，诗人相见，岂有不论文之事？于是杜甫《春日忆李白》"何
时一樽酒，重与细论文"也就被活用；"江湖"一句更是将杜甫
《梦李白》"江湖多风波，舟楫恐失坠"的江湖流转之情写出，
又使人想起其对李商隐《夜雨寄北》诗意的点化；颈联分别用
司马相如"家居徒四壁立"和《左传·定公十三年》"三折肱，
知为良医"及《国语·晋语》"上医医国，其次救人"典故；尾

---

① 黄庭坚：《答洪驹父书》，《山谷集》卷19。

联化用李贺《南园》之六"不见年年辽海上，文章何处哭秋风"，且含义较之更深沉。松林师评曰："黄庭坚好用典故，此语虽'无一字无来处'，但不觉晦涩；有的地方还由于活用典故而丰富了诗句的内涵；而取《左传》、《史记》中的散文语言入诗，又给近体诗带来苍劲古朴的风味。"①

第二，强调读书，看重学问，是黄庭坚诗歌创作理论的一个方面，而与宋代文学大势所要求一致且更加重视的功力训练，则是黄庭坚诗论更加侧重和详细论说的又一个方面。详言之，这个方面有四点最突出，即谋篇布局、句法安排、典故运用、字面锤炼。

读书是积累，积累起来的知识总需要成为自己的，并且要表现出来，这就是创作技巧问题了，表现技巧要与善于读书结合起来，方才谈得上开始创作。对此，黄庭坚自有表述："但始学诗，要须每作一篇辄须立一大意，长篇须曲折三致焉，乃为成章耳。"②范温《潜溪诗眼》说："山谷言文章必谨布置，每见后学，多告以《原道》命意曲折。"③林光朝《艾轩集》"读韩柳苏黄集"形象地比喻苏轼与黄庭坚的创作风格云："苏、黄之别，犹丈夫女子之应接。丈夫见宾客，信步出将去，如女子则非涂泽不可。"这是一个创作风格和个性的问题，黄庭坚讲谋篇布局，有时候是就整个篇章上学习前人，比如下面一则材料：

> 杜子美《存殁绝句二首》云："席谦不见近弹棋，毕曜仍传旧小诗。玉局他年无限笑，白杨今日几人悲？""郑公

---

① 《宋诗鉴赏辞典》，第505页。
② 黄庭坚：《论作诗文》，《山谷别集》卷六。
③ 范温：《潜溪诗眼》，郭绍虞：《宋诗话辑佚》，中华书局1980年版。

粉绘随长夜，曹霸丹青已白头。天下何曾有山水？人间不解重骅骝。"每篇一存一殁，盖席谦、曹霸存，毕、郑殁也。黄鲁直《荆江亭即事十首》，其一云："闭门觅句陈无己，对客挥毫秦少游。正字不知温饱未？西风吹泪古藤州。"乃用此体，时少游殁而无己存也。①

又如杜甫有《缚鸡行》其云："小奴缚鸡向市卖，鸡被缚急争相喧。家中厌鸡食虫蚁，不知鸡卖还遭烹。虫蚁于人何厚薄，吾叱奴人解其缚。鸡虫得失无了时，注目寒江倚山阁。"② 黄庭坚有《王充道送水仙花五十枝，欣然会心，为之作咏》诗云："凌波仙子生尘袜，水上轻盈步微月。是谁招此断肠魂？种作寒花寄愁绝。含香体素欲倾城，山矾是弟梅是兄。坐对真成被花恼，出门一笑大江横。"③

宋人陈长方认为："古人作诗，断句辄旁入他意，最为警策。如老杜云'鸡虫得失无了时，注目寒江倚山阁'是也。黄鲁直作《水仙花》诗，亦用此体，云：'坐对真成被花恼，出门一笑大江横。'④ 黄庭坚这首《水仙花》诗是咏物诗，与杜甫以叙述生活小事而谈人生哲理不同，但从"断句辄旁入他意"一点来讲是相同的，也就是说，黄庭坚的模仿是自然、成功的。

也有人专门模仿《缚鸡行》而失败的。如李德远《东西船行》，其云：东船得风帆席高，千里瞬息轻鸿毛。西船见笑苦迟钝，流汗撑折百张篙。明日风翻波浪异，西笑东船却如此。

---

① 洪迈：《容斋随笔》卷二，"存殁绝句"条，上海古籍出版社1996年版。
② 《杜诗详注》卷18，第1566页。
③ 《山谷集》卷七。
④ 陈长方：《步里客谈》，影印四库全书本，上海古籍出版社1987年版。

东西相笑无已时，我但行藏任天理。杜甫谈到鸡、虫之争的没完没了，暗寓了社会人生的升沉翻覆，前七句写这一桩没完没了的事，突然截断前流，插入"注目寒江倚山阁"一句绾束，不仅给读者对"鸡虫得失"问题以思考的余地，而且将诗人沉思的形象展示出来，将一首纯说理的诗写活了，充满了诗味。李德远的诗前七句完全与杜诗所要表达的一致，但失败就在最后一句，以概念结束诗歌，了无余味，失去了诗歌的艺术价值。由此可见，即使是模仿，也有"点铁成金"与"点金成铁"之别。

　　句法安排，是更加具体化、技巧化的问题，宋人较之于唐人普遍看重这点，这也是宋人追求规范化的一大特征，但特别强调这一问题的则是黄庭坚。苏轼在《次旧韵赠清凉长老》诗中说："安心有道年颜好，遇物无情句法新"①。看来是在注重句法，但这和黄庭坚强调的句法安排还有所不同。苏轼所讲的"句法新"是个较笼统的提法，包括诗人创作时的立意以及技巧。范温《潜溪诗眼》说："句法之学，自是一家工夫。昔尝问山谷'耕田欲雨刈欲晴，去得顺风来者怨'，山谷云：'不如千岩无人万壑静，十步回头五步坐。此专论句法，不论义理。'"② 可以看出，句法之说包括诗人的创作立意和技巧安排。黄庭坚论诗特重句法，对诗歌的洗练与深沉、含蓄尤其讲究，无论是论古人诗歌，或自己创作，或授人以法，或与人赏奇析疑，无不以句法为准绳。王直方说："山谷谓洪龟父云：'甥最爱老舅诗中何语？'龟父举'蜂房各自开户牖，蚁穴或梦封侯王。''黄流不解浣明月，碧树为我生凉秋。'以为深类工部。山谷曰'得之矣。'张文

---

① 《苏轼诗集》卷45，第2456页。
② 范温：《潜溪诗眼·山谷句法》。

潜尝谓余曰：'黄九似"桃李春风一杯酒，江湖夜雨十年灯"是奇语。'"①

在黄庭坚的诗论中谈到句法处极多，这一点在前人是从未有过的，这充分显示出他自觉追求诗歌创作的规范和法度。如："句法俊逸清新，词源广大精神。"②"传得黄州新句法，老夫端欲把降幡。"③"一洗万古凡马空，句法如此今准工。"④"比来工五字，句法妙何逊。"⑤"无人知句法，秋月自澄江。"⑥"寄我五言诗，句法窥鲍谢。"⑦"赤壁风月笛，玉堂云雾窗。句法提一律，坚城受我降。"⑧

宋人资书以为诗，故对古代文化的消化和改造更胜于前人。前面谈过黄庭坚对杜甫"读书破万卷，下笔如有神"十分推崇，并作为创作经验大加提倡。杜甫写诗转益多师，对古代典籍掌故能熟练运用，烂熟于心且推陈出新。到了苏轼、黄庭坚对此更是踵事增华，苏轼提出"诗须有为而作，用事当以故为新，以俗为雅"⑨，黄庭坚亦说："盖以俗为雅，以故为新，百战百胜，如孙吴之兵；棘端可以破镞，如甘蝇飞卫之射，此诗人之奇也。"⑩ 苏、黄二人写诗，取材范围极广，经史子集、

---

① 《王直方诗话》，《宋诗话辑佚》。

② 黄庭坚：《再用前韵赠子勉四首》其三，《山谷集》卷12。

③ 黄庭坚：《次韵文潜立春日绝句》，《山谷集》卷11。

④ 黄庭坚：《题韦偃马》，《山谷外集》卷三。

⑤ 黄庭坚：《元翁座中见次元寄到和孔四饮王夔玉家长韵，因次韵，率元翁同作寄溢城》，《山谷外集》卷三。

⑥ 黄庭坚：《奉答谢公静与荣子邕论狄元规孙少述诗长韵》，《山谷集》卷二。

⑦ 黄庭坚：《寄陈适用》，《山谷集》卷四。

⑧ 黄庭坚：《子瞻诗句妙一世，乃云效庭坚体，盖退之戏效孟郊樊宗师之比以文，滑稽耳。恐后生不解，故以韵道之》，《山谷集》卷二。

⑨ 苏轼：《题柳子厚诗二首》其二，《苏轼文集》卷67，第2109页。

⑩ 黄庭坚：《再次韵杨明叔》，《山谷集》卷六。

稗官野史、民间传说、佛典道藏无不信手拈来，变化创新，既发扬了雅文化的真髓，又化俗为雅，不但显示出他们深厚的素养、广博的学问，也为宋诗在唐诗之外别创新格。黄庭坚于此在理论上的倡导则更胜苏轼一筹，提出著名的"夺胎换骨"之说，"点铁成金"之论。这两点的提出，实在是黄庭坚总结了唐诗创作成就和审视宋诗的发展方向之后，欲使宋诗创新而采取的创新之法。

王安石说："世间好语言，已被老杜道尽；世间俗语言，已被乐天道尽。"① 这一点后来被无数诗论家所认同。黄庭坚正是看到宋人开辟为难的尴尬处境，特别提出以下见解："诗意无穷，而人才有限。以有限之才，追无穷之意，虽渊明、少陵，不得工也。然不易其意而造其语，谓之换骨法；窥入其意而形容之，谓之夺胎法。"② "自作语最难，老杜作诗，退之作文，无一字无来处。盖后人读书少，故谓韩、杜自作此语耳。古之能为文章者，真能陶冶万物，虽取古人之陈言入于翰墨，如灵丹一粒，点铁成金也。"③

如果抛开后来江西诗派末流专以模仿、不求创新所造成的不良影响，仅以黄庭坚此论所云而言，其中在学习前人之外，更求出新的精神是显而可见的。"夺胎换骨"是指师法前人作品之意，但必须取其意而变其言辞，引申发挥。"点铁成金"则指师法前人作品之辞，但必须是在陶冶古人"陈言"的基础上加以熔铸、创新为我所有④。因此在化用前人的典故，即化用成辞与旧事时，必须烂熟于心，创新使用，关于这一点，莫

---

① 陈辅：《陈辅之诗话》引王安石语，《宋诗话辑佚》。
② 惠洪：《冷斋夜话》卷一引述黄庭坚语。
③ 黄庭坚：《答洪驹父书》。
④ 参见莫砺锋《江西诗派研究》附录二第285页所论，齐鲁书社1986年版。

砺锋先生在《江西诗派研究》一书之"黄庭坚'夺胎换骨'辨"中有详细和新到之论，此不赘述。

黄庭坚的"夺胎换骨"之说本身就含有明显创新意识在内，后来崇拜黄庭坚而不囿于其论的论诗家，对此有继承亦有发扬，人云："后山（陈师道）论诗说换骨，东湖（徐俯）论诗说中的，东莱（吕本中）论诗说活法，子苍（韩驹）论诗说饱参，入处虽不同，然其实皆一关捩，要知非悟入不可。"① 由此可以看出，无论是创作还是理论，在有创新精神的人那里，是经过"有法"而入于"无法"，即由"学"而"悟"，最后卓然成家的。

字面锤炼，也就是炼字。惠洪说："造语之工，至于荆公、东坡、山谷，尽古今之变。荆公曰：'江月转空为白昼，岭云分暝与黄昏。'又曰：'一水护田将绿绕，两山排闼送青来。'东坡《海棠》诗曰：'只恐夜深花睡去，高烧银烛照红妆。'又曰：'我携此石归，袖中有东海。'山谷曰：'此皆谓之句中眼，学者不知此妙语，韵终不胜。'"② 宋人虽说反对贾岛一路穷困苦吟的写诗法，但对炼字却十分看重，陈师道之闭门觅句是典型，是因其堕入苦吟一路，暂且不论，而通脱自然如苏轼却一样看重炼字。如其评价王平甫《甘露寺》诗说：

> 尝见王平甫自负其《甘露寺》诗："平地风烟飞白鸟，半山云水卷苍藤。"余应之曰："神情全在'卷'字上，但恨'飞'字不称耳。"平甫沉吟久之，请余易。余遂易之以"横"字，平甫叹服。大抵作诗当日锻月炼，非欲夸奇斗

---

① 曾季狸：《艇斋诗话》，见《历代诗话续编》。
② 惠洪：《冷斋夜话》卷五。

异，要当汰淘出合用事。①

与苏轼相交的惠洪也强调句法和"句中之眼"，他曾举例说："用事琢句，妙在言其用，不言其名。此法惟荆公、东坡、山谷三老知之。荆公曰：'含风鸭绿鳞鳞起，弄日鹅黄袅袅垂。'此言水柳之用，而不言水柳之名也。东坡别子由诗：'犹胜相逢不相识，形容变尽语音存。'此用事而不言其名也。山谷曰：'管城子无食肉相，孔方兄有绝交书。'又曰：'语言少味无阿堵，冰雪相看有此君。''眼有人情如格五，心知世事等朝三。'格五，今之蹙融是也。后汉注云：常置人于险处耳。然句中眼者，世尤不能解。"②

黄庭坚诗歌创作注重炼字是在学习杜甫创作"语不惊人死不休"和韩愈倡导"唯陈言之务去"的基础上追求发展变化的，这种认识在宋人诗论中得到普遍认同。范温说："句法以一字为工，自然颖异不凡；如灵丹一粒，点铁成金。浩然云：'微云淡河汉，疏雨滴梧桐。'工在'淡''滴'字。"③ 受这种时代风气的影响，黄庭坚诗歌中对字面的锤炼例子比比皆是，这种一句之中善用动词、形容词的炼字法和打破唐诗以实词填满对联得意象密集的炼字法，在黄庭坚的创作和欣赏中很能见出"宋调"特色。如："风乱竹枝垂地影，霜干桐叶落阶声。"④ 对照杜甫《陪郑广文》诗"绿垂风折笋，红绽雨肥梅"，可以见出学杜甫的痕迹，但杜诗采用的是词语的错位，黄庭坚代表的宋诗则习惯采用散文的句法，用顺接的方式来写景。这在下列诗句中也清晰地显示出来："数行

---

① 苏轼：《书赠徐信》，《苏轼佚文汇编》卷五，《苏轼文集》，第 2562 页。
② 惠洪：《冷斋夜话》卷四。
③ 范温：《潜溪诗眼》。
④ 黄庭坚：《宿广惠寺》，《山谷外集》卷 13。

嘉树红张锦，一派春光绿泼油。"① "马啮枯萁喧午枕，梦成风雨浪翻江。"② "擘开华岳三峰手，参得浮山尤带禅。"③ 唐诗对仗讲究以实词填满，以增大意象密度，增加意境空间。谢榛说："凡多用虚字便是'讲'，'讲'则宋调之根。"④ 讲，则如叙述之自然娓娓道来，更多平易亲切之感。黄庭坚诗十分讲究这点，如："卧听疏疏还密密，起看整整复斜斜。"⑤ "世上岂无千里马，人中难得九方皋。"⑥ "烦恼林中即是禅，更向何门觅重悟。"⑦ 这种以"讲"为特征的写法，虽说在杜甫、韩愈诗中颇多，但在杜甫诗集中还不是主流，在韩愈时代还未被人们普遍认同，但在以苏、黄为代表的宋调中，已经成为一种主要的手法，到江西诗派，更成为一种创作范式。

黄庭坚的创作以诗为主，在他的生活中，诗歌除去用于传统的言志抒情外，更成为他与人交往、谈心甚至代书信的工具。因此，如完全采用唐诗写法，必然影响其交际功能，所以安排虚词方能符合日常讲话的需要，这就是"以文为诗"的另一种或另一层面的内涵。

第三，在《论作诗文》中，黄庭坚提倡"文章惟不构空强作，诗遇境而生便自工耳"，即反对人为刻饰，是宋诗追求法度而欲求达到自合法度的最高境界，也是黄庭坚所云："入则重规叠矩，出则奔轶绝尘"⑧ 之意。

① 黄庭坚：《寄别说道》，《山谷集》卷七。
② 黄庭坚：《六月十七日昼寝》，《山谷集》卷九。
③ 黄庭坚：《赠清隐持正禅师》，《山谷外集》卷14。
④ 谢榛：《四溟诗话》卷四，人民文学出版社1961年版。
⑤ 黄庭坚：《咏雪奉呈广平公》，《山谷集》卷九。
⑥ 黄庭坚：《过平舆怀李子先时在并州》，《山谷外集》卷六。
⑦ 黄庭坚：《和任夫人悟道》，《山谷外集》卷四。
⑧ 黄庭坚：《跋唐道人编余草稿》。

吕本中在《童蒙诗训》中说：

> 老杜作诗云："诗清立意新。"最是作诗用力之处，盖不可循习陈言，只规摹旧作也。鲁直云："随人作诗终后人。"又云："文章切忌随人后。"此自鲁直见处也。近世人学老杜多矣，左规右矩，不能稍出新意，终成屋下架屋，无所取长。①

宋代诗人在新的文化背景下追求创新，在已经达到古典诗歌极致的唐诗光环映照下，没有唯唐人之法为法，而是在广泛吸取前人的艺术精华前提下追求"自铸伟词"。由于诗人所处时代文化背景的变化及宋代诗人学者气质的不同而创造出来的宋调，与唐音形成迥然不同的诗歌风格。较之唐诗，宋诗更能显示出封建后期庶族地主文化的特征和知识分子人格及精神气质特征，钱锺书先生说："唐诗、宋诗，亦非仅朝代之别，乃体格性分之殊。天下有两种人，斯分两种诗。唐诗多以丰神情韵擅长，宋诗多以筋骨思理见胜。"② 前面已论宋人讲究以平淡为美，但却是通过由学到悟而达到的，黄庭坚所云"好作奇语，自是文章病，但当以理为主，理得而辞顺，文章自然出群拔萃。观杜子美到夔州后诗，韩退之自潮州还朝后文章，皆不烦绳削而自合矣"；又说"所寄诗多佳句，犹恨雕琢功多耳。但熟观杜子美到夔州后古律诗，便得句法，简易而大巧出焉，平淡而山高水深"正是悟到之后的见解。这看来与前面所述宋人讲究以功力学问为诗相矛盾，实则不然，因为前面所述黄庭坚论诗的见解主要是针对初学写诗的人而言，

① 见《宋诗话辑佚》。
② 钱锺书：《谈艺录》，中华书局 1984 年版。

此处所云是针对欲"自成一家"者而言；前面是讲继承，此处是讲创新，是更高一层的要求，是对杜甫"老去诗篇浑漫与"[1] 的推崇，这种"浑漫与"是朱熹所云"杜诗初年甚精，晚年横逆不可当，只意到处便押一个韵"[2]。当诗人创作已经完成了技巧训练之后，成熟了的诗人就应当具备自觉的创新意识。朱弁《风月堂诗话》说"西昆句律太严，无自然态度。黄鲁直深悟此理，乃独用昆体功夫而造老杜浑成之地"，即以西昆诗人追求用典、炼字和精审句律的艺术手段达到"不烦绳削而自合"的艺术境界。至此，宋调就完全形成。

从宋初"三体"到"江西诗派"，历时近一个半世纪，这是宋调形成的时期，诗人从模仿唐人追求法度，到自合法度、自创新词，显示出诗歌史上继承与创新的艺术进程，在这一进程中有不少诗人的努力，但若论宋诗，其功之著，莫过于苏、黄。

第三节　由俗归雅的词体改造的完成

伴随着宋代文化士大夫、学者一体化的进程对雅文化的自觉追求，在诗歌与散文领域中的改革完成之后，一直不为传统文学所自觉关注的词坛，也开始吹入"雅"化之风。这股风应该起于南唐词，但南唐词人却不是自觉雅化词体的人。王国维在《人间词话》中说："冯正中词，虽不失五代风格，而堂庑特大，开北宋一代风气。""词至李后主而眼界始大，感慨遂深，遂变伶工之词而为士大夫之词。""李重光之词，神秀也。"[3]

---

① 杜甫：《江上值水如海势聊短述》，《杜诗详注》卷十，第810页。
② 《朱子语类》卷140。
③ 《词话丛编》，第4243、4242页。

这样的评价，参照物无疑是《花间集》。花间词的最大特色，一言以蔽之，谓"俗"，此所谓伶工之词。《花间集》前的欧阳炯序言，尽管申明词之创作要有富贵态，但这"富贵"却散发出"都市豪估"那种缺少文雅的俗味，使人仿佛嗅出了暴发的浪子那种表面高贵却遮不住骨子里透出的缺少文化的"俗"气。这一篇序言，直接将用以歌唱的词视为上承南朝宫体诗之传统，下扇五代之娼风，以艳取媚于人的享乐工具。在这样一种创作思想和目的下，其俗艳的特点也就形成。

陆游《花间集跋》说："《花间集》，皆唐五代时人作。方斯时，天下岌岌，生民救死不暇，士大夫乃流宕至此，可叹也哉！或者，出于无聊故耶？"[①] "流宕"也罢，"无聊"也罢，但整部《花间集》在艳的色泽中，在脂粉四溢的气味中，透出一股俗文学的气息却是不争的事实。

南唐词，尤其是李煜词的出现，改变了《花间集序》中那种以词替人助欢、佐酒和艳科的性质，转而抒发作者心中的真情。对李煜及其冯延巳词的评价，大多已不像对待《花间集》那样充满鄙视，尤其是对南唐词产生的文化氛围，论者多持有别于《花间》词的看法：

> 五代干戈，四海瓜分豆剖，斯文道熄。独江南李氏君臣尚文雅，故有"小楼吹彻玉笙寒"、"吹绉一池春水"之词，语虽奇甚，所谓"亡国之音哀以思"也。[②]

在李清照的话中，可以看出对南唐词尚雅的充分肯定。西蜀

---

① 《陆游集·渭南文集》卷30，中华书局1977年版。
② 胡仔：《苕溪渔隐丛话》后集卷33引李清照语。

文人生活在一个崇尚奢靡的物资生活环境中，像前蜀王衍，后蜀孟昶都是在声色中度日子的昏君。《花间集》的编者，后蜀卫尉少卿赵崇祚和写《花间集》序的欧阳炯，都是沉溺声色之人。而《花间集》的创作主体，大多耽于享乐生活，崇尚婉丽绮靡的美学风格，故王国维说："读《花间》、《尊前》，令人回想徐陵《玉台新咏》。"① 像王衍《醉妆词》："者边走，那边走，只是寻花柳。那边走，者边走，莫厌金杯酒。"② 这种鄙俗声腔，又岂能与南唐君臣的尚雅相比。固然，南唐君臣亦追求声色豪侈生活，但同时也在精神生活方面崇尚雅致，史载对此多有记录。李璟其人："多才艺，好读书，善骑射"③；"其书法亦佳，善八分书"④。李煜更是书画兼善，《宣和画谱》称其金错刀书"虽若甚瘦，而风神有余"；黄庭坚则称其书"笔意深婉"⑤。对其画，论者更加推崇。沈括《梦溪补笔谈》云："后主善画，尤工翎毛"，言其擅长花鸟画；都穆《寓言编·题后主墨竹》云后主"墨竹清爽不凡"，以墨为原料，已是文人画之路数；郭若虚《画图见闻志》说李煜"所画林木飞鸟，远过常流，高出意外"。按照后人对文人画的评价标准，李煜之画显然不属于画匠之列。除去自己的创作外，李煜在书画的赏鉴方面也颇具眼光，并凭借帝王之便利，雅尚图书至藏书十万余卷，而且"多校雠精审，编秩完具，与诸国本不类"⑥。内府藏书画丰富，"诸书画中时有李后主题跋"⑦。书画之外，李煜因生长于宫中，在莺歌燕舞的环境熏陶下"洞晓音律，

---

① 王国维：《人间词话》。
② 《全唐五代词》，第 521 页。
③ 陆游：《南唐书·元宗本纪》。
④ 《佩文斋书画谱》，王源祁等纂辑，中国书店 1984 年版。
⑤ 黄庭坚：《跋李后主书》，见《豫章黄先生文集》卷 28。
⑥ 马令：《南唐书·朱弼传》。
⑦ 沈括：《梦溪补笔谈》卷二。

精别雅郑"①。宋邵思的《雁门野说》还这样记载一段传说："南
唐后主精于音律，凡度曲莫非奇绝。开宝中，国将除，自撰《念
家山》一曲，既而广为《念家山破》，其谶可知也。宫中民间日夜
奏之，未及两月，传满江南。"传说中的迷信固不可信，然其对李
煜度曲精晓音律的记载，想来是真实可信的。

在这样一种雅文化的氛围中产生的南唐词，其与《花间》词
的雅俗文野之分，自是不必待言，再加上置身于风雨飘摇的南唐
小朝廷之上，在已经立宋之后才登极的南唐国主李煜，其十四年
小皇帝的心中，随时都有亡国之忧，故其词作中就留下心底忧患
的暗潮。当其亡国而沦为他人阶下囚时，虽失去了帝王派头和文
士风流倜傥的风度，但却依旧保留了其无法抹去的雅文化资质。
如著名的词作《浪淘沙》："帘外雨潺潺，春意阑珊。罗衾不耐五
更寒。梦里不知身是客，一晌贪欢。 独自莫凭栏，无限关山。
别时容易见时难。流水落花春去也，天上人间。"《虞美人》："春
花秋月何时了？往事知多少。小楼昨夜又东风，故国不堪回首月
明中。 雕阑玉砌应犹在，只是朱颜改。问君能有几多愁？恰
似一江春水向东流。"《清平乐》："别来春半，触目愁肠断。砌下
落梅如雪乱，拂了一身还满。 雁来音信无凭，路遥归梦难成。
离恨恰如春草，更行更远还生。"

在这样的词中，已经全然没了"花间"词的风月脂粉和鄙俗
的媚风，而代之以家国之恨、人生之恨，并且以深厚的文化底蕴、
高超的艺术表现力和震撼人心的情感，显示出士大夫文人高雅文
学的艺术魅力。

由于南唐词，尤其是李煜后期的词作，已经从个人的一己身
世之感扩展、上升为对于整个社会人生的悲悯与伤怀，同时从人

---

① 徐铉：《骑省集》卷29，四库全书本。

生无常与悲剧的体悟的个人得失中超脱出来，创造出极具概括力和哲理感的意境，这便是"花间"文人以词侑酒、佐欢，打发时光决不能达到的人生境界。像下面这首《相见欢》小词："林花谢了春红，太匆匆。无奈朝来寒雨晚来风。　　胭脂泪，留人醉，几时重？自是人生长恨水长东！"有谁能不被这沉痛的人生情感体验所震撼！在这样的作品中，"眼界始大，感慨遂深"之誉实在不为过分。

李煜的词，客观上改变了词体拘于青楼娼家、市井里巷的狭小格局，使之进入了文人士大夫的情感表现世界。如《捣练子令》："深院静、小庭空，断续寒砧断续风。无奈天长人不寐，数声和月到帘栊。"《乌夜啼》："无言独上西楼，月如钩。寂寞梧桐深院锁清秋。　　剪不断，理还乱，是离愁。别是一番滋味在心头。"

这样细腻的心态意绪和难以理清的百忧万感，只有深于情、伤于情的文人才能表现出来，虽说也是很普通的离愁别恨，但却完全脱离了以往词作所表现的"俗"气。

不过，南唐词人的"雅"词不是刻意写出来的，而是"真性情"的自然流露。这样的创作只可能在客观上影响词坛的雅化，而不能真正引导词体自觉向雅化方向发展。因此，王国维所云后主词"变伶工之词而为士大夫之词"的说法，还不算十分妥帖。准确地讲应该说，李后主的出现，透露出词体必然由伶工之词向士大夫之词转变的信息。因为迄至苏轼登上词坛之前，北宋小令词派，包括二晏父子、欧阳修等人的词风，基本没有脱离五代词风，只是由于北宋文人的整体文化素质较之此前文人有极为明显的提高，尤其是经过宋初到北宋中期一个世纪的文化涵养，那些虽然还带有"花间"气息的词作也明显脱去了不少俗气，但不离花间尊前、歌儿舞女的词风其流风遗韵影响依旧。比如欧阳修集中有近三十首《玉楼春》词（又作《木兰花令》），一直为歌妓们所传唱，有的传唱了半个世纪，依然流布于莺吭燕舌间。欧阳修去世19年后，苏东坡偶游颖州西湖，在夜色中传来歌妓演唱的他所熟悉的欧阳修《玉楼春》词之一："西湖南北烟波阔，风里丝簧声韵咽。舞余裙带绿双垂，酒入香腮红一抹。

杯深不觉琉璃滑，贪看六么花十八。明朝车马各西东，惆怅画桥风与月。"① 其风貌意态与《花间集》中作品十分接近，罗大经在襄扬欧阳修诗、文、词兼擅之时说："（欧阳公）虽游戏作小词，亦无愧唐人《花间集》。"② 苏东坡与欧阳修有知遇之恩，师生之谊，当听到歌妓唱《玉楼春》时，不禁感慨万端，即兴和韵写下了怀念欧公的《玉楼春》词："霜余已失长淮阔，空听潺潺清颍咽。佳人犹唱醉翁词，四十三年如电抹！　草头秋露流珠滑，三五盈盈还二八。与余同是识翁人，惟有西湖波底月。"③

其人生感喟之深沉，决非欧词所能比拟，文人的雅致与深思亦见出欧词与苏词之别。欧阳修对写词的态度，可从《采桑子·西湖念语》序中见出："因翻旧阕之辞，写以新声之调，敢陈薄伎，聊佐清欢。"又《云楼春》词云："青春才子有新词，红粉佳人重劝酒。"正因为如此，欧词"从俗"特征十分明显。前人论其词，因顾及其人品风度，往往多有回护，如周济《介存斋论词杂著》称："永叔词只如无意，而沉着在和平中见。"更有将欧阳修词中的艳作视为"小人"对欧阳修的"怨愤造谤"，大加辩白（参见曾慥《乐府雅词序》、蔡絛《西清诗话》等）。其实，这种情况不独见于欧阳修词。晏殊、晏几道等人词

---

① 《全宋词》，第133页。
② 罗大经：《鹤林玉露》丙编卷二。
③ 《东坡词编年笺证》，第599页。

作从俗的特点也十分明显。

陈世修《阳春集序》说："（冯延巳）以金陵盛时，内外无事，朋僚亲旧，或当燕集，多运藻思为乐府新词，俾歌者倚丝竹而歌之，所以娱宾而遣兴也。"刘攽《中山诗话》说晏殊"尤喜江南冯延巳歌词，其所自作，亦不减延巳。"晏殊生当北宋无事之际，一生大多数时间在富贵闲适中享受生活，这样的生活使这位太平宰相常在酒宴边听歌看舞，将自己填词的伎艺在宴间发挥得淋漓尽致。叶梦得《避暑录话》说晏殊"未尝一日不燕饮"，每饮"必以歌乐相佐"。在这样的环境中产生的词作即使多数不脱词人富贵雍容、娴雅适意气度，但有时亦难免从俗之嫌。如以下这首《浣溪沙》词："玉碗冰寒滴露华，粉融香雪透轻纱。晚来妆面胜荷花。　　鬓亸欲迎眉际月，酒红初上脸边霞。一场春梦日西斜。"[1] 至于晏几道，其词作从俗之习则远胜乃父，集中几乎全写男女之情，故陈振孙《直斋书录解题》称其"追逼《花间》，高处或过之"。应该说，以词写艳情，是词作为俗文学与生俱来的特征，不管晏几道词写得怎样充满了文人失意之情，也不管其儿女之情写得怎样哀感顽艳，但其词集十之七八不离男女之情，则无法摆脱"词为艳科"的樊篱。因此周济说："晏氏父子，仍步温、韦"[2]，虽然不尽如此，但亦可以见出晏氏父子词的风格渊源。

词在晏、欧等人手中，并没有自觉地雅化，纵然欧阳修所领导的诗文革新已经取得了关键性的胜利，但词依然没有充分引起地主文人的关注，相反沿着俗文学的方向发展得更加迅速。这种情形经过柳永的创作，使词的俗文学特征得到更进一步的发展，

---

① 《全宋词》，第90页。
② 周济：《介存斋论词杂著》。

以致人们认为柳词上承敦煌曲子，下开金元曲子。况周颐《蕙风词话》卷三说："柳屯田《乐章集》为词家正体之一，又为金元已还乐语所自出。"宋以来论柳词多以"俗"字相加，且大多对此颇为不屑。兹录数条："柳三变游东都南、北二巷，作新乐府，骩骳从俗，天下咏之。"①　"柳屯田永者，变旧声作新声，出《乐章集》，大得声称于世。虽协音律，而词语尘下。"②　"（柳词）虽极工致，然多杂以鄙语，故流俗人尤喜道之。"③　"（柳永）长于纤艳之词，然多近俚俗，故市井之人悦之。"④

读柳永《乐章集》，其"骩骳从俗"特征的确是非常突出的。罗烨《醉翁谈录》说："耆卿居京华，暇日遍游妓馆。所至，妓者爱其有词名，能移宫换羽，一品经题，声价十倍。妓者多以金物资给之。"叶梦得《避暑录话》也说过类似的话："永为举子时，多游狭邪，善为歌辞。教坊乐工，每得新腔，必求永为辞。"可以看出，柳永的许多词正是应歌妓和乐工所请而创作的。柳永词中出现的那些歌妓，仅从姓名就可以见出社会地位之低贱，故其"俗"也在所难免。柳词云："但愿我，虫虫心下，把人看待，长似初相识。"（《征部乐》）⑤　"心娘自小能歌舞，举意动容皆济楚。"（《木兰花》）"佳娘捧板花钿簇，唱出新声群艳服。"（《木兰花》）　"虫娘举措皆温润，每到婆娑偏恃俊。"（《木兰花》）"酥娘一搦腰肢袅，回雪萦尘皆尽妙。"（《木兰花》）除此之外，尚有英英、秀香、瑶卿等。

失意文人与风尘女子之间固然亦会产生真正的爱慕之情，然

---

① 陈师道：《后山诗话》。
② 李清照：《词论》。
③ 徐度：《却扫编》卷五。
④ 黄升：《唐宋诸贤绝妙词选》卷五。
⑤ 以下所引柳永词皆见薛瑞生《乐章集校注》，中华书局1997年版。

长在平康出入，难免显出其轻薄无检束的一面，将市民思想中鄙俗的东西表现出来。如其云："师师生得艳冶，香香于我多情。安安那更久比和？四个打成一个。"（《西江月》）"调笑师师最惯，香香暗地情多。冬冬与我煞脾和，独自窝盘三个。"（《西江月》）有这样的词作在社会上流传，怎么不让崇雅黜俗者大加挞伐！在这些作品中已经不是有没有传统儒家伦理道德所云"兼济"、"独善"，或有无理想抱负的问题，而是传统观念中"人品"的沦丧问题。因此传说宋仁宗因柳永《鹤冲天》中有"忍把浮名，换了浅斟低唱"的牢骚，特地把柳永从进士榜中删去，并且说："此人风前月下，好去浅斟低唱，何要浮名？且填词去。"① 柳永虽然遭到帝王的斥责和被排斥在雅文化圈子之外，但他依然乐此不疲地写市民的生活、情趣、悲欢，也写都市的繁华盛况："每到秋来，转添甚况味？金风动，冷清清地。残蝉噪晚，甚聒得、人心欲碎。更休道，宋玉多悲，石人也须下泪。　衾寒枕冷，夜迢迢，更无寐。深院静，月明风细。巴巴望晓，怎生捱？更迢递。料我儿，只在枕头根底，等人来，睡觉里。"（《爪茉莉》）"嘉景，向少年，争不雨沾云惹？奈傅粉英俊，梦兰品雅。金丝帐暖银屏亚。并粲枕，轻偎轻倚，绿娇红婉姹。算一笑，百琲明珠非价。　闲暇，每只向，洞房深处，痛怜极宠。似觉些子轻孤，早恁背人沾洒。从来娇纵多猜讶。更对剪香云，须要深心同写。爱揾了双眉，索人重画。忍孤艳冶？绝不等闲轻舍。鸳衾下，愿常恁，好天良夜。"（《洞仙歌》）"露花倒影，烟芜蘸碧，灵沼波暖。金柳摇风树树，系彩舫龙舟遥岸。千步虹桥，参差雁齿，直趋水殿。绕金堤，曼衍鱼龙戏，簇娇春罗绮，喧天丝管。霁色荣光，望

---

① 吴曾：《能改斋漫录》卷16。

中似睹，蓬莱清浅。　　时见，凤辇宸游，鸾觞禊饮，临翠水，开镐宴。两两轻舠飞画楫，竞夺锦标霞烂。馨欢娱，歌鱼藻，徘徊宛转。别有盈盈游女，各委明珠，争收翠羽，相将归远。渐觉云海沉沉，洞天日晚。"（《破陈乐》）这些词作，或写闺中秋怨，或写洞房甜蜜，或写京城龙舟竞赛盛况，内容不同，但铺叙展衍，淋漓尽致，津津乐道于富贵繁华，哀乐极情，没有人生理想，只有对现实世俗生活的描写。柳永真正在"从俗"的路子上比所有的文人都走得远，远得使不少文人，包括十分通脱的苏轼也把他看成"另类"，不仅自己有意识地与众多"流俗人"划清界限，表明自己与柳永的俗气决不沆瀣一气，而且对自己的门生友人沾染上柳永的"俗气"大为不满。

　　不过，柳永毕竟是地主文人的一员，因此，当其拾起地主文人的"事业"，并为之奔走忙碌，沉沦潦倒时，自然而然地要唱出地主文人的腔调。这时，就连苏东坡也难免要对其刮目相看了。据赵令畤《侯鲭录》载，苏轼读柳永《八声甘州》词"霜风凄紧，关河冷落，残照当楼"时，誉为"此语于诗句不减唐人高处"。并说："世言柳耆卿曲俗，非也。"可见在骨子里，柳永还是地主文人，而不是市民艺术家。试读下面两首羁旅行役之词，可以见出词也有自身雅化的潜流，只是尚未流出地面成为"一江春水"而已。先读其羁旅怀古之作《双声子》："晚天萧索，断篷踪迹，乘兴兰棹东游。三吴风景，姑苏台榭，牢落暮霭初收。夫差旧国，香径没，徒有荒丘。繁华处，悄无睹，惟闻麋鹿呦呦。　　想当年，空运筹决战，图王取霸无休。江山如画，云涛烟浪，翻输范蠡扁舟。验前经旧史，嗟漫载，当日风流。斜阳暮草茫茫，尽成万古遗愁。"这里，不仅有晚唐怀古诗那种浓郁的伤感味，且仿佛感受到后来苏轼怀古词中那种开阔的境界和深沉的历史与人生的喟叹。再如名作《安公子》："远岸收残雨，雨残稍觉江天暮。拾翠汀洲人寂静，立双双鸥鹭。望几点，渔灯隐映蒹葭浦。停画桡，两两舟人语，道去程今夜，遥指前村烟树。　　游宦成羁旅，短樯吟倚闲凝伫。万水千山迷远近，**想乡关何处**？自别后，风亭月榭孤欢聚。刚断肠，惹得离情苦。**听杜宇声声，劝人不知归去**。"沈祖棻赏析此词云："用意层层深入，一句紧接一句，情意深婉而笔力健拔，柳永所长，其后只有周邦彦用笔近似。"① 沈祖棻先生从艺术技巧角度将柳永词与雅词的典范作家周邦彦相提并论，正见出柳永词所具有的文人素质和词作中的雅文学素质。陆辅之说：

> 夫词亦难言矣，正取其近雅而又不远俗。②

陆辅之此论才真正将词体文学最本质的特点讲出，而柳永词中"尤工于羁旅行役"的那一部分恰好是"近雅而又不远俗"的。从这一角度论柳永词，更可见出其在词史上的地位，然而，柳永亦不是自觉地在进行雅词的创作。词要雅化，其重任自然而然地落在了一代大家苏轼的肩上。

传统概念中的雅词应该有一个内涵变化的过程。现今所能见到的词集，有敦煌曲子词中的《云谣集》和五代结集的《花间集》，如果说前者是流传民间的俗文学，后者则是受市民文化影响而产生的文人的俗文学。随着宋代诗文革新运动的胜利，诗、文乃至书、画崇雅的风尚已经形成，人们逐渐地将目光投入正统儒家诗教理论不曾关注的词体。这时的词体已经过晏欧、柳永等

---

① 沈祖棻：《宋词赏析》，上海古籍出版社 1980 年版。
② 陆辅之：《词旨》。

人的大量创作，呈现出蓬勃的发展势头，当时文人无不染指其间，至于市井坊间，公私宴集更是处处闻见词乐。柳永的词因俚俗而首当其冲受到正统批评家的讥评。

柳永俗词的招致批评主要在市井俗语与内容的艳冶上，要对内容与形式两个方面进行雅化，方能使词体归于"雅正"，显然这不是一个人在一时间内所能完成的。从苏轼开始自觉地以自己的创作与柳永抗衡，到"雅词"概念的提出并成为人们共同认定的标准，这是一个漫长的过程。但是，我认为：从苏轼自觉地从内容上对词体进行雅化，即人们常说的"以诗为词"，到周邦彦以"本色"、"当行"对词体艺术形式的"雅化"，被人誉为"词中老杜"[1] 和"集大成"者，词体雅化过程才得以完成，词也才由俗文学而正式进入雅文学的殿堂。南宋初年文人们大肆提倡雅词，并自李清照为词与诗立下界碑之后，各种词论著作倡导雅词和复雅，到曲代词兴，其间对词体雅化的追求，都只不过是对北宋业已完成的词体雅化的深入讨论，并没有超出其美学范畴。

清人沈曾植在《菌阁琐谈·附录》中说：

> 宋人所称"雅词"，亦有二义。此《典雅词》，义取大雅；若张叔夏所谓"雅词协音一字不放过者"，则以协大晟音律为雅也。曾端伯盖取二义。[2]

这段话中所说的曾端伯即南宋曾慥，其编有一本《乐府雅词》，

---

① 王国维：《清真先生遗事》，吴则虞校点：《清真集·参考资料》，中华书局1981年版，第112页。

② 《词话丛编》，第3622页。

将"艳曲"及"谐谑"之词删除，故题其选词为"雅词"。不过，曾慥所云"雅词"并非含"义取大雅"与"协律"二义，仅含"义取大雅"而已。在苏轼进行词创作的时代，"俗"词的创作已经浸染文人极深，除去柳永这类出入于市井青楼的文人外，如秦观、黄庭坚等士大夫气味十足的文人，也深浸其中。

"俗词"具体表现在三个方面。第一，承继了《花间集》中写艳情乃至色情的传统，但其中市民意识更加浓厚，平庸低级比之"花间"有过之而无不及。比如下面所举柳永的《菊花新》词："欲掩香帏论缱绻，先敛双蛾愁夜短。催促少年郎，先去睡，鸳衾图暖。　　须臾放了残针线，脱罗裳、恣情无限。留取帐前灯，时时待，看伊娇面。"第二，是那种"谐谑"之作，或写市井间的街谈巷闻，或插科打诨，或作文字游戏，无论思想内容、艺术形式和美学情趣都不足取。胡仔《苕溪渔隐丛话》后集卷39引《上庠录》云："政和元年，尚书蔡嶷为知贡举，尤严挟书。是时有街市词曰侍香金童，方盛行，举人因春词，加改十五字，作《怀挟词》云：'喜叶叶地，手把怀儿摸。甚恰恨出题厮撞着。内臣过得不住脚，忙里只是看得斑驳。　　骇这一身冷汗，都如云雾薄。比似年时头势恶。待检又还猛相度，只恐根底有人寻着'。"第三，俗词大多是以市井人物的口语写成，其中不乏通晓明白者，但不少鄙俗无味，缺少文学性，纵然是那些有名文人写的，也难脱此弊。因此，王灼《碧鸡漫志》称柳永词："浅近卑俗，自成一体，不知书者尤好之。予尝比都下富儿，虽脱村野，而声态可憎。"王灼以正统文学卫道者的身份对俗词的批评虽说过分苛刻，但却很准确地抓住了俗词的"市井相"。下面这首王观的《红芍药》词，就纯以口语写成："人生百岁，七十稀少。更除却十年孩童小，又十年昏老。都来五十载，一半被，睡魔分了。那二十五载之中，宁无些个烦恼？

仔细思量，好追欢及早。遇酒追朋笑傲，任玉山撞倒。沉醉且沉醉，人生似，露垂芳草。幸新来，有酒如渑，结千秋歌笑。"①

　　正是在这种俗词盛行的时代，诗名早著，然37岁方才涉足词坛的苏轼却以黜俗倡雅的姿态出现。人们对苏轼词创作成就的肯定，大致有以下几种说法：一是"以诗为词"，二是改革创新，三是"士大夫化"。这三种看法都说出了苏轼对词坛的贡献，但三者都只说出了现象而未说出"本质"。

　　笔者认为，随着宋代诗文革新的胜利，世俗地主文艺由"俗"归"雅"的进程也随之加快。在宋代，勾栏瓦舍中的市民文学十分热闹，公私宴集、诗朋酒侣相会、市井青楼文人与歌妓的相交中，文人对词的染指已深，不少文人已成为"俗词"的代表。世俗地主阶级已经意识到方兴未艾的词体必将成为与诗争锋的文艺形式，改造并利用词体，使之雅化成为世俗地主文艺的一个部分就成为世俗地主阶级文化自身雅化进程的一部分。

　　所谓"以诗为词"，无非就是要改变词体内容上的狭窄和不符合儒家诗教的"淫艳"，改变世俗之人"诗庄词媚"的观念，将词纳入雅文学轨道，即诗歌能表现的，词也应该表现。苏轼词的创作正是按此进行的。

　　所谓改革创新，无非就是打破词体用于助欢佐酒、娱宾遣兴的歌唱功能，使之从音乐文学而成为纯文学，并开拓词的取材范围，使之在文学的天空自由翱翔，其实质亦是要将词与诗同等对待，本质是将其纳入世俗地主雅文学的范畴。

　　所谓"士大夫化"，也就是要使词表现士大夫生活的全部。世俗地主阶级来自民间，相对贵族阶级而言，身上沾满了"俗"气。当从隋初实行的科举制实行到北宋中后叶时，其间已经有五百来

---

① 《全宋词》，第262页。

年时间，世俗地主成为统治阶级后，脱掉身上的俗气，披上文雅的外衣是这个阶级统治的需要。因此，作为世俗地主阶级的主体——士大夫，就必须完成雅化的过程。所以，士大夫化，也就是世俗地主阶级的"雅"化，但这并不意味着世俗地主阶级要将自己变成旧贵族阶级。因为源源不断地涌向科举之路的世俗地主文人总是来自市井乡间，身上除去俗气外，还带有质朴健康的生活气味，将这种质朴健康的气味保留住，也是世俗地主文化雅化任务的一个方面，即近雅而不远俗。由于这种特殊原因，文人词也就具有近雅而不远俗的特征。比如苏轼写于徐州的田园小词《浣溪沙》五首，就很好地再现了身居官僚的苏轼身上浓厚的世俗生活气息。如其五云："软草平莎过雨新，轻沙走马路无尘。何时收拾耦耕身？　日暖桑麻光似泼，风来蒿艾气如薰，使君元是此中人。"好一个"使君元是此中人"！正道出了世俗地主阶级来自民间且又眷念民间之情。这种"何时收拾耦耕身"与"元是此中人"之情绪，在这逐渐官僚化、雅化的士大夫心中始终挥之不去。如下面一段有名的话所云："君子之所以爱夫山水者，其旨安在？丘园养素，所常处也；泉石啸傲，所常乐也；渔樵隐逸，所常适也；猿鹤飞鸣，所常观也。尘嚣缰锁，此人情所常厌也；烟霞仙圣，此人情所常愿而不得见也。直以太平盛日，君亲之心两隆，苟洁一身出处，节义斯系。岂仁人高蹈远引，为离世绝俗之行，而必与箕颍、埒素、黄绮同芳哉！白驹之诗、紫芝之咏，皆不得已而长往者也。然则林泉之志、烟霞之侣，梦寐在焉，耳目断绝。今得妙手，郁然出之。不下堂筵，坐穷泉壑；猿声鸟啼，依约在耳；山光水色，滉漾夺目。此岂不快人意，实获我心哉。"①苏轼对词坛的贡献，正是在将词纳入正统文学轨道的同时，保留

———————

① 郭熙：《林泉高致》，见沈子丞《历代画论名著汇编》，文物出版社1982年版。

住了来自社会中下层世俗地主文人质朴健康的世俗生活气息，将出处调节得十分和谐。

前面讲过，苏轼对词的雅化主要是从词的思想内容上着手的。对传统艳词统治词坛的现象进行改造，将文人士大夫生活感情的全部写进词中，使词取得与诗歌一样的功能，并进入"雅"文学的范围，是苏轼对词体改造的最大贡献。刘熙载《艺概·词曲概》说："东坡词颇似老杜诗，以其无意不可入，无事不可言也。"元好问《新轩乐府引》说："唐歌词多宫体，又皆极力为之，自东坡一出，情性之外，不知有文字。"陈师道《后山诗话》[①] 说，退之以文为诗，子瞻以诗为词。以上三条论述苏轼词的材料连起来可以这样来表述：苏轼以写诗的原则进行词的创作，来表现士大夫文人的思想、情感和生活，像杜甫写诗一样无意不可入、无事不可言。下面举例证之。

苏轼以词来表现宋代文人普遍具有的好思辨、善沉思的思维特点，以及宋人较之前人更深沉的人生忧患，显示出其睿智机敏的特点：

> 休言万事转头空，未转头时皆梦。（《西江月》）
> 此生此夜不长好，明月明年何处看。（《阳关曲》）
> 长恨此身非我有，何时忘却营营。（《临江仙》）
> 世路无穷，劳生有限，似此区区长鲜欢。（《沁园春》）
> 世事一场大梦，人生几度新凉。（《西江月》）
> 人生如逆旅，我亦是行人。（《临江仙》）
> 人间如梦，一尊还酹江月。（《念奴娇》）

---

① 此引《后山诗话》论苏轼以诗为词语，陆游《后山诗话跋》以为非陈师道语，《四库提要》亦引蔡絛《铁围山丛谈》辨之。

古今如梦，何曾梦觉。(《永遇乐》)

人有悲欢离合，月有阴晴圆缺，此事古难全。(《水调歌头》)……

这样的内容在苏轼之前应该说主要表现在诗中，而苏轼却在词中大量表现出来，写得比在诗中更精彩。正因为如此，宋人对苏轼词的内容无一例外都是肯定的，最有代表性的如："东坡先生非心醉于音律者，偶尔作歌，指出向上一路，新天下耳目，弄笔者始知自振。"①"及眉山苏氏，一洗绮罗香泽之态，摆脱绸缪宛转之度，使人登高望远，举首高歌，而逸怀浩气，超然乎尘垢之外，于是《花间》为皂隶，而柳氏为舆台矣。"②

由于苏轼创作在内容上对词体有意识地"雅化"，并对其门人友朋的创作给以批评，如批评秦观学柳永，因此使词品得到前所未有的提高，深得文人的喜好，词也由此完全进入士大夫文人创作视野，以致出现南宋辛弃疾这样专以词名家的文学家。汤衡在《于湖词序》中说："元祐诸公，嬉弄乐府，寓以诗人句法，无一毫浮靡之气，实自东坡发之也。"词发展到此时，只需将其形式雅化并规范，则词体的雅化就告完成。北宋后期词人周邦彦凭着其个人杰出的音乐才能，填词创调的技能和对唐人，尤其是晚唐人诗歌的大量化用（注：此期正是黄庭坚提倡作诗"取古人之陈言入于翰墨，如灵丹一粒，点铁成金"。③大量用典的习气大作之时，周邦彦在词中大量用唐人典，亦显示词的"雅化"需求），使词在格律、章法和语言风格上不仅雅化，而且形成一

---

① 王灼：《碧鸡漫志》卷二。
② 胡寅：《酒边词跋》，《斐然集》，四库全书本。
③ 黄庭坚：《答洪驹父书》。

定的标准与规范，故周济《宋四家词选序论》中称："清真，集大成者也。"以下摘引古人对周邦彦词在词乐格律、章法结构和语言风格上的部分评语，来印证其对词体艺术的雅化贡献："求词于吾宋者，前有清真，后有梦窗。"（尹焕《梦窗词序》）《清真词》"多用唐人诗隐括入律，浑然天成"（陈振孙《直斋书录解题》卷21）。"周美成以旁搜远绍之才，寄情长短句，缜密典丽，流风可仰，其徵辞引类，推古夸今，或借字用意，言言皆有来历，真是冠冕词林。"（刘肃《陈元龙集注〈片玉集〉序》）"美成负一代词名，所作之词，浑厚和雅，善于融化词句。"（张炎《词源》卷下）

周邦彦在词律、创调、词法、词风等方面趋于典雅，形成法度，表明词体雅化在形式上的接近完善。陈廷焯说："词法之密，无过清真。"（《白雨斋词话》卷二）张炎指出"作词者多效其体制"（《词源》），沈义父说周邦彦"下字运意，皆有法度"（《乐府指迷》），王国维在《人间词话》中指出："美成深远之致，不及欧、秦。唯言情体物，穷极工巧，故不失为第一流之作者"，并在《清真先生遗事》中作出"词中老杜，则非先生不可"的极高评价。

周济在《宋四家词选序论》中说："清真，集大成者也。"无论是王国维，还是周济高度评价周词，都是从词的形式上着眼的，由于周邦彦在词体方面雅化的努力，从他以后，传统的婉约词就完全洗去了"俗气"而沿着"雅"的方向发展，并形成南宋"雅词"。当然，周邦彦的词还未达到"醇雅"的深度，这一任务由南宋姜夔、吴文英等人最终完成。

综上所述，我们看到了词体文学从民间滥觞到成为文人抒情达意的文学，完成了由俗归雅的过程。苏轼从词的内容上进行雅化，用"以诗为词"的方法将词品提高到与诗、文一样尊贵的地位，但由于他并不倾心于艺术形式上的琢磨，所以后人以为非本色当行，李清照更讥为"句逗不葺之诗"。周邦彦则倾全力于词体形式的雅化，将词体的创作法度推向一个高度，使后人有了效法的榜样，深刻地影响了南宋以来的"雅词"。周邦彦词由于在内容上还保留着市民文学的气息，故未达到醇雅，不过其词因此在当时受到不同层次人的喜爱。陈郁《藏一话腴》说："美成自号清真，二百年来以乐府独步。贵人、学士、市儇、妓女、皆知美成词为可爱。"① 由周邦彦词受到不同文化层次人的喜爱且将周词抬高到极尊地位这一词史现象，我们今天也就对此有了新的认识。

应该注意的是词的雅化进程所带来的正负效应问题。"以诗为词"使词获得了与诗文同尊的地位，但在艺术上片面追求词的雅化，从某种角度却将词推到了脱离广大读者的位置。"雅词"是词体文学的荆桂冠，显赫而刺人，一味"雅"下去，就成为少数人玩弄文字游戏的专利。故陆行直论词时谓"夫词亦难言矣，正取近雅而又不远俗"，"近雅"而不是"醇雅"，避俗而又不远俗，只有在"雅俗共赏"的前提下，词才会有其顽强的生命力。过俗与唯雅而导致词体文学被新兴的元曲所取代，这就是留给后人思考的教训。

综上所述，词体文学兴起于民间，中唐时期的文人大抵是以学习民歌的态度来写词的，此以刘禹锡写《竹枝词》最有代表性，同时也可以见出文人有意识地填词的开端。及至晚唐五代，文人染指词体文学已经不是少数，如温庭筠及"花间"词人皆是，他们以从俗的态度进行词的创作，正如袁枚所云："题香

① 《清真集·参考资料》引，第140页。

襟，当舞所，弦工吹师，低徊容与，温、李、冬郎所宜也。"①
《花间集》的美学追求和创作动机无不充满从俗的目的，词成为
典型的花间尊前，佐酒助欢的娱乐工具。李煜、冯延巳等南唐文
人过着优裕的生活、带着高雅的情趣写词，词作中的民间"俗
气"较少，加之南唐国势岌岌可危，所以词中多了许多人生忧
患。当李煜"一旦归为臣虏，沈腰潘鬓消磨"，整日以泪洗面
时，人生大恸一发于词，形成"一江春水"般的人生之恨时，
词体文学的士大夫面目便完全显露出来，预示着"伶工之词"
必然在文人手中变为"士大夫之词"的趋势。北宋小令词作家
大多为朝廷重臣，在振兴朝政、革除时弊、复兴儒学、诗文革新
的时代风气中其文学创作倾向于致用。当其为词时，只是将其视
为娱乐工具，并未将词视为"经国之大业，不朽之胜事"和
"志之所之"的文学。因此，也就谈不上要有意识地使之"雅
化"，而是按照"花间"词的功用来创作，满足世俗地主文人与
生俱来的"世俗"情感需求。晏殊、欧阳修等人词作中大量从
俗的作品，丝毫见不到作家有意识雅化的痕迹。与晏、欧同时大
量创作俗词的柳永，代表了世俗地主文人中不得志者的思想情感
和对待俗文学的态度，在北宋盛世中，在商业都市的繁华里去
"骫骳从俗"，使俗词创作达到一个高峰，从反面引起了正统士
大夫文学批评者的注意，词体文学的雅化被文人自觉地意识到。
苏轼词的出现，"指出向上一路，新天下耳目，弄笔者始知自
振"。从此，词体文学正式进入传统文学规范之途。

李清照从传统词体应歌的角度评价苏词，认为是"句读不
葺之诗尔，又往往不协音律"②，这与陈师道讥评苏词"虽极天

---

① 袁枚：《小仓山房文集》。
② 李清照：《论词》。

下之工，要非本色"① 一样，没有充分认识到苏轼词的价值和在词史上的意义。苏轼以其一代文坛领袖之识见写词、论词，将词导向传统文学正轨。"以诗为词"在南宋初年得到词评家的认同，并进而提出诗词同源之说。王灼说："有心则有诗，有歌则有声律，有声律则有乐歌。永言即诗也，非于诗外求歌也。"② 胡仔说："唐初歌辞多是五言诗，或七言诗，初无长短句。自中叶以后，至五代，渐变成长短句，及本朝则尽为此体"。③ 南宋辛弃疾继苏轼"以诗为词"之后，更"以文为词"，在词中发议论、谈哲理，用典故、成句、引经据史，用散文句式，简直就把词当作散文来写，使词真正成为"无意不可入，无事不可言"的文学，与诗、文并尊。

周邦彦凭借自身良好的艺术修养，妙解音律、创新词调，发展慢词创作技巧、在词的章法结构和化用前人诗语方面极尽其能事，使词的艺术形式逐渐规整而有法度，与宋诗的发展趋于一致。陈廷焯云："美成词，于浑灏流转中下字、用意，皆有法度。"④ 又云："词法之密，莫过于清真。"⑤ 法度的出现，标明一种文体的成熟和理论上的认可，由此民间俚俗的曲子词完成了由俗归雅的历程。

词体文学的归雅，标志着士大夫传统文学（以诗、文、词为代表）主体的成熟，并由此走向衰落，继之而起的是都市文学（以小说、戏剧为代表）的崛起。从此，中国封建后期文学以俗文学为主角的大戏正式拉开帷幕。

---

① 陈师道：《后山诗话》。
② 王灼：《碧鸡漫志》卷一。
③ 胡仔：《苕溪渔隐丛话》卷 37。
④ 陈廷焯：《白雨斋词话》卷二。
⑤ 同上。

参考文献

《全上古三代秦汉三国六朝文》，（清）严可均校辑，中华书局 1981 年版。

《先秦汉魏晋南北朝诗》，逯钦立，中华书局 1983 年版。

《乐府诗集》，（宋）郭茂倩，中华书局 1982 年版。

《全唐文》，（清）董诰等，上海古籍出版社 1983 年版。

《全唐诗》，（清）彭定求等，中华书局 1982 年版。

《全唐诗外编》，王重民等辑录，中华书局 1982 年版。

《全唐五代词》，张璋、黄畬，上海古籍出版社 1986 年版。

《全宋文》，巴蜀书社 1990 年版。

《唐文粹》，（宋）姚铉，浙江人民出版社 1986 年版。

《唐诗品汇》，（明）高棅，上海古籍出版社 1982 年版。

《宋诗钞》，（清）吴之振等编，中华书局 1986 年版。

《文选》，（梁）萧统编，（唐）李善注，中华书局 1977 年版。

《四库全书总目提要》，中华书局 1965 年版。

《唐宋八大家文钞》，（明）茅坤，四库全书本。

《河岳英灵集》，（唐）殷璠，中华书局《唐人选唐诗（十种）》1958 年版。

《唐宋文举要》，高步瀛，上海古籍出版社 1982 年版。

《楚辞补注》，（汉）洪兴祖，中华书局1983年版。

《楚辞集注》，（宋）朱熹，上海古籍出版社1979年版。

《十三经注疏》，中华书局1980年影印本。

《瀛奎律髓》，（元）方回著，李庆甲集评，上海古籍出版社1986年版。

《唐宋诸贤绝妙词选》，（宋）黄升，四部丛刊本。

《宋元戏曲史》，王国维，商务印书馆1983年版。

《中国小说史略》，鲁迅，人民文学出版社1975年版。

《宋诗选注》，钱锺书，人民文学出版社1972年版。

《庄子集释》，（清）郭庆藩，中华书局1954年版。

《庄子今注今译》，陈鼓应，中华书局1989年版。

《论语注疏》，（汉）毛亨传，（汉）郑玄注，（唐）孔颖达疏，《十三经注疏》本。

《孟子注疏》，（汉）赵岐注，（宋）孙奭疏，《十三经注疏》本。

《周易正义》，（魏）王弼，（晋）韩伯康注，（唐）孔颖达疏，《十三经注疏》本。

《陶渊明集》，（晋）陶渊明，逯钦立辑校，中华书局1979年版。

《杜诗详注》，（清）仇兆鳌注，中华书局1979年版。

《杜臆》，（明）王嗣奭，上海古籍出版社1983年版。

《韩昌黎文集校注》，（唐）韩愈，钱仲联集释，上海古籍出版社1984年版。

《白居易集》，（唐）白居易，顾学颉校点，中华书局1977年版。

《元稹集》，（唐）元稹，冀勤校点，中华书局1982年版。

《玉溪生年谱会笺》，（清）张采田，上海古籍出版社1983

年版。

《韦庄集校注》，（唐）韦庄，李谊校注，四川省社会科学院出版社 1985 年版。

《骑省集》，（宋）徐铉，四库全书本。

《小蓄集》，（宋）王禹偁，四部丛刊本。

《张载集》，（宋）张载，中华书局 1970 年版。

《包拯集》，（宋）张田编，中华书局 1963 年版。

《九华集》，（宋）员兴宗，四库全书本。

《徂徕先生全集》，（宋）石介，中华书局 1984 年版。

《河东先生集》，（宋）柳开，四部丛刊本。

《河南穆公集》，（宋）穆修，四部丛刊本。

《同先生文集》，（宋）尹洙，四库全书本。

《宛陵先生集》，（宋）梅尧臣，四库全书本。

《苏舜钦集》，（宋）苏舜钦，上海古籍出版社 1981 年版。

《范文正公集》，（宋）范仲淹，四部丛刊本。

《欧阳修全集》，（宋）欧阳修，中国书店 1986 年版。

《温国文正司马公文集》，（宋）司马光，四库全书本。

《嘉祐集》，（宋）苏洵，四部丛刊本。

《王文公文集》，（宋）王安石，上海人民出版社 1974 年版。

《苏轼文集》，（宋）苏轼，中华书局 1986 年版。

《苏轼诗集》，（宋）苏轼，中华书局 1982 年版。

《经进东坡文集事略》，（宋）郎晔，四部丛刊本。

《东坡词编年笺证》，（宋）苏轼，薛瑞生笺证，三秦出版社 1998 年版。

《苏辙集》，（宋）苏辙，中华书局 1990 年版。

《二程集》，（宋）程颐、程颢，中华书局 1981 年版。

《豫章黄先生文集》，（宋）黄庭坚，四部丛刊本。

《山谷集》，（宋）黄庭坚，四库全书本。

《山谷外集》，（宋）黄庭坚，四库全书本。

《乐章集》，（宋）柳永，薛瑞生校注，中华书局1979年版。

《止斋先生文集》，（宋）陈傅良，四部丛本。

《鹤山集》，（宋）魏了翁，四部丛本。

《淮海集笺注》，（宋）秦观，徐培均笺注，上海古籍出版社2000年版。

《演山集》，（宋）黄裳，四库全书本。

《清真集》，（宋）周邦彦，吴则虞校点，中华书局1981年版。

《晦庵先生朱文公文集》，（宋）朱熹，四部备要本。

《朱子语类》，（宋）朱熹，（宋）黎得清编，中华书局1986年版。

《陈亮集》，（宋）陈亮，邓广铭校点，中华书局1987年版。

《陆游集》，（宋）陆游，中华书局1977年版。

《诚斋集》，（宋）杨万里，四部丛刊本。

《嵩山集》，（宋）晁说之，四部丛刊本。

《斐然集》，（宋）胡寅，四部丛刊本。

《己畦集》，（清）叶燮，叶氏二弃草堂二十一卷本。

《袁枚全集》，（清）袁枚，上海古籍出版社1993年版。

《方苞集》，（清）方苞，上海古籍出版社1983年版。

《惜抱轩诗文集》，（清）姚鼐，上海古籍出版社1992年版。

《王国维遗书》，王国维，上海书店1985年版。

《史记》，（汉）司马迁，中华书局1982年版。

《汉书》，（汉）班固，中华书局1973年版。

《后汉书》，（刘宋）范晔，中华书局1973年版。

《晋书》，（唐）房玄龄等，中华书局1982年版。

《宋书》，（梁）沈约，中华书局 1974 年版。

《梁书》，（唐）姚思廉，中华书局 1983 年版。

《南史》，（唐）李延寿，中华书局 1975 年版。

《旧唐书》，（后晋）刘昫，中华书局 1975 年版。

《新唐书》，（宋）欧阳修，中华书局 1975 年版。

《宋史》，（元）脱脱，中华书局 1977 年版。

《贞观政要》，（唐）吴兢，上海古籍出版社 1978 年版。

《唐大诏令集》，（宋）宋敏求辑，上海古籍出版社 1992 年版。

《唐会要》，（宋）王溥，上海古籍出版社 1991 年版。

《唐国史补》，（五代）李肇，古典文学出版社 1956 年版。

《通典》，（唐）杜佑，中华书局 1988 年版。

《资治通鉴》，（宋）司马光，中华书局 1986 年版。

《续资治通鉴长编》，（宋）李焘，上海古籍出版社 1986 年版。

《读通鉴论》，（清）王夫之，中华书局 1975 年版。

《册府元龟》，（宋）王钦若等，中华书局 1960 年版。

《宋史纪事本末》，（明）陈邦瞻，中华书局 1977 年版。

《宋朝事实》，（宋）李攸，四库全书本。

《宋朝事实类苑》，（宋）江少虞，中华书局 1981 年版。

《宋会要辑稿》，（清）徐松，中华书局 1957 年版。

《宋稗类钞》，（清）潘永，书目文献出版社 1985 年版。

《儒林公议》，（宋）田况，丛书集成本。

《南唐书》，（宋）陆游，四部丛刊本。

《涑水记闻》，（宋）司马光，中华书局 1983 年版。

《国朝诸臣奏议》，（宋）赵汝愚，宋史资料萃编本（台湾）。

《长安志》，（宋）宋敏求，四库全书本。

《唐两京城坊考》，（清），徐松，中华书局 1985 年版。

《日录知》，（明）顾炎武，上海古籍出版社 1985 年版。

《宋元学案》，（明）黄宗羲，中华书局 1986 年版。

《高僧传》，（梁）慧皎，汤用彤校注，中华书局 1992 年版。

《五灯会元》，（宋）普济，中华书局 1984 年版。

《古尊宿语录》，（宋）颐藏主集，中华书局 1994 年版。

《北里志》，（唐）孙棨，古典文学出版社 1957 年版。

《本事诗》，（唐）孟棨，中华书局，1983 年《历代诗话续编》本。

《教坊记笺订》，（唐）崔令钦，任半塘笺订，中华书局上海编辑所 1962 年版。

《唐摭言》，（五代）王定宝，古典文学出版社 1957 年版。

《唐语林》，（宋）王谠，上海古籍出版社 1985 年版。

《侯鲭录》，（宋）赵令畤，丛书集成初编本。

《夷坚三志》，（宋）洪迈，中华书局 1981 年版。

《开元天宝遗事》，（五代）王仁裕，丁如明辑校，上海古籍出版社 1985 年版。

《太平广记》，（宋）李昉等，中华书局 1961 年版。

《隋唐嘉话》，（宋）刘餗，中华书局 1979 年版。

《清异录》，（宋）陶谷，四库全书本。

《齐东野语》，（宋）周密，中华书局 1983 年版。

《容斋随笔》，（宋）洪迈，上海古籍出版社 1996 年版。

《青箱杂记》，（宋）吴处厚，中华书局 1985 年版。

《东轩笔记》，（宋）魏泰，中华书局 1997 年版。

《步里客谈》，（宋）陈长方，四库全书本。

《梦溪笔谈》，（宋）沈括，中华书局 1957 年版。

《醉翁谈录》，（宋）罗烨，古典文学出版社 1957 年版。

《灰塵前录》，（宋）王明清，中华书局上海编辑所校点本。

《东京梦华录》，（宋）梦元老，上海古籍出版社 1956 年版。

《邵氏闻见录》，（宋）邵博，中华书局 1983 年版。

《燕翼诒谋录》，（宋）王栐，中华书局 1981 年版。

《渑水燕谈录》，（宋）汪辟之，中华书局 1981 年版。

《梦粱录》，（宋）吴自牧，上海古籍出版社 1956 年版。

《吹剑录》，（宋）俞文豹，古今说部丛书本。

《铁围山丛谈》，（宋）蔡絛，中华书局 1979 年版。

《唐才子传》，（元）辛文房，黑龙江人民出版社 1982 年版。

《阅微草堂笔记》，（清）纪昀，浙江古籍出版社 1998 年版。

《古今合璧事类备要》，（宋）谢维新，四库全书本。

《宋人轶事汇编》，（清）丁传靖，中华书局 1982 年版。

《文心雕龙》，（梁）刘勰，范文澜注本，人民文学出版社
1958 年版。

《文心雕龙》，（梁）刘勰，周振甫注本，人民文学出版社
1981 年版。

《诗式校注》，（唐）皎然，李壮鹰校注，齐鲁书社 1986
年版。

《文镜秘府论校注》，［日本］弘法大师，王利器校注，中国
社会科学出版社 1983 年版。

《冷斋夜话》，（宋）惠洪，中华书局 1988 年版。

《六一诗话》，（宋）欧阳修，《欧阳修全集》，中国书店本。

《中山诗话》，（宋）刘攽，（清）何文焕辑《历代诗话》，
中华书局 1983 年版。

《后山诗话》，（宋）陈师道，（清）何文焕辑《历代诗话》，
中华书局 1983 年版。

《韵语阳秋》，（宋）葛立方，（清）何文焕辑《历代诗话》，中华书局 1983 年版。

《扪虱新话》，（宋）陈善，丛书集成初稿本。

《鹤林玉露》，（宋）罗大经，中华书局 1983 年版。

《后村诗话》，（宋）刘克庄，中华书局 1983 年版。

《潜溪诗眼》，（宋）范温，郭绍虞《宋诗话辑佚》，中华书局 1980 年版。

《蔡宽夫诗话》，（宋）蔡居厚，郭绍虞《宋诗话辑佚》，中华书局 1980 年版。

《童蒙诗训》，（宋）吕本中，郭绍虞《宋诗话辑佚》，中华书局 1980 年版。

《王直方诗话》，（宋）王直方，郭绍虞《宋诗话辑佚》，中华书局 1980 年版。

《陈辅之诗话》，（宋）陆辅，郭绍虞《宋诗话辑佚》，中华书局 1980 年版。

《苕溪渔隐丛话》，（宋）胡仔，人民文学出版社 1984 年版。

《能改斋漫录》，（宋）吴曾，上海古籍出版社 1984 年版。

《沧浪诗话校释》，（宋）严羽，郭绍虞校释，人民文学出版社 1983 年版。

《诚斋诗话》，（宋）杨万里，丁福宝辑《历代诗话续编》，中华书局 1983 年版。

《岁寒堂诗话》，（宋）张戒，丁福宝辑《历代诗话续编》，中华书局 1983 年版。

《石林诗话》，（宋）叶梦得，（清）何文焕辑《历代诗话》，中华书局 1983 年版。

《论诗绝句》，（元）元好问《遗山先生文集》，四部丛刊本。

《唐音癸签》，（明）胡震亨，上海古籍出版社 1979 年版。

《诗薮》，（明）胡应麟，上海古籍出版社 1981 年版。

《四溟诗话》，（明）谢榛，人民文学出版社 1961 年版。

《诗境浅说》，（明）俞陛云，上海书店 1980 年版。

《诗源辩体》，（明）许学夷，人民文学出版社 1987 年版。

《艺苑卮言》，（明）王世贞，丁福宝辑《历代诗话续编》，中华书局 1983 年版。

《钝吟杂录》，（清）冯班，《清诗话》，上海古籍出版社 1982 年版。

《原诗》，（清）叶燮，人民文学出版社 1979 年版。

《瓯北诗话》，（清）赵翼，人民文学出版社 1979 年版。

《艺概》，（清）刘熙载，上海古籍出版社 1978 年版。

《围炉诗话》，（清）吴乔，郭绍虞编选《清诗话续编》，上海古籍出版社 1983 年版。

《艇斋诗话》，（清）曾季狸，丁福宝辑《历代诗话续编》，中华书局 1983 年版。

《剑溪说诗》，（清）乔亿，郭绍虞编选《清诗话续编》，上海古籍出版社 1983 年版。

《石遗室诗话》，（清）陈衍，商务印书馆 1929 年版。

《宋诗话考》，郭绍虞，中华书局 1980 年版。

《词论》，（宋）李清照，（宋）胡仔《苕溪渔隐丛话》，中华书局 1984 年版。

《词源》，（宋）张炎，唐圭璋编《词话丛编》，中华书局 1986 年版。

《乐府指迷》，（宋）沈义父，唐圭璋编《词话丛编》，中华书局 1986 年版。

《词旨》，（元）陆辅之，唐圭璋编《词话丛编》，中华书局

1986 年版。

《词选》，（清）张惠言，唐圭璋编《词话丛编》，中华书局 1986 年版。

《西圃词说》，（清）田同之，唐圭璋编《词话丛编》，中华书局 1986 年版。

《蒿庵论词》，（清）冯煦，唐圭璋编《词话丛编》，中华书局 1986 年版。

《古今词论》，（清）王又华，唐圭璋编《词话丛编》，中华书局 1986 年版。

《古今词话》，（清）沈雄，唐圭璋编《词话丛编》，中华书局 1986 年版。

《蓼园词评》，（清）黄苏，唐圭璋编《词话丛编》，中华书局 1986 年版。

《人间词话》，王国维，唐圭璋编《词话丛编》，中华书局 1986 年版。

《介存斋论词杂著》，（清）周济，人民文学出版社 1998 年版。

《白雨斋词话》，（清）陈廷焯，人民文学出版社 1984 年版。

《蕙风词话》，（清）况周颐，人民文学出版社 1984 年版。

《佩文斋书画谱》，王原祁等纂辑，中国书店 1994 年版。

《中国通史简编》，范文澜，人民出版社 1965 年版。

《中国思想通史》，侯外庐，人民出版社 1957 年版。

《国史大纲》，钱穆，商务印书馆 1994 年版。

《中国文化史》，柳诒徵，中国大百科全书出版社 1988 年版。

《中国俗文学史》，郑振铎，作家出版社 1957 年版。

《白话文学史》，胡适，岳麓出版社 1986 年版。

《中国美学思想史》，敏泽，齐鲁书社 1989 年版。

《中国美学主潮》，周来祥主编，山东大学出版社 1992 年版。

《中国文学论集续编》，徐复观，台湾学生书局 1981 年版。

《中国历代文论选》，郭绍虞主编，上海古籍出版社 1980 年版。

《中国近三百年学术史》，钱穆，商务印书馆 1997 年版。

《中国中古社会史论》，毛汉光，台湾经联出版事业公司 1988 年版。

《中国禅宗与诗歌》，周裕锴，上海人民出版社 2000 年版。

《禅宗与中国文化》，葛兆光，上海人民出版社 1998 年版。

《唐代儒家与佛学》，高观如，张曼涛《佛教与中国文化》，上海书店 1987 年版。

《汉唐佛教思想论集》，任继愈，人民出版社 1981 年版。

《隋唐史》，岑仲勉，中华书局 1982 年版。

《唐代政治史述论稿》，陈寅恪，上海古籍出版社 1982 年版。

《金明馆丛稿初编》，陈寅恪，上海古籍出版社 1980 年版。

《金明馆丛稿二编》，陈寅恪，上海古籍出版社 1980 年版。

《元白诗笺证稿》，陈寅恪，上海古籍出版社 1982 年版。

《唐代文化史研究》，罗香林，商务印书馆 1941 年版。

《唐帝国的精神文明》，程蔷、董乃斌，中国社会科学出版社 1996 年版。

《唐音余韵》，田耕宇，巴蜀书社 2001 年版。

《隋唐五代文学思想史》，罗宗强，上海古籍出版社 1986 年版。

《文化建构文学史纲》，林继中，三秦出版社 1994 年版。

《唐诗杂论》，闻一多，上海古籍出版社 1998 年版。

《宋代文化史》，姚瀛艇主编，河南大学出版社 1992 年版。

《两宋史论》，关履权，中州书画社 1983 年版。

《宋史研究论文集》，邓广铭、程应鏐主编，上海古籍出版社 1980 年版。

《宋代东京研究》，周宝珠，河南大学出版社 1992 年版。

《隋唐佛教史稿》，汤用彤，中华书局 1982 年版。

《诗史之际》，李浩，商务印书馆 2000 年版。

《中唐政治与文学》，胡可先，安徽大学出版社 2000 年版。

《李德裕年谱》，傅璇琮，齐鲁书社 1981 年版。

《宋诗概说》，〔日〕吉川幸次郎，郑清茂译，台湾经联出版事业公司 1977 年版。

《江西诗派研究》，莫砺锋，齐鲁书社 1986 年版。

《谈艺录》，钱锺书，中华书局 1984 年版。

《历代画论研究》，沈子丞，文物出版社 1982 年版。

《美学三书》，李泽厚，安徽文艺出版社 1982 年版。

《日本学者研究中国史论著选译》，刘俊文主编，中华书局 1992 年版。

《鲁迅全集》，鲁迅，人民文学出版社 1981 年版。

后　记

　　本书初稿完成于七年前。在之后的七年中，我反复阅读过多次，也作过一些小小的修改，现在付梓以求心安。回想写作缘由和过程，也经历了相当漫长的时间。早在 80 年代早期，我就选择了为历代批评家所诟病的晚唐诗歌作为硕士论文，虽然我更喜欢魏晋文学，那个时期有许多我喜欢和敬仰的文人名士，那么多闪光的思想和血泪交织。晚唐文学与魏晋文学有许多相似处，尤其在乱世和对生命的思考方面，但魏晋文学是为后人称羡的，魏晋风度是令人仰止的。晚唐文学却不然，人们蔑视作者偎红依绿的沉沦、流连山水的消极、无所进取的悲叹，但很少有人对此问个究竟，更别说用心和感情去接近、理解他们了。当时我正是带着理解晚唐文人的心态去审视那时的文学的。此后出版的《书生的刚柔》、《唐音余韵》都是以理解和审美的眼光去看待古代文人，尤其是那些在宦海沉浮、事功屡屡碰壁和终生渴望有所作为但却被湮没在历史的滚滚红尘中的文人的。由此形成的学术思维和情感（我不敢自称学术思想）自然而然地由晚唐上溯到中唐，往下到北宋，以"人的觉醒"这一脉息延续为研究主题下，形成了本书对文学发展认识的最本质的内核。虽说社会的发展、变化、转型并不能简单地归结为"人的觉醒"，但就其本质和哲学来看却是如此的。生命关怀、生命价值、人生意义的确就是文学的终极关怀。这一点在中唐至北宋的文学中表现得最为突出。对这个问题的思考过程也就是本书研究主线逐渐明晰和形成的过程。

自隋代实行科举制以来，庶族地主开始问鼎统治政权，从中唐到北宋的三百多年时间里，社会经历了激烈的变化，中国封建社会完成了从前期贵族统治到后期地主统治的转变，其间两种文化的转型所牵涉的社会问题范围之广，内容之丰富堪称空前。在文学领域，传统文学在继承前期贵族文学精华的同时，开始汲取地主文学和市民文学的养分，形成了地主文学和市民文学两大层面 地主文学代表着统治阶级的主流文学，市民文学则以其鲜活强大的生命力冲击着主流文学。由于时间匆忙，研究不足，本书对唐宋两代真正的市民文学，即以变文、民间歌赋为代表的唐代俗文学，以话本小说、鼓子词等为代表的宋代俗文学采取了存而不论的态度，留作进一步的探讨。因此本书实际上研究的还是"正统"文学，这一点是我感到遗憾的。

记得当年读硕士时，业师霍松林先生说过：年轻人喜欢读唐诗宋词，中年以后会更喜欢宋诗宋文；年轻时热爱李白、王维，中年后更亲近杜甫、苏轼。当时不以为然，然而，年齿渐长此感受却越发真切。宋代的确与唐代有许多不同：唐人，尤其是盛唐人多浪漫和憧憬，宋人多理性和平实；唐文学多创造和感情，宋文学多沉思和智慧；唐三彩色彩绚丽，宋瓷细润单纯；唐人追求韵味，宋人偏爱理趣；唐人抒情悲喜极情，宋人则平和有节；唐人爱崇高，宋人尚平淡；唐人好任侠礼佛，宋人喜谈禅论儒；唐人誉作家为诗仙、诗圣、诗佛、诗鬼，宋人只称诗人，简而言之，唐人如青年之热烈冲动，宋人像中年之平缓沉稳；唐文化富于田园牧歌之色彩，宋文化则充满市井平淡之画面，这一切的不同变化始于"安史之乱"，形成于北宋元祐前后。我之所以关注这一时期的变化，可能与当年攻读博士时已入不惑之年的潜意识有关吧。李白、王维、岑参固然使我的青年时代充满了诗意，但宋代苏东坡、欧阳修、黄山谷、米芾、秦观、王安石们渊博的学识，正直的人品，豁达的胸怀，潇洒的风度，脱俗的生活和对人生的玄思、对政治理想的执着却更让我心仪。即使是以俗诟病于人的柳永，我从其放浪中也感受到其落魄与无奈的辛酸。还有近迂的二程兄弟，过直的司马光们"为天地立心，为生民立命，为往圣继绝学，为万世开太平"的胸襟、眼界和气度，也令我景仰不已。宋代文人与唐代文人最大的区别，是他们主体人格建构过程中对生命存在意义的体认和自我心性的反省。不管是受庄禅思想影响较深，还是受儒家和理学思想浸染较多的文人，大多都能对人生的意义进行思考。这种思考在文人政治失意时最为突出。正因为如此，在宋代文学中，很少让人感到狂狷激怒、颓唐感伤的气氛，更多的是让人看到他们以冷静、理智的态度去面对人生中袭来的灾难与打击，让人们感受到他们处逆境而不惊、不乱、不绝望，总是乐观、洒脱、机智、诙谐和对人生无限热爱的哲人风度。邓广铭先生说："宋代是我国封建社会发展的最高阶段。两宋期内的物质文明和精神文明所达到的高度，在中国整个封建社会历史时期之内，可以说是空前绝后的。"陈寅恪先生说："华夏民族之文化，历数千载之演进，造极于赵宋之世。"二先生之高论绝非妄言。正是受到先贤的启发，我最终选择了"中唐至北宋文学的转型"为研究课题。

　　书稿即将出版，回过头再看原文，心中依然留有许多缺憾，自己觉得要涉及的东西还太多，研究的思路还很粗糙，问题探讨还不深入，但我还是决定将书稿付梓，原因有二：其一，窃以为学术研究是一个渐次完善的过程，任何课题的研究都不是一蹴而就、一次就完美的，先行者只为后来借鉴，正确与错误都能给人以思考，故仅做一引玉之砖；其二，作者是怀着冷静与客观的态度去审视中唐至北宋文学转型这一文学现象的，力图找出其内在的本质规律和关系，同时又是抱着瓣香古人的心情去感受这一时期文人的立身行事和创作心态的，即使研究有所谬误，但却问心无愧。

最后，在此感谢在十年前指导我写作的业师霍松林教授的辛勤教诲，感谢西南民族大学科技处和教务处在出版经费上的支持，感谢在我工作和科研上给予无私支持的亲人和朋友。

田耕宇

2009 年初春于成都